PIERS ANTHONY

HIMMELSTALER

Die Saga vom magischen Land Xanth

Ins Deutsche übertragen von
Ralph Tegtmeier

Mit Illustrationen von
Johann Peterka

BASTEI LÜBBE

BASTEI-LÜBBE-TASCHENBUCH
Fantasy

Band 20 139

Erste Auflage: April 1990
Zweite Auflage: August 1991

© Copyright 1988 by Piers Anthony Jacob
All rights reserved
Deutsche Lizenzausgabe 1990
Bastei-Verlag Gustav H. Lübbe GmbH & Co., Bergisch Gladbach
Originaltitel: Heaven Cent
Lektorat: Reinhard Rohn
Titelillustration: Greg Hildebrandt
Umschlaggestaltung: Quadro Grafik, Bensberg
Satz: Fotosatz Schell, Bad Iburg
Druck und Verarbeitung:
Brodard & Taupin, La Flèche, Frankreich
Printed in France
ISBN 3-404-20139-6

Der Preis dieses Bandes versteht sich einschließlich
der gesetzlichen Mehrwertsteuer.

1 Gute Magier, 2 Schloß Roogna, 3 Nördliches Dorf, 4 Baum, 5 Insel der Illusionen, 6 Tränensee, 7 Ogersee, 8 Magischer Staub, 9 Unbekannt, 10 Zentaureninsel, 11 Istmus, 12 Drachen, 13 Kobolde, 14 Greife, 15 Vögel, 16 Ogre Fen-Ogre, 17 Luft, 18 Erde, 19 Feuer, 20 Wasser, 21 Leere.

16
21
20
19
18
17
15
14
13
3
4
12
5
1
6
2
8
7
9
10

1
GEHEIMNIS

Dolph machte es sich auf Ivys Bett gemütlich und beobachtete den Webteppich. Was er in diesen beweglichen Bildern zu sehen bekam, war immer so viel interessanter als sein langweiliges Leben auf Schloß Roogna! Ivy hatte gerade Unterricht bei Chem Zentaur, daher hatte er den Webteppich ganz für sich. Das gefiel ihm auch am besten, denn große Schwestern gingen einem immer fürchterlich auf die Nerven.

Bei diesem Gedanken veränderte er seine Gestalt und nahm den wölfischen Aspekt eines Werwolfs an. Er kringelte sich zusammen und legte den Schwanz um die schwarze Nase. Im allgemeinen hatten Tiere bessere Körper als Menschen, weil sie wilder, aber auch entspannter waren. Natürlich konnte er jetzt den Wandteppich nicht so gut erkennen, weil seine Augen nicht ganz so scharf waren, aber das spielte kaum eine Rolle, denn er hatte ohnehin fast alles schon einmal gesehen. Jedenfalls alles, was interessant war: die großen Schlachtszenen und die seltsamen Ungeheuer. Nachdem man ein paarmal zugesehen hatte, machte es keinen großen Spaß mehr, einen Oger dabei zu beobachten, wie er den Saft aus einem Felsbrocken quetschte oder aus einem Baum eine Brezel formte, ebensowenig wie es noch Vergnügen bereitete, zum soundsovielten Mal einer Herde Zentauren beim Völkerball zuzusehen.

Aber hier und dort war immer noch das eine oder andere Geheimnis verborgen, und das konnte noch einigermaßen interessant werden.

Da war beispielsweise die Frage, was mit Oma Iris' Talent geschehen war. Sie war eine Zauberin der Illusion, die in ihren besseren Zeiten alles so aussehen lassen konnte wie alles mögliche andere, und es hörte und fühlte sich dann auch so an und roch auch so, so daß es unmöglich war, das eine vom anderen zu unterscheiden. Das machte vielleicht Spaß! Aber im letzten Monat hatte sie einen wichtigen Teil dieser Fähigkeit eingebüßt – den ›visuellen Aspekt‹, wie sie sich ausdrückte –, und wenn sie auch immer noch dafür sorgen konnte, daß etwas sich so anhörte wie etwas anderes, was es gar nicht war, konnte sie es doch nicht mehr so aussehen lassen. Oma Iris war natürlich sehr alt, aber Dolph begriff, daß so etwas auch dann noch sehr lästig sein konnte. Was war mit ihren Illusionsgestalten? Er hatte im Webteppich danach gesucht, hatte sie aber nicht finden können.

Dann war da die Sache mit den Rosen. Die wuchsen in einem besonderen Hof und waren ein Geschenk an seinen Vater König Dor: in fünf leuchtenden Farben, Symbole für Gleichgültigkeit, Freundschaft, Romanze, Liebe und Tod. Dort pflegte sich eine Person mitten zwischen den Rosen hinzustellen, während die andere eine Rose pflückte, und zwar nur eine von jener Farbe, die ihre Einstellung zum anderen anzeigte. Pflückte man die falsche Rose, verpaßten einem die Dornen einen schrecklichen Kratzer. Das hatte Dolph begriffen; das eigentliche Mysterium aber war, warum sich jemand mit so etwas überhaupt abgab. Die ganze Zeit kamen junge Männer und junge Frauen, um füreinander Rosen zu pflücken – um ihre Liebe zu beweisen, wie sie sagten. Was sollte das denn? Was war das überhaupt, Liebe? Alles, was Dolph darüber wußte, war, daß es auf irgendeine verschlungene Weise mit dem Geheimnis zu tun haben mußte, wie man den Storch herbeirief, damit der einem ein Baby brachte. Er hatte versucht, den Störchen im Webteppich nachzuspüren, doch obwohl er sie gelegentlich dabei sah, wie sie Babys umhertrugen, war es ihm nie gelungen festzustellen, wie man den Storch eigentlich rief. Was steckte nur für ein großes Geheimnis dahinter?

Diesesmal stellte er den Webteppich auf das größte Geheimnis aller Zeiten ein: das Verschwinden des Guten Magiers Humfrey. Als Esk Oger, Chex Zentaur und Volney Wühlmaus gemeinsam gekommen waren, um dem Magier Fragen zu stellen, hatten sie das Schloß völlig verlassen vorgefunden. Sie hatten zwar im Buch der Antworten nachgesehen, doch das stellte sich als viel zu technisch für einen normalen Sterblichen heraus; nur der Gute Magier konnte es interpretieren, und der war verschwunden. Danach hatte König Dor das Buch an sich genommen und es eingesperrt, damit es unversehrt blieb, solange der Gute Magier fort war.

Alle hatten versucht ihn zu finden, aber niemandem war es gelungen. Und so blieb das Geheimnis seit drei Jahren ungelöst. Es schien, als könnte nur der Gute Magier selbst die Frage nach seinem Verschwinden beantworten. Bis dahin gab es allerdings auch sonst keine Antworten, was für viele Menschen und Wesen Xanths ziemlich frustrierend war.

Dolph ging, ganz das Wolfsjunge, das er im Augenblick war, das Rätsel von vorn und zurück immer wieder durch. Wohin konnte der Gute Magier nur so plötzlich verschwunden sein, daß er sein Schloß und alles, was sich darin befand, einfach zurückgelassen hatte? Er mußte sich, kurz bevor das Dreiergespann aufgetaucht war, aus dem Staub gemacht haben, denn für jeden von ihnen hatte es zuvor noch eine Herausforderung gegeben, bis sie schließlich ins Schloß gelangten. Normalerweise gab es immer drei Hindernisse für jeden, der zu ihm kam, um ihm eine Frage zu stellen, und nur wer diese bewältigte, besaß das Privileg, als Gegenleistung für einen Jahresdienst vom Guten Magier die Antwort zu erhalten. Er war berüchtigt dafür. Einst war die Gorgone gekommen, um den Magier zu fragen, ob er sie heiraten würde, und auch sie hatte er erst einen Jahresdienst ableisten lassen, bevor er ihr eine Antwort gab. Ein anderes Mal war Krach Oger gekommen, hatte aber seine Frage vergessen; dennoch ließ der Magier ihn als Beschützer einer anderen Fragestellerin arbeiten, Tandy Nymphe.

Nach einer Weile verliebten die beiden sich ineinander und heirateten – was offenbar Antwort genug war. So hatten Esks Eltern sich lieben gelernt. Wieder einmal hatte der Magier Glück gespendet.

Heute aber gab es keine Hindernisse und Herausforderungen mehr, und das Schloß war verlassen. Alle waren sich darin einig, daß man den Guten Magier unbedingt wiederfinden müsse, aber niemand wußte, wie und wo. Schon einige Abenteurer waren losgezogen, um ihn zu suchen, und manche von ihnen waren schließlich selbst verschollen.

Wäre es nicht großartig, wenn ein neunjähriger Junge das Rätsel des Jahrhunderts löste? Was würde das doch Spaß machen, all die Erwachsenen dumm dastehen zu lassen!

Dolph konzentrierte sich auf den Webteppich. Er konnte ihn auf jede Zeit und jeden Ort einstellen, indem er einfach nur daran dachte, was er wollte. Die meisten Leute konnten die Bilder überhaupt nicht beeinflussen, aber er und Ivy waren Magier (na ja, eigentlich war sie eine Zauberin, was irgendwie etwas minderwertiger war), und der Teppich gehorchte ihnen anstandslos. Also stellte er ihn nun auf den Tag vor Esks Eintreffen im Schloß ein. Wenn er den Guten Magier tatsächlich dabei beobachten könnte, wie er sein Heim verließ ...

Nach einigem Hin und Her hatte er endlich das Schloß

am letzten Tag, als der Magier noch anwesend war. Da saß Humfrey in seinem Studierzimmer und sah so aus, als wäre er mindestens hundert Jahre alt (was er auch war). Einmal hatte der Magier eine Überdosis vom Elixier des Jungborns abbekommen und war in ein junges Kind verwandelt worden; Dolph hatte herzlich lachen müssen, als er das Ereignis im Wandteppich sah. Aber dann hatte der Magier eine Möglichkeit gefunden, wieder sein richtiges Alter herzustellen. Unten war die Gorgone und stellte gerade Gorgon-Zola-Käse her, indem sie durch ihren Schleier die Milch anschaute. Und da war auch ihr Sohn Hugo, etwa fünfzehn oder sechzehn Jahre alt, der gerade die Anbringung eines Käfigs voller Drachen auf der Brücke über dem Schloßgraben beaufsichtigte: eine der Herausforderungen der sich nahenden Fragesteller. Alles schien völlig in Ordnung zu sein.

Dolph ließ die Szene vorspulen, konzentrierte sich auf den genauen Zeitpunkt der Abreise. War er eigentlich der erste, der den Teppich auf diese Weise benutzte? Bestimmt hatte sein Vater doch auch schon daran gedacht! Vielleicht aber auch nicht, denn schließlich war das Rätsel ja nie gelöst worden. Alles in allem waren die Erwachsenen nämlich ganz schön blöd. Deshalb brauchten sie auch Antworten vom Magier.

Vielleicht war das auch der Grund, weshalb sie so eifersüchtig über das Geheimnis des Storchs wachten: sonst könnten die Kinder auf die Idee kommen, den Storch herbeizurufen.

Plötzlich verschwand das Bild. War irgend etwas am Teppich kaputt? Ivy würde ihn auf den Müll werfen, wenn das der Fall sein sollte! Hastig spulte Dolph zurück – und da war das Bild auch schon wieder. Es lag nicht am Teppich, irgend etwas löschte die Bilder aus.

Langsam spulte er wieder vor, wobei er gleichzeitig Humfrey, die Gorgone und Hugo überprüfte. Das war möglich, weil der Teppich immer mehrere Bilder gleichzeitig zeigte; er ließ sich zwar nicht gleichzeitig auf verschiedene Zeiten oder Orte einstellen, aber er zeigte statt dessen immer mehrere Szenen, die zu einer bestimmten Zeit und zu einem bestimmten Ort gehörten. Humfrey grübelte immer noch über seinem Wälzer – er schien sein Studierzimmer nie zu verlassen! –, während die Gorgone gerade in der Küche einen versteinerten Käsesalat zubereitete und Hugo in seinem Zimmer Mischfrüchte heraufbeschwor. Das war sein Talent, aber er war nicht besonders gut darin; das Obst war meistens mißgestaltet und von merkwürdiger Färbung.

Inzwischen stellte ein Elf in einer Werkstatt gerade irgendeine Art Gerät auf, offensichtlich auf Humfreys Anweisung. Auf dem Schloßgelände gab es meistens die verschiedensten Wesen, die dort ihren Jahresdienst ableisteten, um ihre Antworten zu erhalten, so daß es Humfrey nie an Helfern fehlte.

Doch irgendwas an dem Projekt des Elfs ging schief. Plötzlich stieg Rauch auf. Hustend wich der Elf zurück. Der Rauch dehnte sich aus, füllte das ganze Gewölbe. Da richtete sich die Gorgone schnüffelnd auf; sie rief Humfrey etwas zu (der Teppich hatte zwar keinen Ton, doch sah Dolph, wie sich ihr Mund öffnete), worauf der Magier sich zögernd von seinem Wälzer löste und die Treppe herunterschlurfte. Gleichfalls erschien Hugo, eine Staude blaugesprenkelter Bananen im Arm, die er gerade herbeigezaubert hatte, und gemeinsam gingen sie dem Rauch nach.

Doch der Rauch wartete nicht erst auf sie. Er verdoppelte seine Anstrengungen und hatte schon bald mehrere Räume und Gewölbe ausgefüllt. Der Elf gab gestenreiche Erklärungen ab, aber der Rauch kam schon dicht hinter ihm her. Nicht nur das: Er umkreiste sie, damit sie ihm nicht entkamen.

Dolph begriff, daß dies kein gewöhnlicher Dampf war – es war heiliger Rauch! Schwer zu sagen, was eine große Wolke davon ausrichten konnte.

Der Magier Humfrey wirkte verärgert. Er machte eine Geste, und gemeinsam eilten die vier in ein anderes Gewölbe. Eifrig machte der Qualm sich an die Verfolgung.

Das Zeug war völlig außer Kontrolle geraten! Wie sie sich durch die Türöffnung quetschten, tat er das gleiche. Schon im nächsten Augenblick war das Gewölbe voll davon, und es war nichts mehr zu erkennen.

Diesmal spulte Dolph weder vor noch zurück. Wenige Minuten später wurde der Qualm immer dünner und löste sich auf.

Aber Humfrey, die Gorgone und Hugo waren verschwunden. Nur der Elf war noch übrig, und es war nicht zu übersehen, wie entsetzt er war. Offensichtlich hatte er die anderen im Qualm verloren und wußte jetzt nicht, wohin sie verschwunden waren.

Als sie nicht zurückkehrten, machte sich der Elf daran, das Schloß zu verriegeln, vielleicht war das die übliche Vorgehensweise in Notfällen. Er öffnete den Käfig und ließ die Drachen am Schloßgraben frei. Die Drachen jagten so schnell auf dem Verzauberten Pfad davon, wie sie nur konnten. Das war ein Fehler; Dolph wußte, daß Drachen auf diesem Pfad nichts zu suchen hatten. Nachdem er alles geregelt hatte, verschwand der Elf selbst. Offenbar hatte er seine Pflicht erfüllt.

Und das war es auch schon, bis am nächsten Tag die drei Fragesteller eintrafen. Der Magier und seine Familie hatten sich einfach in Rauch aufgelöst! In heiligen Rauch!

Dolph spulte bis zum Rauch zurück, er wollte einen Blickwinkel finden, der es ihm ermöglichte, im entscheidenden Augenblick durch den Schleier zu spähen, um etwas zu erkennen.

Jetzt begriff er, warum es den Erwachsenen nicht gelungen war, mit Hilfe des Webteppichs das Rätsel zu lösen; der Rauch hatte sie daran gehindert. Aber wenn es seinen scharfen Augen gelingen sollte zu erkennen, was ihnen entgangen war ...

Dolph nahm die Gestalt eines Greifs an. Als Greif besaß er eine ausgezeichnete Sehkraft. Und jetzt ...

»Was machst du in meinem Zimmer!?« wollte Ivy wissen, als sie hereinplatzte. »Du Bengel von einem Bruder – du hast hier überhaupt nichts zu suchen!!« Die Hälfte ihres

Zorns war echt, die andere nur gespielt; das merkte er an der doppelten Interpunktion.

Dolph nahm wieder menschliche Gestalt an. Jetzt saß er in der Tinte! Er war so sehr in das Geschehen vertieft gewesen, daß er überhaupt nicht gehört hatte, wie sie zurückkam. »Ich habe nur ein bißchen Teppich geguckt! Wenn du mir erlauben würdest, ihn für eine Weile bei mir im Zimmer aufzuhängen ...«

»Niemals!« rief sie. Sie war vierzehn und auf dem Höhepunkt ihrer Herrschsucht; Dolph wußte, daß es nichts Schlimmeres geben konnte als eine große Schwester in ihrem Alter. Ihr Talent war die magische Verstärkung, und es bestand kein Zweifel, daß es auch ihren Charakter verstärkte. Es war sinnlos, mit einem solchen Wesen ein Streitgespräch zu führen.

Deshalb versuchte er es auch gar nicht erst. Statt dessen verwandelte er sich in eine riesige Giftspinne und baute sich vor ihr auf.

Ivy kreischte und wich zurück. »Wie absolut fürchterlich!!« schrie sie in gespieltem Grauen. »Endlich hat er seine wahre Gestalt angenommen!! Ich wußte ja schon immer, daß er ein scheußliches Ungetüm ist!!«

Irgendwie war heute doch nicht sein Tag! Sie schaffte es jedesmal, ihm eins überzubraten. Er nahm wieder seine Jungengestalt an.

»Du denkst immer, du wärst so schlau! Ich werde was machen, dagegen siehst du dann aus wie Harpyiendung!« Er versuchte es zwar, doch es gelang ihm nicht, doppelte Ausrufezeichen herzustellen. Leider.

»Ach ja? Was denn, du kleiner Hosenmatz?«

»Ich werde den Guten Magier suchen und retten!«

Sie antwortete nicht. Dazu war sie zu hinterhältig. Sie brach einfach nur in Gelächter aus. Sie ließ sich auf ihr Bett fallen, scheinbar von Heiterkeit überwältigt – und schreckte abrupt auf. »Iiihh! Auf meinem Bett sind ja Werwolfhaare!!« schrie sie empört. Ihre Stimmung konnte sich mit unglaublicher Geschwindigkeit von Entsetzen in sarkastische Freude und Empörung verwandeln.

Dolph erkannte, daß ein gesicherter Rückzug durchaus ein Zeichen der Klugheit sein konnte. Schnell verwandelte er sich in eine Maus und huschte hinaus, das Geschrei schwesterlichen Zorns folgte ihm.

Aber der Gedanke, den Guten Magier zu suchen, ließ ihn nicht mehr los. Er hatte lediglich davon gesprochen, um seine herrische Schwester einzuschüchtern, aber jetzt kam er schlecht aus der Sache heraus, ohne sein Gesicht zu verlieren. Außerdem war er es leid, immer nur der jüngere Bruder zu sein, er wollte endlich eine edle Ruhmestat vollbringen. Warum sollte er den guten Magier Humfrey eigentlich *nicht* suchen gehen? Er war doch dazu genausogut geeignet wie jeder andere; er war zwar noch jung, dafür aber auch ein vollwertiger Magier. Wenn ihn irgend etwas bedrohen sollte, konnte er sich schnell verändern und so der Gefahr entgehen.

Also fällte er seine Entscheidung: Er würde es tun. Er würde das Schloß des Guten Magiers aufsuchen und nachsehen, ob es in diesem Gewölbe nicht doch noch einen Hinweis darauf gab, wohin der Magier verschwunden war. Und dann würde er ihm folgen.

Da gab es allerdings ein kleines Problem: seine Eltern. Sie, Ignoranten, die sie waren, hielten ihn für viel zu jung. Immer hoben sie auf sein Alter ab, wenn er mal ehrgeizige Pläne schmiedete. Aber wenn das auch ein krasser Beweis für das Unverständnis und die Sturheit der Erwachsenen war, stand es doch außer Zweifel, daß er sich damit würde abplagen müssen. Schließlich war sein Vater der König von Xanth, den man nicht so einfach übergehen konnte.

»In ein paar Jahren vielleicht«, schlug König Dor diplomatisch vor. Er hatte gewisse liberale Ansichten, aber angesichts der Unbeugsamkeit von Königin Irene bedeutete das nicht allzuviel.

»Aber wir müssen den Guten Magier doch *jetzt* finden!« rief Dolph. »Das weiß doch jeder!«

»Ich nicht«, meinte sein Stuhl.

»Halt's Maul, Holzhirn!« zischte Dolph.

»Fang bloß nicht an, mich zu beschimpfen, du Schlauhintern!« konterte der Stuhl. »Sonst jage ich dir noch einen Splitter ins Fleisch!«

Dolph entschied sich gegen weitere Diskussionen. Das Talent seines Vaters bestand darin, mit toten Gegenständen zu reden, und die waren nicht besonders gescheit. In König Dors Gegenwart konnte alles irgendwann plötzlich reden, selbst wenn es gar nicht gefragt wurde.

König Dor tauschte mit Königin Irene einen langen Blick aus. Dolph wußte, daß ihm Ärger bevorstand. Sie suchten nach einer Möglichkeit, ihn zurückzuhalten, ohne dabei seine Gefühle zu verletzen. Eltern waren Experten darin, Abenteuer im Kern zu ersticken, ohne dabei unvernünftig zu erscheinen.

»Wenn du vielleicht einen Erwachsenen hättest, der dich begleitet«, sagte Irene. Sie war in Wirklichkeit genauso herrschsüchtig wie Ivy, aber sie tarnte es hervorragend. So harmlos ihre Vorschläge auch formuliert werden mochten, besaßen sie doch Gesetzeskraft.

O weh! Das war ja noch schlimmer als ein Holzsplitter! Ein erwachsener Begleiter würde doch alles ruinieren. Vor allem einer von der Sorte, die seine Mutter vorschlagen würde: ein Zentaur. Zentauren waren viel zu diszipliniert und vernünftig, und außerdem wollten sie ständig irgendwelche Kinder ausbilden. Und von Belehrungen hatte Dolph die Nase gestrichen voll.

Dennoch, seine Mutter hatte gesprochen. Sie wußte, daß er keinen Begleiter haben wollte und ganz bestimmt keinen Erwachsenen. Sie dachte, das würde ihn von seiner Queste abhalten. Aber vielleicht konnte er sie umgehen, indem er sich einen Gefährten aussuchte, der nicht allzu tief in Ungnade stand.

»Also gut«, willigte er ein. »Aber ich darf ihn mir selbst aussuchen.«

König Dor behielt eine ausdruckslose Miene bei, was bedeutete, daß er ein Lächeln unterdrückte. Das war ein gutes Zeichen. Sie wußten beide, daß Königin Irene eine

Zentaurin als Begleitung wünschte. Wenn es Dolph gelang, einen anderen Kandidaten durchzudrücken, hatte er die Schlacht schon fast gewonnen.

»Schön«, sagte sie nach einer bedeutungsvollen Pause. »Aber wir müssen ihm zustimmen.«

Hmph. Das konnte sich als katastrophale Einschränkung erweisen. Sie würden niemandem zustimmen, den er wirklich mochte, sondern nur jemanden, den *sie* mochten. Wie konnte er das nur umgehen?

Dolph hatte einen schnellen, jugendlichen Geist. Sofort hatte er einen Ausweg gefunden. »Abgemacht«, sagte er. »Morgen werde ich meine Wahl treffen.«

»Gewiß doch«, stimmte Königin Irene mit einem ihrer glatten Maskenlächeln zu. Sie glaubte, daß sie ihn ausgetrickst hatte.

»Das wird Spaß machen, Blödian«, bemerkte der Stuhl frech.

König Dor sagte gar nichts. Er war zu klug, um sich auf eine Auseinandersetzung einzulassen. Deshalb war er ja auch König.

Als er wieder in seinem Zimmer war, ging Dolph allerlei Namen durch. Seine Strategie war simpel: Er würde eine Reihe von derartig unakzeptablen Vorschlägen vorbringen, daß seine Mutter sie in königlicher Empörung ablehnen würde. Das konnte sie unvergleichlich gut. Schließlich würde er den Namen erwähnen, den er als Begleiter auserkoren hatte, und der würde im Vergleich zu den anderen so vernünftig erscheinen, daß sie einwilligen würde, noch bevor sie richtig darüber nachgedacht hatte. Vielleicht würde sie es später bereuen, aber dann war es zu spät. Eine Königin mußte ihr Wort halten.

Nach einigem Überlegen fiel seine Wahl auf Grundy Golem. Grundy war eine ziemliche Nervensäge, ein kleines, großmäuliges Wesen aus Holz, Bindfäden und Lumpen, das durch den Dämon X(A/N)th lebendig gemacht worden war. Grundy hatte für jede Gelegenheit eine Beleidigung parat. Deshalb könnte es mit ihm sehr viel Spaß machen. Außerdem sprach er jede Sprache, die es gab, sowohl die der Tiere als auch die der Pflanzen, und das wäre bei einer Reise durch die Wildnis Xanths sehr nützlich. Er war mit Rapunzel verheiratet, die eine fürchterlich nette kleine Frau war, bis auf jene Gelegenheiten, wenn sich ihr langes Haar verhedderte. Dann konnte sie fast so interessante Dinge sagen wie Grundy, während sie mit ihrem Haar kämpfte.

Grundy war ihr treu ergeben, aber Abenteuer liebte er über alle Maßen, so daß er wahrscheinlich einwilligen würde, mit Dolph zu reisen.

Nun brauchte er nur noch eine geeignete Liste schrecklich ungeeigneter Namen. Was würde seine Mutter wirklich ordentlich abschrecken? Nun, da gab es zunächst einmal Brontes den Zyklopen, ein riesiges einäugiges Ungeheuer, das in einer Höhle hauste und Menschen fraß. Auch Gerrymander war geeignet ungeeignet; er teilte und herrschte, indem er seine Gestalt in die groteskesten Formen veränderte. Und Pock, das Gespensterpferd. Aber er brauchte noch mehr Namen für den Fall, daß seine Mutter zu schlau war, um sich von dreien allein hereinlegen zu lassen.

Dolph sprang auf sein Bett, hopste ein paarmal auf und ab, dann schwang er die Beine über die Kante. Plötzlich schoß eine kalte Hand aus dem Schatten unter dem Bett hervor und grabschte nach seinem Knöchel.

»He!« rief er. »Du bist ja gar nicht Handy!« Handy war sein reguläres Bettungeheuer.

»Woher weißt du das?« fragte eine Stimme unter dem Bett.

»Der hat eine große und haarige Fratze. Deine besteht ja nur aus Haut und Knochen!«

Die Hand ließ ihn los. Unter dem Bett war ein Scharren und Klappern zu vernehmen. »Das möchte ich mir verbeten haben! Meine Hände besitzen keine Haut, ich bestehe rein aus Knochen.« Dann kroch das Ding unter dem Bett hervor. Es war ein wandelndes Skelett.

»Was machst du denn da unten, Mark?« fragte Dolph. »Wo ist Handy?«

»Der ist auf Besuch bei Snorty. Ich mache gerade für ihn Vertretung. Wir dachten, du würdest es nicht bemerken.«

»Für wie dumm hältst du mich?« schnaubte Dolph. »Deine Hand hat überhaupt keine Ähnlichkeit mit seiner! Und außerdem besitzt du nur zwei!«

»Das stimmt«, räumte Mark verärgert ein. »Es war wohl ein ziemlich dämlicher Versuch. Aber er wollte doch so gern Snorty wiedersehen, und da ich nichts zu tun hatte, habe ich ...« Er zuckte die Schultern, und seine Knochen klapperten entschuldigend.

»Warum sollte Handy sich Sorgen um Snorty machen?« Snorty war Ivys Ungeheuer unter dem Bett, das ins Reich der Faune und Nymphen gegangen war. Ivy hatte die Sache nie so recht verwunden, obwohl bei ihr inzwischen ein Bettkäfer eingezogen war, der doppelt so groß und so weich wie das Bett war, das Snorty natürlich mitgenommen hatte.

Sie hatte behauptet, daß sie erwachsen sei und nicht mehr an Bettungeheuer glaube. Dolph war der Meinung, daß Snorty gerade noch rechtzeitig das Weite gesucht hatte. Für Ungeheuer bedeutete es den Untergang, wenn Kinder aufhörten, an sie zu glauben. Dolph wollte Handy so etwas niemals antun.

»Es ging weniger um Snorty als um seine Lage«, führte Mark aus. »Es hat sich nämlich herumgesprochen, daß er mehr Nymphenknöchel zm Grabschen hat, als er jemals verkraften kann, so daß er in Gefahr schwebt, an schierem Entzücken zu sterben. Handy dachte, daß er die Situation mal erkunden wollte, für den Fall, daß Snorty Hilfe brauchte.«

»Was stimmt denn an den Knöcheln hier in der Gegend nicht?« wollte Dolph wissen.

»Oh, nichts, ganz bestimmt nicht«, beeilte sich Mark zu versichern. »Aber man kann es einfach nicht zulassen, daß der arme Snorty durch Überarbeitung den Tod findet.«

»Jedes Ungeheuer, das lieber nach dem Knöchel einer

Nymphe grabscht als nach meinem, ist eine Dumpfbacke«, erklärte Dolph in rechtschaffener Empörung. »Was findet der nur an denen?«

»Ich gebe zu, daß ich es selbst auch nicht so recht verstehe«, erwiderte Mark. »Knöchel und Beine voller Fleisch – das macht doch überhaupt nichts her.« Dann fügte er diplomatisch hinzu: »Anwesende natürlich immer ausgenommen.«

Dolph kam zu dem Schluß, daß Mark ganz in Ordnung war. Das Skelett war mit Esk Oger und dem Zentaur hierhergekommen, nachdem sie den Küßmichfluß in seinen früheren Zustand zurückversetzt hatten. Mark war vom Verlorenen Pfad im Kürbis gerettet worden und verdingte sich nun im Schloß als Skelett für alle Fälle. Besonders gut bewährte er sich im Verlies, weil ihm Spinnweben und Ratten nichts ausmachten. Dort ruhte er zumeist seine müden Knochen aus, was für eine gewisse Atmosphäre sorgte, die nicht jeder erheiternd fand. Neben seinem Faible für Unheimliches besaß Mark einen sehr nützlichen hohlen Fingerknochen, mit dem er nach seinem Freund Chex pfeifen konnte, wenn er eine Reitgelegenheit brauchte.

»Vielleicht setze ich dich auch auf die Liste«, meinte Dolph.

»Liste?«

Dolph erklärte ihm, wie er seine Mutter dazu bringen wollte, daß Grundy Golem ihn auf seiner Queste als Gefährte begleitete.

»Du bist doch auch erwachsen, nicht wahr? Dann müßtest du auch geeignet sein. Bei dir bekommt sie einen echten Anfall!«

»Ausgezeichnete Idee«, stimmte Mark zu. »Vielleicht kann ich auch noch ein paar Namen beisteuern. Wie wäre es denn mit Cumulo Fracto Nimbus?«

»Ausgezeichnet!« rief Dolph. »Das wird sie wirklich fertigmachen!« Fracto war der König der Wolken, ein Schlechtwetterfreund von Sturm und Hagel. Man wußte nie, wann er einen Orkan loslassen und mit seinen Blitzen Feuer legen würde. Schon die bloße Vorstellung, daß

Fracto über ihren Teppichen schweben könnte, würde Königin Irene in einen Zustand weiblicher Panik versetzen.

»Dann wären da noch Hardy Harpyie und Xap Hippogryph«, meinte Mark. »Ganz zu schweigen von Stanley Dampfer.«

»Phantastisch!« stimmte Dolph begeistert zu. »Die treiben sie in den Wahnsinn! Sie wird vor Entsetzen nicht mehr wissen, wo ihr der Kopf steht.«

So war es beschlossene Sache. Mark krabbelte wieder unter das Bett, das für seine Knochen ein ebenso bequemer Ruheort wie der Keller war, und Dolph stellte seinen magischen Spiegel auf den Wandteppich in Ivys Zimmer ein. Leider ließ sie ihn gerade ungesteuert laufen, und es war nichts Interessantes los.

Am nächsten Tag begann er mit seinem Programm. »Mark Knochen«, sagte er. »Den möchte ich als Begleiter.«

Irene nickte. »Ja, ich glaube, das ist eine ausgezeichnete Wahl.«

»Na gut, wie wäre es denn mit Cumulo Fracto Nim... Wie bitte?«

»Mark ist erwachsen, reif und erfahren«, sagte Irene. »Auf seinen Schultern ruht ein gewitzter Schädel. Er ist Chex Zentaur eine große Hilfe gewesen. Außerdem gibt es bei ihm keine Ernährungsprobleme. Ich kann dich nur zu deiner Luzidität beglückwünschen, die du bei seiner Auswahl bewiesen hast.«

Dolph wußte nicht, was ›Luzidität‹ bedeutete, aber er wußte sehr wohl, daß das Wort ihm nicht gefiel. Wie konnte sie nur in den ersten Namen einwilligen, den er ihr nannte? Das war einfach nicht fair! Jetzt hing er mit dem wandelnden Skelett fest! »Äh, ja«, sagte er. Vielleicht wollte Mark ja gar nicht mitkommen.

Zurück in seinem Zimmer aber kam er zu dem Schluß, daß es vielleicht besser war, bei seiner verunglückten Wahl zu bleiben. Mark war schließlich ein anständiger Kerl; zum einen glaubte er nicht nur an das Ungeheuer unter dem

Bett, er half ihm sogar aus. Das machte ihn auf eine Weise kindhaft, die wirklich wichtig war. Er würde alles für andere tun, und Geheimnisse konnte er auch für sich behalten.

Und so arrangierte man sich: Dolph würde auf seine Queste gehen, um das Geheimnis des Verschwindens des Guten Magiers zu lösen, und Mark Knochen würde ihn begleiten. Jetzt würde das Abenteuer beginnen.

2

BOTSCHAFT

Am nächsten Morgen brachen sie auf und nahmen den Verzauberten Pfad nach Osten. Für einen Menschen war es ein zweitägiger Marsch, deshalb hatte Irene Dolph einen riesigen Rucksack mitgegeben, der vollgestopft war mit belegten Broten, Socken zum Wechseln, einem kleinen magischen Spiegel und ähnlichen unnützen Gegenständen mütterlicher Fürsorge. »Denk daran, daß du dir jeden Morgen das Gesicht waschen sollst«, hatte sie ihn ermahnt. »Auch hinter den Ohren. Vergiß das nicht!« Bei diesen Ermahnungen wäre Dolph vor Widerwillen am liebsten gestorben.

Mark nahm nichts mit, denn er brauchte weder Nahrung noch Kleidung. Er war ein magisches Wesen, für das andere Gesetze galten. Je müder Dolphs Beine vom langen Marsch wurden, um so mehr beneidete er das Skelett.

»Was hält dich am Laufen?« fragte er.

»Magie. Und dich?«

Ein tolles Gespräch! Offensichtlich besaßen Skelette keine besonders ausgeprägte Vorstellungskraft. Das war auch nicht weiter überraschend, wenn man an ihre hohlen Schädel dachte.

»Ich habe Hunger«, sagte Dolph.

»Deshalb hat deine Mutter dir auch belegte Brote eingepackt.«

Diese Erinnerung beglückte ihn auch nicht sonderlich. »Ich könnte mich in einen Drachen verwandeln und mir irgend etwas zu essen jagen.«

»Ich habe nie begreifen können, weshalb lebendige Leute so gern zerfetztes Fleisch essen«, bemerkte Mark.

Plötzlich verspürte Dolph keinen Hunger mehr. In seiner menschlichen Gestalt schritt er weiter.

»Wenn ich eine Frage stellen darf ...« fing das Skelett an.

»Wer hält dich davon ab?«

»Warum gehen wir eigentlich?«

Wie dumm konnte man eigentlich sein? »Wie sollen wir denn sonst zum Schloß des Guten Magiers kommen?«

»Ich hätte mir denken können, daß du dich vielleicht gern in einen Vogel verwandeln würdest, um hinzufliegen.«

»Mutter hat darauf bestanden, daß ich von einem Erwachsenen begleitet werde«, sagte Dolph vernichtend. »Und du kannst nicht fliegen.«

»Kannst du dich denn in einen großen Vogel verwandeln?«

»Klar. In jeder Größe. Sogar in einen Rokh. Na und?«

»Ich dachte mir, du könntest vielleicht zu einem solchen Vogel werden, dann könntest du mich zum Schloß tragen.«

Also das war wirklich eine Idee! Dolph blieb stehen, nahm seinen Rucksack ab, dann zögerte er. »Ich muß meine Kleider ausziehen, weil die sich nicht verwandeln.«

»Es wird mir ein Vergnügen sein, deinen Rucksack und deine Kleider zu halten«, erwiderte Mark.

»Aber Mutter mag es nicht, wenn ich nackt herumlaufe.«

»Das ist merkwürdig. Irgendwie sehe ich deine Mutter hier nirgendwo.«

»Natürlich ist sie nicht hier, Hohlkopf! Sie ist auf Schloß

Roogna!« Da begriff Dolph. »Du meinst ... sie kann gar nicht nein sagen dazu?«

»Das war es, was mir dazu einfiel.«

Vielleicht war das Skelett doch nicht so dumm. Dolph stieg aus seinen Kleidern, bündelte sie und reichte sie Mark zusammen mit dem Rucksack. Dann verwandelte er sich in einen Rokh. Jetzt war er wirklich ein riesiges Ungetüm! Er schnalzte vor Zufriedenheit. Rokhs konnten zwar nicht sprechen wie Menschen, daher gab auch niemand einem Rokh Widerworte!

»Aber vielleicht ...« fing Mark an.

Bekam er es jetzt mit der Angst zu tun? Na, dafür war es schon zu spät.

Dolph nahm das Skelett mit einer Klaue auf, breitete die Flügel aus – und knallte gegen einen dicken Baum. Aua!

»... sollten wir uns erst eine geeignete Lichtung suchen«, schloß Mark.

Ein guter Gedanke. Dolph nahm wieder menschliche Gestalt an, zog sich an, und dann ging er den Pfad hinuntern. Warum mußten die Dinge nur immer so kompliziert sein?

Nach einer Weile gelangten sie an eine Lichtung. Dolph verwandelte sich wieder, breitete vorsichtig die Flügel aus und überzeugte sich davon, daß er genug Platz hatte.

»Trotzdem ...« fing Mark an.

Dolph nahm das Skelett wieder auf, schlug die Flügel – und segelte voll in die Baumreihe am Rande der Lichtung. Es war ein fürchterlicher Aufprall, und die Bäume schienen davon auch nicht erfreuter zu sein als er. Laub rieselte auf ihn herab.

»... sollten wir erst noch eine längere Startbahn suchen«, fuhr Mark fort.

Dolph nahm wieder Jungengestalt an und stand auf. Sein linker kleiner Finger tat weh. Dann erblickte er eine gebrochene Feder am Boden und begriff, daß er sie beim Aufprall verloren hatte. Es fehlte ihm ein Stück Fingernagel. Die Verwundungen, die man sich in einer Gestalt zuzog, übernahm man auch in die andere. Verärgert steckte er den Finger in den Mund.

Sie marschierten weiter, bis sie zu einem großen Feld kamen. Wieder verwandelte Dolph sich, spreizte die Flügel, schaute nach vorn, um sicherzugehen, daß er genügend Startbahn zur Verfügung hatte, dann nahm er das Skelett auf.

»Allerdings ...« sagte Mark.

Diesmal hielt Dolph inne.

»... sollten wir vielleicht erst einmal den Wind prüfen«, schloß Mark.

Den Wind? Dolph hob den Schnabel. Er spürte eine steife Brise, die in genau die Richtung wehte, in die er fliegen wollte. Kein Problem! Er begann mit den Flügeln zu schlagen.

»Weil ...« sagte Mark.

Dolph schlug immer heftiger und sprang in die Luft. Sofort war er in Bewegung, vom Wind getragen. Doch obwohl er kräftig schlug, gewann er kaum an Höhe. Und da sauste ein kleiner Hügel herbei und kratzte an seinen Beinen. Mit schleifenden Füßen bremste er ab und verlor dabei eine weitere Feder.

»... Rückenwind es einem sehr erschweren kann, Auftrieb zu bekommen«, schloß das Skelett.

Dolph nahm wieder Jungengestalt an. An seinem rechten Oberschenkel klaffte eine Wunde, die ziemlich weh tat. »Hast du noch irgendwelche Bemerkungen auf Lager?« fragte er ätzend.

»Ich? Natürlich nicht«, erwiderte Mark.

»Schön, wie soll ich mich jemals in die Lüfte erheben, wenn immer alles schiefläuft?«

»Wenn du im Gegenwind abhebst, ist das möglicherweise effektiver.«

»Aber Gegenwind drückt mich doch zurück!«

»Ich gebe zu, daß es unsinnig klingt. Aber ich habe schon gesehen, wie Vögel genau das taten.«

»Also gut, aber wenn ich wieder abstürze, ist es diesmal deine Schuld!«

»Natürlich«, stimmte Mark ihm ohne jede Gehässigkeit zu. Sein Blut geriet nie in Wallung, weil er ja keins hatte.

Sie gingen ein Stück gegen den Wind, bis sie genügend Anlauf hatten. Dann verwandelte sich Dolph wieder einmal, orientierte sich, breitete die Flügel aus, nahm das Skelett auf und hielt inne.

Und tatsächlich hatte Mark wieder eine Idee. »Allerdings ...«

Diesmal wartete Dolph, bis er fertig war.

»... solltest du vielleicht erst etwas essen.«

Essen? Gewiß, er war hungrig, aber das konnte warten. Er wollte endlich zum Schloß des Guten Magiers kommen und das Abenteuer fortsetzen!

Pumpend schlug er seine Flügel und sprang hoch. Der Aufwind packte ihn sofort und verlieh ihm ausgezeichneten Auftrieb. Jetzt war er endlich unterwegs!

Dann legte er die Flügel etwas an und glitt wieder in die Tiefe. Er vollführte eine ziemlich gute Landung, nach der er sich wieder in seine Jungengestalt verwandelte. »Warum soll ich etwas essen?«

»Weil Fliegen anscheinend sehr viel Kraft verbraucht, wie ich es sehe, und Lebewesen beziehen ihre Kraft aus der Nahrung, die sie einnehmen«, erklärte Mark.

Dolph dachte daran, was geschehen würde, wenn er über irgendeinem tiefen Ozean oder in der Nähe eines lauernden Flugdrachens keine Kraft mehr haben sollte. »In Ordnung, ich werde essen. Gib mir meinen Rucksack.«

»Ich frage mich ...«

Ungeduldig grabschte Dolph nach dem Rucksack. Er fischte ein belegtes Brot hervor, dann machte er eine Pause.

»... ob Kraft relativ oder absolut ist«, beendete Mark seinen Satz.

»Was redest du da?«

»Mir ist eingefallen, daß du nur für ein paar Mahlzeiten belegte Brote hast. Die könnten länger vorhalten, wenn ...«

Dolph hatte den Mund geöffnet, um einen riesigen Bissen zu nehmen, doch er biß nicht zu. Er wartete ab.

»... du sie in kleineren Mengen verzehren würdest.«

Darüber dachte Dolph nach. »Weißt du, wenn ich eine

große Gestalt angenommen habe, etwa eine Sphinx, dann kann ich fürchterlich viel essen, aber selbst wenn ich danach wieder klein werde, werde ich auch wieder zur selben Zeit hungrig wie sonst. Wenn ich klein bin und esse, und wenn ich dann groß werde, werde ich trotzdem nach derselben Zeit wieder hungrig. Darüber habe ich noch nie nachgedacht.«

»Wenn du also einen Krumen in Ameisenform essen solltest, könnte dir das genauso lange reichen wie ein ganzes belegtes Brot in Jungengestalt«, meinte Mark.

»Ich schätze schon.« Dolph musterte das belegte Brot. »Aber wenn ich mich in eine Ameise verwandelte, könnte jemand auf mich treten.«

Mark brach ein winziges Stück Brot ab und hielt es in seiner Knochenhand. »Ich werde nicht auf dich treten.«

Natürlich, Mark tat nie jemandem weh. Dolph begriff, daß das ein Vorzug seines Gefährten war: ihn zu beschützen, wenn er aus irgendeinem Grund gerade angreifbar war. Natürlich würde er nicht so weit gehen zuzugeben, daß seine Mutter vielleicht recht gehabt haben könnte, als sie von der Notwendigkeit eines Begleiters sprach, aber es war nicht zu bezweifeln, daß die Sache ihre Vorteile hatte.

Er ergriff das Ende von Marks Knochenfingern mit zweien seiner eigenen Finger. Dann verwandelte er sich in eine Ameise. Plötzlich hing er mit den Härchen eines Beins von dem riesigen weißen Knochen herunter. Doch in seiner kleinen Gestalt wog er so wenig, daß es ein leichtes war sich festzuklammern, und selbst wenn er stürzen sollte, würde er sich nicht weh tun. Er kletterte auf den Finger, dann spazierte er über das Netzwerk aus Knochen, das die Hand bildete. Dort ruhte der Krumen. Er biß hinein, und es schmeckte köstlich.

Schon bald war er satt, und dabei war der Krumen erst zur Hälfte verzehrt. Er schritt zur Spitze eines Fingers, sprang herunter und verwandelte sich noch im Sprung in einen Jungen. Er fühlte sich immer noch satt. »Gehen wir!« sagte er. »Jetzt bin ich voller Kraft!«

Mark nahm wieder den Rucksack und die Kleidung auf,

Dolph verwandelte sich wieder in den Rokh und hob das Skelett auf seinen Rücken. Er breitete die Flügel aus.

»Ich schätze ...« begann Mark.

Dolph wartete ab. Er hatte gelernt zuzuhören. Das hätte seiner Mutter gefallen!

»... daß wir jetzt fortfahren können«, schloß Mark.

Na prima! Dolph sprang und pumpte, und schon schwebten sie in der Luft. Der Wind verlieh ihm Auftrieb. Schon bald kreiste er über den Bäumen und orientierte sich. Rokhs verfügten über eine ausgezeichnete Sehkraft. Er stürzte sich in den Wind.

»Es ist allerdings möglich ...«

Was denn jetzt schon wieder? Dolph legte den Kopf schräg und lauschte.

»... daß der Wind weiter oben die Richtung wechselt.«

Gute Idee. Er setzte den Aufstieg fort. Und tatsächlich veränderte der Wind in größerer Höhe die Richtung, und ein kalter Strom wehte genau auf das Schloß des Guten Magiers zu.

Nun, da er in der Luft war, brauchte er keinen Auftrieb mehr; er konnte auf dem Luftstrom segeln.

Zufrieden mit sich selbst flog er los. Er fühlte sich gestärkt, dank des guten Rats des Skeletts. Es war gar nicht mal so schlecht, einen Erwachsenen dabeizuhaben! Dolph konnte sich zwar immer noch nicht zu der Vorstellung durchringen, daß seine Mutter tatsächlich recht gehabt haben könnte; schließlich gab es ja auch Grenzen.

Als der Abend sich näherte und die Sonne sich duckte, um sich hinter dem Horizont zu verstecken, damit sie nicht von der Dunkelheit eingeholt wurde, flog Dolph im Gleitflug auf das Schloß des Guten Magiers zu. Er konnte nicht im Schloß selbst landen, weil er dafür zu groß war, aber unweit davon lag ein hübsches Feld. Er vollführte eine fast vollkommene Landung. Sie hatten einen ganzen Tag gespart!

Aber nun dämmerte es, und er war müde. Marks Vorsichtsmaßnahme hatte sich als richtig erwiesen: Er war schon wieder hungrig, und wenn er vor dem Fliegen nichts gegessen hätte, würde er sich jetzt wahrscheinlich völlig ausgehungert fühlen.

»Ich denke ...« begann Mark.

»Wir sollten hier lieber die Nacht verbringen«, beendete Dolph den Satz für ihn.

Das Skelett nickte. »Du kannst schlafen; ich brauche so etwas nicht. Hättest du gern eine Unterkunft?«

Dolph sah sich um. Die Bäume, die im Sonnenlicht so hübsch ausgesehen hatten, wirkten im Schatten reichlich düster. Seltsame, unfreundliche Geräusche waren plötzlich zu vernehmen. Daran hatte er noch gar nicht gedacht. Ihm gefiel die Vorstellung nicht, daß er im Freien auf nacktem Boden schlafen sollte, nicht einmal in Tiergestalt behagte sie ihm. Er war an sein warmes, sicheres Bett auf Schloß Roogna gewöhnt, unter dem Handy das Ungeheuer Wache hielt. Schließlich war er erst neun Jahre alt. »Äh, ja«, meinte er nachdenklich.

»Dann tritt mich in den Hintern.«

»Wie bitte?«

»Verpaß mir einen ordentlichen Tritt. Ich brauche diesen Anfangsschub.«

»Na schön, wenn du meinst.« Dolph trat etwas zurück, nahm Schwung und verpaßte dem Hinterteil des Skeletts einen prächtigen Tritt.

Mark brach auseinander. Seine Knochen explodierten, flogen in alle Himmelsrichtungen davon. Dann landeten sie wieder – und zwar in einem Muster. Als sich der letzte Knochen eingeordnet hatte, stellte das Skelett ein kleines Häuschen dar. Der umgedrehte Schädel war die Haustür.

»Mach mich auf«, sagte der Schädel. »Kriech hinein und zieh mich zu. Hier drin wird dich niemand belästigen.«

Das glaubte Dolph ihm aufs Wort. Er nahm seinen Rucksack und schritt auf das Knochenhaus zu. Er kroch auf allen vieren und hakte einen Finger in das Nasenloch. Von einem Halsknochen gehalten, schwang die Tür auf. Dolph krabbelte hinein und stellte fest, daß es innen nicht nur sehr gemütlich, sondern auch gerade groß genug war. Er zerrte seinen Rucksack hinterher und legte ihn als Kopfkissen aus. Dann zog er den Schädel herunter, der mit einem Klicken einrastete. Die eckigen Augenhöhlen starrten hinaus und hielten Ausschau nach jeder möglichen Gefahr in der Nacht.

Hier drinnen war es dunkel und angenehm warm. Er fühlte sich recht sicher. Heiliges Gebein! Mark war wirklich ein toller Bursche!

Er hatte eigentlich mit Grundy Golem reisen wollen. Schon immer war er der Auffassung gewesen, daß Grundy eigentlich als Magier hätte anerkannt werden müssen, weil er mit allen Lebewesen sprechen konnte. Schließlich vermochte nicht einmal König Dor so etwas. Doch Ivy hatte erklärt (nicht, daß er sie um eine Erklärung gebeten hätte), daß *jedermann* irgendeine andere Sprache sprechen konnte, wenn er sich nur die Mühe machte, sie zu erlernen, während *niemand* die Sprache der unbelebten Gegenstände sprechen konnte außer König Dor. Daher war Dor ein Magier und Grundy keiner.

Doch obwohl Grundy eine faszinierende Persönlichkeit sein konnte, hatte er nicht viel drauf, wenn es darum ging, Häuser zu erbauen. Vielleicht war Dolph mit dem Skelett tatsächlich besser dran, genau wie seine Mutter es vermutet hatte – nein, die Sache mußte doch auch ihre Haken haben!

Am Morgen stand Dolph auf und verpaßte dem Haus einen Tritt, worauf es sich wieder in das wandelnde Skelett verwandelte. Mark erklärte ihm, daß er in früheren Zeiten von Hand wiederhergestellt werden mußte, Knochen um Knochen, daß es ihm aber mit entsprechender Übung gelungen war, sich aus jeder beliebigen Konfiguration sofort wieder selbst zusammenzusetzen. Das war sehr gut, denn Dolph hätte nur sehr wenig Lust gehabt, einen Knochenhaufen wieder zusammensetzen zu müssen. Danach verwandelte Dolph sich in eine Ameise und aß einen weiteren Brotkrumenteil. Schließlich nahm er wieder die Jungengestalt an, und gemeinsam gingen sie zum Schloß.

Sie kreuzten den Verzauberten Pfad und folgten ihm bis zum Haupteingang. Selbst in seinem verlassenen Zustand wirkte das Schloß noch sehr imposant. Es besaß einen Graben von ordentlicher Größe, der zur Hälfte mit schleimigem Wasser gefüllt war, sowie eine klapprige Zugbrücke, bedeckt mit Spinnweben; und die Steine seiner Mauern waren grün von Mehltau. Das Schloß sah ganz und gar gespenstisch aus: eine echte Wonne.

»Vielleicht ...« fing Mark an.

Dolph, der gerade auf die Zugbrücke zugehen wollte, blieb stehen. Die Wunden von den verletzten Federn erinnerten ihn immer noch daran, daß er den Rat eines Erwachsenen wohl besser beherzigen sollte.

»... sollte ich als erster hineingehen, um sicherzustellen, daß uns keine Gefahren drohen«, schloß das Skelett.

»Aber wäre das nicht auch für dich gefährlich?«

»Was soll mir schon gefährlich werden?«

Darauf wußte Dolph keine Antwort. Alles, was beispielsweise gerne nach Beinen schnappte, würde schon Probleme mit Marks Knochen bekommen, und alles, was den Lebenden gern einen Schrecken einjagte, würde Schwierigkeiten haben, den Toten zu erschrecken.

Mark durchquerte als erster den Schloßgraben, wobei er mit seinen knochigen Füßen auf die alten Holzplanken der Zugbrücke stampfte. Unter ihm gab nichts nach. Er erreichte das riesige, geöffnete Tor und blickte um sich. Nichts rührte sich. Dann klopfte er gegen das Gestein des Bogens, durch den man ins eigentliche Schloß gelangte. Das hohle Geräusch hallte wider und verstummte. Das Schloß wirkte leer.

Nun schritt Dolph hinüber, wobei ihm seine eigene Vorsicht eher peinlich war. Wie sah das denn aus, wenn ein Abenteurer derartig zögernd ein verlassenes Schloß aufsuchte? Er hätte doch schwertschwingend hineinstürzen müssen! Wenn er ein Schwert besessen hätte.

Hatte seine Mutter ihn vielleicht nur ziehen lassen, weil sie gewußt hatte, daß die Queste harmlos war, daß er gar nichts entdecken würde? Daß alles, was er hier erreichen konnte, darin bestehen würde, sich das leere Schloß anzuschauen, um danach wieder unverrichteterdinge nach Hause zurückzukehren? Wobei Mark ihn begleiten sollte, um sicherzustellen, daß er sich nicht verlief? Das wäre vielleicht ein erbärmliches Abenteuer! Wahrscheinlich kicherte Ivy sich gerade auf ihre unerträgliche Große-Schwester-Art beinahe zu Tode.

Dolph beschloß, nicht eher nach Hause zurückzukehren, bevor er den Guten Magier gefunden hatte. Dann würden die Augen machen!

Nun mußte er sich nur noch überlegen, *wie* er das bewerkstelligen sollte!

Sie schritten durch das ganze Schloß, fanden aber nichts als leere Gewölbe, in denen es von Spinnweben nur so wimmelte. Der persönliche Besitz des Magiers war kurz nach Entdeckung der Katastrophe von Leuten aus Schloß Roogna aufgeräumt und verstaut worden. Alles, was hätte entdeckt werden können, wäre inzwischen mit Sicherheit aufgespürt worden. Für Dolph blieb nichts mehr zu entdecken.

»Hier scheint es nichts Interessantes mehr zu geben«, bemerkte Mark.

Welch eine Neuigkeit! Dolph starrte in tiefer Verdrossenheit auf den Fußboden. Er wußte, daß ihm keine andere Wahl blieb, als nach Hause zurückzukehren, es sei denn, daß er etwas aufstöberte, was bisher noch niemand gefunden hatte.

»Allerdings ...« fing Mark an.

Was für Einschränkungen konnte das Skelett denn jetzt schon wieder geltend machen? Dolph horchte auf.

»... könnten die Wahrnehmungsorgane eines anderen Lebewesens vielleicht etwas entdecken, was wir nicht finden würden«, fuhr Mark fort.

Dolph zuckte die Schultern. Er verwandelte sich in eine Kartoffel und spähte mit seinen scharfen Augen umher. Doch alles, was er erblickte, waren Staub und Schmutz. Er wurde zu einem Hundsholzbaum, um mit seiner empfindlichen hündischen Nase zu schnüffeln. Doch alles, was er roch, waren Staub und Schmutz. Er wurde zu einer Maisgarbe und lauschte mit scharf eingestellten Ohren. Doch alles, was er hörte, war nichts.

»Und doch ...«

Dolph kehrte in seine Jungenform zurück und verharrte abwartend.

»... könnte es auch andere Möglichkeiten der Einschätzung geben, andere Möglichkeiten der Messung, die irgendeine Lebewesenart dazu benutzen könnte, um das Unentdeckte zu entdecken«, schloß Mark.

Hatte das Skelett das bißchen Grips, das es in seinem hohlen Schädel aufbewahrte, nun auch noch verloren? Das war doch der reinste Unfug!

Dolph mußte sich regelrecht zu einer Frage bequemen. »Was meinst du damit?«

»Ich bin gewöhnt an die verschiedenen heimtückischen Kammern im Reich des Kürbis«, erklärte Mark. »Wenn hier noch irgend etwas übriggeblieben sein sollte, dann muß es sich in einem solchen verborgenen Gewölbe im Schloß befinden.«

»Eine Geheimkammer?« Das faszinierte Dolph. »Wo denn?«

Mark zuckte die Schultern. »Dort, wo noch nie einer nachgesehen hat, immer vorausgesetzt, sie existiert.«

»Aber wie sollten wir die finden? Wir haben doch überall nachgeschaut, wo man schauen kann.«

»Da bin ich mir nicht so sicher. Ich dachte, daß du vielleicht in einer deiner anderen Gestalten messen und berechnen könntest, ob ...«

Dolph verwandelte sich in einen riesigen Meßwurm. Jeden Schritt bemessend, bewegte er sich durch das ganze Schloß. Und mußte feststellen, daß die Messungen nicht miteinander übereinstimmten.

Sie besprachen sich darüber und gelangten zu dem Schluß, daß es in der Mitte des Schlosses tatsächlich eine Unstimmigkeit gab. Zimmer, Treppen und Wände bildeten dort ein kompliziertes Mosaik, so daß es fast unmöglich war zu sagen, was mit wem welche Summe ergab, aber der

Meßwurm stellte die Differenz fest. Es gab genug Raum für eine kleine, verborgene Geheimkammer.

Dolph war entzückt.

Sie hatten etwas entdeckt, was noch niemandem aufgefallen war! Nun mußten sie nur noch in die Kammer eindringen und schauen, was dort los war.

Die Steine, aus denen das Schloß gebaut worden war, waren groß und schwer: viel zu schwer, als daß ein neunjähriger Junge oder ein wandelndes Skelett sie hätten bewegen können. Doch dieses Problem wußte Dolph zu lösen. »Ich werde zum Oger und prügle mir einfach meinen Weg frei!« sagte er begeistert.

»Ich bin mir nicht sicher ...«

»Ja, du hast wohl recht«, stimmte Dolph zögernd ein. »Man soll nicht anderer Leute Schlösser kaputtmachen. Aber vielleicht könntest du dich in ein Stemmeisen verwandeln, dann könnte der Oger es benutzen, um nur ein paar Steinblöcke aus dem Weg zu hebeln, die man dann später wieder einsetzen kann.«

»Gib mir einen Tritt«, sagte Mark zur Antwort.

Dolph verpaßte ihm einen ordentlich Tritt ins Hinterteil. Mark flog auseinander und setzte sich als lange, feste Knochenstange wieder zusammen, wobei der Schädel an einem Ende einen Knauf bildete.

Dolph wurde zum Oger. Nun war er so riesig, daß er kaum in den Raum paßte, und er besaß monströs behaarte Muskeln. Stumpfsinnig sah er sich um und entdeckte eine kleine Spinne, die gerade ein Netz spann; die Spinne blickte ein einziges Mal in sein häßliches Gesicht, dann fiel sie in Ohnmacht.

Oger waren die kräftigsten, häßlichsten und dümmsten Kreaturen Xanths.

Er griff nach der Knochenstange, worauf ein weiterer Oger in den Raum gestampft kam. Überrascht hielt Dolph inne. »Hu, wer du?« fragte er im typischen Ogerstil.

»Hu, wer du?« erwiderte der andere im selben Tonfall.

»Die Maske ab, aber trabtrab!« sagte Dolph. Oger sprachen in der Regel in schlichten Knittelversen.

»Die Maske ab, aber trabtrab«, wiederholte der andere.

»Ich hau dich blau!« erklärte Dolph, den diese Nachäfferei wütend machte. Er hob eine riesige Faust.

»Ich hau dich blau«, antwortete der andere und hob ebenfalls eine Faust.

»Vielleicht ...« begann der Schädelknauf.

Plötzlich war da eine zweite Knochenstange. »Vielleicht ...« begann ihr Schädelknauf.

Dolph nahm wieder Jungengestalt an. »Was ist hier los?«

Vor ihm erschien ein anderer Junge. »Was ist hier los?«

»... haben wir es mit einer Herausforderung zu tun«, sagte Marks Schädel.

»Haben wir es mit einer Herausforderung zu tun«, sagte auch der zweite Schädel, der sofort erschien, nachdem der Junge verschwunden war.

»Dieses Ding imitiert ja alles, was wir tun!« rief Dolph.

Da erschien der Junge wieder. »Dieses Ding imitiert ja alles, was wir tun!«

»Das ist, glaube ich, ein Hundsäffer«, sagte Marks Schädel, woraufhin der andere sofort das Echo machte.

»Was ist das denn?« fragten Dolph und das Wesen.

»Ein Wesen, das alles nachäfft, was es hört und sieht«, erklärten Mark und das Wesen. »Es besitzt keinerlei eigene Intelligenz; es imitiert nur.«

»Vielleicht hilft es uns dann dabei, in die Geheimkammer zu kommen«, sagten Dolph und das Wesen. Er griff nach der Knochenstange. Der Hundsäffer tat es ihm gleich.

Dolph verwandelte sich wieder in den Oger. Der andere ebenfalls. So kamen sie nicht weiter.

Nun fiel ihm wieder ein, was Mark über die Herausforderungen und Hindernisse gesagt hatte. In früheren Zeiten, als der Gute Magier noch zu Hause war, mußte jeder, der ihn aufsuchen wollte, um eine Frage zu stellen, drei Herausforderungen oder Hindernisse bewältigen. Konnte es sein, daß noch Herausforderungen übrig waren? Dann hätte die erste wohl darin bestanden, die Geheimkammer zu finden, und dann wiederum war dies möglicherweise die zweite. Der Hundsäffer war vielleicht von ihrer Entdekkung der Geheimkammer angezogen worden; möglicherweise hatte der Gute Magier diese Falle schon vor langer Zeit für einen anderen Zweck aufgestellt. Nun war Dolph hineingestolpert. Wie wollte er da wieder rauskommen?

Nun, wenn das Ding ein Hund war, so mochte es vielleicht hündische Sachen. Hunde waren zwar in erster Linie mundanische Wesen, aber einige von ihnen hatten sich auch nach Xanth verirrt. Sie mochten Hundekuchen.

»Sprich mit ihm, Mark«, sagte er und nahm wieder seine gewöhnliche Gestalt an.

»Sprich mit ihm, Mark«, wiederholte das Wesen.

»Wie du willst«, willigte das Skelett ein.

Während die beiden Knochenstangen sich einander nachäffend unterhielten, machte Dolph sich unauffällig an seinem Rucksack zu schaffen. Es hatte den Anschein, daß der Hundsäffer nur jenen nachäffte, der gerade das Gespräch führte. Dolph holte sein angebissenes Brot hervor und preßte es in Form eines Kuchens zusammen.

Dann hielt er den Kuchen hoch. »Ich habe hier einen köstlichen Hundekuchen«, verkündete er. »Hat irgend jemand Lust darauf?«

Der andere Junge erschien wieder. »Hat irgend jemand Lust darauf?« wiederholte er, und das Wasser lief ihm im Mund zusammen.

»Allerdings kann den niemand essen, der etwas anderes tut«, sagte Dolph.

Er legte den Kuchen ab und schritt zur Wand. »Ich tue etwas anderes.«

»Ich tue etwas anderes«, wiederholte der andere, aber er hatte den Blick auf den Kuchen geheftet. Das war wirklich eine Versuchung für ihn!

Dolph nahm die Knochenstange auf. »Ich habe eine langwierige, schwere Arbeit vor mir«, sagte er. »Ich weiß gar nicht, ob ich jemals Zeit haben werde, um einen köstlichen Hundekuchen mit dem Aroma eines belegten Brotes aufzuessen!«

»... köstlichen Hundekuchen mit dem Aroma eines

belegten Brotes aufzuessen!« wiederholte der andere und ging darauf zu, wie von einem magischen Magneten angezogen.

Dolph machte sich daran, den größten Stein zu lockern. Der Hundsäffer mischte sich nicht mehr ein. Als Dolph dann wieder hinsah, war der Hund verschwunden. Der Hundekuchen ebenfalls.

So war das mit Hunden, dachte er befriedigt. Wenn sie etwas Gutes zu essen ergattert hatten, trugen sie es an einen ungestörten Ort, wo sie es in Ruhe verzehren konnten. Der Hundsäffer hatte es nicht vermocht, gegen seine eigene Natur zu kämpfen.

»Das hast du sehr gut gemacht«, bemerkte Marks Schädel.

»Na ja, als du gesagt hast, daß das eine Herausforderung ist, wußte ich, daß ich sie irgendwie umgehen mußte«, meinte Dolph. »Aber bedeutet das, daß uns noch eine weitere bevorsteht?«

»Möglicherweise«, stimmte Mark zu. »Wir scheinen hier nicht besonders gut voranzukommen.«

Das stimmte tatsächlich. Der Stein schien sich nicht von der Stelle zu bewegen.

Dolph nahm wieder Ogergestalt an und zog am Stein, doch ohne jeden Erfolg.

»Es sieht aus, als wäre alles aus einem einzigen Stück«, bemerkte Mark. »Was wie einzelne Steine aussieht, ist in Wirklichkeit nur die Projektion eines einzigen Steins.«

»Woher weißt du das?« fragte Dolph, nachdem er wieder Jungengestalt angenommen hatte.

»Ich habe ein gewisses Gespür für das Unbelebte. Ich fürchte jedoch, daß es uns nicht gelingen wird, uns Zugang zu verschaffen, ohne dabei das gesamte Schloß zu zerstören.«

»Das ist die dritte Herausforderung!« rief Dolph. »Wir sollen irgendwie in eine vollkommen versiegelte Kammer eindringen!«

»So sieht es aus.«

Dolph trat gegen die Knochenstange, die daraufhin wieder die normale Gestalt des Skelettes annahm. Nun beratschlagten sie sich. »Vielleicht können wir den Stein durch Magie irgendwie erweichen. Dann könnten wir ein Loch hineinbohren und durchklettern.«

»Vielleicht. Wenn drinnen etwas ist, muß man auch irgendwie hineingelangen können.«

»Richtig. Wir müssen nur noch feststellen, wie.«

Keiner von beiden hatte jedoch eine Idee. Schließlich versuchte es Dolph mit willkürlich ausgesuchten Zaubern. »Stein, werde weich!« befahl er.

Der Stein wechselte die Farbe. Plötzlich sah er aus wie gekochter Brei.

Dolph starrte ihn fassungslos an. »Es hat funktioniert!« rief er überrascht.

Mark stach mit einem knochigen Finger hinein. »Er ist immer noch sehr hart«, bemerkte er.

Nun berührte auch Dolph den Stein. Er war absolut fest. Er sah zwar so aus, als würde er jeden Augenblick zusammenfallen, doch diese Vorstellung trog.

»Die Perversion der unbelebten Dinge«, meinte Mark. »Obwohl gerade ich so etwas eigentlich nicht sagen dürfte.«

Dolph wußte, was Perversion war, weil seine große Schwester Ivy diesen Begriff gern auf ihn anwandte. Es bedeutete, das Gegenteil dessen zu tun, was von einem erwartet wurde. »Na schön, dann versuchen wir es andersherum.« Er blickte den Fels an. »Stein, werde hart!«

Der Stein nahm das Aussehen von poliertem Stahl an. Er sah so hart aus, daß er sich schon fast davor fürchtete, ihn zu berühren. Statt dessen tat Mark es für ihn.

»Er hat sich nicht verändert«, berichtete das Skelett bedauernd. »Es sieht so aus, als könnten wir nur sein Erscheinungsbild verändern, aber nicht seine Wirklichkeit.«

So sah es tatsächlich aus. Die Mauer wechselte zwar beliebig die Farbe, nicht aber ihre Härte. Sie konnten immer noch nicht hinein.

»Aber das muß der Weg sein«, beharrte Dolph. »Der

Gute Magier baut doch so etwas nicht nur auf, damit es schön aussieht!«

»Das vermute ich auch.«

Doch sie waren immer noch nicht weitergekommen. Die Mauer nahm zwar jede beliebige Farbe an, die sie von ihr verlangten, veränderte sich ansonsten aber überhaupt nicht.

Plötzlich hatte Dolph eine gute Idee. »Vielleicht müssen wir gar nicht hineingehen!«

»Meinst du, daß dort drin nichts ist, was sich lohnen würde?«

»Nein! Vielleicht können wir ja *sehen*, was es ist, anstatt es zu berühren!«

»Was hätten wir davon?«

»Finden wir es doch heraus!«

Dolph wandte sich wieder der Mauer zu. »Stein, verliere alle Farbe!«

Die Mauer wurde durchsichtig. Sie sah aus wie farbloses Gel, völlig transparent.

Nun konnten sie bis zur Mitte hineinsehen. Und tatsächlich, da gab es wirklich eine kleine Kammer, und in der Kammer lag ein Stück Papier.

»Sehr interessant«, bemerkte Mark. »Du hast das Geheimnis gelüftet. Aber ich kann leider nicht lesen, was auf dem Papier steht.«

»Ich auch nicht«, erwiderte Dolph. »Aber lesen kann ich; das hat mir dieser Zentaur Chem beigebracht. Wenn ich es vielleicht von oben zu sehen bekomme ...«

Sie liefen die Treppe hinauf. Dann hoben sie die Kacheln vom Boden und wischten den Staub weg. Sie konnten durch den transparenten Stein sehen.

Dolph legte das Auge an den Stein und spähte in die Tiefe, aber das Papier war zu weit entfernt; alles, was er erblickte, waren schwarze Markierungen.

»Vielleicht ...« begann Mark.

»... sollte ich ein Adler mit scharfen Augen werden«, beendete Dolph den Satz für ihn. »Aber dann kann ich vielleicht nicht verstehen, was ich da lese.«

»Vielleicht könntest du es aber mit der Kralle nachziehen, und dann …«

»Na klar!« Dolph wurde zum Adler und spähte durch das Gestein. Nun konnte er die Schrift auf dem Papier erkennen.

Er merkte sich die erste Zeile, dann trat er beiseite und kratzte eine ähnliche Zeile in das Erdreich, das sie entfernt hatten. Nun kehrte er zurück, um das Papier erneut zu mustern, dann wiederholte er den Vorgang. Nach mehreren Wechseln hatte er alles übertragen.

Dolph nahm wieder Jungengestalt an und musterte, was er in das Erdreich gekratzt hatte. Es lautete:

GERIPPE – SCHLÜSSEL ZUM HIMMELSTALER

Ganz klar, es war eine Nachricht! Aber was hatte sie zu bedeuten? Keiner von beiden konnte sie verstehen.

Langsam wurde es spät. Sie hatten den ganzen Tag mit der Suche verbracht. Aber Dolph war zufrieden, weil er weitergekommen war als alle anderen vor ihm. Sie waren auf eine Botschaft gestoßen, die der gute Magier selbst hinterlassen hatte, und mit Sicherheit war es zugleich die Mitteilung, wo man ihn finden konnte. Jetzt mußten sie nur noch die Nachricht entschlüsseln.

»Schlüssel, Gerippe«, sagte Dolph. »Hat das irgend etwas mit dir zu tun?«

Marks Tonfall war ein deutlicher Hinweis darauf, daß er lächelte. »Nein, ein ›Gerippe-Schlüssel‹ ist ein magischer Schlüssel, der in jedes Schloß paßt. Offensichtlich kann nur ein solcher Schlüssel das Schloß des Himmelstalers öffnen, was immer das sein mag.«

»Also müssen wir erst den Gerippe-Schlüssel finden. Aber der könnte ja irgendwo versteckt sein!«

»Mir fällt ein …«

»Ha! Du hast eine Idee! Das merke ich!«

»… daß es nämlich vor der Küste Xanths eine Bucht der Gerippe gibt.«

»Eine Bucht aus Gerippen?«

»Wie ich gehört habe, gibt es Inseln, die aus den Gerippen von Seegetier bestehen, beispielsweise Korallen.«

»Wie die Gehirnkoralle? Ich glaube nicht ...«

»Nein, andere Korallenarten. Die sind nicht schlau, die bilden lediglich Riffe oder Inseln. Vielleicht ist auch das damit gemeint ...«

»Eine Bucht aus Gerippen!« rief Dolph.

»Vielleicht müssen wir uns nur eine der Inseln anschauen, dann haben wir den Schlüssel zum Himmelstaler.«

»Großartig! Nichts wie hin!«

»Leider ...«

Dolph wartete ab. Die Unfähigkeit des Skeletts, gleich im ersten Anlauf einen Gedanken zhu formulieren, mochte vielleicht damit zu tun haben, daß sein Kopf hohl war. Dolph entdeckte langsam, daß ein gewisses Maß an Toleranz einem die Sache erleichterte.

»... gibt es, wie ich schon sagte, vor der Küste Xanths gleich mehrere solcher Buchten«, schloß Mark. »Wir könnten Schwierigkeiten haben, festzustellen, welches die richtige ist.«

Dolph überlegte. »Nun, die Nachricht ist von Westen nach Osten geschrieben, wenn ich also im Osten weiterlesen würde, müßten wir dort den Himmelstaler finden.«

»Ich bin mir nicht sicher, daß das Sinn ergibt.«

»Bestimmt!« meinte Dolph. »Welche Bucht liegt denn östlich von hier?«

»Nun ja, ganz allgemein gesprochen ist da die Insel der Illusion ...«

»Dann gehen wir dorthin!« rief Dolph.

»Aber wir wissen doch nicht einmal, ob die Nachricht überhaupt für uns bestimmt ist!« protestierte Mark. »Vielleicht bezieht sich der Himmelstaler ja auf etwas völlig anderes!«

»Unsinn«, versetzte Dolph. »Der Gute Magier Humfrey hat immer genau gewußt, was er tat.« Doch während er das sagte, fragte er sich, wie Humfrey dann von dem heiligen Rauch überrascht werden konnte.

»Eine derart rätselhafte Nachricht, noch dazu so gut versteckt ...«

»Das hat er getan, damit nur die richtige Person sie finden oder verstehen kann«, meinte Dolph zuversichtlich. »Und offensichtlich bin ich diese Person. Morgen reisen wir zur Insel der Illusion. Oh, meine Mutter kriegt einen Anfall!«

»Ganz bestimmt«, meinte Mark resignierend. Es war offensichtlich, daß das Skelett diese Entwicklung ebensowenig vorhergesehen hatte wie Königin Irene. Das entzückte Dolph; nun konnte er endlich seine eigene Queste ausführen und in unbekanntes Gebiet vorstoßen. Das war das schiere Abenteuer!

3

VILA

Am Morgen machten sie sich auf die Reise zur Insel der Illusion. Dolph hatte eigentlich vorgehabt, dorthin zu fliegen, doch als er sich in den Rokh verwandelte, mußte er feststellen, daß seine Flügelmuskeln von den Anstrengungen des Vortags völlig wund waren. Er war ja kein richtiger Rokh, und es fehlte ihm an Ausdauer; außerdem flog er noch immer ziemlich unbeholfen.

Sie folgten dem Verzauberten Pfad nach Norden und dann, als sie an eine Kreuzung kamen, nach Osten. Das war der Pfad, den Esk und Chex benutzt hatten. Er hatte sie im magischen Teppich gesehen. Esk war offenbar ein wirklich guter Kumpel gewesen. Dann hatte er sich mit dem Messingmädchen Bria eingelassen und wurde völlig verweichlicht. Dolph wußte, daß *er* sich niemals von irgendeinem dämlichen Mädchen verweichlichen lassen würde; er wußte, wie Mädchen waren: wie seine arrogante große Schwester! Kein Junge, der noch bei rechtem Verstand war, würde irgend etwas mit einem solchen Gör zu tun haben wollen! Nur weil Irene Dor gnadenlos herumschubste, bildete Ivy sich ein, daß es ihre Pflicht sei, Dolph herumzuschubsen. Nein, seiner Meinung nach gab es nur eine Sorte guter Mädchen: Mädchen, die weit entfernt waren.

»Du hast doch Esk gekannt«, sagte Dolph nach einer Weile. »Warum hat er eigentlich aufgehört, nach Abenteuern zu suchen, um sich statt dessen mit diesem Kürbiswesen abzugeben?«

»Ich war Teil seines Abenteuers«, erwiderte Mark etwas steif. »Und ich sehe keinen Grund, meine Herkunft herabzuwürdigen.«

»Ich habe doch nicht *dich* gemeint, du Hohlschädel! Ich meine Bria Messing.«

»Wir sind beide Wesen aus dem Kürbis«, erwiderte Mark unbesänftigt. Es war nicht leicht, die Gefühle eines Wesens zu verletzen, das so knöchern war wie ein wandelndes Skelett, aber offensichtlich war Dolph genau das gelungen. Er begriff, daß er sich undiplomatisch verhalten hatte. Mark war im Prinzip ein guter Kumpel, und es gab keinen Grund, ihn zu verärgern.

Dolph überlegte und gelangte schließlich zu einem äußerst peinlichen Schluß: daß er sich würde entschuldigen müssen. Erwachsene taten so etwas schier ununterbrochen, und Mark war schließlich auch einer. Manchmal war es einfach notwendig, sich den Schrullen der Erwachsenen anzupassen.

»Mark, es tut mir leid, wenn ich dich beleidigt habe«, sagte Dolph. »Ich weiß, daß du aus dem Kürbis stammst, und du bist auch in Ordnung. Ich wollte eigentlich nur sagen, daß das Messingsmädchen doof war, und Esk war doof, weil er sich mit ihr eingelassen hat. Wahrscheinlich schubst sie ihn jetzt genauso schlimm herum, wie Ivy es mit mir tut.«

Das Skelett drehte die leeren Augenhöhlen herum, um ihn anzusehen. »Reagierst du empfindlich darauf, wenn man dir sagt, was du tun sollst?«

»Na, klar doch! Niemand mag es, wenn einen blöde Mädchen den ganzen Tag herumkommandieren!«

»Dann habe ich, vermute ich, den Sinn deiner Bemerkung offensichtlich falsch verstanden«, antwortete Mark. »Dann war ich irrtümlicherweise beleidigt, und muß mich dafür bei dir entschuldigen.«

»He, du kannst dich doch nicht bei mir entschuldigen! *Ich* habe mich gerade bei *dir* entschuldigt!«

»Manchmal ist es möglich, Entschuldigungen auszutauschen. Aber laß mich dir etwas über den Kürbis und über Frauen erklären. Es gibt viele Wesen im Kürbis, und sie sind anders als die anderen Wesen Xanths, weil sie durch Magie belebt werden, aber auch sie haben ihre Pflichten und Gefühle. Es ist nicht fair, sie nur deswegen abzutun, weil sie in einer Welt leben, die anders ist als deine.«

»Ja, da hast du wohl recht«, sagte Dolph reumütig.

»Und Frauen sind auf ähnliche Weise in gewisser Hinsicht eine andere Rasse, und so kann es geschehen, daß Männer Schwierigkeiten haben, sie zu verstehen. Aber auch sie haben ihre Pflichten und ihre Gefühle und sollten nicht leichtfertig abgetan werden. Bria Messing ist eine prächtige Frau und eine ausgezeichnete Partnerin für Esk Oger, und er ist zu einem besseren Mann geworden, weil er das erkannt hat.«

»Aber diese ganze Gefühlsduselei – pfui! Ich habe im Wandteppich gesehen, wie er sie küßte.«

»Mit der Zeit wirst du auch mal verstehen, warum Erwachsene Freude an derlei Tun haben.«

»Niemals!« schwor Dolph.

Mark erwiderte nichts, aber es hatte den Anschein, als lächelte er.

»Würdest *du* denn ein Mädchen küssen?« fragte Dolph ihn herausfordernd.

»Ich fürchte, daß ein lebendes Mädchen eine solche Geste nicht sonderlich schätzen würde.«

»Na, und was ist mit einem Knochenmädchen?«

»O doch, wenn sie mich gern hat, obwohl wir Skelettwesen andere Methoden haben, um uns miteinander auszutauschen. Aber das ist eine rein akademische Frage, da ich der einzige meiner Art bin, der sich außerhalb des Kürbisses aufhält.«

Dolph begriff, daß Mark zwar ein interessanter Bursche sein mochte, aber trotzdem war er ein Erwachsener. Gut, daß es hier keine weiblichen Skelette gab!

Nach einer Weile war Dolph es müde, zu gehen. Doch ihm war klar, daß er auch in Tiergestalt erschöpft gewesen wäre. Am gestrigen Tag hatte er fliegen können, weil nur seine Beine müde gewesen waren. Heute aber waren auch seine Arme wund. Das war ein Aspekt der Abenteuersuche, an den er noch nie gedacht hatte, als er den Webteppich beobachtete.

»Vielleicht ...« begann Mark.

»Ja, vielleicht sollten wir uns jetzt mal ausruhen«, stimmte Dolph zu.

»... könnte ich dich tragen. Ich ermüde nie, und wenn du eine kleine Gestalt annimmst ...«

»Großartige Idee!« Dolph verwandelte sich in eine Maus. Mark streckte die Hand hinunter, worauf Dolph auf seine knochige Schulter krabbelte. Dann beugte sich Mark vor, um Dolphs Habseligkeiten aufzunehmen. Es war viel besser, auf diese Weise zu reisen; nun konnte er sich ausruhen, und kam der Insel der Illusion trotzdem immer näher.

Nach einer Weile verschwand der Verzauberte Pfad. Es schien, als würden nur sehr wenig Leute so weit reisen. Nun kamen sie etwas langsamer voran, denn wenngleich Marks Knochen unermüdlich waren, kostete es Zeit und Mühe, sich einen Weg durch die wuchernde Wildnis zu bahnen. Nun mußten sie die gefährlichsten Pflanzen umgehen, beispielsweise Gewirrbäume, und mußten Ausschau halten nach Drachenhorten. Dolph fürchtete sich nicht wirklich vor derlei Dingen, weil er wußte, daß er sich immer in etwas verwandeln konnte, das jede beliebige bedrohliche Pflanze und jedes entsprechende Tier abwehren konnte. Aber es war besser, jeden Ärger zu meiden und seine Magie für Notfälle aufzuheben.

Bald kamen sie an einen Fluß. Mark wollte zunächst einfach hindurchwaten, doch dann zögerte er. »Irgend etwas nagt an meinen Beinknochen«, sagte er. Und tatsächlich befanden sich dicht unter der Oberfläche Hundsfische. Hastig zog sich Mark ans Ufer zurück. Er kannte zwar keine Schmerzen, aber es wäre sehr lästig gewesen, hätte er einen Beinknochen eingebüßt. Hundsfische liebten es, ihre Knochen davonzutragen und sie irgendwo im tiefen Schlamm zu begraben.

Als sie wieder am Ufer waren, nahm Dolph die Jungengestalt an. »Ich verwandle mich in den Rokh und trage dich auf die andere Seite«, sagte er. »Meine Flugmuskeln sind zwar noch steif, aber soviel schaffe ich schon.«

»Der Flugraum ist sehr beschränkt«, wandte Mark ein. »Du hättest sowohl beim Abheben als auch bei der Landung Schwierigkeiten, weil die Bäume bis dicht ans Ufer wachsen.«

Das stimmte leider. »Ich könnte mich in einen großen Fisch verwandeln ...«

»Ich fürchte, daß du dann von der Hundsfischschar angegriffen würdest. Nein, ich schätze, ich werde wohl selbst dafür sorgen müssen, daß ich auf die andere Seite komme. Gib mir einen Tritt, dann verwandle ich mich in eine Knochenleine, die an einem Ast auf der gegenüberliegenden Seite befestigt ist. Danach kannst du in der Gestalt eines kleinen Vogels auf die andere Seite fliegen und mich wieder einholen.«

Dieser Plan erschien Dolph sehr vernünftig. Er verwandelte sich in den Oger und verpaßte den Hüftknochen des Skeletts einen gewaltigen Tritt. Mark explodierte und formte sich zu einer Knochenleine, die über den Fluß führte. Eine Knochenhand an einem Ende bekam den Ast eines Baums zu packen und griff danach, während die gegenüberliegende Hand die Wurzel eines Baumes erwischte und sich daran festhielt.

Dolph, der sich gerade in Vogelgestalt verwandeln wollte, erinnerte sich seiner wunden Flügel. Es spielte keine Rolle, wie groß der Vogel war; denn es waren dieselben Muskeln, die ihm nun weh tun würden. Er musterte die Knochenleine und hatte plötzlich eine Idee. Er würde sie überqueren!

Nun verwandelte er sich wieder in eine Maus und kletterte an der Knochenleine empor. Dabei war er sehr trittsicher und fürchtete sich nicht im geringsten vor einem Sturz. Sollte er doch fallen, würde er sich einfach in einen Vogel verwandeln und davonfliegen; wunde Muskeln waren immer noch besser als ein kaltes Bad im Fluß!

»Ich schätze ...« begann der Totenschädel in der Mitte, als er auf ihn zukam.

»Ich komme gleich rüber«, erwiderte Dolph. Weil er momentan eine Maus war, erklang nur ein Quieken, welches das Skelett unmöglich verstehen konnte. In Xanth sprachen alle Menschen dieselbe Sprache, aber dafür besaß auch jede Spezies ihre eigene, und nur wenige Wesen sprachen die Sprache anderer Spezies. Auch Mark, der ein menschliches Skelett war, sprach menschlich, ebenso andere Menschenabkömmlinge, die Elfen, Kobolde, Nymphen und Zentauren. Auch Oger sprachen menschlich, doch neigten sie dazu, sich so grobschlächtig zu äußern, daß niemand sie verstand, wenn er nicht direkt von menschlichen Vorfahren abstammte.

»... daß du dich beeilen solltest«, fuhr Mark fort.

Dolph steckte zwar nicht in Schwierigkeiten, konnte aber auch nicht die Knochenleine entlang rennen; er mußte sich vorsichtig an den Knochen festhalten. »Warum?« quiekte er.

»Weil eine Harpyie kommt«, beendete Mark seine Ermahnung.

Harpyien – das war aber keine gute Nachricht! Die waren nicht nur weiblichen Geschlechts, sie waren auch häßlich, bösartig und hungrig. Eine Harpyie konnte eine kleine Maus wie nichts schnappen und auf der Stelle herunterschlucken.

Würde er es auf die andere Seite schaffen, bevor die Harpyie eintraf? Dolph hielt inne, um sich umzusehen, und sah, wie das üble Geschöpf sich näherte. Die Harpyie flatterte kräftig mit ihren klobigen Flügeln, eine unbeholfene Fliegerin; er würde früher am Waldrand ankommen als sie, und dort würde er sich dann verwandeln. Er wollte sich nicht schon auf halber Strecke verwandeln; das würde die Dinge nur komplizieren, vielleicht würde Mark dadurch auseinanderreißen.

Er huschte ans Ende der Leine. Die Harpyie hatte ihn ganz offensichtlich erspäht; im Sturzflug ging sie herunter, um ihn abzufangen. Ihr übler Geruch flog ihr voraus – was für ein fürchterlicher Gestank!

»Dich hole ich mir, du saftiges, leckeres Mäuschen!« kreischte sie. Ihre Stimme war genauso unangenehm wie ihr Geruch.

Gerade als ihre schmutzig glitzernden Krallen nach ihm grabschten, erreichte er das Ende der Leine. Er schlang die Arme um den Baumstamm, an dem Marks Hand befestigt war und wurde zum Oger. »Du voll Gestank, brr, nein, besten Dank!« knurrte er.

»Hoppla, habe dich gar nicht gesehen, Hübscher!« kreischte sie. »Wo ist die Maus geblieben?«

»Ich Maus, du Laus!« versetzte Dolph. Offensichtlich begriff sie nicht, daß er ein Gestaltwandler war.

»Wenn du meine Maus geklaut hast, hole ich mir deine Knochen!« kreischte die Harpyie. Ihre Krallen packten die Knochenleine und zerrten daran. Marks Finger wurde mit einem Ruck von dem Ast gerissen, an dem sie sich festgehalten hatten. Seine Hand schwang im Bogen in die Tiefe, bis sie das Wasser berührte. »Nein, das tust du nicht, Fischgesicht!« kreischte die Harpyie, als ein Hundsfisch nach einem der Knochenfinger schnappte. »Diese Knochen breche ich selbst auf!« Sie flatterte empor, wobei sie die Knochenleine mit sich zerrte.

Aufbrechen? Mark war in Gefahr! Er konnte sich nicht aus eigener Kraft wieder zusammensetzen. Dolph mußte ihn retten.

Er verwandlte sich in einen kleinen Flugdrachen und stürzte auf die Harpyie zu.

Sie erspähte ihn und vollführte einen tolpatschigen Salto. »Ein Drache!« kreischte sie. »Wo kommt *der* denn her? Hilfe, Schwestern!«

Sofort ertönte ein Chor von Kreischlauten. Die anderen

Harpyien kamen! Er mußte die Knochenleine sofort an sich bringen, bevor sie eintrafen.

Er flog auf die Harpyie zu, doch natürlich wollte sie die Leine nicht wieder herausrücken. Harpyien konnten ausgezeichnet grabschen, aber auf das Loslassen verstanden sie sich überhaupt nicht. Er ließ einen Flammenstoß auf sie los, aber sie duckte sich und flog weiter. Ein richtiger Drache hätte sie wahrscheinlich mit einer einzigen Flamme aufgespießt; aber Dolph war noch ziemlich unbeholfen, und außerdem war sein Feuer nicht sonderlich heiß.

Mit seinen Krallen bekam er die Mitte der Leine zu pakken. Er ruckte daran, wollte sie der Harpyie entreißen. Doch die ließ immer noch nicht los.

»Ich fürchte, du wirst mich auseinanderreißen«, bemerkte Mark. »Das wäre höchst bedauerlich, denn wenn ich einige meiner Knochen einbüße ...«

Nun trafen zu allem Überfluß auch schon die ersten weiteren Harpyien ein, eine häßlicher als die ander. Mark war ernsthaft in Gefahr! Was sollte Dolph tun?

»Vielleicht versuchen wir es einmal mit etwas Rauch«, schlug der Schädel vor.

Rauch! Dolph wurde zu einem fliegenden Raucherdrachen. Das war eine sehr seltene Rasse, aber er konnte sich ja in alles verwandeln, ob es selten war oder häufig vorkam. Er atmete ein und erzeugte eine Bauchfüllung Qualm. Dann stieß er einen Rauchvorhang aus, der jedem echten Raucher zur Ehre gereicht hätte. Der Qualm ballte sich zu einer Wolke zusammen, die die Knochenleine und die Harpyie am anderen Ende umhüllte. Er hörte sie husten; sie mochte den Rauch nicht. Wahrscheinlich war er ihr zu sauber.

»Sie hat losgelassen«, meldete Marks Schädel. »Flieg mit mir fort!«

Dolph packte die Leine fester und flog in den Himmel. Die Harpyienschar erspähte ihn außerhalb der Rauchwolke und zog eine Kurve, um die Verfolgung aufzunehmen. Sie waren hinter den Knochen her wie der Teufel hinter der Seele! Kreischend schleuderten sie ihm Flüche hinterher, während sie ihm nachflogen. Dolph war nur froh darüber, daß er in seiner Drachengestalt die menschliche Sprache nicht richtig verstehen konnte, denn er spürte, wie seine metallischen Ohren rot anliefen. Diese Flatterfrauen hatten vielleicht Ausdrücke parat!

»Stock und Stein bricht mein Gebein«, bemerkte Marks Schädel philosophisch, »aber Schimpfworte nicht.« Dennoch hatte es den Anschein, als errötete er leicht.

Dolph flog so schnell er konnte, unter ihm schwang die Leine hin und her. Mark konnte sich erst wieder zusammensetzen, nachdem man ihm einen Tritt verpaßt hatte; dazu aber mußte Dolph landen und eine andere Gestalt annehmen. Er mußte die schmutzigen Vögel einfach loswerden.

Aber das war leichter gesagt als getan. Die Harpyien flogen in Formation hinter ihm, holten ihn zwar nicht ein, andererseits hängte er sie aber auch nicht ab. Sobald Dolph versuchen würde zu landen, würden sie den Abstand aufholen, und dann würde es ihnen möglicherweise gelingen, ihm die baumelnden Knochen zu entreißen, während er nach ihnen trat.

Vielleicht könnte er sie im dichten Wald abschütteln. Er schwenkte gen Osten, wo sich ein bewaldeter Berg erhob.

Worauf die Harpyien immer weiter zurückblieben. Dolph mußte sich mehrere Male umschauen, um sich davon zu überzeugen, daß seine Drachenaugen noch intakt waren, doch es bestand kein Zweifel: Sie verfolgten ihn nicht mehr. Reglos schwebten sie in der Luft.

»Das wird dir noch leid tun!« kreischten sie im Chor.

Dolph stieß ein fragendes Knurren aus. Mark verstand ihn. »Anscheinend verweigert irgend etwas ihnen den Zutritt in dieses Gebiet«, meinte er. »Aber dieser Wald dort sieht harmlos aus, und auf jeden Fall ist er immer noch besser, als meine Knochen von diesen gräßlichen Kreaturen aufbrechen zu lassen. Such einen Landeplatz, dann setzen wir unseren Marsch zu Fuß fort.«

Dolph schwenkte in die Tiefe. Er suchte die Gegend ab, fand aber keine Stelle, an der ein Drache bequem hätte landen können.

»Laß mich fallen und verwandele dich in eine kleinere Gestalt«, rief Mark. »Der Sturz dürfte mir eigentlich nichts anhaben.«

Dolph entdeckte eine kleine Lichtung, ließ die Leine fahren, dann verwandelte er sich in einen Falken und verfolgte sie im Sturzflug. Gemeinsam trafen sie unten am Boden ein. Nun nahm er wieder Ogergestalt an, hob die Leine auf und verpaßte ihr einen gewaltigen Tritt.

Die Knochen flogen auseinander und nahmen schließlich wieder Marks vertraute Gestalt an. »Welch eine Erleichterung!« sagte er. »Es gibt nicht viele Dinge, die mir etwas anhaben können, aber Knochenkauen und Knochenbrechen gehören dazu.«

»Das habe ich mir gedacht«, bemerkte Dolph. Das Erlebnis hatte ihn stärker erschüttert, als er sich gern eingestanden hätte. Diese Harpyien waren wirklich heimtückische Kreaturen, besser, ihnen nie wieder zu begegnen.

Sie beschlossen, zu Fuß über den Berg zu steigen, damit die Wache haltenden Harpyien sie nicht aus der Luft abfangen konnten. Wenigstens hatten sie den Fluß überquert!

Doch etwas war weniger angenehm: Dolphs Rucksack befand sich mit seinen Kleidern und Vorräten noch am gegenüberliegenden Ufer. Er zog es vor, nicht über diese Unannehmlichkeit zu sprechen, weil er wußte, daß es keinen Sinn hatte, sich noch einmal mit den Harpyien auseinanderzusetzen.

Dolph blieb bei seiner Ogergestalt, weil sie sich hier durch fremdes Gebiet bewegten und er als Oger in Sicherheit war. Es gab kaum jemanden, der bei klarem Verstand war und sich dennoch mit einem Oger anlegen mochte; und selbst jene, die keinen klaren Verstand hatten, pflegten derlei meist zu bereuen. Man erzählte sich Geschichten von törichten Kobolden, die einst irgendwelche Oger angegriffen hatten und von den Ungetümen so weit fortgeschleudert worden waren, daß einige von ihnen immer noch hinter der Sonne herumirrten und sich schrecklich an ihr verbrannten. Manchmal griff ein großer Gewirrbaum einen Oger an; hier und da gab es immer noch verbogene

Stümpfe zu sehen, deren Tentakel von riesigen Ogern verknotet worden waren. Natürlich konnte Dolph nichts dergleichen tun, da er ja kein echter Oger war, aber wer würde das schon wissen?

Er blickte sich um. Für einen wilden Landstrich war es hier erstaunlich angenehm. Unter den Bäumen war der Boden eben, und es gab auch keine Dornensträucher. An einem wunderhübschen kleinen Bach hielten sie an, um von dem klaren Wasser zu trinken. Alles hier war wie ein Park – obwohl es in dieser Gegend doch eigentlich keinen Park hätte geben dürfen.

Dolph legte sich auf den Boden und näherte sich mit seiner Ogerschnauze dem Wasser. Doch im selben Augenblick ertönte bachaufwärts ein schrecklicher Schrei. Erschrocken sprang er auf, und auch Mark horchte auf.

Der Wald blieb stumm. Achselzuckend legte Dolph sich wieder hin, wollte erneut trinken – und wieder ertönte der Schrei. Er hörte sich entfernt weiblich an und weniger bedrohlich. Doch als sie abwarteten, zeigte sich nichts, und der ganze Wald blieb ruhig.

Dolph beschloß, möglichst bald etwas zu trinken, bevor das Wesen sie erreichte und angriff und sie fliehen mußten. Natürlich wüßte ein echter Oger gar nicht zu fliegen, was die Dinge etwas verkomplizieren könnte. Sollte Dolph nämlich fliehen müssen, wäre seine Tarnung im Eimer. Ein drittes Mal legte er sich hin und schob die häßliche Ogerschnauze ans Wasser.

Diesmal ertönte der Schrei fast unmittelbar neben ihnen. Eine riesige Bärin trat hervor, ihr Pelz war zerzaust. »Das ist mein Wasser!« schrie sie. »Das bekommt ihr nicht! Haut ab!«

Eine sprechende Bärin? Dolph richtete sich auf. Zwar konnte ein Oger einen Bären bequem zu Brei hauen, aber weil er kein wirklicher Oger war, zögerte er, Gewalt anzuwenden. Statt dessen versuchte er, mit ihm zu diskutieren. »Ich will trinken, was du denken?« Auch seine Ogerreime waren nicht die besten.

Die Bärin zeigte auf den Bach. Sofort veränderte das

Wasser seine Farbe und wurde rauchig. »Wenn du davon trinkst, Oger, wirst du sterben! Jetzt ist es zu Gift geworden!«

Wie konnte eine Bärin einen Bach vergiften, ohne ihn auch nur zu berühren? Aber kein Zweifel – jetzt sah das Wasser wirklich gefährlich aus!

Mark stach einen Finger ins Wasser. Der Knochen verfärbte sich. »Ja, das ist tatsächlich Gift«, sagte er. »Das muß eine Vila in Bärengestalt sein.«

Dolph wollte gern fragen, was eine Vila war, aber dazu hätte er entweder einen passenden Reim finden oder sich in seine Jungengestalt zurückverwandeln müssen. Das erste schaffte er im Augenblick nicht, und er zögerte, letzteres zu tun, solange er einem gefährlichen Tier gegenüberstand. Also blieb er einfach nur stupide stehen, was in Ogergestalt nicht sonderlich schwierig war.

»Ja, ich bin Vida Vila, und das hier ist mein Wald!« sagte die Bärin. »Ihr seid Eindringlinge! Für Oger und Skelette Eintritt verboten! Haut ab, bevor ich euch Beine mache.«

Vida? Das hörte sich weiblich an, aber auch höchst gefährlich.

»Wir sind auf der Durchreise«, erklärte Mark. »Mein Gefährte möchte nur einmal trinken können; danach werden wir dein Gebiet wieder verlassen.«

»Haut ab! Haut ab! Haut ab!« schrie die Bärin.

»Na ja, wenn du das so siehst«, meinte Mark. Er wandte sich an Dolph. »Was denkst du darüber?«

Dolph wäre nur zu gern abgehauen. Aber er wollte auch nicht wieder den Harpyien in die Arme laufen. Außerdem war er sehr durstig; schon der bloße Gedanke daran, daß er nicht trinken durfte, machte ihn noch durstiger. »Ich denke, ich trinke«, sagte er.

»Du trinkst? Du stinkst!« schrie die Bärin. »Dann wirst du sterben, und aus deinem Kadaver mache ich Dünger für meine Blumen!«

Diese Vorstellung behagte ihm nicht sonderlich. Hilfesuchend blickte Dolph das Skelett an.

»Ich schätze ...« begann das Skelett.

»Haut ab! Haut ab! Haut ab!« schrie die Bärin.

»... daß wir wohl ihren Baum fällen müssen«, schloß Mark.

Die Bärin schrie auf. Offensichtlich ging ihr Marks Drohung wirklich nahe. Sie kam auf das Skelett zu, aber Mark rannte einfach den Berg hinauf.

»Der Baum steht wahrscheinlich auf dem Berggipfel«, rief das Skelett Dolph zu. »Wenn wir ihn gefunden haben, nehme ich die Gestalt einer Axt an, dann kannst du ihn mit mir fällen.«

»Ihr habt gewonnen, ihr habt gewonnen, ihr habt gewonnen!« schrie die Bärin. »Verschont meinen Baum!«

Mark hielt inne. »Dann wirst du also das Wasser entgiften und meinen Freund Prinz Dolph davon trinken lassen?«

»*Prinz* Dolph?« fragte die Bärin überrascht.

»Ja. Er befindet sich auf einer Queste, und ich bin sein Begleiter. Wir haben nie vorgehabt, dir irgendwelchen Schaden zuzufügen; wir wollen einfach nur etwas trinken und dann weiterwandern.«

Da verschwand die Bärin. An ihrer Stelle stand plötzlich eine wunderschöne junge Frau, deren lockiges rötlichbraunes Haar in Wellen bis zu ihren Füßen herabhing. Ihre Kleidung bestand aus grünen Blättern, die auf magische Weise miteinander verwoben waren. »Warum habt ihr das nicht gleich gesagt?« wollte sie wissen.

»Du hast ja nicht gefragt«, erwiderte Mark. Er neigte dazu, alles wortwörtlich aufzufassen. »Und nun das Wasser, bitte.«

»Natürlich.« Vida Vila deutete auf den Bach, und schon wurde das Wasser wieder klar. »Trink, soviel du willst, Prinz.« Aber dann furchte sie die Stirn. »Bist du sicher?« fragte sie, zu Mark gewandt. »Er sieht eigentlich nicht wie ein Prinz aus.«

»Er ist ein Gestaltwandler«, erklärte Mark. »Bei Waldreisen nimmt er immer die Gestalt eines Ogers an. Er kann aber auch andere Gestalten annehmen, wenn du versprichst, ihm nicht weh zu tun.«

»Ich verspreche es!« rief Vida, und ihr Haar schimmerte

vor Aufregung. »Ich habe schon immer einen Prinzen gewollt!«

Schnell verwandelte Dolph sich in einen Jungen zurück. Neben dem Bach kniete er nieder. Das Wasser war kristallklar. Wenn Mark glaubte, daß es unschädlich war, dann war es das auch; was solche Dinge anging, besaßen Erwachsene einen guten Instinkt. In tiefen Zügen trank er, und es war in der Tat das wundervollste Wasser, das er je gekostet hatte.

Und dann, als er sich erhob, fiel ihm ein, daß er mit Mark ja nicht mehr allein war. Eine Frau stand bei ihnen, und er war nackt. Nun sehnte er sich nach seinem Rucksack mit seinen Habseligkeiten, der am anderen Ufer des Flusses geblieben war. Es war jetzt zu spät, noch eine andere Gestalt anzunehmen; denn sie hatte ihn schon gesehen. Er merkte, wie er langsam errötete.

»Du mußt uns vorstellen«, sagte Vida zu Mark.

Das Skelett zuckte die Schultern. »Prinz Dolph, das ist Vida, die Vila dieses Waldes, Vida, das ist Dolph, der Sohn von König Dor.«

»Äh, freut mich, dich kennenzulernen«, sagte Dolph in zweifelndem Ton und streckte die Hand aus. Er erinnerte sich selbst, daß dies gar keine wirkliche menschliche Frau war, sondern irgendein Waldwesen, das genau wie er seine Gestalt verwandeln konnte. Das war an sich zwar schon überraschend, aber ...

Vida wich der Hand aus, kam näher und umarmte ihn. Ihr Körper war wunderbar weich. Überrascht öffnete er den Mund, worauf sie ihn mit ihrem bedeckte. Sie verpaßte ihm einen langen Kuß, der ihn fast ersticken ließ.

»Na, war das nicht nett?« fragte sie, als sie ihn wieder Luft schnappen ließ. »Und da, wo das herkommt, gibt es noch viel, viel mehr, nachdem wir erst geheiratet haben.«

Dolph hatte eigentlich den Mund wieder schließen wollen, aber nun blieb er aufgesperrt. Was hatte sie gesagt?

»Ich fürchte, da liegt ein kleines Mißverständnis vor«, bemerkte Mark. »Dolph ist nicht ...«

»Noch nicht am Heiraten interessiert?« beendete die Frau

den Satz für ihn. »Nun, das ist vielleicht verständlich. Ich gebe zu, daß die Sache etwas plötzlich kommt. Eigentlich hatte ich auch noch nicht daran gedacht, bis ich erfahren habe, wer er ist. Soll ich mich vielleicht auch ausziehen?«

»Ich ...« stammelte Dolph.

Das Laub auf ihrem Oberkörper begann zu schimmern, dann verblaßte es. Nun war sie eine üppige nackte Nymphe, deren Kurven vom Haar umspielt wurden. »Na, ist das etwa kein Körper, der eines Prinzen wert wäre?« fragte sie. »Ich kann dir versichern, daß er voll funktionsfähig ist, denn das hier ist meine natürliche Gestalt. Wenn du jetzt mal bitte deine eigene natürliche Gestalt annehmen würdest, damit du auf mannhafte Weise auf mich reagieren kannst, bin ich sicher, daß es dich befriedigen wird.«

»Aber ...« sagte Dolph.

»Laß mich dich ermutigen«, fuhr Vida fort. »Normalerweise spendiere ich keine Kostproben vor der Hochzeit, aber in deinem Fall kann ich mal eine Ausnahme machen.« Während sie so sprach, nahm sie ihn wieder in die Arme, wobei sie ihn emporhob und auf den Boden legte, damit sie auch die Beine um ihn schlingen konnte. »Und jetzt verwandle dich, Prinz«, flüsterte sie heiser. »Ich bin bereit für dich!«

»Hilfe!« rief Dolph.

Mark trat dazwischen. »Das hier ist bereits seine natürliche Gestalt«, belehrte er die Vila. »Er ist nämlich ein *junger* Prinz, erst neun Jahre alt. Er ist noch nicht bereit zum Heiraten.«

Es dauerte ein bißchen, bis Vida begriffen hatte, denn sie war gerade dabei, Dolphs Mund zu erobern, um ihm einen weiteren langen Kuß zu verpassen. »Wie alt?« fragte sie.

»Neun!« antwortete Dolph.

Sie überlegte. »Na schön, dann vielleicht in ein paar Jahren.« Sie ließ ihn wieder frei. »Wirklich schade; ich hätte dir jetzt soviel zu bieten.«

»Das ist zweifellos der Fall«, stimmte Mark ihr galant zu. »Wir bedauern das Mißverständnis.«

»Du bist also noch ein Kind«, sagte Vida. »Wir Vila

haben sehr ausgeprägte Beschützerinstinkte, was Kinder angeht. Komm, du mußt jetzt essen; ein Junge, der noch wächst, muß etwas zu sich nehmen.«

»Äh ...«

»Und du darfst wirklich nicht ohne Kleider herumlaufen; sonst holst du dir noch den Tod vor Kälte!« Sie vollführte eine Geste mit der Hand, und plötzlich trug Dolph einen Umhang aus grünem Laub.

»Etwas zu essen würde ihm wahrscheinlich guttun«, pflichtete Mark ihr bei.

»Ja.« Plötzlich erschien ein riesiger grüner Salat in ihren Händen. »Den ißt du jetzt ganz auf, und danach putzt du dir die Zähne«, wies sie Dolph an. »Und dann mußt du dich waschen, besonders hinter den Ohren.«

Dolph kam der Gedanke, daß er als Mann wahrscheinlich besser drangewesen wäre. Der Umgang mit ihr hätte weitaus mehr Spaß gemacht, als grünen Salat zu essen! Jetzt aber benahm sie sich genau wie seine Mutter.

Doch es schien, als säße er fest, denn obwohl Mark auch selbst nicht essen mußte, wußte er doch, daß Lebewesen das nötig hatten. Und wie so viele andere Erwachsene, glaubte auch Mark, daß so ein widerlicher Salat viel besser wäre als kandierte Maiskolben.

Doch ganz so schlimm wurde es auch wieder nicht. Nach dem Essen verwandelte Vida sich in ein prächtiges großes Pferd, damit Dolph stilvoll hoch zu Roß einherreiten konnte, und brachte ihn den Berg hinauf zu ihrem Baum. Der erwies sich als riesige alte Birke, umgeben von weißem Sand und mit dem Rauschen von Meereswogen im Geäst. Sie lud ihre beiden Gäste ein, die Nacht hier zu verbringen, und Mark war einverstanden. »Wer unter dem Schutz einer Vila steht, dem tut niemand etwas an«, bemerkte er.

Sie unterhielten sich ausgiebig, denn Vida war darauf erpicht, Dolph mit ihren Vorzügen als künftige Braut zu beeindrucken für jene Zeit, da er heiratsfähig werden würde. Er erfuhr, daß Vila die Wächter der Gebirgswälder waren, genau wie die Hamadryaden, nur noch sehr viel mächtiger. Sie konnten jede beliebige Gestalt annehmen und jene, die in ihre Wälder eindrangen, mit Krankheit schlagen. Deshalb hatten die Harpyien an ihrer Reviergrenze haltgemacht, weil sie sich vor der ortsansässigen Vila fürchteten. Doch hatte diese Macht auch ihren Preis: Die Vila blieben auf alle Zeit an ihre Bäume gebunden, und wenn ein Baum starb, starb auch seine Vila. Deshalb hatte Marks Drohung, ihren Baum zu fällen, sie völlig aus der Fassung gebracht; ein lebendes Wesen hätte sie zwar krank machen oder ihm sogar den Tod bringen können, noch bevor es ihren Baum erreicht hatte, doch Mark war in diesem Sinne nicht lebendig. Anders als die Hamadryade, die immer ganz dicht bei ihrem Baum bleiben mußte, konnte eine Vila sich weit von ihm entfernen. Allerdings mußte sie dann befürchten, daß sich jemand an ihren Baum heranschlich und ihm Schaden zufügte, und das durfte sie nicht riskieren. Daher hütete sie ihren kleinen hübschen Wald und ging nie auf Reisen. Es tat ihr leid, daß sie Dolph bedroht hatte, aber er hatte ja genau wie ein Oger ausgesehen, und Oger waren dafür berüchtigt, daß sie Bäume beschädigten. Hätte sie sofort gewußt, daß er ein Prinz war ...

»Weißt du, es stimmt zwar, daß du noch sehr jung bist«, sagte sie, »aber wenn du vielleicht die Gestalt eines erwachsenen Mannes annähmest, könnten wir ein paar interessante Dinge miteinander veranstalten.«

»Ach ja? Was denn?« fragte Dolph fasziniert. Er hatte noch nie die Gestalt von etwas annehmen können, das älter war als er selbst, doch je mehr er wuchs, um so besser wurde auch sein Talent.

»Ich glaube nicht«, warf Mark hastig ein.

»Aber ...« sagten Dolph und Vida im Chor.

»Sie denkt nicht etwa an Ringkämpfe«, erklärte das Skelett. »Sie denkt eher an klebrige Dinge.«

»Bäh!« rief Dolph angewidert.

»Na ja, vielleicht könnten wir doch einen Ringkampf ...« warf Vida ein.

Doch Dolph lehnte ab. Er traute ihr nicht über den Weg – möglicherweise würde sie dabei doch wieder einen Kuß anbringen wollen. Er war froh, daß Mark ihn gewarnt hatte. Erwachsenen durfte man einfach nicht trauen.

Vida seufzte. »Na schön, wenn du dich doch mal für klebrige Dinge zu interessieren beginnst, Prinz, wirst du schon wissen, wo du mich finden kannst. Es wird mir eine Freude sein, dir eine solche Vielfalt klebriger Dinge vorzuführen, wie du sie dir nie erträumen würdest. Und das meine ich als Versprechen.«

Versprechen? Bei solchen Ausdrücken war Dolph sehr vorsichtig geworden. Es bedeutete in Wirklichkeit eine Drohung. Nie würde er darauf hereinfallen!

Am nächsten Morgen zwang sie ihn dazu, eine Schüssel voll Brei zu essen, eine Rache dafür, daß er noch so jung war (oder was auch immer), dann nahm sie wieder Pferdegestalt an, um sie zur Küste zu bringen. Dolph verpaßte Mark einen Tritt, worauf das Skelett zu einer Knochendecke wurde, die Dolph sich um den Leib wickelte.

Als erstes begaben sie sich zum Flußufer zurück, um Dolphs Rucksack zu holen. Sie hatten Glück: Die Harpyien waren nicht darauf gekommen, danach Ausschau zu halten, und der Beutel ruhte noch immer am gegenüberliegenden Ufer. Dolph verwandelte sich in einen Bussard, und nachdem er festgestellt hatte, daß seine Flügelschmerzen nachgelassen hatten, flog er schließlich hinüber und holte den Sack. Danach wurde er wieder zu einem Jungen, zog sich an und bestieg erneut das Pferd, das sie zurück über den Berg nach Osten brachte. Das war wirklich eine nette Form zu reisen!

Als sie die Küste erreichten, dämmerte es bereits. »Ich würde wirklich sehr gern die Nacht mit euch verbringen«, sagte das Pferd. »Aber ich fürchte um meinen Baum. Es sei denn, du möchtest gern ...«

»In ein paar Jahren vielleicht«, erwiderte Dolph. Er wußte zwar, daß es nicht recht war zu flunkern, doch erhielt es nicht für klug, ihr die Wahrheit zu sagen: daß er sich niemals für klebrige Dinge interessieren würde, egal wie viele Umstände sie auch darum machen mochte. Mit etwas Glück würde er ihr nie wieder begegnen.

»Genau.« Das Pferd verwandelte sich in einen Falken, der in schnellem Flug nach Westen davonschoß.

»Wieso ist sie keine Magierin, wenn sie doch auch gestaltwandeln kann?« wollte Dolph wissen. »Und wieso kann sie verschiedene magische Dinge tun? Ich dachte immer, daß jeder nur ein einziges magisches Talent besitzt.«

»Sie ist kein Mensch«, erklärte Mark, »sie ist eine Vila, ein magisches Wesen, daß nur zufällig von Natur aus Menschengestalt hat. Du hast doch bemerkt, daß ich auch einige magische Dinge tun kann, was meinen Körper angeht. Ebenso kann sie einige verschiedene Dinge tun, die mit ihrem Wesen zusammenhängen. Dabei handelt es sich nicht um verschiedene Talente, sondern um Aspekte eines einzigen: des Talents, ihren Baum zu beschützen. Sie beschützt ihn, und er ernährt sie. Er spendet ihr Leben, solange er selbst lebt.«

»Schätze, so ist es wohl«, sagte Dolph, obwohl er diese Erklärung ziemlich verwirrend fand. »Aber ihr Baum sieht sehr viel älter aus als sie.« Nun, da er vor ihr in Sicherheit war, fiel ihm ein, daß ihr Körper doch recht interessant anzuschauen gewesen war. Er bedauerte beinahe, daß er nicht mit ihr gerungen hatte.

»Die beiden sind genauso alt«, versicherte ihm Mark. »Vielleicht an die zweihundert Jahre.«

»Zweihundert Jahre! Was wollte sie denn dann von mir?«

»Nur ein Menschenmann kann ihr Kinder bescheren; sie kann sich mit ihrer eigenen Art nicht fortpflanzen, weil es keine männlichen Vilas gibt. Sie hat gehofft, daß du dich mit ihr fortpflanzen würdest, denn dann bekäme sie nicht nur Vila-Nachkommen, sie wären zudem mit dem Königshof von Xanth verwandt und genössen dadurch ein besonderes Ansehen. Darauf ist sie sehr erpicht.«

»Das wird wohl so sein«, pflichtete Dolph ihm bei. »Aber wie wollte sie denn Kinder von mir bekommen? Ich meine, wie ruft man den Storch denn eigentlich genau?«

»Die Sache mit dem Storch gehört zur Verschwörung der Erwachsenen«, antwortete Mark. »Das darf ich dir nicht verraten. Es ist etwas, das du selbst entdecken mußt oder zusammen mit einem kundigen Partner, wenn du erst einmal alt genug geworden bist.«

Mit dieser frustrierenden Antwort mußte Dolph sich zufriedengeben. Er hatte gehofft, daß Mark sich nicht an die Verschwörung der Erwachsenen gegen die Kinderwelt erinnern würde. Er wußte natürlich, daß die kleinen Kinder vom Storch gebracht wurden; das Geheimnis bestand aber in dem Wissen, wie die Erwachsenen es fertigbrachten, den Störchen die entsprechenden Signale zu geben, damit sie die Babys heranschafften. Störche gehorchten nur ganz bestimmten Befehlen und weigerten sich kategorisch, Babys abzuliefern, wenn bestimmte Regeln nicht befolgt wurden. Kein Kind war bisher hinter dieses Geheimnis gekommen; sollten die Kinder das jemals tun, könnten sie ihre Babys auch selbst bestellen und die Erwachsenen dabei völlig umgehen. Welch eine Traumvorstellung!

Jetzt, da es zu spät war, fiel ihm auch ein, daß Vida Vila ihm vielleicht das Geheimnis verraten hätte. Nun, vielleicht würde er nach Beendigung seiner Queste ja doch noch mal wieder hier vorbeikommen und sie danach fragen. Der Trick würde darin bestehen, sich die Antwort geben zu lassen und sofort zu verschwinden, bevor sie wieder irgendwelche Klebrigkeiten einleitete.

Doch nun lag vor ihnen die Insel der Illusion; bald würden sie den Himmelstaler finden!

4

GRAZI

Am Morgen blickten sie zur Insel hinüber. »Ich verwandle mich in einen Rokh und bringe dich hinrüber«, entschied Dolph.

»Vielleicht ...«

Langsam begann Dolph diese Eröffnung zu fürchten! Aber er wußte auch, daß es besser war zuzuhören. »Was denn?«

»... wäre es besser, per Boot hinüberzufahren.«

»Wir haben aber kein Boot!«

»Ich kann mich zu einem zusammensetzen, wenn du ein Paddel auftreiben kannst.«

»Du kannst zu einem Boot werden? Warum hast du mir das nicht am Fluß erzählt?«

»Du hast mich nicht danach gefragt.«

Es gab Zeiten, da konnten einem die Erwachsenen wirklich auf die Nerven gehen! »Also gut, fahren wir eben Boot. Aber warum sollen wir nicht einfach hinüberfliegen?«

»Wir wissen nicht genau, was uns dort erwartet, und es

könnte klüger sein, unser Eintreffen nicht an die große Glocke zu hängen. Ein Flug könnte Landungsprobleme mit sich bringen, und sollten dort irgendwelche Harpyien nisten …«

»Guter Einwand.« Mit Harpyien wollte Dolph nichts mehr zu tun haben! Er suchte das Ufer ab, bis er einen flachen Ast gefunden hatte, der ihm als Paddel dienen konnte.

Dann trat er gegen das Skelett, die Knochen flogen auseinander, schlugen spritzend auf dem Wasser auf und nahmen sogleich die Form eines kleinen Bootes an. Dolph kletterte hinein und stellte fest, daß darin gerade genug Platz für ihn war. Es war erstaunlich, wie viele Gestalten Mark annehmen konnte! Die Knochen waren zwar nicht sehr dicht aneinander gefugt, schienen aber das Wasser dennoch abzuhalten, so daß das Boot ohne Probleme auf der Oberfläche dümpelte.

»Was hält das Wasser aus dem Boot?« fragte er, während er zu paddeln begann.

»Verbindungsmagie«, erklärte der Schädel, den er nun als Sitz benutzte. »Ich bestehe aus Knochen und Knochenhaut; die Knochen sind sichtbar, aber die Haut kann sehr fein werden, und ihr Gewebe hält das Wasser ab. Auf ähnliche Weise kann ich auch mit dir sprechen: Dieses unsichtbare Gewebe fängt die Luft auf und drückt auf eine Weise an meinen Mundknochen, daß daraus Laute entstehen.«

»Du bist wirklich eine bemerkenswerte Kreatur!« meinte Dolph bewundernd.

»Danke.«

Dolph war zwar nicht der beste aller Paddler, aber da er Rückenwind hatte, kam er ganz ordentlich voran.

Als sie sich der Insel näherten, blickte Dolph überrascht auf. Das war nicht die Wildnis, mit der er gerechnet hatte; statt dessen schien es hier eine große Stadt zu geben. Er erblickte goldene Kuppeln und silberne Türme, hohe Zinnen und flatternde Banner. Das Licht der Morgensonne brach sich an glänzenden Oberflächen.

»Ich dachte, daß die Insel der Illusion ganz leer wäre!« bemerkte Dolph beim Paddeln. »Wo kommt die Stadt her?«

»Auf der Insel leben schon lange keine Menschen mehr, seit deine Großmutter Iris sie verlassen hat«, erklärte der Schädel. »Vielleicht siehst du dort eine Luftspiegelung.«

»Was ist denn eine Luftspiegelung?«

»Etwas, was nicht wirklich da ist. Wenn man dann näher kommt, ist es plötzlich verschwunden.«

»Auf jeden Fall ist es sehr hübsch!« Dolph paddelte weiter. »Ich hoffe, daß sie nicht so schnell verschwindet!«

Je näher sie an die Insel gelangten, um so größer und deutlicher sah die Märchenstadt aus. Die eleganten Gebäude warfen große Schatten, und die exotischen Pflanzen, die um sie herum wuchsen, wogten leicht in der Brise.

»Es sieht jedenfalls ganz wirklich aus«, meinte Dolph. »Eigentlich müßte es sich schon sehr bald auflösen.«

Doch es löste sich nicht auf. Schließlich kauerte Dolph sich im Boot nieder und hob den Schädel an, damit Mark genauer hinsehen konnte. »Erstaunlich!« pflichtete der Schädel ihm bei.

Schließlich gingen sie an Land. Hoch ragte die Stadt vor ihnen auf, sie sah wirklicher aus denn je. Sie war riesig und sauber und hell, alles war auch Hochglanz poliert.

Dolph trat nach dem Boot, worauf es sich wieder ins Skelett verwandelte. »Langsam hege ich den Verdacht, daß es doch etwas anderes sein muß als eine Spiegelung«, bemerkte Mark. »Aber ich habe wirklich geglaubt, daß die Insel leer sei.«

»Glaubst du, daß hier irgendwelche Gefahren lauern?« Nach der Geschichte mit den Harpyien verhielt Dolph sich vorsichtiger. Zu Hause auf Schloß Roogna war alles immer ganz ungefährlich gewesen. Zwar hatte er im Wandteppich viele Gefahren zu sehen bekommen, doch die waren nicht wirklich gewesen. Das heißt, sie waren zwar schon wirklich, fanden aber irgendwo anders statt, so daß sie ihn nicht bedrohten. Daß die Dinge ihm aber tatsächlich nacheilten – das war beunruhigend.

»Es sollte hier eigentlich nichts geben, womit wir nicht zurechtkämen. Aber vielleicht ...«

Geduldig wartete Dolph ab. Offenbar konnten Skelette

ebenso bruchstückhaft sprechen, wie sie sich auseinandernehmen ließen.

»... sollten wir sicherheitshalber Kontakt zu Schloß Roogna aufnehmen.«

»Kontakt zu Schloß Roogna?«

»Mit deinem magischen Spiegel ...«

»Oh.« Einen Augenblick hatte Dolph schon befürchtet, daß dies ein Vorwand sei, um auf Schloß Roogna zurückzukehren, von wo er dann nie wieder entkommen würde. Er grub in seinem Gepäck nach dem Spiegel.

Dann holte er ihn hervor. »Schloß Roogna«, sagte er.

Die Reflexion der Insel verschwand. Kurz huschte statisches Geknister über das Glas. Dann erschien ein neues Bild: Dolph und Mark, wie sie vor der fremden Stadt standen.

»Was ist das denn?« fragte Dolph. »Ich habe doch ›Schloß Roogna‹ gesagt und nicht ›Insel der Illusion‹! Warum bist du schon wieder da?«

»Versuch doch mal, dich umzudrehen«, schlug Mark vor.

Darin sah Dolph zwar keinen Sinn, aber er widersprach nicht. Er drehte sich langsam um, bis er in die entgegengesetzte Richtung blickte.

»Das nützt nichts; das Bild hat sich nicht verändert.«

»Genau«, meinte Mark. »Es ist also keine Widerspiegelung dieses Orts.«

»Aber natürlich ist es das! Hier sind wir beiden, und da ist die Stadt!«

»Aber du stehst im Augenblick nicht mit dem Gesicht zur Stadt. Eine Widerspiegelung müßte das Meer hinter dir zeigen.«

Dolph warf einen Blick über die Schulter. Hinter ihm lag das Meer. Dann spähte er erneut in den Spiegel. Dort zeigte sich die leuchtende Stadt.

Er drehte sich wieder um, so daß er nun den Spiegel zwischen sich und Mark hielt. Das Bild blieb das gleiche: Es zeigte die beiden, wie sie vor der Stadt standen. Als er genau hinsah, bemerkte er, daß die Dolph-Gestalt etwas zwischen den beiden hielt: den Spiegel! Wie konnte der Spiegel sich selbst wiedergeben?

»Mach eine Vergrößerung«, schlug Mark vor.
Dolph befahl dem Spiegel, sein Bildfeld zu vergrößern. Die Einzelheiten schrumpften, und schließlich erschien ein Rand. »Das ist der Webteppich!« rief Dolph.
»Und der ist auf uns eingestellt«, bemerkte Mark. »Es hat daher den Anschein, als wüßten sie bereits über unsere Lage.«
»Die spionieren mir nach!« meinte Dolph wütend.
»Vielleicht ist es bloß deine Schwester«, warf das Skelett ein.
»Hm, ja. Die ist wahrscheinlich neidisch auf mein Abenteuer!«
»Wenn hier also irgendwelche Gefahr lauern sollte, werden deine Eltern schon davon erfahren und das Erforderliche veranlassen. Jetzt können wir etwas beruhigter sein.«
Mit gemischten Gefühlen steckte Dolph den Spiegel wieder ein. Er war zwar froh, daß hier keine wirklichen Gefahren drohten, andererseits gefiel es ihm nicht, daß man ihm nachspionierte. Er überlegte, ob es eine Möglichkeit gab, das zu verhindern. Doch den Webteppich konnte man auf so gut wie alles in Xanth einstellen. Immerhin bedeutete es wenigstens, daß sie wußten, daß er im Begriff war, das Geheimnis des Guten Magiers zu lösen. Er war ein echter Abenteurer und nicht nur irgendein dummer Junge. Das war ihm ein großer Trost!
Sie begaben sich in die Stadt. Die Kuppelbauten waren riesig. Aus der Nähe betrachtet sahen sie ebenso hübsch aus wie aus der Ferne. Die dazwischenliegenden Straßen waren zwar schmal, funkelten aber von hell leuchtenden, bunten Kacheln und polierten Kupferfassungen. Nun wurde offenbar, daß die Pflanzen und Blumen, die um die Gebäude herum wuchsen, nicht wirklich waren, sondern daß man ihnen auf raffinierte Weise ein echtes Aussehen verliehen hatte.
»Das erinnert mich etwas an eine Szene im Kürbis«, bemerkte Mark. »Beispielsweise an die Messingstadt.«
»Eine Stadt im Kürbis? Sind wir denn jetzt im Kürbis?«
»Nein, wir scheinen immer noch in deiner Welt zu sein;

es erinnert mich lediglich an den Kürbis. Das ist der Ort, wo der Stoff hergestellt wird, aus dem die Träume sind; es gibt dort viele Szenen, die als Modelle für Träume dienen. Das hier könnte auch eine solche Szene sein.«

»Eine Traumszene!« sagte Dolph. »Das könnte wirklich Spaß machen!«

»Ich selbst träume natürlich nicht«, fuhr Mark fort, »weil ich ja aus dem Reich der Träume stamme. Aber ich weiß, daß viele Träume unangenehm sind. Wollen wir hoffen, daß es sich hier nicht um die Szene für einen Alptraum handelt, der von den Nachtmähren überbracht wird.«

»Ja«, stimmte Dolph ihm zu, als ihm plötzlich klar wurde, daß dieses Abenteuer ebenso unangenehm wie spaßig werden könnte.

»Außerdem müssen wir an unser Ziel denken. Wir sind hier, um den Himmelstaler zu finden. Das ist möglicherweise nicht so einfach.«

»Vielleicht befindet er sich in einer dieser Kuppeln«, sagte Dolph und blickte seinen Freund zum ersten Mal an, seit sie in die faszinierende Stadt gekommen waren.

Überrascht hielt er inne.

Mark Knochen war verschwunden; an seiner Stelle stand ein gutaussehender, lebendiger Menschenmann in einem weißen Anzug.

Der Mann erwiderte seinen Blick. »Stimmt etwas nicht?« fragte er mit Marks Stimme.

War das Mark, oder war das nur ein Fremder, der seine Stimme nachahmte? Dolph wußte nicht, wie er das entscheiden sollte. Wenn es Mark war, müßte er dem Skelett sofort Mitteilung machen. War es aber ein Fremder, sollte er vielleicht so tun, als würde er den Unterschied nicht bemerken, damit der Mann glaubte, daß er ihn hinters Licht geführt hätte. »Äh ...« sagte er.

»Du siehst aus, als hättest du ein Gespenst gesehen«, meinte der Mann. »Und zwar kein freundliches. Was ist denn los?«

Er mußte irgend etwas sagen – aber *was*? Dolph wünschte, daß er etwas von der Urteilskraft der Erwachsenen besäße, um zu wissen, was er tun sollte. »Äh ...« wiederholte er.

Der Mann streckte eine Hand nach ihm aus. »Jetzt siehst du so aus, als würdest du gleich in Ohnmacht fallen. Laß mich dir helfen ...«

Da fiel der Blick des Mannes auf seine eigene Hand. Plötzlich schienen ihm die Augen schier aus dem Kopf zu fallen. »Äh ...« sagte er.

»Genau«, pflichtete Dolph ihm bei.

»Irgend etwas ist mit meiner Hand passiert!« rief der Mann entsetzt. »Die ist ja völlig mit Fleisch bedeckt!«

»Richtig«, sagte Dolph. Wenigstens war damit das Problem gelöst, was er sagen sollte.

»Und mein Arm auch! Und meine Beine! Ich glaube, ich übergebe mich gleich!«

»Wirklich übel«, stimmte Dolph ihm beruhigt zu.

Der Mann berührte seinen eigenen Arm. »Aber es ist nicht wirklich!« rief er mit gewaltiger Erleichterung. »Meine Knochen sind immer noch da!«

»Nicht wirklich?«

»Fühl doch mal meinen Arm!« erwiderte der Mann und griff nach Dolph.

Dolph wich zurück, doch dann fiel ihm ein, daß es besser war, keine Furcht zu zeigen. Vorsichtig berührte er den Arm.

Seine Finger stießen durch die Haut, bis sie auf kalten Knochen trafen.

»Das bist *tatsächlich* du!« rief er erfreut.

»Natürlich bin ich es!« erwiderte Mark. »Wer denn sonst!«

»Aber du siehst aus wie ein lebender Mensch! Es ist fürchterlich!«

Mark stellte sich vor eine spiegelgleiche Wand. »Ekelhaft!« stimmte er zu. »Das ist *doch* ein Traum, der von den Nachtmähren gebracht wird! Wie hältst du es nur aus, mich anzuschauen?«

»Es ist nicht leicht«, meinte Dolph. »Aber ich hoffe doch, daß ich mein Frühstück bei mir behalten kann.«

»Wenigstens ist es nicht wirklich!« Mark befingerte gerade seinen Kopf. »An meinem Schädel befindet sich keine haarige Haut, in meinen Augenhöhlen sind keine scheußlichen Augäpfel, keine groteske Zunge in meinem Mund. An meinem Körper haftet kein Fett. Ich sehe nur grotesk *aus*; in Wirklichkeit bin ich gar nicht so.«

»Das ist großartig«, sagte Dolph, der sich plötzlich seines eigenen haarigen Kopfs, seiner scheußlichen Augäpfel und grotesken Zunge bewußt wurde. Was tat er nur mit all diesem dummen Fleisch an seinem Körper?

»Für dich ist das natürlich in Ordnung«, bemerkte Mark. »Du sollst schließlich so sein. Wenn du nur aus Knochen bestündest, würdest du sogar etwas merkwürdig aussehen. Aber für mich – was für eine Schreckenvision!«

»Was für eine Schreckensvision«, wiederholte Dolph, der sich schon besser fühlte.

»Ich frage mich ...« Mark trat näher an die Spiegelwand heran und stach mit einem Finger danach. »... ob das hier auch Illusion ist.« Der Finger drang durch die Wand. »So ist es! Das erklärt alles! Die ganze Stadt muß eine Illusion sein!«

Nun berührte auch Dolph eine Wand.

Seine suchende Hand fand keinen Widerstand. Tatsächlich, es war nichts da. Das erklärte auch, wie es auf einer verlassenen Insel eine so große, wunderschöne Stadt geben konnte.

»Aber habe ich mich denn verändert?« fragte er. Er blickte seine eigenen Hände an. »Ich habe nicht den Eindruck, daß ich anders aussehe.«

»Nein, du siehst genauso aus wie vorher«, versicherte ihm Mark.

»Aber wenn du dein Aussehen verändert hast, wieso habe ich es dann nicht auch getan? Dann müßte ich doch wie ein Skelett oder so etwas aussehen, nicht wahr?«

»Das ist wirklich merkwürdig«, pflichtete Mark ihm bei. »Ich kann nur vermuten, die Sache hat keine Macht über dich, weil du ja ein Magier bist. Vielleicht werden aber auch nur alle Lebewesen mit Fleisch eingekleidet, und da du bereits Fleisch besitzt, macht sich der Effekt bei dir nicht bemerkbar.Möglicherweise gilt das gleiche auch für richtige Gebäude, die sich auch nicht verändern würden.«

»Dann könnten einige dieser Illusionen also wirklich sein? In dem Fall sollten wir wohl besser aufpassen, wenn wir hineingehen.«

»Ja. Glücklicherweise können wir auf der Straße bleiben und durch die scheinbaren Türen eintreten. Dann riskieren wir nicht, gegen irgend etwas zu rennen.«

»Aber was, wenn der Himmelstaler von irgendeiner Illusion verschleiert wird? Wie sollen wir ihn da jemals finden?«

Mark schnitt eine bemerkenswert menschliche Grimasse, komplett mit Stirnrunzeln und Lippenschürzen. »Ich fürchte, da haben wir noch eine Menge äußerst mühsamer Überprüfungen vor uns, es sei denn, wir finden einen Weg, die Illusion zu beseitigen.«

Genau das hatte Dolph auch befürchtet. »Ich schätze, dann sollten wir wohl besser mal anfangen. Allerdings frage ich mich, was diese ganzen Illusionen hier zu suchen haben, nachdem Großmutter Iris schon so lange von hier verschwunden ist.«

Plötzlich zuckten sie beide zusammen.

»Ihr verschollenes Talent!« rief Mark. »Es ist hierher zurückgekehrt!«

»Ja, es hat sich nach der alten Insel der Illusion gesehnt!« stimmte Dolph ihm zu. »Hier fühlt es sich zu Hause!«

»Ich habe gar nicht gewußt, daß Talente so etwas tun können«, gestand Mark.

»Na ja, sie ist auch schon ziemlich alt. Vielleicht hat sie es nicht mehr so in der Gewalt.«

»Das könnte sein. Ich bin überrascht, daß sie nichts getan hat, um es wiederzugewinnen.«

Dolph überlegte. »Vielleicht weiß sie nicht, daß es hier ist. Ich meine, es könnte ja irgendwo sein, und sie hat vielleicht einfach nicht daran gedacht, hier nachzusehen. Wenn meine blöde Schwester die einzige ist, die den Wandteppich anschaut, dann weiß wahrscheinlich auch niemand davon. Sie ist meistens so unaufmerksam, daß sie immer nur die Hälfte mitbekommt.«

»Das könnte sein«, meinte auch Mark. »Ich schätze, es könnte ziemlich langweilig werden, ständig den Abenteuern anderer zuzuschauen. Aber irgendwie sollte man sie auf die Sache hinweisen. Ob wir sie alarmieren könnten?«

»Du meinst durch einen Anruf über den Spiegel?«

»Der scheint auf diese Entfernung nicht genügend zu differenzieren. Er konzentrierte sich lediglich auf eine Stelle auf Schloß Roogna, und das ist der Wandteppich.«

»Ja, es ist ein ziemlich kleiner Spiegel, und ich war noch nie besonders gut darin, diese Dinger richtig einzustellen. Wenn ich irgend etwas falsch mache, verliere ich möglicherweise noch den Kontakt zu Schloß Roogna. Aber wie sollen wir sie sonst benachrichtigen?«

»Vielleicht ...«

Dolph wünschte sich, daß er einen Beschleunigungszauber hätte, um den Denkprozeß des Hohlschädels etwas anzutreiben. Statt dessen mußte er abwarten.

»... wenn wir eine Nachricht schickten«, schloß Mark.

»So wie eine Notiz auf einem Stück Papier? Die würden sie nie bekommen, denn sie wäre zu klein.«

»Eine große Nachricht.«

»Oh.«

Am Rande der Region der Illusion machten sie sich an die Arbeit und sammelten Zweige und Steine. Marks Körper verwandelte sich auf merkwürdige Weise, wenn er aus der Illusion heraus und wieder in sie hineintrat; mal war er ein normales Skelett, dann wieder ein Mensch aus Fleisch und Blut.

Nach einiger Mühe hatten sie auf dem kleinen Strand die eingesammelten Steine und Hölzer zu Worten ausgelegt: SAG ES IRIS. Eigentlich hätte es ja ›Großmutter Iris‹ heißen müssen, aber für ein so großes Wort hatten sie nicht genug Material zur Verfügung. Wenn Ivy das im Wandteppich erblickte, würde sie mit Sicherheit irgend jemandem davon erzählen, und wenn Großmutter Iris von der phänomenalen Stadt auf ihrer alten Insel hörte, würde sie begreifen, worum es ging. Dann würde sie ihr magisches Talent wiedererlangen, und alles käme in Ordnung. Dolph hatte zwar bisher weder den Guten Magier noch den Himmelstaler gefunden, aber immerhin war er schon um einiges weiter!

Dann machten sie Mittagspause. Dolphs belegte Brote waren zwar aufgegessen, aber er brauchte sie auch gar nicht; er verwandelte sich einfach in eine Ameise und verzehrte ein Stück von einem Blatt. In Ameisengestalt mochte er grünen Salat ebensowenig wie als Junge, aber wenn man hungrig genug war, aß man alles.

Schließlich setzten sie ihre Suche nach dem Himmelstaler fort. Sie wußten nicht genau, wie er aussah, hofften aber, daß sie ihn erkennen würden. Dolph wußte, daß es in Mundania eine kleine Münze gab, die man Taler oder Pfennig nannte. Es hieß, daß sie nicht allzuviel wert war, daß sie aber hübsch schimmerte. Er glaubte, daß der Himmelstaler vielleicht einfach nur ein sehr großer, sehr strahlender Taler war.

Er war sich zwar nicht sicher, wie er mit seiner Hilfe den Guten Magier finden sollte, aber das würde er schon irgendwie herausbekommen, sobald er ihn erst einmal in der Hand hatte. Jedenfalls hoffte er das.

Die riesige Illusion bedeckte die ganze Insel. Sie wußten nicht, in welchem Gebäude sich der Taler befinden mochte, deshalb mußten sie jedes davon durchstöbern. Da er möglicherweise von einer Wand bedeckt war, mußten sie auch mit den Händen durch die Wände greifen und alles abtasten. Dabei stießen sie hauptsächlich auf Unkraut: Ohne die phantastische Stadt wäre diese Insel nichts anderes als ein grasbewachsener Erdhaufen.

Schon bald wurde die Arbeit äußerst langweilig. Dolph wünschte sich, daß es doch einen schnelleren, leichteren Weg gäbe, aber es fiel ihm nichts dazu ein. Versuchsweise nahm er die Gestalt eines Spürhunds an, um mit seiner Spürnase den Taler zu erschnüffeln, aber weil er nicht wußte, wie er roch, war das auch keine Hilfe. In der Gestalt eines Adlers hoffte er darauf, mit seinen scharfen Augen die Illusion besser durchschauen zu können, doch statt dessen wurden ihre Einzelheiten nur noch deutlicher. Da war es immer noch am einfachsten, seine natürliche Gestalt zu behalten, um mit den Händen nach dem zu suchen, was er nicht sehen konnte.

Er trat durch eine weitere Mauer – und erblickte eine Frau. Sie war hochgewachsen und gut proportioniert, mit Haaren so schwarz wie die Nacht und einer Haut so weiß wie der Mittag.

Dolph machte einen Satz zurück durch die Mauer. Er erinnerte sich noch an sein Erlebnis mit Vida Vila, die gar nicht so übel gewesen war, nachdem er sie erst einmal besser kennengelernt hatte, aber die Aussicht auf Klebrigkeiten hatte ihn wirklich abgestoßen. Diese neue Frau hier sah aus wie jemand, der sich gut auf Klebrigkeiten verstand, deshalb begegnete er ihr mit Vorsicht. Zum Glück hatte sie ihm den Rücken zugekehrt, hatte ihn also nicht gesehen.

Er eilte zu der Stelle hinüber, wo Mark an der Arbeit war. »Da ist eine Frau!« flüsterte er dem lebenden Menschen zu, der Mark zu sein schien. »Zwischen den Gebäuden!«

Mark überlegte. »Ist es eine wirkliche Frau oder eine Illusion?«

Darüber hatte Dolph noch nicht nachgedacht. »Ich ... ich weiß es wirklich nicht. Sie sah zwar wirklich aus, aber ...« Er zuckte die Schultern.

»Es könnte ein Ungeheuer sein, das nur menschlich aussieht. Ich glaube, ich gehe der Sache mal besser nach.«

»Ja«, sagte Dolph erleichtert.

Sie begaben sich an die Stelle, wo Dolph die Frau gesehen hatte, um dort vorsichtig die Köpfe durch die Wand zu stecken. Die beiden sahen sie sofort. Die Frau ging gerade ein Stück weiter die Mauer entlang und tastete mit den Händen hinein. Sie schien nach irgend etwas zu suchen.

»Ich gehe auf sie zu«, entschied Mark. »Aber ich werde nicht allzuviel über mich selbst verraten, bevor ich genau weiß, um wen es sich handelt. Sie könnte gefährlich sein.«

Dolph nickte. Die Illusion ließ keine Sicherheit zu.

Mark trat durch die Mauer, während Dolph ihm nachsah. Dann schritt er auf die Frau zu. »Hallo«, sagte er.

»Huch!« schrie die Frau und machte einen Satz.

»Wer bist du?« fragte Mark.

Die Frau wich zurück. »Ich wußte ja gar nicht, daß hier noch jemand ist! Du hast mich erschreckt.«

»Vielleicht sollte ich aber auch fragen, *was* du bist«, fuhr Mark fort. »Bist du, was du zu sein scheinst?«

»Nein. Bist *du* denn, was du zu sein scheinst?«

»Nein. Nicht genau. Wie lautet dein Name?«

»Sag mir erst deinen.«

Mark hielt inne.

»Ich versuche festzustellen, ob du gefährlich bist. Wenn du nicht kooperierst, muß ich davon ausgehen, daß du es tatsächlich bist.«

»Ich sehe die Sache genau umgekehrt«, erwiderte die Frau.

»Dann beantworte meine Frage, und ich werde auf deine antworten. Wie heißt du?«

»Grazila Ossion. Kurz Grazi. Und wie heißt du?«

»Mark Knochen. Was für ein Wesen bist du?«

»Ich bin ein Skelett. Und du?«

»Ich bin ein Skelett. Wo ...«

»Jetzt weiß ich, daß du mich hereinlegen willst!« rief sie. »Du tust so, als wärst du, was ich bin!«

»Ich hege den Verdacht, daß es sich eher umgekehrt verhält«, erwiderte Mark steif. »In Xanth gibt es keine weiblichen Skelette.«

»Die gab es so lange nicht, bis ich aus dem Kürbis kam. Ich bin das einzige Skelett, das hier draußen gestrandet ist. Und was bist du nun wirklich?«

»Laß uns einander die Hand geben, dann werden wir sehr schnell feststellen, was wir sind«, schlug Mark vor.

»Nein! Du könntest ein knochenmalmendes Ungeheuer sein!«

»Genau wie du«, versetzte Mark. »Wäre ich das, hätte ich dich schon von hinten angegriffen.«

Sie nickte. »Das stimmt. Also gut, geben wir einander die Hand.«

Sie streckten jeder die Hand aus. Langsam näherten sie

sich einander. Dann berührten sie sich. Dann gaben sie sich die Hand.

»Du bist ja *wirklich* skeletthaft!« riefen beide im Chor.

Dolph entschied, daß es ungefährlich war, aus seinem Versteck hervorzukommen. »Sie ist wirklich wie du?« fragte er.

»Ist das auch einer von uns?« fragte Grazi.

»Nein«, antwortete Mark. »Das ist ein Mensch. Die Illusion beeinflußt ihn nicht.«

Und dann unterhielten sie sich. Dolph war unglaublich erleichtert zu erfahren, daß Grazi weder ein Ungeheuer noch eine Menschenfrau war. Sie schilderten, was sie hier taten, und Grazi erklärte ihrerseits, daß sie nach dem Kürbis suche, aus dem sie getreten war. »Es war ein Unfall; ich wollte eigentlich nur an einen anderen Ort reisen, aber ich habe den falschen Ausgang genommen und fand mich an diesem seltsamen Ort wieder. Erst glaubte ich, daß es lediglich eine andere Stelle im Kürbis sei, also bin ich hindurchgewandert, aber dann merkte ich, daß hier alles nicht so ist, wie es aussieht, deshalb versuchte ich zurückzukehren – aber ich habe den Kürbiseingang nicht wiedergefunden. Seit Tagen bin ich schon hier und suche nach ihm.«

»Bei diesen vielen Illusionen ist es schwer, irgend etwas zu finden«, stimmte Dolph ihr zu. »Ich weiß auch nicht, wie lange es noch dauern wird, bis wir den Himmelstaler gefunden haben.«

»Wie sieht er denn aus? Vielleicht habe ich ihn bei meiner Suche irgendwo gespürt?«

»Das wissen wir nicht. Vielleicht aber wie ein großer, leuchtender, mundanischer Kupfertaler.«

»Mundanisch? Was ist das denn?«

Sie hatte noch nie den Kürbis verlassen; ja, sie hatte noch nicht einmal von Mundania gehört. Sie versuchten es ihr zu erklären, aber sie konnte es nicht begreifen; es war zu seltsam und fremdartig für sie.

Und dann, ganz plötzlich, verschwand die Illusion. Nun standen die drei mit einemmal auf einer mit Unkraut überwucherten Insel.

»Großmutter Iris hat ihr Talent zurückgenommen!« rief Dolph.

So war es tatsächlich. Die beiden Gerippe offenbarten ihre kahlen Knochen, beide hatten die Wahrheit gesprochen. Mark war etwas größer, dafür war Grazi aber rundlicher. Dennoch wußte Dolph nicht, wie er die beiden auseinanderhalten sollte. »Wie unterscheidet ihr eigentlich Jungen von Mädchen?« wollte er wissen.

Die Skelette tauschten augenlose Blicke aus. »Du sprichst eine delikate Angelegenheit an«, meinte Mark.

»Aber ein Geheimnis ist es auch nicht«, erwiderte Grazi. »Ich besitze grazilere Knochen und habe eine Rippe mehr als er.«

»Eine Rippe mehr?« fragte Dolph überrascht.

»Prinz Dolph wurde bisher noch nicht mit der Geschichte der Gerippe vertraut gemacht«, warf Mark ein. »Vielleicht sollten wir am Anfang beginnen.«

»Also gut«, sagte sie. »Wenn ihr mir bei der Suche nach dem Kürbis helft, will ich die Geschichte erzählen.«

»Dabei können wir auch gleich nach dem Himmelstaler suchen!« erwiderte Dolph. Er hatte das Gefühl, daß die Skelette im Begriff waren, eine langwierige und langweilige Diskussion vom Zaum zu brechen, und soviel Zeit wollte er eigentlich ungern vergeuden.

»Wir werden nach beidem suchen«, stimmte Mark zu. »Nun, da die Illusion verschwunden ist, dürfte es nicht allzu schwierig sein, zu finden, was wir suchen.«

Also begannen sie mit der Suche, schritten nebeneinander her, Dolph in der Mitte, während die beiden Skelette ihm abwechselnd die Geschichte der Gerippe erzählten.

Es schien, daß vor langer, langer Zeit, als die Magie noch neu war, der Dämon X(A/N)th (oder irgend jemand; da war sich Dolph nicht ganz sicher) das gewöhnliche Land Xanth für gewöhnliche Kreaturen erschuf, den Kürbis dagegen für die ungewöhnlichen Wesen, von denen die anderen nur träumen konnten, um schließlich die Abfälle dem trostlosen, unmagischen Mundania zu überlassen. Er legte um Xanth eine Art Barriere, um den größten Teil der

Mundanier fernzuhalten, und versiegelte das Kürbisreich. Genau in der Mitte des Kürbisses erschuf er einen prachtvollen Friedhof, in dem er das erste Skelett auslegte.

Aber dieses Skelett fühlte sich schon bald einsam, weil es keine anderen seiner Art gab. Also nahm der Dämon eine seiner Rippen, zerbrach sie, ließ die Stücke wachsen und erschuf daraus das erste weibliche Skelett. Nur war das männliche Skelett jetzt nicht mehr vollständig, weil ihm eben die eine Rippe fehlte. So besaß seither die Skelettfrau eine Rippe mehr als der Skelettmann.

Die beiden Urskelette machten zusammen wunderschöne Musik, weil ihre Knochen alle unterschiedlichen Töne von sich gaben. Mark konnte über zweihundert Noten spielen und Grazi über zweihunderteins. Es fehlte ihm die kleinste Rippe des ersten Skeletts, die G-Rippe, die den höchsten Ton erzeugte. Seit dieser Zeit war die Frau dem Mann immer um einen Ton voraus. Der Mann vermißte diesen Ton zwar, war es aber zufrieden, wenn die Frau ihn für ihn angab, was sie auch tat, wenn es angemessen war.

»Und wann ist das?« wollte Dolph wissen.

Nun schwiegen sie. »Äh«, sagte Mark schließlich, »wenn sie sich fortpflanzen wollen.«

»Soll das heißen, daß sie Musik spielen, um dem Storch Signale zu schicken?« fragte Dolph, der plötzlich sehr interessiert war. Vielleicht konnte er hier doch noch einen Hinweis darauf bekommen, wie das die Fleischleute taten! Wenn es nur eine Frage davon war, irgendeine Melodie zu spielen oder ein Lied zu singen, würde vielleicht ein klebriges (bäh!) Liebeslied ...

»Nicht genau«, sagte Grazi, die plötzlich ebenso steif wirkte wie Mark. »Wir benutzen keine Störche; die sind den Lebenden vorbehalten.«

»Ach nein? Wie tun Skelette es denn dann?«

»Das möchtest du gar nicht wissen«, erwiderte Mark.

Jetzt war Dolph sich sicher, daß er dem größten Geheimnis überhaupt auf die Spur gekommen war – der Verschwörung der Erwachsenen. »Und ob ich das will!«

»Dazu gehört ... klebriger Kram.«

»Oh.« Das war wie ein nasser Waschlappen ins Gesicht! Ausgerechnet dann, als es gerade interessant wurde. Aber er hatte schon irgendwie geahnt, daß es auf so etwas hinauslaufen würde, denn die Erwachsenen interessierten sich viel zu sehr für Klebrigkeiten. Vielleicht war das Alter schuld, das ihr Gehirn klebrig und breiig werden ließ. Welch ein Schicksal!

Sie setzten die Suche auf der Insel fort, doch weder Kürbis noch Taler tauchten auf. »Ich fürchte, der Kürbis ist inzwischen verfault«, meinte Mark. »Auf der Insel sind keine mehr. Aber auf dem Festland sollte es noch viele geben.«

»Auf dem Festland?« fragte Grazie. »Soll das heißen, daß es noch mehr Land gibt?«

Mit Mühe gelang es Dolph, nicht zu lachen. Sie war wirklich noch sehr naiv!

»Ja, das hier ist nur eine einzige Insel von vielen, und nicht einmal die größte«, erklärte Mark. »Das gewöhnliche Xanth ist tatsächlich ziemlich ausgedehnt, flächenmäßig ist es vielleicht so groß wie der Kürbis.«

»Erstaunlich!« rief sie. »Ich hatte ja keine Vorstellung!« Dann drehte sie sich zu ihm um. »Wie bist du denn überhaupt hierher nach Xanth gekommen?«

»Ich bin auf den Verlorenen Pfad geraten und habe mich natürlich verirrt. Ein Mann aus Xanth hat mich gerufen und aus dem Kürbis geholt. Ich muß gestehen, daß es mir hier draußen erst sehr merkwürdig vorkam, aber nachdem ich alles erst einmal besser kennengelernt hatte, fand ich es interessant und entschied mich zu bleiben. Auf jeden Fall ist es besser, als wieder auf den Verlorenen Pfad zurückzukehren.«

Ihr Schädel nickte. »Das glaube ich auch. Aber jetzt müßtest du eigentlich in der Lage sein, dem Verlorenen Pfad zu entgehen, wenn du in der Gesellschaft von jemandem zurückkehrst, der nicht verloren ist.«

»Das ist wahr«, erwiderte Mark. »Aber ich habe hier noch Verpflichtungen.«

»Was für Verpflichtungen denn?«

»Ich bin der erwachsene Begleiter des Prinzen Dolph. Ich muß dafür sorgen, daß er nicht in allzu große Schwierigkeiten gerät, und ich muß ihm bei der Suche nach dem Himmelstaler helfen.«

Sie erwiderte nichts. Zwar setzten sie die Suche fort, doch als die Sonne immer tiefer am Himmel hing, bereit, die fernen Bäume in Brand zu setzen, wußten sie endgültig, daß sie auf der Insel weder den Kürbis noch den Taler finden würden.

»Es sieht so aus, als wären wir einer falschen Spur gefolgt«, meinte Mark schließlich bedauernd.

»Aber der Gute Magier begeht doch keine Fehler!« wandte Dolph ein. »Seine Nachricht besagte ...«

»Es ist immerhin möglich, daß wir uns bei der Deutung seiner Nachricht geirrt haben. Ich habe gehört, daß seine Antworten gelegentlich rätselhaft sein können.«

»Wie lautete die Nachricht denn?« fragte Grazi.

»›Gerippe Schlüssel zum Himmelstaler‹«, erklärte Dolph. »Und die Schrift verlief in diese Richtung, auf die Insel der Illusion zu, daher glaubte ich, daß das der richtige Schlüssel sein müßte, aus dem Gerippe einer Koralle gemacht.«

»Das leuchtet ein. Gibt es noch weitere davon?«

»Einige«, erwiderte Mark.

»Wo sind die denn?«

»Im Süden, um die ganze Halbinsel von Xanth verteilt.«

»Das hier ist also das Ende einer Reihe?«

»In gewissem Sinne«, bestätigte Mark.

»Dann hat der Magier vielleicht gemeint, daß ihr hier anfangen sollt, um so lange weiterzumachen, bis ihr die richtige Insel gefunden habt«, erklärte sie.

»Ja, das könnte sein!« pflichtete Dolph ihr bei. Langsam begann Grazi ihm zu gefallen.

»Aber alle zu durchkämmen ...« protestierte Mark. »Das könnte sehr lange dauern. Ich bin mir gar nicht sicher ...«

»Vielleicht gibt es auf einer davon einen anderen Kürbis«, warf Grazi ein.

Mark musterte sie. Die Aussicht, mit ihr gemeinsam weiterzureisen, schien ihn nicht sonderlich zu beunruhigen.

»Wir könnten mit dem Schiff fahren«, schlug Dolph vor. »Kannst du dich in ein Boot verwandeln, Grazi?«

»Natürlich«, antwortete sie. »Das kann doch jeder!«

Und so war es beschlossene Sache: Sie würden eine Weile gemeinsam reisen und nun gleich nach zwei Dingen Ausschau halten, nach Taler und Kürbis. Einen davon würden sie unweigerlich finden. Dolph behagte diese Entwicklung, weil er sich mit zwei Begleitern sicherer fühlte als mit einem.

5

MELA

Am Morgen machten sie sich auf den Weg zu den südlichen Inselketten. Von der See wehte eine recht steife Brise landwärts, und das war eine große Hilfe, weil Grazi sich nämlich erboten hatte, sich in ein Segel zu verwandeln. Sie sagte, daß sie damit vor dem Wind segeln könnten. »Das habe ich schon auf dem Lebertransee getan.«

Plötzlich hatte Dolph einen schlechten Geschmack im Mund. Lebertran war ein fürchterliches Zeug, das ganz entsetzlich schmeckte, weshalb Erwachsene Kinder auch dazu zwangen, es zu trinken. »Gibt es etwa eine ganzen *See* von diesem Zeug?«

»O ja, den gibt es«, bestätigte sie. »Der wird als Hintergrund für die Alpträume von Kindern benutzt.«

»Solche Träume habe ich auch schon gehabt«, meinte Dolph. »Ich glaube, im Kürbis würde es mir nicht gefallen.«

»Das soll es dir auch nicht. Alpträume nützen überhaupt nichts, wenn die Leute sie mögen. Keine anständige Nachtmähre würde jemals einen guten Traum überbringen.«

»Die Mähre Imbri überbringt aber gute Träume!« sagte er entschieden.

»Du kennst die Mähre Imbri? Das war mal eine gute Mähre, bis sie von jemandem eine Seelenhälfte bekam und sie behielt, anstatt sie wieder abzuliefern. Das hat sie ruiniert und aus dem Geschäft geworfen.«

»Sie ist jetzt eine Tagmähre«, erwiderte Dolph.

»Na ja, besonders viel Substanz haben die nicht gerade. Aber wenn man den Typ mag ...«

»Ich mag ihn auf jeden Fall mehr als das, was die Nachtmähren mit sich herumschleppen!«

»Gib mir einen Tritt!« lud sie ihn ein.

»Aber gern!« Sie explodierte und zerfiel zu einem Dreieck aus Knochen.

»Und jetzt tritt mich«, forderte Mark ihn auf.

Der Skelettmann verwandelte sich wieder in das kleine Wassergefährt. »Und nun bringe das Segel ins Boot.« Dolph taumelte mit dem Knochensegel zum Boot und setzte es ab. Ihr Schädel öffnete den Mund und packte einen Kreuzknochen. Nun stand sie fest und aufrecht, das Segel war gesetzt.

»Zieh uns ins Wasser«, sagte Marks Schädel. »Und dann spring schnell herein, denn wenn der Wind uns packt, kommen wir schnell voran.«

Dolph zog an dem Boot. Ein einzelnes Skelett wog zwar nicht sehr viel, zwei aber waren so schwer, daß er es nur mit Mühe schaffte. Es gelang ihm das Boot zu wassern, weil das Ufer nicht weit entfernt war. Und dann, als es zu dümpeln begann, packte er sein Paddel und sprang hinein.

Gerade noch rechtzeitig! Denn nun schwenkte das Segel aus eigener Kraft herum und faßte Wind, und plötzlich schossen sie schnell über das Wasser. Dolph brauchte überhaupt nicht zu paddeln. Er hielt sich einfach nur am Knochenrand fest und genoß die Fahrt. Den Rucksack nahm er ab und setzte ihn am Boden des Boots zwischen Schädelsitz und Segelmast ab; dort sollte er in Sicherheit sein.

Eine Weile genoß er das Gefühl, ohne Anstrengung über das Wasser zu jagen, und er beobachtete die vorbeiziehende Landschaft. Hinter ihnen blieb die Insel der Illusion zurück. Je weiter sie aufs Meer hinausgelangten, um so stärker wurden die Wellen. Im Licht der Morgensonne wirkte das Wasser grünlich, in der Tiefe sah es grau und schwarz aus.

Was, fragte er sich, mochte da unten sein, das man von hier oben nicht erkennen konnte?

Der Wind wechselte die Richtung, so daß er nun aus Südost kam. Grazis Segel schwang herum, und das Knochenboot setzte seine Reise nach Süden fort.

Dolph musterte das Segel. Er war an die Magie der Skelette gewöhnt, die es ihnen ermöglichte, verschiedene nützliche Formen anzunehmen und das Wasser oder die Luft abzuhalten.

Aber diese Magie des Segelns versetzte ihn in höchstes Erstaunen. Konnte das wirklich noch ein Aspekt eines bestimmten Talents sein?

»Seid ihr sicher, daß ihr nicht zwei magische Talente besitzt?« fragte er Mark. »Gestaltwandeln und Segeln?«

»Segeln ist keine Skelettmagie«, erwiderte der Schädel, auf dem Dolph gerade saß. »Das kann jeder tun, wenn er nur weiß wie. Ich habe gehört, daß selbst die Mundanier es können sollen, obwohl ich zugeben muß, daß ich das für eine Übertreibung halte. Du könntest es jedenfalls mit etwas Übung auch.«

»Aber mein Talent ist doch die Gestaltwandlung!«

»Manche Magie ist unabhängig und steht jedem zur Verfügung, der sie nur richtig anruft. So habe ich gehört, daß der Gute Magier Humfrey kein anderes offensichtliches Talent besitzt als die Fähigkeit, andere Arten der Magie zu orten, die er dann benutzen kann.«

»Er ist doch immerhin der Magier der Information! Das kann sonst niemand!«

»Nun, ich bin ja nur ein Kürbiswesen. Vielleicht habe ich irgendeinen Aspekt der Sache übersehen.«

»Aber wenn ein anderer es könnte, was würde dann mit Humfrey passieren?«

»Ich weiß es nicht. Aber wir müssen uns mit der Möglichkeit auseinandersetzen, daß wir ihn vielleicht nicht wiederfinden werden.«

»Niemals!« erwiderte Dolph.

»Andererseits haben wir unsere Möglichkeiten bisher noch lange nicht erschöpft. Wir werden jede Insel absuchen, bis wir den Himmelstaler gefunden haben.«

»Den Himmelstaler?« ertönte plötzlich eine Stimme.

Dolph blickte sich um. Im Wasser schwamm eine Frau. Er konnte ihr Gesicht mit seinem Heiligenschein aus Haar erkennen, der im Sonnenlicht von blendendem Gelb war, im Wasser aber grün wie Seetang. »Hast du Schwierigkeiten?« rief er ihr zu. »Willst du an Bord kommen?«

Sie lachte fröhlich, wobei sich ihre Schultern aus dem Wasser hoben und ihre Brüste offenbarten. Dolph interessierte sich wirklich nicht für solche Dinge, konnte aber andererseits auch den Blick nicht abwenden; sie war, wie seine Mutter es ausgedrückt hätte, extrem gut gebaut. »Ich brauche keine Schiffe! Komm zu mir ins Wasser.«

»Das hört sich an wie eine Meerfrau«, bemerkte Marks Schädel.

»Eine Frau ist es auf jeden Fall!« bekräftigte Dolph.

»Ich würde zu ...«

»Wie heißt du?« rief die Frau ihm zu.

»Prinz Dolph. Und du?«

»... Vorsicht raten«, schloß das Skelett.

»Mela. Vollständig Melantha. Du bist ein Prinz?«

Nun fiel Dolph wieder das Problem ein, daß er mit Vida Vila im Wald gehabt hatte, die von der Vorstellung eines Prinzen völlig eingenommen worden war. Äh, na ja ...«

»Laß dich anschauen.« Sie kam herbeigeschwommen, und nun erkannte er, daß ihr Körper von der Hüfte abwärts der eines Fisches war. Es war tatsächlich eine Meerfrau! »Aber ja, das bist du wirklich! Was für ein Glückstag für mich!«

Dolph zögerte sie zu fragen, was sie damit meinte, und so wechselte er lieber das Thema. »Weißt du etwas über den Himmelstaler?«

Nun fuhr sie sich mit einem leuchtenden Korallenkamm

in der Rechten durchs Haar, während sie in der Linken einen kleinen, reichverzierten Spiegel hielt. Dolph hatte nicht gesehen, wo diese Gegenstände herkamen; sie schienen einfach aus der Luft gegriffen zu haben. »Aber gewiß doch! Wer will denn etwas darüber wissen?«

»Ich! Ich suche nämlich danach.«

Sie sah ihn an und legte den Kopf schräg, so daß ihr goldenes Haar schimmernd auf einer Seite herabfiel. Ihr Spiegel und ihr Kamm funkelten; einen Augenblick glaubte er, daß sie mit Edelsteinen verziert seien, doch dann sah er, daß es Muscheln waren. »Wenn du mir im Wasser Gesellschaft leistest, dann sagte ich es dir vielleicht.«

»Geh nicht ins Wasser!« ermahnte ihn der Schädel.

Aber Dolph war ohnehin bereits zu dem Schluß gekommen, daß dies nicht der richtige Zeitpunkt für ein Bad war. »Warum kommst du nicht lieber an Bord und erzählst es mir hier?«

Sie schnitt eine hübsche Grimasse. »Wenn du darauf bestehst, Prinz. Aber du wirst mir helfen müssen, denn ich kann nicht besonders gut klettern.« Kamm und Spiegel verschwanden plötzlich. Sie ließ ihre Flosse aufblitzen und erzeugte dabei eine beachtliche Welle.

»Laß dich nicht ...« fing der Schädel an.

Die Meerfrau kam herangeschwommen. »Ist jemand bei dir im Boot?«

»Nicht genau. Es ist ...«

Sie hob die Arme. Nun traten auch ihre beeindruckenden Brüste aus dem Wasser, und ihm fielen fast die Augen aus dem Kopf. »Macht nichts. Halt mich fest.«

»... von ihr greifen«, schloß Mark.

Zu spät. Mela hatte die Arme um seinen Hals geschlungen. Dolph versuchte ihr beim Einsteigen zu helfen, doch sie wog mehr als er, und ihre Arme waren überraschend kräftig; statt er sie ins Boot, zog sie ihn in die Tiefe. Er stemmte sich gegen sie, aber er wußte, daß er im nächsten Augenblick im Wasser landen würde.

»Lavieren!« rief der Schädel.

Plötzlich schwang das Segel herum, und das Boot

machte einen Satz. Der untere Teil des Segels prallte gegen den Rücken der Meerfrau und verpaßte ihr einen kräftigen Schlag. Mit einem Schmerzensschrei ließ sie Dolph fahren. Dolph wich ins Boot zurück. »Du hast versucht, mich ins Wasser zu ziehen!« rief er empört.

Mela schüttelte den Kopf, wobei ihr Haar gelbe Funken aufstieben ließ. »Ich hab' ja schon öfter einen Klaps bekommen, aber so noch nie«, sagte sie wütend.

»Du wolltest mich ertränken!« klagte Dolph sie an.

Sie lachte, doch es klang nicht mehr so fröhlich wie zuvor. »Wohl kaum, Prinz! Ich kann dafür sorgen, daß du unter Wasser atmen kannst. Ich will dich bei mir haben. Komm herein; dein Haar ist ganz zerzaust. Ich will es für dich kämmen.« Wieder erschien der Muschelkamm in ihrer Hand.

»Du hast gesagt, daß du etwas vom Himmelstaler weißt!«

»Das tue ich auch. Ich ziehe es lediglich vor, dir in meinem eigenen Revier davon zu erzählen. Für mich ist es außerhalb des Wassers ungemütlich.«

Das glaubte Dolph gerne. Er hatte noch nicht viele Fische erlebt, die das trockene Land liebten, und sie war ja ein halber Fisch.

»Wir müssen fort von hier«, mahnte Marks Schädel.

»Also los!« stimmte Dolph ihm zu. Er hatte mehr als genug von den Täuschungen der Meerfrau.

Wieder schwang das Segel herum, und das Schiff gewann wieder an Fahrt.

»Prinz Dolph, es tut mir leid!« rief Mela, die ihnen folgte. »Ich werde dir vom Himmelstaler erzählen, wenn du mir nur zuhörst.«

»Ich höre dir zu, während ich fahre«, erwiderte Dolph grimmig. Langsam begann er eine gesunde Abneigung gegen Frauen aller Art zu entwickeln; eine, die seine Abneigung gegen Mädchen ergänzte, die seine große, herrische Schwester in ihm ausgelöst hatte.

»Also schön«, willigte sie ein. Sie hatte keine Probleme, mit dem Boot Schritt zu halten. »Der Himmelstaler hat die

Leute in der Vergangenheit weiß der Himmel wohin geschickt, damit sie anderen begegneten. Dafür ist er gedacht.«

»Ja, das erklärt alles!« rief Dolph. »Und wir wollen den Guten Magier finden!«

»Der Gute Magier ist fort?« fragte sie interessiert.

»Ja, deshalb suchen wir nach ihm. Wir werden den Himmelstaler auf der Gerippeinsel finden.«

»Das bezweifle ich.«

»Warum?«

»Weil es keinen Himmelstaler mehr gibt.«

»Aber du hast doch gerade gesagt ...«

»Dummer Junge! Ich habe dir gesagt, wozu er in der Vergangenheit benutzt wurde. Die Anstrengung seiner gewaltigen Magie läßt ihn zusammenschmelzen, und so hört er auf zu existieren, nachdem er seine Funktion erfüllt hat.«

»Aber ...«

»Daher muß er jedesmal aufs neue geschmiedet werden. Das ist der Schlüssel zu seinem Gebrauch.«

»Das ...«

Sie lachte ihn wieder aus. »Wie wenig du doch deine Mission verstanden hast! Hast du wirklich geglaubt, daß es sich bei dem Gerippe um einen Ort handelt?«

»Ich ...« Dolph kam sich ziemlich dämlich vor.

»Da könnte sie recht haben«, meinte der Schädel mürrisch.

»Aber wie sollen wir den Himmelstaler denn herstellen?« fragte Dolph. »Wir wissen doch gar nichts über ihn!«

»Aber ich weiß etwas«, erwiderte Mela.

»Ja? Dann sag es uns!«

»Komm hinunter in mein Heim, dann werde ich es dir erzählen, lieblicher Prinz.«

»Nein!«

»Ich versichere dir, daß ich dich nicht mißhandeln werde, Prinz. Ich möchte nur für eine Weile deine Gesellschaft genießen.«

Wieder erinnerte Dolph sich an die Vila, deren Interessen sich als äußerst klebrig herausgestellt hatten. »Ich gebe aber keine gute Gesellschaft ab.«

»Nun, im Augenblick vielleicht nicht. Aber mit der Zeit wirst du eine ausgezeichnete Gesellschaft abgeben, da bin ich ganz sicher. Ich kann warten.«

Jetzt war sich Dolph erst recht sicher, daß er sich davonmachen sollte. »Nein!«

»Ich kann dich nicht locken?« fragte Mela mit gefurchter Stirn.

»Nein! Verschwinde!«

»Ich singe dir sogar ein hübsches Lied.«

»Nein!«

Nun runzelte sie die Stirn erst recht. »Dann werde ich dir eben ein Lied singen, das nicht ganz so hübsch ist. Du läßt mich unvernünftig werden, Prinz Dolph. Das ist nicht klug.«

»Ich bin auch kein kluger Mensch!« versetzte er. »Ich bin nur ein Junge!«

»Und ich bin eine Meerfrau. Über meinen Typ mußt du noch einiges lernen.«

»Ich will aber gar nichts lernen!«

»Ich habe ein Auge auf dich geworfen, und ich werde dich kriegen, mein reizender Prinz.«

Dolph war sich nicht sicher, wie sie das meinte, aber keine der Deutungen, die ihm einfielen, sagten ihm sonderlich zu. »Können wir nicht schneller fahren?« fragte er Mark.

»Nur wenn der Wind stärker wird«, erwiderte der Schädel.

Doch statt dessen setzte nun eine Flaute ein. Genau im falschen Augenblick.

Melantha begann zu singen. Ihre Stimme klang unheimlich. Es hörte sich eher nach Gespenstern an, die von einem Windstoß umhergeweht wurden, als nach Musik. Und doch besaß sie eine gewisse bezaubernde Qualität. Dolph ertappte sich dabei, wie er sich danach sehnte, bei ihr zu sein.

Aber dann nahm der Wind wieder zu. Ein Schatten legte sich auf das Boot. Dolph hob den Blick und mußte zu seinem Entsetzen erkennen, daß sich ein Sturm zusammenbraute.

»Ausgerechnet jetzt muß ein Unwetter aufkommen!« rief er.

»Das ist nicht gerade ein Zufall«, rief ihm Mela aus den immer stärker werdenden Wellen zu.

»Das stimmt!« knurrte der Schädel. »Meerfrauen können Stürme heraufbeschwören.«

»Und ob wir das können«, rief Mela ihnen über das Brüllen des Windes zu. »Wir haben eine Abmachung mit König Fracto, einen Pakt zur gegenseitigen Hilfeleistung.«

»Von dem habe ich gehört«, meinte der Schädel. »Das ist die schlimmste aller Wolken. Cumulo Fracto Nimbus. Immer auf der Suche nach Ärger.«

»Ich werde ihm sagen, daß er verschwinden soll, wenn du mit mir kommst«, rief Mela.

»Laß dich mit ihr nur auf keinen Handel ein!« mahnte der Schädel. »Wir steuern das Land an, da können wir ihr entkommen.«

Das Boot machte eine Wende, nahm Kurs auf das Ufer.

Mela begann wieder zu singen. Sofort verstärkte sich der Sturm. Der Wind packte das Segel und peitschte es umher. Das Boot geriet in eine furchterregende Schräglage.

»Das gefällt mir nicht«, meinte der Schädel. »Wir sollten besser unser Segel reffen.«

»Mir gefällt das auch nicht«, erwiderte Dolph. »Ich glaube, ich werde seekrank!«

»Nicht in meinem Gewässer, o nein!« protestierte Mela.

»Ich kann auch nichts dafür«, sagte Dolph und beugte sich über die Bootskante.

»Wenn du das tust, machst du hinterher auch alles wieder sauber!« rief sie und kam herbeigeschwommen.

Dolph wich zurück. Er wollte nicht, daß sie wieder nach ihm grabschte.

»Verpaß dem Segel einen Tritt!« befahl der Schädel.

Dolph begriff, daß dies die einzige Möglichkeit war, wie Grazi ihre Gestalt verwandeln konnte. Er stand auf.

Da packte sie ein plötzlicher Windstoß. Das Boot kenterte. Dolph, der auf wackligen Beinen gestanden hatte, wurde in das wogende Meer gerissen.

Er öffnete den Mund, um zu schreien, aber sein Magen krampfte sich so heftig zusammen, daß das, was dabei herauskam, durchaus kein Schrei war. Es war vielmehr ein Würgen.

Da hatte die Meerfrau ihn schon gepackt. »Jetzt gehörst du mir, du kostbarer Junge!« sagte sie. »Küß mich!« Sie drückte ihr Gesicht auf seins.

Da brach der Inhalt von Dolphs Magen hervor, spritzte auf ihre Nase und tränkte ihr Haar.

»Iiiih!« rief sie. »Ich dachte, du wärst stubenrein!« Aber sie ließ ihn nicht los, sondern riß ihn unter Wasser.

Dolph atmete ein. Er glaubte, daß er ertrinken würde, aber als er einen vollen Atemzug voll Wasser nahm, war es genau wie Luft. Sie hatte recht gehabt: Sie hatte ihn dazu in die Lage versetzt, Wasser atmen zu können.

Ihr Schwanz schlug vor und zurück, ihr Körper wand sich in Wellen, und sie bewegte sich mit großer Anmut. Sie zerrte ihn hinter sich her, und ihr Griff hielt seinen Arm so kräftig fest, daß er sich nicht befreien konnte. Doch selbst wenn er es täte, was würde dann wohl passieren? Sobald er den Kontakt zu ihr unterbrach, würde sich das Meer möglicherweise für ihn wieder in Wasser verwandeln, und er würde ertrinken.

Kein Zweifel – er war ihr Gefangener. Was würde mit ihm geschehen.

Mila legte ihn in einem Höhlengarten am Meeresboden ab, der von baumähnlichen Algen umringt war, die in einem Bogen nach oben strebten und dort einen Baldachin bildeten. Der Boden war mit hübschen buten Steinen bedeckt. Einige von ihnen leuchteten und erhellten mit ihren sanften Grün-, Rot-, Blau- und Gelbtönen die Umgebung, so daß er alles deutlich sehen konnte. Hier und dort trieben Bündel aus feinem Seetang, die wie Kissen aussahen. Zwischen den Seebäumen und den Steinen befand sich ein grober Kreis aus glänzenden Metallen.

»Begib dich nicht über den Baldachin hinaus«, ermahnte

ihn Mela. »Mein Zauber wirkt nur hier, jenseits dieser Grenze kannst du im Wasser nicht atmen, es sei denn, du hältst Körperkontakt mit mir. Wir befinden uns hier in ziemlicher Tiefe; du würdest mit Sicherheit ertrinken.«

Dolph schwamm hinüber und steckte den Kopf zwischen den Meerbäumen hervor. Hier wirkte das Wasser dichter, und je weiter er kam, um so schlimmer wurde es, bis er fast erstickte. Sie hatte recht: Er konnte nicht davonschwimmen.

In der Mitte des Gartens hatte sie eine Feuerstelle eingerichtet. Sie legte einige Wasserscheite darauf, und sofort begann das Feuer warm zu lodern.

»Aber wie kann es denn unter Wasser Feuer geben?« fragte Dolph erstaunt.

»Das ist natürlich Meermagie«, erklärte sie. »Wir sind ausgezeichnete Hausfrauen, kümmern uns um Herd und Garten, bis unsere Ehemänner zurückkehren.« Dann wandte sie sich ab.

»Ehemänner?« fragte Dolph. »Wenn du einen Ehemann hast, warum ...«

»Ich *hatte* einen Ehemann, Merwin Meermann. Aber der ist fort.«

»Fort? Wohin denn?«

Mit zuckenden Schwanzflossen drehte sie sich zu ihm um. »Du bist noch jung, und ich habe dich gegen deinen Willen hierhergebracht, deshalb muß ich dir verzeihen, daß du dich ungehobelt benimmst. Ich habe mich euphemistisch ausgedrückt. Merwin ist tot.«

»Oh.« Dolph hatte sie tatsächlich nicht richtig verstanden. Er wollte noch weitere Fragen stellen, beispielsweise was das Wort ›euphemistisch‹ bedeutete, begriff aber, daß das vielleicht nicht klug war. »Es tut mir leid.« Langsam gelang es ihm immer besser, sich wie ein Erwachsener zu entschuldigen.

Und sie reagierte auch wie eine Erwachsene. »Nein, das konntest du doch nicht wissen. Ich muß mich bei dir für das entschuldigen, was ich getan habe. Aber laß es mich dir erklären.«

Das war es genau, was er wollte. Erwachsene hatten manchmal eine merkwürdige Art, Dinge zu tun, aber im allgemeinen ereichte sie dabei schon ihr Ziel. Also hielt er den Mund und hörte zu.

»Wir Meermenschen leben schon sehr lange«, erklärte Mela. »Die Männer werden alt und runzlig, während die Frauen weiterhin jung aussehen. Das hat mit Hormonen zu tun – na ja, wir wollen nicht allzugenau auf Einzelheiten eingehen. Aber Merwin besaß einen prachtvollen Zauber, der ihn jungbleiben ließ. Das war ein großer, leuchtender Feuerwasseropal, der vor Energie nur so funkelte. Du hast vielleicht schon bemerkt, daß wir Meermenschen schöne Edelsteine und seltene Metalle sammeln; wir lieben es, damit unser Heim und unseren Garten zu schmücken. Doch Merwin besaß nur diesen einzigen, und den schätzte er mehr als alle anderen. Er trug ihn an einer Kette um den Hals.

Eines Tages befand er sich an der Meeresoberfläche und erzeugte zusammen mit den diensthabenden Wolken einen prächtigen Sturm. Ein Flugdrache kam vorbei und bot ihm seine Hilfe an, indem er Feuer und Rauch ausstoßen und die Nebel verdichten wollte. Doch dann erblickte er Merwins Opal und begehrte ihn. Während Merwin sich gerade auf den Sturm konzentrierte, richtete dieser heimtückische Drache seinen Feuerstrahl gegen ihn und röstete ihn. Wir Meermenschen sind sehr anfällig für Feuer, deshalb bleiben wir auch immer im Wasser. Merwin war benommen und stürzte bewußtlos ins Wasser. Der Drache nahm den Feuerwasseropal an sich, indem er die Halskette zerriß, und flog damit zu seinem Hort irgendwo auf dem Festland.

Merwin, des Schutzes seines Edelsteins beraubt, starb. Nun war ich Witwe. Danach wurde es für mich sehr schwer, denn Meerfrauen leben nicht gern allein. Wir hatten unseren Besitz ausgebaut, um eine Familie aufziehen zu können; aber nun würde es keine Familie mehr geben. Ich wollte unser Anwesen nicht mit einem fremden Meermann teilen, aber das war ohnehin ein allenfalls akademisches Problem; ohne den Feuerwasseropal war es nicht attraktiv genug, um auch andere Meermänner anzuziehen. Meine einzige Chance, wieder neue Hoffnung zu schöpfen, bestand darin, den Feuerwasseropal zurückzubekommen, aber diese Chance erschien mir wirklich sehr gering.

Deswegen war ich auch so interessiert, als du den Himmelstaler erwähntest. Damit könnte ich den Opal finden.« Sie zuckte die Schultern. »Aber es war doch nur eine törichte, flüchtige Idee. Dieser Drache lebt schließlich an Land, während ich einn Meereslebewesen bin; wenn ich mich zu seinem Hort begäbe, würde ich doch nur den Tod finden. Ich kann den Himmelstaler gar nicht gebrauchen, weil er mich nur in den Tod führen würde. Aber als mir das klar wurde, fiel mir auch auf, daß du ein hübscher Junge bist. Die Tatsache, daß du ein Prinz bist, macht die Sache noch besser. Deshalb habe ich dich gefangengenommen und bedaure, wenn es dich unglücklich machen sollte.«

»Ich will nicht hierbleiben«, erwiderte Dolph. »Wirst du mich ziehen lassen?«

»Nein.«

»Aber ich bin doch nur ein Junge! Ich kann doch gar nicht ... tun, was du willst.«

»Oh, ich bin sicher, daß du das kannst, wenn du erst einmal älter geworden bist. Deine und meine Rasse können sich kreuzen, und oft tun Meermenschen es mit gefangengenommenen Matrosen. Dann bringt der Storchfisch Halblinge, die sich entweder für das Leben an Land oder im Meer entscheiden können. Das wird natürlich eine Weile dauern, aber während du aufwächst, werde ich dich gut behandeln, und ich bin sicher, daß es dir hier unten schon gefallen wird.«

»Ich weiß nicht einmal, wie ich ... was auch immer. Die Erwachsenen haben mir das Geheimnis bisher immer vorenthalten.«

Sie lachte. »Für uns ist das lediglich eine Frage der Diskretion. Darüber würde ich mir keine Sorgen machen.«

»Na ja, du bist ja auch erwachsen«, konterte er. »Du weißt es ja schon!«

»Und ich werde es dir gern zeigen, wenn die Zeit gekommen ist. Du wirst es interessant finden.«

»Niemals!«

Sie lächelte duldsam, genau wie ein Erwachsener. »Du wirst schon sehen.«

»Aber ich habe andere Dinge zu tun!« protestierte Dolph heftig.

»Die kannst du immer noch tun, nachdem ich mit dir fertig bin«, entschied sie.

»Ich werde fliehen!«

»Du darfst es gern versuchen.«

Dolph verwandelte sich in einen Fisch. Doch als er die Höhle verließ, begann er zu würgen. Seine Kiemen vertrugen das Wasser nicht!

Er mußte zurückweichen, irgendwie funktionierte seine Fischgestalt nicht.

»Ich wußte gar nicht, daß du ein Gestaltwandler bist«, bemerkte Mela. »Aber ich sehe auch, daß du keine Erfahrung hast. Dein Körper hängt an meinem Zauber fest, deshalb kannst du unter Wasser auch atmen. Es wird dir aber nicht gelingen, dich an normale Fischatmung anzupassen; deine Magie und meine stören einander, und dann wirst du ersticken.«

Dolph nahm wieder Jungengestalt an. »Ich werde es schon noch lernen!«

»Gewiß wirst du das – mit der Zeit. Alles, was man dazu braucht, ist sehr viel Übung. Bis dahin hoffe ich dich davon zu überzeugen, daß es für dich das beste ist, bei mir zu bleiben.«

Dolph bezweifelte zwar, daß ihr das gelingen würde, hielt es aber für besser, jetzt nichts dagegen zu sagen. »Was ist mit dem Himmelstaler? Du hast gesagt, du würdest mir noch etwas über ihn verraten, wenn ich mit in die Tiefe komme.«

Sie lächelte. »Du bist aber nicht freiwillig gekommen. Ich glaube nicht, daß das zählt.«

»Du hast nicht gesagt, daß es freiwillig sein muß!«

Sie legte den Kopf schräg, und ihr Schleier aus grünem

Haar wirbelte um ihren Torso. »Vielleicht können wir uns irgendwie einigen. Laß mich dir einen Vorschlag machen.«

»Nö! Das klingt unfair!«

»Nicht unbedingt. Es geht lediglich um eine Vereinbarung, die wir beide einhalten wollen. Weil du ein Gestaltwandler bist, könntest du eine Bedrohung für mich werden, so daß ich mir Gedanken darüber machen muß, ob ich in deiner Gesellschaft schlafen kann. Das wäre sehr unpraktisch. Einigen wir uns also darauf, daß ich dir alles, was ich noch über den Himmelstaler weiß, verrate, und daß du deinerseits nicht versuchen wirst, mir Schaden zuzufügen. Du wirst dich beispielsweise nicht in einen Schwertfisch verwandeln und mich aufschlitzen. Ansonsten kannst du alles tun, was du willst, aber du sollst mir keine Gewalt androhen oder sonstwie Schaden zufügen.«

»Ich darf also versuchen, Wasser zu atmen und zu fliehen?«

»Ja. Du darfst mich nur nicht angreifen oder sonstwie versuchen, mir Schaden zuzufügen.«

Tatsächlich wollte Dolph ihr ja auch gar nicht weh tun; wenn man mal außer acht ließ, daß sie erwachsen war, war sie eine halbwegs nette Person. Er wollte nur von ihr weg.

»Wirst du mir auch verraten, wie die Leute den Storch ...«

»Nein. Nicht, solange du noch ein Kind bist. Das weißt du auch.«

Dolph schnitt eine Grimasse. Es war zum Haareraufen, wie diese Erwachsenen alle unter einer Decke steckten; nicht einer mochte gegen die Verschwörung verstoßen. Aber er hatte eigentlich auch nicht mit Erfolg gerechnet. »Also gut. Du sagst mir alles über den Himmelstaler, und ich werde versuchen, dir nicht weh zu tun.«

»Abgemacht.« Sie streckte die Hand aus, und einen Augenblick später hatte er begriffen, daß er sie nehmen sollte, um die Abmachung zu besiegeln.

Ihre Finger besaßen Schwimmhäute, aber die Hand war wunderbar sanft, und sie drückte seine Finger auf eine Weise, die ihm ein leises Prickeln durch den ganzen Körper jagte. Das war natürlich auch Magie, aber nichts, wogegen man wirklich etwas hätte haben können.

Sie schwamm zu der Feuerstelle hinüber. »Jetzt werde ich dir etwas zu essen machen. Du bist ein Junge, der noch wächst, also brauchst du auch etwas zu essen.«

Das hörte Dolph gar nicht gern. Es klang nach einer weiteren Erwachsenenverschwörung – alle Kinder dazu zu zwingen, scheußliches Zeug zu essen. »Was ...?«

»Algensuppe. Enthält viele Vitamine und Mineralien und Proteine. Die braucht ein heranwachsender Junge so sicher, wie Wasser das Feuer löscht.«

Soeben waren seine schlimmsten Befürchtungen Wirklichkeit geworden! Warum hatte er nicht noch eine andere Bedingung ausgehandelt: Kein abscheuliches Essen! Nun hing er fest.

Während sie die Suppe aßen, erklärte sie, wie der Himmelstaler geschmiedet wurde. »Den kann man nicht auf gewöhnliche Weise herstellen; dazu bedarf es einer ganz besonderen Magie, die Elektrizität heißt. Mit ihr trägt man die Kupferschicht auf. Nur wenn man es ganz genau so macht, funktioniert er richtig. Du wirst also jemanden brauchen, der über diese Art von Magie verfügt, und außerdem brauchst du Zeit.«

»Zeit?«

»Wie ich höre, ist es ein sehr langsamer Vorgang. Ich glaube, es dauert zwei Jahre, um den letzten herzustellen.«

»Zwei Jahre!«

»Ich habe mich einverstanden erklärt, dir etwas über den Taler zu erzählen; ich habe nicht versprochen, daß es dir auch gefallen würde.«

»Nun, und ich habe zwar eingewilligt, dir keinen Schaden zuzufügen«, konterte Dolph verärgert, »aber ich habe nicht gesagt, daß ich dir keine Schimpfwörter an den Kopf werfen würde, Fischhintern.«

Sie lachte, und ihre Fröhlichkeit kehrte wieder. »Wunderbar, Prinz Dolph! Wir werden famos miteinander auskommen, so sicher wie Sand das Wasser verdrängt.«

»Du bist gar nicht wütend?« fragte er verblüfft.

»Natürlich nicht. Mein Hintern ist doch *tatsächlich* fischig. Aber wie alle meiner Art, kann auch ich mich verwandeln.«

Sofort wurde ihr Schwanz unscharf und bildete sich zu einem Paar wohlgeformter Menschenbeine aus.

»Oh.« Das hätte er wissen müssen. »Aber dann kannst du doch durchaus an Land gehen. Du hast gesagt ...«

»Ich habe gesagt, daß ich ein Meereslebewesen bin, und das stimmt ja auch. Natürlich kann ich an Land gehen, wenn ich muß. Aber ich mag es nicht; das Gewicht, das dann auf meinen Füßen lastet, ist sehr lästig, und die Trokkenheit ist unerträglich. Wenn ich mich zum Drachenhort begäbe und tatsächlich das Glück hätte, den Feuerwasseropal an mich zu bringen, müßte ich immer noch zu Fuß ans Meer zurückkehren, und ich bezweifle, daß ich das schaffen würde. Nein, diese Beine sind nur für bestimmte Anwendungen gedacht; ansonsten bevorzuge ich den Schwanz.« Die Beine verschwammen, und wieder bildete sich der Fischschwanz.

Dolph war fast enttäuscht. Er bekam nur selten nackte Frauenbeine zu sehen; meistens waren es die Beine von Nymphen, die gerade davonliefen. Es war ja nicht so, daß an Beinen etwas Besonderes gewesen wäre, aber aus irgendeinem Grund sollten Kinder sie nicht aus allzu großer Nähe zu sehen bekommen, und das machte ihn natürlich neugierig.

Dann schwamm Mela hinaus, um sich um ihr Anwesen zu kümmern. Sie hatte, wie sie erklärte, eine Herde von Seekühen und ein Seepferd zu hüten, die sie mit Seehafer ernährte. Außerdem ein hübsches Beet mit Seegurken, die sie vor den Streichen der Seekobolde beschützen mußte. Sie bot ihm an, mit ihr hinauszuschwimmen, um alles zu besichtigen, doch er lehnte ab; für einen Tag hatte er genügend Erfahrungen gesammelt.

»Also gut, dann morgen«, sagte sie. »Da kannst du mir dabei Gesellschaft leisten, wie ich den Meeresboden nach Muscheln und Edelsteinen absuche. Wäre es nicht schön, wenn wir einen weiteren Feuerwasseropal fänden?«

»Würde das bedeuten, daß ein anderer Meermann dich heiratet?« wollte er wissen.

»Ja, wahrscheinlich.«

»Dann würdest du mich ja gar nicht mehr gefangenhalten müssen!«

»Oh, ich mag dich aber lieber«, meinte sie. »Schließlich bekommt ein Mädchen nicht allzu oft Gelegenheit, einen echten Prinzen großzuziehen.«

Soviel zu diesem Einfall.

Am Abend fütterte Mela ihn mit widerlich gesundem Meeresessen und mit Delphinmilch, dazu – wie zu erwarten gewesen war – mit selbstangebauten Seegurken. Dann schickte sie ihn zu jener völlig unvernünftig frühen Stunde ins Bett, auf der die Erwachsenen immer bestanden, und gab ihm mehrere schwebende Kissen mit, die ihn beunruhigend an ihren nackten Busen erinnerten. Bäh! Es gab auch eine algenbedeckte Kabine für die Erledigung gewisser dringender Geschäfte; die Algen schnappten das Zeug weg, als wäre es eine große Belohnung, und nutzten es als Dünger. Mela versorgte ihn sogar mit einem Nachthemd aus gewebten Seegrasfasern. Er mußte zugeben, daß ihr Garten und ihre Fürsorge sehr bequem waren; nach den Maßstäben der Erwachsenen tat sie alles andere, als ihn zu mißhandeln. Sie gab ihm sogar ein leckeres Stück Salzwasserkonfekt, dann bestand sie darauf, daß er sich die Zähne mit einer Zahnbürste putzte, die sie aus einem gesunkenen Schiff gerettet hatte, und daß er sich hinter den Ohren wusch.

Während er in den Schlaf hinüberdämmerte, dachte er noch einmal über die Ereignisse des Tages nach. Er war nicht gerade glücklich über seine Gefangenschaft, mußte aber zugeben, daß Mela nach ihren eigenen Maßstäben gerecht und vernünftig handelte.

Offensichtlich würde ihr der Himmelstaler nicht sehr viel nützen. Er konnte inzwischen verstehen, warum sie sich mit einem menschlichen Ehemann zufriedengeben würde.

Wahrscheinlich gefiel es ihr ebensowenig wie dem Mann, aber es war immerhin für sie eine Möglichkeit, zu einer Familie zu kommen, auch ohne den Feuerwasseropal zu besitzen. Es war einfach nur Dolphs persönliches Pech, daß ausgerechnet er in ihre Gefangenschaft geraten war.

Er würde lernen müssen, die einander überschneidenden Magien zu handhaben, damit er sich in einen Fisch verwandeln und Wasser atmen konnte. Er hoffte, daß es ihm gelingen würde, bevor Mela ihn davon überzeugt hatte, für immer bei ihr zu bleiben. Schon jetzt fürchtete er, daß ihm nicht mehr allzu viel Zeit blieb.

Doch dann, kurz vor dem Einschlafen, fiel ihm wieder etwas ein: Der Webteppich war auf ihn eingestellt. Die Leute auf Schloß Roogna würden wissen, wo er war! Sie würden ihm zur Hilfe kommen! Er brauchte sich keine Sorgen zu machen!

Doch wie kam es dann, daß er eine gewisse Wehmut der Enttäuschung empfand?

6

SKELETT-MANNSCHAFT

»Halt dich fest, Dolph!« rief Mark, als der plötzliche Windstoß das Boot kentern ließ.

Doch es war zu spät; Dolph stürzte in die wogende See. Mark konnte ihm nicht mehr helfen, da sein Schädel im Inneren des Gefährts ruhte und er nicht hinausblicken konnte. Alles, was er erkennen konnte, war das Aufblitzen einer Schwanzflosse, als die Meerfrau sich bewegte.

Er wußte, daß sie hinter dem Unwetter steckte. Sie hatte Fracto herbeigerufen, der nur zu gern Unheil gestiftet hatte, und nun hatte sie, was sie wollte. Sie würde Dolph in die Tiefe zerren und ihn dort für immer bei sich behalten.

Mark wußte, daß er dafür verantwortlich war, denn schließlich war er ja Dolphs erwachsener Begleiter. Er hätte diese Katastrophe vorhersehen und entsprechende Vorsichtsmaßnahmen ergreifen müssen. Wären sie direkt an Land übergesetzt, hätte die Meerfrau sich niemals einmischen können. Ja, es wäre sogar eine Hilfe gewesen, hätte er Dolph im letzten Augenblick noch dazu aufgefordert, sich in einen Meeresvogel oder einen Fisch zu verwandeln. Aber sein hohler Schädel hatte nicht schnell genug gedacht, und so hatte er nur eine hohle Warnung zustande gebracht. Natürlich war der Junge viel zu abgelenkt gewesen, um aus eigener Entscheidung seine Gestalt zu verwandeln; die Meerfrau hatte viel zu schnell zugeschlagen.

Er mußte etwas tun, um Dolph zu helfen. Zunächst aber, mußte er sich selbst helfen. Er und Grazi mußten ihre gewöhnliche Gestalt wieder annehmen. Im Augenblick konnte Grazi nicht einmal sprechen, weil ihre Zähne sein Schienbein umklammerten, das als Stützbalken fungierte.

Die heftigen Winde heulten weiter, und die Wellen taten ihr Bestes, um das Fahrzeug in Stücke zu schlagen. Sollte es ihnen gelingen, wären beide Skelette verloren, denn ein Auseinanderreißen konnten sie nicht überleben. Nicht in einer solchen Situation. Würde solch ein Unglück an Land geschehen, könnten Freunde die Knochen wenigstens wieder einsammeln und zusammensetzen, aber hier im Meer gab es keine Freunde.

»Wir stecken in der Klemme«, rief er über das Tosen und Gischten hinweg. »Laß nicht los, Grazi, bis ich mir etwas ausgedacht habe. Vielleicht können wir den Sturm aussitzen!«

Doch noch größeres Unheil schien sich über ihnen zusammenzubrauen. Der bösartige Fracto konzentrierte sich nun auf das Boot und versuchte es auseinanderzureißen. Fracto liebte es, Dinge zu vernichten; dafür war er berüchtigt. Wann immer man sich gerade keinen Regen wünschte, kam Fracto herübergeschwebt, um eine Sturzflut zu bringen; und wenn man ruhiges Wetter brauchte, war Fracto prompt zur Stelle, um es zu stören.

Außerdem spülten die Wellen das Fahrzeug immer weiter aufs Meer hinaus. Fracto wollte sichergehen, daß kein einziger Knochen mehr das Ufer erreichte!

Weder Mark noch Grazi konnten ihre Gestalt verändern, bevor ein anderer ihnen nicht einen Tritt gab. Die Stöße der Wellen genügten nicht, es mußte ein schneller Tritt gegen den Steißknochen sein. Wenn der eine seine natürliche Gestalt wiedererlangte, konnte er den anderen zwar treten – doch wie hätte einer von ihnen das jetzt vollbringen sollen?

»Du bist eine schreckliche Person, Fracto!« rief Mark voller Wut. Doch die Winde lachten nur. Fracto amüsierte sich tatsächlich köstlich.

Da fiel Mark etwas ein. Seine Armknochen bildeten einen Teil der seitlichen Bootstützen, und seine Handknochen hielten die Enden zusammen, wobei die Finger den obersten Rand bildeten. Wenn er seinen hohlen Finger nur ein Stück heben könnte ...

Es kostete ihn große Mühe, da er sich nicht in seiner natürlichen Gestalt befand, doch es gelang ihm schließlich, den Finger so weit zu heben, daß er im rechten Winkel zur Bootskante abstand. Nun mußte nur noch Fracto seinen Teil beisteuern.

»He, du schäbige Wolke!« rief er mit seinen Kieferknochen. »Ich verachte dich! Ich zeige dir den Finger!«

In Xanth gab es viele verschiedene Arten von Magie, doch manche Aspekte der Magie waren so universal und grundlegend, daß man sie überall finden konne. Einer davon war die Beleidigungsmagie, besonders in ihrer schlichtesten Variante. Ein einzelner erhobener Finger war der mächtigste Zauber von allen; jeder, der ihn erblickte, fühlte sich augenblicklich beleidigt und geriet in Zorn. Dafür gab es keinen praktischen Grund; es war einfach das Wesen des Zaubers.

Fracto erblickte den Finger und ließ einen schrecklichen Windstoß darauf los. Zornig versuchte er, ihn zu zerstören. Die Bö war so kräftig, daß die Luft durch den Finger schoß und seine Pfeife aktivierte. Das Geräusch war ohrenbetäubend. Es übertönte das dumpfe Tosen der Wellen und das Zischen der Luft. Das war Marks Hilferuf. Es war ihm gelungen, ihn auszustoßen!

»Jetzt müssen wir nur noch so lange durchhalten, bis Hilfe eintrifft«, rief er Grazi zu. »Halt dich einfach fest.«

Sie hielten durch. Die zornigen Windstöße setzten sich

fort, konnten aber kaum mehr ausrichten, als das Boot weiter aufs Meer hinauszutreiben. Fractos Zorn war zwar beeindruckend, aber es war auch unausweichlich, daß er sich erschöpfen würde; die Wolke besaß nicht allzuviel Durchhaltevermögen.

Dann erschien eine riesige Gestalt am Himmel. Mark konnte nur den vagen, huschenden Schatten sehen, wußte aber sofort, wer es war. »Chex!« rief er. »Hierher!«

Zu spät wurde ihm klar, daß Chex ihnen wohl kaum würde helfen können. Sie war ein geflügelter Zentaur und konnte nicht auf dem Wasser landen. Es würde ihr nicht gelingen, das Boot zu packen und es aus dem Sturm zu bringen. Hatte er sie umsonst gerufen?

Da klatschte neben ihm ein Netz ins Wasser. Es sank ein Stück in die Tiefe, dann wurde es wieder hochgehoben – und darin lag das Boot. Chex war vorbereitet gewesen!

Fracto heulte in wildem Zorn auf, doch es war zu spät; bis die Wolke ihren zweiten Wind zusammenbekommen hatte, um erneut zuzuschlagen, hatte Chex das Netz bereits in die Lüfte gehoben. Erst war es zu schwer für sie, doch dann schlug sie zweimal kurz mit dem Schweif dagegen, wodurch es leichter wurde. Das war ein Teil ihrer Magie: Was immer ihr Schweif berührte, verlor an Gewicht. Wenn sie sich selbst mit dem Schweif sanft peitschte, wurde auch sie leichter, so daß ihre Flügel sie in die Höhe tragen konnten.

Immer stärkere Böen wollten ihnen zusetzen, aber Chex nutzte diese Winde lediglich dazu, um Auftrieb zu gewinnen und schneller voranzukommen. Sie fürchtete sich nicht, übers Meer hinauszufliegen; sie konnte überall hinfliegen. Schon bald hatte sie den Sturm hinter sich gelassen und flog in die klare Luft hinaus. Sie hatte die Skelette gerettet.

Es dauerte eine Weile, bis sie Land erreichten, weil sie den Sturm umfliegen mußten, doch dann setzte Chex am Ufer auf und öffnete das Netz. »Gib mir einen Tritt«, forderte Mark sie auf. »Und dem Segel auch.«

Chex verstand, was er wollte, immerhin war sie seit langem eine Freundin Marks. Sie hatten sich kennengelernt, als Esk Mark aus dem Kürbis geholt hatte, und sie waren zusammen gereist, als sie mit ihrem Vater Xap auf dem Berggipfel der Flügelungeheuer sprechen wollte. Mit einem Vorderhuf trat sie gegen die Seite des Boots und schließlich auch gegen das umgestürzte Segel.

Mark und Grazi lösten sich fast gleichzeitig auf und nahmen ihre ursprüngliche Gestalt an. Zwischen ihnen lag Dolphs Rucksack. »Na«, meinte Chex, »ich sehe, daß du die Bekanntschaft mit einer Dame gemacht hast, sie hat wirklich hübsche Knochen.«

Natürlich war es für Skelette unmöglich zu erröten, aber sowohl Mark als auch Grazi gaben sich alle erdenkliche Mühe, es zu tun. Hastig stellte Mark das Skelett der Zentaurin vor und berichtete von ihrer Mission, den Himmelstaler zu suchen und für Grazi einen Kürbis zu finden, damit sie in ihre Welt zurückkehren konnte. »Aber eine Meerfrau hat Dolph entführt«, schloß er. »Nun müssen wir ihn retten. Seine Mutter würde kein Wort mehr mit mir reden, wenn ich es zuließe, daß er auf immer verschollen bleibt.«

»Da könntest du recht haben«, meinte Chex. Sie war eine prachtvolle Zentaurenstute mit vollen nackten Brüsten und großen grauen Flügeln, fließendem braunen Haar und Schweif. Selbst ihre Augen waren von ästhetischer Anmut, sie hatten denselben Grauton wie ihre Schwingen. Mark stellte fest, daß Fleisch gar nicht so ekelerregend war, so lange es sich dort befand, wo es offensichtlich hingehörte.

»Deshalb müssen wir ihn retten«, beendete Mark seinen Bericht.

»Bist du sicher, daß er Hilfe braucht?« fragte Chex.

Mark und Grazi sahen sie überrascht an. »Natürlich braucht er Hilfe!« erwiderte Mark. »Er ist schließlich in Gefangenschaft!«

»Aber ich glaube nicht, daß er in Gefahr ist.«

»Natürlich ist er in Gefahr! Warum glaubst du etwas anderes?«

»Weil sowohl seine Mutter als auch seine Schwester mit Sicherheit seine Reise im Webteppich verfolgen, und sobald sie glauben, er befände sich in ernster Gefahr, werden sie handeln. Da sie aber offenbar noch nichts unternommen haben, können wir davon ausgehen, daß er auch nicht in Gefahr schwebt.«

Daran hatte Mark noch nicht gedacht, aber es erschien ihm irgendwie vernünftig. Natürlich waren Zentauren immer vernünftiger als andere Leute. »Aber würden sie denn auch nichts unternehmen, um ihn aus der Gefangenschaft zu befreien?« fragte er. »Sie wollen doch sicherlich nicht, daß ein Prinz von Xanth auf alle Zeiten am Meeresboden festgehalten wird!«

»Ich denke, daß sie nicht allzu schnell handeln würden«, meinte Chex. »Entweder lassen sie ihn an einem sicheren Ort, von wo er nicht entweichen kann, bis ihm sein Abenteuer ganz und gar langweilig geworden ist und er ohne jedes Murren mit Freuden nach Hause zurückkehrt; oder sie lassen ihn seine eigene Flucht bewerkstelligen, damit er die nötige Erfahrung und auch das Prestige erlangt, das zu einem Prinzen gehört.«

»Ach so – um ihm erst dann zu helfen, wenn er beim Fluchtversuch in Schwierigkeiten geraten sollte?«

»Ja. Aber vielleicht versucht er ja gar nicht zu fliehen.«

»Versucht nicht zu fliehen! Warum sollte er es nicht versuchen?«

»Laß es mich erklären«, sagte sie im gönnerhaften Ton jener, die eine Angelegenheit offensichtlich gründlicher durchdacht hatten als andere. Das war auch so eine Eigenart der Zentauren, die um so irritierender war, weil sie meistens im Recht waren. »Meerfrauen behalten ihr jugendliches Aussehen sehr viel länger als Meermänner. Und während die Männer sich mit der Zeit immer weniger für Liebschaften interessieren, behalten die Frauen das, was man eine sehr lebhafte Libido bezeichnet. Deshalb suchen sie nur zu oft nach außerehelichen Affären. Da sie sich an Land nicht wohl fühlen, obwohl sie durchaus die Fähigkeit haben, Beine auszubilden und das Ufer zu betreten, suchen sie ihren Trost in der Regel bei Männern der See: Matrosen, Fischer und Besucher. Hat sich eine von ihnen erst einmal auf einen bestimmten Mann fixiert, wird sie nicht länger ruhen, bis sie ihn bekommen hat. Wenn sie ihn dann tatsächlich bekommt, behandelt sie ihn sehr gut. Meerfrauen sind äußerst kompetent in jenen Künsten, die Männern Gefallen bereiten. Tatsächlich erzählt man sich, daß es für einen Mann kaum ein schöneres Schicksal geben kann, als von einer Meerfrau gefangengenommen zu werden, und daß viele angebliche Ertrunkene freiwillig im Wasser geblieben sind. Der Mann möchte seine Geliebte im Meer einfach nicht mehr verlassen. Und da du nun weißt, daß Prinz Dolph von einem solchen Wesen eingefangen wurde, wie willst du dir da sicher sein, daß es ihm dort nicht sehr gut gefällt?«

»Er ist doch erst neun Jahre alt«, erwiderte Mark spitz.

»Meerfrauen sind auch nett zu Kindern; das sind viele wilde Nymphen. Man kennt Fälle, in denen Kinder in Gesellschaft solcher Kreaturen erstaunlich schnell gereift sind. Bis dahin könnte sie ihm viele Dinge geben, die er mag, etwa Spielzeug und Konfekt. Sie könnte ihm eine Seite des Weiblichen zeigen, die er bisher noch nicht zu schätzen gelernt hat. Nein, Kinder sind gegen solche Wohltaten noch empfänglicher als Erwachsene.«

»Aber Dolph befand sich doch auf einer Mission!« protestierte Mark. »Er war auf der Suche nach dem Himmelstaler!«

»Nach dem was?« fragte sie stirnrunzelnd.

Nun erklärte ihr Mark die Sache mit dem Taler. »Du verstehst also, daß er diese Angelegenheit nicht unbeendet lassen will.«

»Ich nehme an, du hast recht«, stimmte Chex ihm zu. Sie war nicht allzu erbaut davon, von einem Nichtzentauren etwas lernen zu müssen. »Er müßte also genug Motivation haben, um seine Suche fortzusetzen. Vielleicht wäre es das beste, einfach abzuwarten und zu sehen, was geschieht.«

Mark überlegte. Sein hohler Schädel war nur schlecht dafür ausgerüstet, es in taktischen Dingen mit dem scharfen Verstand einer Zentaurin aufzunehmen, und doch befriedigte ihr Vorschlag ihn nicht. Warum nicht?

Schließlich hatte er die Sache durchdacht. »Das glaube ich nicht. Ich muß gehen und Dolph retten.«

Chex musterte ihn mit hochgezogener Augenbraue. »Ach ja? Warum denn?«

»Weil er noch ein Kind ist und weil man nicht von ihm erwarten kann, daß er in derlei Dingen ein reifes Urteil fällt. Ich bin sein erwachsener Begleiter; meine Aufgabe ist es, ihm jene Urteile zu liefern, die ihm fehlen. Wenn er nicht vernünftig genug ist, um zu versuchen, aus der Gefangenschaft der Meerfrau zu fliehen, muß *ich* eben diese Vernunft für ihn walten lassen. Sonst hat meine Anwesenheit gar keinen Sinn.«

»Auch wenn er gar nicht fliehen will?«

»Ganz besonders dann, wenn er gar nicht fliehen will! Das würde nämlich bedeuten, daß die Meerfrau ihn verdorben hat, und dann wäre es meine Aufgabe, dieser Verdorbenheit etwas entgegenzusetzen. Wenn er erst erwachsen ist, kann er gern bei einer Meerfrau bleiben, wenn er will, aber solange er noch ein Kind ist, ist das eine Entscheidung, die ich ihm verwehren muß.«

Chex sah zu Grazi hinüber, die während der ganzen Diskussion kein Wort gesagt hatte. »Wie siehst du denn die Sache?«

»Es steht mir nicht an, mich einzumischen«, erwiderte Grazi. »Ich bin nur so lange hier, bis wir einen Kürbis gefunden haben, durch den ich wieder nach Hause zurückkehren kann.«

»Ich habe zufälligerweise einen Kürbis gesehen, kurz bevor wir hier landeten«, antwortete Chex. »Er muß ganz in der Nähe sein; laß mich mal nachsehen.« Sie breitete die Flügel aus, berührte die eigene Flanke mit dem Schweif und hob ab.

Mark hegte gemischte Gefühle. Das war ein seltenes Ereignis, denn Skelette waren nicht gerade besonders emotional, und selten hatten sie mehr als eine Emotion auf einmal. Einerseits war er froh, daß Grazis Wunsch in Erfüllung gehen würde, andererseits hätte er gern noch etwas länger ihre Gesellschaft genossen. Bevor er sie kennengelernt hatte, war ihm gar nicht klar gewesen, wie sehr er seine eigenen Artgenossen vermißte.

»Wie wirst du Dolph retten?« erkundigte sich Grazi.

»Darüber habe ich noch nicht nachgedacht. Ich schätze, ich werde wohl unter Wasser gehen und das Nest der Meerfrau aufsuchen müssen, um ihn zu befreien.«

»Das wird möglicherweise nicht leicht sein.«

»Ich muß es wenigstens versuchen.«

Sie nickte. Sie schien ihren eigenen hohlen Gedanken nachzuhängen.

Schon bald kehrte Chex zurück. »Ja, ich habe ihn gefunden. Wir sind sehr schnell da. So läßt sich wenigstens ein Problem mühelos lösen.«

»Nein«, erwiderte Grazi.

»Wie bitte?« fragte Mark.

»Ich habe es mir anders überlegt. Ich werde einen anderen Kürbis nehmen, um nach Hause zu kommen.«

»Warum denn?« wollte Chex wissen.

»Aus folgendem Grund: Wenn Mark für Prinz Dolph verantwortlich ist, dann bin ich es auch. Die beiden haben mir auf der Suche nach einem Kürbis geholfen, und ich half ihnen bei der Suche nach dem Himmelstaler. Ich war Teil des Bootes, aus dem Dolph von der Meerfrau eingefangen wurde. So muß ich wenigstens dabei helfen, Dolph zu retten, damit er seine Suche fortsetzen kann. Danach kann ich in mein eigenes Reich zurückkehren.«

»Ihr beide wollt also unbedingt versuchen, Dolph zu retten, egal was ich dazu meine?« fragte Chex.

»Ja«, erwiderte Mark, und Grazi nickte.

Chex lächelte. »Ich bin froh, das zu hören. Dann laßt mich euch bei der Planung helfen.«

»Aber du bist doch gegen die Rettung!« protestierte Mark.

Chex lachte. »Kaum! Ich lasse Prinz Dolph doch wohl nicht in den Klauen dieser Meerfrau zurück.«

»Aber du hast eingewandt ...«

»Gewiß. Es ist immer am besten, wenn man beide Seiten eines Problems kennt, bevor man handelt. Außerdem war es für mich wichtig festzustellen, wie sehr euch die Rettung am Herzen liegt, denn sie könnte schwierig werden und nach genauer Koordination verlangen.«

Marks Schädel schien ihm zu schwirren. »Du hast doch keinerlei Verpflichtung, Dolph zu retten! Du bist hierher gekommen, um mich zu retten!«

»Ich kenne die königliche Familie«, versetzte Chex. »Nicht allzu lang, nachdem ich dich kennengelernt habe, habe ich Prinzessin Ivy auf eine Reise zur Zentaureninsel mitgenommen. Sobald ich von seiner mißlichen Lage erfuhr, war ich auch dafür verantwortlich, Dolph zu helfen. Ich bin sicher, daß seine Eltern bisher nichts unternommen haben, weil sie wissen, daß ich unterwegs bin. Ich vermute, daß sie uns auch jetzt gerade über den Webteppich beobachten, um sicherzugehen, daß wir Dolph nicht seinem Schicksal überlassen.«

Mark sah ein, daß das stimmte. Wenn der Webteppich bisher auf Dolph eingestellt war, mußte er ihn immer noch im Auge behalten, während ein anderer Teil Mark beobachtete. Königin Irene hatte nicht damit gerechnet, daß Dolph über das Schloß des Guten Magiers hinauskommen würde, hatte aber für alle Fälle auf einem erwachsenen Begleiter bestanden. Nun behielt sie die Dinge wahrscheinlich nervös im Blick, nur für den Fall, daß noch Schlimmeres passierte. Sie versuchte ihrem Sohn soviel Freiheit und Abenteuer zu lassen, wie er verkraften konnte, aber auch nicht mehr.

»Aber du hast doch gesagt, daß die Königin Dolph nur retten würde, wenn er wirklich in Gefahr schwebt«, wandte Grazi ein.

»Natürlich würde sie es vorziehen, wenn er nach Prinzenart selbst die Flucht schaffte«, erklärte Chex. »Sollte das aber nicht funktionieren, würde sie wollen, daß seine Freunde ihn retten. Wenn auch das nicht gelänge, müßte sie eingreifen und den König dazu bringen, irgend etwas zu unternehmen. Mit Sicherheit wird sie es nicht zulassen, daß er an eine Meerjungfrau verlorengeht. Die Tatsache, daß sie noch nicht eingegriffen hat, kann nur bedeuten, daß Dolph nicht in unmittelbarer Gefahr schwebt; folglich hat er oder haben wir noch etwas Zeit, um eigene Möglichkeiten zu entwickeln.«

Mark dachte über Königin Irene nach. Er kam zu dem Schluß, daß Chex recht hatte. Das war genau der Stil, den die Königin pflegte. Sie würde sich nach Möglichkeit im Hintergrund halten, wie sie es auch tat, wenn König Dor politische Entscheidungen fällte, würde aber im geheimen sorgen, daß die Dinge klappten.

»Dann sollten wir uns wohl besser an die Arbeit machen«, sagte er. »Was ist denn an meinem vorigen Plan falsch?«

»Ich habe ihn doch gar nicht kritisiert«, protestierte Chex.

»Du bist aber eine Zentaurin. Dein analytischer Verstand kritisiert alles.«

»Das stimmt. Aber da ich ihn noch nicht gehört habe, konnte ich ihn auch nicht kritisieren.«

Nun fiel es ihm wieder ein. Tatsächlich hatte er nur Grazi von seinem Plan erzählt, während Chex nach dem Kürbis suchte. »Ich habe vor, unter Wasser nach dem Hort der Meerfrau zu suchen und Dolph zu befreien. Was ist daran verkehrt?«

»Alles!« rief die Zentaurin. »Erstens wirst du unter Wasser nur sehr langsam vorankommen.

Zweitens wirst du Ewigkeiten brauchen, bis du den Hort der Meerfrau gefunden hast, denn das könnte irgendwo hier im Meer sein. Und drittens: Wenn du ihn tatsächlich finden solltest, wird die Meerfrau dich mit Sicherheit nahen sehen und verhindern, daß du näher kommst. Sie würde Hundsfische nach dir ausschicken, die dir die Knochen zermalmen, oder einen Kraken, um sie auseinanderzureißen. Viertens: Wenn du tatsächlich in ihren Hort eindringen solltest, wärest du nicht in der Lage, Dolph dort herauszuholen, ohne ihn zu ertränken, denn die Meermenschen haben eine Wasseratmungsmagie, die nur in ihrer unmittelbaren Umgebung oder in ihren Heimen funktioniert. Fünftens, selbst wenn du das noch irgendwie umgehen könntest, könnte es doch auch sein, daß er sich weigert, mit dir zu kommen, weil er lieber bleiben will. Du könntest ihn nicht gegen seinen Willen dazu zwingen, weil er sich einfach in irgendein Ungeheuer verwandeln würde. Alle deine Anstrengungen wären also vergeblich.«

Mark grübelte. Diese Einwände erschienen ihm ziemlich stichhaltig. Aber er wußte auch, wie er sie umgehen konnte. »Wie können wir diesen Schwierigkeiten begegnen?« Denn ein Zentaur stellte nur selten Fragen, auf die er nicht zugleich auch eine Antwort parat hatte.

»Ich bin froh, daß du fragst«, sagte Chex mit einem angedeuteten Lächeln. »Das erste und das zweite Problem können wir in einem bewältigen. Du mußt den Hort von außerhalb des Wassers orten und dann schnell zu ihm hinuntertauchen. Damit wird auch das dritte Problem entschärft, weil die Meerfrau dann kaum noch Zeit haben wird, um dich zu entdecken und etwas gegen dich zu unternehmen. Das vierte Problem kannst du lösen, indem du Luft mit hinunterbringst, die Dolph atmen kann. In dieser Gegend sollte es eigentlich auch ein paar Luftpflanzen geben; eine oder zwei davon müßten genügen. Das fünfte Problem hängt von deiner Überzeugungskraft ab; es kann sein, daß du Dolph überreden mußt, zu gehen. Ich hoffe, daß du dieser Aufgabe gewachsen bist.«

»Ich denke, das bist du wohl mehr als ich«, meinte Mark.

»Zweifellos. Aber ich kann mich nicht unter Wasser aufhalten. Der Druck würde mich zermalmen. Nur du allein kannst es tun, mit deinen zähen Knochen.«

»Wie sollen wir denn den Hort orten?« wollte Grazi wissen.

»Ich habe mir gedacht, daß ich bei besserem Wetter über das Wasser fliege, um nachzusehen, was ich entdecken kann. Haben wir die Stelle erst einmal bestimmt, kann ich euch dorthin bringen.«

»Als wir gekentert sind, habe ich mir das Wasser genauer angeschaut«, bemerkte Grazi. »Es war ziemlich dunkel; ich konnte nicht bis zum Boden sehen.«

Chex nickte. »Ich fürchte, diesen Punkt habe ich noch nicht gründlich genug durchdacht. Mit Sicherheit hat die Meerfrau ihren Hort auch nicht an irgendeiner offensichtlichen Stelle angelegt. Wahrscheinlich benutzt sie eine Höhle oder eine andere Tarnung. Also müssen wir einen anderen Weg finden.«

Mark nahm Dolphs Rucksack auf. »Vielleicht kann uns der magische Spiegel dabei helfen.«

»Ihr habt einen magischen Spiegel dabei?« fragte Chex. »Das könnte genau das sein, was wir jetzt brauchen!«

Mark holte den kleinen Handspiegel hervor. »Da bin ich mir nicht so sicher. Nur wenige Spiegel können tatsächlich Gegenstände orten; sie müssen mit bekannten Orten kommunizieren.«

»Das stimmt«, bemerkte Chex. »Aber ich dachte mir, daß wir mit Hilfe dieses Spiegels mit Schloß Roogna kommunizieren können, wo man Dolphs Aufenthaltsort kennen wird ...« Sie brach ab.

»Ja, und dort wird man sich nicht einmischen wollen«, beendete Mark für sie den Satz. »Weil sie möchten, daß Dolph aus eigenen Kräften flieht oder daß seine Freunde ihm wenigstens dabei helfen. Aber wir können uns wenigstens den Wandteppich anschauen.«

Er wies den Spiegel an, sich auf Schloß Roogna einzustellen. Und da war auch tatsächlich der Wandteppich, der Dolph mit der Meerfrau zeigte. Die beiden nahmen gerade eine Mahlzeit zu sich, und dem angewiderten Gesichtsausdruck des Jungen nach zu schließen, war sie sehr nahrhaft. Offensichtlich verwöhnte sie ihn doch nicht mit Meerkonfekt, was möglicherweise ein taktischer Fehler war.

»Wie hübsch!« rief Grazi, als sie die bunten Steine und goldenen Kreise sah. »Sie besitzt einen außerordentlich guten Geschmack.«

Mark hatte den Blick auf die Meerfrau geheftet. Während des Sturms hatte er sie nicht sonderlich gut erkennen können, aber nun war es klar, daß sie offensichtlich ebenso ansehnlich war wie Vida Vila. Dolph war zwar noch ein Kind, aber es wäre möglicherweise unklug, ihn allzu lange den Verlockungen einer solchen Kreatur auszusetzen.

»Das spielt sich alles unter einem Baldachin ab«, bemerkte Chex. »Seht einmal, wie sich die Meerbäume biegen. Dieser Hort ist aus der Luft absolut unsichtbar, selbst wenn das Wasser vollkommen klar wäre.«

»Es gibt auch nicht den geringsten Hinweis, wo sich dieser Hort befindet«, sagte Grazi. »Wir müssen einen Ausweg finden.«

Chex überlegte. »Vielleicht könnten wir uns einer der hiesigen Pflanzen bedienen, um uns zu orientieren. Wenn es hier einen Hexenhaselstrauch geben sollte ...«

»Aber wir können doch keine Pflanzensprachen sprechen«, warf Mark ein.

»Trotzdem können wir etwas von ihnen erfahren. Wenn wir dem Hexenhaselstrauch etwas von Prinz Dolph geben, an dem er riechen kann, werden seine Blätter alle in seine Richtung zeigen.«

»Wie raffiniert!« rief Grazi. »Aber woher sollen wir dann wissen, wie weit der Hort entfernt liegt?«

Chex musterte sie anerkennend. »Ich sehe schon, daß du nicht von gestern bist. Wir müssen natürlich zwei Hexenhaselsträucher ausfindig machen, die ein Stück auseinander lägen. Dann können wir mit Hilfe der verallgemeinerten Magie der Triangulierung die Entfernung bestimmen.«

Davon hatte Mark gehört. Die Triangulierung war ebenfalls ein fundamentaler Typus der Magie, der sogar in Mundania wirksam sein sollte, genau wie Beleidigungszauber oder Regenbögen. Es war seltsam, daß manche Formen der Magie überall zu finden waren, andere dagegen nur in Xanth.

Sie erkundeten die Umgebung und fanden schließlich einen Hexenhaselstrauch. Den Pflanzen gaben sie sogleich den Rucksack zu riechen, und der Strauch nahm auch tatsächlich Witterung auf, denn schon bald richteten sich sämtliche Blätter des Strauchs aufs Meer, als würde die Sonne dort scheinen. Mark zog eine Linie in den Sand, um die Richtung festzuhalten.

Dann suchten sie nach einem weiteren Strauch – und fanden keinen. Sie suchten im Norden und im Süden, so weit, wie es nur ging: Kein weiterer Hexenhaselstrauch. Das versetzte ihren Hoffnungen einen harten Schlag. Sollten all ihre Bemühungen doch vergebens sein?

Bei Einbruch der Dunkelheit überzeugten sie sich durch einen Blick in den Spiegel, daß Dolph immer noch gut behandelt wurde. Die Meerfrau hatte ihm ein schwebendes Bett aus Kissen bereitet, er schlief bereits. Wenigstens wußten sie, daß ihm keine unmittelbare Gefahr drohte – was allerdings bedeutete, daß er bei der Meerfrau immer zufriedener wurde.

»Wir müssen unsere Suche einfach am Morgen wieder aufnehmen«, meinte Chex unglücklich. »Ich hatte gehofft, die Sache etwas schneller erledigen zu können.«

»Was hast du denn noch vor?« wollte Grazi wissen.

»Die Luftungeheuer wollen auf dem Gipfel des Bergs Sauseschnell eine Zeremonie abhalten, und ich möchte nicht zu spät kommen.«

»Ist das Wohlergehen von Prinz Dolph nicht wichtiger als eine Zeremonie?« erkundigte sich Mark.

»Ja, natürlich ist es das«, erwiderte sie und errötete dabei ein wenig. Die Farbe überzog Gesicht und Brüste und verschwand schließlich in ihrem pferdischen Hinterteil wie eine Wolke, die kurz einen Schatten auf eine Landschaft geworfen hatte. »Trotzdem hoffe ich, daß wir ihn am Morgen retten können.«

Chex suchte sich etwas Obst, während die beiden Skelette sich einfach auf dem Boden niederlegten. Sie brauchten auch keine Ruhe, aber weil Chex sich hinlegte, fanden sie es nur höflich, sich anzuschließen.

Die Zentaurin schlief mit angelegten Flügeln, ein Ohr in den Wind gestellt, damit niemand sich unbemerkt in der Nacht an sie heranschleichen konne.

Da hatte Mark einen Einfall, daß er die Nachtstunden dazu nutzen konnte, nach dem zweiten Hexenhaselstrauch zu suchen. Also erhob er sich leise – und entdeckte, daß Grazi es ihm gleichtat. Sie hatte genau den gleichen Gedanken gehabt.

Wortlos trennten sie sich voneinander und setzten die

Suche jeweils im Norden und im Süden fort. Sie konnten im Dunkeln einigermaßen gut sehen, weil sie sich nicht der ineffizienten Augäpfel der Lebenden bedienen mußten.

In der Morgendämmerung kehrte Mark zurück, er hatte nichts entdecken können. Bald darauf erschien auch Grazi. Sie berührte seinen Armknochen und klopfte einmal dagegen: Sie hatte etwas gefunden! Dann legten sie sich wieder an derselben Stelle nieder, um nach Chex' Aufwachen den Eindruck zu erwecken, als sei nichts geschehen.

Nach einer Weile rührte sich die Zentaurin. Sie pflückte noch etwas Obst, aß es, kümmerte sich um die anderen natürlichen Funktionen, mit denen die Lebenden gestraft waren, und war bereit, die Suche fortzusetzen. »Irgendwo muß es doch etwas geben!« meinte sie.

»Vielleicht gibt es auch etwas«, warf Grazi ein. »Muß die zweite Pflanze unbedingt ein Hexenhaselstrauch sein?«

»Na ja, wir brauchen schon zwei Pflanzen, sonst funktioniert die Magie des Triangulierens nicht. Ich weiß nicht, was sonst ...«

»Würde ein Pfeilwurz auch genügen?«

»Natürlich! Aber von denen habe ich auch keinen entdecken können.«

»Ich glaube, ich kann mich an einen erinnern«, meinte Grazi »Vielleicht irre ich mich auch.«

Das war möglich, begriff Mark. Schließlich war sie noch nicht sehr lange in diesem Reich und konnte unmöglich schon alle Pflanzen kennen. Andererseits gab es im Hypnokürbis auch Vegetation.

Sie folgten ihr zu der Pflanze, und es war tatsächlich ein Pfeilwurz. Sie ließen ihn am Rucksack schnüffeln, dann warteten sie, während die Wurzeln ihr Ziel anpeilten. Plötzlich brach eine Pfeilspitze aus dem Boden und zeigte in eine Richtung. Nun hatten sie ihre zweite Linie!

Sie verlängerten die beiden Linien bis zum Wasser und schätzten ab, wo sie sich kreuzen würden. Dort mußte sich unter der Wasseroberfläche der Hort der Meerfrau befinden. Nachdem die Ortung abgeschlossen war, brauchten sie nur noch eine Luftpflanze, doch es dauerte kaum einen Augenblick, da hatten sie bereits eine gefunden.

»Vergeßt nicht, daß ich euch nicht mehr helfen kann, wenn ihr erst einmal im Wasser seid«, ermahnte sie Chex. »Ich werde euch mit dem Spiegel im Auge behalten, um zu erfahren, wann ich euch wieder hochhieven soll, sollte aber irgend etwas schieflaufen, kann ich nicht hinter euch herkommen.«

»Wir kommen schon zurecht«, meinte Mark und hoffte, daß er recht behielt. Wenn die Meerfrau große Fische nach ihnen schicken sollte, wäre ihr ganzes Unternehmen in Gefahr. Aber was konnten sie anderes tun, als es zu versuchen?

Zusammen mit Grazi kletterte er in das Netz, und Chex befestigte den Spiegel an ihrer Mähne, wo sie ihn jederzeit hervorholen konnte. Dann berührte sie das Netz mit einem Schweifzucken, wodurch es leichter wurde. Sie packte die Enden des Netzes mit beiden Händen, berührte sich selbst, breitete die Schwingen aus und hob ab. Es kostete sie einige Mühe, die beiden zu tragen.

Sie brachte sie an die Stelle, wo die beiden Linien sich überschnitten. Dort blieb sie schweben, während Mark und Grazi aus dem Netz kletterten und sich ins Wasser fallen ließen. Dann flog sie zum Strand zurück. Dort wollte sie schwere Steine sammeln, mit denen sie das Netz beschweren konnte, damit es bis zum Meeresboden sank, wenn die Zeit gekommen war, die beiden wieder abzuholen.

Mark und Grazi hielten sich an ihren Knochenhänden fest, während sie in die Tiefe sprangen. Als sie die Form eines Segelboots angenommen hatten, waren sie auf dem Wasser getrieben, weil ein Boot auch dann noch Auftrieb hatte, wenn es gekentert war. Jetzt aber hatten sie ihre normale Gestalt, sanken langsam ins Wasser. Zum Glück hatten sie die Luftpflanze dabei.

Nervös hielt Mark Ausschau nach großen Fischen. Ob sie die Meerfrau wohl überraschen könnten? Das wäre wunderbar! Aber vielleicht würde sie ihnen auch einen furchtbaren Empfang bereiten.

Sie erreichten die Algengewächse am Boden. Nun befanden sie sich in einem ganzen Wald von Meerbäumen, Meersträuchern und Meergras. Bis auf die kleinen Fische, die zwischen allem hindurchschwammen, hätte man fast glauben können, in einem Festlanddschungel zu sein oder in irgendeiner Gegend im Hypnokürbis.

Sie blickten sich um. Die Dunkelheit machte ihnen ebensowenig zu schaffen wie in der Nacht, und kurz darauf hatten sie bereits den Baldachin der Meerfrau entdeckt. Die Richtungsanweisungen der Pflanzen hatten gestimmt, und nun würden sie Dolph retten können – sofern die Meerfrau es nicht verhinderte.

Grazi blieb zurück, während Mark, auf alles gefaßt, sich auf den Weg machte. Wenn ihm irgend etwas zustoßen sollte, würde sie versuchen zu fliehen. Möglicherweise würde ihr gelingen, woran er scheiterte, wenn die Meerfrau nichts von ihrer Anwesenheit erfuhr. Das war der zweite Teil des Plans. Sie hatte die Luftpflanze bei sich, mit der sie, sollte Mark feststellen, daß alles in Ordnung war, Dolph an die Wasseroberfläche befördern konnten, ohne daß er dabei ertrinken mußte.

Dann erblickte Mark auch schon die Meerfrau, sie schwebte ohne jede Bewegung auf der Stelle. Sie starrte irgend etwas am Meeresboden an und sah nicht einmal auf, als Mark eintrat. Das war wirklich sehr seltsam!

Dann sah er, was sie da anstarrte. Es war ein Hypnokürbis! Kein Wunder, daß sie auf ihn nicht reagierte; kein Lebewesen reagierte auf irgend etwas anderes, solange es in das Guckloch eines Kürbisses starrte. Nur die Kürbisbewohner selbst waren dagegen immun, weil der Kürbis ihre natürliche Umwelt war. Aber wo war Dolph? Er war nirgendwo zu sehen. Wie konnte er gerettet worden sein, wenn …?

»Der Kürbis!« rief Grazi, die von hinten durch die Wand spähte. »Er ist der Kürbis!«

Natürlich! Wie schlau von dem Jungen! Er hatte die Meerfrau ausgeschaltet, indem er sie mit einem Kürbis lähmte.

Nun brauchten sie den Kürbis nur im Netz an die Oberfläche zu hieven, dann war die Sache erledigt. Das lief ja viel besser als vorgesehen!

Mark nahm den Kürbis auf. Doch dabei beging er einen schrecklichen Fehler: Er unterbrach den Blickkontakt der Meerfrau mit dem Guckloch.

Plötzlich war sie wieder bei sich. »Was geht hier vor?« wollte sie wissen.

Der Kürbis verwandelte sich in Dolph. »Mela, darf ich dir Mark Knochen vorstellen?« sagte er. »Mark, das ist Mela Meerfrau. Mark ist hier, um mich zu retten.«

»Aber ich habe überhaupt nicht gesehen, wie er hereinkam!« rief Mela. »Wie hat er das gemacht?«

»Das habe ich gemacht«, erklärte Dolph. »Ich habe die Gestalt eines Hypnokürbisses angenommen, damit du ihn nicht aufhalten konntest.«

»Aber du hast doch versprochen, mir nicht zu schaden!«

»Ich habe dir auch nicht geschadet. Ich habe dich nur eine Weile aufgehalten, damit ich fliehen konnte. Das ist doch wohl fair, nicht wahr?«

»Nein, das ist überhaupt nicht fair!« erwiderte sie. »So sicher wie Feuer den Sand schmilzt, ist das nicht fair!«

»Aber ich habe dich nicht einmal berührt! Ich will doch nur fliehen.«

»All meine Hoffnung, jemals wieder eine Familie zu haben, hängt allein von dir ab«, sagte sie in Tränen aufgelöst. Mark verstand zwar nicht, wie man unter Wasser auch noch weinen konnte, aber sie schaffte es irgendwie. Das beunruhigte ihn, denn Tränen waren eine ganz berüchtigte Waffe, die Frauen gegen Männer einsetzten. War Dolph wirklich noch jung genug, um ihr zu widerstehen?

»Aber du kannst doch mit jemand anderem eine Familie gründen«, protestierte Dolph.

»Nein, kann ich nicht«, beharrte sie. »Es war pures Glück, daß ich dich gefangennehmen konnte; so etwas passiert mir in hundert Jahren nie wieder! Außerdem kann ich auch keinen Meermann heiraten, das habe ich dir schon erklärt. Ich kann dich lediglich hierbehalten, bis du erwachsen geworden bist, und dann kann ich endlich eine nette Familie haben. Du schadest mir, indem du fliehst!«

»Was spielt das schon für eine Rolle?« fragte Mark. »Prinz Dolph hat andere Geschäfte zu erledigen. Er befindet sich auf einer Queste.«

»All meine Hoffnungen so schnöde zerschlagen!« jammerte sie und weinte noch heftiger.

Dolph sah immer unbehaglicher aus. »Ich tue ihr *tatsächlich* weh«, murmelte er. »Ich hatte versprochen, das nicht zu tun.«

»Aber sie schadet doch *dir*, indem sie dich gefangenhält«, wandte Mark ein. Chex' Warnung war ihm noch gut in Erinnerung: Daß er den Jungen möglicherweise überreden müsse zu gehen.

»Eigentlich war sie wirklich recht nett zu mir«, meinte Dolph. »Sie hat mir alle hübschen Steine versprochen, die ich haben will, und sie sagte, daß ich auf ihrem Seepferd reiten darf, und wenn ich alt genug bin, dann will sie mir sogar das Geheimnis verraten, wie man den Storch ruft. Hier unten ist es recht nett, und sie ist auch sehr hübsch. Ich will ihr nicht weh tun.«

»Danke«, sagte Mela und sah richtig leidend aus.

Mark merkte, daß er im Begriff stand, die Sache zu verlieren. Die Meerfrau hatte den Jungen schon viel zu stark beeindruckt, auch wenn sie ihm nahrhaftes Essen vorgesetzt hatte. Er würde irgendein Geschäft mit ihr eingehen müssen. Doch was sollte das sein, wenn sie doch nur einen Mann haben wollte, mit dem sie zur rechten Zeit eine Familie gründen konnte?

»Warum kann sie denn keinen Meermann heiraten?« fragte Grazi, als sie eintrat. Es hatte wirklich keinen Sinn mehr, daß sie sich länger versteckt hielt.

»Weil sie keinen Feuerwasseropal hat«, erklärte Dolph.

»Keinen was?« erkundigte sich Mark.

»Ihr Ehemann besaß einen Edelstein, aber ein Drache hat ihn getötet und ihm den Stein weggenommen, und ohne ihn ist ihr Anwesen nicht wertvoll genug, um andere Meermänner zu interessieren«, setzte Dolph seine Erklärung fort. »Also braucht sie mich statt dessen, und ich schätze, es wäre unrecht von mir, wenn ich sie verließe.«

Mela lächelte Dolph an, der Junge erwiderte ihr Lächeln. Mark wußte, daß er sofort irgend etwas unternehmen mußte, denn die Magie der Meerfrau begann bereits zu greifen. Es schien einen Zauber zu geben, den fleischliche Frauen über fleischliche Männer verhängten, so sehr sich die Männer auch Mühe gaben, zu entkommen. Er hatte darauf gehofft, daß Dolph jung genug sei, um dagegen immun zu sein, aber das stimmte nur bedingt.

»Wenn sie diesen Edelstein vielleicht zurückbekäme ...« schlug Grazi vor.

Ruckartig hob die Meerfrau den Blick. »Zurück?«

Mark begriff, worauf Grazi hinauswollte. »Angenommen, du bekommst den Feuerwasseropal wieder?« fragte er. »Dann brauchtest du Dolph doch nicht festzuhalten, denn du könntest dir einen Meermann fangen.«

»Ja, das stimmt«, meinte Mela. »Aber ich kann nicht so weit an Land. Ich bin es nicht gewöhnt, meine Beine so lange zu benutzen.« Sie verwandelte ihren Schwanz samt Flosse in zwei Menschenbeine.

»Nein, das kannst du nicht«, stimmte Dolph zu und starrte die Beine an, wie sie sich geschmeidig im Wasser bewegten.

»Aber *wir* könntes es tun«, meinte Mark. »Wir könnten ihn für dich zurückholen, weil wir auf dem Land gut zurechtkommen.«

Mela lief das Wasser im Mund zusammen. »Das würdet ihr *tatsächlich* tun? Ach, wie wunderbar das doch wäre! Aber der Drache ist so wild ...«

»Prinz Dolph ist ein Gestaltwandler. Er kann sich in einen noch größeren Drachen verwandeln und den anderen zum Aufgeben zwingen. Danach können wir dir den Feuerwasseropal zurückbringen, und du wirst Dolph nicht mehr brauchen.«

»Aber ...« wandte Dolph ein, immer noch den Blick auf die Beine geheftet.

»Aber das wäre natürlich nur eine Herausforderung für

einen Helden«, warf Mark hastig ein. »Ein echtes Abenteuer! Das würde jedermann beeindrucken.«

»He, stimmt ja«, meinte Dolph.

»Und danach könntest du deine Queste fortsetzen, um den Guten Magier Humfrey zu suchen«, fügte Mark hinzu.

»Ja«, willigte Dolph ein, als ihm sein Abenteuer wieder einfiel. »Doch ...«

»Du mußt auf jeden Fall deine Queste fortsetzen!« sagte Mela und verwandelte ihre Beine wieder in einen Fischschwanz. »Wenn du den Feuerwasseropal nicht bekommst, dann kannst du zu mir zurückkehren.«

Es war offensichtlich, daß sie wirklich den Edelstein bevorzugte, wenn sie schon die Wahl hatte.

»Aber woher willst du sicher sein, daß ich zurückkomme?« fragte Dolph. »Ich meine, ich könnte den Opal doch einfach behalten und damit nach Hause gehen.«

»Das tut kein echter Prinz«, versetzte Mark schnell. »Ein Prinz ist ein Mann von Ehre. Er hält immer, was er verspricht.«

»Oh«, machte Dolph. Mark merkte, daß er sich immer noch nicht völlig mit dem Gedanken angefreundet hatte, den Fängen der Meerfrau entkommen zu sollen. »Aber ich habe noch nichts über Ehre gelernt, daher ...«

»Hast du nicht?« fragte Mela stirnrunzelnd. »Willst du damit sagen, daß dein Wort, das du mir gegeben hast, mir keinen Schaden zuzufügen, nichts wert war? Wenn ich das gewußt hätte ...«

»O nein, ich werde dir niemals weh tun!« protestierte Dolph und sah zu der Stelle hinunter, wo die Beine, wie er zu hoffen schien, wieder auftauchen könnten. »Aber ...«

»Dann brauche ich anscheinend doch eine Garantie. Vielleicht ist die ganze Idee doch nicht so gut!«

Oje! Gerade hatte Mark geglaubt, daß er die Sache wieder im Griff hatte. Er mühte sich ab, um auf eine weitere gute Idee zu kommen.

»Eine Geisel«, sagte Grazi. »Ihr müßt eine Geisel zurücklassen, die für eure Rückkehrt garantiert.«

»Aber wir haben doch niemanden, der das tun könnte!« protestierte Mark.

»Haben wir doch«, wiedersprach Grazi. »Ich werde als Geisel dienen. Bei eurem Besuch beim Drachen werdet ihr mich nicht brauchen.«

»Aber würde Dolph deinetwegen denn zurückkehren?« fragte Mela zweifelnd.

»Dolph vielleicht nicht«, sagte Grazi. »Aber ...« Und sie blickte Mark an.

»Natürlich würde ich zurückkommen, um dich zu holen!« sagte Mark etwas betonter, als er selbst erwartet hatte.

»Das dachte ich mir«, erwiderte Grazi.

Die Meerfrau überlegte. »Ja, das könnte er tun. Auf jeden Fall ist es den Einsatz wert. Also schön: Ich akzeptiere dich als Geisel. Aber wenn du versuchst zu fliehen, lasse ich mein Rudel Hundsfische los.«

»Ich versuche nicht zu fliehen. Ich kenne mich hier schließlich nicht aus.«

So war es abgemacht. Mela teilte ihnen mit, wo sich den Berichten zufolge der Drache aufhalten sollte. Sie ließen den magischen Spiegel bei Grazi zurück, damit sie mit der Meerfrau zusammen den Fortschritt der Expedition beobachten konnte. Der Spiegel konnte zwar keinen ihm unbekannten Ort ausmachen, konnte aber einer bestimmten Person folgen, wenn er zu Beginn auf sie eingestellt wurde. Mark nahm die Luftpflanze und führte Dolph an die Stelle, wo das beschwerte Netz lag. Sie nahmen die Steine heraus und kletterten hinein. Das Netz wurde emporgehievt, als Chex immer höher flog.

Mit einiger Mühe gelangten sie ans Festland und stiegen aus dem Netz. Chex landete schwer atmend. »Das war ... keuch ... vielleicht anstrengend!« sagte sie. »Aber wo ist Grazi?«

Mark erklärte ihr die Abmachung. Chex hob zwar eine Augenbraue, brachte aber keine Einwände vor. Dann reichte sie ihnen den Spiegel, damit sie ihn für Grazi und Mela versenken konnten. »Ich würde ja gern noch länger bei euch bleiben, aber ich muß wirklich zu dieser Zeremonie«, sagte sie. »Paßt nur auf, wenn ihr mit diesem Drachen zu tun bekommt; das sind nämlich nicht alles dumme Ungeheuer, müßt ihr wissen. Tatsächlich können einige Flügelungeheuer ganz schön intelligent sein. Ich bin schließlich selbst eins.«

Dolph lachte, weil er es für einen Witz hielt. Offensichtlich war ihm nie der Gedanke gekommen, daß die hübsche Flugzentaurin ein Ungeheuer sein könne.

»Wir werden schon die nötige Umsicht walten lassen«, versicherte ihr Mark. Die Aussicht, einem Drachen gegenüberzutreten, behagte ihm gar nicht, egal wie intelligent das Wesen sein mochte, aber das war immer noch besser, als Dolph den tückischen Fängen der Meerfrau zu überlassen. Selbst jetzt warf der Junge immer noch Blicke auf das Meer hinaus, als bedauerte er, es verlassen zu haben.

»Nun gut, ich wünsche euch alles Gute«, sagte Chex. Dann breitete sie die Flügel aus, peitschte sich selbst leicht mit dem Schweif und hob ab. Mark fragte sich, für welch eine Zeremonie sie so eilig auf den Berg Sauseschnell wollte. Nun, das ging ihn nichts an. Seine Aufgabe war es, Prinz Dolph unbeschadet durch diese Queste zu führen.

Kurz darauf tauchte Mela auf. Mark reichte ihr den Spiegel und erklärte ihr seine Bedienung.

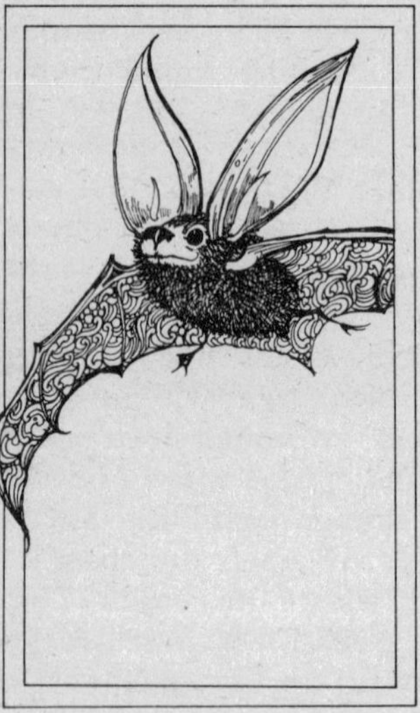

7

DRACO

Dolph blickte Chex Zentaur nach, wie sie am fernen Himmel verschwand. Er hatte gewußt, daß sie Marks Freundin war, hatte aber nicht geglaubt, daß sie ihm zu Hilfe eilen würde. Sie hatte es Mark ermöglicht, Dolph zu retten, was sein Glück war. Dann schwenkte sein Blick zum Meer hinüber, als die Meerfrau davonschwamm. Es stimmte schon, daß er mit seiner Queste fortfahren mußte; und doch war Mela recht nett gewesen. Wenn ...

»Wir müssen uns jetzt einen Schlachtplan zurechtlegen«, sagte Mark forsch und unterbrach Dolphs Gedankengang. »Die Meerfrau hat erzählt, daß es Draco Drache war, der ihren Mann tötete und den Feuerwasseropal entwendete. Draco wohnt auf dem Berg Etamin, der zu einem Gebirgszug im Drachenland gehört, in der Nähe der Region der Luft. Chex hat von ihrer Mutter Chem einiges an geographischem Wissen geerbt, und sie meint, daß wir den Gebirgszug eigentlich leicht erkennen müßten, er hat nämlich die Form eines riesigen Drachen.«

Dolph hatte die Diskussionen, die das Skelett mit Mela und Chex geführt war, nicht sonderlich aufmerksam verfolgt, weil die Beine der Meerfrau ihn abgelenkt hatten. Eigentlich hatte er noch nie sonderlich auf Beine geachtet, aber immer, wenn er diese hier sah, fand er sie seltsam interessant. Tatsächlich ...

»Du mußt also die Gestalt eines Rokh annehmen und mich nach Nordosten zur Region der Luft bringen, wo wir die Lage peilen wollen. Je schneller wir dort sind, um so schneller können wir den Opal zurückholen und Grazi damit auslösen.«

»Ich frage mich, was es mit ihren Beinen auf sich hat«, überlegte Dolph laut.

»Nun, sie hat tatsächlich hübsche Knochen«, meinte Mark. »Sogar sehr hübsche Knochen, wenn man es genau nimmt. Aber dies ist jetzt nicht die Zeit, über Grazi nachzudenken; es ist die Zeit aufzubrechen.«

Dolph hatte gar nicht über Grazis Beine nachgedacht, aber er entschied sich, diesen Irrtum lieber nicht aufzuklären. Also verwandelte er sich in den Rokh, nahm das Skelett auf und flog in Richtung Nordwesten davon. Im letzten Moment packte Mark Dolphs Rucksack; obwohl das Skelett im wahrsten Sinne des Wortes ein Hohlkopf war, vermochte er sich doch an dererlei Kleinigkeiten zu erinnern.

Diesmal war Dolphs Flügelschlag kräftiger, weil er beim letzten Mal in dieser Gestalt schon etwas Übung gewonnen hatte. Er konnte zwar jede lebende Gestalt annehmen und bekam dann auch die Eigenschaften dieser Gestalt, einschließlich ihrer Sprache, aber es bedurfte doch einiger Praxis, um sie wirkungsvoll zu nutzen. Er wußte, daß er jedesmal, wenn er wieder zum Rokh werden sollte, besser sein würde, obwohl er niemals so gut werden würde wie die wirklichen Rokhs. Aus diesem Grund neigte er zur Spezialisierung; es hatte keinen Sinn, hundert verschiedene Arten von Kreaturen mehr schlecht als recht darzustellen, wenn es ihm viel besser gelang, ein Dutzend Lebewesen nachzuahmen oder wenn er bei zweien oder dreien sogar sehr gute Leistung zu vollbringen vermochte. Teil seines

Talents war es auch, daß er sein menschliches Bewußtsein beibehielt, egal was für ein Lebewesen er wurde – selbst wenn er eine Pflanze war, selbst wenn er sich in einen Hypnokürbis verwandelte! Aber er hatte sich noch nicht darauf festgelegt, welche Formen am besten für eine Spezialisierung geeignet waren. An Land bevorzugte er den Oger, weil kein Lebewesen, das noch ganz bei Trost war, sich einem Oger in den Weg stellte; aus ähnlichen Gründen zog er den Rokh in der Luft vor, aber in welches Wesen des Wassers sollte er sich verwandeln. Vielleicht in einen Meermann; dann könnte er ...

»Da unten ist die Spalte!« rief Mark.

Dolph unterdrückte ein verärgertes Zittern. Wie schaffte das Skelett es nur, seinen Gedankengang jedesmal dann zu unterbrechen, wenn er gerade interessant wurde? Er spähte hinunter. Tatsächlich, da war die große, zerklüftete Schlucht, die das ganze Land Xanth durchzog, Dolph wußte, daß die Spalte viele Jahre lang auf keiner Landkarte aufgetaucht war – auf mundanischen Karten war sie immer noch nicht zu sehen, aber das spielte ja auch keine Rolle – weil nämlich ein mächtiger Vergessenszauber auf ihr geruht hatte. Sein Vater Dor hatte diesen Zauber vor achthundertundsiebenundzwanzig Jahren ausgelöst, vielleicht auch ein paar Jahrzehnte früher oder später, und seitdem hatte sich niemand mehr an die Spalte erinnern können, nachdem er sich erst einmal von ihr entfernt hatte. Das änderte sich erst, als die Zeit der Fehlenden Magie den Vergessenszauber beträchtlich geschwächt hatte. Da war er auseinandergebrochen, und kleine Strudel davon waren davongesponnen und hatten viel Unfug angerichtet, denn jeder, der davon erfaßt wurde, vergaß einfach alles. Schließlich waren die Strudel verschwunden; nur Ivys Hausdrachen, Stanley Dampfer, war übriggeblieben, er war früher einmal der gefürchtete Spaltendrache gewesen. Wie hatte Ivy das nur geschafft? Dolph hatte nie einen Hausdrachen bekommen! Mädchen bekamen immer all die guten Sachen ab, weil die Leute glaubten, daß sie lieb und süß seien. Statt dessen hätten sie mal ihre Brüder fragen sollen!

Mädchen waren weder lieb noch süß, sie waren die reinste Landplage. Möglicherweise mit Ausnahme einiger nichtmenschlicher Exemplare, beispielsweise …

»Paß nur auf«, ermahnte ihn Mark. »Wir überfliegen jetzt Drachengebiet.«

Dolph wollte nach dem flüchtigen Gedanken greifen, verfehlte ihn aber, und schon war er wieder verschwunden. Einmal mehr hatte das Skelett etwas unterbrochen, das interessant zu werden verhieß. Kein Zweifel, dafür hatten Erwachsene ein besonderes Talent. Es schien zur Verschwörung der Erwachsenen zu gehören. Wie bloß konnte man den Storch herbeirufen? Wenn er das nur herausbekäme und sich von den Vorschriften der Erwachsenen befreien könnte …

»Drache auf drei Uhr«, verkündete Mark.

Er hatte recht. Dolph flog ein Ausweichmanöver, ging über Drachenflughöhe. Die beste Methode, mit Drachen umzugehen, bestand darin, sie zu meiden. Wenn Dolph eine andere Wahl gehabt hätte, wäre er auch Draco aus dem Weg gegangen. Aber wenn Erwachsene mit im Spiel waren, tauchen ständig von überallher irgendwelche Verpflichtungen auf. Zu dumm.

Bald darauf erspähten sie den Gebirgszug. Ein Rokh, der mit voller Fluggeschwindigkeit flog, kam wirklich sehr schnell voran! Der Gebirgszug sah aus wie ein mundanischer Bär.

»Nein, das sind die falschen Berge«, meinte Mark. »Das ist ein Bär namens Ursa, der den Drachenzug jagt. Direkt vor ihm sollten wir eigentlich den Schwanz von … Da ist er schon, bei elf Uhr!«

Dolph wußte eigentlich nicht genau, was das Skelett mit den Uhrzeiten hatte; im Hypnokürbis gab es einen riesigen Zeitmesser-Mechanismus, der es den Nachtmähren ermöglichte, ihre Alpträume pünktlich zum genauen Zeitpunkt abzuliefern, wenn sie gebraucht wurden, aber soweit er wußte, hatte das nichts mit Gebirgen zu tun. Doch ein kleines Stück links vor ihm sah er tatsächlich das Ende des Gebirgszug. Er schwenkte darauf zu.

Die Berge waren in einem kleinen Rechtsbogen angeordnet, der bei Gipfel Nummer acht plötzlich nach links abschwenkte, dann wieder nach rechts, um schließlich im erhobenen Haupt eines Drachen zu enden, das von vier Gipfeln gebildet wurde. »Die Nasenspitze ist der Berg Etamin ... Aber wir sollten lieber ein Stück abseits landen, damit der Drache unser Kommen nicht bemerkt«, meinte das Skelett.

Gute Idee! Im Spiralflug ging Dolph in die Tiefe und setzte ein Stück jenseits des Bergs auf einem Feld auf. Zwar hatte er Gegenwind, aber seine Landungen beherrschte er allmählich immer besser.

Er kehrte in seine normale Gestalt zurück und stand nackt da. Es war kühl hier, doch er griff nicht nach seinem Rucksack, den Mark sich nun umgeschnallt hatte, weil er davon ausging, daß er schon bald wieder seine Ogergestalt annehmen würde. »Wie soll ich ihn angehen?« fragte er. »Allzu groß kann er nicht sein, denn es ist ein Flugdrache.«

»Aber es ist ein Feuerdrache«, wandte Mark ein. »Das macht zweierlei Schwierigkeiten: Erstens stößt er Feuer aus, und zweitens lebt er in einer Höhle. Wenn du dich ihm im freien Flug stellst, wird er flinker sein als du und kann dich möglicherweise schon versengen, noch bevor du angefangen hast. Suchst du ihn aber in seiner Höhle auf, wird er mit dem Gelände vertraut sein, du aber nicht. Das könnte schlimm werden.«

Dolph nickte. Plötzlich wurde ihm klar, daß dieses Unternehmen tatsächlich eine ernste Sache war! Er hatte noch nie gegen Drachen gekämpft, und er wußte, daß diese Ungeheuer gefährlich waren. »Vielleicht kann ich ihn aber auch bluffen«, meinte er.

»Das will ich hoffen. Besser wäre es allerdings, wenn er sich gar nicht in seinem Nest befindet, so daß wir ihm nicht begegnen.«

»Das stimmt«, begriff Dolph. »Ich brauche ja nicht gegen ihn zu kämpfen, ich muß nur den Feuerwasseropal holen. Aber woher wollen wir wissen, ob er in seinem Nest ist oder nicht?«

»Möglicherweise müssen wir ihm auflauern und ihn beobachten, und wenn wir ihn sein Nest verlassen sehen, wissen wir Bescheid. Den Berichen zufolge ist er ein Einzelgänger, und das bedeutet, daß er keine Nestgefährtin hat, die während seiner Abwesenheit Wache hält.«

»Das ist eine gute Nachricht!« rief Dolph erleichtert.

Leise begaben sie sich zum Berg Etamin, der von seinem eisigen Gipfel bewacht wurde, wie ein Stern über dem Wald funkelnd. Unentwegt hielten sie am Himmel Ausschau, um zu sehen, ob der Drache entweder fortflog oder eintraf. Alles war still; selbst die Vögel mieden dieses Gebiet. Es waren keine großen Tiere zu sehen; hier und dort war das Laub versengt, Hinweise darauf, wo das eine oder andere von dem Drachen möglicherweise geröstet worden war. Kleintiere gab es in Mengen, weil der Drache sie nicht jagte, während jene, die tatsächlich auf sie Jagd zu machen pflegten, von dem Drachen bereits aufgefressen worden waren. Draco war offensichtlich ein gründlicher Jäger, was Dolph nicht sonderlich beruhigte. Schließlich gelangten sie an den Fuß des Berges. Vor ihnen ragte ein Steilhang empor, alle Vegetation war abgeflammt. In einiger Entfernung erblickte Dolph den Eingang zum Drachenhort. Die Höhle war nicht so groß, wie er erwartet hatte; waren sie am falschen Drachennest, gehörte die Höhle vielleicht einem kleineren Drachen?

Doch Mark schien sich seiner Sache sicher zu sein, also stellte Dolph keine Fragen. Er verwandelte sich in einen kleinen Vogel und setzte sich auf Marks Schulter. Eine Stunde warteten sie schweigend, während die Sonne langsam am Himmel niederging. Es war wichtig, daß sie sich still verhielten, denn sollte der Drache irgendein Geräusch vernehmen, wäre ihr Überraschungsvorteil dahin.

In der zweiten Stunde ließ Dolphs Aufmerksamkeit nach, und er döste ein. Allerdings wußte er auch, daß das Skelett weiterhin Wache halten würde, denn Mark brauchte keinen Schlaf und besaß auch nur wenig Phantasie. Dies war eine jener Gelegenheiten, bei denen es von Vorteil war, einen Hohlkopf zu haben.

Mark bewegte leise die Schulter, worauf Dolph erwachte. Einen Augenblick lang wußte Dolph nicht mehr genau, wo er war. Dann erblickte er den Drachen, wie er im Segelflug die Höhle verließ.

Sie hatten abgewaretet und gewonnen! Inzwischen dämmerte es, und es war offensichtlich, daß der Drache sich nun seine Abendmahlzeit jagen wollte. Normalerweise wäre Dolph um diese Zeit müde geworden, aber sein Nikkerchen hatte ihn gekräftigt; jetzt war er einsatzbereit.

»Wir müssen versuchen hineinzugelangen, den Feuerwasseropal zu holen und wieder zu verschwinden, bevor Draco zurückkehrt«, meinte Mark. »Drinnen wird es dunkel sein, so daß du besser eine Leuchtgestalt annehmen solltest, die ich mit hineintragen kann.«

Das leuchtete Dolph buchstäblich ein, und sofort verwandelte er sich in ein Glühwürmchen. Mark nahm ihn auf und setzte ihn in seine linke Augenhöhle, wo sein empfindlicher Körper hinreichend geschützt war. Dann verstaute das Skelett den Rucksack in einem Baumloch und ging in schnellem Schritt zum Fuß der Klippe hinüber.

»Äh, ich befürchte …« begann Mark.

Dolph konnte in dieser Gestalt keine Menschensprache sprechen, also wartete er ab. Was hatte Mark für ein Problem?

»… daß ich einen Augenblick deine Hilfe brauchen werde«, schloß das Skelett. »Diese Felswand ist steil, zu steil, als daß ich sie erklimmen könnte. Wenn du vielleicht eine Vogelgestalt annehmen könntest …« Er hielt inne und überlegte es sich noch einmal. »Nein, wenn du groß genug bist, um mich hinaufzutragen, bist du nicht klein genug, um in der Höhlenöffnung zu landen.«

Dolph begriff, daß hier das Gehirn eines lebenden Menschen gefragt war. Er kletterte aus Marks Augenhöhle, ließ sich zu Boden fallen und verwandelte sich noch im Sprung in seine Jungengestalt. »Vielleicht könnte ich mich in einen Oger verwandeln und dich hinaufschleudern.«

»Ausgezeichnete Idee!« rief Mark.

Gesagt, getan. Der Oger schleuderte das Skelett hinauf,

dann verwandelte er sich in einen kleinen Vogel und flog in die Höhe, um schließlich wieder zu einem Glühwurm zu werden und in die Augenhöhle zurückzukehren. Inzwischen meisterten sie Hindernisse schon wesentlich geschickter als früher!

Auf Knöcheln und Knien krabbelte Mark in die Höhle hinein, wobei Dolphs grünes Licht ihm schimmernd den Weg zeigte. Die Öffnung war gerade groß genug, um hindurchzukriechen. Die Höhlenwände waren ziemlich glatt; der Drache mußte sie poliert haben, um zu verhindern, daß irgendwelche scharfen Kanten ihm eine Schuppe zerkratzten.

Es dauerte nicht lange, da wurde der enge Tunnel zu einer richtigen großen Höhle mit Stalagtiten, die von der Decke herabhingen wie – natürlich! – Drachenzähne. Von einigen troff sogar der Speichel. Aber Steinspeichel war nicht giftig, hoffte Dolph.

Dann endete die Höhle in einem schwarzen Wasserloch.

»Das ist seltsam«, meinte Mark. »Normalerweise haben Drachen bequeme Nester, die mit Edelsteinen ausgelegt sind. Ja, ein Wasserdrache schläft vielleicht in einem Wasserloch, aber Draco ist ein fliegender Drache und ein Feueratmer. Irgendwas stimmt hier nicht. Und doch haben wir genau gesehen, wie er aus dieser Höhle herauskam, und einen anderen Zugang habe ich nicht entdecken können. Ich kann mir das nicht erklären.«

Wieder war es Zeit für ein menschliches Gehirn. In seiner Glühwurmgestalt behielt Dolph zwar sein menschliches Bewußtsein, doch anstrengendes Denken überforderte ihn. Er krabbelte hervor und verwandelte sich wieder. Hier gab es genug Platz für beide, wenngleich ihre Zehen schon das Wasser berührten und sie nicht aufrecht stehen konnten.

In der Höhle war es völlig dunkel, und Dolph konnte überhaupt nichts erkennen. Aber es gab auch wenig zu erkennen, nur das Wasser unten und die Stalagtiten oben. An die konnte er sich recht gut erinnern. Doch im Augenblick brauchte er nur sein Gehirn.

»Wenn Draco aus dieser Höhle gekommen ist, fallen mir dazu drei mögliche Gründe ein«, sagte er, als sein Gehirn zu arbeiten begann. »Vielleicht war er hier nur zu Besuch und hat nach etwas Eßbarem gesucht.«

»Diese Höhle ist leer, und das hätte er auch wissen müssen«, widersprach Mark. »Außerdem hätte er dann nicht stundenlang gewartet, bevor er wieder herausgekommen wäre, es sei denn, er hätte tatsächlich hier etwas gefressen – aber es liegen nirgendwo Knochen herum.«

»Die können auch am Boden des Wasserlochs liegen«, versetzte Dolph.

»Das stimmt«, meinte Mark, dem dieser Gedanke wohl neu war. »Vielleicht ist es tatsächlich die falsche Höhle.«

»Vielleicht aber auch nicht«, sagte Dolph. »Es könnte auch sein, daß er über einen Zauber verfügt, der es ihm erlaubt, sich auf dem Wasser auszuruhen, ohne naß zu werden. Dann kann er nämlich seine Nahrung hier hereinbringen und sie auffressen, wobei die Knochen in die Tiefe versinken.«

»Aber wo ist dann der Feuerwasseropal?«

Das war eine gute Frage. »Vielleicht stimmt ja auch der dritte Grund«, sagte Dolph, dessen Gehirn langsam warmlief. »Möglicherweise ist das hier noch nicht das Ende des Gangs. Vielleicht führt er ja durchs Wasser.«

»Aber Feuerdrachen gehen nicht durchs Wasser!« protestierte Mark.

»Woher wollen wir das wissen? Vielleicht können sie das doch, tun es aber nur, wenn wir gerade nicht zusehen.«

»Das ist wahr. Wir sollten nachsehen, ob der Gang tatsächlich unter Wasser weiterführt.«

Unter Wasser wollte Dolph die Glühwürmchengestalt nicht beibehalten, denn dann wäre er schnell erloschen. »Vielleicht kann ich mich in einen Fisch verwandeln.«

»Ich glaube ...« begann Mark.

»Oder in irgend etwas anderes, was du vorschlägst.«

»... daß ein gepanzerter Fisch besser wäre«, schloß das Skelett.

»Hm. Ja. Man weiß ja nie, was sich in dem Wasser aufhalten könnte.« Er überlegte, konnte sich aber keinen gepanzerten Fisch ausdenken. »*Gibt* es solche Dinger überhaupt?«

»Im Kürbis schon. Es sind Fossilien, genau wie ich und Grazi. Wir kennen sie natürlich nur in ihrer Skelettform, aber du könntest dich ja in einen lebenden Fisch verwandeln. Oder vielleicht auch in ein Schalentier.«

»In was?«

»In einen Hummer oder in eine Krabbe oder – versuch es mit einem Trilobiten. Das gefällt dir vielleicht.«

»Ein Trilobit?«

»Ich glaube, das wäre zufriedenstellend. Diese Spezies verfügen möglicherweise über mehr Erinnerung oder Intelligenz als das Original.«

Also setzte Dolph die Füße ins Wasser und wurde zu einem Trilobiten. Der stellte sich als ein flaches, gepanzertes Ding wie ein Fisch heraus, mit langen Stacheln am Kopf und zwei Mundtentakeln. Es war ein ziemlich interessantes Geschöpf, und es schien sehr gut auf sich selbst aufpassen zu können. Es hatte auch keine Probleme, im dunklen Wasser zu schwimmen.

Mark watete in das Wasserloch, denn hierfür brauchte er sich nicht zu verwandeln. Er ließ sich einfach fallen und marschierte am Boden weiter.

Der Gang führte tatsächlich unter Wasser weiter. Dolphs Schalentiersinne nahmen mühelos die Drachenwitterung auf, die sie in einen tief in den Berg führenden Kanal brachte. Er schwamm dicht über dem Boden voran, während Mark hinter ihm her watete. Er war noch nie ein Schalentier gewesen, stellte aber fest, daß ihm diese Gestalt zusagte; so hatte er beispielsweise keine Probleme damit, Wasser zu atmen. Die hätte er eigentlich auch als Fisch nicht haben sollen, aber nach seinem Erlebnis mit Mela und der Einflußnahme ihres Zauberers auf seine Wasseratmung war er ein wenig unsicher geworden.

Plötzlich schwamm ein Schwarm Fische herbei. Im Kreis schwammen sie um Dolph und Mark herum und musterten sie. Dann preßte der Anführer des Schwarms seine

Schnauze dicht an Dolphs Antenne und sagte in Fischsprache: »Sage uns, auf welchen Namen du hörst, Schabengesicht! Nimmer erkannt ich dein Wappen.«

Dolph war kein Fisch, deshalb fiel es ihm schwer, die genauen Worte zu verstehen, aber den Sinn des Gesagten begriff er. Der Fisch hatte irgend etwas an sich, was ihn verärgerte. Deshalb erwiderte er barscher, als er es sonst vielleicht getan hätte: »Verschwinde aus meinem Gesicht, bevor ich dich verschlucke, Fischauge.«

»Drachen allein kommen hier ungehindert vorbei, Käferhirn«, verkündete der Fisch. »Einmal mehr gebiet ich dir, offenbare deine Farben.«

»Vielleicht ...« begann Mark.

»Die einzige Farbe, die ich dir zeigen werde, ist die Farbe meiner Zähne, Flossenfuß!« rief Dolph zornig. Dann fiel ihm ein, daß er in dieser Gestalt eigentlich gar keine richtigen Zähne hatte. Aber immerhin hatte er eine gepanzerte Schnauze.

Der Fisch blähte sich zu seiner vollen kleinen Größe auf. »Wisse, du Schurke, daß du Perrin Piranha beleidigtest, den Schrecken der Höhlenwasser! So sollst du nun die Folgen deiner Torheit erleiden.«

»... sollten wir sie lieber bei Laune halten«, schloß das Skelett etwas zu spät. »Es hat keinen Wert, die Eingeborenen unnötig zu verärgern.«

Perrin und seine Mitpiranhas griffen an. Mit klaffenden Mäulern schwärmten sie auf Dolph und Mark zu und bissen auf alles ein, was ihnen vors Maul kam.

Aber Dolph war gründlich gepanzert, während Mark nur aus Knochen bestand. Hundsfische liebten es zwar, auf Knochen herumzukauen, und sie hatten auch entsprechend kräftige Zähne dafür, aber hier handelte es sich um fleischliebende Piranhas. »Aua!« schrie Perrin, als er sich beinahe einen Zahn an einem von Dolphs Kopfwirbeln ausbiß. »Oooohhh!« jammerten andere, nachdem sie in Marks Schienbeine gebissen hatten.

Dolph packte mit seinen Tentakeln Perrin. »Nun sind wir an der Reihe«, sagte er und riß den sich wehrenden

Fisch an sein Chitinmaul. »Wo soll ich den ersten Happen abbeißen, am Kopf oder am Schwanz?«

Er hatte gehofft, den streitlustigen Fisch damit einzuschüchtern. Doch er wurde enttäuscht. »Los, Spitzbube, beiß mir den Kopf nur ab!« sagte Perrin kühl. »Du sollst an mir nicht Satisfaktion finden! Ich spucke auf deine Schnauze!« Und er spuckte tatsächlich aus, obwohl das im Wasser gar nichts nützte.

Dolph war jung und hatte noch nicht allzu viel Lebenserfahrung. Aber er hatte viele, viele Stunden damit verbracht, die großen Heldentaten der Vergangenheit anzuschauen, die im Wandteppich zu sehen gewesen waren. Und so erkannte er Tapferkeit, wenn er ihr begegnete. Dieser kleine Fisch mochte zwar ein Widerling sein, doch besaß er auch einen gewissen Charakter, was ihn wieder ansprechend machte.

»Es wäre vielleicht besser ...« fing Mark an.

»Richtig«, bestätigte Dolph. Auch der Wandteppich hatte ihn bereits diesen Respekt gelehrt. »Perrin, du bist ein würdiger Gegner. Dafür lasse ich dich frei, auf daß wir einander zu späterer Zeit wieder in Ehre und Würde im Streit gegenüberstehen mögen.« Er ließ ihn los.

Der Fisch verharrte einen Augenblick auf der Stelle, aber er war nicht nur überrascht. »Wie lautet dann dein Name?«

»Prinz Dolph von Xanth.«

»Ein Prinz! Fürwahr, so muß es sein! Also entbiete ich dir Adieu bis zu jener späteren Begegnung.« Der Fisch schwamm davon und mit ihm sein ganzer Schwarm.

»Das hast du gut gemacht«, meinte Mark.

Ein plötzliches Gefühl der Freude durchflutete Dolph. Das Skelett machte nicht oft Komplimente. Am meisten aber freute er sich darüber, daß das Kompliment tatsächlich verdient war. Ausnahmsweise hatte er einmal das Richtige getan.

Der Höhlenboden stieg wieder an. Dolph schwamm an die Oberfläche und wartete. Schließlich kam Mark aus dem Wasser gestapft, senkte die Knochenhand und hob Dolph heraus. Nun nahm Dolph wieder die Glühwürmchengestalt an. Mark gab ihn in seine Augenhöhle. Jetzt waren sie wieder einsatzbereit, zu Fuß und mit Beleuchtung.

Da kam eine Schar dunkler Gestalten plötzlich auf sie zu, genau wie zuvor die Fische. Es waren Fledermäuse.

»Holla, Fremder!« quiekte der Chefflederмäuserich. »Bleib stehen und gib dich zu erkennen!«

Nicht schon wieder! Natürlich sprach das Wesen in Fledermaussprache, so daß Dolph seine liebe Mühe hatte, es zu verstehen. Aber bis zu einem gewissen Grad waren alle Tiersprachen miteinander verwandt, und so konnte er auch als Glühwurm das Wesentliche verstehen.

Er zappelte aus Marks Augenhöhle hervor und verwandelte sich in eine große Fledermaus. »Ich bin Prinz Dolph von Xanth«, sagte er. »Ich bin in privaten Geschäften unterwegs und erbitte Durchgangserlaubnis.« Als Fledermaus hatte er natürlich keine Probleme mehr mit dem Sprechen.

»Ein Prinz? Du machst wohl Witze!« Worauf alle flatternden Fledermäuse in schrilles Gelächter ausbrachen.

»Ich habe preisgegeben, wer ich bin«, sagte Dolph gelassen und hielt sich an das Protokoll, so wie er es verstand. »Wer bist du?«

»Ich bin Brick Fledermaus, und das hier ist mein Bataillon«, erwiderte der Mäuserich. »Wir haben nicht vor, dich passieren zu lassen, du Hochstapler. Wir herrschen hier in diesem Hort.«

»Ich vermute ...« begann Mark.

»Ach, halt's Maul, alter Knochensack!« fauchte Brick.

»Hör mal zu, wir versuchen hier höflich zu sein«, versetzte Dolph.

»... daß diese Tiere kein Einsehen haben werden«, schloß Mark.

»Darauf kannst du wetten, du Spuk auf Beinen!« fauchte Brick. Fledermaus und Skelett schienen keine Schwierigkeiten zu haben, einander zu verstehen, obwohl sie unterschiedliche Sprachen sprachen. Dolph kam auf den Gedanken, daß die Kürbiswesen eine besondere Kommunikationsfähigkeit besitzen mußten, weil sie ja auch nie wußten, in wessen Traum man sie irgendwann einmal einsetzen würde.

Dolphs kindliche Hoffnung flackerte auf. »Soll das heißen, daß wir auf sie eindreschen können?«

»Unsere Zeit ist begrenzt«, erwiderte Mark. »Wir sollten sie besser ignorieren. Aber sollten sie tatsächlich die Präpotenz besitzen anzugreifen ...«

Dolph war sich nicht sicher, was das Wort ›Präpotenz‹ bedeutete, aber ...

»Attacke!« rief Brick Fledermaus. Sofort schwärmte das Bataillon heran und biß zu.

Das ersparte Dolph die Mühe, sich nach dem fraglichen Wort zu erkundigen. Er nahm vielmehr eine Gestalt an, in der er seit langem Erfahrung gemacht hatte, nämlich in den finsteren Türmen von Schloß Roogna: Er verwandelte sich in eine Vampirfledermaus. Mit klaffenden Fängen flog er auf die kleineren Fledermäuse zu. Die Flattermänner stoben entsetzt auseinander; sein Anblick wirkte auf sie ähnlich wie der eines angreifenden Ogers auf Menschen.

Dolph genoß es, in der dunklen Höhle dahinzufliegen und mit seiner schrillen Stimme die Wände zu orten. Fast ebensogut war es, ohne Augen sehen zu können und kein Licht zu brauchen. Auch diese Gestalt würde er im Gedächtnis behalten; die Fledermaus war ein guter Flieger. Er hatte ganz vergessen, wie gut!

Nun gelangten sie zum Drachennest, das sich auf einem Felsvorsprung befand. Nur ein geflügeltes Wesen konnte es erreichen. Man konnte es nicht verfehlen, denn unter ihm war der Höhlenboden mit zermalmten Knochen übersät. Dolph hatte natürlich eine Schwierigkeiten hinaufzugelangen, aber Mark war an den Boden gebunden. Es war schwierig, ihn unter all den toten Knochen auszumachen.

»Ich kann den Feuerwasseropal holen«, piepste Dolph. »Welcher ist es?« Denn als er am Rand des großen Nests gelandet war, nahm er das Echo von Hunderten von Edelsteinen auf.

»Er müßte von feurig-flüssigem Leuchten sein«, erklärte Mark.

»Ich kann kein Leuchten hören!«

»Du solltest mich besser hinaufbringen«, meinte Mark. »Ich kann im Dunkeln sehen, dürfte also keine Probleme haben.«

Dolph flog zum Höhlenboden hinunter, nahm Ogergestalt an und hievte das Skelett hinauf ins Nest. Gerade wollte er wieder seine Fledermausform annehmen, als seine groben Ogerohren ein Geräusch vernahmen.

»Er kommt, er kommt!« begannen die Fledermäuse im Chor zu singen. »Er haut deine dummen Knochen in Stücke, in Stücke!«

Hoppla! »Ich glaube, wir sitzen in der Patsche«, bemerkte Mark von oben. »Du solltest den Drachen besser ablenken, während ich nach dem Opal suche. Hier gibt es so viele Edelsteine, daß das eine Weile dauern könnte.«

Den Drachen ablenken! Schon bei dem bloßen Gedanken daran grauste es Dolph. Warum war Draco nur so früh zurückgekehrt? Es wäre doch soviel besser gewesen, wenn sie klammheimlich mit dem Opal hätten fliehen können; möglicherweise hätte der Drache nicht einmal bemerkt, daß er fehlte.

Nun hörte er ein Zischen, als der Drache durch das Wasser schoß. Es gab keine Zweifel mehr – Flugdrachen konnten auch schwimmen, wenn sie wollten! Aber wie blieb dann ihr Feuer intakt, wenn sie doch ganz naß wurden?

Er hörte, wie das Wesen an die Wasseroberfläche gelangte. Seine Ogeraugen sahen Dracos Nase glühen. So passierte es also: Er hielt einfach die Luft an! Sicherlich brauchte der Drache nicht lange, um das Wasser zu durchqueren.

»Er holt dich!« riefen die Fledermäuse im Chor. »Er holt dich, er holt dich!«

Nun, Dolph hatte ja ohnehin vorgehabt, den Drachen zu bluffen; jetzt hatte er Gelegenheit dazu. Welche Gestalt wäre wohl die beste? Er entschied sich für eine Form, die groß, aber glaubwürdig war; wenn der Drache nämlich eine Gestalt erblickte, die zu groß war, nur durch die enge Höhlenöffnung gelangt zu sein, würde er merken, daß er es gar nicht mit einem wirklichen Ungeheuer zu tun hatte. Das größte Ungeheuer, das durch den Gang hätte kommen können, war eine Schlange.

Dolph verwandelte sich in eine Riesenschlange mit gewaltigen Fängen. Er hob das Haupt und stieß ein grauenerregendes Zischen aus, als der Drache aus dem Wasser kam. Das sollte die Kreatur aufschrecken; fast bekam Dolph schon Angst vor sich selbst!

»Die Fische haben mir gesagt, daß hier ein Eindringling ist«, knurrte Draco in Drachensprache, die mit der Schlangensprache verwandt war; beide stammten von der großen Familie der Reptiliensprachen ab. »Aber sie meldeten, daß es ein Knochenmann und ein gepanzertes Fossil sei. Ich glaube, ich habe es hier wohl mit einem Gestaltwandler zu tun.«

Soviel zum Thema Tarnung! Aber vielleicht konnte Dolph den Bluff doch noch fortsetzen. Er stieß erneut ein Zischen aus und glitt kühn voran, die Fangzähne gebleckt.

»Nun wollen wir doch mal feststellen, woraus du bestehst«, sagte Draco, der sich beunruhigend anhörte. Er breitete die Flügel aus und hob sich in die Luft. Er flog einen Salto, dann stürzte er auf Dolphs Kopf zu. Ein sengender Strahl schoß auf den Prinzen zu.

Dolph riß den Kopf beiseite – keinen Augenblick zu früh! Er wollte seine Fangzähne in den Körper des Drachen schlagen, war aber viel zu langsam; Draco war schon wieder fort, so daß Dolph nur Luft zu schnappen bekam.

»Wir sind wohl ein bißchen tolpatschig, wie?« bemerkte Draco, während er zu einem weiteren Feuerstoß ausholte.

Dolph begriff, daß er in dieser Gestalt nur verlieren konnte. Er war schwerer als der Drache, und wenn er ihn zu packen bekommen sollte, würde er ihn mit seinem Maul zermalmen können. Dafür war er aber langsamer und unbeholfener; er würde den Drachen nie erwischen, ohne zuvor schlimme Verbrennungen davonzutragen.

So verwandelte er sich wieder in die Ogergestalt. »Ich hau dich blau!« brüllte er in Ogersprache.

Draco kam bereits zu einem zweiten Stoß heran. Dolph schwang eine Prankenfaust gegen die Schnauze des Drachen. In seiner Ogergestalt hatte er mehr Übung, und so fuhr die Faust schneller und präziser auf ihn zu, als der Drache erwartet hatte. Nun war Draco an der Reihe sich zu ducken, damit die Faust an ihm vorbeifuhr. Er schoß dicht über den Boden dahin und wäre fast ins Wasser gestürzt, bis er schließlich wieder Kontrolle über seinen Flug erlangte.

Dolph stampfte hinter dem Drachen her. Am Feuerglühen der Schnauze konnte er genau bestimmen, wo der Drache sich gerade befand. Aber Draco war schon bald außer Reichweite.

Nun, damit konnte man auch umgehen. Dolph stampfte zu der Stelle unter dem Nest und nahm eine Handvoll Knochen auf, um sich auf den Drachen zu schleudern.

Die Knochen erwiesen sich als zu leicht und gaben keine guten Wurfgeschosse ab. Doch dann fand Dolph einige unförmige Tierschädel. Die waren schon besser. Er wartete, bis Draco zu einem erneuten Feuerstoß herankam, dann schleuderte er einen der Schädel gegen das Glühen.

Diesmal war der Drache vorbereitet. Er wich ein kleines Stück aus, um den Schädel vorbeifliegen zu lassen, dann eröffnete er das Feuer. Dolph mußte einen Satz machen, denn nicht einmal ein Oger konnte einem solchen Flammenstoß widerstehen.

Er warf einen anderen Schädel nach dem Untier, doch der Drache wich ihm wieder geschickt aus. Draco war einfach zu flink für den Oger; ihm stand die gesamte Höhle zur Verfügung, während der Oger an den Boden gefesselt war. Früher oder später würde Dolph vom Flammenstoß getroffen werden, und dann war er wirklich in Schwierigkeiten.

Natürlich brauchte er Draco lediglich so lange abzulenken, bis Mark den Feuerwasseropal gefunden hatte; danach könnte er sich in eine feuersichere Gestalt verwandeln und nach Hause zurückkehren.

»Was ist denn da in meinem Nest?« knurrte Draco, als er Mark erspähte.

Oje! Nun mußte er die Ablenkung aber ordentlich verschärfen, sonst würde Mark gleich geröstet werden. Feuer konnte das Skelett zwar ertragen, aber wenn Draco dazu überging, seine Knochen zu zermalmen, hätte das schlimme Folgen. Dolph mußte an Tempo zulegen.

Er mußte Draco in der Luft abfangen. So verwandelte er sich in einen Greif. Greife waren prachtvolle Flieger und ebenso prachtvolle Kämpfer, und sie konnten auch gut bei Nacht sehen. Da dieser Greif doppelt so groß war wie der Drache, war er deutlich im Vorteil. Er hob ab und stieß dabei ein gewaltiges, herausforderndes Krächzen aus.

Draco wirbelte in der Luft herum und machte sich einsatzbereit. Doch Dolph wich aus, in der Luft war er ebenso wendig wie sein Gegner. Mit seinen Krallen griff er nach Draco. Sobald er den Drachen hätte, würde er ihn mit seinem Schnabel zerhacken, dann wäre der lästige Feuerspeier erledigt.

Draco riß die Schnauze herum und gab einen ordentlichen Flammenstoß von sich. Dolph ging auf Sturzflug, aber der Flammenstoß folgte ihm; er konnte ihn nicht abhängen. Dicht über dem Boden wurde er zu einem großen Landdrachen. Er prallte mit solcher Wucht auf, daß er sich erst wieder fangen mußte. Doch nun besaß er seinen eigenen Feuerwerfer und war gegen Feuer gepanzert, wie es Feueratmer ja auch sein mußten. Das Feuer traf ihn, richtete aber nichts aus; statt dessen half es ihm vielmehr dabei, seinen eigenen Hochofen anzufachen.

Nun zielte er, ließ seine inneren Blasebälge arbeiten und stieß einen Feuerstrahl aus, der doppelt so heftig wie der Dracos war. Doch er verfehlte sein Ziel, weil Draco im selben Augenblick davongeschossen war, als er die neue Gestalt seines Gegners bemerkt hatte.

Dolph sauste ihm nach, doch ohne Erfolg. Draco kannte seine Höhle ausgezeichnet. Immer wieder verschwand er hinter Stalagmitenreihen, um plötzlich von hinten einen Flammenstoß gegen Dolphs Schwanz zu richten. Der Schwanz war nicht besonders gut gepanzert, und so tat es ordentlich weh!

Nein, so hatte sich Dolph die Sache nicht vorgestellt.

Trotz seines Größen- und Feuerkraftvorteils zog er immer noch den kürzeren. Wenn er jetzt irgendeinen Fehler beging, würde er endgültig verlieren.

Er mußte in jeder Hinsicht mit dem Gegner gleichziehen, indem er sich in ein Wesen von Dracos eigener Art verwandelte. Dolph wurde zu einem Feuerdrachen.

Nun standen sich zwei miteinander fast identische Drachen gegenüber. Dolph stieß einen Flammenstoß aus, doch Draco wich ihm rechtzeitig aus – um nun seinerseits Feuer zu speien, das prompt Dolphs Schwanz versengte. Aua!

Schnell mußte er entdecken, daß Dracos lebenslange Erfahrung mit dieser Gestalt ihm einen erheblichen taktischen Vorteil bescherte. Körperlich mochten sie zwar gleich stark sein, aber Dracos Reflexe waren eindeutig besser. Nein, in dieser Form war er auch kein wirklicher Gegner für den Drachen.

Er segelte zu Boden, wobei Draco ihm heiß auf den Fersen blieb. Während er landete, nahm er die Gestalt eines Basilisken an und wirbelte mit dem Kopf herum, um seinen Feind anzuschauen. Dieses Wesen war für beinahe alle anderen tödlich; sobald sich ihre Blicke trafen, würde der Drache tot umfallen. Dolph brauchte den anderen nur weiterhin zu beobachten, damit Draco nicht auf ihn zielen konnte, ohne daß ihre Blicke sich trafen. Dafür brauchte er weder eine besondere Ausbildung noch irgendwelche Fähigkeiten; nicht einmal seine natürliche Tolpatschigkeit und Unbeholfenheit mit dieser Gestalt würde diesen Effekt mindern können.

Aber Draco war auf der Hut gewesen und wich im selben Augenblick zurück, als Dolph die Form veränderte. Er kannte Basilisken. Er wirbelte herum, schloß die Augen, orientierte sich mit Hilfe seines Gedächtnisses und gab einen weiteren Flammenstoß ab.

Dolph huschte in Deckung. Wieder versengte die Flamme ihm den Schwanz. Draco brauchte ihn nicht einmal zu sehen, um ihn anzugreifen!

Doch das ließ sich vielleicht ändern. Dolph verwandelte sich in die Fledermaus und schwang sich zum Nest empor.

Als Draco es schließlich bemerkt hatte, befand sich Dolph bereits am Ziel und hatte wieder seine Basiliskengestalt angenommen. Um ihn herum war der ganze Schatz des Drachen; sollte Draco seine Kostbarkeiten doch in Flammen aufgehen lassen!

Draco wich wieder aus und flog mehrere Schlaufen. Dann schloß er erneut die Augen und flog auf das Nest zu. Diesmal stieß er kein Feuer aus. Er landete blind, was ihm seine Vertrautheit mit dem Gelände auch spielend ermöglichte.

An einer Seite huschte Mark aus dem Weg, während Dolph auf seiner Seite davonkrabbelte. Versuchte der Drache etwa, seinen winzigen Körper mit seinem viel größeren zu zerdrücken? Das mußte er verhindern!

Aber Draco hatte nichts dergleichen vor. Statt dessen entspannte er sich, als wollte er sich schlafen legen. Seine hellen Schuppen spiegelten das Leuchten der größeren Edelsteine im Nest wider: der Mond- und Sonnensteine.

Da erkannte Dolph, um was für eine Falle es sich handelte. Wenn er in sein eigenes, in einen der Schuppen widergespiegeltes Gesicht blickte, würde er sich selbst lähmen oder töten! Das war eine der wenigen Schwachstellen dieser Gestalt. Offensichtlich hatte Draco schon öfter mit Basilisken zu tun gehabt. Dolph konnte sich nur selbst Schaden zufügen, denn mit seinem schwachen Gebiß würde er die Schuppen des Drachen nie durchbohren, während sein Blick keine Kreatur vernichten konnte, die sich weigerte, ihn anzuschauen. Ja, wenn es Draco gelingen sollte, ihn mit dem Maul zu zermalmen und schnell wieder auszuspucken, um seinem Gift zu entgehen, würde Dolph sogar den sicheren Tod finden.

Er krabbelte aus dem Nest, sprang hinunter und verwandelte sich noch im Flug in eine Fledermaus. Schnell flog er zu jener Höhlenseite, die dem Unterwassereingang am nächsten lag. Dort verwandelte er sich in einen Gewirrbaum, der seine Wurzeln in den Schlamm stieß.

Der Drache war schon wieder in der Luft, wollte den nächsten Feuerstoß plazieren; er wußte, daß er wieder hinschauen konnte, denn Basilisken konnten nicht fliegen. Er hatte vor, Dolph in Flammen aufgehen zu lassen, bevor dieser eine wehrhaftere Gestalt annehmen konnte.

Doch ein Gewirrbaum war kein gewöhnliches Geschöpf, sondern eine fleischfressende Pflanze mit dickem Laubwerk und Tentakeln. Ein Feuerstoß konnte ihn zwar welken lassen, vermochte es aber nicht, ihn unschädlich zu machen. In der Zwischenzeit schob Dolph seine Wurzeln durchs Wasser, um den Eingang abzusperren, während er die Tentakel ausfuhr, um den Drachen in der Luft abzufangen. Der Baum konnte andere Dinge auch ohne Licht erspüren, so daß er keine Probleme dabei hatte, Draco zu orten. Natürlich konnte der Baum auf Dauer in dieser Dunkelheit nicht gedeihen, aber es war ja nur eine vorübergehende Gestalt. Draco hielt sich sorgsam außerhalb der Reichweite der Tentakel. Er gab einen Feuerstoß auf ein Tentakelbündel ab, aber Dolph wich den Flammen aus und griff mit einem längeren Tentakel, das er immer größer werden ließ, nach dem Drachen. Draco drehte sich herum und schnappte nach dem neuen Fangarm, der seinen Zähnen jedoch entging. So fochten sie eine Weile miteinander, ohne daß einer von beiden sonderlich viel gegen den anderen hätte ausrichten können.

Schließlich knurrte der Drache etwas in seiner Sprache, aber Dolph konnte es nicht verstehen; dazu war die Baumsprache zu wenig mit der Reptiliensprache verwandt. »Gleichfalls, Rösthirn«, erwiderte er in Blattsprache und machte dabei eine beleidigende Geste mit einem seiner Fangarme.

Draco kehrte in sein Nest zurück. Nun begriff Dolph, in welcher Sackgasse sie steckten: Er konnte zwar den Angriffen des Drachen widerstehen und ihn daran hindern, die Höhle zu verlassen. Andererseits kam Dolph aber nicht an den Feuerwasseropal heran. Mark hätte es tun können, doch nun hatte der Drache seinen Blick auf das Skelett geheftet, und es war offensichtlich, daß er den Knochenmann grillen würde, sollte Mark irgend etwas versuchen. Dolph konnte seinem Freund nur helfen, indem er wieder die Gestalt verwandelte und sich dorthin begab – doch Draco hatte bereits unter Beweis gestellt, daß er in der Luft und in seinem Nest jedem anderen überlegen war.

Aber der Drache griff das Skelett nicht an, und Mark seinerseits versuchte nicht zu fliehen. Statt dessen schienen sie sich zu unterhalten. Was ging hier vor? Schließlich stellte Mark sich an den Rand des Nests und winkte Dolph zu. »Waffenstillstand!« rief er. »Draco bietet einen Waffenstillstand an.«

Dolph konnte Marks Worte verstehen, hauptsächlich deshalb, weil er das Skelett kannte und seine Gesten zu unterscheiden wußte. Draco bat um einen Waffenstillstand? Ob das ein Trick war? Doch angesichts der gegenwärtigen Pattsituation war es einen Versuch wert.

Dolph verwandelte sich wieder in einen Feuerdrachen und flog vorsichtig auf das Nest zu, bereit, sofort auszuweichen, fallls nötig. »Was soll das mit diesem Waffenstillstand?« knurrte er in Drachensprache.

»Genau das«, knurrte Draco zurück. »Ich will verhandeln.«

»Also gut, Verhandlungen«, sagte Dolph und blieb in sicherer Entfernung schweben.

»Das Skelett sagt mir, daß du ein Prinz deiner Art bist.«

»Ja.«

»Dann weißt du auch, was Ehre ist.«

»Nein, dafür bin ich zu jung.«

Diese Antwort gefiel dem Drachen offensichtlich überhaupt nicht. Er wandte sich an Mark. »Wie kann ein Prinz nicht wissen, was Ehre ist?« fragte er.

»Dann, wenn er noch ein Kind ist«, erwiderte Mark. »Dies zu lernen gehört zu seiner Ausbildung.«

»Hat das irgend etwas mit der Erwachsenenverschwörung zu tun?« fragte Dolph mißtrauisch.

Mark und Draco lachten beide laut los, was Dolph ärgerte. »Eigentlich nicht, obwohl es durchaus Zusammenhänge geben könnte«, meinte Mark. »Das Konzept der Ehre ist eine Grundlage der Beziehung zwischen Erwachsenen. Eine Übereinkunft hinsichtlich eines hohen Verhaltenskodexes, dessen integraler Bestandteil die Integrität ist. In diesem Fall bedeutet das, daß weder du noch Draco den Waffenstillstand brechen dürfen, bis ihr beide förmlich damit einverstanden seid, ihn zu beenden. Und ihr dürft einander bis dahin auch keinen Schaden zufügen. Das ist so, als wärt ihr Freunde, obwohl ihr beide wißt, daß ihr es nicht seid.«

Dolph überlegte. »Soll das heißen, daß er mich nicht rösten darf, wenn ich meine Jungengestalt wieder annehme, und daß ich dafür den Feuerwasseropal nicht wegnehmen darf?«

»Genau. Nicht solange der Waffenstillstand gilt.«

»Was soll das dann?«

»Draco hat noch eine dringende Verabredung. Er möchte jetzt gern an einer Zeremonie teilnehmen und zu diesem Gefecht zurückkehren, nachdem die Zeremonie beendet ist.«

»Ist das wohl dieselbe Zeremonie, zu der auch Chex gegangen ist?« fragte Dolph interessiert.

»Du kennst Chex Zentaur?« fragte Draco überrascht.

»Sie ist meine Freundin«, erklärte Mark. »Vor drei Jahren waren wir zusammen auf dem Berg Sauseschnell. Sie hat uns erst gestern aus einer Schwierigkeit geholfen.«

»Aber es ist doch *ihre* Hochzeit, zu der ich gehe!« rief Draco.

»Ihre *Hochzeit*?« fragten Dolph und Mark im Chor.

»Ja. Sie soll Cheiron Zentaur heiraten. Diese Zeremonie möchte ich ungern verpassen. Alle Flügelungeheuer werden dabeisein.«

»Ich wünschte, ich könnte mitmachen!« rief Mark. »Sie hat überhaupt nicht erwähnt, worum es bei der Zeremonie ging.«

»Natürlich nicht. Du bist kein Flügelungeheuer, deshalb darfst du auch nicht daran teilnehmen. Sie wollte deine Gefühle nicht verletzen.«

»So war es bestimmt«, meinte Mark.

»Ich bin mit diesem Waffenstillstand einverstanden«, sagte Dolph und nahm seine Jungengestalt an. »Ich will auch zu der Zeremonie.«

»Du darst auch nicht daran teilnehmen, Prinz«, erinnerte ihn Draco lakonisch.

»Auf jeden Fall ...« fing Mark an.

»Aber ich könnte schon«, widersprach Dolph. »Ich brauche nur die Gestalt eines Flügelungeheuers anzunehmen.«

»Man würde merken, daß du keins bist. Jeder Gast ist mit irgendeinem anderen bekannt, dich aber würde niemand kennen.«

»... wäre das kein ratsames Vorgehen«, schloß Mark.

Dolph aber war entschlossen zu gehen. »Du wirst mich doch nicht in der Nähe deines Nests zurücklassen wollen, Draco, wo ich noch nichts von Ehre verstehe.«

Draco überlegte und musterte die Edelsteine, die das Nest ausfüllten. »Das ist nicht ganz falsch. Ich mag es auch sonst schon nicht, mein Nest unbewacht zurückzulassen, erst recht nicht, wenn sich ein Räuber in der Nähe befindet.«

»Aber wenn ich meine Gestalt verändere und mit dir fliege, brauchst du dir darum keine Sorgen zu machen. Dann kann Mark hierbleiben und dein Nest bewachen. Er ist ein Wesen von Ehre.«

»Das ist doch aberwitzig!« protestierte Mark.

Draco richtete seinen Blick auf Mark. »Wie kann ich in diesem Punkt sicher sein?«

»Meine Eltern haben ihn zu meinem Begleiter auf meiner Queste bestimmt. In solchen Dingen sind sie sehr wählerisch.«

Draco nickte. »Das habe ich auch gehört. Der König selbst soll es ja leicht angehen lassen, aber seine Frau könnte genausogut eine Drachenbrut aufziehen.«

»Das würde den Drachenjungen aber gar nicht gefallen«, murmelte Dolph.

»Genau. Nicht eines von ihnen würde unbeaufsichtigt das Nest verlassen können. Ich erinnere mich noch an meine eigenen Nestzeiten. Aber ich habe doch gelernt, ein Drache zu werden! Außerdem habe ich auch gelernt, nicht das Urteil einer solchen Kreatur in Frage zu stellen, egal welche Gestalt sie haben mag. Mark, bist du einverstanden, mein Nest zu bewachen, solange ich fern bin?«

»Auf keinen Fall!« widersprach Mark. »Das wäre eine schwerwiegende Verzerrung der ...«

»Er ist einverstanden«, unterbrach ihn Dolph. »Wenn es Schwierigkeiten geben sollte, kann er ja seine Knochenpfeife blasen.«

»Ich glaube, er willigt vielleicht doch ein«, meinte Draco. »Dann laß uns abreisen. Wir haben nur noch wenig Zeit. Nimm die Form eines Drachenschmetterlings an und häng dich auf meinen Rücken. Ich komme schneller ans Ziel, wenn ich nicht erst auf dich warten muß.«

»Aber ...« rief Mark.

Dolph verwandelte sich in einen Drachenschmetterling und flog schwirrend auf Dracos Rücken, wo er zwischen den Flügeln Platz nahm. Dort hielt er sich ganz fest, weil er wußte, daß ein stürmischer Flug auf ihn wartete.

»Sei vorsichtig!« rief Mark noch, als sie abhoben. Dann verschwand Draco auch schon im Wasser. Sie waren auf dem Weg.

8
ZEREMONIE

Dolph schloß die Augen und hielt die Luft an, während der Drache sich seinen Weg durch das Wasser bahnte. Dann brach Draco aus der Höhle hervor und stürzte sich in die nächtliche Luft. Er flog so hoch, daß Dolph schon fürchtete, sie würden von den Sternen versengt werden, aber der Drache kannte den Weg und mied sie ohne Mühe.

Nachdem er seine höchstmögliche Flughöhe erreicht hatte, nahm Draco Kurs in Richtung Süden.

Schnell huschten die Sterne vorbei, über und unter ihnen; das große dunkle Land Xanth bewegte sich langsamer, nur an vereinzelten Laternen und natürlichem Leuchten zu erkennen.

»Auf was für einer Queste bist du?« erkundigte Draco.

»Ich will den Guten Magier Humfrey wiederfinden«, erwiderte Dolph promt. Er war froh, wenn jeder wußte, was er vorhatte, um so mehr Gewicht bekam die Sache. Und weil er sich in einer Drachengestalt befand, fiel ihm die Unterhaltung leichter.

»Wieso glaubst du, daß du ihn finden kannst, wo doch andere gescheitert sind?«

»Ich habe eine Nachricht in der Geheimkammer seines Schlosses gefunden, die lautete ›Gerippe Schlüssel zum Himmelstaler‹, daher wußte ich, daß er sie für mich zurückgelassen hatte, um mir mitzuteilen, wo er sich befindet. Wir sind zu den Skelettinseln gereist, von denen wir glaubten, daß sie gemeint seien, aber alles, was wir dort gefunden haben, war ein weiteres Skelett.«

»Es gibt mehr als einen Schlüssel«, meinte Draco.

»Ja. Als nächstes segelten wir gen Süden. Dort aber nahm mich die Meerfrau gefangen und wollte mich nicht loslassen, bevor wir ihren Feuerwasseropal zurückbrächten, und ...«

»Das also wollt ihr von mir!« rief Draco. »Meine Opale!«

»Ja. Weil ... Opale? Wie viele hast du denn?«

»Zwei. Ich bin der einzige, der über zwei verfügt, denn sie sind sehr schwer zu bekommen. Sie verstärken die Jugendlichkeit ihres Besitzers, oder zumindest den Eindruck der Jugendlichkeit. Aber warum solltest du, ein Prinz, zum Dieb werde, wo du doch bereits über genügend Jugend verfügst?«

»Na ja, du hast ihm ja dem Meermann gestohlen, daher ...«

Dracos Körper erzitterte und wurde immer heißer. »Ich habe ihn nicht gestohlen! Ich habe ihn gewonnen!«

»Indem du seinen Besitzer getötet hast, oder wie?«

»Ich sehe schon, daß ich dich wohl aufklären muß«, meinte Draco grimmig. »Offensichtlich hat die Meerfrau dir nicht die ganze Geschichte erzählt. Was hat sie denn gesagt?«

»Nur, daß sie einmal diesen besonderen Edelstein besaß und daß sie ohne ihn keinen neuen Meermann bekommt, der sie heiratet. Deshalb will sie ihn jetzt zurückhaben, und sie hat Grazi zur Geisel genommen, bis wir ihn herbeibringen.«

»Grazi?«

»Das ist auch ein Skelett, genau wie Mark, nur weiblich.

Wir werden sie gegen den Feuerwasseropal auslösen, und dann kann Mela sich einen neuen Mann beschaffen. Eigentlich wollte sie ja mich festhalten, und zwar so lange, bis ich erwachsen geworden bin, aber ich schätze, ich solle vorher doch den Guten Magier suchen.«

»Jetzt verstehe ich alles. Während meiner Abwesenheit wolltest du also den Opal holen, aber dann bin ich zu früh zurückgekommen.«

»Genau. Deshalb mußte ich mit dir darum kämpfen.«

»Natürlich. Die einzige Möglichkeit, etwas von einem guten Drachen zu bekommen, besteht darin, es ihm entweder zu stehlen, mit ihm darum zu kämpfen oder ihn zu übertölpeln, und ich lasse mich nicht leicht übertölpeln. Also schön, dann laß mich dir erklären, warum der Edelstein mir gehört und nicht der Meerfrau. Alles begann vor ungefähr zwei Jahren, als ich mit Merwin Meermann eine Wette abschloß. Er besaß nämlich den zweiten Feuerwasseropal, mußt du wissen, und ein Paar von denen ist zehnmal mehr wert als einer allein, und so waren wir uns darin einig, daß sie zusammengehörten. Wir hielten einen Wettbewerb ab, um zu sehen, wer den kompletten Satz bekommen sollte, und ich habe gewonnen, nur daß er danach einen Rückzieher machte. Er versuchte mich zu töten und sie mir wegzunehmen, aber statt dessen habe ich ihn dann getötet und mir genommen, was mir zustand. Deshalb gehören diese Edelsteine mir, ganz ehrlich erworben.«

Dolph erkannte, daß einiges für den Drachen sprach, sofern die Geschichte stimmte. Aber dessen war er sich nicht sicher. »Was war das für ein Wettkampf, und wie hast du gewonnen?«

»Feuer, Wasser, Sand. Kennst du den?«

»Nein.«

»Na ja, man zählt gemeinsam bis drei und streckt dann eine Pranke aus. Zwei Krallen bedeuten Feuer, denn die stehen für die emporzüngelnden Flammen. Die ganze Pranke bedeutet Wasser, weil es eine flache Oberfläche hat. Die geballte Pranke ist der Sand, weil sie eine Sandkugel darstellt. Aus Feuer und Wasser kann man schließlich keine Kugel bilden.«

»Ich schätze schon«, meinte Dolph. »Aber was kann man mit Feuer, Wasser und Sand schon anfangen? Am Strand ein Freudenfeuer veranstalten?«

»Das ist nur symbolisch. Man streckt gemeinsam die Pranke aus, und jeder stellt damit eines der drei Elemente dar. So ermittelt man auch den Sieger: Feuer bringt Wasser zum Verdampfen, Wasser bedeckt Sand, und Sand erstickt Feuer. So gibt es immer einen Sieger und einen Verlierer, es sei denn, daß beide dasselbe Symbol vorbringen. Dann wiederholt man einfach.«

»Feuer schlägt Wasser, Wasser schlägt Sand, und Sand schließlich schlägt Feuer«, sagte Dolph, als er die Regel begriff. »Aber wie kannst du sichergehen, daß du gewinnen wirst?«

»Das ist es ja gerade: Das kannst du nicht. Es ist also ein fairer Wettbewerb; niemand weiß vorher, wer gewinnen wird. Und so haben wir entschieden, wer die beiden Feuerwasseropale bekommen sollte: Ein einziger Druchgang. Ich habe Feuer gegeben und er Wasser, und so habe ich gewonnen. Aber dann hat dieser Betrüger behaupten wollen, daß *er* gewonnen hätte. Er verlangte von mir, daß ich ihm meinen Opal gebe! Welche eine Frechheit! Als ich ihn darüber informierte, daß er die Sache verkehrt herum sähe, packte er mich und wollte mich unter Wasser zerren, um mich zu ertränken und mir den Edelstein mit Gewalt zu entreißen. Kannst du dir so etwas vorstellen? Das war der schlechteste Verlierer, dem ich je begegnet bin!«

»Aber ertrunken bist du ja anscheindend nicht«, bemerkte Dolph. »Wie bist du dann aus der Sache herausgekommen?«

»Er wußte nicht, daß ich schwimmen kann«, erklärte Draco. »Offensichtlich wissen das einige Leute nicht; die denken, daß Feuerdrachen Angst vor dem Wasser hätten, so wie andere glauben, daß Meermenschen nicht an Land gehen können. Wir meiden das Meerwasser, weil wir es nicht lieben, wenn unsere Flügel von Salz verschmutzt werden; es dauert ewig, bis man das wieder herausbekommt. Aber wir können schwimmen, wenn wir müssen.

Manchmal sind wir hungrig, und wenn es nichts anderes gibt als Salzwasserfisch, müssen wir uns eben behelfen. Und manchmal gibt es irgend etwas unter Wasser, das wir unbedingt haben müssen. Es kommt auch vor, daß wir in einem Gewitter die Flugkontrolle verlieren; dann ist es am besten, wenn man sich gerade über Wasser befindet, dann können wir nämlich darin landen, ohne uns zu verletzen. Als Merwin mich also einfach so packte, da war ich zunächst so erstaunt über seine Unverfrorenheit, daß ich mich nicht einmal wehrte. Als er dann aber nach meinem Opal griff – den trug ich in einer Tasche um den Hals, bereit, ihn abzugeben, sollte ich verlieren –, da habe ich ihm meine Schnauze ins Gesicht gereckt und ihn auf kürzeste Entfernung durchgeröstet. Danach nahm ich mir seinen Opal, den ich schließlich rechtmäßig gewonnen hatte, schwamm an die Oberfläche und begab mich wieder nach Hause. Es hat Tage gedauert, bis ich das Salz wieder loswurde, und meine Augen brannten davon, aber wenigstens hatte ich nun, was mir zustand. Bis heute verstehe ich nicht, weshalb er so ein schlechter Verlierer war. Für einen Meermann war er mir eigentlich wie ein recht ordentlicher Bursche erschienen, jedenfalls bis zu jenem Augenblick. Hätte er sich einfach an die Spielregeln gehalten, hätte er zwar seinen Opal eingebüßt, aber nicht sein Leben.«

»Mela glaubt, daß du ihn einfach angegriffen und ihm den Opal gestohlen hast«, sagte Dolph. »Sie meint, daß du ein schurkischer Drache bist.«

»Es gab damals keine Zeugen, daher kann sie natürlich glauben, was sie will. Aber ich habe dir die Sache so geschildert, wie sie geschah. Ich habe Feuer gegeben und er Wasser, das war ganz einfach. Da bin ich mir absolut sicher, genau wie ich mir seines miserablen Verhaltens sicher bin. Dieser Edelstein gehört mir!«

Doch irgendwas nagte an Dolphs Gedächtnis. »Mela ... sie hat irgend etwas gesagt ... Ich glaube, es war eine Redewendung, die sie benutzte ... Es ging um Feuer und Wasser. ›So sicher, wie Wasser das Feuer löscht‹ – irgend etwas in der Art. Ich frage mich ...«

»Das ist doch verkehrt herum!« knurrte Draco. »Ich habe dir doch schon gesagt, daß Feuer das Wasser zum Verdampfen bringt. Jedesmal. Wenn man Feuer daraufhaucht, erhitzt es sich und wird zu Dampf, und schon ist es fort. Wenn ich nach Hause komme und mein Nest naß mache, dann trockne ich es, indem ich es ein wenig erhitze.«

»Aber vielleicht sieht ein Meermensch, der im Wasser lebt, die Sache andersherum«, meinte Dolph. »Ich kann mich noch an etwas anderes erinnern, was sie sagte, irgend etwas darüber, daß Sand das Wasser verdrängt ...«

»Das ist ja schon wieder verkehrt herum! Wasser *bedeckt* den Sand! Ich habe ja schon öfter gehört, daß diese Meerleute nicht ganz klar im Kopf sind, und das beweist es nun!«

»Vielleicht«, meinte Dolph unsicher. »Schließlich war da noch etwas, was sie sagte, aber am meisten kann ich mich an ihre Beine erinnern. Wenn sie ihren Fischschwanz in Beine verwandelte, waren sie wirklich sehr hübsch.«

»Ich kann mir vorstellen, daß sie sehr delikat waren«, meinte Draco und fuhr sich mit der Zunge über die Lefzen. »Es war wahrscheinlich jede Menge Fleisch drauf?«

»Genau richtig, würde ich sagen.«

»Ach, ich bekomme schon Hunger!«

»Zu Hause auf Schloß Roogna sagte meine Mutter immer, daß Jungen nicht die Unterhöschen von Mädchen sehen dürften, aber das hier war schon in Ordnung, denn sie trug ja keine Unterhosen.«

»Genau. Der Stoff verhakt sich nämlich in den Zähnen. Das kann ziemlich umständlich werden. Mädchen sind am besten ohne Unterhosen.«

»An was wollte ich mich doch noch gleich erinnern ... Ah, jetzt habe ich es! Feuer schmilzt Sand, sagte sie. Du merkst, die ...«

»Alles verkehrt herum!« rief Draco. »Was für Idioten! Die glauben, daß Feuer Sand schmilzt, daß Wasser verdrängt und Wasser das Feuer auslöscht ...« Da brach er ab. »Öh, öh ...«

»Ich frage mich, ob die das Spiel auf die gleiche Weise spielen?« fragte Dolph unschuldig. »Verkehrt herum?«

»Plötzlich befürchte ich, daß sie es tatsächlich tun! Als ich also Feuer gab und Merwin Wasser ...«

»Meinst du, daß er wirklich glaubte, er habe gewonnen?«

Schnaubend stieß Draco einen Feuerstrahl aus. »O weh!« zischte er. »Ich wünschte, ich hätte das begriffen! Dann hätten wir erst einmal über die Regeln diskutieren können, hätten uns geeinigt ...« Er verstummte, und aus Worten wurden Gedanken.

»Wenn ich zurückkehre, werde ich sie über das Mißverständnis aufklären. Vielleicht geht es ihr dann besser.«

Draco hustete. Sein eigener Rauch schien ihm nicht zu bekommen. »Äh, vielleicht habe ich sogar noch eine bessere Idee«, keuchte er. »Ich gebe dir den Feuerwasseropal, damit du ihn ihr zurückbringst. Über das Mißverständnis brauchst du gar nichts zu erzählen.«

»Oh, gern! Das ist nett von dir! Aber ist dann nicht dein Zwillingssatz kaputt?«

»Manche Preise muß man eben bezahlen«, meinte der Drache philosophisch. »Vielleicht braucht sie dringender einen zweiten Mann, als ich den Satz Edelsteine brauche.«

Der Rest des Flugs verlief ohne besondere Ereignisse. Dolph döste, weil er noch jung war und nachts schläfrig zu werden pflegte, und als er aufwachte, lugte die Sonne gerade über den Horizont und überzeugte sich vorsichtig davon, daß die Dunkelheit verschwunden war. Vor ihnen lag der mit Sträuchern bedeckte Gipfel des Bergs Sauseschnell.

Doch als sie näher kamen, erkannte Dolph, daß es gar keine Sträucher waren, sondern Lebewesen. Das Plateau war übersät mit Flügelungeheuern! Nie hätte er sich eine solche Vielfalt von Abscheulichkeiten vorgestellt! Da waren Drachen jeder Größe, Greife, Basilisken und Sphinxen, geflügelte Schlangen und Rokhs und Harpyien und – der Geist schien ihm den Dienst zu versagen. Alle huschten emsig umher und machten fürchterlich viel Lärm, seltsamerweise aber kämpften sie nicht gegeneinander.

»Vergiß es nicht«, zischte Draco, als er zur Landung ansetzte. »Nimm bloß nicht deine Menschengestalt an, sonst zieht man dir und mir das Fell über die Ohren!«

Dolph nahm sich die Warnung zu Herzen. Jedes dieser Ungeheuer würde ihn schon beim nichtigsten Vorwand mit Freude verspeisen, und die Tatsache, daß er ein Prinz war, würde keinen großen Unterschied machen.

Sie landeten auf einem Streifen Land, der offensichtlich eigens dafür angelegt worden war. Feuerfliegen markierten Ränder und Ecken, damit die Nachtflüge reibungslos verlaufen konnten. Ein Phönix krächzte Instruktionen zur Orientierung und zur Erhaltung des Flugplans, damit die Landenden nicht mit den Startenden zusammenprallten. Das war tatsächlich eine notwendige Vorsichtsmaßnahme, denn alle paar Sekunden tat eines der Ungeheuer entweder das eine oder das andere. Manche von ihnen waren offensichtlich zu Jägern für die gesamte Mannschaft ernannt worden, denn sie kamen mit den verschiedensten Beutetieren in den Krallen herein, und die Kadaver wurden sorgfältig in Stücke gerissen und unter den Hungrigen verteilt. Wiederum mußte Dolph die Notwendigkeit dessen einsehen, denn es wäre unmöglich gewesen, wenn jedes der Ungeheuer in diesem Gebiet auf eigene Faust auf die Jagd gegangen wäre.

Als Draco die Landebahn verließ, gab es eilige Begrüßungen. »Draco, du Nachzügler! Wir dachten schon, du hättest vergessen zu kommen!« knurrte ein anderer Feuerdrache.

»Kein Glück, Feuerhirn«, erwiderte Draco. »Ich hatte Schwierigkeiten, einen Nestsitter aufzutreiben.«

»Wenn du dir die Mühe gemacht hättest, dir eine Gefährtin zuzulegen, dann hättest du eine!« fauchte eine blaue Drachin.

»Jetzt hör bloß mit der Kuppelei auf, Heißkiste«, erwiderte Draco. »Wenn ich eine Drachin haben will, dann suche ich sie mir selbst aus.«

»Na ja, *das* hier ist auch der richtige Ort dafür«, protestierte sie, worauf die anderen in feuriges Gelächter ausbrachen.

»Wer ist denn dein Zwergenfreund?« wollte ein Drachenhahn wissen, als er durch seine dunkle Brille Dolph musterte.

»Laß bloß die Brille an!« warnte Draco, und es war keineswegs nur scherzhaft gemeint. Ein Drachenhahn hatte genau wie ein Basilisk einen giftigen Blick.

»Das ist ...« er hielt inne.

Dolph begriff, wo das Problem lag. Sie hatten sich nicht auf einen Namen für ihn geeinigt, und seinen richtigen durften sie nicht erwähnen. »Phlod Feuerfliege«, sagte Dolph, auf ein Spiel zurückgreifend, das er in der Vergangenheit gern gespielt hatte. Es war sein Name, rückwärts geschrieben. Nach der gleichen Methode hieß seine Schwester Yvi. Ihren Vater nannten sie Rod, was dem nichts ausmachte, und ihre Mutter Eneri, allerdings nie in ihrer Gegenwart. Großopa Knib aber war kein Spielverderber. Nun war er sehr froh, daß er dieses Spiel gespielt hatte, denn nun besaß er einen Namen, auf den zu antworten er gewöhnt war.

»Phlod«, widerholte Draco erleichtert. »Er ist ein Prinz seiner Art, also mußte er teilnehmen, aber es war zu weit für ihn, deshalb habe ich ihn mitgebracht.«

»Sieht mir trotzdem wie eine Wespentaille aus«, meinte der Drachenhahn. »Ich glaube, ich trampel ein wenig auf ihn herum, um zu sehen, ob er sich ordentlich zerquetschen läßt.«

»Das würde ich nicht tun«, meinte Draco.

Doch die aufmüpfige Flügelechse kam bereits auf Dolph zu, entschlossen, den Kraftmeier zu markieren. Hastig dachte Dolph nach. Er wollte seine Identität nicht preisgeben, hatte aber auch keine Lust, auf sich herumtrampeln zu lassen. Er hatte bemerkt, daß die Drachen hier ihr Feuer nicht einsetzten. Es sollte hier wohl keine Kämpfe geben, doch anscheinend war es schon gestattet, daß man einander ein wenig herumschubste, um zu sehen, wer der Stärkere war.

Nun, damit konnte er leben. Dolph nahm einfach die Gestalt eines größeren Feuerfliegers an. Als der Drachenhahn immer noch näher kam, wurde er noch größer, bis er schließlich größer war als der andere. Er hob einen Fuß.

Überrascht blieb der Drachenhahn stehen. »Der ist größer, als er aussieht!«

»Ja, er wächst mit jeder Herausforderung«, meinte Draco mit einem stillen Anflug von Humor, und die umgebenden Ungeheuer kicherten rauchig.

Dem Drachenhahn fiel plötzlich ein, daß er noch woanders etwas zu tun hatte, wie es Muskelprotze meistens taten, wenn sie feststellten, daß ihr Gegner ihnen überlegen war.

Nun ließen Trompetenschwäne eine Fanfare ertönen. Sofort verstummte alles. Die Zeremonie würde beginnen!

»Wir werden nun die anwesenden Honoratioren vorstellen«, brüllte eine Mantikora. Dieses Ungeheuer war so groß wie ein mundanisches Pferd, es besaß den geteilten Schwanz eines Skorpions, den Körper eines Löwen, die Flügel eines Drachen und den Kopf eines Menschen mit einer dreifachen Zahnreihe in jedem Kiefer. Seine Stimme klang merkwürdig melodisch, sie erinnerte entfernt an eine Trompete oder Flöte, und sie besaß ein außerordentliches Volumen. Dolph kam auf den Gedanken, daß die dreifache Zahnreihe damit zu tun haben könnte. Mit Sicherheit war dies jedenfalls ein lautes und furchterregendes Ungeheuer!

Nun setzte geordnetes Durcheinander ein, als sich die Honoratioren aufstellten. Dann ertönten erneut die Fanfaren. »Komodo ei Dechs, Prinz der Inseln von Indon Echsien«, flötete die Mantikora. Prinz Komodo trat hervor, ein Drache bescheidener Größe mit beinahe unsichtbaren Flügeln. Dolph mußte zweieinhalb Male hinsehen, um sie überhaupt zu erblicken. Aber natürlich existierten sie, weil zu dieser Zeremonie ja nur Flügelungeheuer zugelassen waren.

»Baron Haulass von Shetland«, trompetete die Mantikora, worauf ein geflügelter Esel hervortrabte.

»Herzog Drachenschwanz von Stumpfwitz.« Und ein beeindruckender Drache trat vor, der seinen schlangenähnlichen Schwanz nachschleppte.

»Dampfer von Stover.« Dies war ein Drache der raucherzeugenden Art, die eigentlich zu den Landbewohnern gehörte, Dampfer besaß aber noch Flügelreste.

»Schnauzschnauze von Synchronetz.« Diesmal handelte es sich um ein merkwürdig öliges Ungeheuer mit leuchtenden Chromzähnen.

»Stanley Dampfer, der frühere und zukünftige Spaltendrache.« Fast hätte Dolph laut aufgeschrien, denn er kannte Stanley von früher, er war schließlich einmal Ivys Haustier gewesen. Doch inzwischen war Stanley fast erwachsen, und schon bald würde er wieder seinen eigentlichen Wohnort in der Spalte beziehen. Dolph hielt den Mund, denn wenn er mit Stanley geredet hätte, hätte er sich dadurch verraten.

»Xap Hippogryph, der Brautvater.« Auf ihn achtete Dolph besonders, denn noch nie hatte er Chex' Vater zu Gesicht bekommen. Xap besaß den Kopf und die Flügel eines Greifs und den Körper eines Pferds, genau wie ein fehlgeleiteter Zentaur, aber er war ein außerordentlich attraktives Wesen. Dolph fiel ein, daß Chem, die Brautmutter, nicht anwesend sein würde, weil sie eine gewöhnliche Zentaurin ohne Flügel war. Das war bedauerlich. Vermutlich würde es später woanders noch einen Empfang geben, an dem sie teilnehmen konnte. Dolph hatte gehört, daß die Zentaurengemeinde etwas gegen Artvarianten hatte, deshalb hatten sie Chex auch nicht willkommen geheißen. Deshalb hatten die Flügelungeheuer sie adoptieren müssen. Trotz allem, was Dolph bisher über Ungeheuer gehört hatte, merkte er, daß sie ihm langsam immer besser gefielen.

Und so ging es weiter, während Greife, Schimären, Harpyien, Rokhs, geflügelte Pferde und eine Vielzahl von Drachen auf die Bühne traten, um vorgestellt zu werden – und das waren nur die Honoratioren. Die Mehrzahl der teilnehmenden Ungeheuer waren Feld-Wald-und-Wiesen-Wesen, genau wie er selbst in seiner gegenwärtigen Verkleidung. Manche davon wirkten dennoch sehr ungewöhnlich, beispielsweise der geflügelte Zombiedrache und das Greifskelett aus dem Kürbis. Es war ein beeindruckender Anblick.

Schließlich war es Zeit für die eigentliche Hochzeit. Die Ungeheuer bildeten einen großen Kreis, und eine seltene geflügelte Meerjungfrau sang ein Sololied von solcher Schönheit und Wehmut, daß so ziemlich alle anwesenden Ungeheuer sich am liebsten ins stürmische Meer gestürzt hätten, während Dolph einen schrecklichen Anfall von Bedauern darüber erlitt, daß er die Meerfrau Mela zurückgelassen hatte. Ihm fiel ein, daß alle Meerjungfrauen von Sirenen abstammen mußten, und alle konnten sie sehr betörend singen, wenn sie wollten. Die Mutter dieses Exemplars mußte offenbar ein Flügelwesen betört haben, so daß als Ergebnis diese Kreuzung herausgekommen war, die noch als Flügelungeheuer durchging. Jedenfalls wirke sie äußerst bezaubernd!

Dann flog die Meerjungfrau zu einem großen Wasserbehälter, den man für sie bereitgestellt hatte, weil es ihrem Schwanz unlieb war, wenn er austrocknete; offensichtlich besaß sie zwar Flügel, verfügte aber nicht über die Fähigkeit, aus ihrer Schwanzflosse Beine zu machen. Das war bedauerlich. »Und nun der Simurgh«, flüsterte Draco. »Sei bloß still.«

Dolph war erstaunt. Er hatte dieses weibliche Wesen im Webteppich gehört. Es war der älteste und weiseste aller Vögel, so alt, daß er schon dreimal die Zerstörung und die Wiedererneuerung des Universums mitangesehen hatte. Der Simurgh saß auf einem Ast vom Samenbaum auf dem Berg Parnaß, und er bestimmte, wo all die Samen hinkamen. Dolphs Mutter besaß viele seltene und wunderbare Samen, die ihr vom Simurgh geschenkt worden waren, aber noch nie hatte er davon gehört, daß der große Vogel einem gesellschaftlichen Ereignis beigewohnt hätte.

Erwartungsvoll schwiegen die Ungeheuer, nicht das leiseste Knurren störte die Stille. Alle Augen waren auf eine riesige hölzerne Sitzstange gerichtet, die man auf einer Seite der Lichtung aufgebaut hatte. Sie bestand aus mehreren dicken Baumstämmen, die mit Gewirrbaumtentakeln zusammengebunden waren.

Im Süden erschien ein leuchtender Vogel von der Größe

eines Rokh, so schnell und sicher war sein Flügelschlag, daß es keinen Zweifel daran gab, daß er wußte, wohin er flog. Die Federn des weiblichen Ungeheuers sahen wie Schleier aus Licht und Schatten aus. Der Kopf schien von Feuer gekrönt zu sein, so schillernd funkelte er. Es war der prächtigste Vogel, von dem Dolph je hätte träumen können. Er war weiblichen Geschlechts, und Dolph hatte ihr Bild zwar bereits im Webteppich gesehen, aber die Wirklichkeit war noch viel überwältigender. Es lag nicht allein an der Größe und an der Farbe, der Simurgh besaß eine *Präsenz,* die immer deutlicher zu spüren war, je näher er kam.

Sauber setzte sie auf der Landestange auf, die, ebenso wie das ganze Plateau, zu beben begann. Dann legte sie die phänomenalen Flügel an, entspannte sich und blickte um sich. Ihr Blick schien jedes der anwesenden Ungeheuer persönlich zu berühren, und alle senkten respektvoll den Kopf. Selbst Dolph wurde von ihm getroffen: Obwohl er eine der winzigsten Kreaturen hier war, verloren inmitten der Ungeheuerschar, sah sie ihn doch.

WAS TUST DU HIER, PRINZ DOLPH? fragte sie ihn im Geist. DU BIST DOCH GAR KEIN UNGEHEUER!

Sie erkannte ihn! Sie wußte, daß er hier unberechtigterweise eingedrungen war! Dolph wollte antworten, doch mit ihren mächtigen Gedanken brachte sie ihn sofort zum Schweigen. DAS WAR NUR RHETORISCH GEFRAGT, GUTES KIND. BERUHIGE DICH UND LERNE.

Dann wandte sie einem anderen Wesen ihre Aufmerksamkeit zu, und er konnte sich entspannen. Welch eine Erfahrung! Der Simurgh hatte ihn inmitten der Menge sofort erspäht und gleich durchschaut. Er begriff, daß sie mit einem Blick nicht nur ihm, sondern auch alle anderen Wesen erkannt hatte.

FAHRT FORT, dachte sie und schickte den Gedanken an die ganze Versammlung.

Nun erschien zum ersten Mal der Bräutigam: Cheiron Zentaur, ein stattlicher Zentaurenhengst mit großen, angelegten Silberschwingen und goldenen Hufen. Seine Mähne war säuberlich gestriegelt, ebenso sein Schweif; jedes Haar lag an seinem Platz. Sowohl sein menschlicher als auch sein pferdischer Teil war muskulös. Langsam schritt er erst auf die Zentaurin zu, dann drehte er sich um, um sich vor dem Simurgh aufzubauen, seine Miene wirkte gelassen.

Die Bläser spielten den Hochzeitsmarsch. Auf der gegenüberliegenden Seite öffnete sich ein Gang zwischen den Feiernden, und Chex kam gemessenen Schrittes heran. Wieder mußte Dolph staunen. Sie war völlig verändert. Kaum einen Tag war es her, da hatte er sie als weibliche Zentaurin mit Flügeln kennengelernt, als Marks Freundin. Nun strahlte sie vor Schönheit. Ihre braune Mähne war so gut gestriegelt, daß sie glühte, und sie trug ein Diadem aus leuchtenden Rosen auf dem Kopf, das ihre Augen betonte. Ihre Flügel besaßen dieselbe Farbe wie ihre Augen, so grau wie der bewölkte Himmel, und jede ihrer Federn schimmerte. Ihr Fell glänzte von den Brüsten bis zur Flanke, und in ihrem Schweif hatte sie sogar einen Kranz Vergißmeinnicht eingeflochten. Sogar ihre vier Hufe waren sauber und funkelten wie Spiegel.

Endlich stellte sich Chex neben Cheiron auf. Sie gaben ein vollkommenes Paar ab: Er, der so kühn und stark wirkte, sie dagegen so lieblich und anschmiegsam.

MEINE LIEBEN UND GELIEBTEN LUFTUNGEHEUER, sendete der Simurgh ihnen allen seine Gedanken, WIR HABEN UNS HIER VERSAMMELT, UM DIESEN ZENTAURENHENGST UND DIESE ZENTAURENSTUTE DURCH DAS BAND DER EHE MITEINANDER ZU VEREINEN. NIEMAND HAT EINWÄNDE DAGEGEN VORGEBRACHT. AUS DIESER VERBINDUNG WIRD JEMAND HERVORGEHEN, DESSEN LEBEN DEN LAUF DER GANZEN GESCHICHTE XANTHS VERÄNDERN WIRD, UND IHR ALLE WERDET DIESES WESEN SCHÄTZEN UND VOR SCHADEN BEWAHREN. LASST MICH EUREN EID HIERZU VERNEHMEN.

Plötzlich endete das Schweigen, als jede Kreatur auf dem Plateau zustimmend knurrte. Dolph verstand die Sache nicht ganz, deshalb hielt er sich zurück; wie konnte er sich auf einen Eid einlassen, dessen Auswirkungen er gar nicht kanne?

DU AUCH, PRINZ DOLPH, DU VOR ALLEN ANDEREN, sandte der Simurgh ihm allein seine Gedanken. Der Geist dieses Wesens strahlte die Aura unendlicher Wichtigkeit aus, als bündelten sich die Gezeiten der Geschichte aus der Vergangenheit in die Zukunft und wieder zurück auf unaufhaltsame Weise in diesem Augenblick. Nun wußte er, ohne es zu verstehen, warum der Simurgh gekommen war, um dieser Zeremonie vorzusitzen; sie war für jene Dinge wichtig, die sie allein vollständig begriff.

Wieder wurde Dolph sich der Zeremonie bewußt, die nun fortgesetzt wurde; der Simurgh hatte nicht gewartet, bis seine Gedanken ihrer jungen Bahn gefolgt waren.

... UND WILLST DU, BEZAUBERNDE STUTE, DIESEN HENGST ZUM PARTNER NEHMEN?

»Das will ich«, stimmte Chex zu.

DANN ERKLÄRE ICH EUCH KRAFT JENER MACHT, DIE MIR DURCH DAS ZUTEILGEWORDEN IST, WAS ICH BIN, ZU EINEM PAAR. KÜSST EUCH.

Pflichtschuldigst umarmten Braut und Bräutigam einander und küßten sich. Die versammelten Ungeheuer zollten donnernden Applaus.

Der Simurgh breitete die Flügel aus und hob ab. Einen Augenblick später flog sie bereits hoch am Himmel, im nächsten verschwand sie auch schon in Richtung Horizont.

VERGISS ES NICHT, GUTES KIND, erreichte Dolph ihr Abschiedsgedanke. Er wußte, daß er es nicht vergessen würde, aber könnte er diese Worte auch jemals verstehen?

Dann lösten Cheiron und Chex sich voneinander, und eine Harpyie erhob sich. Zu seiner Überraschung sah Dolph, daß es sich um ein männliches Exemplar der Gattung handelte; so etwas hatte er noch nie gesehen.

»Vor Beginn der Feierlichkeiten bitte ich noch kurz um eure Aufmerksamkeit«, rief der Harpyienhahn. »Ich bin Hardy Harpyie, und ich bin hier, um meine Tochter Gloha vorzustellen, die die Geschenke ansagen wird.«

Nun schwang sich das Kind in die Lüfte. Es war ein schönes kleines Koboldmädchen mit den Schwingen eines Vogels. Ein flugfähiger Mischling, daher ein Flügelungeheuer, obwohl man sich kaum etwas weniger Ungeheuerliches hätte vorstellen können. Gloha – Dolph kramte in seinem Gedächtnis, bis ihm wieder einfiel, daß es mal einen Romanze zwischen Harpyienhahn und Koboldfrau gegeben hatte, die beinahe einen Krieg ausgelöst hätte. Das Koboldmädchen war Gloria gewesen, aus der Verbindung von Gloria und Hardy war also Gloha hervorgegangen.

»Als erstes«, piepste Gloha nervös, »vom Simurgh: Drei Samen.« Sie atmete tief ein und schien den Faden verloren zu haben, denn Hardy mußte ihr etwas ins Ohr flüstern. »Ach, ja: bitte den Umschlag.«

Ein geflügeltes menschliches Skelett trat mit einem Samenpäckchen in der Hand vor. Er reichte es Gloha, die es öffnete und hineinspähte. »Die Samen des Lebens, der Liebe und des Lernens«, sagte sie und reichte den Umschlag an Chex weiter. Die Ungeheuer knurrten Anerkennung. Das war wirklich ein beachtliches Geschenk! Dolph fragte sich, ob Chex diese Samen wohl zu seiner Mutter Irene bringen würde, damit sie ihr dabei half, sie keimen zu lassen. Irene besaß als Talent den Grünen Daumen; sie konnte alles zum Wachsen bringen, und zwar sofort.

»Und, und …« verkündete Gloha nach weiterer Erinnerung, wobei sie etwas von dem zweiten Umschlag ablas, den das Skelett ihr gereicht hatte, »von den Gastungeheuern, die hier ver- ver …« Wieder eine Hilfestellung durch ihren Vater. »Versammelt sind; ein Urlaub auf der Honigseite des Mondes. Ein Honigmond!«

Noch lauteres Gebrüll der Zustimmung. Jeder wußte, daß der Mond aus grünem Käse bestand, jedenfalls die Seite, die auf Xanth herabblickte, und manchmal stank er ziemlich stark, angewidert von dem, was er unten zu sehen bekam. Doch die andere Seite war süßer Honig geblieben, woraus auch der ganze Mond einmal bestanden hatte. Es hieß, daß dies einer der schönsten Orte überhaupt sei, doch um dorthin zu gelangen, bedurfte es soviel Magie, daß sich kaum jemand mal die Mühe machte. Die Ungeheuer mußten ihre gesamte überschüssige Magie zusammengelegt haben, um dieses Geschenk zustande zu bringen!

Das Skelett überbrachte den dritten Umschlag. »Und hier, von den Kürbisungeheuern, von der Mähre Imbri zu überbringen; ein ganzes Jahr voll süßer Träume.« Und als die Ungeheuer zustimmend brüllten, sah man einen huschenden Schatten in Gestalt eines unsichtbaren Pferds. Die Mähre Imbri war genaugenommen zwar kein Flügelungeheuer, aber jedermann kannte und mochte sie wegen der angenehmen Tagträume, die sie brachte, und da kein gewöhnliches Ungeheuer diese überbringen konnte, wandte auch niemand etwas gegen ihren Auftritt hier ein.

»Und nun frage ich euch«, rief Hardy Harpyie, »wollen wir uns jetzt damit langweilen, daß wir eine Gratulantenreihe bilden, oder wollen wir nicht lieber gleich mit der Zucht weitermachen?«

Ein ohrenbetäubendes Brüllen – die Ungeheuer waren nicht für Langeweile. Aufgeregt hörte Dolph zu: Er hegte den starken Verdacht, daß das etwas mit dem Storch zu tun haben würde. Ob er wohl jetzt sehen würde, wie die Erwachsenen ihn riefen?

Doch er hatte Pech. Cheiron und Chex dankten der Versammlung, dann breiteten sie die Flügel aus und reisten zum Mond ab, der nun in all seiner vollen Pracht einen Sonderauftritt bei Tag gab, damit das glückliche Paar ihn bequem erreichen konnte.

Als die Zentauren über die Schar hinwegflogen, warf Chex noch einen kurzen Blick auf ihre Freunde. Sie erblickte Dolph, ihre Augen weiteten sich. *Sie erkannte ihn!* Doch dann wandte sie den Blick ab, und schon bald sah man die Umrisse des Paars vor der großen, hell leuchtenden Kugel des Mondes. Chex, dieses wunderbare nette Wesen, hatte beschlossen, ihn nicht zu verraten.

Nun kehrte die Mantikora auf die Bühne zurück. »Jetzt wird gefeiert!« flötete sie. »Erfrischungen stehen auf der Nordseite bereit; es gibt jede Menge Aas zu fressen! Spiele finden an der Südseite statt. Auf zu *Kerker & Drachen*!«

Nun brach ein Chaos aus, als die Ungeheuer auseinanderstoben. Dolph sah zwei Greife, einen männlichen und einen weiblichen, die zusammenkamen, und plötzlich wußte er, daß sie sich darauf vorbereiteten, den Storch zu rufen. Gerade wollte er genauer hinsehen, als ihn eine Stimme rief.

»He, dafür bist du noch nicht alt genug!« Draco packte ihn mit einer Pratze. »Zeit für die Spiele!«

Dolph unterdrückte ein Schimpfwort. Selbst die Ungeheuer machten bei der heimtückischen Verschwörung der Erwachsenen mit! Was war denn an der Sache nur so schrecklich, daß man es keinem Kind gestattete, sie zu sehen?

Also bahnten sie sich ihren Weg zu den Spielen. Doch da tauchte ein neues Problem auf. Eine Gewitterwolke versuchte, die Party ins Wasser fallen zu lassen! König Cumulo Fracto Nimbus hatte die Aktivitäten erspäht und war prompt herbeigeeilt, um ihnen einen nassen Pelz zu verschaffen.

Unter den Ungeheuern machte sich Empörung breit. Es waren viel zu viele, als daß sie noch rechtzeitig hätten davonfliegen können. Außerdem wollten sie nicht, daß ihre Freude am Feiern verwässert wurde. Was sollten sie tun?

»Weißt du«, sagte Dolph zu Draco, »hier sind doch alle geflügelt. Ich wette, wenn sich alle mit den Flügeln schlagen, könnten sie Fracto wegwehen.«

»Also, das ist wirklich eine prima Idee!« meinte Draco. »Es ist wohl besser, wenn ich sie gleich weitersage, denn wenn du das tust ...«

»Richtig«, stimmte Dolph zu. Er wollte keine Aufmerksamkeit erregen!

Draco hob die Schnauze und stieß ein feuriges, Aufmerksamkeit heischendes Hupen aus. »Laßt uns in Reihe antreten und das alte Nebelgesicht vom Himmel pusten!« knurrte er. »Es wird Zeit, daß dem Kerl jemand Manieren beibringt!«

Diese Idee behagte den anderen. Schnell organisierten

sich die Ungeheuer. Die kräftigsten und größten bildeten am Rande des Plateaus eine Reihe, während die kleineren sich nach hinten verdrückten. Alle Ungeheuer schlugen ihre Krallen in den Boden und packten Schlamm, Wurzeln und Steine, damit sie nicht abhoben. Dann stießen die Trompetenschwäne immer wieder eine kurze Signalmelodie aus. Die drei Rokhs begannen mit den Flügeln zu schlagen, und schon bildete sich der erste Wind.

Je mehr sie sich mit ihrer Aufgabe anfreundeten, um so heftiger wurde dieser Wind. Es war wie ein riesiger Fächer, jenes magische Instrument, das eine Brise erzeugte, wenn man es wedelte. Der Luftstrom verdichtete sich und schob sich gegen die nahende Wolke, drückte sie zurück.

König Fractos Nebelgesicht umwölkte sich, als er auf diesen Widerstand traf. Er stieß ein donnerndes Brüllen aus, und aus seinem Hinterteil schossen schroffe, spitze Blitze hervor.

Aber er war ein Dämon der Luft, und es war die Luft selbst, die sich für ihn in die falsche Richtung bewegte. Gegen diesen massiven, von den Ungeheuern erzeugten Luftstrom kam er nicht an.

Langsam wurde Fracto fortgeschoben. Sein Gesichtsausdruck war furchterregend, als er merkte, daß er den kürzeren gezogen hatte.

Noch nie hatte Dolph eine so grimmige und finstere Wolke gesehen. Sie hatten Fracto das Spiel verdorben. Diese Feier würde er nicht einfach wegspülen.

Schließlich gab die bösartige Wolke auf und schwebte davon, um anderswo Unheil zu stiften. Die Ungeheuer jubelten knurrend. Dann bauten sie ihre Windmaschine wieder ab und kehrten zur Feier zurück.

Dolph war zufrieden. Auf seine eigene, kleine Weise hatte er eben jene Führungsqualität bewiesen, die man von einem zukünftigen König erwarten konnte, auch wenn er nicht den Ruhm dafür einheimsen durfte. Nun, da er diese Ungeheuer näher kennengelernt hatte, mochte er sie, und er war froh, daß er an dieser Veranstaltung hatte teilnehmen können. Außerdem hatte er die Sache mit dem Feuerwasseropal erledigt, denn Draco würde ihn ihm nun zurückgeben.

Dolph konnte sich nichts mehr vorstellen, was seine Zufriedenheit hätte verderben können. Das ganze Ereignis hier war ein einziger, riesiger Erfolg gewesen. Doch er wußte nicht alles ...

9

KOBOLDE

Verstimmt machte Mark Knochen es sich im Drachennest bequem. Die Sache schmeckte ihm überhaupt nicht. Er hätte es nicht zulassen dürfen, daß Dolph der Zeremonie beiwohnte; der Junge war erst neun Jahre alt, was nach menschlichen Maßstäben noch sehr jung war, und ohne die Aufsicht eines Erwachsenen konnte er in alle möglichen Schwierigkeiten geraten. Draco schien zwar ein Drache von Ehre zu sein, folglich würde er das Abkommen wohl nicht brechen, aber es würde dort jede Menge anderer Ungeheuer geben, die sehr hungrig waren und sich nicht dazu verpflichtet hatten, einen solchen Leckerbissen auszulassen. Doch selbst wenn man Dolph nicht enttarnen sollte, könnte es noch eine Menge anderer Schwierigkeiten geben. Es handelte sich schließlich um eine Hochzeitszeremonie, und die Zentauren waren dafür berüchtigt, wie offenherzig sie mit natürlichen Funktionen umgingen; was, wenn jemand beispielsweise in Gegenwart des Jungen das Geheimnis des Storchs preisgab? Das würde zwar

Dolphs Leib nichts anhaben, aber seine Seele könnte dadurch einen nie wieder gutzumachenden Schaden erleiden. Aber selbst wenn Dolph unversehrt an Leib und Seele zurückkehren sollte, blieb da immer noch die Sache mit dem Feuerwasseropal. Der Waffenstillstand war nur vorübergehend; wenn er erst einmal endete, würde es wieder zur Schlacht kommen, und die Kräfte schienen auf beiden Seiten einigermaßen gleich verteilt zu sein. Mark hatte geglaubt, daß der Junge eine Gestalt annehmen würde, die den Drachen besiegen könne; sonst hätte er von Anfang an mehr Vorsicht walten lassen. Aber Draco war ein ungewöhnlich raffinierter Drache, und dies hier war sein Revier. Angenommen Dolph beging einen Fehler und erlitt schwere Verwundungen? Königin Irene würde zwar über den Webteppich aus Schloß Roogna zuschauen, aber ihre Rettungsmöglichkeiten blieben eng begrenzt. Sie würde Hilfe schicken müssen, vielleicht einen Mann mit einnem Drachennetz, aber würde die auch rechtzeitig eintreffen? Das bezweifelte Mark ernsthaft. Diese Queste war ihm inzwischen gründlich aus dem Ruder gelaufen!

Aber die Ereignisse hatten sich viel zu sehr überstürzt, als daß er ihrer mit seinem hohlen Kopf hätte Herr werden können, und der Junge war einfach zu der Zeremonie fortgegangen. So töricht das auch gewesen war, konnte Mark den Jungen doch gut verstehen. Chex war eine prächtige Stute, und es war wahrscheinlich, daß es auch eine prächtige Hochzeit werden würde. Die sture Zentaurengemeinde würde einem solchen Ereignis natürlich nicht ihren Segen erteilen. Mark konnte nicht begreifen, warum ausgerechnet die Zentauren, die doch ganz offensichtlich eine Kreuzung zwischen Menschen und Pferden waren, so sehr auf Reinhaltung der Art bestanden. Ähnlich konservativ standen sie zur Magie, ja, sie jagten jeden Zentaur ins Exil, der ein magisches Talent offenbarte. Doch wo wäre Xanth heute ohne Kreuzungen und Magie? Es wäre ebenso langweilig wie Mundania! Nicht nur, daß die Mundanier beides nicht praktizierten, sie hielten auch nichts davon für möglich.

Nun, wenn er schon warten mußte, konnte er wenigstens in dieser Zeit den Feuerwasseropal suchen. Natürlich würde er ihn nicht entwenden; er hatte eingewilligt, auf das Nest aufzupassen, solange der Drache fort war, auch wenn man ihm diese Einwilligung aufgezwungen hatte. Nach ihrer Rückkehr und bei Aufnahme der nächsten Schlacht aber würde man den Edelstein brauchen. Vorausgesetzt, daß Dolph siegte – und er mußte natürlich siegen, denn sonst würden sie Grazi nicht mehr aus der Gewalt der Meerfrau befreien können.

Grazi. Das war wirklich ein netter Gedanke! Mark merkte, daß schon eine sehr lange Zeit vergangen war, seit er den Kürbis verlassen hatte und mit ihm seine eigene Art; der Gedanke an eine Gefährtin behagte ihm sehr. Grazi hatte die wohlgeformtesten Knochen, die er je gesehen hatte. Natürlich würde sie schon bald in den Kürbis zurückkehren – und doch hatte sie eine vorzeitige Rückkehr schon einmal abgelehnt. Dolph hatte bewiesen, daß er eine Kürbisgestalt annehmen konnte, so daß Grazi jederzeit nach Hause zurückkehren konnte. Aber warum hatte sie es dann nicht getan?

Es war äußerst verlockend zu glauben, daß sie Marks Gesellschaft ebenso faszinierend fand wie er ihre. Mark war schon sehr lange verloren gewesen, bevor man ihn wiedergefunden und nach Xanth gebracht hatte. Etwaige romantische Erfahrungen hatte er inzwischen schon längst vergessen. Sein Leben außerhalb des Kürbisses hatte sein Bewußtsein vertieft, erweitert und verändert, so daß er inzwischen gar kein echtes Kürbiswesen mehr war. Er wußte, daß er nun kein besonders großes Geschick mehr besäße, wenn es darum ginge, Alpträume zu konstruieren; keine Nachtmähre, die noch etwas auf sich hielt, würde seine Bemühungen akzeptieren. Ja, er jagte den Leuten nicht einmal mehr Schrecken ein! Daher war es durchaus möglich, daß er auf Grazi keinen Eindruck gemacht hatte. Aber sie hatte ihn beeindruckt, und wenn sie sich dazu entscheiden sollte, länger in Xanth zu bleiben …

Abrupt wurde sein Gedankengang durch ein bedrohliches Geräusch unterbrochen. Einen Augenblick lang rasselten die verblassenden Gedanken noch durch seinen Schädel, bevor sie davonstoben. Er richtete seine Aufmerksamkeit auf das Geräusch.

Es war ein leises Klopfen, irgendwo in der Höhle. Auch die Fledermäuse hatten es vernommen. »Warst du das, du fauler Knochen?« zwitscherte Brick Fledermaus.

»Nein, Flattermann«, erwiderte er.

»Hör mal, Hohlkopf, wenn du nicht in diesem Nest wärst, würde ich dir zeigen, was ein richtiger Flattermann ist! Warum unser Herr Draco dich dort oben duldet, wird mir immer ein Rätsel bleiben!« Die anderen Fledermäuse piepsten ihre Bekräftigung hinaus.

»Das liegt daran, daß du nur ein Mäusehirn bist«, erwiderte Mark hämisch. »Wirst du jetzt diesem verdächtigen Geräusch nachgehen oder nicht?«

Die Fledermaus schnatterte irgend etwas Unverständliches und flog davon, um die Sache zu untersuchen. Mark, plötzlich sehr nervös geworden, setzte seine Suche nach dem Feuerwasseropal fort. Ob hier irgendwer in Abwesenheit des Drachen das Nest plündern wollte?

Das Klopfen hörte nicht auf. Nach einer Weile kam eine Fledermaus herbeigeflogen und setzte sich auf den Nestrand. »He, Knochengerippe, das gefällt mir gar nicht«, gestand Brick. »Hört sich an, als würde jemand einen Tunnel durch die Wand graben.«

»Mir gefällt das auch nicht, Flattermaxe. Glaubst du, daß irgend jemand gmerkt hat, daß Draco fort ist? Ich könnte ihn mit meiner Pfeife zurückholen.«

»Blas nur nicht die Pfeife!« rief die Fledermaus. »Wenn er zurückkommt und wegen nichts und wieder nichts die Zeremonie verpaßt, wird er uns grillen.«

Mark war dazu geneigt, Bricks Urteil in diesem Punkt zu respektieren. Nein, einen falschen Alarm wollten sie wahrhaftig nicht auslösen. Nun waren sie Verbündete in ihrem Bestreben, Ärger zu vermeiden. »Könnte es ein Felswurm sein, der sich verirrt hat?«

»Felswürmer klopfen nicht, die malmen.«

»Dann sollen wir besser ein Ohr offenhalten«, entschied Mark. »Und vergiß nicht, falls es Ärger gibt: Wir sind auf derselben Seite, bis der Drache wieder da ist.«

»Mir bleibt auch gar nichts erspart, Kahlschädel«, erwiderte Brick und hob ab.

Mark setzte die Suche fort. Plötzlich entdeckte er ihn: einen wunderschönen Stein, der von flüssigem Feuer glitzerte. Der Feuerwasseropal!

Doch dann sah er genauer hin. Da lagen ja zwei! Er rieb sich mit einem Knochenfinger die Augenhöhle, aber die beiden Steine waren immer noch da. Er nahm sie auf. Es stimmte: Zwillingsopale. Welcher gehörte nun der Meerfrau?

Brick kam zurückgeflogen. »Wir haben Stimmen gehört. Jetzt wissen wir es genauer – es sind Kobolde!«

»Kobolde! Hier?«

»Die leben tiefer im Berg, unter den Naga. In der Regel kommen sie nicht so nahe heran.«

»Die Naga?«

»Schlangen. Die belästigen uns nicht, und die Kobolde belästigen sie nicht. Jedenfalls nicht viel. Aber wenn die Kobolde hierherkommen, kann es dafür nur einen Grund geben.«

»Die Edelsteine in diesem Nest.«

»Wie hast du das erraten, Hohlkopf?«

»Einfach nur Glück gehabt, Nachtschwärmer. Soll ich meine Pfeife blasen?«

Der Fledermäuserich überlegte. »Vielleicht sind es nur wenige. Damit kämen wir dann schon selbst zurecht. Wenn wir unsern Herrn Draco in einer unwichtigen Angelegenheit herbeirufen, zieht er uns die Flügel lang und läßt uns auf den Stalagmiten Gewaltmärsche veranstalten.«

»Gut, dann warten wir ab.« Es war offensichtlich, daß der Drache sich nicht wegen irgendwelcher Kleinigkeiten stören lassen wollte.

Brick flog davon. Mark setzte die beiden Opale ab und überlegte. Wenn die Kobolde kamen, mußten sie entweder gesehen haben, wie der Drache davonflog, oder sie hatten von der Zeremonie erfahren und ihren Überfall entsprechend geplant. Das wiederum bedeutete, daß sie wahrscheinlich ausgerüstet waren, um mit den Fledermäusen fertigzuwerden, die für sie ohnehin keine allzu große Gefahr darstellten. Aber wahrscheinlich wußten sie nichts von Mark. Konnte er das Nest allein verteidigen?

Er war sich dessen zwar nicht sicher, andererseits würde er aber auch jederzeit seine Pfeife blasen können, wenn er wirklich in Bedrängung geriet. Er wollte allerdings nicht daran schuld sein, daß Draco und Dolph die Zeremonie verpaßten; darüber würden beide äußerst zornig sein.

Das Klopfen wurde immer lauter. Nach einer Weile durchbrachen die Meißel die Wand, tief unten auf Höhe des Höhlenbodens. Gleißendes Licht schien herein. Kein Zweifel mehr: Die Kobolde waren auf Raubzug!

Der erste Kobold trat in die Höhle, er trug eine knatternde Fackel in der Hand. Die Fledermäuse griffen im Sturzflug an. Der Kobold fluchte und schlug nach ihnen, wedelte mit seiner Fackel. »Holt die Kapuzen raus!« schrie er in das Loch zurück, aus dem er hervorgetreten war. »Das Ungeziefer will Staub aufwirbeln!«

»Ungeziefer!« erwiderte Brick empört. »Hör mal zu, du Geröllschädel ...«

Aber die Kobolde ignorierten ihn. Immer mehr kamen in die Höhle, sie trugen Helme mit herabhängenden schweren Schutzklappen. Außerdem hatten sie Umhänge und Handschuhe an. Jeder dritte trug eine Fackel, die nicht nur als Lichtquelle, sondern auch als Waffe diente. Die Fledermäuse griffen zwar unentwegt an, kamen aber nicht weiter; gegen diese Schutzkleidung konnten sie nichts ausrichten, und das Feuer der Kobolde wirkte sich verheerend auf ihre Flügel aus.

Es schien ein halbes Dutzend Kobolde zu sein. Mark gelangte zu der Einschätzung, daß sie keine ernsthafte Gefahr darstellten, weil sie unmöglich bis zum Nest des Drachen hinaufklettern könnten.

Da aber betraten weitere Kobolde die Höhle, sie führten lange Leitern mit sich, die sie unter das Nest schleppten. Die Räuber also waren außerordentlich gut vorbereitet.

Brick kam herbei, um sich mit Mark zu beraten. »Diese Haudegen sind auf alles gefaßt. Vielleicht solltest du jetzt doch lieber deine Pfeife benutzen.«

Doch Mark war zuversichtlich. »Sie wissen nicht, daß ich hier bin. Greift sie an, wenn sie emporsteigen; sie können nicht nach euch schlagen, ohne die Sprossen fahrenzulassen. Konzentriert euch auf ihre großen, empfindlichen Füße, die sind nicht gepanzert. Wenn einige von ihnen bis nach oben kommen, stürze ich einfach die Leitern um.«

Brick musterte ihn. »Langsam gefällst du mir schon besser, Knochengesicht.«

»Gleichfalls, Flederschnauze.«

Der Fledermäuserich verschwand. Schon bald mehrten sich unten die Flüche. Die Kobolde auf den beiden Leitern versuchten nach ihren eigenen Füßen zu schlagen und verloren dabei das Gleichgewicht. Wild um sich schlagend stürzten sie hinunter. Die Untenstehenden sahen lachend zu. Es kam zu Prügeleien, bis der Koboldhäuptling schließlich wieder die Ordnung herstellte.

Wieder erklommen sie die Leitern, diesmal in geordneter Reihe, wobei der Hintermann immer die Zehen seines Vordermanns deckte. Die Fledermäuse konnten diese Verteidigungslinie nicht durchstoßen.

»Was jetzt, Kahlzahn?« wollte Brick wissen.

»Laßt mich wissen, wenn sie kurz vor dem Ziel sind. Ich möchte so viele wie möglich in die Tiefe stürzen, vielleicht zerbrechen dabei auch noch die Leitern.«

»Wunderschön! Das hätte glatt von einer Fledermaus stammen können.«

»Glatt«, erwiderte Mark schiefmäulig und hielt den Kopf eingezogen. Sein Gegenangriff sollte als völlige Überraschung kommen.

»Jetzt!« verkündete Brick knapp.

Mark stand auf. Er drückte dem obersten Kobold auf der linken Leiter seiner Totenschädel ins Gesicht und brüllte: »Buh!«

»Huuuuh!« schrie der Kobold entsetzt. Er machte einen Satz zurück und verlor den Halt. Dabei stürzte er auf seinen Hintermann, der wiederum auf seinen, und so fielen sprossenweise die Kobolde von der Leiter, wobei jeder noch übler fluchte als sein Vorgänger.

Schnell schritt Mark zur rechten Leiter hinüber und tat noch einmal das gleiche. Doch der Kobold auf der obersten Sprosse besaß bessere Nerven. Er schrie nur seinerseits »Buh!« und wollte ins Nest klettern. So legte Mark Hand an die oberste Sprosse und stieß die Leiter beiseite. Die kippte erst sehr langsam, dann immer schneller, während die darauf stehenden Kobolde im Chor Entsetzensschreie ausstießen.

»Ich glaube, ich habe mich gerade verliebt!« zwitscherte Brick fröhlich.

Unten herrschte Chaos. Dann ertönte die Stimme des Koboldhäuptlings. »Ihr habt ein *was* gesehen?«

Mark war zufrieden. Er hatte schon geglaubt, daß er an Schrecken eingebüßt hatte, aber offensichtlich konnte er noch immer ein schlechtes Image von sich erzeugen.

Nach einer Weile verzogen sich die am schlimmsten verletzten Kobolde auf sicheres Gebiet, während neue an ihre Stelle traten. Mark wußte nicht genau, wie viele es inssamt waren, es mußten aber mindestens zwanzig sein. Wieder dachte er daran, seine Notpfeife zu betätigen, doch sein Umstürzen der Leiter war so erfolgreich gewesen, daß er sich nicht vorstellen konnte, daß hundert Kobolde mehr würden ausrichten können als zehn. Er würde eben jede weitere Leiter umkippen!

Doch dann begannen die Kobolde damit, eine andere Art von Apparat zusammenzusetzen. Weder Mark noch die Fledermäuse konnten feststellen, worum es sich dabei handelte. Er besaß eine Art Netz, einen Holzteil und irgendeine Art von Feder. Sie huschten umher und sammelten Steine ein; und dann holten sie sich auch vergnügt Schädel vom Knochenhaufen unter dem Nest. Was wollten sie nur damit?

Da bekam Mark die Antwort. »Fertig, zielen, Feuer!« rief der Koboldhäuptling. Ein Schädel flog plötzlich in hohem Bogen über das Nest.

Das war eine Riesenschleuder! Sie beschossen ihn mit Gegenständen. Das war gefährlich.

»Diese Artillerie müssen wir sofort ausschalten«, sagte er zu Brick.

»Und wie?« fragte die Fledermaus, als ein Felsbrocken vorüberflog. Langsam schossen die Kobolde sich ein.

Darauf wußte er jetzt auch keine Antwort. Inzwischen bauten die Kobolde unter ihrem neuen Feuerschutz ihre beiden Leitern wieder auf. Mark blieb in Deckung und hoffte, daß sie ihn nicht treffen würden, so lange sie ihn nicht sehen konnten.

Wieder machten sich die Kobolde an den Aufstieg. Mark kippte erst eine Leiter um, dann lief er zur zweiten hinüber und kämpfte mit dem obersten Kobold, der es schon fast ins Nest geschafft hatte. Wieder flog ein Schädel an ihm vorbei und verfehlte ihn nur knapp, weil er sich duckte. Es gelang ihm, das Wesen über den Nestrand zu stoßen, und so kippte auch diese Leiter wieder um. Es wurde zwar immer schwieriger, doch noch behielt er die Oberhand, und die Kobolde mußten einige Verluste hinnehmen.

»Hinter dir!« zwitscherte Brick.

Mark drehte sich um – und entdeckte eine dritte Leiter. Sie hatten die ersten beiden nur zur Ablenkung benutzt, während die dritte den Durchbruch schaffte. Er stürzte hin und stieß gegen den Kobold, der bereits ins Nest eingedrungen war. Das kleine Ungeheuer schlug die großen Zähne in Marks knochige Finger. Mark verpaßte ihm einen Stoß mit dem Knie und warf ihn schließlich aus dem Nest. Nach kurzem Kampf gelang es ihm, auch diese Leiter umzustürzen. Zufrieden hörte er das Geheul der in die Tiefe stürzenden Kobolde.

Doch inzwischen wurden die beiden anderen Leitern wieder aufgestellt. Mark sah ein, daß es ihm nicht gelingen würde, alle drei immer wieder abzuwehren. Es war Zeit, die Pfeife zu blasen.

Er hob den Finger ans Gesicht – und mußte feststellen, daß der Finger verschwunden war. Der Kobold hatte ihn abgebissen!

»Die Pfeife! Blas die Pfeife!« zwitscherte Brick.

»Kann ich nicht!« sagte Mark niedergeschlagen. »Er hat sie abgebissen.«

»Dann denk dir etwas anderes aus! Schnell!«

Mark versuchte es, aber sein Hohlkopf war nicht besonders gut für schnelles Denken ausgerüstet. Inzwischen waren alle drei Leitern wieder aufgestellt, und im Tiefflug sauste ein weiterer Schädel an ihm vorbei. Mark überlegte, daß sich die Kobolde inzwischen eigentlich hätten einschießen müssen; warum verfehlten die Projektile dann immer noch ihr Ziel? Da begriff er, daß die Gegner die Edelsteine im Nest nicht zerstören wollten.

Das brachte ihn auf den richtigen Gedanken. Sie waren gekommen, um sich die Edelsteine des Drachen zu holen; und er war hier, um sie zu bewachen. Aber er und die Fledermäuse waren nicht die einzigen Hüter.

Er beugte sich vor und nahm eine Handvoll Edelsteine auf. »Kobolde!« rief er. »Wollt ihr diese Steine haben? Ihr könnt sie bekommen. Nehmt die Leitern fort, sonst werfe ich sie weg!« Er hielt die Edelsteine in der linken Knochenhand; mit den rechten Knochenfingern nahm er einen glitzernden Diamanten und krümmte den Arm wurfbereit.

Die Kobolde hielten inne. Der Diamant funkelte im Fackellicht. Alles verstummte.

Da ergriff der Häuptling das Wort. »Der Kerl blufft nur! Der Stein würde bloß auf dem Boden landen. Wenn er nicht zerbricht, bekommen wir ihn sowieso. Beachtet ihn nicht!«

Sofort begann wieder das emsige Treiben. Kobolde kletterten die Leitern hinauf, während die anderen an der Schleuder einen weiteren Schädel wurfbereit machten.

Mark schleuderte den Diamanten durch die Höhle. In einem glitzernden Bogen sauste er über die Köpfe der Kobolde hinweg und verschwand mit einem Plantschen im Wasserloch. Erschrocken sahen die Kobolde zu.

»Zerbrochen ist er nicht«, rief Mark, »aber bekommen tut ihr ihn auch nicht! Was hältst du davon, Froschgesicht?« Er unterstrich seinen Hohn mit etwas Fingermagie.

»Holt den Stein raus!« schrie der Häuptling, der aus keinem erkennbaren Grund entsetzlich erbost zu sein schien.

Sofort sprangen drei stämmige Kobolde ins Wasser, hinter dem sinkenden Stein her. Doch sofort begann das Wasser aufgewühlt zu schäumen. Die drei machten kehrt und flogen förmlich aus dem Loch.

»Was ist los?« brüllte der Häuptling. »Warum habt ihr aufgegeben?«

Die drei Kobolde öffneten gleichzeitig den Mund. »Aua!« schrien sie im Chor.

Nun konnte man auch den Grund dafür sehen: In jedes Koboldhinterteil hatten sich die unzähligen Zähne eines Piranhas eingegraben.

»Ziemlich bissig, was, Schlammschnauze?« zwitscherte Brick Fledermaus. Leider verstanden die Kobolde ihn nicht; nur Mark konnte aufgrund seiner Erfahrungen im Kürbis Tiersprachen verstehen.

Der Häuptling überlegte. »Aber er kann sie nicht alle in das Gesöff schmeißen«, sagte er. »Stürzt euch auf ihn, krallt euch die Steine!«

Die Kobolde setzten sich wieder in Bewegung. Mark schleuderte eine dicke graue Perle in den Teich, dann einen Topas, doch das hielt die Kobolde nicht von ihrem Tun ab. Er schleuderte den Rest, den er noch in der Hand hielt, ins Wasser, dann nahm er eine weitere Handvoll auf. Wegen des fehlenden Zeigefingers konnte die Linke zwar nichts schleudern, dafür konnte er mit ihr aber wenigstens die Steine schaufeln.

Am Nestrand erschien ein Koboldkopf. Mark griff an und schleuderte ihn mit brutaler Gewalt zurück. Die Leiter stürzte, was die darauf befindlichen Kobolde mit einem Heidenlärm quittierten. Dann warf er noch mehr Steine in das Wasserloch. Doch schon bald mußte er einsehen, daß es viel zu viele waren, um sie in dieser verfügbaren Zeit beseitigen zu können; schon bald würden die Kobolde ihn überwältigen und sich den Löwenanteil am Schatz sichern.

»Fledermäuse!« rief er. »Kommt her, packt euch die Steine, schleudert sie in den Teich, wo die Fische sie bewachen können! Schnell, bevor die Kobolde sie erwischen!«

»Tut es!« zwitscherte Brick Fledermaus. Der gesamte Fledermausschwarm kam im Sturzflug heran, jedes der Tiere packte mit den Füßen so viele Steine, wie es nur konnte, und flog damit zum Wasser davon.

Die zornigen Kobolde auf den Leitern versuchten nach den Fledermäusen zu greifen, bekamen zum Dank aber nur Guanodünger ins Gesicht. Die Edelsteine verschwanden immer schneller. Inzwischen schleuderte Mark so viele Steine aus dem Nest, wie er nur konnte. Plötzlich hielt er inne: Soeben hatte er die beiden Feuerwasseropale aufgenommen. Sollte er die etwa auch wegwerfen? Das wäre doch eine Schande.

Dann griff ihn ein Kobold an, und er wich zurück, konnte die Steine nicht mehr von sich werfen. So tat Mark also das einzige, was ihm einfiel: Er verschluckte die Steine. Sie drangen in seinen Hohlschädel ein und rasselten darin umher, doch dort kamen die Kobolde wenigstens nicht mehr an sie heran.

»Schmeißt das Skelett raus!« rief der Häuptling. »Fackelt die Fledermäuse ab! Wir müssen den Rest der Steine kriegen!«

Ein Kobold jagte durchs Nest und verpaßte Marks Hüftknochen einen gewaltigen Tritt. »Aua!« schrie der Kobold und hüpfte auf einem Bein umher. »Ich habe mir den Fuß gebrochen!«

Mark aber flog bereits auseinander. Schnell überlegte er, welche Gestalt er beim Landen annehmen sollte. Ins Nest würde er nicht mehr zurückkommen, und außerdem waren die meisten Steine bereits fort; um an die besten heranzukommen, würden die Kobolde das Wasserloch trokkenlegen müssen. Das würden sie auch bestimmt versuchen, daher …

Er landete als starres Knochengitter, den Schädel in der Mitte, Hände und Füße an den Ecken. Er schlug auf dem Gestein auf und krachte gegen die harten Köpfe zweier Kobolde, die ihm im Weg standen. Der Zusammenprall verursachte allerdings weder ihm noch den Koboldköpfen Schmerzen, denn beide bestanden hauptsächlich aus Knochen.

»Fledermäuse!« rief sein Schädel. »Schleppt mich ins Wasser!«

»Wozu?« fragte Brick.

»Ich werde mich als Netz schützend über den Boden des Wasserlochs legen«, erwiderte er. »Dann können die Fische durch mich hindurchschwimmen, die Kobolde aber sind zu groß dazu.«

»Verstanden!« Unter seiner Anleitung gingen Hunderrte von Fledermäusen herunter und krallten sich an den Knochen fest. Dann hoben sie Mark auf, brachten ihn über das Wasser und ließen ihn hineinfallen.

»Macht mal Pause!« rief Mark, kurz bevor sein Schädel in den Fluten versank. »Ruht euch aus, denn *blubb, blubb, blubb*!«

Zu spät; sein Schädel war bereits versunken. Die Magie eignete sich zwar großartig zum Sprechen, hatte aber auch ihre Grenzen.

Der Boden des Wasserlochs war ähnlich beschaffen wie im oberen Teil der Höhle. Zahngleiche Stalagmiten reckten sich in die Höhe. Mark hatte beim Eindringen in die Höhle den Stalagmiten dazu benutzt, sich vorwärts zu ziehen. Nun tat er das gleiche, packte sie mit den Händen und ging in Position. Die meisten Edelsteine müßten sich hier in einer der großen Kuhlen befinden; ja, da sah er sie auch schon am Boden. Er ging tiefer, bis sein Gitterwerk alles bedeckte. Halt fand er an den Stalagmiten am Rand der Mulde.

»Und was, wenn ich fragen darf, hast du vor, mißgestalteter Mann?« fragte Perrin Piranha, der herbeigeschwommen war.

»Die Kobolde haben in Dracos Abwesenheit das Nest überfallen«, erkärte Mark. »Ich hatte eingewilligt, das Nest zu bewachen, aber es waren einfach zu viele Gegner. Deshalb haben wir die Edelsteine ins Wasser geworfen, wo ihr sie bewachen könnt.«

»Soviel erahnte ich bereits«, erwiderte Perrin. »Was mich jedoch verwundert, ist deine gegenwärtige Gestalt. Welch Zwecken dient sie wohl?«

»Die Kobolde haben Schutzpanzer gegen die Fledermäuse eingesetzt. Das werden sie auch gegen euch tun, oder sie werden versuchen, das Wasserloch trockenzulegen, um an die Edelsteine heranzukommen. Ich will sie daran hindern.«

»Oh, nun erahne ich deine Absicht! Wenn die Kobolde kommen, werden wir dein Gitter bewachen, bis mein Herr der Drache wiederkehrt.«

»Prima«, meinte Mark.

Es dauerte nicht lange, bis die Kobolde kamen. Zuerst ließen sie an Seilen kleine Körbe in der Hoffnung herunter, die Edelsteine damit herausbaggern zu können. Doch die Fische bissen einfach die Seile durch. Dann zogen die Kobolde Schutzkleidung an und wateten in das Wasserloch hinein. So sehr sie sich auch bemühten, konnten die Fische sich nicht bis zum empfindlichen Fleisch der Gegner durchbeißen. Die Kobolde stießen bis zu Marks Gitterwerk vor, wo sie stehenblieben. Sie konnten die darunterliegenden Juwelen sehen; tatsächlich waren einige Fische damit beschäftigt, weiter verstreute Edelsteine aufzusammeln und sie in dieses bewachte Loch zu transportieren. Doch konnten die Kobolde nicht an den Schatz herankommen. Sie stellten sich auf das Gitter und versuchten es abzureißen, was natürlich zwecklos war. Schließlich wateten sie wieder hinaus, um ihrem Anführer Meldung zu machen.

»Dein Stil behagt mir, Skelett«, sagte Perrin.

»Wir wollen nur hoffen, daß er auch genügt«, erwiderte Mark. »Denn Kobolde sind verdammt störrisch.«

»Du sprichst wahr«, stimmte der Fisch grimmig zu.

Und so war es tatsächlich. Schon kamen die Kobolde zurück, diesmal mit Haken, die sie unter Marks Knochen schoben. Deren Seile waren zu dick, als daß die Fische sie hätten durchbeißen können. Die Kobolde befestigten vier Haken und Seile und zogen sie straff.

Mark hielt sich mit aller Gewalt an den Stalagmiten fest, doch dann löste sich sein Griff, und er wurde aus dem Wasser gerissen. Nun sah er, daß die Kobolde aus ihrer Schleuder einen Flaschenzug gebaut hatten, an dem Dutzende von ihnen damit beschäftigt waren, die Seile zu ziehen, womit sie das Gitterwerk aus dem Wasser hievten.

Man legte ihn auf den trockenen Höhlenboden. »Und jetzt geht endlich mit euren Körben unter Wasser und holt diese Steine hoch!« befahl der Koboldhäuptling seinen Mannen. »Vergeßt nicht, wir haben nicht den ganzen Tag Zeit!«

War es inzwischen schon Tag? Das würde bedeuten, daß die Kobolde die ganze Nacht lang aufgehalten worden waren.

Wenn er sie auch noch über Tag aufhalten könnte, würde der Drache bald wiederkehren. Das war es, was er versuchen mußte.

Aber jetzt hatte er die Gestalt eines Gitterwerks, nutzlos lag er auf dem trockenen Boden herum und konnte seine Form nicht aus eigener Kraft verändern.

Die Kobolde für ihren Teil waren beschäftigt. Sie trugen die verbliebenen Juwelen aus dem Nest und schütteten sie in einen Kessel, der neben dem Häuptling stand. Der Häuptling war offenbar bestrebt, dafür zu sorgen, daß keiner der Kobolde sich etwas unter den Nagel reißen konnte; alles – auch die Edelsteine im Wasser – mußte an einer Stelle gesammelt werden.

Mark mußte eine Möglichkeit finden, den Kessel verschwinden zu lassen!

Er dachte sich eine neue Gestalt aus; schwieriger aber war es, sie auch einzunehmen. Was er brauchte, war ein kräftiger Tritt in den Hintern. Die Fledermäuse aber waren zu klein dazu.

Nun, immerhin hatten die Kobolde ihm schon einmal einen Tritt verpaßt. Vielleicht konnte er sie dazu bringen, es zu wiederholen. »He, Knollennase, wie geht's mit den Betrügereien?« rief er dem nächsten Kobold zu.

»Wie hast du mich gerade genannt?« wollte der Kobold wissen.

»Knollennase! Du hast mit Sicherheit den häßlichsten, schäbigsten Zinken weit und breit! Was meinst du dazu?«

»He, Jucklippe!« rief der Kobold einem Gefährten zu.

»Der Schädel sagt, daß ich den häßlichsten Zinken weit und breit habe!«

»Der lügt!« versetzte Jucklippe. »Den habe *ich*!«

Oh! Die Beleidigung gefiel ihnen sogar! Was sollte er jetzt tun?

Wenn er sie schon nicht beleidigen konnte, könnte er sie vielleicht eifersüchtig aufeinander machen. »Nein, so häßlich wie der bist du nicht annähernd«, rief er Jucklippe zu. »Verglichen mit ihm bist du schon regelrecht süß.«

Das saß. »Süß? *Süß?*!« rief Jucklippe. »Du hohlköpfiges Durcheinander von einem Gitterwerk, wie willst du so etwas überhaupt beurteilen können? Du würdest Häßlichkeit ja nicht einmal erkennen, wenn man sie dir ins kahle Gesicht schmierte!«

»Dafür würde ich aber einen Tritt in den Hintern erkennen!« versetzte Mark. »Aber so ein hübsches Jüngelchen wie du kann ja wahrscheinlich nicht mal ordentlich treten!«

»Nicht treten? Nicht *treten*? Dir werde ich's zeigen!« Und Jucklippe verpaßte ihm einen gewaltigen Tritt gegen das Schienbein.

Entzückt löste Mark sich in seine Einzelteile auf. »Weißt du eigentlich, daß du schön bist?« rief er zum Abschied. Dann landete er in seiner neuen Gestalt.

Nun war er ein feinmaschiger Korb aus Knochen. Sein Schädel befand sich an einer Seite, die Hände am oberen Korbrand, und dank seiner Magie war er jetzt wasserdicht.

»Fledermäuse!« rief er. »Hebt mich hoch, bringt mich zum Wasser und nehmt ein paar Fische mit auf. Könnt ihr das?«

»Natürlich können wir das!« rief Brick. Sie gingen auf dem Korbrand nieder und hoben ihn hoch.

»Fische!« rief Mark, als die Fledermäuse ihn ins Wasser hielten und er sich langsam zu füllen begann. »Kommt herein! Nicht loslassen, Fledermäuse!«

Perrin schwamm mit einer Schar seiner Anhänger in den Korb. Dann hoben die Fledermäuse diesen samt Wasser in die Höhe. Der Flug verlief zwar etwas zittrig, und das Wasser schwappte, aber sie schafften es. Mark erkannte, daß die Fledermäuse über irgendeine Erleichtereungsmagie verfügen mußten, ganz ähnlich wie Chem mit ihrem Schweifzucken, denn der volle Korb mußte mindestens soviel wiegen wie die Fledermäuse zusammen.

»Tragt uns zu dem Kessel hinüber!« rief Mark. »Und schüttet die Fische hinein!«

Die Fledermäuse taten, wie er befahl. Der schwappende Korb wurde über den Kessel geschwungen und gekippt.

»Was ist denn hier los?« fragte der Koboldhäuptling, nachdem er den Kopf gehoben hatte. Dann erkannte er Mark in seiner neuen Gestalt. »Du schon wieder? Dir werd' ich's zeigen!« Und er griff nach dem Rand des Korbs.

»Hinfort, Schurke!« rief Perrin und biß ihm in die Finger. Der Kobold zuckte so heftig zurück, daß er dabei in den Kessel stürzte. Und in diesem Augenblick schwang der Korb herum, ergoß das Wasser und die Fische auf ihn. Perrin und seine Mannschaft stürzten sich freßlustig auf den Kobold.

»Aaauuuuaa!« schrie der Kobold. »Holt mich hier raus!«

Die anderen Kobolde stürzten zum Kessel, um ihn herauszuziehen, doch die Piranhas schnappten nach ihren klobigen Fingern. So war es ihnen unmöglich, ihren Anführer zu packen.

»Schüttet den Kessel aus!« kreischte der Häuptling. »Gießt das Wasser aus!«

Denn er war klüger als die anderen und hatte begriffen, daß die Fische außerhalb des Wassers nicht voll funktionsfähig waren.

Seine Gefolgsleute kippten den Kessel pflichtschuldig um. Kobold, Wasser, Fische und Edelsteine ergossen sich auf den Boden. Die Fische bissen weiterhin auf alles ein, was ihnen zwischen die Zähne geriet, während der Kobold nach wie vor um sich schlug. Und so glitten alle gemeinsam den Hang hinunter und stürzten ins Wasserloch, wo sich die zurückgebliebenen Fische dem munteren Treiben anschlossen.

Schließlich bekamen die Kobolde ihren Häuptling zu

packen und zerrten ihn heraus. Die Fische ließen seine Arme, Beine, sein Hinterteil und seine Nase fahren und sprangen wieder ins Wasser. Inzwischen befanden sich die meisten Edelsteine wieder im Wasserloch, und so nahmen die Fische sie mit dem Maul auf und schafften sie in die Tiefe.

»Fledermäuse!« rief Mark. »Nehmt den Kessel auf und werft ihn ins Wasser!«

»Nein!« schrie der Häuptling. Doch inzwischen waren die Fledermäuse bereits herbeigeschwärmt, packten den Kessel und schleppten ihn zum Wasserloch. Dort füllte er sich sehr schnell und versank, während die Fische ihn hämisch bewachten.

»Das zahle ich dir noch heim!« schrie der Koboldhäuptling Mark zu. »Wir kommen nicht weiter, bevor wir dich losgeworden sind!«

»Hebt mich auf und bringt mich weg!« rief Mark den Fledermäusen zu. Doch die Kobolde waren schneller. Sie legten Hand an ihn und verscheuchten die Fledermäuse mit Hieben. Mark war gefangen.

»Nehmt ihn auseinander!« befahl der Häuptling.

Jetzt saß Mark in der Klemme. Wenn sie ihn traten, konnte er auseinanderfliegen und sich in irgendeiner anderen Gestalt wieder zusammenfinden. Wenn sie ihn aber einfach nur auseinandernahmen, war er so lange hilflos, bis sie ihn wieder zusammensetzten.

Er versuchte seine Gestalt zu bewahren, doch die Kobolde nahmen ihren Flaschenzug auseinander und stellten Brechstangen daraus her, die sie zwischen seinen Knochen ansetzten. Mark war zwar zäh, aber so zäh auch wieder nicht; als erstes lösten sie seinen Schädel, dann die anderen Knochen. Nach einer Weile hatten sie ihn in sämtliche Einzelteile zerlegt.

Der Häuptling nahm den Schädel auf. »Und was sagst du jetzt, Knochenkopf?« fragte er.

»Ich sage, daß du nicht allzu viele Edelsteine bekommen hast, Krampfnase!« versetzte Mark tapfer.

Der Kobold rüttelte den Schädel kräftig. »Aber jetzt werden wir sie schon noch bekommen, nicht wahr, Schüttelknochen? Ohne deine Hilfe werden uns die Fledermäuse und Fische nicht mehr aufhalten können.« Wieder schüttelte er den Schädel. »Was rasselt denn da so laut?«

Mark erinnerte sich an die beiden Feuerwasseropale, die er dort verstaut hatte. »Mein Gehirn, du Idiot!« fauchte er.

»Ich glaube, du hast dort ein paar Edelsteine versteckt. Nun, den Klunker bekommen wir schon. Wir bringen deinen Schädel zu uns nach Hause und brechen ihn auf.« Dann wandte er sich an seine Gefolgsleute. »Nehmt diese Knochen und diesen Schädel und bringt sie zum Hauptquartier!«

Mark begriff, daß er verloren war. Die Kobolde würden ihn vernichten, um die beiden Opale an sich zu reißen. Doch bis sie das getan hatten, würde der größte Teil des Tages vergehen. Mit jeder Stunde wurde es wahrscheinlicher, daß der Drache zurückkehren würde. Die meisten Edelsteine waren gerettet, es würde eine sehr schwierige und langwierige Aufgabe sein, die Steine aus dem Wasserloch zu holen, wo die Fische sie sorgfältig versteckt hatten. Er hatte getan, was er konnte.

Mit diesem Gedanken mußte Mark sich zufriedengeben, als man seinen Schädel ins Herz des Koboldreichs verbrachte.

10

NAGA

Sie erreichten den Berg Etamin in der Dämmerung. »Halt dich fest!« knurrte Draco, als er auf den winzigen Eingang zuflog, und Dolph tat wie ihm geheißen.

Doch als sie durch den mit Wasser gefüllten Teil der Höhle schwammen, stellten sie fest, daß die Fische in Aufruhr waren. Als Drachenschmetterling konnte Dolph die Fischsprache nicht verstehen, aber Draco reagierte sofort. Er stürzte in beachtlichem Tempo aus dem Wasserloch.

Dort schwebten bereits die Fledermäuse. Als Flugwesen konnte Dolph sie einigermaßen verstehen. »Kobolde!« riefen sie im Chor. »Überfall!« Kein Wunder, daß Draco so schnell reagiert hatte – Kobolde waren immer eine schlechte Nachricht!

Draco landete im Nest. Dolph nahm wieder Jungengestalt an. Entsetzt sahen die beiden sich einen Augenblick um. Das Nest war ein heilloses Durcheinander. Sein säuberlich angelegter Steinrand war auseinandergerissen worden, und sämtliche Juwelen waren verschwunden. Von

Marks Knochen fehlte jede Spur! Die Kobolde hatten wirklich saubere Arbeit geleistet!

Aufgeregt schnatterten die Fledermäuse. Dolph nahm eine Fledermausgestalt an, um sie besser zu verstehen. Nach und nach konnte er sich von den Geschehnissen ein Bild machen.

Kurz nachdem Draco und Dolph die Höhle verlassen hatten, waren die Kobolde eingebrochen. Mark hatte sie tapfer und mit viel Phantasie abgewehrt; er hatte die Fledermäuse und Fische angeführt, was ihre Bemühungen sehr viel effizienter gemacht hatte. Doch schließlich hatten die Kobolde ihn auseinandergenommen und in Einzelteilen fortgeschleppt. Zum Glück hatten sie dann kaum noch Zeit gehabt, um nach den Edelsteinen zu tauchen. Die Fische hatten sie sehr gut versteckt und griffen die Kobolde ständig an, so daß ihre Suche wenig erfolgreich war. Schließlich hatten sie nur einige wenige Steine erwischt, bevor sie fliehen mußten, um nicht dem Drachen bei seiner Rückkehr in die Hände zu fallen. Die meisten Edelsteine waren unter Wasser in Sicherheit, und auf Dracos Befehl würden die Fische sie wieder herbringen.

Draco wandte sich an Dolph. »Dein Freund war ein Held. Er hat meinen Schatz gerettet. Hätten die Kobolde meine Juwelen erst aus dieser Höhle geschleppt, hätte ich sie nicht mehr verfolgen können. Er hat meine Leute so eingesetzt, daß ich jetzt nur noch aufzuräumen brauche. Deshalb will ich dir aus Dankbarkeit den anderen Feuerwasseropal zusammen mit dem ersten geben. Ich werde die beiden von den Fischen sofort herbeibringen lassen.« Er flog zum Wasser, steckte den Kopf hinein und gab Anweisungen. Doch im nächsten Augenblick kehrte er unverrichteterdinge zurück, er sah verwundert aus. »Perrin sagt, daß diese beiden Opale nicht ins Wasser gelangt sind.«

»Die Opale?« zwitscherte Brick. »Das Skelett hat sie in seinem Kopf verstaut!«

»In seinem Kopf?« fragte Draco verwundert.

»Sein Kopf ist hohl«, erklärte Dolph in Fledermaussprache. »Ich verstehe nur nicht, warum er sie nicht auch ins Wasser geworfen hat.«

»Sie haben ihn mit den Opalen erwischt«, erklärte Brick.

»Aber danach ist er doch ins Wasser gegangen«, wandte Dolph ein. »Warum hat er sie dann nicht entfernt?«

»Das konnte er nicht«, fuhr Brick fort. »Er hat sich in ein Gitterwerk verwandelt, danach in einen Korb, und schließlich haben sie ihn auseinandergenommen. Die Kobolde haben gesagt, daß sie ihm den Schädel aufbrechen wollen, um sie zu holen.«

»Ich muß unbedingt Mark retten!« rief Dolph.

»Ich weiß ja, daß er tapfer und mannhaft gekämpft hat«, meinte Draco. »Aber ich kann nicht in die Höhlen der Kobolde eindringen, die sind zu klein für mich. Ich fürchte, er ist verloren, und mit ihm die beiden Opale. Vielleicht kann ich dir andere Steine anstelle ...«

»Ich kann ihn verfolgen!« wandte Dolph ein. »Ich kann Koboldgestalt annehmen und mich dorthin begeben, wo sie sind. Ich muß ihn einfach retten!«

»Das wäre unklug«, warnte Draco. »Sie würden dich als Fremden erkennen und dich schnell selbst gefangennehmen. Das würde deinen Eltern gar nicht gefallen.«

»Ich muß aber Mark retten«, wiederholte Dolph mit kindlicher Sturheit.

Der Drache stieß ein rauchendes Seufzen aus. »Dann muß ich dir einen erwachsenen Begleiter verschaffen. Ich habe diese Verantwortung übernommen, als wir den Waffenstillstand schlossen, und jetzt darf ich dich nicht allein fortziehen lassen. Ich werde dich den Naga vorstellen.«

»Den Naga? Wer ist das?«

»Die Naga sind Kreuzungen mit deiner eigenen Rasse, die sich aber ins Koboldgebiet begeben können. Es sind die einzigen Wesen, die die Kobolde fürchten. Aber Fremden helfen sie nie umsonst. Für ihre Hilfe werden sie einen Preis verlangen.«

»Aber ich habe doch nichts, was ich ihnen geben könnte!«

»Dann werden sie von dir irgendeinen Dienst verlangen. Wirklich, Prinz, ich meine, daß es besser für dich wäre, wenn du dein Skelett aufgäbest und nach Hause zurückkehrtest. Ich werde dich auch hinbringen, wenn ...«

»Nein! Ich werde zahlen, was die Naga verlangen, wenn sie mir dabei helfen können, Mark zu retten.«

Draco stieß ein irritiertes Schnauben aus, genau wie andere Erwachsene es in Dolphs Gegenwart schon getan hatten, nur mit mehr Hitze. »Dann werde ich dich dem König Nabob vorstellen. Verwandle deine Gestalt und halt dich fest; wir müssen in eine Nachbarhöhle.«

Wieder nahm Dolph die Drachenschmetterlingsgestalt an und hielt sich fest. Draco flog zum Wasser hinüber, schwamm hindurch und kletterte wieder hinaus. Im Freien flog er ein kurzes Stück bis zu einer anderen Höhlenöffnung im Berg, um dort hineinzukriechen.

Im hinteren Teil der Höhle erschien der Kopf eines Mannes. »Was führt dich hierher?« fragte der Mann vorsichtig. »Wir haben unser Abkommen nicht aufgekündigt.«

»Verwandle deine Gestalt«, knurrte Draco Dolph an. »Ich kann ihre Sprache nicht gut sprechen, aber du kannst es. Erkläre ihm, daß ich dich hergebracht habe, um König Nabob aufzusuchen.«

Dolph nahm Jungengestalt an. »Ich bin Prinz Dolph«, erklärte er. »Ich bin gekommen, um mit König Nabob zu sprechen.«

»Du bist ja ein Mensch!« rief der Mann überrascht. »Was hast du mit unserer Art zu tun?«

»Draco sagt, daß nur ihr mir dabei helfen könnt, meinen Freund zu retten, daß ihr dafür aber auch einen Preis fordern werdet.«

»Hat das etwas mit den Kobolden zu tun?«

»Ja. Sie haben meinen Freund Mark entführt.«

»Einen Augenblick.« Der Mann drehte sich um und verschwand. Nun sah Dolph, daß sein Körper der einer riesigen Schlange war.

Genau einen Moment später erschien ein anderer Naga. Er trug eine Krone. »Denk ans Protokoll«, knurrte Draco Dolph verhalten zu. »Das ist der König.«

Dolph verneigte sich. »Ich danke Euer Majestät, daß Ihr

mir eine Audienz gewährt«, sagte er. »Ich bin Prinz Dolph von Schloß Roogna.«

Der König musterte ihn. »Ihr seid sehr fern von Eurer Heimat, Prinz. Außerdem wirkt Ihr ziemlich jung.«

»Ich bin neun Jahre alt. Ich soll eigentlich in Begleitung eines Erwachsenen reisen. Aber Mark Knochen wurde von den Kobolden entführt, deshalb hat Draco mich hierher gebracht. Werdet Ihr mir dabei helfen, Mark zu retten?«

König Nabob warf Draco einen Blick zu. »Ist dieser Mark Knochen eine würdige Kreatur?«

Draco knurrte zustimmend.

»Und dieser Menschenjunge?«

Ein erneutes zustimmendes Knurren.

Der König wandte sich wieder an Dolph. »Ihr seid ein Gestaltwandler, Prinz?«

»Ja, Majestät.«

»Könnt Ihr auch unsere Form annehmen?«

Zur Antwort verwandelte Dolph sich in einen Naga, nur sein Kopf blieb unverändert.

»Wir kämpfen nicht ohne guten Grund gegen die Kobolde«, sagte König Nabob. »Dabei könnten wir Verluste erleiden. Wie willst du uns für diese Mühe entlohnen?«

Dolph versuchte die Hände zu Händen zu spreizen, doch er hatte ja keine mehr.

»Draco meint, daß Ihr vielleicht einen Dienst von mir erwartet.«

Der König überlegte. »Ihr seid der Abkömmling des Königs Trent, des Verwandlers?«

»Ich bin sein Enkel, Majestät.«

Der König nickte. »Das wäre eine schickliche Verbindung. Ihr werdet meine Tochter heiraten.«

»Oh! Aber ich bin doch erst neun Jahre alt.«

»Das stimmt.« Der König überlegte wieder. »Dann werdet Ihr Euch mit ihr verloben und sie heiraten, sobald Ihr volljährig seid. Auch sie ist noch jung.«

Dolph erkannte, daß er in Schwierigkeiten war. Seine Mutter würde einen königlichen Anfall bekommen! »Majestät, gibt es keinen anderen Dienst, den ich Euch statt dessen erweisen kann?«

»Keinen anderen, den ich begehre.«

Dolph wußte, daß er Mark retten mußte, so hoch der Preis auch sein mochte. »Dann willige ich ein«, sagte er schweren Herzens.

»Ausgezeichnet! So werde ich nun meine Tochter herbeirufen.« Der König stieß einen Pfiff aus.

Einen Augenblick später stieß eine weibliche Naga zu ihnen. Sie besaß sehnige graubraune Zöpfe und braungraue Augen. Ihr Gesicht war wirklich recht hübsch, und sie hatte auch kleine Lachfalten.

»Nada, dies ist dein Verlobter, Prinz Dolph von den Menschen.«

»Hallo, Prinz«, sagte Nada schüchtern.

»Hallo, Prinzessin«, erwiderte Dolph ebenso schüchtern.

»Besiegelt es mit einem Kuß«, befahl der König.

Nada kam herangeschlängelt und führte ihr Gesicht dicht vor Dolphs. Sie versuchte ihn zu küssen, doch ihre Nasen stießen gegeneinander. »Ach, wie peinlich!« rief sie verlegen.

»Leg den Kopf schräg, Dummchen!« bellte der König. »Hast du denn noch nie einen Jungen geküßt?«

»Niemals, Papi«, gestand sie unschuldig. Sie legte den Kopf schräg und versuchte es ein weiteres Mal. Diesmal stießen die Nasen nicht zusammen, und ihre Lippen berührten Dolphs.

Egal, welchen Maßstab man anlegen mochte, es war und blieb ein sehr unbeholfener Kuß; sowohl Vida Vila, die Naturnymphe, als auch Mela Meerfrau waren darin sehr, sehr viel besser gewesen. Und doch bemerkte Dolph an sich ein fremdartiges, recht angenehmes Gefühl. Ihm wurde klar, daß er Nada mochte. Also erwiderte er den Kuß.

Dann wich sie zurück. »Aber *er* hat es schon getan«, sagte sie. »Ich mag ihn.«

»So ist es denn besiegelt«, verkündete der König. »Also gut, Draco, du kannst gehen. Nun übernehmen wir die Sache.«

Ohne weitere Worte, ohne Knurren, glitt Draco wieder aus der Höhle und verschwand. Dolph war allein mit den Nagas.

Der König räusperte sich. »Also gut, fangen wir an«, sagte er. »Wir können nicht den ganzen Tag vergeuden, während die Kobolde auf dem Marsch sind.«

Dolph hoffte, daß die Sache schon in Ordnung war. Er kannte diese Leute nicht und wußte auch nicht, ob sie mit den komplizierten Ehrenvorstellungen der Erwachsenen ebensogut vertraut waren wie Mark oder Draco.

»Papi wird alles organisieren«, teilte Nada ihm mit. »Ich bin noch nie mit einem Menschenprinzen verlobt worden! Ist das nicht aufregend?«

»Bist du denn etwa schon mit einem anderen verlobt worden?« fragte Dolph etwas verblüfft.

»Nein, eigentlich nicht«, gestand sie mit einem allerliebsten Erröten. »Aber ich wußte, daß Papi mich mit jemandem verloben würde, sobald er eine gute Partie für mich gefunden hatte. In solchen Dingen ist er sehr gewissenhaft. Wir haben nicht genug menschliches Blut, deshalb habe ich mir schon halbwegs gedacht, daß es ein Mensch werden würde und keine Schlange.«

Weil die Nagas eine Kreuzung zwischen Mensch und Schlange waren, erkannte Dolph. Die Sache leuchtete ein.

Inzwischen hatte der König den mittlerweile in der Höhle erschienenen Naga Befehle zugebellt. Nun wandte er sich wieder an Dolph. »Wir haben eine Streitmacht zusammengestellt«, teilte er ihm mit. »Wir können die Kobolde noch abfangen, bevor sie ihre Festung erreichen, aber dazu müssen wir uns schnell in Bewegung setzen. Es wäre besser gewesen, wenn wir Euch zurückgelassen hätten, aber ich fürchte, daß wir Eurer Gegenwart bedürfen werden, um nämlich Eurem Beschützer klarzumachen, daß wir tatsächlich in seinem Interesse handeln. Bleibt bei Nada; sie wird Euch führen, denn sie kennt genau unsere Methoden.«

»Äh, klar, Majestät«, pflichtete Dolph ihm bei. Erwachsene waren immer so herrisch!

»Dann losgekrochen!« befahl der König. Sofort schlängelten die Naga los.

»Wir folgen«, sagte Nada und machte sich ebenfalls auf.

Dolph kroch ebenfalls los, verhedderte sich aber schon bald in seinen eigenen Windungen. Er hatte noch nie so eine Mischform angenommen und war überhaupt nicht damit vertraut. Sein Menschenkopf wollte zu Fuß gehen, sein Schlangentorso dagegen wollte gleiten.

»Oh, stimmt ja – du bist ja ein Mensch!« sagte Naga. »Du weißt ja gar nicht, wie man gleitet!«

»Das kann ich allerdings nicht«, stimmte er bedauernd zu. Tatsächlich wäre es ihm in einem reinen Schlangenkörper wesentlich leichter gefallen, weil dann das Schlangenhirn die Sache übernommen hätte. »Ich habe mich in diese Gestalt verwandelt, um mit dem König zu sprechen, aber ich brauche immer eine Weile, um mich an eine neue Form zu gewöhnen.«

»Ich weiß. Ich habe Ewigkeiten gebraucht, bis ich gehen konnte«, erzählte sie. »Ständig bin ich umgefallen.«

»Du kannst auch deine Gestalt verwandeln?« fragte er überrascht.

»Natürlich! In eine menschliche und in eine Schlangengestalt. Das können wir alle, denn das entspricht unserer Natur. Aber meine natürliche Form gefällt mir am besten. Dir nicht auch?«

»Aber meine natürliche Form ist die menschliche.«

»Dafür kannst du ja nichts«, meinte sie tröstend. »Aber wenigstens kannst du dich in eine bessere Gestalt verwandeln. Komm, ich zeige dir mal, wie man gleitet. Sieh mir einfach nur zu.«

Dolph erkannte, daß das Gestaltwandeln der anderen Kreaturen mit ihrem Ursprung zu tun hatte. Die Meerfrau stammte von Fischen und Menschen ab, während die Naga ebenfalls die ursprünglichen Gestalten ihrer Vorfahren annehmen konnten. Es waren keine Magier, denn ihre Fähigkeiten waren beschränkt. Er dagegen konnte jede Gestalt annehmen, unabhängig von seiner Herkunft.

Nada schlängelte sich durch die Höhle. Ihr Schlangenkörper streckte und dehnte sich und wirkte in der Bewegung wirklich recht hübsch. »Du mußt dich gegenstemmen und nach vorn drücken«, erklärte sie.

Er versuchte seinen Oberkörper auf die gleiche Weise zu biegen. Das gelang ihm zwar nur sehr unbeholfen, aber immerhin konnte er sich fortbewegen. Langsam begann sein Menschengehirn die Sache zu begreifen.

Plötzlich tauchte der König wieder auf. »Was hält Euch auf?« wollte er wissen.

»Ich habe nur ein bißchen Schwierigkeiten voranzukommen, Majestät«, sagte Dolph verlegen.

»Das ist meine Schuld, Papi«, warf Nada schnell ein. »Ich wußte nicht ...«

»Das ist eine Verlobung hier, und keine Hochzeit!« fauchte der König. »Kein Grund, die Sache schon jetzt zu ernst zu nehmen! Wartet, bis ihr volljährig seid. Und jetzt kommt endlich, wir können den Marsch nicht ewig aufhalten.«

Dolph tauschte einen Blick mit Nada aus, die erneut errötete. Eltern waren immer gleich, in ganz Xanth und wahrscheinlich sogar in Mundania! Wortlos folgten sie dem König.

Dolph hatte immer noch seine Schwierigkeiten, Schritt zu halten. »Hier«, sagte Nada. »Komm neben mich und ahme ganz genau meine Bewegungen nach, bis du es kapiert hast. Es ist gar nicht so schwer.«

Also kroch Dolph neben sie, bis ihre Schlangenkörper sich berührten, er auf der linken, sie auf der rechten Seite. Sie bewegte den Kopf nach rechts, und er folgte. Ihr Mittelteil drückte nach links, und er gab nach. Mit erstaunlicher Geschmeidigkeit und Leichtigkeit glitten sie gemeinsam voran. Dann schwang ihr Kopf nach links, der Körper dagegen nach rechts, und als er die Bewegung nachahmte, glitt auch er mühelos vorwärts. Es war wie Magie! Sie brauchten nur im rechten Rhythmus zu schlängeln, dann kamen sie wie von allein voran. Schon bald ging es besser.

Der König blickte zurück. Dann schüttelte er den Kopf. »Welch eine Ungeduld!« brummte er. »Können nicht warten, bis sie Erwachsenenspiele machen dürfen! Was soll nur aus der jungen Generation werden?«

»Erwachsenenspiele?« fragte Dolph verwirrt.

Nada errötete ein drittes Mal. »Du weißt schon, den Storch zu rufen.«

»Weißt du denn, wie man das macht?« fragte Dolph mit plötzlich erwachtem Interesse.

»Natürlich nicht. Ich dachte, *du* wüßtest es.«

»Ich? Nein. Das verrät mir kein Erwachsener.«

»Mir auch nicht. Wenn du es jemals herausbekommst, versprichst du mir dann, es mir auch zu verraten?«

»Na klar.« Dolph versuchte ein Achselzucken, doch da Schlangen keine Schultern haben, furchte er nur die Stirn. »Und wenn du es herausbekommst, kannst du es auch mir sagen.«

»Vielleicht«, sagte sie mit leichtem Necken. Dann drehte sie ihm das Gesicht zu, um ihm einen neuen Kuß zu geben. Diesmal stand ihre Nase nicht im Weg.

Ausgerechnet in diesem Augenblick mußte der König natürlich wieder zurückschauen. »Jetzt genügt es aber!« rief er empört. »Wartet wenigstens so lange, bis wir das Skelett gerettet haben!«

Hastig lösten sie sich voneinander. »Er befürchtet, daß wir von selbst dahinterkommen könnten«, flüsterte Dolph.

»Eines Tages werden wir schon irgendwie herausfinden, was sie vor uns verbergen«, stimmte sie ihm zu. »Und dann sollen die Erwachsenen sich mal vorsehen! Wir werden es allen Jungen erzählen, und dann hat die Verschwörung ein Ende.«

Dolph gefiel ihre Einstellung.

So schlängelten sie weiter. Dank Nadas Führung kam er nun einigermaßen voran.

Plötzlich gelangten sie an einen Teich. »Jetzt können wir den Kobolden den Weg abschneiden, indem wir die Flußkanäle benutzen«, erklärte der König. »Die Kobolde müssen die ausgetrockneten Wasserläufe benutzen, was viel Zeit kostet. Einfach die Luft anhalten und schwimmen; es gibt hier in regelmäßigen Abständen Luftblasen.« Dann sprang er ins Wasser.

»Äh ...«, sagte Dolph, während er die schwarze Wasserfläche betrachtete.

»Das Schwimmen ist genauso einfach wie das Gleiten«, erklärte Nada. »Tu einfach dasselbe, dann kommst du schon voran. Warum schwimmst du nicht voraus, und wenn du dich verheddern oder verirren solltest, schiebe ich dich wieder in die richtige Richtung, damit du nicht ertrinkst?«

Das war zwar nicht gerade der ermutigendste aller Gedanken, doch Dolph mußte einsehen, daß er sich damit würde abfinden müssen. Er hätte sich zwar in einen Fisch verwandeln und das Problem damit lösen können, wollte aber bei Nada bleiben, weil ... Na ja, er wußte selbst nicht so genau warum. Also nahm er einen tiefen Atemzug und glitt ins Wasser.

Zu seiner Überraschung funktionierte es. Er schlängelte sich einfach durch das Wasser und erreichte rechtzeitig die erste Luftblase.

Kurz darauf kam auch Nada nach. »Siehst du? Es macht Spaß!«

Der Platz hier genügte kaum für zwei. Ihre Köpfe lagen dicht beieinander. »Wirst du mich wieder küssen?« fragte Dolph. Nun wußte er endlich, weshalb er diese Form beibehalten wollte!

»Soll ich das?« fragte sie überrascht.

»Na ja, du hast es ja schon zweimal getan.«

»Dann bist ja wohl jetzt du dran, nicht wahr?«

Daran hatte er noch gar nicht gedacht. Er küßte sie und achtete dabei darauf, daß die Nase nicht im Weg war. Auch das schien von Mal zu Mal besser zu gehen.

Neben ihnen stieß der König den Kopf aus dem Wasser. »Was hält euch denn jetzt schon wieder auf?« wollte er wissen. »Oh.« Er tauchte wieder unter und war verschwunden.

Nada lachte. »Ich glaube, Papi bereut bereits seine Verlobung. Wenn wir nicht verlobt wären, dürfte er es uns verbieten. Das ist die Regel.«

Dolph erkannte immer mehr Vorteile des Verlobtseins.

Er hatte sich zwar nie sonderlich für klebrigen Gefühlskram interessiert, aber das hier machte Spaß. »Trotzdem sollten wir ihn besser nicht noch länger aufhalten«, meinte er. »Ich muß schließlich meinen Freund Mark retten.«

»Natürlich«, sagte sie. Das war noch etwas, was er an ihr mochte: Sie widersprach ihm nie.

Er atmete wieder tief ein und tauchte unter. Sie schwammen von Luftblase zu Luftblase und folgten so dem Wasserkanal.

Schließlich gelangten sie in eine größere Höhle, durch die ein Trampelpfad führte. Außer dem König, Dolph und Nada waren noch sechs andere Naga da.

»Sie werden in zwei Momenten kommen«, meinte der König. »Ihr Frischlinge haltet euch aus der Sache heraus, wir wollen nicht, daß euch etwas zustößt. Aber sobald wir die Lage unter Kontrolle haben, muß Prinz Dolph mit dem Skelett reden.«

»Mit einem Skelett?« fragte Nada entsetzt.

»Mark ist ein guter Kumpel«, erklärte Dolph, »aber er ist ein menschliches Skelett.«

»Na ja, wenn du meinst«, sagte sie unsicher. »Aber ich würde keinen meiner Freunde so beschreiben.« Das war der stärkste Widerspruch, den sie bisher geäußert hatte.

Dann waren die beiden Momente auch vorbei, und der Koboldtrupp erschien. Die Naga hatten sich hinter Stalagmiten versteckt, ebenso der König, Dolph und Nada.

Die Kolonne schritt durch die Höhle: drei Koboldwachen, gefolgt von sechs Kobolden, die Marks Knochen trugen, dann kamen drei weitere Wachen. Also zwölf Kobolde, doppelt so viel wie Naga-Kämpfer. Das machte Dolph nervös, denn er wußte, daß die Kobolde die wildesten Kämpfer waren. Ihre Köpfe waren groß und hart, und sie schienen das Wort Furcht nur sehr unvollkommen zu verstehen. Hatte sich der König verschätzt?

»Packt sie!« rief der König.

Sofort stürzten sich die Naga auf den Trupp. Drei hatten Menschengestalt angenommen, die drei anderen Schlangengestalt. Die Menschen schleuderten Steine auf die

Kobolde, während die Schlangen sich an sie heranschlichen, um sie in die Füße zu beißen.

Die überraschten Kobolde gingen schnell zur Gegenwehr über. Mit hölzernen Keulen schlugen die Wachen auf die Menschen und Schlangen ein. Aber die Menschen wichen den Hieben immer wieder aus. Jeder packte sich einen Kobold, hob ihn auf und schleuderte ihn ins Wasser. Plötzlich gab es drei Kobolde im Handgemenge weniger.

Doch nun ließen die sechs Kobolde den zerlegten Mark fallen und droschen mit den längeren Knochen auf die Schlangen ein. Die wiederum hoben die Köpfe und zischten im Chor. Aus ihren Mäulern trat Nebel hervor, der die Kobolde sofort umhüllte. Die Kobolde begannen zu keuchen und zu husten, vom Dampf erstickt. Schon waren drei weitere Gegner unschädlich gemacht worden.

Die verbliebenen Kobolde blickten finster um sich. »Dort ist eine Frau!« rief ihr Anführer, als er Nada erspähte. »Nehmt sie als Geisel!«

Sofort stürzten sie sich auf Nada. Sie stieß einen Schrei aus und versuchte zurückzuweichen, doch hinter ihr war die Höhlenwand.

Dolph nahm Ogergestalt an. Er sprang zwischen Nada und die Kobolde. Dann schlang er seine riesigen haarigen Arme um den ganzen restlichen Trupp. Die erschrockenen Kobolde leisteten kaum Widerstand. Sie wußten, daß es zwecklos war, gegen einen Oger kämpfen zu wollen; einige ihrer Vorfahren büßten derlei Begegnungen noch heute damit, daß sie den Mond umkreisten, während die Oger andere von ihnen durch Schlüssellöcher gerammt hatten, bis ihre Köpfe zu Türknäufen wurden. Sie wußten ja nicht, daß Dolph kein wirklicher Oger war und solche Gewalttaten gar nicht vollbringen konnte.

Da kam einer der Kobolde dahinter. »Wie kommt ein Oger hier herein?« rief er. »Die Gänge sind viel zu klein dafür!«

Dolph schlug ihn auf den Kopf, doch es war zu spät. Der Hieb tat ihm nicht weh, er trieb ihn lediglich ein kleines Stück in den Boden, und nun begriffen die anderen, daß sie es nicht mit einem wirklichen Oger zu tun haben konnten. Mit ungeheurer Kraft rissen sie sich aus seiner Umarmung. Er bekam nur noch einen von ihnen zu fassen, den er prompt ins Wasser schleuderte.

Doch inzwischen waren die Naga wieder angerückt. Jeder der fünf verbliebenen Kobolde wurde gepackt und ins Wasser geschleudert. Dort ertranken sie zwar nicht, weil sie schwimmen konnten, waren aber hilflos. Denn sie konnten nicht gleichzeitig schwimmen und kämpfen, und die Naga hielten am Wasserrand Wache. Die Kobolde waren alles andere als erfreut; schon verfärbte sich das Wasser von den Ausdrücken, die sie verwandten, und Nada versuchte mühsam, einen entsetzten Blick zu unterdrücken.

Nun durfte Dolph seinen Freund Mark suchen. Er nahm wieder Jungengestalt an. »Mark! Mark!« rief er. »Wo ist dein Schädel?«

»Mmmmph!« ertönte es aus einem der Beutel, in dem die Kobolde die Knochen befördert hatten.

Dolph sprang hinüber und leerte den Beutel. Der Mund des Totenkopfs war geknebelt. Sofort riß er den Knebel ab. »Mark, bist du das wirklich?«

»Wer denn wohl sonst?« fragte Mark knapp. »Schnell, setz mich wieder zusammen, bevor die anderen Kobolde nachkommen!«

»Andere Kobolde?«

»Natürlich sind noch mehr unterwegs«, sagte der König. »Deshalb müssen wir uns auch beeilen. Wir wollen schließlich nicht gegen die ganze Festung kämpfen!«

»Vielleicht sollten wir einfach die Knochensäcke mitnehmen und ihn später zusammensetzen«, schlug Dolph vor.

»Nein, dabei könnten einige verlorengehen«, widerspach Mark. »Folgt einfach meinen Anweisungen, dann geht es sehr schnell. Ich bedaure, daß ich mich in dieser Situation nicht selbst zusammensetzen kann. Nimm als erstes den Schädel hier; als nächstes befestigst du den Nakkenknochen, dann den Schulterknochen ...«

»Warte, ich muß sie doch erst finden!« protestierte Dolph.

»Leert alle Beutel, dann zeige ich sie euch.«

Schnell leerten die Naga die Knochensäcke. Dann trug Dolph den Schädel an den ausgekippten Knochen vorbei. »Da!« sagte der Schädel, und Dolph nahm den angezeigten Nackenknochen auf. Nun folgten die Schulter-, dann die Armknochen. Je mehr Knochen plaziert waren, um so schneller ging die Arbeit voran.

Doch als sie sämtliche Knochen angebracht hatten, war Mark immer noch nicht vollständig wiederhergestellt. Mehrere Rippen und ein Teil seines linken Beins fehlten, ebenso sein Pfeiffinger. »Es muß noch einen Beutel voll Knochen geben!« meinte Dolph. »Vielleicht ist einer der Kobolde hinter den anderen zurückgeblieben.«

»Aber wie willst du ihn dann finden, ohne dich den anderen Kobolden zu stellen?« fragte Nada, die ihre Nervosität wegen des Skeletts soweit überwand, daß sie nähertrat.

»Wir müssen warten, bis er kommt«, entschied Dolph.

»Das ist unklug«, meinte der König. »Der Haupttrupp der Kobolde könnte viel größer sein.«

»Ich kann mich in einen Gewirrbaum verwandeln und sie abhalten«, schlug Dolph vor.

»Aber was, wenn sie mißtrauisch werden und einen anderen Weg nehmen?« wollte Mark wissen. »Ich denke, du solltest mich einfach unvollständig lassen.«

»Nein. Ich bin gekommen, um dich zu retten. Die Naga können ja gehen, wenn sie wollen.«

»Ich kann dich nicht verlassen«, meinte Nada. »Du bist schließlich mein Verlobter.«

Marks Schädel drehte sich zu ihr um. »Wie bitte?«

Da hörten sie schon das Getrampel des nächsten Koboldtrupps. Es war keine Zeit mehr für Diskussionen.

Dolph nahm die Gestalt eines Gewirrbaums an. Seine Wurzeln glitten über das Gestein, suchten Halt; seine Tentakel blockierten den gesamten Durchgang.

Dolph konnte zwar nicht mehr in Menschensprache

reden, dafür konnte Mark es aber. »Schart euch um den Baum!« rief Mark. »Er wird euch nicht angreifen. Schützt die Tentakel davor, abgehackt zu werden!«

»Vorsicht!« rief ein Kobold aus dem Wasser. »Es ist ein ... *blubb blubb*!« Denn ein Naga in Menschengestalt streckte den Arm aus und drückte den Kobold unter Wasser. Zornige Blasen stiegen auf, zeigten, wie wütend der Kobold über diese Unterbrechung war.

Aber die Kobolde hatten ihn gehört. »Was ist los?« rief der Häuptling, während sie voran marschierten.

»Ein Gewirrbaum«, sagte Mark hilfsbereit, als Dolphs Tentakel ausfuhren und den Häuptling packten.

Dann setzte ein Tumult ein, als die Kobolde gegen den Baum ankämpften. Doch der Greifer besaß mehr Tentakel als es Kobolde gab, und schon bald hingen alle sechs hilflos in der Luft.

Einer von ihnen hielt den fehlenden Knochensack in der Hand. Dolph kippte ihn mit dem Kopf nach unten, und die Knochen fielen heraus. Mark humpelte hinüber, nahm sie ab und setzte sie selbst ein. Im nächsten Augenblick war er wieder vollständig.

»Ausgezeichnet«, meinte König Nabob. »Wir haben das Skelett gerettet. Und wer wird uns jetzt retten?«

Dolph begriff, was er meinte. Wenn er sich wieder in seine Jungengestalt verwandelte, wären alle Kobolde wieder frei. Wenn die anderen versuchten, durch das Wasser zu fliehen, würden sie auf die anderen Kobolde treffen. Sie saßen in der Falle!

»Vielleicht kann ich helfen«, warf Mark ein. »Mit ein bißchen Unterstützung durch Prinz Dolph.«

»Aber wir haben dich doch gerade erst gerettet!« protestierte König Nabob. »Wir wollen dich doch nicht schon wieder zurücklassen!«

»Das braucht ihr auch nicht«, erwiderte Mark. »Verpaßt mir nur einen Tritt.«

»Wenn du darauf bestehst.« Der König nahm Menschengestalt an und trat das Skelett in den Hintern.

Mark flog auseinander und ging in Gestalt eines Gitters

zu Boden. Dann nahmen die Naga das Gitter auf und drückten es gegen den Höhleneingang an jener Stelle, wo die Kobolde eingetreten waren. Zwei von ihnen hielten das Gitter fest, während zwei andere die Kobolde aus dem Wasser fischten und sie zum Eingang trugen. Dann warfen sie die Kobolde in den Tunnel hinunter und schoben das Gitter zu, so daß sie nicht zurückkehren konnten.

Wieder wurden zwei Kobolde herangebracht. Man schwang das Gitter einen Spalt auf, und schon waren auch sie verschwunden.

Es dauerte nicht lange, da lärmten und tobten die Kobolde auf der anderen Seite des Gitters. Die Naga bewachten das Tor, um zu verhindern, daß die Kobolde es auseinandernahmen. Jedesmal, wenn sie es versuchten, stieß ein Naga in Schlangengestalt ein Zischen aus und rülpste erstickenden Nebel hervor, der sie wieder zurücktrieb. Mark machten die Dämpfe nichts aus, aber die Kombination aus Knochen und Nebel war mehr, als die Kobolde verkraften konnten.

Dolph wurde wieder zu einem Jungen. »Aber wenn die Naga erst einmal fort sind, werden die Kobolde Mark auseinandernehmen, und wenn er seine Form verändert, werden sie in Massen hereinstürmen und uns überwältigen!« rief er.

»Nicht, wenn du dich in eine Flötenwinde verwandelst«, sagte Marks Schädel.

»Eine Flötenwinde?«

»Gibt es die im normalen Xanth nicht? Das ist ein Musikintrument aus Holz, das ...«

»Oh. Aber dann muß doch jemand darauf spielen.«

»Ich habe etwas Erfahrung mit Musik«, meinte Nada. »Vielleicht sollte ich es spielen.«

»Aber du mußt es wirklich ganz festhalten«, warf Dolph ein, »weil ...«

»Natürlich.« Sie nahm die Gestalt eines Mädchens an. Der Kopf blieb unverändert, der Körper war nackt. Zu seiner Freude stellte Dolph fest, daß sie in seinem Alter war und nicht eine reife Frau. Sie legte die Hände auf seine Arme.

Dolph nahm die Gestalt einer Flötenwinde an. Das war eine lebende Pflanze, sie war hohl und besaß am Ende ein Mundstück.

Nada hob ihn an den Mund. Ihre Lippen berührten das Mundstück, was in dieser Gestalt seinem Mund entsprach, und es war wie ein Kuß. Er war entzückt.

Sie blies Luft hinein, und das erfreute ihn zutiefst; sie besaß einen so lieblichen Atem! Auf köstliche Weise spielten ihre Finger über seinen Körper, auch ihre Berührung war angenehm.

Doch dieses Instrument besaß eine besondere Qualität. Es stieß nämlich mehr Wind aus, als es aufnahm. Deshalb hatte Mark auch diese Verwandlung vorgeschlagen.

Nada richtete ihn auf das Knochengitter. Dann blies sie einen härteren Ton an.

Dolph stieß einen heftigen Luftstrahl aus, der durch die Höhle und das Gitter fuhr. »Alles zurück!« befahl König Nabob.

Die Naga zogen sich von dem Gitter zurück. Nada stieß eine weitere Note aus, diesmal noch härter. Nun heulte der Wind durch das Gitter, hielt es gleichzeitig aufrecht und drückte es gegen die Wand.

Jetzt, da die Naga verschwunden waren, kamen die Kobolde wieder nachgerückt. Nada blies noch heftiger auf der Flötenwinde. Die Kobolde wurden umgeweht und rutschten wieder den Tunnel hinab. Sie verwendeten solch üble Ausdrücke, daß die Luft rauchig wurde, doch zum Glück trieb der Wind das Geräusch davon.

»Und jetzt tretet mich herunter!« rief Marks Schädel.

Nada schritt zu dem Gitter und trat zögernd gegen einen Hüftknochen. Es stellte sich heraus, daß es genügte: Mark flog auseinander und nahm wieder seine natürliche Gestalt an.

Doch jetzt kamen die Kobolde wieder herangestürmt, doch Nada blies so fest sie konnte.

Der Wind wurde zu einem Donnergrollen. Er fuhr durch den Tunnel, riß Felsbrocken und Sand mit sich. Er schleuderte die Kobolde so heftig zurück, daß sie verschwanden.

Nada setzte das Mundstück wieder an – und Dolph nahm Jungengestalt an. Plötzlich standen sie da, in einer Umarmung, während Nadas Hände auf Dolphs nacktem Rücken eine Melodie spielten.

»Die beiden denken aber auch nur an das eine!« beschwerte sich der König.

»Oooh, du hast mich ja ausgetrickst!« rief Nada, doch sie schien auch nicht verärgerter als ihr Vater zu sein.

»Ich mußte schließlich noch ein paar Küsse gutmachen«, erklärte Dolph.

»Raus jetzt!« befahl der König. »Diese Kobolde werden gleich wiederkommen.«

Dolph und Nada nahmen Nagagestalt an. Sie glitten auf das Wasser zu. Plötzlich hielt Dolph inne. »Mark kann aber gar nicht schwimmen!« sagte er.

»Tritt mich, dann werde ich zu einem Seil, und du kannst in mein Ende beißen«, sagte Mark.

»In dein Ende beißen?« fragte Nada. Dann brachen sie und Dolph in Lachen aus.

»Ich werde es schon tun!« fauchte König Nabob. In Menschengestalt gab er dem Skelett einen Tritt, dann nahm er wieder Schlangenform an, packte das Ende des Knochenseils mit den Zähnen und glitt ins Wasser.

Schon hörten sie tief hinten im Tunnel wieder die ersten Geräusche. Die Kobolde sammelten sich! Dolph und Nada glitten schnell dem König nach. Auf eine weitere Begegnung mit den Kobolden waren sie nicht sonderlich scharf!

Gegen den Strom schwamm es sich zwar wesentlich schwerer, aber bis zum Abend hatten sie es geschafft. Dann waren sie wieder in der Höhle, wo Dolph von Draco abgeliefert worden war. »Ich glaube, wir haben unseren Teil der Abmachung eingehalten«, sagte König Nabob ernst. »Nun wird meine Tochter mit Euch reisen, Prinz Dolph, bis Ihr volljährig seid.« Er hielt inne, als erwarte er einen Einwand von Mark.

Doch Mark hatte die beiden sich umarmen und küssen sehen. Er seufzte kopfschüttelnd, wußte, daß es schon viel zu spät war, um noch zu protestieren. Schließlich war die Vereinbarung ja nur seinetwegen getroffen worden.

Als er den Kopf schüttelte, rasselten die beiden Edelsteine darin. »Wir müssen noch mit dem Drachen abrechnen!« rief er, als es ihm wieder einfiel. »Während des Waffenstillstands dürfen wir seine Edelsteine nicht stehlen!«

»Das ist kein Problem«, widersprach Dolph. »Er hat sie beide uns geschenkt, einen für die Meerfrau, den anderen für dich, weil du seinen Schatz gerettet hast. Behalte sie im Kopf, bis wir wieder am Meer sind.«

Mark überlegte. »Dann scheinen wohl alle Rechnungen beglichen zu sein.« Er richtete einen augenlosen Blick auf Dolph. »Aber deine Mutter wird äußerst aufgeregt sein über ...«

»Na ja, sie hat noch ein paar Jahre, um sich daran zu gewöhnen, bis ich endlich heiratsfähig bin«, antwortete Dolph. Er hatte entdeckt, daß es ihm recht gut gefiel, verlobt zu sein. Nada war das erste Mädchen, das er wirklich mochte.

»Heute nacht müßt ihr unsere Gäste sein«, sagte der König forsch, froh, daß es keine Schwierigkeiten gab. »Ein Junge in Eurem Alter braucht etwas zu essen und Ruhe.«

Dolph merkte, wie müde er war. »Ich schätze schon«, willigte er ein. »Ich hoffe, daß Euer Essen gut ist.«

Nada zog eine Grimasse. »Es ist widerlich und breiig!« verkündete sie.

»Es ist nahrhaft«, berichtigte der König sie mit Entschiedenheit.

Dolph seufzte. Wieder hatte sich die gefürchtete Verschwörung der Erwachsenen manifestiert. Nie gönnte man Kindern das, was ihnen wirklich gefiel.

11

INSELN

Am Morgen machten sich Dolph und Nada, wohlausgeruht und nach einer nahrhaften Mahlzeit (igitt!), mit Mark auf den Weg. Die Naga begleiteten sie zu einer verborgenen Höhlenöffnung, und Nada verabschiedete sich tränenreich von ihrem Vater dem König. Eine Mutter schien sie nicht zu haben; Dolph zögerte, danach zu fragen. Er fühlte sich schuldig wegen ihrer Trennung, erinnerte sich aber selbst daran, daß schließlich König Nabob auf dieser Vereinbarung bestanden hatte. Dolph hätte zwar einwenden können, daß er schon Wort halten würde, was die Verehelichung anging, so daß Nada nicht *unbedingt* hätte mit ihm ziehen müssen. Andererseits war Nada das erste Mädchen – oder die erste Mädchenkreatur –, das er wirklich mochte, und er wünschte sich ihre Gesellschaft. Also schwieg er und fühlte sich dafür schuldig.

Nada nahm Mädchengestalt an und trat Mark gegen den Hinterknochen. Mark flog auseinander und verwandelte sich dann in einen Knochenkäfig. Nada öffnete die Käfigtür und trat ein, dann schloß sie sie wieder hinter sich. Die Naga reichten ihr einen Sack mit belegten Broten und Keksen sowie mehrere Kugeln mit grünem, blauem und orangefarbenem Saft. Der Wind stand günstig. Dolph nahm Rokhgestalt an, spreizte die Flügel und hob sich in die Lüfte. Er packte den Käfig mit seinen Krallen und hob ihn auf. Nada winkte den Naga zum Abschied, dann stieß sie Rufe des Entzückens aus, als sie sich in die Luft hob. Sie hatte so etwas noch nie erlebt. Alles war neu für sie. Wie er ihre Schreie vernahm, empfand Dolph erneut das Wunderbare daran. Ihr Vergnügen bereitete ihm ebensoviel Spaß, wie es für ihn selbst beim ersten Mal gewesen war.

Am Horizont erschien ein Flugdrache. Es war nicht Draco, er gehörte einer anderen Art an. Schon wollte er auf sie zufliegen. »Krah!!« krächzte Dolph drohend. Sofort änderte der Drache seinen Kurs. Selbst im Drachenland legte sich niemand mit einem fliegenden Rokh an.

Überraschend schnell erreichten sie die Spalte, wobei ihnen der starke Wind half.

»Oooohhh!« rief Nada beeindruckt. »Was für eine Spalte im Boden! Wie kommt es, daß ich noch nie davon gehört habe?«

»Auf der Spalte lag ein Vergessenszauber«, erklärte Mark. »Der hat bis vor kurzer Zeit die Leute daran gehindert, sich daran zu erinnern, und selbst heute noch verbreitet sich die Nachricht von der Existenz der Spalte nur sehr langsam. Eine Weile haben sich Teile davon als Vergessensstrudel abgelöst, die einigen Unfug anrichteten, aber die meisten von ihnen sind inzwischen verschwunden. Jetzt, da du die Spalte gesehen hast, wirst du dich auch wieder an sie erinnern können.«

»Oh, das ist gut! Ich möchte überhaupt nichts vergessen! Ich habe ja nie geglaubt, daß es so viel Spaß machen könnte, verlobt zu sein!«

Dolph hatte es auch nicht geglaubt. Doch er fürchtete sich vor seiner Rückkehr auf Schloß Roogna, wo seine Mutter ihn ganz bestimmt einen ganz besonderen Marsch blasen würde. Die Tatsache, daß er Nada mochte, würde die

Abrechnung wahrscheinlich nur um so schlimmer machen, denn Kinder sollten ja gar keinen Spaß im Leben haben.

Nach einer Weile erschien die Küste unter ihnen. Dolph folgte ihr nach Süden und ging immer tiefer, bis er die Gegend ausgemacht hatte, wo Mela Meerfrau zu schwimmen pflegte. Aber wie sollten sie jetzt wieder unter Wasser gelangen? Sie würden sich weitere Luftpflanzen besorgen müssen und ...

Doch da erblickte er zwei Gestalten, die aus dem Wasser gewatet kamen. Mela mit Frauenbeinen und Grazi, die den Rucksack trug. Natürlich hatten sie ihn im magischen Spiegel kommen sehen und waren herbeigeeilt, um die Ankömmlinge zu begrüßen!

Vorsichtig ließ Dolph den Käfig ins seichte Wasser fallen. Spritzend setzte der Käfig auf, doch das Wasser fing den Sturz ab, so daß Nada keinen Schaden erlitt. Auch seine Landungen wurden langsam besser!

Während Dolph sich wieder in einen Jungen verwandelte, trat Nada den Käfig gegen den Hüftknochen, dann nahm sie ihrerseits ihre natürliche Form wieder an. Mark stellte alle einander vor, damit Nada, Mela und Grazi wußten, wer wer war. Dann legte Mark seinen Schädel schräg und klopfte mit einem Knöchel dagegen, worauf die beiden Feuerwasseropale in seine andere Hand rollten.

»Draco Drache hat eingesehen, daß es ein Mißverständnis gegeben hat«, erklärte Dolph diplomatisch. »Daher gibt er dir den Opal wieder zurück. Der andere ...«

»... ist sein Zwillingsstein, den ich dir überreiche, um damit Grazi auszulösen«, fuhr Mark fort. »Zusammen bilden die beiden einen Satz, der sehr viel wertvoller ist als beide Steine einzeln.«

»Aber mir gehört doch nur einer!« wandte Mela ein.

»Beide gehören jetzt dir«, widersprach Mark entschieden. »Damit solltest du keine Schwierigkeiten mehr haben, einen geeigneten Meermann zu heiraten.« Er reichte ihr die beiden Opale.

Dolph schwieg. Er wußte, daß der zweite Opal von Rechts wegen Mark gehörte, es war sein Lohn dafür, daß er die meisten anderen Edelsteine vor dem Zugriff der Kobolde gerettet hatte. Wäre Mark nicht gewesen, hätten die Kobolde alles mitgehen lassen. Dolph hatte Mark über das Mißverständnis zwischen Draco und dem Meermann aufgeklärt und auch über Dracos unerklärliche Vorbehalte dagegen, daß man Mela dieses Mißverständnis näher erläuterte. Offensichtlich war Mark der Auffassung, daß die Meerfrau mehr zurückbekommen sollte, als sie verloren hatte.

Während er darüber nachdachte, fiel ihm ein, daß Mela nun auch kein weiteres Interesse mehr an ihm haben würde. Mit zwei Opalen konnte sie wahrscheinlich jeden Meermann bekommen, den sie wollte. Da Mark Dolph vor dem zu schützen suchte, was seine Mutter wahrscheinlich ›habgierige Frauenzimmer‹ nennen würde, war das schon ganz gut so. Hauptsächlich hielt Dolph sich allerdings zurück, weil er Nada Naga nun mehr mochte als Mela Meerfrau.

Einen langen Moment, vielleicht waren es auch eineinhalb, stand Mela wie betäubt da und musterte die Zwillingsopale, die hell in ihrer Hand funkelten. Dann warf sie die Arme um das Skelett und küßte es heftig. »Ach, Mark!« rief sie. »Du bist wunderbar!«

»Ähem, öh«, sagte Mark verblüfft. »Paß auf, sonst reißt du dir noch die Haut auf.«

Sie ließ ihn fahren und trat zurück. »Einen herzhaften Knochenkuß werde ich schon überleben«, meinte sie. »Kann ich noch irgend etwas für euch tun?«

»Wie du weißt, suchen wir nach dem Himmelstaler«, antwortete Mark. »Kannst du uns irgend etwas über die Inseln im Süden erzählen? Wir würden jeden Hinweis zu schätzen wissen.«

»Nun, ich bekomme sie ja meistens nur von unten zu sehen«, erwiderte Mela. »Da gibt es ein paar Inseln des Entzückens – nein, so heißt das nicht. Inseln des Glücks – nein, das auch nicht. Ich kann mich wirklich nicht erinnern ... Ah, ja! Inseln der Freude! So klingt es richtig. Es sind nur zwei oder drei – nein, fünf oder sechs –, ich weiß nicht mehr genau, wie viele es sind, jedenfalls einige.«

»Der Vergessenszauber!« rief Dolph. »Ob ein Teil von dem hier entlanggetrieben ist?«

Mark nickte. »Das ist möglich. Das würde erklären, warum sie so vage bleibt, was Einzelheiten angeht.« Er wandte sich wieder an die Meerfrau. »Wir danken dir, Mela; wir werden diese mehreren Inseln untersuchen. Vielleicht befindet sich der Himmelstaler auf einer von ihnen.«

»Ich hoffe es. Zögert nicht, mich um Hilfe zu bitten, wenn ihr irgend etwas braucht!« Mela trat wieder ins Wasser hinaus, und ihre Füße verwandelten sich in Flossen. Bald war sie im Meer verschwunden.

»Sie besitzt einen netten Schwanz«, bemerkte Nada. Dolph bemerkte, daß Schwänze ihr natürlicher vorkamen als ihm, was natürlich an ihrem Wesen lag. Wahrscheinlich hatte er Melas Beine aus einem ähnlichen Grund immer für interessanter gehalten als ihre Schwanzflossen.

Es war schon recht spät. Dolph und Nada teilten sich ihre belegten Brote, während die beiden Skelette darüber nachdachten, wie es weitergehen sollte. »Wenn es hier in der Gegend einen Vergessensstrudel geben sollte, könnte das Schwierigkeiten bedeuten«, meinte Mark.

»Was ist denn ein Vergessensstrudel?« wollte Grazi wissen.

Mark erklärte ihr die Geschichte mit der Spalte und dem Zauber, der auf ihr gelegen hatte. »Der ursprüngliche Zauber war noch diszipliniert, er bewirkte lediglich, daß man die Spalte selbst vergaß, nachdem man sie erst einmal verlassen hatte. Die Strudel dagegen sind zwar sehr viel kleiner, können aber dafür intensiver sein und alle möglichen anderen Formen des Vergessens auslösen. Inzwischen müßten sie eigentlich an Kraft eingebüßt haben; dennoch sollte man ihnen besser aus dem Weg gehen.«

»Aber Mela hat doch nur einen geringfügigen Gedächtnisverlust erlitten, was die Inseln angeht«, wandte Grazi ein. »Das dürfte eigentlich nicht gefährlich sein.«

»Stimmt. Vielleicht hat sie aber auch andere Gefahren vergessen, die auf den Inseln lauern. Wenn es dort Drachen geben sollte oder Gewirrbäume oder auch subtilere Gefahren, wären wir schlecht beraten, Prinz Dolph dorthin zu bringen.«

»Vielleicht hat sie dort auch den Himmelstaler gesehen und wieder vergessen!« mischte Dolph sich ein. »Wir *müssen* der Sache einfach nachgehen!«

»Ja! Wir *müssen* der Sache nachgehen!« wiederholte Nada.

Mark tauschte mit Grazi einen hohlen Blick aus, ganz genauso, wie Erwachsene es immer taten.

Bald darauf bildeten die beiden Skelette zwei Knochenhütten für die Nacht, eine für jedes Kind. Dolph und Nada protestierten, daß sie lieber gemeinsam in einer größeren Hütte schlafen würden, doch aus irgendeinem Grund, der nur für Erwachsene verständlich schien, wollten die Skelette nichts davon hören.

Nada schnitt eine Grimasse und seufzte. »Ich dachte, daß es außerhalb der Höhlen vielleicht anders werden würde«, meinte sie.

»Erwachsene bleiben Erwachsene, in ganz Xanth«, versetzte Dolph. »Sie hören damit auf, an das Ungeheuer unter dem Bett zu glauben, statt dessen glauben sie dann an nahrhaftes Essen und schließen sich der Erwachsenenverschwörung und diesem ganzen anderen Mist an.«

»Vielleicht kommt dann irgend etwas und verhängt einen gemeinen alten Zauber über sie«, vermutete Nada. »Ich hoffe, daß es uns nie erwischt!«

»Irgendwie werden wir es schon daran hindern!« sagte Dolph hitzig.

Mit diesem Vorsatz mußten sie sich zufriedengeben. Nun kroch jeder in seine Hütte und schlief.

Am Morgen verwandelte Nada sich zum Frühstück wieder in ein Mädchen, und sie aßen Schmalzkringel, die sie von einem Schmalzkringelstrauch pflückten. In der Nähe war auch ein Bierfaßbaum, doch wie Erwachsene nun einmal waren, hatten die Skelette dagegen natürlich Einwände.

Statt dessen mußten sie unbedingt gesunde Milchkrautsträucher suchen und die Schoten bis auf den letzten Tropfen leertrinken. Bäh! Sollte diese Tyrannei denn nie ein Ende finden?

Nun nahmen Dolph und Nada Nagagestalt an und glitten in schnellem Tempo gen Süden. Mark trug den Rucksack, während Grazi einige weitere Milchschoten mitnahm. Die Kinder waren sich darin einig, daß die Sache völlig anders verlaufen wäre, hätten die Skelette selbst auch Nahrung zu sich nehmen müssen. Doch die Skelette brauchten nun einmal nichts zu essen, und so zögerten sie nicht im geringsten, jenen, die es besser wußten, nahrhafte Speisen aufzuzwingen.

Gegen Mittag gelangten sie an ein Schild, das auf dem Strand stand: INSELN DER FREUDE. Sie blieben stehen und überlegten.

»Das scheint das Gebiet zu sein«, schloß Mark, »von dem Mela gesprochen hat. Wir müssen also jetzt Ausschau nach Inseln halten und diese erforschen, aber ganz vorsichtig.«

Sie gingen weiter den Strand entlang. Schon bald erschien die erste Insel, nicht weit vom Ufer gelegen. Sie sah ganz gewöhnlich aus, fast mundanisch; es war nicht das leiseste Anzeichen einer Verzauberung zu sehen.

Mit passenden Tritten ließen die Skelette sich wieder zerlegen und nahmen gemeinsam die Form eines Segelboots an, in das Dolph und Nada einstiegen. Eine frische Brise wehte ihnen entgegen, aber mit ihrer Segelmagie schafften die Skelette es, die Insel gegen den Wind anzusteuern.

So schafften sie es sicher bis zu dem am Nordufer der Insel gelegenen Hafen. Da lagen zahlreiche Boote – große, kleine und winzige. Dolph und Nada stiegen in Menschengestalt an Land und verpaßten den Schlüsselbeinen zwei ordentliche Tritte, so daß die Skelette wieder ihre natürliche Gestalt annahmen.

Dann sahen sie sich um. Auf einem Schild stand DIEBES-INSEL.

Darüber dachten sie nach. »Wollen wir wirklich hierher?« fragte Mark. »Wir sind doch keine Diebe.«

»Aber wenn es hier Diebe geben sollte«, meinte Dolph, »könnte einer von denen vielleicht den Himmelstaler gestohlen haben, dann wäre das hier doch der geeignetste Ort, um nachzusehen.«

Ein Mann kam einen Pfad entlang. Er war dunkelhäutig und besaß nur ein Auge, und sein Blick huschte ständig hin und her. Er kam zu dem Schild, schüttete etwas darüber, dann lief er auf die Gruppe zu. »Willkommen auf der Ehrlichen Insel! Ich bin der Schwarze Peter, euer freundlicher Gastgeber. Was führt euch hierher?«

»Ehrliche Insel?« wiederholte Dolph. »Ich dachte, auf dem Schild hätte gestanden ...« Er stockte, weil ihm nicht mehr genau einfiel, was er auf dem Schild gelesen hatte.

»Welches Schild?« fragte der Mann, und seine dunkle Stirn furchte sich.

Die anderen zuckten die Achseln. Sie erinnerten sich an kein Schild.

»Wir suchen nach dem Himmelstaler«, sagte Mark. »Weißt du zufällig, wo wir ihn finden können?«

Peter sah Mark genauer an. »Wirklich, alter Knabe, du könntest mal eine ordentliche Mahlzeit vertragen! Kommt in unseren Gasthof, dort werden wir euch von allen Beschwernissen befreien.«

Irgend etwas machte Dolph daran zu schaffen, aber er konnte es nicht festmachen. Kein Zweifel, der Schwarze Peter war durchaus nett. Sie folgten ihm den Weg entlang, bis sie zu einem eleganten Gebäude kamen, das fast so großartig aussah wie ein Palast. Doch als sie durch die prunkvolle Pforte traten, bemerkte Dolph, daß die ganze Front nichts als Fassade war, eine riesige Mauer, die wie ein Gebäude bemalt war. Der eigentliche Bau bestand aus Baumstämmen und getrocknetem Schlamm, der Boden war aus gestampftem Sand.

»Besitzt ihr irgendwelche Wertsachen?« fragte Peter und schritt dabei hinter das Empfangspult. »Wir bewahren sie während eures Aufenthalts gern in unserem Tresor auf.«

»Nur den magischen Spiegel«, meinte Dolph. »Aber der ist sehr klein, deshalb brauchen wir nicht ...«

»Ach ja? Laß ihn mich mal sehen.«

Dolph kramte in seinem Rucksack und zog den Spiegel hervor. Peter ließ etwas darauf fallen – vielleicht sah es aber auch nur so aus. »Laßt mich euch euer Zimmer zeigen«, sagte Peter und führte sie hinaus.

Sie folgten ihm. Wieder verspürte Dolph irgendeine merkwürdige Unruhe; war da nicht etwas ... Aber er konnte sich nicht erinnern, was es war, also folgte er den anderen.

Nun fanden sie sich draußen wieder, auf einem gewundenen Pfad. Peter ging voraus, bis sie zum Hafen gelangten. »Es war nett, euch hiergehabt zu haben«, sagte er. »Ich hoffe, euer Aufenthalt hat euch gefallen. Ihr müßt wirklich so bald wie möglich wiederkommen.« Er machte eine kleine Verneigung, dann drehte er sich um und ging fort.

Verblüfft blickte Mark Dolph an. »Gehen wir schon wieder?«

»Offensichtlich«, meinte Grazi. »Denn wir stehen wieder am Wasser.«

Dolph und Nada traten die Skelette und bestiegen das so entstandene Segelboot. Schon bald hatten sie den Hafen hinter sich zurückgelassen, von günstigem Wind angetrieben.

»Ahoi!«

Als Dolph sich umsah, erblickte er Mela Meerfrau mit ihrem Fischschwanz, die auf einer Welle ritt und ihnen zuwinkte. »Was machst du denn hier?«

»Irgend etwas hat mich an eurer Reise gestört, deshalb bin ich hergekommen, um nachzusehen, ob ich euch helfen kann. Habt ihr euren Spiegel noch?«

»Spiegel? Welchen Spiegel?«

Mela schnitt eine hübsche Grimasse. »Folgt mir ans Ufer. Ich denke, ich kann euch dabei helfen, ihn zurückzubekommen.«

Verwundert folgten sie der Meerfrau ans Ufer. Dort legte sie sich wieder ihre hübschen Beine zu und gesellte sich zu ihnen. »Es gibt hier etwas Umkehrholz, das habe ich erst neulich noch gesehen. Ah, da ist es ja! Nimm es auf, Dolph, aber benutz jetzt keine Magie.«

Dolph nahm das Holzstück, auf das sie zeigte. »Ich bin schon zu klug, um meine Gestalt zu wandeln, während ich das hier in der Hand halte!« rief er. »Es würde ja alles umkehren, was ich versuche!«

»Was ist mit dem magischen Spiegel?« fragte sie wieder.

Da klappte Dolph der Kiefer herunter. »Den habe ich im Inselhotel am Empfangsschalter liegenlassen! Auf der Diebesinsel!«

»Das habe ich mir gedacht«, bemerkte Mela. »Ich wußte, daß irgend etwas an dieser Insel seltsam ist, konnte mich aber nicht genau daran erinnern. Es gibt da Gerüchte ...« Sie zuckte die Achseln. »Vielleicht solltest du das Holz lieber dorthin mitnehmen und schauen, was du erreichen kannst.«

»Das sollte ich wohl besser«, stimmte Dolph ihr zu. Er reichte das Holz herum, und als die anderen es nacheinander berührten, erhellten sich ihre Mienen. Nun begriffen alle, was passiert war.

»Sie haben Vergessensmagie benutzt«, erklärte Mark. »Der Schwarze Peter hat etwas davon über das Schild geschüttet und dann auf den Spiegel, und danach haben wir sie beide vergessen.«

»Aber wie konnte der Schwarze Peter sich dann an den Spiegel erinnern?« wollte Nada wissen. »Ich meine, wenn der Zauber doch bewirkt, daß jeder die Gegenstände vergißt ...«

»Es war nur ein kleines bißchen Vergessen, übriggeblieben vom großen Vergessenszauber«, schloß Mark. »Gerade so viel, um uns ein Ding für ein paar Stunden vergessen zu lassen. Wahrscheinlich liegt der Spiegel immer noch am Empfang, bis der Zauber vergangen ist. Dann wird Peter ihn dort finden und mitnehmen. Es ist der perfekte Diebstahl! Normalerweise wären wir schon ganz weit weg, wenn wir uns schließlich an unseren Verlust erinnerten, so daß es sich nicht mehr gelohnt hätte, noch einmal umzukehren.«

»Und hätten wir es getan«, fügte Grazi hinzu, »hätte er den Zauber einfach noch einmal verwendet. Was für ein Dieb!«

»Aber warum steht dann überhaupt dieses Schild draußen am Hafen?« wollte Dolph wissen. »Das verrät ihn doch gleich von Anfang an!«

Mark überlegte. »Vielleicht prüft er auf diese Art die Reisenden. Wenn sie das Schild vergessen haben, weiß er, daß der Zauber auf sie wirkt und daß er ihn dazu benutzen kann, sie zu berauben. Äußerst raffiniert.«

»Na gut, gehen wir zurück und zahlen wir es ihm heim!« entschied Dolph. »Ich halte das Umkehrholz, damit es sich nicht auch auf euch andere auswirkt. Solange ich in meiner natürlichen Gestalt bleibe, wird es mir nichts ausmachen. Dann gebe ich es einem von euch und ...« Er war zu wütend, um den Gedanken zu beenden, und er wußte auch, daß es kein sehr netter Gedanke war.

»Viel Glück!« sagte Mela und kehrte ins Wasser zurück. »Ich bin froh, daß ich euch helfen konnte, nach allem, was ihr für mich getan habt.«

Dolph nickte. Manchmal lohnte es sich, nett zu anderen zu sein.

Wieder machten sie sich auf den Weg zur Insel. Als sie schließlich dort eintrafen, hatte Dolph sich ein wenig beruhigt und entschieden, das Umkehrholz zu behalten. Wahrscheinlich konnte er damit in seiner natürlichen Gestalt mehr ausrichten als in der Form eines rachsüchtigen Drachen.

Wieder stand das Schild vor ihnen: DIEBESINSEL. Kurz darauf erschien der Schwarze Peter. Als er sie erblickte, wirkte er überrascht. »So bald schon wieder da? Was kann ich für euch tun?« Wieder schüttete er irgend etwas über das Schild.

»Oh, wir werden uns schon etwas ausdenken«, meinte Dolph und umklammerte das Umkehrholz.

Sie folgten Peter in sein falsches Büro. Dort lag noch der Spiegel auf dem Tisch, genau so, wie Dolph ihn eine Stunde vorher liegengelassen hatte. Er nahm ihn und steckte ihn in seinen Rucksack. Dann berührte er den Schwarzen Peter mit dem Umkehrholz. »Was bist du?« fragte er.

Peter sah erschrocken auf. »Ich bin der schlimmste Dieb und Schurke in der ganzen Gegend hier«, erwiderte er. »Ich bestehle jeden, der hierher kommt, indem ich ihn dazu bringe, seine Wertsachen zu vergessen.«

Dolph nickte. Das Holz hatte den Charakter des Mannes völlig umgekehrt, so daß er nun absolut ehrlich reagierte. Offensichtlich war die Unehrlichkeit sein Talent; der Mann war ein gerissener Lügner und Dieb. Wäre dies nicht seine Magie gewesen, hätte das Umkehrholz nicht funktioniert, denn auf mundane Dinge besaß es keinen Einfluß. Dolph war ehrlich, aber das Holz machte ihn nicht etwa unehrlich, weil sein Charakter keine Magie besaß. Nun war der Schwarze Peter unfähig zu verbergen, was er getan hatte, da seine eigene Magie jetzt gegen ihn arbeitete.

»Was ist mit den anderen?«

»Es gibt keine anderen; ich arbeite allein.«

»Aber im Hafen liegen doch so viele Boote!«

»Ich habe ihre Besitzer dazu gebracht, sie zu vergessen, und nun gehören sie mir.«

Was wohl bedeuten mußte, daß die früheren Besitzer ans Ufer hatten schwimmen müssen. Manche von ihnen waren vielleicht sogar ertrunken oder von räuberischen Meeresbewohnern gefangengenommen worden. Der Schwarze Peter verdiente keine Gnade!

Doch Dolph erkannte, daß es so gut wie keine Möglichkeit gab, alle gestohlenen Gegenstände zurückzubringen, denn ihre Besitzer waren schon längst verschwunden. Alles, was sie tun konnten, war, auf dieser Insel eine Warnung aufzustellen, damit andere Reisende wußten, womit sie es zu tun hatten.

»Hast du den Himmelstaler hier?« fragte er.

»Nein.«

Da der Mann die Wahrheit sagen mußte, war die Sache damit erledigt. Aber Mark hatte noch eine Idee. »Wir müssen uns ein paar Stückchen von dem Vergessenszauber sichern. Er könnte vielleicht sehr nützlich sein.«

»Gib uns einen Teil des Vergessenszaubers, und sage uns, wie wir damit umgehen müssen, dann lassen wir dich in Frieden«, sagte Dolph.

»Gern!« stimmte der Schwarze Peter zu, der genau wußte, daß er damit sehr milde davonkommen würde. »Ich habe einen Haufen Senfkörner gefunden, die lange Zeit von einem Vergessensstrudel durchtränkt wurden. Immer, wenn ich eins davon auf irgend etwas werfe, wird es für mehrere Stunden vergessen. Hier ist ein Päckchen mit dem Samen.« Er holte einen kleinen Umschlag hervor.

»Danke«, sagte Dolph und nahm das Päckchen entgegen.

Dann gingen sie. Am Strand stellten sie ein Schild auf: WARNUNG VOR DEM DIEB AUF DER INSEL – UMKEHRHOLZ BENUTZEN. Das Umkehrholz ließen sie neben dem Schild liegen.

Dann begaben sie sich weiter Richtung Süden. Schon bald erspähten sie eine weitere Insel dicht vor der Küste. Schon wünschte sich Dolph, daß sie das Umkehrholz noch dabei hätten, weil er nun einen gewissen Argwohn gegen diese Inseln hegte. Aber wenigstens wußte er, vorsichtig zu sein.

Sie segelten hinüber. Am Strand stand ein Schild mit der Aufschrift INSEL DER SCHÖNHEIT. Und tatsächlich war die Insel unglaublich schön. Sie war mit den lieblichsten Zierbäumen und -sträuchern bewachsen, und in der Mitte gab es einen vollkommen kegelförmigen Berg, der im Sonnenlicht leuchtete. Der Gipfel ragte in einen so tiefblauen Himmel empor, wie Dolph ihn noch nie gesehen hatte; er war von einem Nebel umhüllt, der in allen Regenbogenfarben schillerte. Dolph und Nada sahen ihn wortlos und überwältigt an.

»Ich traue der Sache nicht«, meinte Mark. »Alles, was hübsch ist, muß Illusion sein.«

Doch es war keine Illusion. Sie gingen an Land, veränderten ihre Gestalt und inspizierten die Insel aus verschiedenen Perspektiven. Immer blieb sie genauso schön, wie sie von weitem ausgesehen hatte.

»Ein Gewirrbaum kann auch hübsch sein«, warnte Mark. »Bis er zuschlägt.«

»Wenn wir auf einen Gewirrbaum treffen sollten, verwandle ich mich eben in etwas noch Schlimmeres«, antwortete Dolph. Doch der Gedanke machte ihm zu schaffen, weil es nicht allzu viele Dinge gab, die schlimmer waren als ein Gewirrbaum.

Da allerdings tauchte ein schlimmes Wesen auf. Es sah aus wie eine Kreuzung zwischen einem Rokh und einem Gewirrbaum und besaß gigantische Flügel und zahllose Tentakel. Es machte Anstalten, sich auf sie zu stürzen.

Dolphs Denken versagte. Was sollte er nur werden, um dieses Ungeheuer abzuschrecken?

»Ein Wallnußbaum!« rief Mark.

Dolph verwandelte sich in einen Wallnußbaum. Plötzlich war sein Körper wie ein riesiger Wall aus Hartholz, der an der Spitze ein paar Äste und Blätter aufwies. Das Ungeheuer krachte gegen diesen Wall und stürzte zu Boden. Um seine Schnauze wirbelten winzige Sterne und Planeten, die anzeigten, daß es beim Aufprall das Bewußtsein verloren hatte.

Dolph nahm die Gestalt eines ähnlichen Ungeheuers an. »Ist der Himmelstaler auf dieser Insel?« fragte er.

»Es gibt einhunderteineinhalb Ungeheuer, und jedes ist schlimmer als das letzte«, sagte das Wesen, als die Sterne und Planeten sich aufgelöst hatten. Allerdings blieb eine Spirallinie über seinem Kopf schweben, was bedeutete, daß das Unwesen die Orientierung noch nicht zurückgewonnen hatte. »Aber keinen Himmelstaler.«

»Danke«, sagte Dolph. Er verwandelte sich wieder in einen Jungen. »Nur Ungeheuer, aber keinen Himmelstaler«, meldete er. »Wir sollten lieber die Insel verlassen, bevor das nächste Ungeheuer kommt.«

Und tatsächlich – noch während er sprach, ertönte ein grausiges Brüllen aus dem wunderschönen Wald. Schnell trat man die Skelette, bis sie zu einem Segelboot geworden waren. Sie wagten es nicht, einen Blick zurückzuwerfen, während das zweite Ungeheuer ihnen nachstürzte, denn sie wußten, daß sein Anblick ihnen einen gewaltigen Schrecken einjagen würde.

»Im Süden gibt es noch eine Insel, ganz in der Nähe«, sagte Mark. »Sollen wir sofort darauf zuhalten?«

»Warum nicht«, meinte Dolph. »Schlimmer als hier kann es dort kaum sein!«

Er irrte sich. Die Insel sah ebenso schrecklich aus, wie die andere schön gewesen war. Die Bäume waren verfault, und die Luft stank. Es war, als hätte man den ganzen Müll Mundanias hier gelagert. Am Ufer befand sich ein Schild: INSEL DES SCHRECKENS.

»Das sieht hier ja genauso aus wie einige der abscheulichen Gegenden im Kürbis!« rief Mark. »Wie herrlich!«

»Warum gehst du denn nicht an Land und erforschst sie!« schnaubte Dolph, der sich wegen des Gestanks die Nase hielt.

»Warum ich nicht gehe und sie erforsche?« wiederholte Mark. »Danke, das werde ich! Das wird wie ein Besuch zu Hause sein.«

»Ich auch!« rief Grazi.

»Wir warten hier«, meinte Dolph.

»Allerdings«, stimmte Nada zu, nahm ihre Schlangengestalt an und vergrub die Nase im Sand.

Dolph tat es ihr gleich. Immerhin, wenn man die Nase in den Sand steckte, war der Gestank nicht mehr ganz so schlimm. »Mutter hat mir nie gesagt, daß eine Queste so hart werden könnte!« zischelte er in Schlangensprache.

»Meine auch nicht!« pflichtete sie ihm bei. »Ich hoffe, daß du bald deinen Taler gefunden hast!«

»Nun, er sollte auf einer von diesen ...« Dolph unterbrach sich. Denn direkt vor ihm hatte sich ein äußerst häßliches und stinkendes Wesen aufgebaut. Es sah aus wie ein Gespenst, glich aber gar nicht den netten Gespenstern auf Schloß Roogna, sondern war riesig und unförmig, und sein Gesicht bestand hauptsächlich aus einer grotesken, finsteren Grimasse.

»Was ist das denn?« fragte Nada, als sie es erblickte.

»Sieht aus wie ein bösartiges Gespenst«, meinte Dolph.

Das Gespenst schwebte heran. »Buuuhh!« schrie es und richtete das aufgesperrte Maul auf Nada.

»Iiiieeehh!« zischte sie entsetzt. Das Gespenst lachte zufrieden.

»Aber Gespenster können wirklichen Leuten nichts antun!« beeilte Dolph sich ihr zu versichern. »Ich kenne haufenweise Gespenster, und ...«

»Ich habe noch nie ein Ge-Gespenst gesehen!« sagte sie und versuchte, ihren Kopf in den Sand zu stecken.

Dolph war erstaunt. »Du hast noch nie ein Gespenst gesehen? Das ist ja erstaunlich!«

»Nein, das ist schiere Glückseligkeit!« versetzte sie.

»Buuuhh!« schrie das Gespenst wieder.

»Iiiieeehh!« wiederholte Nada und vollführte beinahe einen Luftsprung. Das Gespenst keckerte.

»Hör endlich auf damit!« zischte Dolph es an.

Das Gespenst schnitt nur eine obszöne Grimasse.

Darauf wurde Dolph so wütend, daß er etwas tat, was er noch nie zuvor versucht hatte: Er nahm die Gestalt eines Gespensts an. »Selber Buuuhh!« schrie er das Spukgesicht an.

Erschrocken huschte das Gespenst davon. »Geschieht ihm recht«, brummte Dolph in Gespenstersprache, als er zu Nada zurückschwebte.

»Iiiieeehh!« schrie sie zum dritten Mal, als sie ihn erblickte.

Hastig nahm er wieder Schlangengestalt an. »He, *ich* bin es doch!« zischte er. »Ich habe das Gespenst vertrieben!«

Sie sah entsetzlich erleichtert aus, was für eine Schlange gar nicht so einfach war.

Dann kamen gleich mehrere Gespenster auf einmal auf sie zu. »Steck den Kopf in den Sand!« rief Dolph, der ihre Reaktion fürchtete. »Ich werde sie verscheuchen!« Er wurde zu dem größten, schlimmsten Gespenst, das er sich ausdenken konnte, so häßlich, daß er schon vor sich selbst erschrak.

Doch die anderen Gespenster schwebten an ihm vorbei, ohne ihn zu beachten. Wovor flohen sie nur?

Im selben Moment kamen Mark und Grazi zurück. »Hallo, Dolph«, rief Mark. »Wir haben die Insel überprüft: Es gibt hier keinen Himmelstaler. Aber es ist wirklich ein entzückender Ort!«

Die Gespenster waren vor den beiden wandelnden Skeletten geflohen! Welche Umkehrung! »Aber wieso hast du mich erkannt?« fragte Dolph in Gespenstersprache.

»Oh, du bist ja in Gespenstgestalt«, sagte Mark. »Das ist mir gar nicht aufgefallen. Natürlich habe ich dich erkannt; schließlich bist du der einzige Prinz auf der Insel.«

Dolph nahm wieder Jungengestalt an. »Verschwinden wir von hier! Nada kann diese Insel nicht ausstehen und ich auch nicht.«

»Natürlich.« Die Skelette bildeten wieder ein Segelboot, und Dolph hielt es fest, während Nada hineinglitt, da sie vergessen hatte, ihre Gestalt zu verwandeln. Weil es vielleicht die bessere Art zu segeln war, nahm auch er wieder Schlangengestalt an und kringelte sich mit ihr am Boden des Schiffs zusammen.

»Wie konntest du zu einem Gespenst werden?« zischte Nada, als Wind und Wellen das Boot packten.

»Ich habe einfach die Gestalt angenommen, so wie ich es mit anderen Kreaturen auch tue«, zischte er zurück. »Das ist mein Talent.«

»Aber Gespenster sind doch nicht lebendig!«

Daran hatte Dolph noch gar nicht gedacht. »Ich schätze, ich kann wohl auch einige unlebendige Gestalten annehmen, sofern sie sich bewegen und wie Lebende verhalten. Ich habe noch nie darüber nachgedacht. Als dieses Gespenst dich so erschreckt hat, da wurde ich einfach so wütend ...« Er zuckte die Schultern, was ihm natürlich in seiner Schlangengestalt nicht so recht gelang.

»Da vorne ist noch eine Insel«, sagte Mark. »Wollen wir sie überprüfen?«

Dolph wäre es lieber gewesen, wenn er gleich zum Ufer hätte zurückkehren und für ganz lange nicht mehr an Inseln denken müssen. Doch er wußte, daß er jede Insel überprüfen mußte, denn auf jener, die er ausließ, würde sich mit Sicherheit der Himmelstaler befinden; und er wußte auch, daß es besser war, sie möglichst schnell zu durchkämmen. »Ja«, zischte er bedauernd.

Das Boot nahm neuen Kurs. Dolph hob seine Schlangenaugen und musterte die Insel, als sie näher kam. Sie funkelte wie ein monströser Edelstein, die Sonnenstrahlen schienen sich von ihr magnetisch angezogen zu fühlen. Dafür wuchsen aber weder Bäume noch Sträucher, ja nicht einmal Gras darauf; die Insel war nichts als ein schillerndes Stück Fels.

»Merkwürdig«, bemerkte Mark.

Als sie näher kamen, entdeckten sie ein Schild, das aus Inselgestein zu bestehen schien. Eingemeißelt waren darin die Worte: INSEL DES WASSERS.

Dolph wurde wieder zu einem Jungen, und Nada stand plötzlich als nacktes Mädchen neben ihm. Dann lachten sie. »Wie kann eine Insel denn aus Wasser sein?« fragte Dolph. »Das Meer ist doch aus Wasser!«

Da erblickten sie noch etwas anderes neben dem Schild. Es sah aus wie ein Wurm, der die Schnauze aus einem Loch im Fels steckte. Die Insel war also doch bewohnt!

Dolph nahm Wurmgestalt an. »Ahoi, Wurm!« rief er in Wurmsprache. »Stimmt dieses Schild?«

»Gewiß«, erwiderte der Wurm. »Ich bin der Wasserwurm, der alle willkommen heißt, die die Insel des Wassers besuchen. Komm, laß mich dich berühren, dann wirst du es verstehen.«

Dolph traute der Sache nicht, denn bisher hatten sie auf den anderen Inseln keine sonderlich guten Erfahrungen gemacht. Andererseits wollte er auch nicht unhöflich sein, also lehnte er nicht geradeheraus ab. »Ist der Himmelstaler hier? Danach suchen wir nämlich.«

»Komm nur näher, dann werde ich dir antworten«, erwiderte der Wurm.

Dann stieß das Boot mit der Spitze gegen die Insel. Der Wurm berührte die Spitze – worauf sie sich in Wasser auflöste!

»Weg von hier!« schrie Dolph, in der Hoffnung, daß das Skelett ihn verstehen würde.

Das Segel schwang herum, und in Schräglage fuhr das Boot davon. Dolph und Nada nahmen schnell wieder Schlangengestalt an und duckten sich, um nicht aus dem

Boot zu stürzen. »Mein Ellenbogenknochen!« rief Marks Schädel. »Er ist verschwunden!«

»Der Wasserwurm hat ihn in Wasser verwandelt!« zischte Dolph. »Alles, was er berührt, wird zu Wasser! Wahrscheinlich heißt diese Insel deshalb Insel des Wassers.«

»Dann kann auch der Himmelstaler nicht hier sein«, warf Nada ein.

»Warum hat sich die Insel denn nicht selbst in Wasser verwandelt?« fragte Dolph verwundert.

»Sie besteht doch auch aus Wasser, du falsche Schlange!« rief der Wasserwurm. Seine Worte ließen sich nur sehr schwer verstehen, weil die Sprache der Würmer der Reptiliensprache nur entfernt ähnlich war. Dolph nahm wieder Wurmgestalt an, um antworten zu können.

»Aber sie besteht doch aus fester Materie!« rief er und schob dabei die Schnauze über die Bootswand.

»Sie besteht aus festem Wasser!« erklärte der Wurm.

»Aus Eis?« fragte Dolph. »Dann müßte sie in der Sonne doch schmelzen!«

»Nicht aus Eis! Aus trockenem Wasser! Sie zieht die Sonnenstrahlen an, und die trocknen sie aus, bis nur noch trockenes Wasser übrigbleibt. Ich verwandle alles, was hierher kommt, ebenfalls in Wasser, damit die Insel wachsen kann. Kommt zurück dann zeige ich es dir.«

»Ein anderes Mal vielleicht«, erwiderte Dolph schiefmäulig. Wie knapp sie doch der Katastrophe entgangen waren!

Inzwischen hatte Nada Mädchengestalt angenommen und inspizierte Marks Ellenbogen-Bug. »Armer Kerl«, sagte sie. »Tut es weh?«

»Natürlich nicht«, erwiderte Mark tapfer. »Skelette kennen keinen Schmerz! Wir besitzen keine Nerven. Aber ohne Ellenbogenknochen werde ich komisch aussehen.«

Da machte das Segel im Wind ein klatschendes Geräusch, das sich sehr wie Gelächter anhörte.

Nada befühlte ihren eigenen Ellenbogen. »Ich bin wohl nicht an diese Gestalt gewöhnt«, meinte sie. »Wo ist denn genau der Ellenbogenknochen?«

Dolph stellte fest, daß er seinen auch nicht finden konnte. Er besaß zwar Armknochen, aber keinen Ellenbogenknochen. »Kannst du nicht einen neuen nachwachsen lassen?« fragte er.

»Das dauert seine Zeit«, erwiderte Mark resigniert.

So segelten sie weiter, und ihre Stimmung war durch die Ereignisse auf der Insel des Wassers ziemlich getrübt. Aber Dolph erkannte, daß es schlimmer hätte kommen können: Beispielsweise hätte König Cumulo Fracto Nimbus auftauchen können, um einen kräftigen Regenguß abzulassen.

»Da vorn ist wieder eine Insel«, meldete Mark.

»Ich habe die Nase voll von Inseln!« rief Dolph, aber in seiner Wurmgestalt brachte er nur ein unterdrücktes Gurgeln hervor, so als würde er Erde verdauen. Er verwandelte sich wieder in einen Jungen. »Bringen wir es hinter uns, bevor ich noch beschließe, diese Queste aufzugeben und nach Schloß Roogna zurückzukehren.«

»Ich glaube, daß deine Mutter schon früher damit gerechnet hat«, bemerkte Marks Schädel.

Sie segelten auf die Insel zu, die ganz konventionell aussah. Sie bestand aus Felsen und war von Bäumen und Gras überwachsen. Auf einem Schild stand: INSEL DES TRUGS. Das gefiel Dolph auch nicht übermäßig.

Sie fuhren darauf zu – und durch die Insel hindurch. Da war ja überhaupt nichts! »Es ist eine Illusion!« rief Dolph erleichtert.

Plötzlich schlug irgend etwas von unten gegen das Boot. Nada blickte über den Rand in die Tiefe. »Iiiieeehh!« schrie sie, genau so, wie Mädchen es zu tun pflegten.

Nun sah auch Dolph hin. Ein riesiges Krakengewächs richtete gerade seine Tentakel aus, um das Boot besser pakken zu können. Das war so ziemlich das groteskeste Monster, dem sie hätten begegnen können. Es benutzte die Insel des Trugs als Versteck, um jedes Wesen fangen zu können, das versuchte, sie zu erkunden.

Da gab es nur eins. Dolph sprang ins Wasser und verwandelte sich in einen noch größeren Kraken. »Mein! Mein!« blubberte er in Pflanzensprache.

»Oho, oho!« blubberte der Krake zurück. Da bemerkte Dolph, daß er es mit einem weiblichen Exemplar zu tun hatte, tatsächlich war sie sogar allerliebst grotesk. »Was hältst du davon, wenn wir zusammen ein bißchen Tentakel verknoten, Süßer?«

Dolph wußte, daß er selbst dann noch gezögert hätte, sich näher mit ihr einzulassen, wenn er alt genug dazu gewesen wäre. Aber wie konnte er sie abwehren, ohne sie zu erzürnen oder zu bewirken, daß sie das Boot zu packen bekam? Ihm fiel nichts ein.

»Äh, warte mal, es dauert nur einen Augenblick«, blubberte er. Dann stieß er neben dem Boot aus dem Wasser, nahm seine Jungengestalt an und kletterte hastig hinein. »Es ist eine Krakin, und sie will mit mir Tentakel verknoten. Was soll ich tun?«

»Benutz doch eines der Vergessenskörner«, erwiderte Mark prompt.

Natürlich! Dolph stürzte sich auf seinen Rucksack und holte das Samenpäckchen hervor. Mit Mühe gelang es ihm, eines der winzigen Senfkörner hervorzuholen. »Aber wie soll ich es auf sie fallenlassen? Das Wasser wird es doch wegspülen!«

»Nicht auf *sie*«, erwiderte Mark geduldig. »Auf das *Boot*.«

»Oh.« Dolph fühlte sich ziemlich dämlich. Natürlich wäre es alles andere als wünschenswert, wenn sie den Kraken vergaßen; vielmehr sollte das Geschöpf *sie* vergessen. Er ließ den Samen auf den Boden des Boots fallen, genau wie der Schwarze Peter es mit anderen Gegenständen getan hatte.

Dann sah er ins Wasser. Die Krakin schien das Interesse verloren zu haben und trieb davon. Inzwischen waren sie auf der anderen Seite der falschen Insel herausgekommen. Dicht vor ihnen lag eine weitere; das war ja ein richtiges Nest hier!

Sie segelten darauf zu. Diese Insel glich einem riesigen Kuchen, dessen Spitze mit Schokoladensauce und Eiskrem bedeckt war, während man über alles würzigen bunten Zucker gestreut hatte. »Schaut euch das mal an!« rief

Dolph, und das Wasser lief ihm im Munde zusammen. »Endlich etwas Vernünftiges zu essen!«

»Ich habe Hunger!« sagte Nada, die sich in ihrer Mädchengestalt neben ihm aufgebaut hatte. »Essen wir ganz einfach alles auf!«

»Nein, nein!« rief Mark. »Das ist doch keine geeignete Mahlzeit!«

Dolph sah zurück, wußte aber nicht mehr genau, wo Mark sich befand. Dafür war er sich aber um so sicherer, daß ein bißchen Kuchen nicht schaden könnte, und jetzt, da Nada es erwähnt hatte, spürte er auch seinen Hunger.

Ein Schild auf dem Kuchen trug die Inschrift: INSEL DES ESSENS. Dolph erblickte kleine Fische, die am Inselrand herumknabberten. Die sahen sehr glücklich und gesund aus, folglich war es wohl sehr schmackhaft. Noch einen Moment, dann würden sie nahe genug sein, um sich selbst etwas von den Leckereien zu sichern.

»Ich muß anderen Kurs halten!« ertönte Marks Stimme.

Der Segelmast schwang herum. Dolph und Nada, die befürchteten, von ihm getroffen zu werden, sprangen ins Wasser hinaus und planschten auf den Kuchen zu. Dort grabschten sie gleich händeweise Riesenportionen und stopften sie sich in den Mund. Der Kuchen schmeckte köstlich!

Dann erklang Marks Stimme aus dem Hintergrund. »Das ist gar nicht gut! Von diesem Essen wird euch schlecht werden! Ihr müßt sofort ins Boot zurückkehren!«

Boot? Dolph sah Nada an, und sie erwiderte seinen Blick. Beide zuckten sie die Schultern, sie konnten sich an kein Boot erinnern. Dann bestiegen sie den Kuchen und kletterten auf die Eiskrem zu. Jeder Schritt des Weges war fürchterlich lecker!

Schließlich gelangten sie zum Gipfel, wo Schokoladensoße und Eiskrem auf sie warteten. Das schiere Entzücken. Sie stopften sich davon so viel in den Mund, wie sie nur konnten, in der Furcht, daß irgendein Erwachsener vorbeikommen und es ihnen mit Entschiedenheit verbieten würde. Sie rissen riesige Brocken des Kuchens heraus und fütterten einander. Dann formten sie zwischen zwei Bissen Kuchenkugeln und bewarfen sich damit. Sie warfen mit Schokoladenkirschen. Dann spielten sie mit riesigen Massen Eiskrem Tortenschlacht. Sie legten sich rücklings auf die Glasur und bewegten Arme und Beine, um Engelsgestalten zu imitieren. Nun waren sie anstelle von Kleidung mit Schokolade bedeckt. Nada sah aus, als trüge sie eine Schlammpackung im Haar. Dolph konnte sich nicht erinnern, wann er jemals mehr Spaß gehabt hätte!

Doch dann begann er ganz plötzlich und unerklärlicherweise seinen Appetit zu verlieren. Er war viel zu vollgestopft, um noch etwas zu essen!

Nada sah leicht grünlich aus. »Ich glaube ... ich habe ... zuviel gegessen«, sagte sie schleppend.

Dolph fühlte sich auch nicht viel besser. Um ihn herum befand sich lauter köstliche Nahrung, aber irgendwie schien sie ihren Reiz verloren zu haben. Tatsächlich ekelte sie ihn sogar. »Wo ist Mark?« fragte er.

»Ich weiß es nicht genau«, erwiderte Nada stöhnend. »Ich kann mich nur noch daran erinnern, daß er sich zuletzt verwandelt hat, und zwar in ein ... Ich weiß es nicht mehr. Oooohh, mein Magen!«

Seite an Seite saßen sie bei Sonnenuntergang auf dem Kuchen. Dann mußte Dolph ein dringendes Geschäft erledigen, also schritt er über den Kuchen, bis er klares Wasser fand. Nada begab sich auf die andere Seite des Kuchens, wo sie möglicherweise einer ähnlichen Angelegenheit nachging.

Nachher fühlte Dolph sich ein wenig besser, doch es gelüstete ihn nicht mehr nach Kuchen. Es fiel ihm zwar schwer, es zuzugeben, aber er hatte wirklich viel zuviel gegessen. Sich über diesen Kuchen und die Eiskrem herzumachen war weniger lustig gewesen, als er es sich ausgemalt hatte.

»Glaubst du, daß der Himmelstaler hier ist?« fragte er.

»Wenn ja, dann ist er im Kuchen vergraben«, erwiderte sie. »Dann müßten wir uns bis zu ihm voressen.« Sie schnitt eine Grimasse. »Schon beim bloßen Gedanken daran wird mir ...«

»Mir auch«, stimmte er zu; auch er fühlte sich jetzt ziemlich grün im Gesicht. »Deshalb nehme ich auch an, daß er nicht hier ist.« Zwar war er sich dieser Logik nicht ganz sicher, doch für den Augenblick schien sie ihm gut genug zu sein.

Dann, als die Dämmerung einsetzte, erinnerte sich Nada wieder. »Boot! Sie haben sich in ein Boot verwandelt und in ein ... in ein ...«

»Segel«, beendete Dolph ihren Satz. »Wir sind gesegelt! Wie haben wir das nur vergessen können?«

»Der Vergessenszauber! Du hast das Senfkorn fallen lassen und ...«

»Und wir haben das Boot vergessen! Wir haben zwar dafür gesorgt, daß die Krakin es vergaß, aber auf uns hat der Zauber auch gewirkt! Und da Mark das Boot *ist* ...«

»... haben wir Mark vergessen«, beendete sie nun ihrerseits seinen Satz. »Wir haben ihn zwar gehört, konnten uns aber nicht mehr wirklich an ihn erinnern.«

»Da ist er ja!« sagte Dolph, als er den Abhang hinunterspähte. Er winkte. »He, Mark! Komm näher, damit wir wieder einsteigen können!«

»Wird auch langsam Zeit!« erwiderte Marks Schädel.

Gemeinsam mit Nada rutschte Dolph den Kuchenabhang hinunter und sauste platschend ins Wasser. Sie wuschen sich gründlich, vor allem hinter den Ohren, dann kletterten sie in das Boot, als es herangekommen war. Wie gut es sich doch anfühlte, wieder in der Gesellschaft der Erwachsenen zu sein!

»Möchtest du jetzt die nächste Insel erkunden?« fragte Mark.

Dolph stöhnte. »Müssen wir das?«

»Zum Glück nicht«, erwiderte Mark mit dem Anflug eines knochigen Kicherns. »Wir sind eine Weile herumgesegelt, während ihr beschäftigt wart, und wir haben keine weiteren Inseln in der Nähe ausmachen können. Wir werden wohl eine Weile an Land weiterreisen müssen.«

»Oh, schön!« sagte Nada, nahm ihre natürliche Gestalt wieder an und kringelte sich am Boden des Boots zusammen. Sie sah aus, als hätte sie gerade einen ganzen Hasen verschluckt. »Ich glaube, ich werde einen ganzen Monat nichts mehr essen!«

»Bäh!« rief Dolph. »Erwähne bloß nicht mehr das Wort ›Essen‹!«

»Das scheint mir den Gedanken doch Nahrung zu geben«, warf Mark befriedigt ein.

Keines der Kinder erwiderte etwas. Die Bemerkung sollte offensichtlich Erwachsenenhumor dokumentieren. Sie war aber gar nicht komisch. Dolph verwandelte sich in einen Naga und gesellte sich zu Nada. Er fühlte sich immer noch vollgestopft. Nun konnte er mühelos verstehen, weshalb Schlangen nach einer großen Mahlzeit so lange schliefen: Schon der bloße Gedanke an Essen war ihnen unerträglich! Auf jeden Fall war er *ihm* unerträglich. Wenn er jetzt noch von Kuchen träumen sollte, würde er wissen, daß eine Nachtmähre dafür verantwortlich war.

Das Boot segelte zum Festland hinüber. Als es dort eintraf, waren beide Kinder bereits eingeschlafen.

12

GOLDKÜSTE

Am Morgen setzten sie ihren Marsch nach Süden fort. Nadas Verdauung war immer noch nicht in Ordnung, und auch Dolph schien es irgendwie nicht ganz gutzugehen, doch keiner von beiden beschwerte sich. Nada wünschte, sie hätte nicht soviel Kuchen und Eiskrem gegessen, aber schließlich spielte sie die Rolle eines Kindes im Alter von Prinz Dolph, mußte sich also von seinen Taten leiten lassen. Hätte sie sich ihm nicht mit scheinbar gleichem Eifer angeschlossen, wäre er vielleicht mißtrauisch geworden. Also hatte sie sich in die Sache hineingestürzt, wohlwissend um die Konsequenzen – unter denen sie nun litt.

Doch es hatte wenig Zweck, über ihren Magen nachzugrübeln. Also hielt sie mit Dolph Schritt und richtete ihre Aufmerksamkeit auf andere Dinge.

Es gefiel ihr wirklich nicht, den Prinzen zu täuschen. Andererseits sah sie die Notwendigkeit dieses Vorgehens ein. Die Lage ihres Volks wurde immer verzweifelter, und sie mußten tun, was sie tun mußten, um sich selbst zu retten. Ihr Vater hatte es ihr vor fünf Jahren selbst erklärt: Die Kobolde konnten wenig anderes tun, als sich zu paaren und Überfälle durchzuführen. Leider taten sie das im Berg Etamin. Durch ihr Paarungsverhalten stiegen ihre Zahlen, was ihre Überfälle immer schlimmer machte. Die Sache mit Draco Draches Nest kürzlich war ein deutlicher Beweis dafür: Noch nie hatten sie so etwas gewagt. Doch inzwischen gab es so viele Kobolde, daß sie es sich leisten konnten, an allen Schlüsselpositionen Spione aufzustellen, die den Drachen beobachteten. Auf ähnliche Weise behielten sie die Naga im Auge. Ihr Vater, König Nabob, hatte sie mit Präventivschlägen abgeschreckt, so daß es für einen Kobold nicht ratsam war, ins Gebiet der Naga einzudringen. Doch der Druck wurde immer stärker, und eines Tages würden die Kobolde die Naga einfach überrennen.

Deshalb hatte ihr Vater vor sechs Jahren einen Boten zu dem einzigen Wesen geschickt, das ihr Problem lösen konnte. Dieser Bote war Naldo gewesen, Nadas Bruder und der Thronfolger. Naldo hatte den Guten Magier Humfrey von den Menschen aufgesucht und ihm seine Frage gestellt. Danach hatte er einen Jahresdienst als Wächter des Zaubererschlosses ableisten müssen, in dessen Verlauf er Eindringlingen androhte, sie mit seinen Schlangenwindungen zu erwürgen, ohne daß er ihnen jedoch jemals wirklichen Schaden zufügen durfte, was bisweilen eine recht beachtliche Herausforderung gewesen war. Danach war Naldo mit der Antwort zurückgekommen, die für sie alle ein Schock gewesen war.

Sie lautete: *Heiraten, was Draco bringt.*

Sie hatten ganze Monate damit verbracht, diese vier Worte zu analysieren. Sie wußten, daß der Gute Magier immer die Wahrheit sagte, daß seine Antworten aber gelegentlich erst richtig gedeutet werden mußten. Was Draco anbelangte, so gab es keinen Zweifel: Er war der Bergdrache, nicht gerade der beste aller Nachbarn. Der König entschied sofort, die Beziehungen zu Draco zu pflegen, damit er zur rechten Zeit bringen sollte, was benötigt wurde. Die Abmachung lautete, daß die Naga niemals das Nest des

Drachen plündern und der Drache dafür niemals die Naga angreifen würden. Die Beziehungen waren regelrecht freundschaftlich geworden, weil sie in den Kobolden einen gemeinsamen Feind hatten. Draco hatte versprochen, ihnen alles vorbeizubringen, was sie seiner Meinung nach interessieren könnte.

Aber heiraten – wer sollte denn wen heiraten? Vermutlich war Naldo gemeint, da er es ja auch gewesen war, der die Antwort erhalten hatte, außerdem war er volljährig. Doch woher sollten sie wissen, welches weibliche Wesen der Drache vorbeibringen würde? Immer und immer wieder waren sie um diese Angelegenheit herumgeglitten, hatten sie durchgekaut und so gut verdaut, wie sie nur konnten, bis sie schließlich zu dem Schluß gelangten, daß es ein junges Menschenwesen sein mußte. Ein Naga konnte von Natur aus nur eine von drei möglichen Kreaturen heiraten: Naga, Schlange oder Mensch. Die Naga besaßen nicht genügend Kräfte, um die immer wieder heranstürmenden Kobolde immer und ewig abzuwehren. Daher schien es wenig hilfreich, wenn Naldo eine Frau ihrer eigenen Rasse heiratete. Zwar konnten die Schlangenmenschen es mit den Kobolden durchaus aufnehmen, sie hätten es aber vorgezogen, an der Erdoberfläche zu leben, fern der Bergtiefen. Daher waren die Menschen ihre einzige wirkliche Hoffnung; denn die konnten fast überall leben.

Allerdings durften es keine gewöhnlichen Menschen sein. Gewöhnliche besaßen nämlich nur wenige besondere Fähigkeiten und mieden die Kobolde genauso, wie es die Naga taten. Aus zwei Gründen mußte es eine Prinzessin sein: Sie konnte über andere Menschen befehlen, und sie konnte Magie einsetzen. Denn das war ein seltsamer Zug der Menschen – wer bei ihnen zum Adel gehörte, mußte auch über eine besondere Magie verfügen. Wenn das Kind eines Königs es an dieser Magie fehlen ließ, nannte man es nicht Prinz oder Prinzessin, sondern nur Abkömmling.

Als sie diese Antwort endlich ausgetüftelt hatten, begannen sie abzuwarten. Sie wußten, daß keine menschliche Prinzessin freiwillig in diese Tiefen reisen würde; der Drache mußte so etwas erledigen, und dann könnten sich die Naga als Retter aufspielen, was wiederum die Prinzessin so beeindrucken würde, daß sie schließlich Prinz Naldo heiraten würde. Tatsächlich war Naldo recht attraktiv und besaß vollendete Manieren, war also für jede Kreatur eine gute Partie. Also hielt er sich für die Prinzessin bereit, in der Hoffnung, sie beeindrucken zu können, denn die Naga heirateten nicht, wenn nicht beide Seiten zustimmten. Die Menschenprinzessin mußte Naldo heiraten *wollen*, sonst wäre alles umsonst gewesen. Da die Menschen genau wie die Zentauren einer Mischehe eher skeptisch gegenüberstanden, mußte Naldo nicht nur die Prinzessin, sondern auch gleich ihre Familie beeindrucken.

Es gab jedoch nur eine einzige Menschenprinzessin: Ivy. Damals war sie neun Jahre alt gewesen, und nach allem, was über sie berichtet wurde, recht lieblich, wenn auch ein wenig starrköpfig, sowie mit einem subtilen, aber mächtigem magischen Talent. Sie konnte jede Qualität verstärken, die sie in einem anderen Wesen sah, egal worum es sich handeln mochte. Mit Sicherheit war solch ein Talent eine Hilfe, die Kobolde zurückzuschlagen. Wenn sie Naldo nämlich als unbesiegbar im Kampf gegen die Kobolde ansah, dann wäre er das auch. Wenn sie ihn als hochintelligenten Mann betrachtete, würde er schlau genug sein, um sich eine Möglichkeit offenzuhalten, die Kobolde abzuwehren. Folglich war sie offensichtlich auch die geeignete Verbindung, an die der Magier dachte.

Bis auf die Sache mit dem Alter. Mit neun Jahren war eine Prinzessin wirklich noch zu jung, um zu heiraten. Sie sollte wenigstens dreizehn sein. Daher wußten alle, daß sie erst auf Ivy warten mußten. Irgendwann würde sie versuchen davonzulaufen, worauf Draco sie einfangen und aus irgendeinem unergründlichen Grund zu den Naga bringen würde.

Die Jahre waren vergangen. Prinzessin Ivy war gewachsen. Den Berichten zufolge entwickelte sie sich zu einem sehr hübschen Mädchen. Es war ihnen gelungen, ein Bild von ihr heraufzubeschwören. Schon ihr bloßer Anblick hatte in Naldo Gefühle der Liebe ausgelöst – die Kobolde wurden zwar zu einer immer drängenderen Gefahr, aber Naldo verlor nicht den Mut, weil er wußte, daß die Antwort nahe war. Dann war Draco vorbeigekommen – und hatte statt dessen einen Jungen mitgebracht! In einem schrecklichen Gedankenblitz hatte König Nabob ihren Irrtum erkannt. Er hatte Nada herbeizitiert und sie mit dem jungen Prinzen verlobt.

Nada hatte sofort begriffen, was sie tun mußte. Sie hatte die Ausbildung ihres Bruders am Rande mitbekommen und im Laufe der Jahre einiges aufgeschnappt. Sie war selbst eine Prinzessin und kannte die königlichen Gebräuche. Außerdem war sie eine junge Frau, die zu ihrer eigenen Befriedigung festgestellt hatte, daß sie jedem in Frage kommenden männlichen Wesen (und auch einigen, die nicht in Frage kamen) den Kopf verdrehen konnte, wenn sie wollte. Wäre dies eine gewöhnliche Situation gewesen, hätte sie keine Probleme gehabt.

Doch die Situation war nicht gewöhnlich. Prinz Dolph war ein Kind, das erst neun Jahre alt war, während sie selbst eine junge Frau von vierzehn war. Genau im selben Alter wie Prinzessin Ivy, mit der sie sich immer ein wenig identifiziert hatte. Ihr Bruder hatte es sogar mit ihr geübt, hatte sie Menschengestalt annehmen und die Rolle einer fremden menschlichen Prinzessin spielen lassen. Er war fünf Jahre älter als sie, was für eine solche Verbindung einen recht guten Altersunterschied bedeutete. Wäre er nicht ihr Bruder gewesen, sie hätte ihn als ausgezeichnete Partie geschätzt. Es war schwer zu begreifen, weshalb Ivy nicht hätte betört werden sollen. Doch andererseits war Nada jetzt fünf Jahre älter als Prinz Dolph, und das machte einen gewaltigen Unterschied. Denn Dolph, so hatten sie erfahren, haßte seine große Schwester. Sie schubste ihn unentwegt herum, und so etwas mochte kein Prinz. Außerdem sollten Mädchen eigentlich unschuldiger sein als die Jungen, die sie heirateten. Jungen sollten alles wissen, die Mädchen dagegen sehr wenig. Da es sich aber nicht übersehen ließ, daß Mädchen aufgeweckter waren als Jungen, ließ sich die Sache nur dadurch umgehen, daß sie jünger sein mußten. Danach, nachdem sie erst einmal verheiratet waren, konnten sie dann ihre Überlegenheit getrost unter Beweis stellen. Dann waren die Jungen entweder zu dumm oder zu verlegen, um die Situation anzuerkennen, wie sie war, weshalb sie sie ignorierten. Sie erzählten nicht einmal anderen davon. So war das immer. Alle wußten darüber Bescheid, außer den Männern, und natürlich verriet denen keine Frau etwas. Es war das Gegenstück zur Erwachsenenverschwörung, nur daß die Opfer in diesem Fall erst von ihrer Existenz erfuhren, nachdem es schon zu spät war.

Nada war sich ziemlich sicher, daß sie den Rest der Sache schon hinbekommen würde. Sie könnte Dolph heiraten, ihn glücklich machen und dabei ihr Volk vor der Koboldgefahr retten. Bis auf eins: Wie sollte sie den kleinen Prinzen glauben machen, daß sie weniger wußte als er? Wo sie doch nicht nur eine Frau, sondern auch noch fünf Jahre älter war?

Die Antwort hatte sich aus der Frage selbst ergeben. Sie mußte einfach jünger erscheinen. So hatte sie das Benehmen und Aussehen einer Achtjährigen angenommen. In ihren drei Formen hatte sie schon immer lieblich ausgesehen, sie mußte nur ihre menschliche Gestalt ein wenig zurückentwickeln. Sie war erst in den vergangenen beiden Jahren richtig frauenhaft geworden, so daß es ihr nicht schwerfiel, diesen Prozeß umzukehren. In einer Hinsicht war sie allerdings ein Kind geblieben: Sie hatte noch nicht das Geheimnis des Storches entdeckt. Vor etwa einem Jahr war sie in dieser Sache zum König gekommen und hatte gesagt: »Jetzt bin ich erwachsen; sieh mal, mein Körper ist voll entwickelt. Sage mir, wie man den Storch ruft.« Doch ihr Vater hatte das Thema gewechselt, was sie als einen Vertrauensmißbrauch betrachtet hatte. Es war einfach ungerecht vom König, sie immer noch als Kind anzusehen, wo sie doch schon dreizehn, ja, jetzt sogar vierzehn war. Doch nun war sie ganz froh darüber, daß sie die Rolle eines wirklichen Kindes spielen mußte. Sie hatte sogar daran gedacht zu vergessen, wie man küßte; sie fand, daß das ein recht netter, raffinierter Zug gewesen war.

So hatte Prinz Dolph keinen Verdacht geschöpft, und sie kamen gut miteinander aus. Sie würde zufrieden sein, wenn er nie die Wahrheit erfuhr, und nie würde sie ihm offenbaren, wieviel mehr sie doch wußte als er. Für das Wohlergehen ihres Volks wollte sie alles tun. Der Verlust ihres persönlichen Glücks war ein kleiner Preis verglichen mit dieser Ehre.

Doch sie wünschte sich, daß sie nie auf diese Insel des Essens gestoßen wären! Die anderen Inseln waren schon schlimm genug gewesen; sie hatte ihr Entsetzen nicht erst spielen müssen, als das häßliche Gespenst sie bedrohte, oder als sie die Krakin im Meer ausgemacht hatte. Vorsicht hatte sie nur ganz zu Anfang walten lassen, als sie nämlich Mark Knochen aus der Hand der Kobolde befreiten. Sie hatte erst in den vergangenen drei Jahren Musikinstrumente zu spielen gelernt und konnte weitaus besser spielen als jede Achtjährige. Doch es war dringend erforderlich gewesen, daß sie auf der Flötenwinde spielte, und so hatte sie es riskiert, gut darauf zu spielen, im Vertrauen, daß der Prinz nicht wissen würde, wieviel Können das in Wirklichkeit verlangte. Der Rest war leicht gewesen: die entzückten Rufe und Schreie, als sie in die Lüfte entschwebten, und so weiter. Es machte Spaß, wieder jung zu sein, vor allem zusammen mit Dolph, der ein netter Junge war. Sie könnte seine Freundin sein und würde später seine Frau werden, obwohl sie ihn natürlich niemals lieben würde. Dazu war er einfach zu jung. Wenn er erst einmal alt genug dafür geworden war, würde sie zu alt sein. Nicht daß es eine Rolle spielte: Ihr Vater hatte ihr erklärt, daß in einer Zweckehe die Liebe keine Rolle spielte und daß königliche Ehen selten darauf Rücksicht nahmen.

»He! Gold!«

Dolphs Ruf riß Nada aus ihren Gedanken. Sie blickte sich um. Tatsächlich, die Landschaft war golden geworden.

»Das muß die Goldküste sein«, bemerkte Mark. »Hier ist fast alles aus Gold. Wir müssen uns ein Stück landeinwärts begeben, um sie zu umgehen und um Nahrung für euch zu finden.«

»Aber diese Äpfel dort sehen doch gut aus!« rief Dolph und glitt zu einem goldenen Baum hinüber, an dem drei leuchtende goldene Äpfel hingen.

»Ich glaube nicht, daß du die Äpfel versuchen solltest«, sagte Mark und trieb sie alle weiter.

Sie stießen ins Binnenland vor, und die goldene Vegetation verschwand. Natürlich riskierten sie auf diese Weise, daß sie möglicherweise eine weitere Insel vor der Goldküste verpaßten, aber das ließ sich nicht ändern.

Am Abend teilten sich Nada und Dolph eine Eintopfpastete von einem Pastetenbaum, mehr Appetit hatten sie nicht. Sie wuschen sich in einem kleinen Bach, sogar hinter den Ohren, wenn auch unter Protest. Nada erinnerte sich noch daran, wie sie diese Waschzeremonien als Kind gehaßt hatte, und so haßte sie sie natürlich auch wieder, um ihre Rolle zu wahren.

Dann verwandelten Mark und Grazi sich wieder in Hütten, und Nada und Dolph legten sich zur Nacht nieder. Diese Knochenbauten waren erstaunlich bequem, weil sie die Luft filterten und eine gleichmäßige Temperatur bewahrten, und sicher waren sie auch – kein feindliches Wesen konnte dort eindringen. Die Skelette waren ebensolche Gestaltwandler wie alle anderen Kreaturen, wenn sie auch Skelette blieben. Prinz Dolph schien Gestaltwandler anzuziehen, vielleicht war das ein Aspekt seiner Magie vom Magierkaliber.

Magierkaliber. Das war eine Vorstellung, mit der sich eine Beschäftigung lohnte. Dolph war ein Kind, und zwar ein recht normales, mit all der Freude und dem Leid, welches dazugehörte. Seine Magie aber stellte ihn in eine andere Kategorie. Sie hatte davon geträumt, erwachsen zu werden und einen Magier zu heiraten, ohne sich jemals genau auszumalen, wie er auszusehen hatte; natürlich hatte sie dabei an einen Menschenmann gedacht, weil es unter ihrem eigenen Volk keine Magier gab.

Nun war ihr Traum auf überraschende Weise Wirklichkeit geworden. Dolphs Talent ließ tatsächlich keine Wünsche offen; es machte ihn nicht nur darin erstaunlich, daß er sofort jede beliebige Gestalt annehmen konnte, sondern auch dadurch, daß er zugleich ihre Fähigkeit zu schwimmen oder zu fliegen, zu kommunizieren und alles andere erwarb. Nicht einmal vor Gespenstern brauchte er Halt zu machen!

Aber er war fünf Jahre jünger als sie. Diesen einen Haken hatte die Sache eben.

Nun, jetzt waren sie verlobt, und er hatte gezeigt, daß er für ihre Reize sehr empfänglich war. Sie würde ihr Bestes tun müssen, immer auf sein Wesen einzugehen, damit er sich nie zu beklagen brauchte. Sie wollte für ihn zuerst die bestmögliche Spielgefährtin, dann Geliebte, dann Ehefrau sein. Sie selbst war keine Zauberin; sie besaß keine Magie, die über die gewöhnlichen Talente ihrer Art hinausging. Aber sie war eine Prinzessin und würde tun, was ihr bestimmt war, und zwar ihr ganzes Leben lang. Ihr Vater erwartete es von ihr, und sie würde ihn nicht enttäuschen – ebensowenig wie Dolph. Oder sonst jemanden. Niemals.

»Warum weinst du, Nada?« fragte Grazis Schädel leise.

Nada zuckte zusammen. Sie hatte ganz vergessen, daß sie von einem bewußten Lebewesen beschützt wurde, das niemals schlief! Der Schädel bildete den Eingang, und er hatte sich zu ihr umgewandt, um mit ihr reden zu können.

»Es ist ... n-nichts ...«, schluchzte sie.

»Es ist nicht nichts«, widersprach Grazi. »Ich bin eine Frau, so seltsam dir das auch erscheinen mag. Und du bist auch eine. Ich merke, was Männer nicht merken. Letzte Nacht hast du im Schlaf geweint; heute nacht weinst du, während du noch wach bist. Was hast du für Kummer?«

»Ich kann es dir nicht sagen«, erwiderte Nada und versuchte ihre Tränen wegzuwischen.

»Du bist älter, als du aussiehst, und du bist unglücklich. Ich werde dein Geheimnis wahren.«

»Ich bin ein Kind! Genau wie Dolph!«

»Im Schlaf nimmt dein Körper sein natürliches Alter an. Du bist eine Frau. Eine junge Frau zwar, aber kein Kind. Ist das der Grund, weshalb du weinst?«

»Ich darf es nicht verraten!«

»Niemand kann uns hören. Erzähl mir von deinem Leid, dann werde ich dir von meinem berichten.«

Nada horchte auf. Welchen Kummer konnte ein Gerippe wohl haben? Ihre weibliche Neugier war geweckt, sie mußte es unbedingt wissen! Und da Grazi Nadas eigenen Kummer bereits erahnt hatte, war das halbe Geheimnis ohnehin schon verraten. »Erzähl mir erst von deinem.«

Grazi widersprach nicht. Sie ergriff einfach das Wort. »Ich habe Mark erzählt, daß ich aus Versehen aus dem Kürbis getreten und hier in der wirklichen Welt gestrandet bin, aber das war nicht die ganze Geschichte. Man hat mich nämlich hinausgeworfen, und ich darf nie wieder zurückkehren.«

»Aber das ist doch dein Heimatreich!« rief Nada. »Hier draußen gibt es für deine Art doch gar keinen Platz! Du gehörst in richtige Alpträume!«

»Ja. Ich wurde als Verbrecherin ins Exil geschickt. Und ich kann nicht sterben, das macht die Sache so schlimm.«

»Was hast du denn getan, was im Reich der Alpträume als Verbrechen gelten kann? Alpträume *müssen* doch entsetzlich sein!«

»Ja. Auf einer Insel Xanths gab es einen Troll. Sein Stamm überfiel ein Menschendorf. Das ist das Geschäft der Trolle. Sie waren hungrig, und sie brauchten frische, saftige Kinder zu essen. Einige von ihnen haben die Männer des Dorfs abgelenkt, während andere in die Häuser eindrangen und die Frauen ablenkten. Sie lenkten die Männer ab, indem sie versuchten, sie zu töten, aber die Männer waren zu stark, und es gelang ihnen, ihrerseits die Trolle zu vertreiben. Die Frauen lenkten sie ab, indem sie versuchten, sie zu vergewaltigen, aber die wehrten sich mit der Kraft der Verzweiflung und entgingen ihrem Los. Währenddessen drang Tristan Troll in ein Haus ein, packte ein saftiges frisches Kind und schleppte das kleine Mädchen hinaus in den tiefen Wald. So war der Überfall doch noch ein Erfolg – in dieser Nacht würden sie etwas zu essen haben.

›Ach, bitte, Herr Troll, nimm mich nicht von meiner

Familie weg‹, bettelte das kleine Mädchen. ›Ich bin das einzige Kind meiner Eltern, und wenn sie mich verlieren, wird es ihnen das Herz brechen.‹

Tristan sah sie an, und sie war sehr hübsch und sehr lieblich. Ihre Familie dauerte ihn. Er setzte sie ab. ›Kehr zu deiner Familie zurück‹, sagte er zu ihr. ›Aber erzähl niemandem, was ich getan habe.‹

Das Mädchen war klug genug, um zu merken, daß er etwas Falsches tat. ›Ich werde es niemandem erzählen!‹ versprach sie. Dann lief sie auch schon davon, hinaus aus dem finsteren Wald, zurück nach Hause.

So war der Überfall der Trolle doch ein Mißerfolg, und in dieser Nacht mußten sie hungern. Danach war das Menschendorf vorgewarnt und hielt Wache, so daß hier eine ganze Weile keine Überfälle mehr möglich waren. Tristan erzählte seinen Artgenossen nicht, was er getan hatte, denn er schämte sich zutiefst; er wußte, daß er sich völlig untrollhaft verhalten hatte. Da alle anderen bei ihren Bemühungen gescheitert waren, waren sie über seinen Mißerfolg auch nicht erstaunt. So blieb sein Verbrechen unentdeckt.

Doch in dieser Nacht träumte er, und der Nachthengst wußte von seinem Vergehen, denn der Hengst kennt die schlimmsten Geheimnisse aller träumenden Kreaturen. Er verbrachte Stunden damit, für ihn den allerschlimmsten, entsetzlichsten Alptraum herzustellen, ein Traum, der so fürchterlich war, daß es gleich dreier Nachtmähren bedürfen würde, um den ganzen Traum zu befördern. Es war wahrscheinlich der entsetzlichste Traum, der jemals für einen Troll hergestellt wurde, ein wunderbares Kunstwerk. Tristan würde die ganze Nacht schreien und würde erst am Morgen aus diesem grausigen Traum erwachen können. Danach wäre sichergestellt, daß er seinen Stamm nie wieder auf diese Weise hintergehen würde!

Ich hatte die Ehre, in diesem Traum die Hauptrolle zu spielen. Tristan fürchtete sich vor vielen Dingen, am meisten aber vor Gerippen. Weil er ein Mädchen hatte laufen lassen, sollte es auch ein weibliches Gerippe sein, das ihn in seinem Schlaf heimsuchte. Für mich war das natürlich eine Auszeichnung, es war meine erste Hauptrolle, und entsprechend stolz war ich auch darauf. Ich hatte vor, ihn so heftig und so lange schreien und kreischen zu lassen, bis ihm die Zunge aus dem Mund fiel.

Doch als ich mich über die Einzelheiten seines Vergehens informierte, fiel es mir schwer, Begeisterung zu entwikkeln. Gewiß, er hatte seinen Stamm verraten und ihm unnötigen Hunger verursacht, andererseits hatte er aber auch sehr viel Leid von der Menschenfamilie abgewendet. Natürlich oblag es nicht mir, ein Urteil über ihn zu fällen; ich war schließlich nur eine Schauspielerin in einem Alptraum. Als ich aber meine Rolle als Gerippe einer seiner Stammesgenossinnen spielte, die wegen seines Vergehens verhungert war, und als ich ihn im Traum ansprang, um ihn in den schlimmsten Abgrund des Entsetzens zu stürzen, da zögerte ich kurz. ›Ich glaube, daß du richtig gehandelt hast‹, flüsterte ich. Der Rest des Traums verlief so, wie er geplant worden war, mein Fehler blieb unbemerkt.

Die drei Nachtmähren überbrachten ihm noch in derselben Nacht den Traum. Doch anstatt Tristan Troll vor Reue und Furcht verrückt zu machen, verursachte er ihm lediglich einige Unbehaglichkeit. Kurzum, es war ein Mißerfolg. Die Nachtmähren waren sehr verlegen, und der Nachthengst schnaubte ätzenden Rauch. Er untersuchte den Traum, und diesmal entdeckte er, was ich getan hatte. Ich hatte die ganze Produktion kaputtgemacht und die Anstrengungen der ganzen Kürbiswelt der Lächerlichkeit preisgegeben.

Deshalb wurde ich verbannt«, schloß Grazi. »Man schickte mich hinaus und vernichtete danach hinter mir den Kürbis. Ich war am Boden zerstört und hoffte, einen anderen Kürbis zu finden, um mich wieder heimlich einzuschleichen. Doch ungefähr zur gleichen Zeit, als Mark und Dolph eintrafen, wurde mir klar, wie töricht meine Hoffnungen waren. Ich ging davon aus, daß Mark in Wirklichkeit doch wieder in den Kürbis zurückkehren wollte, trotz allem, was er sagte; oder daß er aus irgendeinem Grund verbannt worden war, daher blieb ich vorsichtig. Aber jetzt weiß ich, was für ein prächtiges Skelett er ist, und ich wünschte, ich könnte mit ihm ein paar Knochen rupfen, aber ...«

»Knochen rupfen? Soll das heißen, daß ihr Streit habt?«

»Ganz und gar nicht! Das ist unsere Methode, uns in dem zu vereinen, was du wohl Ehe nennen würdest. Knochen herausrupfen und ein Babyskelett daraus machen. Aber natürlich bin ich seiner unwürdig, denn ich bin eine Ausgestoßene, und so darf ich das Thema gar nicht ansprechen.«

»Aber es ist doch offensichtlich, daß Mark dich mag, und ihr beide arbeitet so gut zusammen«, wandte Nada ein. »Dieses Segelboot ...«

»Aber würde er mich noch mögen, wenn er von meinem Verbrechen wüßte?«

»Es war doch gar kein Verbrechen!« widersprach Nada.

»Nein, es war ein Verrat an meiner Art, genau wie der Troll seine Art verraten hat.«

»Aber das ist doch Unsinn!«

»Vielleicht nach deinen Maßstäben. Aber Mark ist auch ein Gerippe. Wie würde er wohl die Sache sehen?«

Darauf wußte Nada nichts zu erwidern. Nach einem kurzen Moment des Schweigens begann sie, ihren Kummer zu beichten. »Und deshalb weine ich um das Glück, das ich niemals haben werde«, schloß sie. »Mein Traum, einen stattlichen und magischen Prinzen zu heiraten, wird zwar Wirklichkeit werden, aber die wahre Liebe werde ich niemals finden.«

»Nur weil er jünger ist als du? Das verstehe ich nicht.«

»Das Mädchen soll immer jünger sein als der Junge. Ich könnte nur einen älteren Prinzen lieben.«

»Aber das ist doch Unsinn!«

Nada lächelte voller Tränen. »Vielleicht nach deinen Maßstäben. Aber ich bin überzeugt, daß Prinz Dolph entsetzt wäre, wenn er davon erführe.«

Grazi überlegte eine Weile. »Mußt du ihm denn dein Alter mitteilen?«

»Das brauche ich eigentlich nicht zu tun! Ich werde seine Erwartungen in jeder Hinsicht erfüllen, also wird er glücklich sein. Mein eigener Kummer aber darf nicht bekannt werden.«

»Ich habe dir ja schon versichert, daß ich dein Geheimnis wahren werde, aber ich verstehe immer noch nicht, weshalb der Altersunterschied von Wichtigkeit sein sollte.«

»Wenn Dolph davon erführe, würde er unsere Verlobung lösen und mein Volk wäre verloren.«

»Wir beide sind wirklich sehr verschieden!«

»Warum erzählst du denn Mark nicht, wie du empfindest? Er würde mit Sicherheit gern einen Knochen mit dir rupfen.«

»Dann müßte ich ihm aber zuerst von meinem Verbrechen erzählen, und danach würde er mich verachten.«

»Wir sind wirklich verschieden«, bestätigte Nada. »Aber ich glaube, wir haben sehr ähnliche Probleme. Wir müssen jene täuschen, denen wir am nächsten stehen.« Mit diesen Worten schlief sie ein.

Am nächsten Tag gelangten sie in einen Wald und wurden von vielen lieblichen Wesen umringt, deren Schönheit allerdings durch einen tierischen Zug gestört wurde. Die meisten von ihnen waren hübsche junge Frauen, in Weiß gekleidet und mit langem hellen Haar. Doch manche besaßen Hundepfoten oder Bussardfedern, gelegentlich auch einen Schlangenschwanz. Alle trugen Bögen, deren Sehnen gespannt waren, die Pfeile auf sie gerichtet. »Halt, Eindringlinge!« rief ihr Anführer, ein stattlicher junger Menschenmann, der allerdings Entenfüße hatte. »Weist euch aus!«

Da es Dolphs Queste war, ergriff er das Wort. »Ich bin Prinz Dolph von den Menschen, und das hier ist Prinzessin Nada von den Naga, Mark und Grazi vom Kürbis. Wer seid Ihr, und warum haltet Ihr uns auf?«

»Wir sind die Feen, und ich bin Gunter Ganter, und wir haben vor, uns mit euch zu paaren, um unsere aussterbende Art aufzufrischen. Dazu darf sich jeder von euch unter uns einen Partner aussuchen.«

Dolph lächelte. »Das können wir nicht tun. Nada und ich sind verlobt, und ...«

»Das hat für uns keine Bedeutung. Wen ihr auch aussucht, er wird für immer euer Partner sein, und mit diesem werdet ihr euch den Rest eures Lebens paaren. Und nun wählt.«

»Und wir sind auch erst neun beziehungsweise acht Jahre alt«, schloß Dolph. »Wir könnten uns nicht einmal mit euch paaren, wenn wir wollten. Wir wissen noch nicht, wie man den Storch ruft. Und was die Skelette angeht, so gehören sie nicht zu eurer Art.«

»Euer Alter und eure Art spielen keine Rolle«, erwiderte Ganter. »Dann werden wir euch eben einfach solange bei uns behalten, bis ihr im entsprechenden Alter seid, um euch dann zu zeigen, wie man den Storch ruft. Wir werden Gestalten annehmen, die sich mit den Skeletten paaren können. Unsere Fähigkeit zur Verwandlung ist zwar begrenzt, hierfür genügt sie aber. Wählt!«

Dolph musterte seine Gefährten. »Was wißt ihr über die Feen?«

»Sie gehören zum Elfenvolk«, berichtete Mark. »Es ist eine sehr alte Art, so alt wie Xanth und Mundania. Eine Zeitlang waren sie verschwunden; dies ist das erste Mal, daß ich wieder von ihnen höre. Im allgemeinen heißt es, daß man ihnen besser aus dem Weg gehen sollte.«

Dolph ließ seinen Blick über die gespannten Bögen fahren. »Den Grund dafür kann ich mir denken. Was, wenn ich meine Gestalt verwandle?«

»Dann würde Nada darunter leiden.«

Nada wußte, was er meinte. Dolph konnte sich zwar in einen Drachen verwandeln und die Feen auslöschen, aber nicht bevor ihre Pfeile sie getötet hatten. Sie selbst konnte nur drei Gestalten annehmen, die alle durch Pfeile verwundbar waren. Die Sache gefiel ihr überhaupt nicht!

Dolph sprach wieder zu den Feen. »Ich bin ein Magier. Ich kann meine Gestalt verwandeln, und meine Macht ist nicht begrenzt. Ihr müßt mich entweder sofort töten oder uns ziehen lassen. In keinem Fall aber werdet ihr uns für eure Zwecke aufhalten können.«

Das war wirklich gut gesagt, dachte Nada! Dolph war wahrhaftig klug und tapfer genug. Wie schade, daß er nicht zehn Jahre älter war!

Gunter Ganter lachte. »Wirklich sehr wahrscheinlich, was du da sagst! Beweise es!«

Dolph verwandelte sich in einen gepanzerten Drachen. Rauch stieg auf, ein Hinweis auf ein gewaltiges inneres Feuer.

»Nun könnt ihr Prinz Dolph nicht mehr töten«, sagte Mark. »Wenn ihr Nada Naga tötet, wird Dolph euch angreifen und euch alle vernichten. Laßt uns in Frieden weiterziehen.«

Doch die Pfeile blieben weiterhin auf sie gerichtet. »Wenn dieser Drache eine falsche Bewegung macht, werden wir die Naga töten. Wenn sie ihm am Herzen liegt, wird ihm das nicht behagen.«

Was würde Dolph tun? Zum ersten Mal auf dieser Reise fürchtete Nada um ihr Leben. Ein neunjähriger Junge – der konnte in Panik ausbrechen oder sich verschätzen, und dann müßte sie dafür büßen.

Doch glücklicherweise führte Mark jetzt die Verhandlungen, weil Dolph in seiner Drachengestalt nicht sprechen konnte. Natürlich würde Dolph nicht wieder seine Jungengestalt annehmen, solange die Pfeile auf ihn gerichtet waren!

»Ich wiederhole«, sagte Mark, »wenn ihr Nada erschießt, werdet ihr alle vernichtet. Mir oder Grazi oder dem Drachen können eure Pfeile nichts anhaben, aber wir können euch weh tun. Euer aller Leben hängt vom Wohlergehen Nadas ab. Dann werdet ihr euren Stamm nämlich nicht mehr mehren können!«

Gunter Ganter überlegte. »Vielleicht gibt es einen Kompromiß«, schlug er vor. »Laßt uns einen fairen Wettstreit abhalten, und der Sieger soll sich ohne Gewaltanwendung durchsetzen.«

»Was für einen Wettstreit?« fragte Mark.

»Einer von euch wird Gefährten aussuchen, mit denen er fortgehen will. Wählt er die anderen drei von euch aus, könnt ihr in Frieden weiterziehen. Wählt er einen von uns, seid ihr gebunden.«

»Aber natürlich würde er doch nur uns andere auswählen!« wandte Mark ein.

»Nicht, wenn unsere Leute euren gleichen.«

Mark hielt inne, und Nada wußte genau weshalb. Wenn die Feen ihre Gestalt verwandelten, um den Reisenden zu gleichen, würde es schwierig sein, sie auseinanderzuhalten. Doch wahrscheinlich kannte Mark sie inzwischen gut genug, um es zu können. »Jeder von euch hat aber einen tierischen Zug. Daran könnten wir euch erkennen.«

»Wir haben uns einen kleinen Illusionszauber erobert, der unsere tierischen Züge überdecken wird. Das ist zwar nicht viel, für diesen Zweck genügt es aber. Ihr werdet zwar mit jedem reden können, dürft aber niemanden anfassen. Wen ihr berührt, der gilt als auserwählt.«

»Aber die wirklichen Mitglieder unserer Gruppe würden sich selbst doch melden!« wandte Mark ein. »Dann wäre es doch kein Wettkampf.«

Ganter zuckte die Schultern. »Bist du einverstanden?«

Mark beriet sich mit den anderen. Keinem von ihnen behagte die Angelegenheit, aber die Pfeile blieben gnadenlos auf sie gerichtet. Nada wollte auf keinen Fall sterben, und sie war sich sicher, daß Dolph die Feen nicht töten wollte. Da schien es das beste zu sein, auf den Wettkampf einzugehen und dafür zu sorgen, daß sie ihn nicht verloren.

»Wir stimmen zu«, verkündete Mark schließlich. »Ich werde ...«

»Du nicht«, unterbrach ihn Ganter. »Die Naga. Sie wird auswählen.«

»Ich?« fragte Nada entsetzt. »Ich kann doch nicht ...«

»Entweder so oder gar nicht«, entschied Ganter. »Sie ist verwundbar, sie kann nicht betrügen.«

»Keiner von uns wird betrügen!« versetzte Mark empört. »Haben die Feen etwa vor, zu betrügen?«

»Die Feen betrügen nicht«, erwiderte Gunter Ganter.

»Wie sollte hier auch jemand betrügen?« fragte Nada. »Es schauen doch alle dabei zu.«

»Der Gestaltwandler könnte sich einfach in einen Vogel verwandeln und allein davonfliegen«, antwortete Gunter Ganter. »Die Skelette könnten einen Kürbis ausfindig machen und fliehen.«

Mark zuckte die Schultern. »Dann soll sie auswählen.«

Plötzlich lag die ganze Last auf Nadas Schultern. »Streif diese Kapuze über, während wir uns untereinander mischen«, sagte Gunter Ganter und legte ihr eine dicke Samtkapuze auf den Kopf.

Kurz darauf wurde die Kapuze wieder entfernt. Nada öffnete die Augen – und blinzelte.

Alle Leute auf der Lichtung sahen genauso aus wie Nadas Gefährten. Es gab ungefähr zehn Marks und doppelt so viele Grazis sowie zehn weitere Dolphs. Es gab sogar mehrere Nadas.

Sie konnte zwar mit den einzelnen sprechen, durfte sie aber erst berühren, wenn sie sich für sie entschieden hatte. Also würde sie niemanden berühren, bis sie sich absolut sicher war. Sie hatte drei Versuche; doch ihr erster Fehler würde auch ihr letzter sein, denn dann würde sie selbst zur Gefangenen werden, zusammen mit jenen, die sie noch nicht befreit hatte.

Nada war froh, daß sie in ihrer natürlichen Gestalt keine Hände besaß, denn sie hatten die unangenehme Neigung, kalten Schweiß abzusondern und klamm zu werden. Wie sollte sie nur die anderen herausfinden?

Sie ging zur nächsten Dolphgestalt. »Wer bist du?« fragte sie.

»Ich bin dein zukünftiger Gemahl, Prinz Dolph«, erwiderte er. »Berühre und rette mich.«

Darüber dachte sie nach. Zukünftiger Gemahl? Dolph hatte diesen Ausdruck nie verwendet. Er war ihr Verlobter. Das mußte eine der Feen sein!

Sie ging auf einen Mark zu. Den kannte sie nicht so gut, deshalb beschloß sie, ihn als letzten auszuwählen. So könnte sie wenigstens die beiden anderen zuvor retten, bevor sie ihr eigenes Schicksal aufs Spiel setzte.

»Wer bist du?« fragte sie.

»Ich bin Mark vom Kürbis«, erwiderte er prompt.

»Wie lautet dein Familienname?«

»Ich habe keinen.«

»Zu schade«, sagte sie. »Wenn du wirklich wärst, würdest du wissen, daß dein voller Name Mark Knochen lautet.«

»O nein!« rief eine Dolphgestalt. »Du hast es verraten!«

Nada war entsetzt. Genau das hatte sie tatsächlich getan! Jetzt wußte jede der Feen davon, und sie würde Mark nicht mehr durch dieses Wissen identifizieren können.

Aber vielleicht konnte sie doch noch etwas durch diesen Patzer retten. Sie glitt zu dem Dolph hinüber, der gesprochen hatte. »Bist du der wirkliche Dolph?«

»Natürlich bin ich das!«

»Dann mußt du Grazis vollen Namen kennen.«

»Grazi Ossian«, erwiderte er – doch dann fuhr er sich mit der Hand an den Mund. »Jetzt habe ich es selbst getan! Jetzt kannst du sie auch nicht mehr herausfinden!«

Nada war niedergeschlagen. Es war auch ihr Fehler gewesen; sie hätte es besser wissen müssen, als diese Frage irgend jemand anderem außer Grazi zu stellen. Nun hatte sie gleich zwei Entscheidungen erschwert.

Doch wenigstens war sie sich Dolphs sicher. Er kannte sowohl Mark als auch Grazi besser als sie. Sie könnte ihn auswählen, um ihn dann um seinen Rat zu bitten, was die anderen anging. So würde sie vielleicht doch noch alle retten. Sie fuhr mit dem Schwanz herum, um ihn mit der Spitze zu berühren …

»Tu es nicht!« rief eine andere Dolphgestalt. »Ich habe ihren vollen Namen genannt, als ich uns vorhin vorgestellt habe! Das ist ein Betrüger!«

Nada erstarrte. Stimmte das? Wenn dem so sein sollte, so hätte sie gerade um Schuppenbreite einen schrecklichen Fehler begangen!

»Das habe ich nicht getan!« sagte der Dolph vor ihr. »Ich

habe ›Grazi vom Kürbis‹ gesagt. Erinnerst du dich denn nicht, Nada?«

Nada versuchte sich zu erinnern, war sich aber nicht ganz sicher. Das bedeutete aber, daß sie sich auch dieses Dolphs nicht sicher sein konnte.

Sie wandte sich ab.

Doch der eine Dolph ging ihr nach. »Laß dich von ihnen nicht narren, Nada!« ermahnte er sie. »Ich weiß, daß ich dir beweisen kann, wer ich wirklich bin!«

»Wenn du das tust, ist sie verloren«, erwiderte der andere Dolph. »Du hast deine Chance gehabt, Betrüger.«

Nada zögerte. Angenommen, der erste Dolph hatte doch recht? Durfte sie es riskieren, ihn zu ignorieren?

»Nada, hör mir zu!« sagte er. »Ich kann dir sagen, welche Fragen du stellen sollst! Wenn sie dir nicht passen, brauchst du sie nicht zu stellen, aber übergeh mich nicht!«

»Klar, der will dich täuschen«, sagte der andere Dolph, worauf die verbliebenen Dolphs zustimmend murmelten. »Wenn du auf ihn hörst, wirst du so verwirrt werden, daß du den richtigen gar nicht mehr erkennen kannst, wenn du vor ihm stehst!«

»Das ist eine Lüge!« sagte der erste Dolph. »Ihr seid die Betrüger!«

»Warum lassen wir das nicht sie entscheiden?« versetzte der andere vernünftig.

»Weil sie den falschen auswählen könnte! Sie ist doch jünger als ich, und ich bin nur ein Kind.«

Nur ein Kind. Darauf konzentrierte sich Nada. Von den beiden Dolphs schien der zweite der reifere zu sein – aber der wirkliche Dolph war *tatsächlich* ein Kind, das dazu neigte, sich mit Kuchen vollzustopfen, wenn es Gelegenheit dazu bekam. Er glaubte, daß sie jünger sei als er – andererseits war das aber auch ein Beweis seiner Echtheit.

»Welche Fragen?« fragte sie den ersten Dolph.

Er grinste. »Zum Beispiel, was bei unserem ersten Kuß geschah.«

Ein ausgezeichneter Vorschlag! Sie wandte sich an den zweiten Dolph. »Was ist passiert, als wir uns das erste Mal geküßt haben?«

»Es war großartig!« erwiderte der. »Du bist eine sehr schöne Naga.«

Sie wandte sich an einen anderen. »Was ist passiert?«

»Das ist eine Fangfrage«, erwiderte er. »Wir sind zu jung dafür, wir haben uns nie geküßt.«

»Noch jemand?« fragte sie und ließ den Blick über die verbleibenden Dolphs schweifen. Sie erhielt einen Chor von Antworten, alles verschiedene: »Das gab einen lauten Schmatzer!«; »Du bist errötet!«; »*Ich* bin errötet!«; »Deine Mutter hat uns erwischt!«; »Unsere Nasen sind zusammengestoßen!«; »Es war nur ein Kuß auf die Stirn.«

Nada konzentrierte sich auf den Dolph, der die Sache mit den Nasen erwähnt hatte. »Du!« rief sie.

Der angesprochene Dolph trat vor. »Ja, ich bin der wirkliche«, sagte er. »Wie klug von dir, diese Frage zu stellen.«

Nada sah den ersten Dolph an. »Aber die Frage hast *du* doch vorgeschlagen!«

»Ich habe noch mehr anzubieten«, erwiderte er. »Was hat deine Mutter gesagt, als unsere Nasen zusammenstießen?«

»Meine Mutter?« fragte sie scharf.

»Frag ihn mal«, sagte er und blickte sie durchdringend an.

Sie wandte sich an den anderen. »Was hat meine Mutter gesagt?«

»Ich habe bereits eine Frage beantwortet«, erwiderte der Dolph. »Laß ihn das doch beantworten!«

Sie sah den ersten wieder an. »Nun?«

»Sie war nicht dabei. Ich habe deine Mutter nie zu sehen bekommen. Aber dein Vater hat gesagt ...« Er furchte nachdenklich die Stirn. »Er hat gesagt, du sollst den Kopf schräglegen, Dummchen, weil ...«

Er bekam den Satz nicht zu Ende, weil Nada im selben Augenblick zu ihm glitt, den Kopf hob und ihn küßte. Noch nie war sie so froh gewesen, ein Dummchen genannt zu werden!

»He, das macht aber Spaß, Dummchen«, sagte Dolph.

Sanft biß sie ihn ins Ohr. »Du hast deine Identität bewiesen. Nun hilf mir dabei, die anderen herauszusuchen.«

»He, das ist unerlaubte Hilfeleistung!« protestierte einer der Marks.

»Natürlich ist das erlaubt«, wandte ein anderer ein. »Es wurde keine Regel erwähnt, die es verbietet.«

»O doch!« erwiderte der erste hitzig. »*Sie* muß auswählen, und nicht der Junge.«

»Na schön«, meinte der zweite Mark. »Dann wollen wir über die Regeln doch mal abstimmen. Wer dafür ist, daß der Prinz ihr hilft, soll die Hand heben.« Er hob die eigene Hand.

Nur eine der Grazis schloß sich ihm an.

»Und wer ist dagegen?« fragte er etwas hohl.

Alle anderen Hände schossen in die Höhe.

»Jetzt rate mal, welche beiden die echten sind«, murmelte Dolph.

»Natürlich! Ihr beiden!« rief Nada. »Kommt her!«

Doch inzwischen hatten die Feen ihren Fehler erkannt. Sie drängten sich heran, und als die beiden echten Gefährten Nadas eintrafen, waren sie von all den falschen umringt. Auch die falschen Dolphs waren verschwunden, an ihrer Stelle standen nun Marks und Grazis da. Nada konnte sie nicht voneinander unterscheiden.

Nun durfte sie Dolphs Hilfe nicht mehr in Anspruch nehmen. Aber wenigstens hatte sie ihn gerettet. Sie wandte sich an ihn. »Wenn ich falsch raten sollte, wirst du deinen Leuten dann wenigstens sagen, daß ich es versucht habe? Mein Volk braucht immer noch ...«

»Ich werde persönlich hingehen, um ihnen zu helfen«, versprach Dolph. »Aber ich will nicht, daß du falsch rätst, Nada! Du bist das tollste Mädchen, das ich je kennengelernt habe!«

»Ich bin das *einzige* Mädchen, das du je kennengelernt hast«, versetzte sie. »Abgesehen von deiner großen Schwester.«

»Bäh!« rief er. »Ich hasse alle Vierzehnjährigen! Werde bloß nie so alt!«

Sie lächelte, spürte dabei aber einen Stich im Herzen. Wenn er jemals herausfand ... Aber natürlich würde sie es ihm nie erzählen. Immerhin erinnerte sie das an ihr letztes Gespräch mit Grazi. Sie wußte, wie sie das weibliche Gerippe identifizieren konnte – andererseits müßte sie dazu unter Umständen ihr Vertrauen brechen.

Vielleicht ließ die Sache sich aber umgehen. »Alle Grazis«, rief sie, »wie haben wir das Wasser überquert? Du zuerst.«

»Wir haben ein Boot gefunden«, erwiderte die erste Grazi.

»Du«, sagte sie zur zweiten.

»Wir wurden von einem großen Vogel hinübergetragen.«

»Du.«

»Ich wurde zu einem Segel.«

»Und wozu wurde Mark?«

»Zum Rest des Boots.«

Nada nickte. Sie glitt heran, um diese Grazi zu berühren. »Tu es nicht!« rief eine andere Grazi. »Das war doch nur geraten! Eine der vielen Antworten mußte doch die richtige sein.«

Aber diese verräterischen Manöver hatten sie schon versucht, als sie den wirklichen Dolph berühren wollte. Den Anschein zu erwecken, daß er nur geraten hatte. Diesmal ließ sich Nada nicht narren. Sie schob den Schwanz herum.

»Letzte Nacht!« rief die am weitesten entfernt stehende Grazi. »Erzähl!«

Abrupt hielt Nada inne. Woher wollte eine falsche Grazi davon wissen? Sie mußte der Sache nachgehen. »Warum hast du den Kürbis verlassen?« fragte sie die Grazi, die am nächsten stand.

»Ich bin aus Versehen herausgetreten und konnte nicht mehr zurück.«

Nada sah, wie Dolph nickte, die Antwort befriedigte ihn. Aber Dolph kannte auch nicht die Wahrheit. »Und du«, sagte sie und zeigte auf die andere Grazi.

»Ich … ich wurde verbannt«, sagte die andere. »Weil ich den Traum eines Trolls zerstört habe. Ich darf nie wieder zurück.«

»Damit scheidet sie aus«, sagte Dolph.

Nada glitt zu der wahren Grazi hinüber und berührte sie.

»Tu es nicht!« rief Dolph, doch er kam zu spät.

»Ich bin die wirkliche Grazi«, erwiderte Grazi. »Ich habe dir nicht die Wahrheit gesagt.«

Einer der Marks zuckte zusammen. Nada drehte sich zu ihm hin. »Du! Warum reagierst du so?«

»Ich glaubte, sie wollte in den Kürbis zurückkehren«, sagte dieser Mark.

»Das haben wir alle geglaubt!« warf ein anderer Mark ein.

»Und was empfindest du dabei?« wollte Nada wissen. »Du.« Sie zeigte auf einen der anderen Marks, nicht auf jenen, der zusammengezuckt war.

»Ich bin froh, daß sie nicht in den Kürbis zurückgehen kann«, erwiderte er. »Jetzt kann ich sie heiraten.«

»Und du.« Sie zeigte auf einen anderen falschen Mark ...

»Das gleiche.«

Langsam wurden sie klüger, lernten aus ihren Fehlern.

»Du.« Diesmal zeigte sie auf den richtigen.

Der sah Grazi an. »Das gleiche.«

Oh, die Antwort war einfach zu gut gewesen! Aber sie konnte sie noch verfeinern. »Wie macht ihr Nachkommen? Du.« Sie zeigte auf den ersten Mark, den sie gefragt hatte.

»Die Verschwörung der Erwachsenen verbietet mir, dir das zu beantworten, denn dazu bist du noch zu jung.«

Schon wieder! Und natürlich gaben die andern jetzt dieselbe Antwort. Sollte sie ihr eigenes wahres Alter offenbaren, um die Antwort bekommen zu können? Doch dann erblickte sie Dolph und wußte, daß das nicht ging.

Aber sie war noch nicht am Ende. Nur Mark kannte das Leben im Kürbis wirklich. »Wer ist zuständig für das Erschaffen der Alpträume?« fragte sie den ersten falschen Mark.

»Niemand. Die sind einfach da, und die Nachtmähren nehmen sie auf, um sie draußen zu verteilen.«

»Du?« fragte sie den zweiten.

»Dasselbe.«

»Du?« fragte sie den wahren Mark – obwohl sie sich seiner immer unsicherer wurde. Schließlich hatte sie auch zuerst auf die falsche Grazi getippt.

»Der Nachthengst. Er befehligt die Mähren und die Träume, die jeden Tag für die nächste Nacht aufs neue erschaffen werden müssen. Wir anderen sind bloße Schauspieler, arme Schauspieler, die sich Mühe geben und für eine Stunde auf der Bühne erscheinen, um danach wieder vergessen zu werden. Wir ...«

»Genug! Könntest du einem Wesen vergeben, das einen wirklich schlimmen Traum sabotiert hat?«

»Das wäre schwierig«, begann er.

Grazi senkte den Schädel. »Das verstehe ich.«

»... aber ich bin sicher, daß sie einen guten Grund dafür hatte, und ich glaube, daß ich es ihr verzeihen könnte, wenn ich diesen Grund begriffe«, schloß Mark.

Nada glitt zu ihm und berührte ihn mit dem Schwanz. »Das hoffe ich«, sagte sie. »Ich glaube, du wirst noch einiges mit ihr bereden müssen.«

»Das glaube ich auch«, erwiderte Mark. »Danke, daß du uns gerettet hast.«

»Ich habe mich auch selbst gerettet!« erinnerte ihn Nada. »Wenn ich falsch geraten hätte, müßte ich bei der Fee bleiben, die mich reingelegt hat.«

»Wo sind sie überhaupt?« fragte Dolph.

Nada sah sich um. Alle Feen waren verschwunden.

»Wenigstens haben sie Wort gehalten«, meinte Mark. »Laßt uns dieses Gebiet sofort verlassen.«

Nada willigte nur zu gern ein. In bemerkenswertem Tempo zogen sie nach Süden weiter. Sie hatten alle mehr als genug von der Goldküste!

13

ZENTAUREN-INSEL

Am Ende Xanths gab es mehrere kleine Inseln und eine große, die Zentaureninsel. Alle wurden von Zentauren bewacht, die keinen Zweifel daran ließen, daß sie in diesem Gebiet keine Eindringlinge duldeten.

»Chex hat gesagt, daß die Zentauren dieser Region eben so sind«, meinte Mark. »Es hat wahrscheinlich keinen Sinn, mit ihnen zu diskutieren.«

»Aber angenommen, der Himmelstaler befindet sich hier?« fragte Dolph. »Wir müssen auch diese Insel überprüfen!«

»Wir müssen einfach einen anderen Weg finden«, gab Mark zur Antwort. »Wenn wir alle angestrengt nachdenken, haben wir vielleicht eine passende Idee.«

Nun dachten sie angestrengt nach, aber ein guter Einfall kam ihnen nicht.

»Vielleicht sollten wir lieber darüber nachdenken, wie wir auf andere Weise zu einer Idee kommen«, schlug Grazi vor.

Plötzlich hellte sich Dolphs Miene auf. »Vielleicht sollte ich mal meine Gestalt verändern und nach einer Idee suchen!«

Da keiner von ihnen einen besseren Vorschlag hatte, verwandelte sich Dolph in einen scharfäugigen Falken und flog in den Wald, um dort Ausschau nach einer Idee zu halten.

Im dichtesten Gestrüpp entdeckte er einige Schlingpflanzen mit Augäpfeln. Die Augen erwiderten seinen Blick. Dolph hielt inne. Das waren ja Schlauschlingen!

Er packte eine der Schlingen mit dem Schnabel und riß sie ab. Dann flog er schnell zu seinen Gefährten zurück.

»Eine Schlauschlinge!« rief Mark. »Sie wird uns mit Sicherheit helfen, weil sie jedes Wesen sehr viel klüger machen kann.« Vorsichtig nahm er die Schlinge aus Dolphs Schnabel.

Dolph wurde wieder zum Jungen. »Einer von uns kann sie benutzen, um schlau zu werden und unsere Idee zu bekommen. Aber wer?« fragte Dolph. Er hatte zwar die Schlinge besorgt, war aber nicht allzu erpicht darauf, sie selbst zu benutzen.

»Ich weiß nicht, wie sie auf ein Skelett wirkt«, bemerkte Mark. »Unsere Schädel sind hohl und könnten dadurch einfach nur noch hohler werden.«

»Ich benutze sie schon, wenn du willst«, erbot sich Nada.

»Aber du bist doch ein Mädchen!« protestierte Dolph.

»Ich werde nie so schlau sein wie du, Prinz Dolph, egal was passiert«, sagte sie und lächelte ihn verschmitzt an.

»Oh.« Dolph war zu geschmeichelt, um der Angelegenheit noch weiter nachzugehen. Nada war völlig anders als Ivy, die immer so schlau wurde, daß niemand sie mehr ausstehen konnte. Deshalb mochte er Nada auch so sehr. Sie hatte das richtige Alter und die richtige Einstellung, und es machte Spaß, sie zu küssen. Bevor er ihr begegnet war, hatte er weder Mädchen noch Küsse jemals richtig zu würdigen gewußt.

Mark legte Nada die Schlauschlinge um den Kopf. Sofort

begann die Schlinge zu zappeln und zu versinken, bis die Augen plötzlich verschwunden waren. Nadas eigene Augen schienen plötzlich zu wachsen und heller zu leuchten, und auch ihr Kopf schien etwas anzuschwellen. »Oh, so habe ich die Sache ja noch nie gesehen!« rief sie.

»Du hast eine Idee?« fragte Dolph begierig.

Sie musterte ihn. Sie senkte die Lider etwas, und ein verstohlenes Lächeln umspielte ihren Mund. »Vielleicht. Aber ich fürchte, daß sie nichts mit unserem Problem zu tun hat.«

»Vielleicht aber doch! Was ist es denn für eine Idee?«

»Ich glaube, ich habe gerade herausbekommen, wie man den Storch ruft.«

»Oh, sag es mir!« bettelte er.

»Zugleich habe ich aber auch herausbekommen, weshalb Kindern dieses Wissen verboten bleiben muß.«

»Warum denn?« fragte Dolph frustriert.

»Es ist eine Frage der Unschuld. Kinder hören auf nett zu sein, wenn sie ihre Unschuld verlieren, deshalb schützen die Erwachsenen sie vor Wissen, das sie verderben könnte.«

»Verdirb mich!« bat Dolph. »Ich will es wissen!«

Doch sie schüttelte den Kopf. »Nicht bevor du – bis wir erwachsen geworden sind. Dann hat uns die Erfahrung schon verdorben, und es wird keinen großen Unterschied mehr machen. Ich bin jetzt zu klug geworden, um eine unbefleckte Unschuld zu verderben, die sich nie wieder herstellen läßt. Es wäre so, als würde man auf den lieblichsten, hübschesten Blumen herumtrampeln.«

»Oh ...« Dolph suchte nach dem schlimmsten Wort, das er kannte, um seine Abscheu vor der Unschuld auszudrükken, aber es fiel ihm auch nichts ein. »Ach, *Mist*! Ich hasse Unschuld!«

»Glaub mir, Dolph, es ist besser als die Alternative«, sagte sie traurig. Grazi nickte zustimmend.

»Wenn ich mal unterbrechen darf«, warf Mark ein. »Nada, hast du vielleicht eine Idee, wie wir die Zentaureninsel nach dem Himmelstaler absuchen können?«

Nada überlegte kurz. »Ja. Wir müssen uns nach Mundania begeben.«

»Was?« fragten die anderen entsetzt im Chor.

»Die Landschaft Mundanias gleicht jener von Xanth. Aber dort gibt es keine Magie und folglich auch keine magischen Wesen. Auf der Zentaureninsel gibt es dann auch keine Zentauren. Dort können wir die Insel also ohne Behinderungen erforschen.« Nachdenklich hielt sie inne. »Natürlich gibt es eine kleine Komplikation.«

»Ja«, warf Dolph trocken ein. »Wie sollen wir von hier dorthin kommen?«

Sie lächelte ihn an. »Wie klug von dir, Dolph!« sagte sie herablassend. Dolph erkannte, daß der Zauber der Schlauschlinge auch Aspekte besaß, die alles andere als entzükkend waren. »Tatsächlich gibt es mehrere Möglichkeiten, unser Problem besteht darin, die brauchbarste zu bestimmen.«

»Warte mal. Das verstehe ich nicht!« wandte Grazi ein.

»Natürlich nicht«, sagte Nada und hörte sich genauso an wie Ivy in ihren herrischen Momenten. Von dieser Seite hatte Dolph sie bisher noch nicht kennengelernt. Doch er erinnerte sich daran, daß diese Wesensveränderung an der Schlauschlinge lag, die die Leute nicht nur schlau, sondern auch unausstehlich machte.

»Ich meine«, beharrte Grazi, »was soll das heißen, Mundania und Xanth seien identisch? Ich dachte, Xanth ist dort, wo die Magie ist, und Mundania ist dort, wo sie nicht ist.«

»Genau«, antwortete Nada in ihrer überheblichen Art. »Nimm Xanth die Magie, und du erhältst Mundania. Das ist doch alles ganz einfach.«

»Aber *das* hier ist doch Xanth! Da kann Mundania doch nicht am selben Ort sein!«

»Und ob es das kann. Wenn wir uns jetzt vielleicht mal sinnvollen Diskussionen zuwenden könnten ...«

»Mir fällt noch eine andere Komplikation ein«, meldete sich nun Mark zu Wort. »Jene von uns, die magische Wesen sind, können in Mundania nicht existieren – jedenfalls nicht so wie hier. Wir Skelette würden unsere Lebendigkeit einbüßen, Dolph würde sein Talent verlieren, und du, Nada, würdest in deine mundanische Form zurückfallen. Weißt du zufällig, welche das sein könnte?«

»Ich glaube, wahrscheinlich würde ich mich in eine Schlange verwandeln. Aber Dolph ist es ja, der nach dem Himmelstaler sucht, also ist er auch derjenige, der seine menschliche Gestalt braucht. Er muß allein gehen.«

»Nein!« widersprach Mark. »Er braucht einen erwachsenen Begleiter!«

Zwar hatte Dolph diese Bedingung bisher nie sonderlich gemocht, aber der Gedanke daran, allein nach Mundania zu gehen, jagte ihm einen gehörigen Schrecken ein.

»Das läßt sich arrangieren!« meinte Nada. »In meiner menschlichen Gestalt mag ich zwar wie ein Kind aussehen, aber ...«

»Ich glaube nicht ...«, fing Grazi an.

»... aber Schlangen haben ein kürzeres Leben«, fuhr Nada fort. »Daher bin ich als Schlange erwachsen. Wenn Dolph mich in dieser Form mitnimmt, hat er also seinen erwachsenen Begleiter.«

»Ich glaube nicht, daß das so gemeint war«, wandte Mark zweifelnd ein.

»Was nun der Zugang zu Mundania angeht, so will ich euch die verschiedenen Möglichkeiten nennen«, fuhr Nada fort: »Erstens: Wir könnten bis zum Isthmus reisen und nach Mundania übersetzen, um dann an diese Stelle hier zurückkehren. Aber wenn wir auch in Xanth mühelos reisen können, indem Dolph uns als Rokh befördert, könnten wir in Mundania Schwierigkeiten mit der Rückkehr bekommen. Zweitens könnten wir im Segelboot über die Grenze der Magie hinausfahren, die sicherlich nicht allzu weit von der Küste liegt. Wenn wir dafür allerdings die Skelette benützen, würden wir versinken, sobald die Magie verschwände, und müßten zurückschwimmen, nachdem wir Mark und Grazi verloren hätten.«

»Irgendwie kann ich mich mit diesem Vorschlag nicht so recht anfreunden«, bemerkte Mark.

»Zum dritten könnten wir an dieser Stelle nach Mundania überwechseln und auch wieder hierher zurückkehren, nachdem wir die Zentaureninsel abgesucht haben. Allerdings mag das Vorgehen etwas schwierig sein.«

»Wie sollen wir denn von hier hinüberwechseln?« wollte Dolph wissen. »Hier ist doch Magie!«

»Mit Hilfe des Kürbisses«, erwiderte sie geduldig. »Die Nachtmähren überbringen auch den Mundaniern ihre Alpträume, nicht nur den Bewohnern Xanths, folglich müssen sie auch einen Zugang sowohl zu Mundania als auch zu Xanth haben; mit Sicherheit würden sie ihre Zeit nicht damit verschwenden, die ganze Strecke bis zum Isthmus zu laufen, überzusetzen und wieder zu der Stelle zurückzurennen, von der sie ausgegangen waren.«

»Daran habe ich noch nie gedacht!« rief Mark.

»Offensichtlich. Ich vermute, daß sie die Kürbisse benutzen müssen, wie sie es ja auch tun, um von Xanth in ihr eigenes Reich zurückzugelangen. Diese Kürbisse wachsen zwischen den Träumenden und stellen Pforten nach Mundania und möglicherweise auch nach Xanth dar. Also müssen wir in diesen Teil Mundanias, indem wir ein Doppeltor durchschreiten. Das sollte eigentlich einfach genug sein.«

»Aber gewöhnliche Leute können nicht in den Kürbis«, wandte Dolph ein. »Wir können nur hineinschauen und erstarren, bis irgend jemand den Blickkontakt unterbricht. Nur Kürbiswesen können hineingelangen.«

»Nicht unbedingt«, widersprach Mark. »Als ich mit Chex, Esk und Volney Wühlmaus zusammen war, sind wir durch einen riesigen Zombiekürbis eingetreten. Das war für uns allerdings nicht ganz angenehm.«

»Aber ich darf nicht in den Kürbis zurück!« protestierte Grazi. »Ich bin aus diesem Reich verbannt worden.«

»Nach Mundania darfst du auch nicht«, bemerkte Nada. »Daher bleibst du am besten hier.«

»Ich kann euch zu einem Kürbis im Inneren des Kürbisses führen«, teilte Mark Dolph mit. »Danach kehre ich dann zu Grazi zurück.«

»Leider werde ich die Wirkung der Schlauschlinge in Mundania einbüßen«, sagte Nada.

Dolph versuchte, sein Entzücken über diese Aussicht zu verbergen. Als achtjähriges Mädchen gefiel ihm Nada wirklich gut, aber nicht als naseweise Göre, die sich wie eine Erwachsene aufführte.

Also machten sie sich ans Werk. Mark führte sie an die Stelle, an der sich der Zombiekürbis befand. Das Ding war in mehrerlei Hinsicht monströs: Es war der größte Kürbis, den Dolph jemals gesehen hatte, und er war halb verfault, während sein Guckloch groß genug war, um einen ausgewachsenen Zentauren einzulassen.

»Und nun folgt mir ganz genau«, ermahnte Mark sie. »Tut genau das, was ich auch tue, und nichts sonst. Wenn ihr wieder zurückkehrt, tretet ihr ein und wartet dort, wo ihr seid, bis ich komme, um euch wieder hinauszuführen; ich werde jede Stunde vorbeikommen, bis ihr da seid.«

»Das escheint mir nicht sehr schwer«, meinte Dolph.

»Das ist es aber doch. Vergeßt nicht, tut genau, was ich tue. Nada, du solltest besser wieder menschliche Gestalt annehmen.«

»Da hast du recht«, stimmte sie ihm zu und verwandelte sich in ein nacktes Mädchen.

Mark sprang in das Guckloch hinein. Dolph folgte ihm. Kurz darauf kam auch Nada.

Sie landeten in einem Durcheinander verfaulter Schlinggewächse, die zu versuchen schienen, in den Boden hineinzuwachsen statt aus ihm heraus. Glücklicherweise gab es einen Weg. Sie gelangten in ein Gebiet peitschender Messer, doch Mark holte einfach ein altes rostiges Messer aus dem Boden und schleuderte es zwischen die anderen. Die fielen über das Messer her und zerhackten sich gegenseitig, bis nichts mehr übrig war. Nun war der Weg frei – aber Mark bog nach links ab und führte sie einen weiteren Weg entlang, den Dolph vorher gar nicht gesehen hatte. Das Skelett gelangte zu einem grünen Felsen, den er mit einem anderen Stein zerschmetterte. Das Ding zerbarst, und die Splitter wurden immer heißer, bis sie den Boden in

Brand setzten. Unter der verbrannten Erde zeigte sich schon bald eine hölzerne Falltür. Mark drückte gegen das nähergelegene Ende, worauf das andere aufschwang und einen beleuchteten Keller freigab. Anstatt jedoch hineinzugehen, schritt Mark davon, einen weiteren neuen Pfad entlang. Er führte zu einer Stelle, an der Ratten umherliefen. Mark trat nach einer der Ratten, worauf auch alle quiekten, Luftsprünge vollführten und zu fliegenden Zahlen wurden. Mark ignorierte sie; er schritt zu einem Gebiet, das einem großen, gespannten Bettuch glich. Er begab sich auf das Tuch und sprang auf und ab. Kurz darauf wurden seine Sprünge immer höher, die Spannkraft des Tuchs verstärkte sie. Schließlich schnellte er so weit in die Höhe, daß er verschwand.

Dolph hatte zwar keinen großen Sinn in all diesen Aktivitäten gesehen, doch nun begann auch er auf dem Tuch herumzuhüpfen. Schon bald sprang er immer höher, dann plötzlich durchdrang er die Decke. Wenig später sah er Mark wieder, der neben einem anderen riesigen Kürbis stand.

Nada kam durch den Boden gesegelt und wäre fast gegen Dolph geprallt. »Das Traumreich ist wirklich ein Wunderwerk an Unlogik«, bemerkte sie.

»Das ist mir auch aufgefallen«, brummte Dolph. »Aber ich glaube, wir sind am Ziel.«

»Ich habe diesen Kürbis gefunden, als ich letztes Jahr dieses Gebiet erforschte«, erklärte Mark. »Ich habe nie versucht einzutreten, weil ich wußte, wie gefährlich es für mich werden könnte. Aber wenn irgendein Traumkürbis nach Mundania führt, dann dieser.«

»Ganz einfach«, meinte Nada. »Also, Dolph, wenn wir draußen ankommen, darfst du nicht vergessen, daß ich nicht mehr mit dir sprechen kann, und du wirst deinerseits deine Gestalt nicht mehr verändern können. Merk dir unseren Standort gut und sei auf Überraschungen gefaßt. Sollten wir getrennt werden, muß jeder von uns aus eigener Kraft an den Austrittsort zurückkehren und auf den anderen warten. Hast du das begriffen?«

»Na klar doch«, bestätigte Dolph, über ihr Gehabe nicht wenig verärgert.

Er sprang durch das Guckloch. Einen Augenblick war er völlig verwirrt – dann landete er.

Er hörte, wie etwas neben ihm niederging. Es war eine Schlange, unten hell, oben graubraun, als hätte eine Haarsträhne diese Seite gefärbt. Von der Nase bis zur Schwanzspitze war sie ungefähr so groß wie Nada es in Mädchengestalt gewesen war, aber sehr viel dünner.

»Verstehst du mich, Nada?« fragte er.

Sie hob den Kopf und nickte. Gut.

Er blickte hinter sich. Dort befand sich ein riesiger Kürbis, im Laubwerk des Dschungels eingebettet. Er war aber nicht verfault, sondern wirkte außerordentlich gesund.

»Nun, begeben wir uns zur Zentaureninsel«, sagte er und ließ den Blick schweifen. Er entdeckte einen Kiespfad, der am Kürbis vorbeiführte. Offensichtlich wußte jemand von diesem besonderen Gewächs.

Die Steine taten seinen nackten Füßen weh, daher versuchte er Schlangengestalt anzunehmen – doch es gelang ihm nicht. Er war also tatsächlich in Mundania! Keine Magie.

Dolph ging am Rande des Pfads weiter, während Nada ihm durch das Gras und die Sträucher nachschlich. Bisher sah Mundania nicht sonderlich verschieden von Xanth aus.

Sie gelangten an ein eisernes Tor. Es war in eine Mauer eingelassen, die rechts und links in den Urwald führte. Oben auf der Mauer befand sich heimtückisch wirkender Draht. Dolph war nicht versucht, die Mauer zu erklimmen.

Er trat ans Tor und schüttelte daran. Vielleicht konnte er es öffnen und hinausgelangen. Doch schon beim ersten Schütteln ertönte aus der Nähe ein Scheppern, das ihn zusammenzucken ließ.

Von hinten hörte er Schritte nahen. »Ifsf, ifsf, xibu't uijt?« rief eine Männerstimme.

Dolph versuchte sich zu verstecken, doch das Gestrüpp bestand aus Disteln und Dornen, die seine Haut zerkratzten. Er konnte nirgendwohin. Nada hatte diese Schwierigkeiten nicht; sie verschwand einfach.

Da erschien der Mann. Er war groß und dick und trug seltsam schlechte Kleidung. Plötzlich fiel Dolph ein, daß die Mundanier in der Regel bekleidet waren. Wie sollte er seine Nacktheit erklären?

»B cpz!« rief der Mann mit gerunzelter Stirn. »Ipx eje zpv hfu jo ifsf?«

Dolph beschloß, die Sache einfach durchzustehen. »Es tut mir leid, ich spreche Eure Sprache nicht«, sagte er.

Der Mann blieb stehen. Er musterte Dolph. »Uibu't Yboujbo!« sagte er. »Eje zpf dpnf uisphi uif hpvse?«

»Wenn Ihr mich bitte einfach nur rauslassen würdet, werde ich Euch nicht weiter stören«, sagte Dolph, obwohl er wußte, daß es sinnlos war. Warum hatte er nur nicht an das Sprachproblem gedacht? Wie sollte er jemals aus der Sache wieder herauskommen?

»Dpnf xjui nf«, sagte der Mann entschieden und nahm Dolph beim Handgelenk. »J ibwf b usbotmujpo dpnovufs jo uif mbc.«

Er zerrte Dolph den Pfad zurück, bis sie an eine finster aussehende Kammer gelangten. Dann schubste er Dolph hinein und schloß die Tür. »Cvu gjstu J'e cufuufs gfudi zbv tpnf dmpuift.«

Dolph hörte, wie er sich entfernte.

Sofort drehte er am Türknauf, doch die Tür war verschlossen. Jetzt war er ein Gefangener eines Mundaniers!

Plötzlich glitt Nada durch den Spalt unter der Tür in den Raum. »Nada!« rief er. »Kannst du mir helfen zu fliehen?«

Die Schlange verschwand wieder unter der Tür. Nach einer schier endlosen kurzen Weile kehrte sie zurück – mit einem Schlüssel im Maul.

»Großartig!« rief Dolph und nahm ihn entgegen. Er steckte ihn ins Schlüsselloch, drehte ihn um – und es funktionierte tatsächlich. Im nächsten Augenblick schwang die Tür auf, und er war wieder frei.

Aber was sollte er jetzt tun? Er besaß immer noch keine Kleider und konnte auch immer noch nicht die seltsame Sprache der Mundanier sprechen! Selbst wenn es ihm gelingen sollte, das verschlossene Tor am Ende des Wegs zu überwinden, würde er weiterhin in Schwierigkeiten stecken.

Da hörte er die Schritte des Mannes.

Er lief um das Gebäude und versteckte sich.

Der Mann erblickte die offene Tür und machte eine angewiderte Bemerkung. Dann trat er ein. Dolph hörte, wie er irgend etwas im Gebäude tat.

Vielleicht könnte er herumlaufen und die Tür zuschlagen, um den Mundanier einzusperren! Dolph hastete nach vorn, bekam die Tür an der Kante zu fassen und drückte sie zu.

Da fiel ihm ein, daß er den Schlüssel innen im Schlüsselloch hatte stecken lassen. Wie dumm von ihm!

Er wollte wieder den Weg zurücklaufen, auch wenn er wußte, daß es sinnlos war; der Mann würde ihn nur wieder einfangen. Doch da ertönte die Stimme des Mannes aus dem Gebäude. »Warte, Junge! Hör mir zu!«

Er hatte es in Dolphs Sprache gesagt!

Dolph blieb stehen. Wenn der Mann seine Sprache sprach, mußte er von Xanth wissen, und das würde wiederum bedeuten …

»Du bist aus Xanth, nicht wahr?« rief der Mann, dabei die Tür öffnend. »Du bist durch den Kürbis gekommen? Lauf nicht vor mir weg; ich bin dein Freund.«

»Aber vorhin hast du versucht, mich einzusperren!« rief Dolph zurück.

Es dauerte einen Moment, da drangen fremdartige Laute aus dem Gebäude. Schließlich sagte der Mann: »Nur um dich vor Schaden zu bewahren, während ich dir etwas Kleidung besorgt habe. Schau mal, hier ist sie.« Er hielt ein Bündel Kleider empor.

Dolph brauchte die Kleidung, daher beschloß er, dem Mann zu vertrauen. »Bleib außer Sichtweite«, flüsterte er Nada zu. Dann schritt er zum Gebäude zurück. Dort hatte der Mann irgendeine Art Kiste aufgestellt. »Fydfmmfou!« sagte er.

»Ausgezeichnet!« sagte die Kiste.

»Die magische Kiste kann ja sprechen!« rief Dolph überrascht. »Aber wieso kann Magie in Mundania funktionieren?«

Die Kiste sprach den Mann in Kauderwelsch an. Der lauschte, dann antwortete er ähnlichen Unsinn. Die Mundanier waren wirklich höchst sonderbar, dachte Dolph, schon ihre Sprache war lächerlich.

Dann sprach die Kiste zu Dolph: »Es gibt hier keine Magie. Das ist ein Computer, der darauf programmiert ist, von einer Sprache in die andere zu übersetzen und umgekehrt. Das ist eine Aufgabe, die in Xanth normalerweise von Magie geleistet wird, noch dazu viel schneller, aber wir müssen uns hier eben mit unseren relativ groben Apparaten behelfen. Ich bin Turn Key, der Besitzer dieses Torzugangs. Wer bist du?«

»Ich bin ...« Dolph zögerte, gelangte aber zu dem Schluß, daß die Wahrheit ihm wahrscheinlich nicht schaden würde. »Prinz Dolph von Schloß Roogna.«

Die Kiste vollführte ihr Ritual. »Ein Prinz! Meine Güte! Nun, Prinz Dolph, dann zieh dich mal an, wir werden uns unterhalten.«

Dolph streifte sich die Kleider über; sie waren zu groß, aber durchweg bequem. Inzwischen erklärte Turn die Situation, soweit sie ihm bekannt war.

»Zwischen Xanth und Mundania gibt es nur wenig bequeme Verbindungen. Am längsten wird der Isthmus benutzt, der in jeden beliebigen Teil und in jede Epoche Mundanias führt. Jeder Xanther, der diesen Weg geht, wird magisch aufgezeichnet und kehrt in derselben Epoche nach Xanth zurück, in der er losgegangen ist, wobei nur die Zeit seines Verbleibs in Mundania verstrichen ist. Die Mundanier dagegen kennen keine derartige Versicherung; sie können Xanth immer nur rein zufällig erreichen und werden auf ebenso zufällige Weise wieder hinausgeworfen. Es handelt sich also um einen sogenannten Einbahnweg; die Xanther können ihn zwar ungefährdet benutzen, nicht aber die Mundanier.« Er hielt inne und sah Dolph an. »Kannst du mir folgen?«

»Na klar, das weiß ich doch schon«, sagte Dolph wie beiläufig, obwohl ihm die Sache doch etwas kompliziert erschien. »Wir können uns zwar dorthin begeben, aber Mundanier können nicht nach Xanth kommen.«

»Eine gekonnte Zusammenfassung. Es gibt jedoch auch andere Zugänge, wie du schon entdeckt hast. Jeder Xanther, der weit genug aufs Meer hinaussegelt, wird in einen mundanischen Zustand zurückverfallen, und danach wird er große Schwierigkeiten mit der Rückkehr bekommen; das ist eine Einwegreise.«

Plötzlich war Dolph sehr froh, daß sie es nicht auf dieser Route versucht hatten. Nach Mundania reisen zu müssen war schon schlimm genug, aber dort für alle Zeiten gefangen zu bleiben – brrr!

»Und dann gibt es noch den Kürbis«, fuhr Turn fort. »Er wird vor allem von den Nachtmähren und Störchen benutzt, wenn sie in dieser Gegend Lieferungen haben. Die Mundanier besitzen zwar nicht viel Magie, aber Alpträume und Babys haben auch sie. Für die Mähren und Störche wäre es fürchterlich unpraktisch, wenn sie sich erst durch den Isthmus begeben müßten, deshalb unterhalten wir diese Toröffnung für sie. Wenn sich einer von ihnen verirrt, ist es meine Aufgabe, ihn wiederzufinden und zurückzubringen, bevor die Mundanier ihn entdecken. Zum Glück begreifen sie nicht, was es mit ihnen auf sich hat; die Störche halten sie für Ibisse. Die Nachtmähren haben es da in gewisser Weise leichter, weil sie nur nachts unterwegs sind. Allerdings ist es auch einmal vorgekommen, daß eine Mähre versagte und … aber ich schweife ab. Es geht darum, daß es sich hier um einen beschränkten Zugang handelt, der von Menschen nur selten benutzt wird, weil sie ja nicht physisch in den Kürbis eintreten. Was uns zu dir führt, Prinz Dolph: Woher konntest du nur von diesem Zugang wissen?«

Dolph war zu dem Schluß gelangt, daß Turn die Wahrheit sagte, weil er tatsächlich vieles über Xanth wußte, was echte Mundanier nicht wissen konnten. Jedenfalls hatte er den großen Kürbis hier und wußte von seiner Funktion. Wenn dieser Mann bereit sein sollte zu helfen – nun,

Dolph brauchte tatsächlich Hilfe. Also beschloß er ehrlich zu sein – sicherheitshalber wollte er Nada allerdings nicht erwähnen. »Ich suche nach dem Himmelstaler, und ich glaube, daß er sich in einer gewissen Skelettbucht befindet. Aber ich konnte die Zentaureninsel nicht danach absuchen, deshalb versuche ich es über Mundania, wo es keine Zentauren gibt. Ich habe einen Freund, der aus der Kürbiswelt stammt; der kennt diese Route, deshalb habe ich sie verwendet. Allerdings hatte ich nicht an die Kleidung und die Verständigungsschwierigkeiten gedacht.«

Turn runzelte die Stirn. »Das hier ist aber ein Gebiet, in dem sich die mundanische Geographie nicht mit der Xanths deckt«, wandte er ein. »Die Zentauren haben Magie verwendet – sie mögen sie zwar nicht in Gestalt von Talenten, benutzen sie aber durchaus als Werkzeug –, um aus mehreren hundert kleinen Buchten und Riffen eine einzige große Insel zu machen. So befinden wir uns hier in Mundania zwar in der Namlosbucht, in Xanth ist das aber Teil der Zentaureninsel.«

»Das könnte die Sache eigentlich noch einfacher machen«, meinte Dolph erregt. »Heißt denn eine von diesen hundert Buchten zufälligerweise Gerippe?«

»Das ist wirklich ein interessanter Gedanke! Aber ich muß bedauern, daß ich keine solche Bucht kenne. Wir haben eine Große Föhrenbucht, eine Rammbockbucht, eine Kleinfackelbucht, dann gibt es noch die Kürbisbucht, die Frohsinnsbucht und die Hurrikanbucht, die Freundschaftsbucht und die Teekesselbucht, die Maultierbucht, die Mannbucht, die Fraubucht und die Klapperschlangenbucht, und es gibt auch eine Don Quichotte Bucht, aber leider keine Gerippebucht.«

»Dann muß ich sie alle untersuchen«, entschied Dolph. »Ich muß unbedingt den Himmelstaler finden.«

»Verzeih mir, Prinz, aber das kann ich nicht zulassen. Bei deinem Problem mit der Sprache und den hiesigen Sitten würdest du schon bald in Schwierigkeiten geraten und dich selbst verraten. Die Mundanier aber dürfen nie von diesen Zugängen erfahren.«

»Es ist mir egal, was geschieht, ich will jedenfalls den Himmelstaler finden! Das ist meine Queste!«

»Ich werde dir dabei helfen. Danach kannst du nach Xanth zurückkehren und bist außer Gefahr.«

Dolph sah ein, daß es tatsächlich Gefahr geben könnte, weil er so gut wie nichts über Mundania wußte. Er könnte jenen mundanischen Fabelungeheuern begegnen, die man Bären nannte und die man aus irgendwelchen unlogischen Gründen anderen Leuten auf den Rücken zu binden pflegte. Oder Walen, die angeblich genauso groß waren wie die Kreaturen in Xanth, die auf Teichen herumrannten und Abstimmungen verlangten – während die mundanische Variante merkwürdigerweise *unter* Wasser schwamm, wo es doch gar nichts abzustimmen gab. Oder Klapperschlangen, von denen es hieß, daß sie an ihren Schwänzen Babyklappern mit sich führten, um die Leute zu erschrekken, so albern das auch klang, und die dann, wenn die Leute nicht erschreckt reagierten, zum Gift griffen. Nein, diesen verrückten Kreaturen wollte er nicht unbedingt ohne seine Magie begegnen!

Aber alles, was er sagte, war: »Mir helfen?«

»Die Magie ist in Mundania sehr begrenzt, aber in mutierter Form gibt es sie schon. Man nennt sie – lach jetzt bitte nicht – ›Wissenschaft‹.«

Dolph lachte trotzdem; er konnte sich nicht beherrschen. »Wissentschaft?«

»Nein, ohne t: Wissenschaft. Sie hat merkwürdige Gesetze, und nur die gebildetsten Leute können ihre komplizierten Aspekte begreifen, aber zum Glück stellen sie Gegenstände her, die für die gewöhnlichen Leute die Magie leisten.«

»Amulette«, sagte Dolph, nachdem er verstanden hatte. »Das leuchtet ein. Aber was ist denn an dieser Wissenschaft so schwer zu verstehen?«

Turn lächelte. »Ich will dir ein Beispiel geben. Angenommen du nimmst eine Lampe, die einen Lichtstrahl auf eine andere Person wirft.«

»Einen Sonnenstrahl«, meinte Dolph.

»Ja, ein Sonnenstrahl tut es auch. Du benutzt also einen Spiegel, um ihn auf deinen Freund zu lenken. Dann bewegt sich das Licht mit Lichtgeschwindigkeit, nicht wahr?«

»Natürlich! Alles bewegt sich mit seiner eigenen Geschwindigkeit, ob es ein Lichtstrahl ist oder ein Drache.« Es bereitete Dolph Vergnügen zu beweisen, daß er nicht *alle* Lektionen seiner Zentaurenlehrer verschlafen hatte, sondern nur die langweiligen.

»Und angenommen, dein Freund besitzt auch einen Spiegel und schickt einen anderen Strahl auf dich, und die beiden Strahlen treffen sich in der Mitte.«

»Die würden einfach durcheinander hindurchgehen«, sagte Dolph promt. »Strahlen gönnen sich gegenseitig nicht einmal die Butter aufs Brot; sie sind ziemlich egozentrisch.«

»Gewiß. Nehmen wir nun einmal an, daß du auf deinem Strahl reisen würdest und dein Freund auf seinem. Mit welcher Geschwindigkeit würdet ihr dann aufeinander zukommen?«

Oh – das führte schon in die höhere Mathematik, die nicht gerade Dolphs Stärke war. Aber weil er nicht dumm erscheinen wollte, rang er mit diesr Aufgabe. Sie ließ sich auf die Rechnung 1 + 1 reduzieren – seine Geschwindigkeit plus die Geschwindigkeit seines Freunds. Wenn er sich jetzt nur noch daran erinnern könnte, wieviel 1 + 1 war!

»Zwei!« rief er siegesbewußt. »Mit doppelter Lichtgeschwindigkeit!« Sein Kopf fühlte sich etwas fiebrig an, aber er wußte, daß er die Aufgabe gelöst hatte.

»Würde es dich überraschen, wenn du nun erführst, daß ihr euch der Wissenschaft zufolge jeder nur mit normaler Lichtgeschwindigkeit entgegenkommt?« fragte Turn.

»Das wäre doch lächerlich! Wenn mein Freund stillstände, würde ich mich mit Lichtgeschwindigkeit auf ihn zubewegen. Wenn er mit derselben Geschwindigkeit auf mich zukäme, würden wir uns doppelt so schnell treffen.«

»Die Wissenschaft meint aber, daß es nur so *aussehen* würde, als würdet ihr euch doppelt so schnell treffen. Tatsächlich würde die Zeit für jeden von euch langsamer laufen, so daß ihr euch einander doch nicht schneller nähern würdet als mit …«

»Das verstehe ich nie!« rief Dolph. »Das ist doch Unsinn!«

»Dennoch behauptet die Wissenschaft, daß es so ist, und sie funktioniert nach ähnlichen Prinzipien. Wie ich schon sagte, ist es für gewöhnliche Leute sehr schwer, sie zu verstehen. Aber sie funktioniert, und das ist alles, was zählt.«

»Kein Wunder, daß die Mundanier verrückt sind«, brummte Dolph. »Ihre Tiere und ihr Denken sind völlig auf den Kopf gestellt!«

»Vielleicht. Aber ein junger Mann wie du, der auf vernünftige, xanthische Weise denkt, würde mit den Mundaniern sofort Schwierigkeiten bekommen. Dieser Zugang ist außerdem besonders gefährlich, weil er eine direkte Verbindung darstellt. Damit meine ich, daß nicht nur ein Xanther auf diesem Weg nach Mundania kommen kann, ebenso kann ein Mundanier dadurch nach Xanth gelangen, ohne daß ein Zeitunterschied eintritt. Ein Mundanier könnte also nach Xanth kommen, dann würde er nach Mundania zurückkehren und alles davon erzählen, und dann könnte es …«

»Eine weitere Welle geben!« beendete Dolph entsetzt den Satz.

»Eine weitere mundanische Invasionswelle«, bekräftigte Turn. »Und das wollen wir alle nicht! Du siehst also, wie wichtig es ist, diese Sache geheim zu halten. Wenn irgendein Mundanier auf deine wirkliche Herkunft schließen und dich bis zu diesem Garten verfolgen sollte …«

»Ich verstehe!« bestätigte Dolph. Der Mann hatte die Sache wirklich sehr deutlich erklärt. »Dann sag mir, wie ich nach dem Himmelstaler suchen soll, und ich kehre so schnell es geht nach Xanth zurück!«

»Ausgezeichnet. Zufälligerweise besitze ich einen Apparat, mit dem man bestimmte Gegenstände orten kann. Ich benutze ihn dazu, Dinge zu suchen, die ich verloren habe, was relativ häufig vorkommt. Er funktioniert mit Wissenschaft, aber ich glaube, daß er sich ähnlich wie magische Gegenstände bedienen läßt, um dich zufriedenzustellen.« Er kramte in einer Schublade. »Ah, da ist ja einer! Er wird verbal programmiert, was bedeutet, daß ich ihn wohl besser für dich einstellen sollte, aber danach bleibt er einzig und allein auf sein Ziel gerichtet. Das sollte es dir ermöglichen, deinen Gegenstand zu suchen, sofern er sich irgendwo in Mundania befindet.«

»Großartig!« rief Dolph. »Sag ihm, er soll den Himmelstaler suchen!«

»Natürlich muß der Begriff in seinem begrenzten Wortschatz enthalten sein«, schränkte Turn ein. »Sonst kann er nicht funktionieren, weil er ja nicht begreift, nach was er eigentlich suchen soll. Ich werde ihn mal aktivieren.« Er hielt ein Ding empor, das ein wenig so aussah wie eine tolpatschige Schlange. »Himmelstaler«, sagte er.

Keine Reaktion. Das Ding lag einfach nur in seiner Hand und tat nichts.

»Wenn ich ihn vielleicht mit dem größeren Speicher des Computers verbinde ...«, sagte Turn. Er stellte das Gerät auf den Tisch und befestigte zwei Kabel daran. Die anderen Enden steckte er in kleine Löcher in der Dolmetschkiste. »Himmelstaler«, wiederholte er.

Diesmal gab es ein *pling*! »Er ist eingestellt!« sagte Turn erfreut. »Ausgezeichnet. Jetzt wird er für dich arbeiten. Streck mal dein linkes Handgelenk aus.«

Dolph tat wie ihm geheißen. Turn wickelte das Gerät um das Handgelenk und befestigte etwas, das sich als Riemen herausstellte, auf dem ein Punkt wie ein Auge leuchtete.

»Die Mundanier werden es für eine Uhr halten«, erklärte Turn. »Aber in Wirklichkeit ...«

»Das genügt mir schon!« sagte Dolph glücklich. »Ich werde ihm einfach dorthin folgen, wohin es zeigt, und den Himmelstaler holen!«

»Gewiß«, erwiderte Turn, wenngleich nicht ohne ein gewisses Zögern. »Aber ich stelle fest, daß er nach Nordnordwest zeigt, und dort gibt es hauptsächlich Wasser. Ich bezweifle ...«

Doch Dolph war bereits unterwegs.

Turn seufzte. »Also gut, aber ich muß dich noch hinausbegleiten. Ich besitze übrigens ein Boot. Warum gehen wir nicht gleich dorthin? Wenn der Zeiger aufs Land zeigt, können wir ihm dorthin folgen. Wenn wir den Dolmetscher hinter uns gelassen haben, können wir uns nicht mehr unterhalten.«

Was der Mann sagte, leuchtete ein. Dolph wartete, während der Mann sein Gerät abschaltete und ihm dann folgte.

Am Tor fiel Dolph wieder Nada ein. Er überlegte sich, daß es mühsam für sie werden könnte, ihn draußen zu verfolgen, deshalb wollte er sie aufnehmen, während Turn gerade damit beschäftigt war, das Tor aufzuschließen. Er beugte sich vor – konnte sie aber nicht finden.

Verzweifelt blickte er sich um. Er hatte geglaubt, daß sie direkt bei ihm sei! Was war mit ihr geschehen?

»Jt tpnfuijoh xspoh?« fragte Turn.

Hastig richtete sich Dolph wieder auf. »Äh, nein«, sagte er. Er würde nach ihr schauen müssen, wenn er wieder zurückkam. Vielleicht war sie zum Kürbis geschlichen, um dort auf ihn zu warten.

Sie verließen das Gelände und gelangten schließlich an ein Gebäude mit einem Boot, einem viel prachtvolleren Gefährt als das Skelettboot.

Turn tat irgend etwas, und plötzlich ertönte ein Geräusch wie das Grollen eines Drachen. Dolph erschrak, aber Turn wies ihn mit einer Geste an, Platz zu nehmen. Das Geräusch kam aus einer Kiste am Heck. Dann setzte sich das Boot in Bewegung, und Dolph begriff, daß der Drache (oder was immer es war) es anschob, denn es gab kein Segel. Wie der Mann schon gesagt hatte: Die Wissenschaft Mundanias mochte zwar auf lächerlichen Grundannahmen fußen, aber sie schien immerhin fast so gut zu funktionieren wie die Magie Xanths.

Das seltsame Boot fuhr durch einen Meereskanal und richtete sich nach Norden aus. Nun fuhren sie fast direkt auf den Himmelstaler zu! Dann machte der Kanal eine Biegung nach Nordwesten, wodurch sie leicht westlich an dem Taler vorbeifuhren. Doch so weit sie auch fahren mochten, immer blieb der Himmelstaler in etwa vor ihnen. Aus seinen Erfahrungen mit der Magie des Triangulierens wußte er, daß der Taler vermutlich weit entfernt lag. Natürlich mochte diese besondere Magie in Mundania nicht so gut funktionieren. Dennoch machte es ihm Sorgen.

Und das war nicht das einzige. Wo war Nada? Angenommen, es war ihr etwas zugestoßen? Schon beim bloßen Gedanken daran wurde ihm mulmig zumute. Kurz bevor sie in den Kürbis eingetreten waren, war sie ziemlich schnippisch geworden, was aber an der Schlauschlinge gelegen haben mochte. Ihr normales Selbst war sehr viel liebenswürdiger, und er hatte sie sehr gern. Sie *durfte* einfach nicht verschollen gehen!

Nach einer Weile führte der Kanal zunächst nach Norden, dann in scharfem Bogen nach Westen. Turn sah ihn an. Dolph schüttelte den Kopf; der Himmelstaler befand sich immer noch weit hinter dem Meer. Sie schienen ihm nicht näher zu kommen.

Turn zuckte die Schultern und wendete. Dolph fühlte sich erleichtert, weil er sich im Augenblick mehr Sorgen um Nada als um den Himmelstaler machte. Sie kehrten zum Bootshaus zurück und von dort in den Garten. Dolph sah sich überall um, konnte Nada aber nicht entdecken.

»Das habe ich vermutet«, sagte Turn, als sie wieder im Labor waren und die Wissenschaftskiste zum Arbeiten gebracht hatten. »Der gesuchte Gegenstand befindet sich nicht auf diesen Inseln. Er muß irgendwie auf dem Festland von Florida sein. Dort wirst du nach ihm suchen müssen.«

»Wo?« fragte Dolph verwundert.

»Auf dem Festland Mundanias. Es tut mir leid, daß du deinen Himmelstaler nicht finden konntest, aber wenigstens hast du tatsächlich die Zentaureninsel danach abgesucht.«

Dolph begriff, daß er seine Mission hier tatsächlich beendet hatte. Jetzt hatte er wenigstens die erste Vorstellung davon, wo sich der Taler befand. »Ich kehre nach Xanth zurück«, entschied er. »Aber kann ich diese Uhr mitnehmen? Sie könnte nützlich sein.«

»Du *darfst* sie mitnehmen«, berichtigte ihn Turn nach der üblichen nervtötenden Art der Erwachsenen. Anscheinend hatte der Dolmetscher seine Worte perfekt übersetzt. »Ich bin mir nicht sicher, daß sie in Xanth funktioniert, weil sie ja auf wissenschaftlichen Prinzipien funktioniert, aber ich habe mehrere davon, und wenn das Gerät schon nichts anzeigen sollte, kann es wenigstens als Dekoration dienen, also nimm es ruhig mit.«

Dolph entschied, daß er diesem Mann wirklich vertrauen konnte. »Ich glaube, ich muß dich noch einmal um Hilfe bitten.«

»Ach, ja?«

»Ich … ich bin nicht allein hierher gekommen. Ich habe meine Verlobte dabei.«

»Du bist verlobt? Aber du bist doch noch so jung!«

»Es ist eine politische Verbindung«, erklärte Dolph. »Aber sie konnte nicht in ihrer normalen Gestalt kommen, daher …«

»In ihrer normalen Gestalt?«

»Es ist schwer zu erklären. Könntest du die Uhr vielleicht so einstellen, daß sie Nada Naga findet?«

Turn wühlte wieder in seiner Schublade. »Ich habe noch eine. Welche Form hat sie denn jetzt gerade?«

»Eine Schlange.«

»Eine Schlange! Du bist mit einer Schlange verlobt?«

»Nicht genau. Bitte, ich mache mir Sorgen um sie! Ich muß sie unbedingt finden!«

»Schlange«, sagte Turn zu der neuen Uhr.

Das Auge zeigte in den Garten. Sie durchwühlten das Gestrüpp. Schließlich gelangten sich an einen tiefen Graben mit glattgekachelten Wänden. Plötzlich wußte Dolph, was mit Nada passiert war. Sie war hineingefallen und nicht wieder herausgekommen!

Er sprang in den Graben und suchte nach ihr. Schließlich entdeckte er sie, ermattet im Wasser; den Kopf konnte sie nur noch mit Mühe an der Luft halten. Er beugte sich hinunter und nahm sie auf. »O Nada!« hauchte er.

Sie war erschöpft, aber gesund. Er hielt sie Turn entgegen. »Darf ich dir Nada Naga vorstellen.«

Turns Augen wurden immer größer. »Uibu't op mpdmb toblf!« Und dann vollführte er fast einen Purzelbaum vor Schreck. »Zpv nbfb uib't zpvs gjbodff?«

»Ja, meine Verlobte«, bestätigte Dolph. »Nada ist eine Prinzessin ihres Volks, aber hier kann sie keine menschliche Gestalt annehmen. Deshalb ist sie als Schlange mitgekommen, um ein Auge auf mich zu halten.«

Turn nickte, trotz der unverständlichen Worte hatte er schließlich verstanden. Sie kehrten ins Labor zurück. Dort dankte Dolph ihm erneut für seine Hilfe.

Turn schien zwar immer noch Zweifel zu hegen, äußerte sie aber nicht. »Nun, dann bringen wir euch jetzt zum Kürbis zurück, und ich wünsche dir noch viel Erfolg bei deiner Queste.«

Sie begaben sich zum Kürbis, wo Dolph seine Kleider auszog. Es hatte keinen Zweck sie weiterhin zu tragen, weil er sie ohnehin immer wieder verlor, sobald er seine Gestalt verwandelte. Dann grüßte er Turn dankbar und sprang mit Nada im Arm in das Guckloch.

14

INSEL DER AUSSICHT

Zurück in Xanth, erzählte Dolph seine Geschichte, wobei er Nada dafür lobte, daß sie ihm den Laborschlüssel gebracht hatte, um ihm seine Flucht zu ermöglichen, doch ohne davon zu berichten, wie sie in den Graben geraten war. Er wußte, daß es manchmal nicht sinnvoll war, die Fehler eines anderen laut hinauszuposaunen. Kurzum, manchmal leuchtete das Verhalten der Erwachsenen doch ein, auch wenn es ihn viel Überwindung kostete, es zuzugeben.

»Jetzt wissen wir also, wie wir den Himmelstaler finden können«, schloß er. »Diese Uhr hier besitzt ein Auge, das immer in seine Richtung blickt.«

»Sehr interessant«, meinte Mark. Er und Grazi wirkten merkwürdig zufrieden; Dolph fragte sich, worüber sie sich wohl unterhalten haben mochten, als sie allein waren. »Aber funktioniert sie auch in Xanth?«

»Ja. Sieh mal, sie schaut gerade!« Er hob das Handgelenk – und tatsächlich blickte das Auge nach Norden.

»Erstaunlich«, bemerkte das Skelett. »Ich hätte gedacht, daß ein mundanisches Amulett hier nicht funktionieren würde.«

»Das hat Turn Key auch geglaubt. Aber ich bin froh, daß ich sie behalten und mitgebracht habe. Jetzt können wir sofort den Himmelstaler und den Guten Magier finden!«

»Vielleicht«, meinte Mark, und konnte seine Zweifel kaum unterdrücken.

Sie zogen die Westküste Xanths entlang nach Norden, wobei sie nur noch ganz gewöhnliche Abenteuer bestehen mußten. Als ein Drache sie bedrohte, nahm Dolph die Gestalt eines anderen Drachen an und vertrieb ihn durch sein Knurren. Als eine Sanddüne sie verschlingen wollte, um wunderschöne Fossilien aus ihnen zu machen, wurde Dolph zu einem Großfußungeheuer und trug Nada hinüber; in dieser Gestalt waren seine Füße so groß, daß der Sand sie nicht verschlingen konnte. Als ein Gewirrbaum ihnen mitten im Dschungel den Weg versperrte, ohne daß sie ihn umgehen konnten, verwandelte Dolph sich in einen Rokh und trug die anderen über das Hindernis hinweg. Natürlich hätte er sie auch die ganze Strecke befördern können, doch er befürchtete, daß er den Taler überfliegen könnte, weil es ihm in der Gestalt eines Rokhs nicht möglich war, die Uhr zu benutzen. Daher wählten sie den langsameren Weg, wobei er und Nada in Nagagestalt vorankrochen, was er recht nett fand. Nun, da die Wirkung der Schlauschlinge nachgelassen hatte, war sie wieder ein richtig nettes Mädchen. Es gefiel ihm gut, mit ihr verlobt zu sein.

So reisten sie einige Tage, und keiner beschwerte sich. Mark und Grazi folgten Seite an Seite den beiden Nagas; sie schienen sich in ihrer Zweisamkeit ebenso wohl zu fühlen wie Dolph und Nada.

Nun bewegten sie sich aus südlicher Richtung auf Schloß Roogna zu. Ob der Himmelstaler dort war? Aber zunächst mußten sie doch die Gerippebucht finden!

Das Auge der Uhr schwenkte herum und führte sie zur Küste und nicht zum Schloß. Dolph war insgeheim erleichtert. Er war immer noch nicht so recht darauf gefaßt, seiner Mutter ins Auge zu sehen und zu versuchen, ihr seine Verlobung zu erklären. Natürlich wußte sie bereits davon, da sie ja den Wandteppich beobachtete; dennoch war er nicht sehr erpicht auf die Begegnung.

Sie kamen an den Strand. Dort wuchs ein Hypnokürbis und eine wunderschöne purpurne Blume. Daneben hatte man eine kleine Tafel aufgestellt:

VOM HIMMEL GESANDT
NEBEN DIESEM AMARANTH
VIERZIG JAHRE HER
LANDETE HIER IN XANTH
DER BÖSE MAGIER TRENT
KÖNIG WARD ER

Sie blickten sich an. Was konnte das bedeuten?

»Opa Trent ist aber gar nicht böse!« wandte Dolph ein.

»In der Vergangenheit ...«, begann Mark.

»Was für eine hübsche Blume!« rief Nada.

»... war der Magier Trent als böse bekannt, im Gegensatz zum Guten Magier Humfrey«, fuhr Grazi fort. »Allerdings ...«

Dolph musterte die beiden Gerippe überrascht. Sie begannen sich immer ähnlicher zu werden!

»... war er nicht mehr böse, und zwar schon von der Definition her nicht, nachdem er erst einmal König geworden war«, schloß Mark. »Man hatte ihn als böse bezeichnet, weil er sich gegen den vorigen König gestellt hatte, und nicht, weil er ein schlechter Mann gewesen wäre. Tatsächlich war er auch gar kein schlechter Mann, wie sich dann zeigte.«

»Wie merkwürdig, daß diese Blume in vierzig Jahren nicht verwelkt ist«, sagte Nada.

»Das ist das Wesen dieser Blume, sie verblüht nie.«

Plötzlich kam Dolph ein Gedanke. »Vom Himmel gesandt!« rief er. »Himmelstaler ... das muß dasselbe sein!«

»Nein, das ist doch nicht dasselbe«, wandte Mark ein.

»Die Uhr hat uns aber hierher gebracht!« protestierte Dolph.

»Ja, er hat recht!« meinte Nada. »Das Auge hat in diese Richtung gezeigt und ...«

»Wir wollen der Sache mal nachgehen«, sagte Mark in jener Art, wie sie Erwachsene in peinlichen Situationen zu offenbaren pflegen.

Dolph hob das Handgelenk. »Siehst du – das Auge zeigt genau auf die Inschrift!«

»Dann geh doch mal auf die andere Seite«, schlug Mark vor.

Dolph tat es. Das Auge flackerte kaum; die Uhr zeigte immer noch in dieselbe Richtung. »Siehst du!« wiederholte Dolph. »Es ...«

»Jetzt zeigt es aufs Meer hinaus«, stellte Mark fest. »Beziehungsweise auf die Insel dort hinten. Die Tafel hat lediglich im Weg gestanden.«

»Äh, ja«, mußte Dolph niedergeschlagen zugeben.

»Purer Zufall«, warf Grazi ein.

Dolph schwieg. Er merkte, daß er den Zufall nicht sonderlich mochte. Das war ein Begriff, den man in Mundania benutzte, um Magie zu erklären, weil man sich dort weigerte, an Zauber jeder Art zu glauben. Er war sich sicher, daß es einen guten Grund gab, weshalb die Tafel auf ihrem Weg lag; er wußte nur nicht, welcher das sein konnte.

»Das muß wohl die letzte der Buchten sein«, meinte Nada. »Vielleicht ist es sogar die Gerippebucht. Wenn man nach etwas sucht, ist es immer dort, wo man zuletzt nachschaut. Das weiß doch jeder.«

Schon fühlte Dolph sich besser. Nada war ihm immer ein Trost. Er mochte sie lieber als jeden, den er je kennengelernt hatte, und er wollte nie mehr von ihr getrennt werden.

Die Skelette formten sich zu dem wohlvertrauten Segelboot, und sie fuhren über das Wasser. Ein Seeungeheuer erspähte sie und kam herüber, um nachzusehen, aber sofort verwandelte sich Dolph in einen Wasserspeier, worauf das Ungeheuer beim Anblick seines unglaublich häßlichen Mauls einen Schluckauf bekam. Das genügte; die Sache war dem Ungeheuer peinlich genug, um sich wieder zurückzuziehen.

Sie landeten auf der letzten Insel und gaben den Skeletten einen Tritt, damit sie wieder ihre normale Gestalt annehmen konnten. Die Insel war recht lieblich; eine hohe Felswand war zu sehen. Die Skelette gingen lieber um die Wand herum, während Dolph und Nada die Herausforderung annahmen und sie erkletterten. Von oben hatten sie einen beeindruckenden Ausblick; sie konnten weit über das Meer sehen. Dort gab es auch ein Schild. »Was steht darauf?« fragte Nada. »Ich habe etwas Staub im Auge, ich kann es im Augenblick nicht lesen.«

Tatsächlich tränte ihr das Auge; sie mußte ihre Mädchengestalt annehmen, um es mit den Händen reiben zu können.

Dolph las vor: »Insel der Aussicht«, verkündete er.

Nada hielt inne und musterte ihn mit tränendem Auge. »Was?«

»Insel der Aussicht«, wiederholte er.

Plötzlich brach sie in Tränen aus – diesmal waren es echte, nicht vom Staub erzeugte.

Dolph ging zu ihr. »Nada! Was ist los?«

»Es ist alles so traurig«, sagte sie.

»Was ist so traurig?« wollte er verblüfft wissen.

»Daß ich dich nicht liebe«, schluchzte sie.

Das war wie ein Schlag in den Magen. Er hatte sie inzwischen so gern, daß er sich schon gefragt hatte, ob Liebe dafür das richtige Wort sein mochte. Natürlich hatte er noch nie darüber gesprochen, denn er fürchtete, sich zu blamieren. Warum hatte sie die Sache nur so abrupt aufgebracht?

»Und ich fühle mich so schuldig«, fuhr sie fort. »Du bist so ein prächtiger junger Prinz, und ...« Wieder begann sie in Schluchzen auszubrechen.

»Ich weiß zwar nicht, wie du ausgerechnet jetzt darauf kommst«, bemerkte Dolph, »aber soll das heißen, daß du unsere Verlobung auflöst?«

»Natürlich nicht!« rief sie empört. »Warum sollte ich?«

»Ich weiß es nicht. Aber wenn du dich schuldig fühlst ...«

»Dolph, das ist eine arrangierte Verlobung, und das weißt du auch. Der Preis, den mein Vater dafür verlangte, um dir zu helfen. Du hast die Sache sehr gut bewältigt. Ich bin sicher, daß wir es hinbekommen. Aber ...«

Er versuchte ein verlegenes Lachen, doch es gelang ihm nicht. »Na ja, wenn wir schon dabei sind ... Ich weiß ja, daß ich noch sehr jung bin, aber das bist du auch, und es könnte schon stimmen, daß ich dich ...«

»Ach, Dolph, bitte! Ich wünschte ...«

»Ich weiß auch, daß wir nur Kinder sind, aber wenn du mich so magst, wie ich dich mag, dann könnten wir das mit der Zeit vielleicht wirklich so nennen ...«

»Dolph, ich ...«

»Es ist eine arrangierte Verlobung, genau wie du sagst. Wir sind uns nie zuvor begegnet. Wir hätten einander auch verabscheuen können, dennoch wäre es eine gute Verbindung. Ich bin ein Prinz, davon verstehe ich etwas. Mein Großvater König Trent hat meine Großmutter Königin Iris auch nicht geliebt; er hat sie geheiratet, damit sie den Thron sichern und ihm einen Erben bescheren würde. Meine Mutter Irene hat meinen Vater Dor gehaßt, als sie noch Kinder waren, aber sie wollte ihn heiraten, um sich mit ihm den Thron zu teilen.«

»Ja«, sagte Nada matt.

»Aber dann haben Dor und Irene sich trotzdem ineinander verliebt. Manchmal geschieht so etwas. Meine Eltern waren erwachsen geworden, als es ihnen passierte. Es könnte auch uns passieren. Jetzt sind wir vielleicht noch zu jung, aber wenn wir erst einmal älter geworden sind ...«

»Nein«, sagte sie, und wieder brach sie in Tränen aus.

»Ich begreife, daß du mich jetzt nicht ... nicht magst, aber wenn ...«

»Ach, Dolph, und ob ich dich mag!« rief sie. »Ich finde, du bist wunderbar! Aber ich werde dich niemals lieben.«

»Woher willst du wissen, was du empfinden wirst, wenn

du erst einmal erwachsen bist und ich auch? Vielleicht wird dann ...«

»Ich *bin* doch schon fast erwachsen«, sagte sie.

Er sah sie verblüfft an. »Aber ...«

Sie atmete tief ein, riß sich zusammen und sagte mit fester Stimme: »Ich wollte nicht, daß du es jemals erfährst, aber nun ist es zu wichtig geworden, und ich will dich nicht belügen. Ich bin vierzehn Jahre alt.«

Dolph war wie vor den Kopf gestoßen. »Das kann unmöglich sein!«

»Wenn du dich selbst davon überzeugen willst, kann ich in meiner Mädchengestalt auch mein natürliches Alter annehmen. Ich kann in eine jüngere Gestalt zurückkehren, weil ich sie bereits hinter mir habe, kann mich aber nicht älter machen, als ich bin.«

»Äh, ja«, sagte Dolph. Ausdrücken wollte er damit, daß er diese Art von Begrenzung kannte; auch er hatte bisher nie die Gestalt eines Erwachsenen annehmen können, ob als Mensch oder als Tier.

Sie aber verstand sein Stottern als Aufforderung, ihr natürliches Alter anzunehmen. So nahm sie erst die Naga- und dann die Mädchengestalt an.

Dolph fielen fast die Augen aus dem Kopf. Sie war eine junge Frau, nicht so üppig wie Vida Vila oder Mela Meerfrau, aber mit Sicherheit alt genug, um den Storch rufen zu können. Tatsächlich glich sie seiner großen Schwester Ivy.

Entsetzt wandte er sich ab. Einen schlimmeren Verrat hätte er sich in seinen kühnsten Träumen nicht ausmalen können. Sie war schon die ganze Zeit so alt gewesen!

»Dolph, Dolph!« rief sie. »Laß mich dir wenigstens erklären, warum!«

Wie betäubt ging er von ihr fort. »Dein Vater brauchte die Verbindung, und daher hast du dein Alter gefälscht«, sagte er kalt. »Ich verstehe schon.«

Sie folgte ihm. »Ach, Dolph, ich bitte dich, bitte löse die Verlobung nicht auf! Ich tue alles, was du willst!«

Er drehte sich zu ihr um. »Ich mag vielleicht ein Kind sein, aber ich bin auch ein Prinz. Ich habe mein Wort gegeben. Deine Leute haben ihren Teil geleistet. Ich werde die Verbindung nicht lösen. Wir bleiben so lange verlobt, bis *du* die Vebindung aufkündigst.«

Sie sank zu Boden, immer noch strömten die Tränen. »Oh, danke, Dolph! Ich bin ja so dankbar.«

Sein Herz fühlte sich an wie Stein. Er verabscheute es, sie so mitansehen zu müssen, in Tränen, auf dem Boden liegend und erwachsen. Es war ihm peinlich, ganz abgesehen von dem Schmerz, den der Verrat in ihm hinterließ. »Bitte, tu das nicht.«

»Ja, ja!« willigte sie eifrig ein. »Ich werde meine jüngere Gestalt wieder annehmen und deine Gefährtin sein, alles, was du willst! Ich bin so glücklich, daß du ...«

»Im Augenblick geht es dir genauso schlecht wie mir«, konterte er. »Warum willst du mir unbedingt so viel Freude machen, wo du mich noch nicht einmal magst?«

»Aber ich mag dich *doch*, Dolph! Es ist nur, daß ich dich nicht ... liebe ... lieben kann. Und jetzt weißt du, warum.«

»Ja.« Sie hatte die Sache wirklich sehr deutlich beim Namen genannt. Schöne Aussichten, die diese so unschuldig aussehende Insel ihm da bescherte!

»Aber wenn du auch ein Prinz bist, so bin ich doch auch eine Prinzessin. Ich muß tun, was für meine Familie und mein Volk das beste ist. Wir brauchen die Hilfe deines Volks, und in diesem Punkt darf ich nicht versagen. Es ist keine Aufgabe, die ich mir freiwillig ausgesucht hätte, aber darum geht es auch nicht. Ich muß und werde sie erfüllen. Die Kobolde ...«

Dolph nickte. Sie war in der Tat eine Prinzessin. Diesen Aspekt der Angelegenheit verstand er nur zu gut. Sie konnte es sich nur dann erlauben, sie selbst zu sein, wenn sie damit nicht in Konflikt mit den Aufgaben ihres Standes geriet. Für ihn galt das gleiche. Es war töricht von ihm gewesen, jemals zu glauben, daß sie beide einfache Kinder wären. Sie waren von königlichem Geblüt. Verpflichtungen waren wichtiger als Gefühle.

»Es gibt keinen Grund, weiterhin vorzugeben, etwas zu sein, was du nicht bist«, erwiderte er. »Sei, was du bist, so ist es besser.«

»Aber, Dolph, ich muß es dir ja nicht ständig aufs Brot ... Ich kann auch gern meine jüngere Verkleidung beibehalten, wenn du willst.«

»Das ist mir inzwischen gleichgültig geworden«, sagte er knapp und ging erneut fort. Diesmal folgte sie ihm nicht.

Dolph starrte vor sich hin. Er kam an einen kleinen Wald und verschwand in ihm, als wollte er einem natürlichen Bedürfnis nachgehen. Er blickte sich um, um sicherzugehen, daß ihn niemand sehen konnte. Dann setzte er sich auf den Boden, vergrub das Gesicht in den Händen und weinte.

Nach einiger Zeit kehrten die Skelette von ihrem Rundgang um die Insel zurück.

»Es scheint hier nichts von Bedeutung zu geben«, meldete Mark. »Gab es oben auf dem Felsen etwas Besonderes?« Dann sah er Nada kommen und schreckte zusammen. »Wer ist das denn?«

»Das ist Nada in ihrer natürlichen Gestalt«, sagte Grazi. »Sie ist älter, als sie bisher aussah.«

»Aber ...«

»Das beste ist wohl, wenn wir uns unsere Kommentare sparen«, meinte Grazi.

Dolph begriff, daß sie schon über Nada Bescheid wußte, Mark dagegen nicht. Dadurch fühlte er sich Mark etwas stärker verbunden, doch er sagte nichts dazu. Statt dessen hob er seine Uhr und ging in die Richtung, in die das Auge blickte. Die anderen folgten ihm.

Das Auge zögerte und sah in eine neue Richtung. Langsam kamen sie dem Ziel näher! Doch als es durch seine Bewegungen anzeigte, daß sie den gesuchten Ort erreicht hatten, wurden sie enttäuscht: Hier gab es nichts als Strauchwerk und Sand.

Immer wieder ging Dolph im Kreis umher, doch das Auge hatte seinen Blick nur auf diese öde Stelle geheftet. Was hatte das zu bedeuten?

Sie setzten sich im Kreis nieder und berieten sich. Nada

nahm dazu ihre Nagagestalt an, die für den Sand besser geeignet war. Dolph wollte sie weder anstarren noch ignorieren, doch es fiel ihm schwer. Wenn sie doch nur in Wahrheit ein nettes Mädchen in seinem Alter gewesen wäre! Wenn er doch nur nicht auf die schmerzhafte Weise hätte lernen müssen, daß alle Mädchen *tatsächlich* gleich waren!

»Könnte es sein, daß der Himmelstaler hier war und dann entfernt wurde, bevor wir eintrafen?« fragte Grazi.

»Dann müßtest du erklären, weshalb die Uhr ihn nicht zu seinem neuen Ort verfolgt hat«, warf Mark ein.

»Vielleicht konnte sie das nicht.«

»Warum ist sie sich dann offenbar so sicher?« fragte Dolph. »Sie scheint zu glauben, daß sich der Taler genau an dieser Stelle befindet.«

»Vielleicht ...«, sagte Nada, dann zögerte sie.

Dolph sah sie an. Sie war immer noch hübsch, egal in welcher Gestalt. Er wandte den Blick wieder ab.

»Vielleicht weil du sie in Mundania erhalten hast«, fing Nada wieder an. »Wir glaubten, daß sie hier Magie benutzt, aber das gehört eigentlich nicht zu ihrem Wesen. Wenn sie tatsächlich immer noch die Wissenschaft benutzen sollte ...«

»Dann befindet sich der Taler in Mundania!« rief Dolph. »In diesem Teil von Mundania!«

»Ja!« erwiderte sie. Für einen Augenblick trafen sich ihre Blicke, und sie teilten miteinander die kurze Freude des Entdeckens. Dann wandte Dolph den Blick erneut ab.

»Das erscheint mir vernünftig«, meinte auch Mark. »Allerdings ...«

»... dürfte es für uns schwierig sein, von hier nach Mundania zu gelangen«, schloß Grazi. »Vielleicht müssen wir erst eine weitere Schlauschlinge suchen, damit sie uns eine Lösung für dieses Problem beschert.«

Dolph dachte daran, wie Nada die Schlinge schon einmal benutzt hatte. Nun fiel ihm noch etwas zu der Schlinge ein: Häufig erzeugte sie gar keine echte Intelligenz, sondern nur eine trügerische Schlauheit, die sich sehr schnell als wertlos herausstellte. So würde beispielsweise ein Oger, der sie benutzte, sich für genial halten, doch die anderen würden ihn immer noch als Tölpel sehen. Tatsächlich hatte ein Oger sogar einmal die Schlinge benutzt, um schlau zu werden, aber das war auch Krach Oger gewesen, der tatsächlich ein halber Mensch war; bei dem hatte die Schlinge nur die schlauere Hälfte wachgerufen, anstatt aus Dummheit Intelligenz zu machen. Nadas menschliches Erbe dagegen war schon die ganze Zeit offenbar gewesen; was hatte dann ihre gesteigerte Intelligenz bewirkt?

Er erinnerte sich daran, wie sie ihm wie seine große Schwester erschienen war. Das hatte ihn zwar abgestoßen, aber das Wissen, daß sie bei ihrem Besuch in Mundania all ihre Magie einbüßen würde, hatte ihn getröstet. Tatsächlich war sie danach wieder normal geworden, nett und gar nicht widerlich. Doch nun wußte er, daß die Schlinge tatsächlich ihres wahres Wesen wachgerufen hatte, die besserwisserische Art eines vierzehnjährigen Mädchens. Das hätte ihm eine Warnung sein müssen. Aber Kind, das er war, hatte er das Signal ignoriert, fasziniert von der Vorstellung, ein Mädchen zu kennen, das nicht so war wie all die anderen.

»Die Antwort der letzten Schlinge hat sich als sehr riskant herausgestellt«, wandte Mark ein. »Nur Dolph konnte in seiner menschlichen Gestalt dorthin gehen, und er sprach nicht einmal ihre Sprache. Die Hilfe, die Nada ihm in Schlangengestalt leisten konnte, war doch sehr beschränkt.«

»Tatsächlich bin ich auch noch in einen Graben gefallen, und Dolph mußte mich retten«, warf Nada ein. »Ich war keine Hilfe, sondern ein Klotz am Bein.«

»Das hat Dolph gar nicht erwähnt«, bemerkte Grazi.

»Dolph ist auch ein anständiger Kerl«, antwortete sie.

Dolph kämpfte gegen seine wilden Gefühle an und mußte sich daran erinnern, wie zornig er doch auf sie war! »Lassen wir die Schlauschlinge lieber aus dem Spiel«, meinte er. »Wir sollten die Sache auch allein meistern können.«

So besprachen sie sich weiter, doch ohne Erfolg. Langsam wurde es spät, und so brachen sie die Beratung ab, um etwas zu essen zu suchen.

»Während unseres Rundgangs auf der Insel habe ich einen Pastetenbaum entdeckt«, sagte Grazi. »Ich kann euch zeigen, wo er steht.«

»Ich habe keinen Hunger«, antwortete Nada.

Dolph war auch nicht übermäßig hungrig, wollte Nada aber nicht zustimmen und ging daher mit dem Gerippe fort, um die Pasteten zu suchen.

»Weißt du, Dolph, Nada wollte dich nicht täuschen«, sagte Grazi unterwegs. »Die Sache hat sie sehr traurig gemacht, aber als ihr Vater ihr befahl, dich zu heiraten ...«

»Ich verstehe«, erwiderte Dolph kurzangebunden.

»In der Nacht hat sie geweint, und tagsüber hat sie so getan, als wäre sie glücklich. Sie war nie das Kind, für das du sie gehalten hast. Aber sie war entschlossen, dich glücklich zu machen.«

»Ja, damit ich die Verlobung nicht löse!« sagte Dolph aufgebracht. »Ich hätte mich nie darauf eingelassen, wenn ich es gewußt hätte!«

»Das wußte König Nabob auch. Aber der Gute Magier hatte ihnen gesagt, daß eines seiner Kinder heiraten müsse, was der Drache brächte, und als du dann kamst, wußten sie, daß sie keine andere Wahl hatten. Nada glaubte, daß eine Täuschung für einen guten Zweck zu rechtfertigen sei, aber sie wollte dir nicht vormachen, daß sie dich liebt.«

»Das hat sie auch nicht«, bestätigte er kühl.

»Sie ist in einer schwierigen Lage, aber sie ist ein nettes Mädchen.«

»Sie ist eine Prinzessin.« Damit war alles gesagt.

»Sie ist ein fühlendes Wesen. Du bist grausam zu ihr.«

»Was geht dich das überhaupt an?« fauchte er.

»Du hast dich auf die Verlobung eingelassen, weil du die Hilfe der Naga brauchtest, um Mark zu retten. Mark war in Schwierigkeiten, weil er den Feuerwasseropal holen mußte, um mich als Geisel auszulösen. Folglich bist du meinetwegen verlobt worden. Insofern geht es mich sehr wohl etwas an.«

Dolph war zwar von ihrer Logik nicht überzeugt, wollte sich aber auch nicht mit ihr streiten. »Heiraten muß ich sie. Mögen muß ich sie nicht.«

»Sie mußte dich heiraten. Lieben mußte sie dich nicht.«

Plötzlich begann Dolph grundlos zu weinen, und es schien überhaupt nicht merkwürdig, daß Grazi ihn dabei festhielt. Ihre Knochen waren abgerundet, so daß sie ihm nicht weh taten. Und doch fühlte er sich merkwürdig an, und nach einer Weile begriff er, was es war. Ihre Knochen waren überhaupt nicht hart! »Du hast ja Fleisch auf den Knochen!« rief er.

Grazi blickte an sich selbst herab. »Igittigitt!« rief sie. »Ich dachte, wir hätten diese Illusion hinter uns gelassen! Etwas davon muß mich hierher verfolgt haben!«

»Wir sprachen gerade über Täuschung«, sagte Dolph und wischte sich die Augen. »Vielleicht hat sie das angezogen.«

»Ich muß es sofort wieder abkriegen!« rief sie und fuhr sich über die Glieder. Die Illusion war nicht ganz vollständig, weil sie keine Kleidung beinhaltete, aber das erschien ihr nur als schwacher Trost. »Was soll Mark denken?«

Dolph konnte nicht anders, er mußte lächeln. »Mögen muß er dich, ansehen muß er dich nicht.«

»Wirklich sehr komisch!« sagte sie streng. »Diesmal ist es schlimmer als vorher; ich kann sie nicht nur sehen, ich spüre sie auch. Kannst du dir denn überhaupt nicht vorstellen, wie abstoßend so etwas für unsere Skelette ist?«

»Ungefähr so abstoßend wie ein Altersunterschied von fünf Jahren für unsere Art?« fragte Dolph bissig.

»Na, ich hoffe jedenfalls, daß Mark toleranter ist als du!« schnappte sie. Doch dann tat es ihr sofort wieder leid. »Das hätte ich nicht sagen dürfen! Entschuldige ...«

Aber Dolph, der sich getroffen fühlte, mußte sich beugen. »Ich sollte ihr ihr Alter nicht zum Vorwurf machen«, gab er zu. »Aber es fällt mir alles andere als leicht.«

»Das geht ihr auch nicht anders«, erinnerte sie ihn. »Deshalb kann sie dich auch nicht lieben.«

»Ja.« Dolph gefiel die Situation zwar immer noch nicht, aber langsam begann er sie zu akzeptieren.

Sie fanden den Pastetenbaum. Es war ein einfacher Kirschbaum, auf dem nur eine Pastetenart reifte, Dolph suchte die beiden besten aus und pflückte sie ab. »Gehen wir zurück.«

»Wirst du nicht hier essen?«

»Es ist besser, zu teilen.«

»Ja«, stimmte Grazi zu. »Selbst wenn es Probleme gibt, ist es immer besser, zu teilen.«

Mark und Nada unterhielten sich gerade angeregt, als sie zurückkehrten, doch plötzlich verstummten sie. Aus dunklen Augenhöhlen starrte Mark sie an. »Was?«

»Ich bin es ... Grazi«, erklärte Grazi. »Mit der grazilen Note.« Sie klopfte mit dem Finger gegen ihre kleine Evarippe, und es klang melodisch, auch wenn die Illusion sie fleischig aussehen ließ. »Ich bin von einem Illusionsstrudel befallen und kann ihn nicht mehr loswerden.«

»Der G-Schlüssel!« rief Nada. »Soll das heißen ...«

»Der Gerippeschlüssel!« schloß Dolph. »Die G-Rippe! Wir hatten sie die ganze Zeit dabei!« Und dann, als die anderen verwundert herumstanden, bot er Nada die zweite Pastete an.

»Aber ...«, sagte sie.

»Ich entschuldige mich dafür, daß ich dich grausam behandelt habe, und ich bitte dich, dies als Zeichen der Wiedergutmachung anzunehmen«, sagte er in bester Prinzenmanier.

Ihr Blick huschte kurz zu Grazi hinüber, als sie begriff, welche Rolle das Gerippe dabei gespielt hatte. Dann nahm sie Mädchengestalt an und griff nach der Pastete. »Ich akzeptiere deine Entschuldigung und die Pastete, wenngleich beide nicht nötig gewesen wären«, sagte sie in bester Prinzessinnenmanier.

Offiziell hatten sie ihren Streit also geschlichtet. Doch die Kluft blieb. Sie paßten einfach nicht zueinander. Wie sehr er sich doch wünschte, daß es anders wäre!

»Aber wenn Grazi der Schlüssel ist«, sagte Mark und

wandte seinen hohlen Blick von dem ab, was ein lebendiger Mann wohl als das anziehendste Fleisch an Grazis Körper betrachtet hätte, »dann ist das eine musikalische Note und kein Schlüssel zu einem Schloß. Wie sollen wir denn damit den Himmelstaler aufschließen?«

»Das wird ein magisches Schloß sein, das auf Musik reagiert und nicht auf einen physischen Schlüssel«, meinte Dolph. »Das wird die Botschaft des Guten Magiers bedeuten. Daß uns Grazis grazile Note, ihre G-Rippe, zum Himmelstaler führen wird. Es muß gar kein Schloß geben, nur diesen Schlüssel!«

»Aber wenn der Taler sich in Mundania befindet, kann Grazi dort die Note nicht spielen«, versetzte Mark.

»Wir können auf die gleiche Weise wie zuvor nach Mundania gehen, nämlich durch den Kürbis. Vielleicht öffnet die Note ja den Ausgang aus dem Kürbis nach Mundania.«

»Ja!« rief Nada. »So muß es sein!«

»Aber wir haben hier keinen riesigen Zombiekürbis«, wandte Mark ein. »Wenn wir bis zu dem Zombiekürbis zurückreisen und in ihn eintreten, wüßte ich immer noch nicht, durch welchen Kürbis wir hier herauskämen. Wenn du aber an der alten Stelle austrittst, mußt du die ganze Strecke hierher allein reisen, und das erscheint mir keine gute Lösung zu sein.«

»Außerdem ...«, fing Grazi an.

»... darfst du gar nicht wieder in den Kürbis«, beendete Mark den Satz für sie. »Wir können deine Note also ohnehin nicht benutzen.«

»Aber im Augenblick sieht sie gar nicht so aus, wie sie selbst«, meinte Nada. »Vielleicht würde niemand sie erkennen.«

Grazi schüttelte den Kopf, und ihre Illusionslocken bebten. Mark schnitt eine schmerzerfüllte Grimasse, was für einen Totenschädel schon eine reife Leistung war. Dolph bemerkte, daß Grazi Mark jetzt ebenso abscheulich vorkam wie Nada ihm selbst. »Ich wollte so gern in den Kürbis zurückkehren«, sagte sie. »Der Gedanke an eine ständige

Verbannung war mir entsetzlich. Ich hatte darauf gehofft, einen Kürbis zu finden, einzutreten und um Verzeihung zu bitten, um mein Verbrechen wiedergutzumachen. Aber jetzt, da ich mich an mein Leben hier draußen gewöhnt habe, und da ich gar nicht mehr zurückkehren will, sieht es so aus, als müßte ich es tun. Wenn ich tatsächlich das bin, was ihr gesucht habt, werde ich tun, was ich kann, um euch bei der Suche nach dem Himmelstaler zu helfen.«

Sie überlegten, und schließlich gelangten sie zu dem Schluß, daß sie es versuchen müßten: Sie würden den nächstgelegenen Kürbis – am Strand des Festlands hatten sie einen gesehen – aufsuchen müssen. Mark und Grazi konnten in ihn hineinklettern, weil sie in ihm entstanden waren; weil der Kürbis recht klein war, konnte Dolph nur in unkörperlicher Form eindringen. Er würde also seine Sele hineinschicken müssen, während sein Körper draußen erstarrt in das Guckloch schaute. Ihr Ziel kannten sie: jene selbe Stelle in Mundania. Wenn durch den Kürbis ein Weg führen sollte, würden sie ihn finden, und dann würde die Queste endlich abgeschlossen werden. Nada würde in der Zwischenzeit hier in Xanth Wache halten und Dolph aus seiner Benommenheit reißen, sollte irgendeine Gefahr drohen.

Also setzten sich die Skelette wieder zu einem Boot zusammen, und gemeinsam segelten sie zurück ans Festland. Dort gingen sie zu der Stelle, wo sie den Kürbis gesehen hatten, nämlich neben dem Denkmal für König Trent. Wieder las Dolph die Inschrift, sie hatte ihn neugierig gemacht. »Vom Himmel gesandt, neben diesem Amaranth ...« Wer hatte dieses Denkmal aufgestellt? Wer hatte die Amaranthblume gepflanzt? Irgendwie wurde er das Gefühl nicht los, daß sie etwas sehr Wichtiges übersehen hatten.

»Wächst in Mundania Amaranth?« wollte er wissen.

»Natürlich nicht«, erwiderte Nada. »Der ist doch magisch.«

»Aber in einer mundanischen Version könnte er doch in Mundania wachsen«, beharrte er.

»Ich halte es für sinnlos, sich darüber Sorgen zu machen«, entgegnete Mark. »Schaffen wir diesen Kürbis auf die Insel, bevor es dunkel wird; wir wissen nicht, welche Ungeheuer in der Nacht kommen können.« Er beugte sich vor, um den Kürbis zu ergreifen.

Da ertönte aus dem Denkmal ein Geräusch wie von einer klingenden Glocke. »Was ist denn das?« fragte Grazi erschrocken.

»Die Alarmanlage!« sagten Dolph und Nada im Chor. Von solchen Anlagen hatten sie bei ihrem Besuch in Mundania erfahren.

»Und was soll dieses Gebimmel?« fragte Mark.

»Um zu verhindern, daß sich Unbefugte am Denkmal meines Großvaters zu schaffen machen, nehme ich an«, erwiderte Dolph.

»Dann haben wir ja nichts zu befürchten«, meinte Mark erleichtert.

Kurz darauf wurde die See aufgewühlt. Irgend etwas kam schnell auf sie zugeschwommen und offenbarte sich als riesiger, häßlicher Fisch mit einem mit Hauern bewehrten, schweinsähnlichen Kopf. Dann hievte es sich aus den Wellen auf den Sand, und Dolph sah, daß es drei große Augen hatte, an Kopf und Körper vier kurze Beine mit Flossen sowie zwei gewundene Hörner. Mit beachtlicher Kraft sprang es mit allen vieren gleichzeitig auf sie zu.

»Das ist ein Argus!« rief Nada. »Bei uns gibt es einige von denen im Höhlenwasser. Das sind ganz gefährliche Kunden!«

»Aber wenn er von der Alarmanlage des Denkmals herbeigerufen wurde, kann er nicht völlig wild sein«, meinte Dolph. »Ich werde es mal lieber überprüfen.« Er nahm ebenfalls die Gestalt eines Argus an.

Der andere erspähte ihn und bremste ab, daß der Sand nur so spritzte. »Wer bist, Ebergesicht?« fragte er.

»Ich bin Prinz Dolph, König Trents Enkel«, erwiderte Dolph in seiner Sprache. »Das hier sind meine Begleiter.«

»Ach so. Dann seid ihr nicht hergekommen, um das Denkmal zu schänden?«

»Nein. Wir bewundern es. Wer hat es denn aufgestellt und wer pflegt es?«

»Das ist eine recht lange Geschichte und wahrscheinlich für dich uninteressant.«

»Nein, wir interessieren uns sehr dafür!« protestierte Dolph. »Ich bin hier auf einer Queste, ich suche den Himmelstaler, und ich wußte noch nichts von diesem Denkmal. Mein Großvater hat es nie erwähnt. Bitte erzähl mir alles darüber.«

»Bist du wirklich interessiert?« fragte der Argus überrascht.

»Ja. Ich möchte soviel über dieses Gebiet und dieses Denkmal erfahren, wie es geht. Warum gibt es hier diesen Amaranth und warum haben wir die Alarmanlage ausgelöst, als wir den Kürbis berührten? Der Kürbis gehört doch bestimmt nicht zum Denkmal!«

»Und ob!« konterte der Argus. »Komm, laß dich im Wasser nieder, wo wir es bequem haben, dann will ich dir alles erzählen.«

»Gern! Ich will nur mal eben meinen Freunden Bescheid sagen.« Dolph nahm Jungengestalt an und erzählte den anderen, was sie besprochen hatten. »Am besten ruht ihr euch eine Weile aus, bis ich die ganze Geschichte erfahren habe«, schlug er vor. »Sie könnte uns auf unserer Queste nützlich sein.«

»Aber es wird schon spät ...«, sagte Mark.

»Ich glaube, wir werden hier nicht in Gefahr sein«, meinte Dolph. »Und außerdem will ich wirklich alles über dieses Denkmal erfahren.«

»Es ist schließlich *seine* Queste«, erinnerte Nada das Gerippe. Sie unterstützte ihn, wie sie es schon immer getan hatte, auch jetzt, in dieser Stunde ihrer Entfremdung. Dolph war unwillkürlich gerührt, hatte aber keine Zeit, einen Kommentar abzugeben. Er nahm wieder die Argusgestalt an.

Mit dem anderen Argus begab er sich ins seichte Wasser, wo die weiß schäumende Gischt über den Sand spülte. Ja, hier im Wasser war es wirklich viel bequemer. Mit seinen

Augen am Körper konnte er alles in seiner Umgebung überblicken. Das war wirklich eine nette Gestalt!

»Du bist also ein Gestaltwandler«, sagte der Argus. »König Trent macht das auch, aber verwandelt die Gestalten anderer.«

»Ja. Unsere Talente sind komplementär.« Dieses Wort hatte Dolph einmal gelernt, weil es die Beziehung zwischen ihren Talenten beschrieb, und er war stolz darauf. »Und was ist das jetzt für eine Geschichte von dem Denkmal, und warum erzählt mein Großvater nichts davon?«

»Vor vierzig Jahren gelangte der Böse Magier Trent an diese Küste, nachdem er zuvor aus Xanth verbannt worden war«, fing der Argus an. »Er war ins Exil geschickt worden, weil er versucht hatte, den Thron des Sturmkönigs an sich zu reißen, der, wie ich so hörte, kein besonders guter König war. Zwanzig Jahre nachdem er Xanth verlassen hatte, kehrte der Magier in Begleitung von zwei anderen, Bink und Fanchon, zurück. Sie ...«

»Wer?« unterbrach Dolph.

»Fanchon. Die Frau, die Bink heiratete.«

»Aber er hat doch Chamäleon geheiratet, meine Großmutter!«

»Da muß irgendein Irrtum vorliegen«, meinte der Argus und klimperte gleich mit mehreren Augenlidern auf einmal. »Es war Fanchon, die bei ihm war, wunderbar häßlich, aber entsetzlich klug.«

»Das ist Chamäleon in ihrer häßlich-klugen Phase!« rief Dolph, nachdem er begriffen hatte. »Sie muß einen anderen Namen verwendet haben!«

»Zweifellos. Jedenfalls wateten die drei hier an Land, sie waren sehr erschöpft und ließen sich nieder, um sich am Strand auszuruhen. Tatsächlich haben sie sich an drei verschiedenen Orten niedergelassen, aber wir haben das Denkmal in der Mitte aufgebaut, gegenüber dem Denkmal des gebrochenen Herzens auf der Insel der Aussicht.«

»Dem was?«

»Dem Denkmal auf der Insel, das die Stelle markiert, wo die sterbende Maid liegt.«

»Da gibt es kein Denkmal!« widersprach Dolph. »Wir haben die Insel gerade erst erkundet.«

Der Argus seufzte. »So ist das eben, wenn die Garantie ausläuft! Dieses Denkmal sollte eigentlich tausend Jahre lang bewacht werden, bis ein Prinz kommt, um das arme Mädchen mit einem Kuß zu wecken, aber offensichtlich muß man dem Wächter einen Teil der Zeit wegen guten Betragens erlassen haben, und er ist abgehauen. Hat doch tatsächlich irgend so ein Ungeheuer dieses Denkmal geklaut!«

»Wir waren dort, um den Himmelstaler zu suchen, aber es war nichts zu sehen.«

»Ja, den hat die sterbende Maid. Wirklich zu schade, daß das Denkmal fort ist; jetzt wird der Prinz Schwierigkeiten haben, sie zu finden.«

Dolph zügelte seine Erregung. Schon jetzt hatte er eine Menge wertvoller Dinge erfahren! Vielleicht würde er im Laufe der Geschichte noch mehr von dem Argus zu hören bekommen.

»Erzähl mir alles!«

»Nun gut, die drei haben sich also niedergelassen und gerieten natürlich prompt in Schwierigkeiten, weil der Strand damals ziemlich wild war. Trent blickte in einen Hypnokürbis und blieb hängen – anscheinend hatte er in seiner langen Abwesenheit die Kürbisse vergessen, vielleicht war er aber auch nie zuvor einem begegnet. Damals kamen sie nicht so häufig vor wie heute, sie wuchsen nur selten in Gegenden, wo Menschen siedelten. Fanchon ruhte sich unter einem Lethargiebaum aus, der sie so lethargisch machte, daß sie sich nicht mehr bewegen konnte. Bink legte sich auf fleischfressendes Gras, das dann seine Wurzeln in ihn schlug. Es war schieres Glück, daß er noch rechtzeitig erwachte, aber weil er nicht mehr aufstehen konnte, begann er zu schreien. Das zog natürlich sämtliche hungrigen Ungeheuer in dieser Gegend an, einschließlich einer Harpyie, einem Catoblepas und meiner Wenigkeit. Wir sind uns wegen des Leckerbissens fürchterlich in die Haare geraten, worauf Bink entkommen und die beiden anderen retten konnte. Ich habe noch nie einen Mann gesehen, der so viel Glück hatte!«

»Aber was ist mit dem Denkmal?«

»Ich komme gerade darauf. Sie zogen weiter nach Schloß Roogna, das damals verlassen war, und Trent wurde König und stellte es wieder her, und es soll, wie ich höre, noch heute stehen.«

»Das kann man wohl sagen.«

»Weil sie an dieser Stelle gelandet waren, entschied der Gute Magier Humfrey, daß man hier zum Gedenken ein Denkmal errichten sollte. König Trent widersprach zwar zunächst, aber Humfrey tat es dennoch. Er benutzte etwas von der Magie, die er eingesammelt hatte, um alle von uns auszumachen, die das Dreiergespann damals angegriffen hatten, und er verpflichtete uns dazu, das Denkmal zu bewachen.«

»Aber Humfrey ist fort! Warum bewachst du es dann noch?«

»Er ist fort? Seine Magie ist jedenfalls noch da! Wir werden so lange leben, wie das Denkmal nicht geschändet wird, da kannst du sicher sein, daß wir gut darauf aufpassen. Jeder übernimmt abwechselnd einen Tag lang die Bewachung. Mal die Harpyie, mal der Catoblepas, und mal ich. Heute ist mein Tag, und als die Alarmanlage losging, bin ich schnell herbeigeeilt. Die Pflanzen helfen auch, wenn es sein muß; das hungrige Gras und ein Landkraken sind ebenfalls in der Nähe, und außerdem ist der Kürbis hiergeblieben. Inzwischen ist es hier recht friedlich geworden; kein Besucher wird belästigt, solange er sich gut benimmt.«

»Aber was hat es mit der Amaranthblume auf sich? In der Geschichte ist kein Amaranth aufgetaucht.«

»Die Amaranthblume haben wir von dem Denkmal hierher gebracht. Als ich sah, daß es nicht mehr so sorgfältig bewacht wurde, fürchtete ich um die Blume und transportierte sie hierher. Es sieht so aus, als sei meine Vorsicht gerechtfertigt gewesen, wenn das Denkmal jetzt tatsächlich weg sein sollte.«

»Was weißt du noch über das andere Denkmal?«

»Oh, die Geschichte ist ganz einfach. Die verwundete Maid liegt blutend in einer Kiste und kann weder leben noch sterben, bis sie nach ungefähr tausend Jahren von einem Prinzen geküßt wird. Sie muß dem Prinzen, der sie weckt, den Himmelstaler geben. Das ist schon alles.«

»Aber wie soll der Prinz sie denn finden, wenn der Amaranth die Stelle nicht mehr markiert?«

»Das weiß ich auch nicht.«

»Wie lange war sie schon hier?«

»Ich glaube, es waren ungefähr achthundertundfünfzig Jahre, irgend etwas in der Art. Sie hat so eine Art, wegzulaufen, bevor ihr die Zeit ausgeht.«

»Die Zeit ausgeht? Was passiert denn mit ihr, wenn die tausend Jahre vorüber sind?«

»Na ja, das ist die oberste Grenze, mußt du wissen. Wenn kein Prinz sie in dieser Zeit findet und küßt, wird sie so oder so sterben, und das gilt auch für den Amaranth. Die beiden stehen nämlich miteinander in Verbindung. Sie leben und sterben zusammen. Ich bin sicher, daß es eine interessante Geschichte abgäbe, wenn sie jemand genau kennen würde.«

»Bestimmt«, meinte Dolph nachdenklich.

»Ich mußte die Inschrift neu schreiben, nachdem wir den Amaranth ausgeborgt hatten«, fuhr der Argus fort. »Ich bin ein ziemlich guter Dichter, auch wenn ich es selbst von mir behaupte. Ich habe ein Auge für Reime.«

»Ja, die Inschrift ist wirklich sehr schön«, sagte Dolph, weil ihm klar wurde, daß ein bißchen Schmeichelei jetzt durchaus angezeigt war. »Aber ich muß wohl den Amaranth und den Kürbis ausleihen.«

»Wie bitte? Ich habe dir doch gerade erst erklärt, warum sie hierbleiben müssen!«

»Aber weißt du, ich bin ein Prinz und muß den Himmelstaler bekommen, und das bedeutet, daß ich die sterbende Damsell retten muß; ich kann sie aber nur finden, wenn ich den Kürbis benutze und diesen Amaranth dabeihabe.«

»Aber dazu brauchst du die beiden doch nicht von hier

wegzunehmen! Du kannst den Kürbis hier benutzen und darin ihr Grabmal aufsuchen. Im Kürbis spielen Entfernungen doch keine Rolle.«

»Ja, das könnte ich wohl. Also schön, ich werde es tun.« Dolph blickte sich um. Während sie sich unterhalten hatten, war es dunkel geworden, und die Muscheln im Sand leuchteten in hübschen Mustern im Wasser, sie hatten ihre Nachtbeleuchtung aufgestellt, und das Meer selbst glühte ebenfalls. »Am Morgen«, schloß er.

»Das mußt du dann mit der Harpyie klären; morgen hat sie Schicht.«

»Das werde ich tun. Ich danke dir recht herzlich für deine außerordentlich interessante Geschichte.«

»Keine Ursache«, sagte der Argus und lief vor Stolz grün an.

Dolph wurde wieder zu einem Jungen, watete aus dem Wasser zum Strand und gab den anderen Bericht ab. »Ich habe viel erfahren!« sagte er. »Wir können von hier aus losziehen; wir brauchen den Kürbis nicht mitzunehmen.« Schnell erklärte er ihnen die Geschichte mit den beiden Denkmälern und dem sterbenden Mädchen. »Ich schätze, daß ich wohl der Prinz sein muß, der kommen wird, um sie zu wecken, und deshalb hat der Gute Magier mich wohl auch hierher geschickt.«

Nada sagte nichts, wirkte aber nachdenklich. Es war nicht zu übersehen, daß ihr die Vorstellung, Dolph könnte eine solche Maid retten, nicht sonderlich behagte.

Wieder formten die Skelette sich zu Hütten, und sie legten sich zur Nacht nieder. »Was hat Nada?« fragte Dolph Mark leise.

»Soweit ich weiß, küßt ein Prinz eine schlafende Maid nicht nur«, erwiderte Marks Schädel. »Er heiratet sie.«

Oh. »Aber ich kann die Maid doch gar nicht heiraten!« wandte Dolph ein. »Ich bin doch schon verlobt!«

»Damit scheinst du aber ein Problem zu haben.«

»Na ja, klar, aber verlobt sind wir immer noch.«

»Trotzdem – wenn ich Nada wäre, würde ich mir wegen dieser anderen Maid schon Sorgen machen. Es sieht wirklich so aus, als wollte der Gute Magier Humfrey mit seiner Nachricht dafür sorgen, daß du ihr begegnest.«

Dolph schwieg. Aber er fragte sich jetzt, ob der Gute Magier wirklich gewußt hatte, daß Dolph schon mit Nada verlobt sein würde, bevor er diese schlafende Prinzessin fand.

15

KÜRBIS

Am Morgen erklärten sie der Harpyie alles. Sie erwies sich als eine überraschend verständnisvolle und saubere Henne; der Gute Magier hatte ihr offensichtlich Manieren beigebracht. Das sagte manches über Humfreys Macht aus! Dann verschwand Mark im Kürbis. Grazi nahm ihren Mut zusammen und stürzte ihm nach. Einen Augenblick lang war Dolph nun mit Nada allein.

»Wir sind immer noch verlobt«, erinnerte sie ihn.

»Ich halte mein Wort.«

»Natürlich«, erwiderte sie.

»Ich muß es tun. Es ist meine Queste.«

»Ich weiß.«

Doch wußten sie beide, daß ihre Verlobung gefährdet sein könnte. Angenommen, er mußte die Maid heiraten, um den Himmelstaler zu bekommen?

»Die Sache tut mir leid, daß wir …«

»Mir auch, Dolph.«

»Ach, Mist! Warum konnten die Dinge nicht so sein, wie sie zu sein schienen?«

»Weil die Dinge fast nie so sind, wie sie scheinen. Die Desillusionierung gehört zum Erwachsenwerden.«

»Ich will nie erwachsen werden!«

»Das mußt du aber, Dolph. Das müssen wir alle, auch wenn es weh tut.« Sie kniff die Augen zusammen. »Bitte mach schon weiter, Dolph, bevor wir noch beide anfangen zu weinen.«

Dolph begriff, daß Nada, hätte sie eine Verjüngungsmagie gehabt, sie auch benutzt hätte. Ihr Alter war nicht ihre Schuld. Sie war in eine unmögliche Lage geraten und hatte tapfer versucht, das Beste daraus zu machen, und fast wäre es ihr auch gelungen. »Nada ...«

»Bitte, Dolph«, wiederholte sie, und er sah, wie heftig sie gegen die Tränen ankämpfen mußte. Er tat ihr keinen Gefallen, wenn er noch länger zögerte.

Dolph setzte sich vor den Kürbis, richtete das Guckloch aus und sah hinein. Im ersten Augenblick bemerkte er nur graue Schleier; dann merkte er, daß seine eigenen Tränen ihm die Sicht nahmen. Blinzelnd rieb er sie aus den Augen.

Er fand sich in einem riesigen Gebäude wieder. Menschen und andere Wesen huschten wie verrückt in alle Richtungen, jeder mit irgendwelchen dringenden persönlichen Angelegenheiten beschäftigt. Manche trugen Taschen, Koffer, Säcke, zusätzliche Kleidung und allen möglichen Plunder. Massige Säulen stützten das Dach, und es gab so viele Nischen, Gänge und Galerien, daß er nicht einmal zu schätzen wagte, wie groß dieser Raum oder gar das ganze Gebäude war. Ab und zu ertönten aus Flekken an den Wänden unverständliche Laute, als würde irgendein zungenlahmes Ungeheuer nach Freiheit schreien. Das war doch wohl wirklich das merkwürdigste Schloß in ganz Xanth!

»Was ist das?« fragte Mark, der zu seiner Rechten stand und das Treiben musterte.

»Das muß neu sein«, erwiderte das Skelett. »Ich habe es noch nie gesehen.«

Grazi stand links von ihm, immer noch auf merkwürdige Weise mit Fleisch versehen. »Hast du das schon mal gesehen?« fragte Dolph sie.

»Nein. Es muß sich um eine Spezialausstattung handeln.«

»Sind die Kürbisszenerien nicht von der Person festgelegt, die ihn betritt?« wollte Dolph wissen. »Müßte es nicht jene sein, mit der ihr vertraut seid?«

»Nein«, erwiderte Mark. »Wir sind Wesen *des* Traumreichs, unsere Gegenwart beeinflußt es nicht. Wir sind tatsächlich unsichtbar. Es ist der Eintritt einer wirklichen Person, in diesem Falle du, der die Szene bestimmt.«

»Aber ihr seid doch vor mir eingetreten! Wie ...«

»Offensichtlich wußte die Szene, daß du kommen würdest. Das ist es, was dir in jedem Kürbis begegnen wird, in den du schaust, mit Ausnahme des großen Zombiekürbisses, in den du körperlich eintreten kannst.«

Damit mußte Dolph sich zufrieden geben. »Kannst du mich durch diesen Kürbis hier führen?«

Mark wirkte verlegen. »Ich hatte mit einer vertrauten Szenerie gerechnet – mit dem Haus des Schreckens oder dem Friedhof oder irgendeiner anderen gewöhnlichen Szene. Aber das hier ist so fremd, daß ich mich nicht auskenne.«

Dolphs Befürchtung schien sich zu bewahrheiten. »Und du, Grazi?«

»Ich hoffe nur, daß mich hier niemand wiedererkennt«, sagte sie. »Für mich mag es hier sogar besser sein, weil es unwahrscheinlich ist, daß ich auf irgendwelche meiner früheren Kollegen treffe.«

»Du siehst gar nicht wie du selbst aus, mit diesem ganzen Fleisch an den Knochen«, versicherte ihr Dolph. »Du siehst eher wie eine Nymphe aus.«

»Kein Grund, es noch besonders zu betonen!« versetzte sie. »Die Sache ist mir schon peinlich genug.«

»Aber Nymphen sind doch sehr hübsch«, protestierte Dolph. »Die Männer jagen immer hinter ihnen her.«

»Männer sind auch töricht«, bekräftigte sie grimmig. »Aber ich schätze, es wird wohl stimmen: Niemand würde argwöhnen, daß ich mir eine derart geschmacklose Verkleidung zulege.«

Dolph begriff, daß nun alles an ihm lag. »Na gut, ich habe ja wenigstens noch die Uhr. Mal schauen, wo sie gerade hinsieht.« Er musterte die Uhr an seinem Handgelenk. »Dort entlang.«

Die drei blickten in die angezeigte Richtung. Achselzuckend ging Dolph los, und das Skelett und die falsche Nymphe folgten ihm.

Sie durchquerten den breiten Saal, wobei sie den Säulen und den anderen dahineilenden Leuten geschickt auswichen. Endlich gelangten sie an eine Kachelwand. Das Auge der Uhr blickte genau durch diese Wand hindurch.

Dolph erinnerte sich daran, wie das Auge ihn einmal hinaus aufs Meer geführt hatte. Er wußte, wie er damit umgehen mußte: Er brauchte nur um die Wand herumzugehen.

Also bogen sie ein und gingen die Wand entlang. Da gelangten sie zu etwas wirklich sehr Seltsamem: einer Treppe, die sich von allein bewegte. Sie ließ einfach den Raum hinter sich zurück und führte frohgemut durch ein Loch in der Decke. Einige Leute stellten sich einfach auf die Treppe und wurden nach oben getragen.

Dolph zuckte die Achseln. »So wird das wohl gemacht«, meinte er und betrat die unterste Stufe, als diese gerade aus dem Boden hervorglitt. Sie beförderte ihn geschmeidig in die Höhe. Mark und Grazi folgten auf den nächsten beiden Stufen, und sie sahen in dieser merkwürdigen Szenerie ebenso deplaziert aus wie Dolph selbst. So trugen die anderen Leute hier beispielsweise Kleider.

Die magische Treppe brachte sie in ein Obergeschoß. Dort mußten sie schnell weitereilen, um Platz für den kleinen Drachen mit den drei Handtaschen zu machen, der beim Gehen Dampf hervorschnaubte, wie auch für den Bussard, der in seiner Eile die Flügel leicht gespreizt hatte.

Dolph überprüfte wieder die Uhr. Nun war der Weg, auf den das Auge sah, frei. Er ging ihn entlang und stand nach einer Weile vor einer weiteren Wand. Als er dieser folgte, gelangte er an eine zweite magische Treppe, die allerdings nach unten führte.

Er seufzte. Langsam begann er sich zu fragen, ob es durch dieses Labyrinth überhaupt einen wirklichen Weg gab. Vielleicht wäre es beser, jemanden danach zu fragen.

Ein Menschenmann eilte gerade auf die magische Treppe zu. »Mein Herr«, rief Dolph, »könntet Ihr mir bitte sagen ...«

»Keine Zeit!« sagte der Mann, ohne stehenzubleiben. »Ich bin schon zu spät dran! Muß meinen Flieger erwischen!«

»Euren was?« fragte Dolph. Doch da fuhr der Mann bereits mit der magischen Treppe abwärts.

Eine Frau kam vorbei, zwei kleine Kinder im Schlepptau. »Fräulein!« rief Dolph. »Könntet Ihr ...«

»Betteln und Hausieren im Terminal verboten, das wissen Sie doch!« tadelte sie ihn, während sie zur Treppe eilte.

Er beschloß, es wenigstens noch einmal zu versuchen. Er erspähte ein Skelett mit einer skeletthaften Knochenhandtasche in der Hand. Seine Erfahrung mit Mark und Grazi verlieh ihm Zuversicht. »Herr Skelett!« rief er. »Würdet Ihr ...«

»Mein Name ist Red«, teilte das Skelett ihm in scharfem Ton mit.

»Äh, ja, Herr Red. Würdet Ihr mir vielleicht sagen, wie man hier herauskommt? Ich meine ...«

»Ganz einfach, bringen Sie doch Ihr Ticket zum Schalter«, erwiderte Red. »Hinter der Scheibe sitzt jemand, der es Ihnen schon abnehmen wird.«

Dann war er auch schon die Treppe hinuntergefahren.

Scheibe? Dolph hatte überhaupt keine Scheiben gesehen. Nur Wände und Treppen. »Suchen wir mal nach einem Fenster«, meinte er.

»Aber was ist mit deinem Ticket?« fragte Mark.

»Ich weiß nicht, was das ist, aber vielleicht kann ich es am Schalter erfahren.«

Also kehrten sie der magischen Treppe den Rücken zu und suchten. Dolph überlegte, daß die Scheibe irgendwo in der Wand sein mußte, denn dort pflegten Fenster normalerweise zu sein. Also gingen sie die Wand entlang.

Anstelle eines Fensters fanden sie einen Gang, den viele Leute entlangeilten – vielleicht weil er zu einem Schalter führte. Dolph und seine Gefährten mischten sich unter die gehetzte Menge.

Sie gelangten in einen Saal mit mehreren Sitzreihen. Hinter den Sitzen war ein Fenster – das größte, riesigste, gewaltigste Fenster, das er je gesehen hatte. Dolph gaffte es an.

Jenseits des Fensters befand sich eine Ebene, die sich bis zum Horizont erstreckte. Plötzlich erschien am Firmament über der Ebene eine Fliege. Sie wurde immer größer, verwandelte sich erst in einen Vogel, dann in einen Drachen, um schließlich zu einem Zylinder mit silberfarbenen Flossen zu werden, der wie ein Raubvogel herangeflogen kam und schließlich auf der Ebene landete. Ununterbrochen stieß er ein lautes Brüllen mit einem stechenden schrillen Oberton aus und schien Rauch zu spucken. Wahrscheinlich war er mit dem Drachenclan verwandt.

Die Wandflecken dröhnten wieder irgend etwas Unverständliches. Sofort erhoben sich alle Wesen aus ihren Sesseln und begaben sich zur gegenüberliegenden Tür.

Doch sie gingen nicht in die Richtung, in die das Auge der Uhr blickte, und Dolph entschied, daß er lieber weiter nach dem Himmelstaler suchen würde, zumal er nicht allzu nahe an dieses merkwürdige Flugungeheuer herangehen wollte.

Wieder versuchte er dem Auge der Uhr Folge zu leisten, und wieder führte es ihn vor eine Wand. Offensichtlich lag der Taler jenseits dieses Gebäudes. Er beriet sich mit den Gerippen, ob sie das Gebäude wieder verlassen sollten. Beide schienen sich in dieser seltsamen Umgebung sehr hilflos zu fühlen; Dolph hingegen hätte die ganze Situation wahrscheinlich sogar sehr interessant gefunden, wäre da nicht die große Sorge gewesen, die Maid und den Taler zu finden und nach Xanth zurückzukehren.

Wieder kamen sie an der magischen Treppe an. Diesmal fuhren sie nach unten. Nun öffnete sich vor ihnen ein Weg in die richtige Richtung. Der Gang wurde schmaler und die Menge gehetzter denn je.

Sie gelangten an eine Korridorkreuzung. Wieder mußte Dolph abbiegen, mußte die richtige Richtung vernachlässigen. Er ging nach links und gelangte in eine große Halle, in der viele, mit Bildern und Päckchen und Kleinigkeiten aller Art dekorierte Stände standen.

Er erspähte eine große Tür, die nach außen führte und durch die Leute hinein- und hinausströmten. Er selbst ging hinaus, ließ endlich das Gebäude hinter sich. Und blieb stehen.

Er befand sich auf einem grausigen Weg. Riesige, kastenähnliche Dinger waren dort eingepfercht, Nase an Schwanz, ungeduldig tutend. Aus Furcht, daß eines davon versuchen könnte, nach ihm zu schnappen, preßte er sich mit dem Rücken gegen die Wand. Doch dann sah er, daß es sich tatsächlich um Behältnisse für Leute handelte. Sein Vater hatte ihm einmal eine Geschichte über Mundania erzählt, wo die Drachen eckig und aus Metall waren und wo die Leute, die von ihnen verschluckt wurden, nichts dagegen zu haben schienen.

Mundania! Er mußte hierhergefunden haben! Nun brauchte er nur noch an den Taler heranzukommen.

Doch er stellte fest, daß die Kisten so dicht und pausenlos folgten, daß er den Weg nicht überqueren konnte. Er versuchte am Wegesrand entlangzugehen, gelangte jedoch bald an eine Kreuzung, die ebenfalls von diesen beweglichen Kisten verstopft wurde. Die Leute in ihrem Inneren sahen gehetzt und zornig aus, als wäre all dies der reinste Alptraum.

Ein Alptraum! Natürlich. Das hier war ein mundanischer Schrecken, den die Nachtmähren nach Mundania brachten! Im wirklichen Leben brauchten sie wahrscheinlich nicht umherzuhetzen oder gefangen in Kisten zu sitzen, die sich von allein zu ungewünschten Zielen bewegten. Wenn sie allerdings träumten, würden sie all dieser Schrekken teilhaftig. Was für eine fürchterliche Szenerie! Schlimmer als ein Spukhaus, ein Friedhof und als fliegende Messer. Dolph bedauerte die armen Mundanier; kein Wunder, daß sie so rückständig waren.

Während Dolph den Weg entlanggegangen war, hatte sich die von dem Auge angezeigte Richtung nur wenig verändert. Auf diese Weise teilte es ihm mit, daß sich der Taler nicht in der Nähe befand. Tatsächlich lag er wahrscheinlich jenseits des Wassers, genau wie in Xanth. Wie sollte er dorthin gelangen? Er hatte keine große Lust darauf, sich seinen Weg mit Gewalt durch all diese beweglichen Kisten zu bahnen, um danach zu versuchen, ohne Boot das Wasser zu überqueren!

Während er dastand und nachdachte, glitt die gläserne Seite einer der Kisten herunter. Ein Mann steckte den Kopf heraus. »Oooohhh! Absolut gaga! Wow!« rief er in einer fremden, unverständlichen Sprache und starrte dabei Grazi an.

Dolph warf einen Blick auf Grazi. Sie sah immer noch so aus wie vorher, wobei die Illusion üppigen weiblichen Fleisches ihre tatsächlichen, harten Knochen verbarg. Warum starrte der Mundanier sie nur so an und stieß diese merkwürdigen Laute hervor?

»Was für 'ne Figur!« rief der Mann. »Laß mich mal tatschi machen!«

Nun fühlte sich auch ein weiterer Munadanier von der Szene angezogen. »Hallo, Baby!« rief er. »Wie wär's mit 'ner Nummer?«

Tatsächlich streckten nun alle ihre Köpfe aus ihrem Blechkisten. »Küßchen, Küßchen, Schnuckelchen!« rief einer. »Mannomann, auf die Titten fahr ich ab!« stimmte ein anderer ein. »Laß mich mal ran an die Möpse!« rief ein weiterer.

In diesem Augenblick gerieten die beweglichen Kisten aus der Bahn. Eine prallte gegen eine andere, und eine weitere knallte in eine dritte. Die Schreie der Leute wurden immer wütender. Natürlich konnte Dolph auch diese Worte nicht verstehen, doch er sah das Flackern in der Luft, als diese Ausdrücke ihre eigenen Hitzewellen abstrahlten, während die spärlichen Grashalme am Wegesrand verdorrten.

Dann erschien ein blaugekleideter Mann und kam sofort auf sie zu. Er ignorierte die zusammengestoßenen Kisten, sondern hielt den Blick auf Grazi geheftet. »Ich verhafte Sie wegen Erregung öffentlichen Ärgernisses«, knurrte er drohend. »Was bilden Sie sich eigentlich ein?«

Dolph wußte, daß nun eine besondere Tat gefragt war, denn wenn die Worte des blauen Mannes auch verständlich waren, so verhießen seine Gesten jedenfalls nichts Gutes. Rückzug war jetzt die beste Verteidigung.

Folglich führte er sie zurück zu dem merkwürdigen Gebäude. Der blaue Mann verfolgte sie, mit einem kleinen Stock fuchtelnd und laut rufend: »Haltimnamendesgesetzes!«

Sie fädelten sich wieder in die unentwegt dahineilende Menge ein und wurden ins Gebäude geschwemmt. Der blaue Mann folgte, Unverständliches kreischend. Niemand unter den Dahineilenden schenkte ihm aber besondere Aufmerksamkeit.

Dolph wußte, daß sie sich möglichst umgehend verstekken mußten, sonst würde sie der blaue Mann noch einfangen und daran hindern, den Taler zu erreichen. Er schaute sich nach einem Versteck um.

»Hier entlang«, rief er, als er einen Seitengang erspähte. Er packte Grazi an einem gespenstisch fleischigem Handgelenk und riß sie aus der dahinhastenden Menge heraus. Mark folgte. Sie huschten um eine schmale Ecke. Ob der blaue Mann sie gesehen hatte?

Er hatte. »Stehenbleibenoderichschieße!« ertönte seine brutale Stimme.

Sie flohen. Doch plötzlich standen sie vor einer Tür. Darauf stand das Wort DIENSTRAUM. Dolph zögerte nicht; er packte den Türknauf, drehte ihn um und riß die Tür auf.

Dahinter erblickten sie eine Metalltreppe, die sich aber nicht bewegte. Er sprang die Stufen hinunter, und die Skelette folgten. Mark schloß die Tür hinter sich.

Sie befanden sich in einer Art offenem Schuppen mit seltsamem Gerät, das überall herumstand. Weit vorne stand eine riesige Fliege, wie sie sie vom Fenster aus gesehen hatten. Das gefiel Dolph überhaupt nicht; hier mochten vielleicht Drachen hausen!

Hinter ihnen wurde die Tür aufgerissen. »Habicheuch!« schrie der blaue Mann, und die Knöpfe an seiner Kleidung glitzerten drohend.

Sie rannten. Im nächsten Moment hatten sie den Schuppen verlassen, zwei Momente später jagten sie über die Ebene, nach drei Momenten befanden sie sich unter seltsamen geparkten Vögeln. Jeder hatte die Flügel gerade ausgestreckt, anstatt sie anzulegen, und die Schnäbel waren unvorstellbar merkwürdig: in zwei oder drei Teile zersplittert, als hätte jemand sie in Stücke geschlagen.

»Kommtsofortzurück!« keuchte der blaue Mann, der sie immer noch verfolgte. »Wiederstandgegendiestaatsgewalt! Fluchtnachtat! Dasgibtknast!«

Was er sagte, war nach wie vor Kauderwelsch, doch drängte es Dolph nicht eben danach, hinter die Bedeutung dieser Worte zu kommen, indem er es zuließ, daß der blaue Mann sie einfing. Statt dessen huschte er um einen der großen Vögel herum.

An der Seite des Dings stand eine Tür offen. Dolph erinnerte sich an die Leute in den beweglichen Kisten. Vielleicht könnten sie in diesem Ding hier ein Versteck finden!

Er kletterte hinauf, und die Skelette folgten. Mark war geistesgegenwärtig genug, die ovale kleine Tür zu schließen, als der blaue Mann gerade herangestürzt kam.

Doch der Mann schlug von außen mit seinen bösartigen Fäusten dagegen. »Flugzeugentführung!« schrie er. »Ihrkommtausderkistenichtmehrraus!«

Was sollten sie tun?

Dolph sah sich um. Der Vogel besaß mehrere Sitze in seinem Bauch. Plötzlich hatte er eine merkwürdige Idee. Ob es wohl möglich war, daß dieses Ding sich bewegen konnte wie die Kisten auf der Straße?

Er setzte sich vorne in einen großen Sessel. Vor ihm befand sich ein riesiges Fenster, das die weite Ebene vor ihnen zeigte. Darunter befand sich eine Reihe Knöpfe. Kurzentschlossen drückte er auf den ersten.

Sofort begann sich die Nase des Vogels zu drehen. Erstaunlich!

Er berührte den zweiten Knopf. Das Geräusch in der Nase wurde lauter, und der Vogel begann sich nach vorn zu bewegen.

Um sich festzuhalten, grabschte Dolph nach dem Stock, den er vor sich sah, worauf der sich schräg zur Seite legte. Sofort folgte der Vogel dieser Bewegung. Dolph drückte den Stock zurück, und der Vogel reagierte, indem der Stock wieder folgte. Das alles war höchst sonderbar!

»Ich glaube, ich habe herausbekommen, wie wir uns von hier entfernen können«, meinte Dolph. »Vielleicht kann ich den blauen Mann abhängen.«

»Das hast du bereits getan«, meinte Mark, der durch ein Fenster im hinteren Teil spähte.

»Gut.« Dolph experimentierte mit dem Stock. Der Vogel bewegte sich immer in die Richtung, in die der Stock gedrückt wurde. Er drückte einen weiteren Knopf. Der Vogel wurde schneller. Plötzlich bewegte er sich so schnell, daß es schon wieder furchterregend war. Dolph konnte keinen Knopf entdecken, um ihn wieder langsamer werden zu lassen, daher hielt er sich einfach an dem Stock fest und lenkte den Vogel über die Ebene.

Er entdeckte einen schmalen Weg, der von der Ebene fortführte. Der Vogel wurde immer noch schneller; die Luft dröhnte nur so vorbei. Dolph hoffte, daß der Weg lang genug war, um ihm genug Zeit zu geben, den richtigen Knopf zu finden, mit dem er den Vogel verlangsamen konnte.

»Paß auf!« rief Mark und zeigte nach vorn.

Dolph sah hin. Der Weg endete abrupt. Dahinter wuchsen Sträucher und Bäume.

Zweifelnd riß er am Stock, hoffte, daß der den Vogel wenigstens zum Halten bringen könnte. Statt dessen kippte die Nase des Vogels nach oben, und plötzlich flog er. Dicht unter seinen geräderten Beinen jagten die Baumwipfel dahin.

»Gut gemacht«, lobte Mark.

»Das war Zufall!« keuchte Dolph.

»Oh.« Das Skelett wirkte völlig verblüfft.

Dolph schob den Stock vor. Der Vogel reagierte, indem er die Nase in Richtung Bäume senkte. Hastig zerrte Dolph ihn wieder hoch.

»SIE DA!« explodierte eine Stimme aus einem Flecken vor ihn. »KLEINES FLUGZEUG – WAS FÄLLT IHNEN EIN, OHNE STARTERLAUBNIS ABZUHEBEN?«

Offensichtlich redete der Fleck mit ihm. »Ich suche nach dem Himmelstaler«, erwiderte Dolph.

»KEHREN SIE SOFORT WIEDER UM UND LANDEN SIE!!« befahl der Fleck und klang dabei wie Ivy in einem ihrer herrischeren Momente.

»Ich weiß nicht, wie«, erwiderte Dolph ganz vernünftig. Das war in der Regel die beste Reaktion auf einen solchen Tonfall, weil es den Sprecher wütend machte, ohne ihm einen echten Grund zu liefern.

Der Fleck sagte etwas, was Dolph nicht verstehen konnte, aber er erriet seinen ungefähren Sinn, weil plötzlich eine kleine Rauchwolke aus ihm hervortrat. Ja, seine Methode funktionierte wirklich!

»Vielleicht kann ich helfen«, mischte sich Mark ein. Nun folgte ein Dialog zwischen ihm und dem Flecken, der schon bald technisch wurde, so daß Dolph das Interesse verlor.

Inzwischen kletterte der Vogel immer höher. Er stieg so hoch, bis er über den Wolken schwebte. Fasziniert sah Dolph auf sie herunter.

Die Wolken waren strahlend weiß, jede von ihnen ein großes weißes Bündel wie ein flauschiges Kissen, dazwischen ein paar entkommene Federn. Dolph sah genau hin, er wollte feststellen, was sie oben hielt, denn es war offensichtlich, daß sie viel zu massiv waren, um in der Luft schweben zu können. Er lenkte seinen Vogel so, daß er nicht mit einer Wolke zusammenprallte.

Er spähte zwischen den Wolken in die Tiefe. Dort unten war der Erdboden wie ein Teppich ausgelegt. Die Gebäude wirkten wie Dominosteine. Das leuchtete ein, denn Domino war ein Spiel, das aus Mundania importiert worden war; zum ersten Mal begriff er, woher die kleinen

Blöcke ihre Form hatten. Er erkannte dunkle Kreise, offensichtlich Seen, und dichte grüne Gebiete, die aus Wäldern bestanden; geschlängelte Konturen markierten einen Fluß. Es gab ein Mosaik aus grünen, gelben und rotbraunen Feldern. Tatsächlich erkannte er, daß dieses Gebiet die Gegend um Schloß Roogna sein mußte; sie hatte er im Wandteppich oft genug gesehen.

Doch hier befand er sich in Mundania. Anstelle der hübschen kleinen magischen Pfade gab es häßliche breite Wege, anstelle der kleinen Hüttendächer sah man große, graue Gebäude. Die vielen Wege zwischen und um die Gebäude sahen wie ein riesiges Spinnennetz aus. Dolph wurde immer nervöser, und schließlich merkte er auch warum: Er rechnete damit, daß eine Riesenspinne gleich erscheinen würde.

Er nahm den Stock zurück und ließ den Vogel höher gehen. Unter ihm wurden die Wolken immer dichter, so daß der Boden inzwischen wie der Meeresboden aussah, mit Wolken, die an der Oberfläche trieben. Vielleicht war es das, was sie tatsächlich oben hielt: ein Meer aus Luft!

Über ihm ballten sich weitere Wolken zusammen. Die entfernteren Teile der Wolkenlandschaft bewegten sich langsamer als die nähergelegenen, womit sie demonstrierten, daß die Wolken genau wie die Gegenstände an Land die Magie der Perspektive gemeistert hatten. Denn je weiter etwas entfernt war, um so weniger fühlte es sich getrieben, sich zu bewegen, nur weil jemand es beobachtete, und die entferntesten Dinge waren so faul, daß sie sich fast überhaupt nicht mehr bewegten. Dolph war beeindruckt; er hätte nicht geglaubt, daß die unbelebten Gegenstände in der Nähe Mundanias so schlau waren.

Plötzlich erhob sich vor ihm eine riesige Wolkenbank. Er war so sehr mit dem Beobachten der Wolkenlandschaft beschäftigt gewesen, daß er ganz vergessen hatte darauf zu achten, wohin er eigentlich flog. Es war zu spät, um ihr auszuweichen; er mußte hindurch. Dolph hielt die Luft an, schloß die Augen und bereitete sich auf den Zusammenprall vor. Doch alles, was passierte, war ein leichtes Zerren an den Flügeln; die Wolke bestand schließlich doch nur aus Wasserdampf, der zu weich war, um dem Vogel etwas anzuhaben.

»Oh«, entfuhr es plötzlich Mark.

Dolph sah ihn an. Fast hatte er vergessen, daß er in Gesellschaft war! »Was ist los?«

»Das sieht mir nach Fracto aus.«

Nun konnte Dolph es auch erkennen. Eine kleine graue Wolke verfolgte sie. Sie besaß häßliche Beulen und hatte einen heimtückischen Ausdruck im Gesicht, und es bestand kein Zweifel, daß sie nichts Gutes im Schilde führte. Es war Cumulo Fracto Nimbus, die schlimmste aller Wolken. »Wie ist denn dieses Nebelgesicht hierher gekommen? Ich meine, wir sind doch in Mundania!«

»Fracto erkennt keine Grenzen des Anstands an«, bemerkte Mark grimmig. »Wahrscheinlich bereitete er den Mundaniern ebensoviel Ärger wie uns.«

»Er kann ziemlich schlimm werden, wenn er sich Mühe gibt«, bestätigte Dolph, der daran denken mußte, wie die bösartige Wolke versucht hatte, Chex' Hochzeit ins Wasser fallen zu lassen. »Wir sollten uns lieber vom Himmel verziehen.«

»Ich habe mich informiert, wie man landen könnte«, bemerkte Mark. »Vielleicht sollten wir unser Ziel anfliegen und dort heruntergehen.«

»Ziel?« Dann fiel es Dolph wieder ein. »Ach ja, der Himmelstaler!« Er blickte auf die Uhr. Das Auge sah ihm direkt ins Gesicht. Er war in die genau entgegengesetzte Richtung geflogen.

Doch hinter ihnen war Fracto. Wie sollte er umkehren, ohne sich von der bösen Wolke erwischen zu lassen?

Dolph gelangte zu dem Schluß, daß er keine andere Wahl hatte. Er mußte versuchen, Fracto zu überraschen, indem er plötzlich herumdrehte und durch ihn hindurchflog. Wenn es funktionierte, würde Fracto sogar in Stücke zerfetzt zurückbleiben. Wenn nicht …

Dolph unterdrückte diesen Gedanken. Er erinnerte sich daran, daß er sich immer noch im Kürbis befand, wo die

Realität anders war; wahrscheinlich konnte er hier nicht einmal wirklich ums Leben kommen. Wenn er allerdings einen Aufprall provozierte, würde er möglicherweise nie wieder zum Himmelstaler gelangen und bei seiner Queste scheitern.

Er schob den Stock nach rechts. Der Vogel bewegte sich in diese Richtung. Er drückte den Stock noch ein Stück weiter, und der Vogel flog einen engeren Kreis. Schon bald hatte er die Wende hinter sich gebracht und flog nun in dieselbe Richtung, aus der er gekommen war.

Plötzlich tauchte Fracto vor ihnen auf. Die bösartige Wolke hatte sich mächtig aufgebläht. An Fractos Seite züngelten Blitze, die seinem Gesicht einen noch bösartigeren Ausdruck verliehen. Er hatte eine riesige, knollenförmige graue Nase, glühend neblige Augen und ein Maul wie ein furchterregender Schlauch. Nieselregen setzte ein. Niemand, der noch ganz bei Trost war, würde auf ein solches Wolkenungeheuer zufliegen!

Doch Dolph unterdrückte sein Entsetzen und hielt auf Fracto zu. Die wässerigen Augen der Wolke blinzelten, und das Maul öffnete sich gierig. Die Beute kam ja freiwillig zu ihm!

Da schoß der Vogel in den Schlund der Wolke hinein. Die ganze Welt wurde dunkel, nur grelle Blitze zuckten hin und wieder, und ein Knistern erfüllte die Luft. Dolph überkam das mulmige Gefühl, daß er einen Riesenfehler begangen hatte.

Der schreckliche Nebel umhüllte sie immer dichter. Sofort zerrten an dem Vogel schreckliche Winde. Dolph spürte, wie der Vogel zu stürzen drohte. Wie lange würde der Vogel die Zornesausbrüche der Wolke überstehen?

Ein plötzlicher Abwind riß den Vogel heftig in die Tiefe. Dann stieß er auf Aufwind, der ihn wieder in die Höhe warf. Dolph spürte, wie es in den Flügeln stöhnte; Fracto tat sein Bestes, um den Vogel auseinanderzureißen, damit seine Einzelteile sich dann leichter verdauen ließen.

Doch plötzlich schoß der Vogel aus der Wolke hervor. Sie hatten es geschafft. Vor ihnen lagen nur noch die bunten, unschuldigen, freundlichen kleinen Wolken, und der Vogel flog nun genau auf den Himmelstaler zu.

Aber Fracto war noch nicht erledigt. Dolph blickte zurück und sah, wie die Wolke sich an die Verfolgung machte. Dampftentakel griffen ins Leere und verdichteten sich. Schon bald würde Fracto sie wieder umhüllen, und diesmal würden sie nicht die Flucht als Überraschungsmoment nutzen können.

Vielleicht konnten sie sich verstecken. Dolph schob den Stock vor. Der Vogel ging tiefer. Er erreichte die untere Wolkenbank, dann stürzte er durch sie hindurch.

»Du hast doch wohl Witze gemacht, als du sagtest, du wüßtest, wie man landet?« fragte Dolph Mark.

»Der Fluglotse hat es mir erklärt«, bestätigte das Skelett. »Das hier soll keiner unserer Alpträume sein, sie wollen nur, daß wir die Luft so schnell wie möglich verlassen.«

Dolph fragte sich, warum der Kürbis sie hierhier geführt hatte, wenn doch alles nur ein Versehen war. Vielleicht lag es auch daran, daß er dazu bestimmt war, den Taler zu suchen, und da dies der einzige Weg war, hatte der Kürbis keine andere Wahl.

Fracto spürte sie tatsächlich wieder auf, doch inzwischen flogen sie zu tief, als daß der Sturm sich auf sie hätte stürzen können. Dolph ließ den Vogel noch tiefer gehen. Er entdeckte die Küste und den überraschend schmalen Wasserstreifen zwischen ihr und der Insel der Aussicht. Es war erstaunlich, wie trügerisch diese Perspektive doch sein konnte!

Nun erklärte Mark ihm, welche Knöpfe er drücken mußte, um den Vogel in Sicherheit tiefer zu bringen und abzubremsen. Dolph befolgte die Anweisungen, ohne Fragen zu stellen. Der Vogel flog eine Schleife und landete von der Südseite, in Nordrichtung fliegend setzte er auf den Strand auf. Sand spritzte hoch, und der Vogel zitterte und zuckte schrecklich, doch schließlich gelangte er knapp vor der Nordspitze der Insel zum Halten. Matt vor Erleichterung öffnete Dolph die Tür und sprang hinaus, gefolgt von den Skeletten.

Und dort, vor ihnen, befand sich ein kleines Gebäude. Tatsächlich war es ein Grabmal. Blumen wuchsen in einem kleinen Garten auf ihm, und er wußte, daß es Varianten der ›Blume des gebrochenen Herzens‹ waren. Außerdem gab es hier eine Tür aus festem Stein.

Dolph versuchte sie zu öffnen, doch die Tür rührte sich keinen Millimeter. Niemand konnte zu der Maid oder zum Himmelstaler hinein. Niemand, der nicht den richtigen Schlüssel besaß.

Dolph wandte sich an Grazi. »Kannst du die Tür öffnen?«

»Ich werde es versuchen«, sagte sie.

Sie begann ihre Rippen mit den Fingerspitzen abzuklopfen. Obwohl sie sehr fleischig aussah und sich auch so fühlte, war es doch Illusion. Tatsächlich stießen ihre Knochenfinger bis zu den Rippen vor, als sie es versuchte. Grazi erklopfte eine aufsteigende Notenskala, beginnend mit den längsten Rippen in der Mitte und endend mit den kürzesten in Hüftnähe. So kamen merkwürdigerweise die höchsten Töne von den untersten Rippen. Schließlich berührte sie die kleinste der Rippen, worauf der grazile Klang ertönte.

Das Grabmal bebte, es hallte von der Note wider. Dann ging die Tür knarrend auf. Die G-Rippe der Skelettfrau hatte Erfolg gehabt!

Dolph trat durch die dunkle Öffnung. Im Innern war es gespenstisch kalt. Bald darauf hatten seine Augen sich an die Dunkelheit gewöhnt, und er erblickte eine lange Kiste, die auf einem Sockel stand. Sie sah aus wie ein Sarg. Darin mußte die schlafende Maid liegen.

Er drückte gegen den Deckel, der sofort aufschwang. Es sah aus wie ein Mädchen; ein Kind, nicht älter als Dolph. Sie trug einen schlichten Umhang, und ihr hellbraunes Haar war zu beiden Seiten zu Zöpfen geflochten, die ihr über die Schultern fielen. Sie sah süß aus, hatte ein paar Sommersprossen, war aber auch sehr bleich.

»Wir müssen ihr aufhelfen«, entschied Dolph. »Sie weiß, wo der Himmelstaler ist.«

Er griff hinab, um ihre Hände zu nehmen – doch seine eigenen Hände glitten ohne Widerstand durch ihren Körper. Dolph starrte sie an, betastete mit einer Hand ihr nichtexistierendes Fleisch. »Sie ist ein Gespenst!«

»Vielleicht bist du auch eins«, sagte Mark. »Vergiß nicht, du bist jetzt im Kürbis; deinen Körper hast du zurückgelassen.«

»Ach ja. Aber wie kann ich sie dann wecken?«

»Ich glaube, schlafende Maiden werden traditionell durch Küsse geweckt. Wenn sie erst einmal wach ist, müßte sie eigentlich aus eigener Kraft aufstehen können.«

»In Ordnung, ich werde sie küssen. Ich weiß ja jetzt, wie das geht.«

Vorsichtig beugte Dolph sich vor und berührte die Lippen der schlafenden Maid.

Das Mädchen riß die Augen auf. »Pi!« rief sie. »Xip psf zpv?«

»O nein! Sie spricht mundanisch!« rief Dolph.

»Na ja, sie ist ja auch in Mundania«, meinte Mark.

Da bemerkte das Mädchen das Skelett. Sie kreischte laut auf und krabbelte aus dem Sarg. »Hifmq! Ju't b monster!« rief sie, als sie sich hinter dem Sargdeckel versteckte.

»Das ist kein Monster!« rief Dolph. »Das ist Mark!«

Sie spähte zu ihm hinüber. »Jetzt verstehe ich dich. Du hast mich wachgeküßt. Wer bist du?«

»Ich bin Prinz Dolph. Und wer bist du? Hast du den Himmelstaler?«

»Ich bin Electra. Ich liebe dich. Wirst du mich heiraten?«

Dolph klappte der Mund auf. »Wie bitte?«

»Ich bin dazu verdammt, den Prinzen zu lieben, der mich aufweckt, oder zu Grunde zu gehen, falls er mich nicht heiratet. Wirst du es also tun?«

»Aber ich bin doch bereits verlobt!« Er hatte ja gewußt, daß es Komplikationen geben würde.

Ihre Miene verdüsterte sich plötzlich. »Oh, ich hätte es wissen sollen! Es ist der Fluch! Ich werde sterben!«

Dolph war ratlos. »Wenn ich dich nicht heirate, stirbst du?«

»Ich werde verbluten! Ich habe tausend Jahre lang geschlafen und sehr viel Lebenskraft verloren, und die einzige Möglichkeit für mich, zu überleben, besteht darin, den Prinzen zu heiraten, der mich wachgeküßt hat. Aber der Fluch ...«

»Hast du den Himmelstaler?« fragte Mark.

»Nun, ja, aber der nützt jetzt nichts mehr, weil er aufgebraucht ist. Ich muß einen neuen anfertigen. Das wird ungefähr drei Jahre dauern.«

»Aber wie willst du einen anfertigen, wenn du doch stirbst?« wollte Dolph wissen.

»Na, das kann ich natürlich nicht. Ach, wenn doch nur dieser Fluch nicht ...«

»Dann werde ich dich heiraten«, sagte Dolph. »Äh, in ein paar Jahren, wenn ich alt genug bin. Wenn du den Himmelstaler herstellst.«

»Das wirst du? Oh, wunderbar!« Electra ging auf ihn zu, warf die Arme um ihn und küßte ihn. »Natürlich mache ich dir den Himmelstaler!« Dann wich sie zurück. »Aber hast du nicht gesagt, daß du schon verlobt wärst?«

»Na ja, schon. Aber ...«

Plötzlich überschattete eine Gestalt den Eingang des Grabmals. »So!« dröhnte sie. »Die Verbannte ist zurückgekehrt! Nun bezahle auch die Strafe!«

Grazi schrie entsetzt auf. »Der Nachthengst!« rief Mark. »Er hat Grazis Note vernommen!«

Die riesige Gestalt des Hengstes blockierte den Ausgang. »Ihr anderen dürft gehen. Aber dieses weibliche Skelett muß hierbleiben und ihr Urteil erwarten. Mit Sicherheit werdet ihr sie nie wiedersehen.«

»Das können wir nicht«, protestierte Dolph. »Sie hat meine Mission überhaupt erst ermöglicht! Sie hat die Kammer geöffnet!«

»Nein, geht! Geht!« rief Grazi. »Ich bin verloren, aber ihr seid es nicht. Geht, bevor ihr den Hengst noch mehr erzürnt!«

»Ich werde dein Schicksal mit dir teilen«, sagte Mark und trat auf sie zu.

»Nein! Er wird dich vernichten! Niemand von uns im Kürbis kann sich gegen ihn stellen! Mach die Sache nicht noch schlimmer, als sie schon ist!«

Mark zögerte, offensichtlich hin- und hergerissen zwischen Loyalität und Logik. Er war kein Feigling, wie sein Kampf mit den Kobolden bewiesen hatte, aber ein Narr war er auch nicht. Er wußte, daß er ihr nicht helfen konnte und daß er andere Verpflichtungen hatte.

Der Hengst senkte den glühenden Blick, um Grazi damit zu fixieren. Die Fleischillusion verdampfte und ließ nur noch ihre nackten Knochen zurück. Vor dieser Kreatur, dem Meister der Träume, gab es keine Geheimnisse! »Und nun, Nonkonformistin, werden wir dein Durchhaltevermögen gründlich prüfen.«

»Nein!« rief Dolph und blickte dem gefürchteten Hengst ins Auge. »Ich gehöre nicht zu deinem Reich, ich bin ein Prinz und ich verbiete dergleichen! Grazi ist eine gute Person! Sie sollte belohnt und nicht bestraft werden!«

Der Hengst musterte Dolph. »Prinz, ich kenne deine Erblinie, aber hier herrscht mein Gesetz. Wenn du dich für diese Kreatur verwendest, wirst du gerichtet werden wie sie.«

»Dann richte mich!« rief Dolph. »Laß die anderen gehen! Ich werde ihr helfen, wie sie mir geholfen hat!«

»Nein, nicht, Dolph!« protestierte Grazi. »Du kennst die Macht dieses Wesens nicht! Ich hätte niemals hierher kommen dürfen!«

»Du bist gekommen, um mir zu helfen, und nun werde ich dir helfen«, sagte Dolph entschieden und gab keinen Zoll nach, obwohl die Furcht ihm die Kehle zuschnürte. Er war ein Prinz, und er kannte sowohl die Schwächen als auch die Privilegien seines Amtes. Diese Queste hatte ihm von beiden mehr offenbart, als er erwartet hatte, doch er hatte keine andere Wahl, als der Rolle gerecht zu werden, in die er hineingeboren worden war. »Hengst, richte uns beide, oder laß uns beide ziehen!«

»Wie du willst«, erwiderte der Hengst. Seine Augen blitzten. Mark und Electra verschwanden. »Die Prüfung beginnt.«

16

ELECTRA

Ein älterer Mann klopfte an die Tür der Hütte. »Ich suche Electra«, sagte er.

Electras Mutter erschrak. »Meine Tochter ist erst acht Jahre alt. Was könntest du schon von ihr wollen?«

»Sie besitzt Magie. Die Zauberin Tapis will sich für sie einsetzen.«

»Die Zauberin?« Die Frau versuchte, dem Mann die Tür ins Gesicht zu schlagen, doch er hatte den Fuß dazwischengeschoben.

»Es ist besser, sich anzuhören, was die Zauberin für einen Vorschlag zu machen hat«, meinte der Mann.

Die Frau seufzte.

Sie wußte, daß er recht hatte. Magier und Zauberinnen verhießen selten etwas Gutes, noch schlimmer aber waren sie, wenn man sie verärgerte. Sie öffnete wieder die Tür und ließ den Mann eintreten.

Electra sah ihn voller Ehrfurcht an. Er sah unbeeindrukkend aus: gebeugt, ergraut und mit einem Bart, der fast bis zum Boden reichte. Unter einem Arm trug er ein Paket. Er wirkte harmlos.

»Ich bin Electra«, sagte sie kühn. Sie hatte gelernt forsch zu sein, weil sie die Leute nur einmal am Tag schockieren konnte. Meistens genügte eine bloße Drohung, um Schwierigkeiten zu vermeiden. »Was ist das für eine Magie?«

»Solange es ungeschult bleibt, ist dein Talent nur sehr grob entwickelt«, erklärte der alte Mann. »Richtig geschult, kann es sehr viel subtiler und größer werden. Die Zauberin will dich ausbilden, damit du etwas für sie herstellst, was sie braucht. Sie wird dich gut behandeln.«

»Ich will nicht, daß mein Kind ein Opfer der Zauberin wird!« wandte sich Electras Mutter an ihn.

»Du willst aber auch nicht, daß sie allzu viel mit ihrem Vater zusammen ist«, knurrte der Mann zurück.

Betroffen gab Electras Mutter nach. Woher konnte dieser Fremde wissen, daß Electra mit ihrem Vater besser zurechtkam, als es ihre Mutter tat? In der Familie herrschten Neid und Rivalität vor. Insgeheim wünschten sowohl Mutter wie Tochter, jede könnte die andere loswerden, um allein mit Electras Vater leben zu können.

Andererseits interessierte Electra sich aber auch für Abenteuer. Sie träumte davon, ferne Orte zu besuchen, seltsame Dinge zu sehen und ungewöhnliche Leute kennenzulernen. Denn in Wahrheit war es hier am Weststaket äußerst langweilig; die einzige Aufregung gab es etwas weiter entfernt an der Spalte. »Was hat eine Zauberin anzubieten?« fragte sie, wobei ihre Kühnheit bereits einen Hauch von Interessiertheit zu verraten begann.

Der alte Mann öffnete sein Paket. »Das hier«, sagte er und entrollte ein Stoffbild.

Electra und ihre Mutter sahen es an. Es war eine Webarbeit mit einem ganz gewöhnlichen Bild, allerdings erstaunlich fein ausgeführt, so daß es völlig realistisch aussah. Es zeigte eine schmucke Hütte an einem Strand, dahinter Bäume mit Obst, Nüssen, Pasteten, Schuhen, Kissen und anderen Notwendigkeiten. Umgeben war die Hütte von hübschen Blumen, und eine Meeresbrise spielte in den

Blättern. Electra verliebte sich sofort in das Bild; mit solchen Gefühlen war sie sehr schnell bei der Hand.

»Ein Bild«, meinte ihre Mutter unbeeindruckt.

»Für dich das Bild«, sagte der Mann. »Für das Mädchen diese Hütte, in der sie leben kann, solange sie mit der Zauberin zusammenarbeitet.«

Electras Herz machte einen Satz. »Diese Hütte dort?« fragte sie erfreut. »Für mich?«

»Was ist an einem Bild denn schon so großartig?« wollte Electras Mutter wissen.

»Es ist einer der Webteppiche der Zauberin«, erklärte der Mann. »Jeden Tag zeigt er eine neue Szene und wiederholt danach die alten. Wenn du es am selben Tag tust, kannst du bis zu dieser Szene vorgehen und wieder zurück. Solange deine Tochter bei der Zauberin arbeitet, darfst du diesen Webteppich benutzen.«

»Das glaube ich nicht!« sagte die Frau und begann es zu glauben.

»Und du, Electra, du wirst eine andere Weberei bekommen. Die kannst du benutzen, um jederzeit nach Hause zurückzukehren, oder um andere Teile Xanths zu besuchen. Die Zauberin ist keine strenge Zuchtmeisterin. Sie wird dich sehr gut behandeln, und du wirst sie mögen. Wenn du deine Zeit bei ihr beendet hast, wirst du dein Talent sehr viel ausgiebiger benutzen können. Solltest du unzufrieden sein, brauchst du nur den Webteppich zu benutzen, um nach Hause zurückzukehren; die Zauberin wird nicht versuchen, dich zurückzuhalten.«

»Das klingt wie eine Falle!« schnaubte Electras Mutter.

Electra hatte zwar erst Zweifel gehegt, aber diese Bemerkung beseitigte sie endgültig. Von den Urteilen ihrer Mutter hatte sie noch nie allzuviel gehalten, außer wenn es um Männer ging. »Ich gehe!« sagte sie.

Ihre Mutter wollte schon protestieren, hielt aber doch inne. Wenn das ein ernstgemeintes Angebot war, war es gut. Sollte es eine Falle sein, war es schließlich Electra, die das Risiko einging. So oder so würde das Mädchen fort sein, und niemand würde der Mutter daraus einen Vorwurf machen können. »Wenn du darauf bestehst«, sagte sie schließlich. »Aber ich rate dir, es nicht zu tun.«

Electra begriff, daß ihre Mutter nicht ganz dumm war. Ihr Rat schützte sie vor Vorwürfen, sollte die Sache schiefgehen, aber gleichzeitig ermutigte er Electra dazu, ihn zu mißachten. Dennoch war sie von ihren neuen Aussichten wie betört und nur zu erpicht darauf, zu gehen. »Ich bin bereit!« verkündete sie.

»Hier entlang«, sagte der alte Mann. »Ich werde hineinsteigen, und du kannst mir folgen.« Er drückte den Webteppich an eine Wand, wo dieser durch Magie befestigt hängenblieb. Dann hob er einen Fuß und schob ihn in das Bild. Der Fuß verschwand, gefolgt von seinem Bein. Er zog den Kopf ein, krümmte die Schultern, legte die Arme an und schwang den Rest seines Körpers durch den Webteppich. Nun war nur noch sein zweites Bein in der Hütte; der Rest war im Bild. Schließlich hob er auch das noch hinein und blieb im Bild stehen. Er drehte sich um und winkte Electra.

Electra überlegte. Dann lief sie auf das Bild zu, schlug einen Purzelbaum und landete dabei auf dem Strand. Sie hatte es geschafft!

Sie drehte sich um und blickte zurück. Hinter ihr hing das Bild an einem Baumstamm. Nur daß es diesmal das Innere der Hütte zeigte, wo ihre Mutter ihr erstaunt nachblickte. Kein Zweifel, der Webteppich war ein Verbindungstor zwischen den beiden Orten.

»Die Zauberin erwartet dich«, sagte der alte Mann. »Hier entlang, bitte.«

Electra winkte ihrer Mutter zum Abschied, dann folgte sie dem Mann in ein etwas größeres Haus, das zwischen den Bäumen stand. Es war wunderschön mit Ried gedeckt, daneben wuchsen Brotfrucht- und Honigkuchenbäume, außerdem ein ...

»Sind das etwa *Schokoladen*milchkräuter?« fragte sie, und das Wasser lief ihr im Mund zusammen.

»Die Zauberin dachte, daß du solche Kräuter vielleicht mögen würdest«, erwiderte der alte Mann.

Jetzt *wußte* Electra, daß sie die Zauberin gern haben würde!

Der alte Mann klopfte an die Tür. »Kommt herein, und willkommen!« rief eine fröhliche alte Stimme.

Er öffnete die Tür, und sie traten ein. Der Innenraum war groß und hell, an einer Wand hing ein riesiger Webteppich. Electra sah ihn an, wandte den Blick wieder ab – und sah erneut hin. Auf dem Teppich waren zahlreiche Bilder zu sehen, ganz nach Art eines Wandgemäldes, und jedes davon bewegte sich.

»Magst du meine Handarbeit, Kind?« fragte eine Stimme von der Seite.

Electra wandte den Kopf. Sie erblickte eine uralte kleine Frau mit faltiger Haut und wildem weißen Haar. »O ja, Zauberin!« rief sie.

»Nenn mich Tapis, denn wir werden Freundinnen sein«, sagte die Zauberin. »Komm, setz dich zu mir, dann unterhalten wir uns.« Sie zeigte auf einen Schemel.

Electra leistete ihrer Aufforderung Folge. »Danke, Tapis«, sagte sie schüchtern. »Bitte, kannst du mir vielleicht sagen, was du von mir willst?«

»Aber natürlich, Electra. Doch zuerst – möchtest du vielleicht irgendeine Erfrischung?«

»Ich hole sie!« rief Electra und sprang auf.

Die Zauberin lächelte. »Hast du geglaubt, daß ich dich als Dienstmädchen haben will?«

»Na ja, natürlich. Ich ...«

»Das stimmt aber nicht, Kind. Du sollst meine Kollegin werden.« Die Zauberin schnippte mit den Fingern.

Da tauchte eine junge Frau auf. Sie schien ungefähr vierzehn zu sein und stand an der Schwelle zu einer Schönheit, die selbst ein junges Kind schon würdigen konnte. Electra spürte einen Stich der Eifersucht auf diese Schönheit, von der sie wußte, daß sie sie niemals selbst erreichen würde, so alt sie auch werden mochte. »Ihr habt geschnippt, Herrin?«

»Bring uns zwei Blütenkelche Schokoladenmilch, bitte, und nimm dir auch einen, Millie.«

Millie verschwand wortlos. Im nächsten Augenblick erschien sie bereits wieder mit drei Kelchen Milchkraut. Einen reichte sie der Zauberin, einen weiteren Electra. Dann gab sie ihnen Strohhalme von dem in der Nähe wachsenden Strohhalmstrauch und zog sich zurück, um ihre eigene Schokoladenmilch zu trinken.

Die Zauberin steckte den Strohhalm in ihren Kelch, und Electra tat es ihr nach. Gemeinsam tranken sie ihre Schokoladenmilch. Sie war köstlich. Schließlich räumte Millie die verbrauchten Blütenkelche ab, und sie begannen mit der Unterhaltung.

»Wie du weißt, bin ich eine Zauberin«, fing Tapis an. »Das bedeutet nicht, daß ich gut oder böse bin, sondern nur, daß ich über eine große magische Macht verfüge. Aber wie du siehst, bin ich alt, und in ein paar Jahren wird meine Zeit in Xanth abgelaufen sein. Im Laufe meiner Tätigkeit habe ich viele magische Webteppiche hergestellt, beispielsweise jenen, der dich hierher gebracht hat, und ich bin mit ihnen sehr zufrieden. Der letzte und größte ist der Historische Wandteppich, den du hier siehst, der zeigt sowohl gegenwärtige als auch vergangene Episoden aus den Leben Xanths, je nachdem wie ihn jene, die er respektiert, einstellen. Ich habe vor, ihn dem Zombiemeister zu schenken ...«

»Dem Zombiemeister!« rief Electra entsetzt.

Die Zauberin lächelte wieder. »Du solltest niemanden allein nach seinem Talent beurteilen, Liebes. Jonathan ist ein prächtiger und fähiger Mann mit einem einzigartigen, mächtigen Talent. Es ist bedauerlich, daß die Art dieses Talents andere abschreckt und ihn einsam macht. Gelegentlich begebe ich mich in einen Wandteppich, um mit ihm eine Mahlzeit zu teilen, aber ich bin natürlich nicht die Art von Frau, die er braucht.«

»Er braucht eine Zombiefrau!« rief Electra.

»Im Gegenteil, er braucht eine lebende Frau, die die Zombies tolerieren kann. Eine Frau wie Millie, nur daß die noch zu jung ist. Sie hat eine besondere Wirkung auf Männer.« Sie zuckte die Schultern, vielleicht etwas wehmütig. »Jedenfalls werde ich ihm den Wandteppich geben, aber ich fürchte, er wird zu bescheiden sein, um ihn anzunehmen. Was glaubst du, soll ich nun deswegen tun?«

»Wenn er vielleicht nicht so großartig aussähe ...«, meinte Electra und runzelte angestrengt die Stirn. »Wenn er glaubt, daß es einfach nur irgendein kleines Geschenk ist, so wie ein Puzzlebild oder etwas Ähnliches ...«

»Wunderbar!« rief die Zauberin entzückt. »Siehst du, schon bist du mir eine Hilfe. Ich werde die Webarbeit zu einem Laubsägepuzzle zersägen lassen, das er erst zusammensetzen muß, bevor er erkennt, was es damit auf sich hat. Aber danach wird es zu spät für ihn sein, das Geschenk abzulehnen.«

Electra wußte, daß sie doch nur das Offensichtliche vorgeschlagen hatte; dennoch erfreute sie die Reaktion der Zauberin.

»Aber du fragst dich natürlich, wie ich dein Talent nutzen möchte«, fuhr die Zauberin fort. »Dazu muß ich erst einiges über mich selbst erklären, so langweilig das für dich auch sein mag.«

»Du scheinst mir aber gar nicht langweilig zu sein, Zaub... Tapis«, sagte Electra. »Diese ganze Magie ...«

»Danke, Liebes. Aber ich bin schließlich eine alte Frau, deren Sonnenuntergang sich langsam abzeichnet. Es ist mein Wunsch, mein Leben damit zu beenden, daß ich abschließe, was am meisten gebraucht wird. Ich hoffe, auf diese Weise einen kleinen Ausgleich für eine doch etwas ausschweifende Existenz zu schaffen. Leider weiß ich nicht, wo oder wie ich das am wirkungsvollsten tun kann. Und dazu brauche ich deine Hilfe.«

»Aber das weiß ich doch auch nicht!« protestierte Electra. »Ich bin doch nur ein Kind und ...«

»Du bist ein Kind mit einem besonderen Talent«, widersprach die Zauberin. »Du bist elektrisch; diese Magie findet man, abgesehen von Mundania oder Gewittern, nur selten.«

»Ja, wenn die Leute mir zu sehr zusetzen, verpasse ich ihnen einen Schock«, bestätigte Electra. »Aber dann brauche ich einen vollen Tag, um mich wieder aufzuladen. Bis dahin fühle ich mich irgendwie ausgelaugt. Deshalb schokkiere ich die Leute nur, wenn es wirklich sein muß.«

»Natürlich, Liebes. Aber du vergeudest dein Talent. Ich werde dir zeigen, wie du das magische Gerät herstellen kannst, das ich brauche. Man nennt es den Himmelstaler.«

»Den Himmels... was?«

»Den Himmelstaler. Das ist eine Scheibe aus Kupfer mit besonderen Eigenschaften. Sie schickt jenen, der sie aktiviert, dorthin, wo er am meisten gebraucht wird.«

»Ich weiß aber nicht, wie man das macht!«

»Das brauchst du auch nicht zu wissen, Liebes. Wenn wir deine Magie entsprechend aussteuern, können wir gemeinsam den Himmelstaler herstellen, und der wird dann tun, was er tun soll. Ich selbst werde ihn dazu verwenden, um mich an jenen Ort zu begeben, wo ich mit meinen Diensten am meisten ausrichten kann, und diese Dienste werde ich dann vor meinem Tod ableisten. Das ist mein letzter Ehrgeiz und auch der Grund, weshalb ich dich gebeten habe, hierherzukommen.«

»Ooooohhh«, sagte Electra beeindruckt.

Die folgenden drei Jahre waren wunderbar. Electra mußte einfach nur den Kupfertaler mit sich herumtragen, an einer Halskette befestigt, und durfte in dieser Zeit niemanden schockieren. Der Taler befand sich in einem Beutel mit magischen Ingredienzien, die sich durch die Magie miteinander vermischten und ihn mit einer Schicht überzogen; die Zauberin verwendete dafür den komplizierten Ausdruck ›elektrolytische Beschichtung‹. Tatsächlich war es zwar ›el*ec*tr*a*lytisch‹, doch wollte Electra die Zauberin in diesem Punkt nicht unbedingt berichtigen. Ansonsten führte sie ein bemerkenswert leichtes Leben. Millie die Magd und der alte Mann waren sehr angenehme Gesellschaft, und die Zauberin war immer freundlich. Electra bekam so viel Schokoladenmilch und Himbeerpasteten, wie sie nur wollte; wäre sie nicht noch gewachsen, hätte sie sehr dick werden können. Sie durfte den Bildteppich so oft verwenden, wie sie mochte, um einen Besuch nach Hause zu machen oder um auch andere Orte in Xanth aufzusuchen, die an verschiedenen Tagen auf den Bildern erschienen.

Meistens aber spazierte sie nur am hübschen Strand der Insel der Aussicht entlang, die diesen Namen trug, weil die Zauberin hier alle möglichen Aussichten in ihren Webteppichen festhielt. Die schlimmsten Ungeheuer hatte man vertrieben, so daß man hier auch sicher war; Electra konnte sie zwar weiter draußen auf dem Meer oder auf dem Festland jenseits der Bucht erkennen, doch nie näherten sie sich der Insel. Außerdem unterhielt sie sich mit der Zauberin, die sich sehr darüber freute, während ihre alten Hände unermüdlich woben. Sie hatte einen besonderen Baum, der den Rahmen hielt, und sie bewegte das Webschiffchen vor und zurück, verzauberten Faden verwendend, bis sich langsam das Bild formte. Es war faszinierend.

Da kam eines Tages eine Prinzessin zu Besuch. Sie war ungefähr zwanzig Jahre alt und von erstaunlicher Schönheit. Es stellte sich heraus, daß sie dazu verdammt war, in einen Apfel zu beißen, den sie in einer hübsch verzierten kleinen Schachtel mit sich trug, was dazu führen würde, daß sie in einen tausendjährigen Schlaf verfallen würde. Außerdem brachte sie auch einen hübschen Sarg mit, der mit einer üppigen Seidenpolsterung und einem weichen Kopfkissen ausgestattet war; in dem würde sie in Sicherheit sein, solange sie schlief. Nach Ablauf der vorgesehenen Zeit würde ein schmucker junger Prinz sie entdecken und sie mit einem Kuß wecken. Danach würde sie aufstehen und ihn heiraten und für alle Zeiten glücklich mit ihm zusammenleben.

Die Prinzessin war zu der Zauberin gekommen, weil ihr eine passende Bettdecke fehlte. Sie machte sich Sorgen, daß es während der langen tausend Jahre etwas kühl werden könnte, deshalb wollte sie gern eine schöne Bettdecke haben, die natürlich nicht aus irgendeinem beliebigen Stoff sein durfte; immerhin war sie eine Prinzessin. Was sollte der Prinz von ihr denken, wenn er sie, nur mit irgendeinem alten Lumpen bedeckt, vorfand? Also brauchte sie das allerbeste, was zu haben war.

Zufällig hatte die Zauberin gerade ihre letzte Bildweberei beendet, und der Himmelstaler war noch nicht ganz fertig, deshalb war sie gern dazu bereit, zwischendurch die königliche Bettdecke zu weben. Die Prinzessin war eine interessante Person, nicht weil sie sonderlich geistreich gewesen wäre, sondern weil sie die erforderliche Etikette beherrschte und den allerneuesten Klatsch im Königreich kannte. So wußte sie zum Beispiel, daß König Roogna gerade ein stattliches Schloß bauen ließ, das nach ihm benannt werden sollte und von dem aus er Xanth mit Mut und Tatkraft regieren wollte. Es gab aber auch Gerüchte über große Unruhen zwischen Harpyien und Kobolden, und es hieß, daß schon bald ein Krieg zwischen beiden ausbrechen könnte. Das, erklärte die Prinzessin, könnte sehr unangenehm werden. Sie war begierig darauf, ihren langen Schlaf anzutreten, bevor dieses Durcheinander begann. Prinzessin war sie, weil sie in Erbfolge des früheren Königs stand, den Roogna abgelöst hatte; da sie weiblichen Geschlechts war und nur über ein gewöhnliches Talent verfügte, nämlich jene seltsame magische Blume, den Amaranth, blühen zu lassen, gab es hier für sie keinen wirklichen Platz mehr.

Electra fand das alles faszinierend. Sie war jetzt elf Jahre alt, wenngleich sie jünger aussah. Sie wußte, daß es nicht mehr allzu lange dauern würde, bis auch sie zu einer Maid erblühen würde, und sie wollte gern das Benehmen einer richtigen Maid erlernen. In diesen Dingen war die Prinzessin eine absolute Expertin, und gern unterwies sie Electra auch in den allerwinzigsten Kleinigkeiten. Millie die Magd war ebenfalls daran interessiert. So bildeten sie eine kleine Unterrichtsklasse, schüttelten ihr Haar gemeinsam und lernten, im genau richtigen maidischen Akzent zu kreischen. Millie war darin besonders gut, weil sie inzwischen ungefähr siebzehn war und so wohlgeformt, daß die Prinzessin darüber etwas verärgert war. Aber Millie war eine solch nette Person, daß die Prinzessin bereit war, es zu dulden. Die Zauberin beobachtete dieses Treiben mit gedankenvollem Lächeln; ihre nymphische Hoch-Zeit war schon seit vielen Jahrzehnten verstrichen, aber sie verstand nur zu gut, wie wichtig es für die jungen Frauen war, die Männer zu betören.

Die Zauberin hatte die wunderschöne Bettdecke nahezu beendet, und auch der Himmelstaler war fast fertiggestellt, als sie weiteren Besuch erhielten. Diesmal handelte es sich um einen stattlichen und doch finster wirkenden Mann, gedrungen und von mittlerem Alter, der ein etwas schräges Lächeln aufgesetzt hatte. »Oh, verdammte Stopfnadeln!« murmelte die Zauberin, als sie ihn nahen sah. Offensichtlich erkannte sie ihn wieder.

Electra wollte gerade fragen, was es mit dem Mann auf sich habe, da stand er schon in der Tür.

»Ich grüße dich, Zauberin Tapis«, sagte er feierlich.

»Was hast du mit mir zu schaffen, Murphy?« fragte die Zauberin höflich, obwohl dabei die Andeutung mitschwang, daß dieser Besuch sie nicht sonderlich erfreute.

»Bitte, wir wollen uns doch erst einmal richtig vorstellen, bevor wir zum geschäftlichen Teil kommen«, erwiderte der Mann. »Ich sehe, daß du hier eine Schar wahrhaft wunderschöner Maiden versammelt hast.«

Prinzessin, Magd und Electra versuchten zweieinhalb hübsche Errötungsmanöver. Electras gelang halb, denn sie hatte diese Kunst noch nicht bis zur Vollkommenheit erlernt. Aber die Zauberin furchte die Stirn. »Wenn es sein muß. Murphy, das hier ist die Prinzessin, das ist Millie die Magd, und dieses Mädchen heißt Electra; alle haben geschäftlich mit mir zu tun. Kinder, das ist der Magier Murphy, dessen Talent darin besteht, dafür zu sorgen, daß die Dinge schieflaufen.«

Die Prinzessin erbleichte, Millie stieß ein weniger attraktives Kreischen aus, und Electra wich einfach nur zurück. Sie hatten alle von dem Bösen Magier Murphy gehört, der Geißel jeder Ordnung; wo immer er hinging, entstanden Katastrophen aus dem Nichts. Kein Wunder, daß die Zauberin nicht eben erfreut war!

»Ah, ich sehe, daß mein Ruf mir vorauseilt«, meinte Murphy. »Keine Sorge, edle Damen, ich habe mit euch nichts zu schaffen. Ich bin lediglich gekommen, um der Zauberin einen Vorschlag zu unterbreiten.«

»Ich bin daran nicht interessiert!« fauchte die Zauberin, die ausnahmsweise ihr Lächeln vergessen hatte.

»Ah, das solltest du aber. Sollen wir uns vielleicht unter vier Augen unterhalten?«

»Nein.« Noch nie hatte Electra die Zauberin so barsch und unfreundlich erlebt.

»Dann werde ich ihn eben hier und jetzt unterbreiten«, fuhr der Magier fort, als habe er soeben die höflichste aller Einladungen erhalten. »Ich bin gekommen, um mich deiner Unterstützung zu vergewissern, Tapis.«

»Die wirst du nicht bekommen!«

»Oh, hört mich doch erst an, große Dame! Du mußt nämlich wissen, daß ich den Thron von Xanth haben möchte. Da gibt es allerdings ein Hindernis.«

»Den König Roogna«, meinte die Zauberin knapp.

»Gut beobachtet! Da es im Augenblick nur vier Personen von Magierkaliber gibt, ist jede davon in einem solchen Fall von Bedeutung. Es ist offensichtlich, daß der Zombiemeister sich heraushalten wird, denn er ist völlig unpolitisch. König Roogna und ich stehen auf gegnerischen Seiten. Somit bleibst nur du übrig, Zauberin Tapis. Deine Unterstützung würde mein Unterfangen erheblich stärken. Wie kann ich mir deine Hilfe sichern?«

»Das kannst du nicht. Und nun, da die Angelegenheit erledigt ist, ziehe bitte schnell und weit von hier fort.«

»Ich bin bereit, angemessene Großzügigkeit walten zu lassen. Hättest du vielleicht die Güte, mir deinen Preis zu offenbaren?«

»Ich habe keinen Preis. Ich will dich nicht als König haben. Roogna ist gewählt worden, und wenn ihm kein Leid widerfährt, bleibt er der legitime Monarch, und ich unterstütze ihn. Mit Sicherheit werde ich aber nichts tun, um seine Stellung auszuhöhlen.«

»Was, wenn ich dich heiraten würde? Das würde dir einen niedagewesenen Status ohne eigene Verantwortung bescheren.«

Die Zauberin würgte und bekam einen Hustenanfall. Als sie sich davon erholt hatte, stöhnte sie: »Murphy, du brauchst mich nicht länger necken. Ich bin eine alte Frau, ich könnte deine Mutter sein, und bald werde ich sterben. Ich interessiere mich nicht dafür, Königin zu werden, und noch weniger, dich zu heiraten. Bitte habe doch die Güte, darauf zu verzichten, diese Maiden hier durch deine Anwesenheit in Verlegenheit zu bringen. Die Antwort lautet neunhundertmal nein, auf alle Zeiten nein, und wenn du auf diesem Wahnwitz bestehen solltest, könnte ich mich noch dazu gezwungen sehen, ausfallend zu werden.«

Murphy runzelte die Stirn, was Electra einen ziemlichen Schrecken einjagte. Der Mann war sich seiner Macht viel zu sicher; seine leiseste Bösartigkeit löste bei anderen die grausigsten Vorstellungen aus. »Ich nehme an, dir ist klar, daß ich davon ausgehen muß, daß du – wenn du nicht für mich bist – gegen mich bist«, sagte er geradeheraus.

»Eigentlich würde ich es vorziehen, überhaupt nichts mit dir zu tun zu haben«, versetzte die Zauberin. »Und auch diese edlen Maiden hier nicht durch deine Anwesenheit korrumpieren zu lassen. Aber wenn ich mich schon zwischen zwei Seiten entscheiden muß, ja, dann bin ich gegen dich. Und nun bitte ich dich in untertriebener Abscheu, zu gehen.«

Der Magier seufzte, er schien die Entscheidung ehrlich zu bedauern. »In diesem Fall werde ich gehen. Aber ich muß dich mit dem Fluch meines eigenen Wesens zurücklassen. Ich hatte gehofft, daß es nicht dazu kommen würde. Bist du sicher, daß du dir die Sache nicht noch einmal überlegen willst?«

Die Zauberin wirkte zwar niedergeschlagen, doch ihre Ablehnung blieb eindeutig. »Ich bin mir sicher, Magier«, schnaufte sie.

Ohne ein weiteres Wort zu sagen, machte der Magier Murphy kehr und ging davon. Die drei Mädchen atmeten erleichtert auf.

»Die Belagerung hat erst angefangen«, verkündete die Zauberin jedoch. »Dieser Mann hat seinen Fluch auf uns gelegt, und wir werden es mit Sicherheit bereuen.«

»Aber die Dinge gehen doch ohnehin die ganze Zeit schief«, protestierte die Prinzessin. »Man muß nur etwas vorsichtig sein und sie wieder zurechtrücken. Immerhin sind wir jetzt vorgewarnt.« Electra und Millie nickten zustimmend.

»Ich sehe schon, daß ihr die Sache noch nicht verstanden habt«, erwiderte die Zauberin schleppend. »Dann hört mir zu, meine jungen Freundinnen, und beherzigt meine Warnung, denn ich weiß, wovon ich spreche. Dieser Mann ist ein Magier, und seine Macht ist heimtückisch. Nur ein anderer Magier könnte darauf hoffen, ihr etwas wirkungsvoll entgegenzuwirken. Ich aber bin zu alt und zu schwach dafür. Selbst in meinen stärksten Jahren war ich ihm nie wirklich gewachsen; das ist auch ein Grund, weshalb ich nie geheiratet habe. Murphy hat bei mir eine Webarbeit bestellt, mit der er seine böse Sache fördern wollte, und ich habe abgelehnt. Darauf kam es zu einer Kette von Ereignissen und Umständen, die dazu führten, daß mein Verlobter mich wegen einer anderen Frau verließ. Danach machte ich für Murphy einen Webteppich, der in ein Inferno führte, und den schickte ich ihm. Hätte er ihn benutzt, hätte er den Tod gefunden. Danach ließ er mich in Frieden, er respektierte meine Macht. Doch in den vergangenen Jahrzehnten ist seine Macht immer noch größer geworden, während meine schwächer wurde; meine Kunst stellt keine Bedrohung mehr für ihn dar. Jetzt hat er sich dazu entschlossen, mich aus dem Weg zu schaffen, damit ich König Roogna nicht unterstützen kann. Jetzt bin ich mit Sicherheit verloren, aber ich werde tun, was ich kann, um wenigstens euch drei vor dieser Katastrophe zu bewahren.«

Sie sah Millie die Magd an. »Meine Liebe, du bist eine gute und treue Gehilfin gewesen, und auf dem Gebiet der Hausarbeit weißt du Beachtliches zu leisten. Ich werde dir eine ausgezeichnete Empfehlung schreiben, damit du eine ebenso ausgezeichnete andere Stellung findest. Ich rate dir, bei König Roogna in Dienst zu gehen, der sowohl ein guter Mann als auch ein ausgezeichneter Magier ist. Er ist unverheiratet, und sein neues Schloß wird jemanden brauchen, der sich um alles kümmert. Geh noch heute, damit du den Auswirkungen dieses Fluchs entkommst.«

»Aber Tapis ...«, protestierte Millie.

»Und nimm den Webteppich mit, der in deinem Zimmer hängt. Den wollte ich dir ohnehin schenken. Er wird dir helfen, ohne Schwierigkeiten von hier fortzukommen. Ich segne dich, Mädchen; du bist innerlich wie äußerlich schön und wirst sicherlich einmal einen guten Mann schier wahnsinnig vor Glück machen. Lebe wohl; viel Zeit hast du nicht, dem Fluch zu entgehen.«

Entsetzt machte Millie kehrt und schritt langsam auf das Haus zu.

»Und du, Prinzessin«, sagte die Zauberin. »Ich bedaure, daß ich dir nur eine unvollendete Bettdecke überlassen kann. Du mußt noch in dieser Stunde mit deinem Schlaf beginnen, wenn du entkommen willst; die böse Magie verdichtet sich bereits. Wenn du wieder aufwachst, hat sie sich schon lange verflüchtigt, du wirst also nicht unter ihr zu leiden haben. Begeben wir uns jetzt zu deinem Sarg und erledigen wir die Sache.«

»Wie du wünschst, Tapis«, willigte die Prinzessin erschüttert ein.

Schleppend begaben sie sich zum Haus. »Und du, Electra«, fuhr die Zauberin fort, »es tut mir leid, daß ich in diesem Augenblick deiner Dienste nicht entbehren kann; du mußt mir dabei helfen, den Deckel auf den Sarg zu heben, um die Prinzessin zu schützen. Dann werde ich den Himmelstaler nehmen und ihn benutzen, denn er ist fast fertiggestellt, und du darfst gehen. Der Webteppich in deiner Hütte gehört dir; benutze ihn und nimm ihn mit, und kehre niemals an diesen verfluchten Ort zurück.«

Electra erwiderte nichts, sondern weinte statt dessen. Wie schrecklich, daß dieses wundervolle Leben so abrupt enden mußte!

Sie holten die unvollendete Bettdecke und gingen in das Zimmer, wo der Sarg der Prinzessin lag. Dieser Raum bestand aus Stein, um aller Unbill zu widerstehen, denn er sollte tausend Jahre existieren. Der Sarg selbst würde sofort, nachdem er versiegelt war, von Xanth nach Mundania versinken, so daß keine Magie ihn vor der Zeit erreichen konnte. Die Prinzessin hatte ihnen alles erklärt: Zu dem Sarg gehörte ein Bündel Präzisionsmagie, was garantierte, daß ihr Körper genauso erhalten blieb, wie er jetzt war. Nur ein junger, stattlicher, unverheirateter Prinz würde den Sarg finden und öffnen können, und nur sein Kuß konnte sie erwecken. Das würde in tausend Jahren geschehen; später würde der Zauber verblassen. Das war der einzige Haken an der Sache: Wenn dem Prinzen irgend etwas zustoßen sollte, würde sie sich auflösen, denn die Magie konnte sie nicht gänzlich vor dem Verlust ihrer Lebenskraft bewahren. Aber der Prinz *würde* kommen, dafür würde der Zauber sorgen. Sie würde sofort aufwachen und bei vollem Bewußtsein sein. Dann würde sie den Prinzen heiraten und bis ans Ende der Zeiten glücklich leben.

»Aber was, wenn der Prinz dich nicht heiraten will?« hatte Electra in kindlicher Neugier gefragt.

»Das ist undenkbar!« hatte die Prinzessin erwidert. »Er muß mich heiraten, denn das ist das Wesen der Magie. Sollte er auch nur im geringsten zögern (was manche Männer ja leider gelegentlich tun), so werde ich ihn mit all den Tugenden betören, die ich mir so fleißig angeeignet habe. Ich werde in die Hände klatschen und meine Haare nach hinten werfen, und schon bald wird er meinem Willen gehorchen. Wir werden mit geeignetem Pomp und Zeremonien heiraten, und danach werden wir uns überlegen, den Storch zu rufen, denn Paläste sind ausgezeichnete Orte für Kinder.«

»Aber was, wenn du all diese Dinge tust, und er dich trotzdem nicht heiratet?« beharrte Electra. Als Kind verfügte sie noch nicht über alle Vorzüge der Prinzessin oder der Magd Millie. Ihr Haar war kaum lang genug, um es ordentlich nach hinten zu werfen, und es besaß weder die goldene Tönung von Millies Haar noch die dunkle Schokoladenfarbe der Prinzessin. Und sie konnte ihren Leib auch nicht auf die richtige Weise zum Beben bringen, egal wie heftig sie auf und ab hüpfte. Ihr Kreischen war zu schrill, es glich kaum dem lieblichen leisen Schreien der anderen. Sie fürchtete, daß sie nur ausgelacht werden würde, sollte sie versuchen, diese Künste an einem wirklichen Mann auszuprobieren. Diese Aussicht beunruhigte sie, deshalb suchte sie nach Möglichkeiten, einen Mann zu erobern, ohne sich auf ausschließlich körperliche Vorzüge verlassen zu müssen. Das war zwar ein törichtes Unterfangen, weil sie wußte, daß Männer sich für nichts anderes interessierten. Wenn es ihr aber irgendwie gelingen sollte, einen Mann zu finden, der ein lebhaftes Mädchen mochte oder auch ein kluges, oder der ihres Talents bedurfte – na ja, dann gab es doch wenigstens eine kleine Chance, nicht wahr?

Die Prinzessin wurde ernst. »Ich muß ihn heiraten, denn tue ich es nicht, muß ich sterben«, sagte sie. »Der Apfel, in den ich beiße, ist giftig. Seine erste Wirkung besteht darin, mich in einen tiefen Schlaf zu versetzen, so tief, daß ich nicht einmal mehr atme. Doch nachdem ich aufgewacht bin, bleibt dieser Apfel in mir, und der läßt sich nur durch wahre Liebe und Heirat auflösen. Also werde ich den Prinzen lieben, der mich weckt, und das wird das Gift unterdrücken, denn die Liebe ist größer als der Tod. Wenn er meine Liebe aber nicht erwidert und mich nicht heiratet, wird mir das Herz brechen, und dann wird es bluten, und ich werde langsam immer schwächer werden und sterben. Ich meine, wozu soll man denn sonst tausend Jahre schlafen, wenn man danach keinen Prinzen heiratet?«

Electra mußte zugeben, daß das überzeugende Argumente waren. Und der Prinz würde die Prinzessin bestimmt lieben, denn sie war sehr anziehend und wußte ganz genau, was sie wollte.

Doch als sie die Bettdecke in den Sarg legten, verspürten sie ein Beben. Eine steife Brise umwehte plötzlich das Haus. Electra eilte aus dem Raum, um aus einem Fenster zu blicken. Über dem Meer befand sich eine monströse, wirbelnde Wolke.

Sie stürzte wieder in den Raum. »Eine Wolke ist im Anzug!« rief sie.

»Murphys Fluch!« erwiderte die Zauberin, sie sah matt aus. »Alles, was schiefgehen kann, geht auch schief! Es passiert bereits!«

»Wir müssen uns beeilen!« sagte die Prinzessin. »Laßt mich meinen Apfel hervorholen ...«

Aber als sie den Apfel aus seiner Schachtel holte, peitschte ein Windstoß durch den Raum, packte die Bettdecke und wirbelte sie ihr um den Kopf. Sie kreischte und ließ den Apfel fallen, um nach der Bettdecke zu greifen.

Electra rannte hinüber zur Steintür, um sie zu schließen, wobei sie eine bestimmte Note summte, was dem bösartigen Wind zwar den Zugang abschnitt: das Brüllen der nahenden Wolke aber wurde immer stärker. Electra stürzte sich auf den über den Boden rollenden Apfel und nahm ihn auf. Dann eilte sie zur Zauberin zurück. »Hier ist er!« sagte sie und reichte ihr die Frucht.

»Nicht mir, Kind!« protestierte die Zauberin. »Der Prinzessin. Mir mußt du den Himmelstaler geben!«

»Oh.« Electra reagierte verlegen wegen ihrer Verwirrtheit, die sonst gar nicht ihre Art war. Mit der freien Hand nahm sie den an ihrer Brust hängenden Himmelstaler auf. Sie versuchte die Kette über den Kopf zu ziehen.

»Sei vorsichtig, Kind, sonst aktivierst du ihn noch!« sagte die Zauberin und versuchte ihr zu helfen.

»Nein, ich aktiviere doch nicht den Himmelstaler!« protestierte Electra.

Plötzlich aber leuchtete der Taler auf, gab seine gespeicherte Energie in einem Lichtblitz ab, und seine Beschichtung verschwand. Mit einem Schlag erkannte Electra, daß sie durch einen unglaublichen Fehler soeben das Verbotene getan hatte. Der Taler sollte auf die Worte ›Ich aktiviere den Himmelstaler‹ reagieren, wenn man ihn in der Hand hielt; andere Worte wie ›doch nicht‹ erkannte er nicht.

Entsetzt wich sie zurück. Dabei schlug sie mit den Kniekehlen gegen den niedrigen Sarg und stürzte hinein. Ihre wirbelnden Arme bogen sich an den Ellenbogen, und der Apfel in ihrer Hand prallte gegen ihren geöffneten Mund. Unwillkürlich biß sie zu. Sie versuchte zu schreien, doch da hatte die Lähmung sie bereits gepackt. Verängstigt, entsetzt und zutiefst niedergeschlagen sank sie in den Schlaf, der für die Prinzessin bestimmt gewesen war, von der Magie des Himmelstalers dort hineingeschickt, die eigentlich der Zauberin gegolten hätte.

Und doch wußte sie selbst in diesem Augenblick noch, daß es nicht wirklich ihre Schuld gewesen war. Die schreckliche Magie des Magiers Murphy hatte dafür gesorgt. Alles, was hätte schiefgehen können, war schiefgegangen, und alle drei sahen ihre Hoffnungen und Pläne durch diese einzige, schreckliche Pechsträhne zerstört. Ein ungeeignetes Mädchen wurde tausend Jahre in die Zukunft geschickt, und sie würde verbluten und sterben, wenn sie nicht den Prinzen heiratete, der sie erweckte.

Es schien kaum einen Augenblick später zu sein, als sie den Kuß spürte. Sie wußte sofort, daß es der Prinz war. Sie war ein Kind, und sie litt unter einem schlechten Gewissen wegen der Dinge, die sie unwillentlich getan hatte, vermochte aber nichts dagegen auszurichten. Die Magie des Vollendungszaubers durchflutete sie, und so verliebte sie sich auf der Stelle in ihren Retter.

Dann öffnete sie die Augen und erblickte ihn. Er war ein Junge, ein Kind, das noch noch jünger war als sie selbst! »Oh, wer bist du?« rief sie.

Der Junge rief irgend etwas Unverständliches. Dann sagte jemand hinter ihm etwas ebenso deutliches. Sie sah hin und erblickte ein menschliches Skelett.

Sie kreischte und kletterte aus dem Sarg. »Hilfe! Ein Monster!« rief sie, als sie sich hinter dem Sargdeckel versteckte.

»Das ist kein Monster!« versetzte der Junge. »Das ist Mark!«

Sie spähte hinter dem Sarg hervor und erkannte, daß der Junge keine Angst vor ihm hatte. »Jetzt verstehe ich dich. Du hast mich wachgeküßt. Wer bist du?«

»Ich bin Prinz Dolph« erwiderte er. »Wer bist du? Hast du den Himmelstaler?«

Er redete weiter, aber jetzt war sie von der Erkenntnis überwältigt, daß die Magie tatsächlich funktioniert hatte. Ein echter Prinz hatte sie wachgeküßt.

»Ich bin Electra«, plapperte sie. »Ich liebe dich. Wirst du mich heiraten?«

Denn welcher böse Fluch auch immer sie hierher gebracht haben mochte, sie mußte ihn entweder heiraten oder sterben.

»Aber ich bin doch bereits verlobt!« protestierte er.

Da wußte sie, daß sie verloren war. Der Fluch war noch immer wirksam, selbst nach all dieser Zeit.

Das Skelett fragte sie nach dem Himmelstaler, und sie versuchte, es zu erklären, so benommen sie auch von der Erkenntnis ihres sicheren Verderbens war. Nicht eine von den vieren war dem Fluch Murphys auch nur teilweise entgangen! Nicht die Zauberin, nicht die Prinzessin, nicht Electra, nicht – na ja, vielleicht war Millie gerade noch rechtzeitig entkommen, aber dessen war sie sich auch nicht sicher. Was für ein Schrecken dieser Mann doch war!

»Dann werde ich dich heiraten«, sagte der Prinz. »In ein paar Jahren, wenn ich alt genug bin. Wenn du den Himmelstaler herstellst.«

Da erkannte sie, daß aber auch der andere Teil der Magie wirksam war: Der Himmelstaler hatte sie hierhergeschickt, wo sie am meisten gebraucht wurde. Sie würde also doch nicht sterben! Sie schlang die Arme um den Prinzen, der genauso groß war wie sie.

Im Eingang war eine Gestalt zu erkennen. Ein Schrei des Entsetzens, und Electra mußte merken, daß nicht sie selbst ihn ausgestoßen hatte – es war noch eine vierte Person in dem Grabmal, eine wunderschöne nackte Frau. Was tat sie hier?

Electra begriff, daß die Frau eigentlich nicht hier hätte sein dürfen und daß die riesige Pferdegestalt sie vernichten würde. Plötzlich verschwand das Fleisch auf den Knochen der Frau, bis nur noch ein Gerippe übrigblieb. Aber Prinz Dolph sprang zwischen den Hengst und das Skelett. »Ich verbiete dergleichen!« rief er. »Grazi ist eine gute Person!

Sie sollte belohnt und nicht bestraft werden! Laß die anderen gehen! Ich werde ihr helfen, wie sie mir geholfen hat!«

Also typisch Prinz! Er versuchte, noch eine andere Damsell zu retten, auch wenn diese Damsell nur noch aus Knochen bestand.

»Wie du willst«, erwiderte der Hengst. Und plötzlich stand Electra draußen vor dem Grabmal am Strand, neben ihr das männliche Skelett. Nur daß das Grabmal verschwunden war; ja, das ganze Gebäude war fort. Es gab hier nichts als Sand und ein paar Bäume, hier am Ufer dessen, was offensichtlich das Festland in der Nähe der Insel der Aussicht war. Noch mehr Magie!

Sie drehte sich um – und hinter ihr war der Prinz, er saß im Sand und starrte in einen Guckkürbis. Neben ihm lag eine Schlange mit Frauenkopf, die ihn beobachtete. Die Sache wurde ja immer seltsamer!

»Prinzessin Nada, das ist Prinzessin Electra«, stellte das Skelett sie vor.

»Oh, ich bin keine Prinzessin!« protestierte Electra. »Ich bin nur ...« Plötzlich erschien ihr die Sache viel zu kompliziert, und sie begann zu weinen.

Die Schlangenfrau nahm Menschengestalt an und tröstete sie. Electra schluchzte so viel von ihrer Geschichte hervor, wie sie nur konnte, erklärte die Sache mit dem Fluch, dem Apfel und dem Taler, und wie sie alle zusammen dafür gesorgt hatten, daß sie hierherkam. »Und deshalb liebe ich Prinz Dolph und muß ihn heiraten«, schloß sie.

»Aber du kennst ihn doch noch gar nicht!« warf Mark das Skelett ein.

»Was hat denn das damit zu tun? Ich weiß ja, daß es eigentlich die Prinzessin hätte sein können, aber die Magie hat nun einmal mich erwischt. Ich habe keine andere Wahl.«

Dann erklärte die Schlangenfrau, Nada Naga, wie Prinz Dolph und die beiden belebten Skelette und sie selbst hierhergekommen waren. Diese Geschichte war ebenso erstaunlich.

»Dann bist du ja seine Verlobte!« rief Electra. »Wie sehr du ihn doch lieben mußt!«

»Nein, ich liebe ihn überhaupt nicht«, erwiderte Nada traurig. »Es ist eine politische Verbindung.«

»Dann willst du ihn gar nicht heiraten?«

»Doch, ich will ihn heiraten«, erklärte Nada. »Ich liebe ihn nur nicht.«

»Aber ich ... Ich liebe ihn! Und ich *muß* ihn heiraten, sonst muß ich sterben! Wie kannst du ihn heiraten, wenn du doch einer anderen Art angehörst und ihn nicht einmal liebst?«

»Weil ich eine Prinzessin bin und tun muß, was für mein Volk das beste ist. Mein Volk wird schrecklich leiden, es sei denn, ich heirate den Prinzen und gewinne die Hilfe seines Volkes gegen die Kobolde.«

»Wie kann er denn zwei von uns heiraten?«

Nada nickte. »Ich glaube, daß wir da ein Problem haben, Electra. Aber das kann auch rein theoretischer Art bleiben, wenn Prinz Dolph nämlich nicht gegen den Nachthengst bestehen sollte.«

Electra musterte den Jungen, der genauso aussah wie der andere, der sie mit einem Kuß geweckt hatte. »Was geschieht, wenn er es nicht tut?«

Diese Frage beantwortete Mark. »Sein Körper wird bleiben, aber sein Geist wird verschwunden sein. Sein Körper ist dann nur noch eine leere Hülse. Ich hätte ihn ja an diesem Wahnsinn gehindert, aber ...«

»Vielleicht kann unser Problem noch warten«, meinte Electra. »Erst einmal muß er gewinnen; danach kann er sich zwischen uns beiden entscheiden.« Sie mochte Prinzessin Nada zwar, doch es schien ihr, daß ihre eigene Not die größere sei.

Sie setzten sich nieder, aßen etwas Kürbiskernpastete und unterhielten sich über vielerlei Dinge.

17

PROZESS

Der Sarg war verschwunden. Der Raum hatte sich verändert. Dolph fand sich neben Grazi in einem Raum wieder, der bis auf zwei Türen völlig kahl war. Die Tür zur Linken war weiß, darauf stand in blauen Buchstaben das Wort JA. Die Tür zur Rechten war schwarz, die rote Aufschrift lautete NEIN. Dazwischen sahen sie in Druckbuchstaben eine Frage: WÜRDEST DU ETWAS UNANGENEHMES TUN, UM ETWAS GUTES ZU ERREICHEN?

Dolph sah Grazi an, die nun wieder ihre natürliche Knochengestalt besaß. »Wo ist denn der Nachthengst? Ich dachte, er wollte uns den Prozeß machen?«

»Er hat so seine Methoden«, sagte sie. »Er spielt immer erst mit den Leuten, bevor er sie vernichtet. Er sperrt sie in die schlimmsten Alpträume ein und gibt ihnen die Illusion, daß sie sich selbst noch retten könnten. Wir sind verloren, egal, was wir tun.«

»Ich weiß nicht. Mein Vater Dor hat immer gesagt, daß der Nachthengst ein sehr gerecht denkendes Wesen sei.«

»Ja, aber gnadenlos. Ich habe ein Vergehen begangen, und dafür wird er mich leiden und mich selbst zerstören lassen – und dich auch, nachdem du dich jetzt auf meine Seite geschlagen hast. Das hättest du nicht tun sollen.«

»Ich meine aber nicht, daß du etwas Falsches getan hast«, sagte Dolph mit mehr Tapferkeit in der Stimme, als er tatsächlich empfand. »Nada hat mir von Tristan Troll erzählt und wie du seinen Traum durcheinandergebracht hast. Ich weiß, daß der Nachthengst andere Vorstellungen hat, aber ich finde, daß Tristan recht hatte, das kleine Mädchen freizulassen, und ebenso hattest du recht, den Alptraum zu verderben.«

»Aber deshalb brauchst du dich doch nicht selbst in Gefahr zu begeben!« wandte sie ein. »Die meisten Leute sind sehr schnell bei der Hand damit, ein Urteil zu fällen, ob etwas recht oder unrecht war, aber sie sind nicht so töricht, sich selbst deswegen in Schwierigkeiten zu bringen.«

»Nun, ich bin nur ein Kind und weiß es wohl nicht besser. Du hast mir geholfen, den Himmelstaler zu finden, und da mußte ich dir auch aus dieser Klemme helfen.«

»Aber du hast den Himmelstaler doch noch gar nicht!«

»Ja, aber Electra hat gesagt, daß sie einen für mich machen wird.«

»Nur, wenn du sie heiratest – und du bist schon verlobt.«

Dolph lächelte reumütig. »Ich schätze, schnelle Entscheidungen sind nicht gerade meine Stärke.«

Nun verstummte ihr Gespräch. Nichts war geschehen; sie waren allein in dem kleinen Raum. Offensichtlich würde der Hengst nicht zu ihnen kommen.

Dolph sah sich um. Er erblickte eine dritte Tür hinter ihnen, grün und unmarkiert. Er versuchte den Knauf herumzudrehen, doch die Tür war verriegelt. Wenn sie durch diesen Zugang eingetreten sein sollten, war ihnen der Rückweg jetzt versperrt.

Wieder las er die Druckschrift an der Wand. *Würde* er denn etwas Unangenehmes tun, um etwas Gutes zu erreichen? Er hatte den Eindruck, daß er das schon die ganze Zeit getan hatte, während seiner ganzen Queste nach dem Himmelstaler! Wo immer er hinkam, war er irgendwie in Schwierigkeiten geraten und hatte sich daraus wieder befreien müssen. Aber jetzt hatte er den Taler wenigstens, jedenfalls fast!

»Vielleicht versuchen wir es einmal mit einer der Türen«, meinte er. Er ging zu der JA-Tür und drehte den Knauf. Die Tür ging auf und führte in einen Raum, der genauso aussah wie der erste. »Bleib bei mir, Grazi«, sagte er und nahm ihre Hand, als er eintrat. Die Hand fühlte sich jetzt nur noch nach Knochen an; der Nachthengst hatte auch den allerwinzigsten Aspekt der Illusion beseitigt. »Sonst versuchen die vielleicht, uns zu trennen, und dann weiß ich auch nicht mehr, wie ich dir noch helfen soll.« Tatsächlich wußte er sowieso nicht mehr ein noch aus, aber es erschien ihm unklug, das ausgerechnet jetzt an die große Glocke zu hängen.

An der gegenüberliegenden Wand befanden sich zwei weitere Türen, eine weiße und eine schwarze, die jeweils mit dem blauen JA und dem roten NEIN markiert waren. Doch dazwischen war keine Frage zu erkennen.

Nachdem sie eingetreten waren, schloß sich die Tür hinter ihnen. Da erschien eine neue Frage auf der gegenüberliegenden Wand: WÜRDEST DU EINEN LEBENDIGEN BASILISKEN ESSEN, UM EIN MENSCHENLEBEN ZU RETTEN?

Verzweifelt schüttelte Dolph den Kopf. »Ich weiß doch nicht einmal, ob ich einen lebenden Basilisken überhaupt essen *könnte*! Ich meine, die können einen mit einem einzigen Blick umbringen, und ihr Atem ist giftig.«

»Ich kann überhaupt nicht essen«, bemerkte Grazi.

»Andererseits könnte ich jemanden auch nicht einfach sterben lassen, solange ich etwas tun könnte, um ihn zu retten«, schloß Dolph. »Also würde ich den Basilisken wohl essen. Igittigitt!«

Er öffnete die JA-Tür. Gemeinsam traten sie in den nächsten Raum.

Hinter ihnen schloß sich wieder die Tür, und die nächste Frage leuchtete auf: WÜRDEST DU DEINE ART VERRATEN, UM EIN MENSCHENKIND ZU RETTEN?

Sie starrten die Frage eine Weile wortlos an. Diese Variante hatte etwas, das Dolph vertraut vorkam, aber er konnte es nicht genau festmachen.

Da ergriff Grazi das Wort. »Das hat Tristan Troll getan! Er hat die Trolle verraten, um das kleine Mädchen am Leben zu lassen! Deshalb sollte er ja auch durch den Alptraum bestraft werden!«

Das vereinfachte das Verständnis. »Ich glaube, daß Tristan Troll recht hatte. Er hat der Menschenfamilie sehr viel Leid erspart.«

»Aber er ist doch ein Troll! Für die gehört es sich nicht, anständige Dinge zu tun!«

Dolph merkte, daß das Denken ihm schwerfiel, aber es gelang ihm irgendwie, sich durchzukämpfen. »Vielleicht hatte Tristan unrecht, weil er einer anderen Kultur angehört, aber ich bin jedenfalls kein Troll. Für mich wäre das nicht falsch. Also würde ich es wohl tun.«

»Und ich habe Tristans Traum durcheinandergebracht, daher schätze ich, daß ich es wohl auch tun würde.«

Dolph öffnete die JA-Tür, und sie traten in den Nebenraum.

Auf dessen Wand standen die Worte WÜRDEST DU EIN MENSCHENDORF AUSLÖSCHEN, UM EIN TROLLKIND ZU RETTEN?

Wieder blieben sie stehen und dachten über die Konsequenzen der Frage nach. »Wir haben gesagt, daß wir unsere Art verraten würden, um ein Menschenkind zu retten«, sagte Grazi unbehaglich. »Ist das nicht so ziemlich dasselbe?«

»Aber die Menschen sind doch besser als Trolle!« protestierte Dolph. »Ein ganzes Dorf auszulöschen, nur um ...« Er stockte. Sollte er tun, was nur für die Menschen Recht war, oder für alle?

Und doch, selbst wenn Menschen gleich viel wert sein sollten wie Tolle (igitt!), wäre es Unrecht, ein ganzes Dorf auszulöschen, nur um einen zu retten. Diese grausame Frage konnte er nicht mit ja beantworten.

»Tristan Troll hat sein ganzes Dorf in Gefahr gebracht, weil es keine andere Nahrung hatte«, sagte Grazi. »Ich dachte, daß er im Recht sei, aber jetzt bin ich mir nicht mehr so sicher.«

»Ich schätze, der Nachthengst dachte wohl, daß du nicht richtig gehandelt hast«, meinte Dolph. »Aber das kleine Mädchen ...«

»Ja, das kleine Mädchen«, stimmte sie zu. »Kaum denke ich an ein kleines Skelettkind, da bringe ich es einfach nicht fertig, es umzubringen oder auffressen zu lassen.«

»Nun, es sind doch nur Fragen«, meinte er. »Wir beantworten sie so gut, wie wir können. Auf diese hier müssen wir mit nein antworten.«

Sie nickte, aber ihr Knochengesicht sah bleich aus, ihre Augen waren hohler als sonst.

Er öffnete die NEIN-Tür. Die Frage im nächsten Raum lautete: WÜRDEST DU EIN TROLLDORF AUSLÖSCHEN, UM EIN MENSCHENKIND ZU RETTEN?

»Das haben wir bereits beantwortet«, meinte Grazi schwach.

»Schätze schon«, stimmte Dolph zu, und er fühlte sich dabei miserabel. Er öffnete die NEIN-Tür.

Die nächste Frage war genauso grausam: WÜRDEST DU EIN MENSCHENKIND TÖTEN, UM EIN TROLLDORF ZU RETTEN?

Dolph merkte, wie ihm die Tränen kamen. Er wußte, daß dies nur die Kehrseite der letzten Frage war, aber sie war noch schmerzhafter. Wenn das Trolldorf das Kind töten mußte, um zu überleben, war das dann Recht? Seine Gewißheit war erschüttert. Andererseits konnte er einfach auch nicht ja sagen.

Er öffnete die NEIN-Tür. WÜRDEST DU EIN TROLLKIND TÖTEN, UM EIN MENSCHENDORF ZU RETTEN?

Grazi vergrub das Gesicht in den Knochenhänden. »Ich kann das einfach nicht!«

»Mir ist das auch zuwider!« gestand Dolph. »Warum

können wir denn nicht einmal gute Fragen gestellt bekommen?«

»Der Nachthengst macht es denjenigen, die sich gegen ihn stellen, nie leicht«, erklärte Grazi. »Es wird immer schlimmer und schlimmer werden, bis wir ihn schließlich um Gnade anflehen, und dann wird er sie uns nicht gewähren.«

»Dann werde ich auch gar nicht erst danach fragen«, entschied Dolph und kämpfte gegen seine eigenen Tränen an. »Ich werde einfach nur so lange nein sagen, bis wir eine bessere Frage bekommen.« Er öffnete die NEIN-Tür.

WÜRDEST DU EINE HARPYIE KÜSSEN, UM GANZ XANTH ZU RETTEN?

Dolph gaffte. Das war ja eine Frage, mit der er einverstanden sein konnte! Er haßte Harpyien zwar, aber ...

Auf dem Weg zur JA-Tür blieb er stehen. Unterschied sich das Prinzip dieser Frage von denen in den anderen Räumen? Es war nicht so schlimm, eine Harpyie zu küssen, wie ein Kind zu töten, aber es war dennoch etwas, was er gewöhnlich nicht tun würde. Wenn er jetzt ja sagte, würde er möglicherweise wieder in die schlimmsten Entscheidungen hineingeworfen werden, wie beim ersten Mal, als er es bejaht hatte, etwas Unangenehmes zu tun, um etwas Gutes zu erreichen. Das führte nur in Schwierigkeiten!

»Ich erinnere mich daran, wie mein Großvater Trent mal etwas über Mittel und Zweck gesagt hat«, sagte er, angestrengt überlegend. »Er meinte ... Er sagte, daß der Zweck ... die Mittel nicht heiligt. Ich wußte nie genau, was er meinte. Aber jetzt ...«

»Ist es recht, etwas Unrechtes zu tun, um etwas Gutes zu erreichen?« fragte Grazi und formulierte es weitaus geschickter, als er es zustande gebracht hätte. »Ich dachte immer, so wäre es, aber jetzt glaube ich es nicht mehr so ganz. Ich habe diesen Alptraum durcheinandergebracht ...«

»Nein«, rief Dolph. »Der Nachthengst will dich nur dazu bringen, so zu denken wie er, zu glauben, daß er im Recht ist, wenn er dich bestraft; ich weiß aber, daß das nicht recht sein kann, denn das, was du getan hast, war gütig. Ich werde doch nicht sagen, daß es schlimm ist, gütig zu sein!«

»Aber vielleicht ...«

»Nein! Ich mach das nicht mehr mit! Das sind böse Türen!«

Dolph drehte sich um und riß am Griff der Tür hinter ihnen, die grün war und ohne ein JA oder NEIN markiert war. Zu seiner Überraschung ging sie auf. »Komm!« rief er und ergriff Grazis Knochenfinger. »Wir verschwinden von hier!«

Sie kehrten in den vorigen Raum zurück, und Dolph ging zur grünen Tür hinüber. Auch diese öffnete sich. Er zerrte das Gerippe mit.

Es dauerte nicht lange, da waren sie wieder im ersten Raum, und erneut versuchte Dolph es mit der grünen Tür, die beim ersten Mal verriegelt gewesen war – doch sie blieb verschlossen.

Seine kurz aufflackernde Hoffnung war zusammengebrochen. Auf diesem Weg konnten sie also doch nicht entfliehen.

Aber er weigerte sich, seine Niederlage einzugestehen. »Diese Türen sind böse!« verkündete er. »Sie stellen ... stellen immer nur die falschen Fragen. Sie lassen uns alle etwas Böses tun, um etwas Gutes zu bekommen, und das ist falsch. Der ... der Zweck heiligt die Mittel nicht!«

Er versuchte es wieder mit der grünen Tür, riß am Knauf, rechnete mit Mißerfolg – und doch ging sie diesmal ohne Widerstand auf. »Komm!« rief er, von dieser Überraschung entzückt. Wieder packte er Grazi an der Hand und riß sie hinaus. Vor ihnen befand sich ein riesiger Saal, angefüllt mit Kreaturen. Dolph mußte blinzeln, er konnte nicht alles mit einem Blick erfassen.

»Die Gerichtsverhandlung ist eröffnet«, dröhnte eine Stimme. Das war der Nachthengst, der an einem Ende des Saals von einem hohen Pult aus sprach. Er trug einen schwarzen Umhang, der seinen Körper unterhalb des Kopfes gänzlich bedeckte, und wirkte beeindruckend finster. »Die Teilnehmer sind aufgefordert, ihre Plätze einzunehmen.«

Er blickte zur Seite. »Angeklagte«, sagte der Nachthengst.

Grazi trat vor. »Grazi Ossian«, sagte sie matt. Sie setzte sich an den Tisch, auf den der Hengst deutete.

»Verteidiger.«

Niemand trat vor. Der Blick des Hengstes richtete sich auf Dolph, und plötzlich begriff er, daß dies *seine* Aufgabe war. Er trat vor. »Prinz Dolph«, sagte er so kühn, wie er nur konnte, und nahm an Grazis Tisch Platz.

»Geschworene: Stellt euch vor.«

Aus der Menge trat eine Reihe von Wesen. Der erste war ein Drache. »Draco Drache vom Berg Etamin«, knurrte er deutlich, dann schlurfte er weiter, um sich einen Platz im Geschworenenstand zu suchen, einer Plattform, die an vier kräftigen Schnüren von der Decke herabhing. Sie schwebte nur eine menschliche Handspanne über dem Boden und geriet in sanfte Schwingung, als der Drache sich setzte.

Dolph war überrascht. Wie konnte Draco hier sein, und wieso konnte er die Menschensprache sprechen? Dann fiel ihm wieder ein, daß er sich ja im Kürbis befand, im Reich der Träume; hier war alles möglich. Draco war wahrscheinlich in seiner Traumgestalt hier, genau wie Dolph. Im Traum konnten die Leute sprechen und verstehen, was immer dort vorkam; es mußte nicht unbedingt einen Sinn ergeben.

»Die Anklage hat alle Geschworenen akzeptiert«, erklärte der Richter. »Die Verteidigung darf sie nun anfechten. Die Hälfte stammt aus Xanth, die andere Hälfte aus dem Reich der Träume; dieses Verhältnis bleibt von jedweder Anfechtung unberührt.«

Oh. Dolph fragte sich, wer wohl die Anklage vertreten würde. Doch im Augenblick mußte er sich davon überzeugen, daß die Geschworenen gerecht waren. Er verstand genug von Justiz, um zu wissen, wie wichtig das war. Also mußte er die jeweiligen Geschworenen befragen und Einwände vorbringen, wenn sie seiner Meinung nach untauglich sein sollten.

Er war überrascht, daß Draco ein Geschworener war,

aber das könnte schon in Ordnung sein. Über Logik machte er sich lieber nicht allzuviel Gedanken, wichtiger war es ihm, sich der Neutralität des Drachen zu versichern. »Draco, erinnerst du dich noch, wie Mark Knochen unter großem persönlichen Risiko deine Juwelen gerettet hat, weil er eine anständige Person ist? Dann wirst du verstehen, wie wichtig es ist, so zu sein.«

Der Drache nickte interessiert. Seine Juwelen wußte er wahrlich zu schätzen! »Nun«, fuhr Dolph fort, »Grazi ist Marks Freundin und gleicht ihm in mancherlei Hinsicht. Sie hat unter großem persönlichen Risiko etwas getan, weil sie eine anständige Person ist. Sie hat Tristan Troll davor bewahrt, wegen einer anständigen Sache, die *er* tat, gequält zu werden, und sie ist mit mir in den Kürbis zurückgekehrt, um mir dabei zu helfen, meine Queste zu Ende zu führen. Und meinetwegen wurde sie auch erwischt. Meinst du, daß eine Person, die mir auf solche Weise hilft, bestraft werden müßte?«

Der Drache schüttelte den Kopf. Ein Pluspunkt. »Keine Anfechtung.«

Das nächste Wesen kam herangeschwommen. Es war ein kleiner silbriger Fisch, fast kugelrund. »Perrin Piranha«, verkündete er und schwamm zum nächsten Sitzplatz im Geschworenenstand.

Dolph erinnerte sich noch gut an diesen Fisch! Es war der Anführer der Wasserwächter bei Dracos Nest! Als Wächter mochte er in Ordnung sein, er hatte Mark auch beim Kampf gegen die Kobolde unterstützt, aber wie stand es um ihn als Geschworenen?

Da fiel ihm ein, daß der kleine Fisch von Grazi oder ihrem Verbrechen nichts wissen würde. Deshalb war er, genau wie Draco Drache, ein objektives Mitglied der Jury. Er würde erst im Laufe des Prozesses etwas über Grazi erfahren. Doch wie würde ein blutrünstiger Fisch darauf reagieren, daß ein Alptraum zunichte gemacht worden war? Deswegen machte Dolph sich Sorgen. Schließlich ging es hier um ein Kapitalverbrechen.

Als nächster kam ein kleiner Vogel. Nein, es war eine

Fledermaus. »Brick Fledermaus, falls du nichts dagegen hast«, fauchte er, als Dolph ihn ansah, und glitt geschmeidig im Flug an den dritten Platz im Stand.

Noch schlimmer! Brick Fledermaus mochte vielleicht ein guter Höhlenwächter für das Drachennest sein, aber er war eine bösartige Kreatur, die sich schon aus reiner Boshaftigkeit gegen eine nette Person wie Grazi entscheiden könnte. Wer hatte nur diese Geschworenen ausgesucht? Leider wußte er die Antwort darauf: der Nachthengst, der zugleich der Richter war. Das verhieß wirklich nichts Gutes!

»Perrin Piranha und Blick Fledermaus, Mark Knochen hat euch dabei geholfen, die Juwelen vor den Kobolden zu retten. Grazi Ossian hätte das gleiche getan. Könnt ihr ihr einen Vorwurf daraus machen, daß sie so ist?« Der kleine Fisch und die kleine Fledermaus blickten nachdenklich drein; sie mochten zwar nicht überzeugt sein, hegten aber immerhin Zweifel. Das war schon gut: Ihr wilder kleiner Geist war wenigstens nicht voreingenommen. »Keine Anfechtung.«

Als nächster kam ein knurrig aussehender Kobold. »Jucklippe Kobold«, knirschte er und stampfte in den Stand. Dolph kannte ihn nicht, wußte aber, daß *kein* Kobold etwas Gutes verhieß, egal, worum es ging. Wenn der zu der Koboldhorde gehört haben sollte, die das Drachennest überfallen und Mark auseinandergerissen hatten, dann würde er einen Groll gegen alle Skelette hegen, besonders gegen jene, die Mark nahestanden.

»Jucklippe, wenn die Trolle deine Festung überfielen und jemanden entführten, der dir nahestünde, würdest du dir da nicht wünschen, daß es jemand wäre wie Tristan?«

Der Kobold sah verblüfft aus; so hatte er die Sache noch gar nicht gesehen. »Und wenn Grazi dafür bestraft wird, daß sie nett zu Tristan Troll war, wird niemand mehr wagen zu tun, was er getan hat. Dann würde deine Geliebte ...« Dolph machte eine eindeutige Gebärde in Richtung Hals. Der Kobold zuckte zusammen; er begann sich die Sache zu überlegen. »Keine Anfechtung.«

Ein stattlicher junger Mann mit platten Entenfüßen trat vor. »Gunter Ganter«, sagte er und setzte sich ebenfalls in den Stand. Dolph war schon wieder entsetzt. Gunter Ganter war der Anführer des Volks, das versucht hatte, die Mitglieder seiner Gruppe zur Paarung zu zwingen, um den eigenen Niedergang aufzuhalten. Nada hatte sie zwar hereingelegt, aber Gunter Ganter hegte bestimmt noch einen Groll gegen Dolph und seine Freunde, Grazi eingeschlossen. Was könnte wohl schlimmer sein?

Eine üppige Frau, in grünes Laub gekleidet, deren rötlich-braunes Haar bis zu ihren Füßen reichte, trat hervor, und ihr Körper wogte dabei auf eine Weise, daß selbst die Nichtmenschen sie interessiert verfolgten. Diesen Gang kannte Dolph! Das war ... »Vida Vila«, sagte sie und schritt hinüber zu dem Geschworenenstand, ihr Haar wogte wie eine Welle hinter ihr her. Das war die Nymphe, deren Baum abzuholzen Mark gedroht hatte und die danach Dolph hatte heiraten wollen, weil er ein Prinz war. Am Ende hatte sich allerdings herausgestellt, daß sie ganz in Ordnung war, und wenngleich Dolph auch noch nicht in alle Feinheiten der weiblichen Anatomie eingeweiht war, wußte er doch, daß ihre sich als Studienmodell besonders gut eignen würde. Doch hatte er sich schließlich nicht nur mit einem, sondern gleich mit zwei anderen Mädchen verlobt, und wenn Vida davon erfahren sollte, könnte sie sich vielleicht in einen Bären verwandeln und ihn angreifen. Ihre Anwesenheit unter den Geschworenen machte ihn spürbar nervös.

Andererseits erinnerte er sich daran, wie fürsorglich sie gegenüber Kindern war. Das könnte für sie sprechen.

»Gunter Ganter und Vida Vila, ich brauche euch ja wohl kaum zu erzählen, wie wichtig es ist, das Leben von Kindern zu erhalten«, fuhr Dolph fort. »Grazi soll bestraft werden, weil sie Kinder liebt; das wißt ihr. Ich weiß, daß ihr das unmöglich unterstützen könnt.«

Er sah, daß er recht hatte.

Der nächste Geschworene trat vor: eine Frau, die wie gar nichts aussah. »Onoma Topoeia«, sagte sie und sah dabei genauso aus, wie sie sich anhörte, was ziemlich seltsam war.

Ono! dachte Dolph. *Die wird ihre Meinung jedesmal ändern, wenn ein anderer spricht!*

»Onoma, erscheint es dir nicht seltsam, daß jemand dafür bestraft werden soll, daß er etwas Anständiges getan hat?«

»Mir erscheint nichts seltsam«, sagte sie und sah auf merkwürdige Weise nach nichts aus. »Alles sieht genauso aus, wie es sich anhört.«

Dolph konnte einfach keine Beziehung zu ihr herstellen. Er wußte nicht, wo sie stand. Aber wenn er sie aus der Jury entfernen ließ, würde sie möglicherweise durch jemanden ersetzt werden, der noch schlimmer war. Er entschied sich dazu, darauf zu setzen, daß sie sich nicht als allzu schlimm erweisen würde.

Als nächstes kam ein Schwein, das eine Statue aus Elfenbein hinter sich herzog, die fast so groß war wie es selbst und offenbar eine Sau darstellte. »Pyg Malion«, sagte das Schwein und trabte zum Stand weiter. Vida und Onoma mußten ihm dabei helfen, sein Elfenbein hochzuzerren. War das Schwein nun gut oder schlecht für Grazi? fragte sich Dolph und fürchtete sich vor einer Antwort.

»Was hast du da?«

»Galatea, die schönste der Schweine. Ich liebe sie.«

»Aber das ist doch bloß eine Statue!« wandte Dolph ein. »Eine Elfenbeinstatue, und sie ist noch nicht einmal beendet.«

»Dein Fall auch nicht«, versetzte Pyg.

Da hatte er nicht unrecht. Dolph beschloß, auf Widerrede zu verzichten.

Das nächste Wesen sah so unaussprechlich dumm aus, daß Dolph sich fragte, wie man es jemals in eine Jury hatte wählen können. »Ignor Amus«, sagte es stumpfsinnig und stolperte zum Stand hinüber.

»Meinst du, daß man eine Frau dafür bestrafen sollte ...«

»Ich verstehe nichts von irgend etwas«, antwortete Amus.

»Wie kannst du dann abstimmen?«

»Ich stimme einfach so ab, wie alle anderen es tun. Das mache ich immer so.«

Nun, wenn die Mehrheit für Grazi votierte, würde dieses Wesen schon in Ordnung sein. Es war wohl besser, es dabei zu belassen.

Doch es kam noch schlimmer. Diesmal trabte ein großes Tier mit schwerem Körper und dicken Hörnern, das doppelt so dumm aussah wie sein Vorgänger. »Oxy Moron«, dröhnte es mit leichter Schwerfälligkeit.

»Wie bitte?« fragte Dolph.

»Oxy Moron. Ich bin dummklug. Ich mag Haßliebe und Dunkelheit.«

»Äh, was die Angeklagte betrifft ...«

»Das ist eine gutmütige Bösartige.«

»Aber ...«

»Und du bist ein schlauer Narr.«

Wieder grübelte Dolph, und wieder gelangte er zu dem Schluß, den Geschworenen zuzulassen. Es konnte ja durchaus sein, daß diese Kreatur recht hatte.

Die letzten beiden Geschworenen versuchte Dolph gar nicht erst einzuordnen. Sie schienen keine feste Gestalt zu haben.

»Ich bin Ymec Doche«, sagte der erste. »Du darfst mich mit irgendeinem meiner Teile ansprechen oder jeden Teil als ganzes, Winzfuß.«

Dolph wirbelte der Kopf. Er verstand diese ganzen Leute überhaupt nicht! Er wandte sich an den letzten.

»Ich bin Meto Nomie«, sagte der Mann. »Du kannst mich unter jedem meiner Attribute anreden, Verlierer.«

Verwirrt zog sich Dolph zurück. Wie würden diese seltsamen Leute nur abstimmen? Das wußte er nicht zu sagen. »Keine Anfechtung«, meldete er.

Jetzt waren die Geschworenen vollzählig: zwölf seltsame Wesen. Wie sie entscheiden würden, wußte Dolph noch nicht, aber die Sache sah nicht sonderlich gut aus.

»Die Anklage«, sagte der Hengst.

Eine neue Gestalt trat aus der Masse hervor. Als er sie

erblickte, fiel Dolph fast in Ohnmacht. »Prinzessin Ivy«, sagte sie deutlich.

Seine Schwester! Seine rotznasige, vierzehnjährige Schwester! Von allen Gelegenheiten und Orten, wo sie hätte auftauchen können, war dies hier mit Abstand der schlimmste! Wieviel Pech konnte er eigentlich noch haben?

Pech? Nein, erkannte er. Schließlich war das hier der Kürbis, wo der Nachthengst regierte. Das war das Reich der Träume, und der Hengst war der Meister der Alpträume. Grazi stand vor Gericht, weil sie einen Alptraum zunichte gemacht hatte, und so erlitt sie nun ihren eigenen Alptraum und Dolph mit ihr.

Er war ohnehin schon nervös gewesen und hatte Angst gehabt. Jetzt aber war er völlig aufgelöst. Grazi hatte versucht, ihn vor der Macht des Hengstes zu warnen; nun begann er diese Macht erst richtig einzuschätzen. Der Hengst hatte mit ihm nur ein Spiel gespielt, hatte ihm unwichtige Türen vorgesetzt, mit denen er sich hatte herumschlagen müssen, während er diesen gräßlichen Prozeß vorbereitet hatte. Wie sollte er Grazi vor der sicheren Vernichtung bewahren? Er selbst war lebendig; er würde nur erwachen, wenn der Traum zu Ende war. Grazi nicht.

Sein Entsetzen blieb, aber sein Denken bewirkte, daß sich der Trieb, sich zusammenzuducken, in trotzigen Kampfesmut zu verwandeln begann. Es gab keine Möglichkeit, wie er gegen die Macht des Nachthengstes etwas hätte ausrichten können. Nicht hier, nicht auf dem Terrain des Hengstes. Nicht nach den Regeln des Hengstes. Und doch mußte er es versuchen. Das war kein Mut, das war schiere Verzweiflung. Grazi bestand zwar nur aus Knochen, aber sie war eine gute Person, und irgendwie mußte er ihr helfen.

»Der Angeklagten wird vorgeworfen, einen ordentlichen beschlossenen und hergestellten Traum verdorben sowie gegen die Auflagen der Verbannung verstoßen zu haben«, sagte der Richter Nachthengst. »Wofür plädiert sie?«

»Oh, ich habe es getan«, sagte Grazi unglücklich. »Ich ...«

»So meint sie das nicht!« rief Dolph. »Sie plädiert für nicht schuldig!«

»Aber ich habe doch ...«, wandte Grazi ein. »Ich will doch nicht versuchen, jemanden zu täuschen ...«

»Nicht schuldig, weil ...« Dolph hielt inne. Seine Inspiration ließ ihn im Stich. Er mußte eine Möglichkeit finden, um die Sache wieder in Ordnung zu bringen.

Das gesamte Gericht war erstarrt und erwartete sein Plädoyer. Die Jury musterte ihn, ebenso alle Kreaturen im Publikum, der Richter und seine Schwester. Alle warteten darauf, daß er etwas wirklich Dummes sagen würde. Damit Grazi wünschen würde, sie wäre ohne ihn hierhergekommen.

»Weil ...« Noch immer war er gehemmt. Was konnte er schon sagen, wenn doch keines dieser Kreaturen hier auf Grazis Seite war? Daß der Zweck die Mittel nicht heiligte? Das würden sie ihm sofort im Mund umdrehen und ihm nachweisen, daß der Zweck, einen anständigen Troll zu verschonen, es nicht heiligte, einen wohlvorbereiteten Traum zunichte zu machen. Oder vielleicht, daß der Zweck, den Himmelstaler zu suchen, nicht das Mittel heiligte, gegen Grazis Verbannungsauflagen zu verstoßen? Nach ihrer Definition war Grazi in beiderlei Hinsicht schuldig, und gegen diese Definition wußte er nichts auszurichten. Und doch wußte er, daß irgend etwas daran falsch war und daß man sie nicht für ihre Anständigkeit bestrafen durfte. Wie sollte er das deutlich machen?

»Weil es einfach nicht so war«, schloß er lahm.

Der Richter furchte die Stirn. »Die Angeklagte plädierte für nicht schuldig, weil das einfach nicht so war«, wiederholte er tonlos.

Gekicher im Publikum. Ivy legte abfällig die Nase in Falten. Er hatte die Sache versiebt, genau wie sie es erwartet hatte.

»Das Wort hat die Anklage«, sagte der Richter.

»Wir haben vor zu beweisen, daß es im Gegenteil allzu sehr so war«, erwiderte Ivy prompt. »Dieses törichte Gerippe hat einen vollkommen guten Traum zunichte gemacht und ist dann auch noch zurückgekehrt, um damit anzugeben. Da gibt es nur eins: Rübe ab!«

Das Publikum applaudierte, und mehrere Geschworenen nickten.

»Übernehmen Sie Ihren Fall«, sagte der Richter.

»Die Anklage ruft als ersten Zeugen Miesmacher Troll«, sagte Ivy, vor Zuversicht nur so strotzend.

Ein großer, häßlicher, übelgelaunter Troll trat in den Zeugenstand. »Weißt du, was passieren wird, wenn du hier nicht die Wahrheit sagst?« fragte ihn der Hengst.

Der Troll zuckte zusammen. »Ich sage alles, was du willst, ganz ehrlich!« erwiderte er schnell. »Ich schwöre es!«

Nun fing Ivy an, und zwar genau so, wie es ihre Art war. »Miesmacher, stammst du aus demselben Dorf wie Tristan Troll?«

»Dieser windelweiche Jammerlappen?« rief Miesmacher empört. »Weißt du, was dieser Maultierhintern *getan* hat?«

»Beantworte nur die Fragen«, ermahnte ihn der Richter.

»Ja, ich schäme mich sagen zu müssen, daß ich aus demselben Dorf bin.«

»Und was hat Tristan Troll genau getan?« fragte Ivy.

»Er hat versucht, unser Dorf auszulöschen! Er hatte einen richtig schönen Leckerbissen in seiner Gewalt, einen, den wir uns alle geteilt hätten, und er hat ihn einfach laufen lassen! Wir sind fast verhungert! Wir mußten uns die ganze Zeit mit gröbstem Gliep ernähren! Mir wird jetzt noch schlecht, wenn ich nur daran denke!« Und tatsächlich sah der Troll so aus, als wollte er sich übergeben. Für alle Fälle kam ein Gerichtsdiener mit einer Schüssel herbeigehuscht.

»Dein Zeuge«, sagte Ivy und feixte Dolph an.

Sein Zeuge? Dolph hatte keine Ahnung, was er tun sollte. Dumm saß er da.

»Will die Verteidigung diesen Zeugen ins Kreuzverhör nehmen?« fragte der Richter.

Dolph musterte den Troll. »Sein Kreuz verhören? Ich wüßte nicht wozu.« Erneut Gekicher im Publikum, bis er merkte, daß er offensichtlich schon wieder einen Bock geschossen hatte. Also nahm er seine Aussage zurück. »Äh, ich meine, ja, das sollte ich wohl. Troll, was war das denn für ein saftiger Leckerbissen, von dem du behauptest, Tristan habe ihn laufenlassen?«

»Ein juveniler Homo-sap weiblichen Geschlechts«, antwortete Miesmacher schlechtgelaunt.

»Ein was?« fragte Dolph, den diese Beschreibung ins Schleudern brachte. Er hatte immer geglaubt, es habe sich um ein kleines Mädchen gehandelt.

»Eine menschliche Göre.«

»Meinst du damit ein kleines Menschenmädchen?«

»Das sage ich doch die ganze Zeit, Idiot.«

Dolph bemerkte eine Reaktion im Geschworenenstand. Es war Vida Vila. Er dachte daran, wie fürsorglich ihre Rasse mit Kindern umging. Vielleicht hatte er doch noch etwas gut. »Ihr wolltet dieses kleine Mädchen also zerteilen und rösten?«

»Nö, wir benutzen keine Messer. Wir reißen sie einfach in Stücke und mampfen sie roh.«

Draco Drache lief das Wasser im Maul zusammen, aber Jucklippe Kobold wirkte irgendwie unglücklich. Gunter Ganter sah wütend aus, Vida Vila sogar regelrecht empört. Dolph machte Punkte! Die Geschworenen schienen doch ihre Skrupel zu haben.

»Danke«, sagte er höflich. »Das wär's.« Zum ersten Mal argwöhnte er, daß er vielleicht doch noch eine Chance haben könnte.

Der Troll verließ den Zeugenstand. Ivy, die aus irgendeinem unerfindlichen Grund eine Grimasse schnitt, rief den nächsten Zeugen auf: einen kleinen Jungen.

»Kleiner Junge«, sagte sie, »bist du aus dem Menschendorf, das die Trolle in jener Nacht überfallen haben?«

»Was geht dich das an?« konterte er frech.

Der Nachthengst schürzte seine Pferdelippen. »Was hältst du von einem solchen Traum?« fragte er den Jungen. Über dem Kopf des Kindes erschien plötzlich eine riesige Haarbürste und senkte sich auf ihn.

»Jadasbinich!« antwortete der Junge sofort.

Dieser Prozeß war wirklich kein Spaß, dachte Dolph. Von den Zeugen wurde erwartet, daß sie nur zur Sache antworteten und das Gericht achteten. Ob das Verfahren vielleicht doch nicht ganz abgekartet war?

»Dann kennst du auch das Mädchen, das von den Trollen gefangengenommen wurde?«

»Ja.« Der Junge wollte noch mehr sagen, doch nachdem er einen Blick auf den Richter geworfen hatte, überlegte er es sich anders.

»Was ist das für eine Person?«

»Eine echt blöde Gans. Und herrisch dazu. Du weißt doch, wie Mädchen sind.«

Dolph mußte die Hand vor den Mund halten, um nicht laut loszulachen. Dieser Junge wußte wirklich, wovon er sprach!

Doch Ivys Miene blieb unbewegt. »Also wäre das Dorf ohne sie besser drangewesen?«

Der Richter warf Dolph einen Blick zu. »Hast du irgendwelche Einwände? Es handelt sich immerhin um eine Suggestivfrage.«

Doch Dolph, der langsam schlauer wurde, hatte die Geschworenen im Auge behalten. Die Frage hatte mehrere ihrer Mitglieder erzürnt. Für seine Partei war es besser, sie zuzulassen, weil Ivy ihm so die Arbeit abnahm. »Kein Einwand«, antwortete er.

»Na klar doch«, meinte der Junge. »Das war vielleicht eine Nervensäge! Ich war richtig traurig, als sie zurückkam.«

Ivy merkte, daß sie einen Fehler begangen hatte. »Dein Zeuge«, sagte sie und beendete ihr Verhör.

Dolph schritt auf den Jungen zu, der jünger war als er. »Du magst dieses kleine Mädchen also nicht?«

»Das habe ich doch gesagt!«

»Magst du überhaupt irgendwelche Mädchen?«

»Natürlich nicht!«

»Dann wärst du also auch froh, wenn die Trolle sie alle wegschleppten und auffräßen?«

»Au ja, das wäre großartig!«

Dolph warf der Jury einen vielsagenden Blick zu und nickte. Mehrere Mitglieder erwiderten das Nicken. Der Junge war als freches Kind entlarvt worden.

»Keine weiteren Fragen.«

Knurrig rief Ivy ihre nächste Zeugin auf. »Die Mähre Frigoris.«

Eine schwarze Stute trat herein. Sie wirkte durchaus feststofflich.

Wieder mußte Dolph sich daran erinnern, daß er sich hier im Kürbis befand; die Nachtmähren lebten hier, es war ihre Heimat, und so waren sie auch so feststofflich wie alle anderen auch.

»Name und Beruf, bitte.«

Die Nachtmähre sprach nicht richtig, statt dessen projizierte sie ihren Zuhörern einen kleinen Traum. In diesem kleinen Traum hatte sie die Gestalt einer hübschen schwarzen Frau mit schwarzem Haar, das zu einem Pferdeschwanz zusammengebunden war. »Ich bin die Mähre Firgoris, nach der das Meer der Kälte auf dem Mond benannt ist. Ich überbringe jenen, die sie verdient haben, Alpträume.«

»Wie lange hältst du diese Position schon inne?« wollte Ivy wissen.

»Dreihundert Jahre.«

»Du bist also eine erfahrene Traumüberbringerin?«

»Ja.«

»Und du bist auch stolz auf deinen Beruf?«

»Natürlich. Das ist eine großartige und sehr notwendige Beschäftigung. Ich nehme meine Arbeit sehr ernst.«

»Und du solltest auch in jener Nacht Tristan Troll den Traum überbringen?«

»So ist es.«

»Hattest du irgendeinen Grund, daran zu zweifeln, daß es sich bei diesem Traum um ein Produkt von hoher Qualität handelte, das für diese Gelegenheit besonders gut geeignet war?«

»Nein. Er wurde in einem Paket angeliefert. Tatsächlich hatte man sich so viel Mühe damit gegeben, daß ganze drei

Nachtmähren damit beauftragt werden mußten. Ich war die erste – das war eine Auszeichnung.«

»Und ist der Traum so abgelaufen wie geplant?«

»Nein.« Die schwarze Frau in dem kleinen Traum runzelte die Stirn. »Es war eine Katastrophe und für uns alle äußerst peinlich.«

»Was ist genau geschehen?«

»Ein wesentlicher Teil sollte von einem weiblichen Skelett gespielt werden ...«

»Von der Angeklagten?«

»Ja. Doch anstatt dem Träumer Angst einzujagen, wie sie es hätte tun sollen, indem sie die Gestalt eines weiblichen Mitglieds seines Stammes annahm, das auf Grund seines Vergehens verhungert war, hat sie ...« Da stockte die junge Frau in dem Traum, angewidert von dem Ausmaß des Verrats.

»Nimm dir so viel Zeit, wie du brauchst«, sagte Ivy mitfühlend. »Erzähle uns mit eigenen Worten ganz genau, wie diese Schurkin euer Kunstwerk ruiniert hat.«

»Es war so subtil, so heimtückisch, daß ich es beim ersten Probelauf gar nicht bemerkte. Der ganze Traum war völlig korrekt, er sollte das Opfer garantiert im Schlaf schreien lassen, bis es heiser wurde.«

»Und warum hat das nicht funktioniert?« hakte Ivy nach.

»Wegen einiger weniger Worte, die sie zu Anfang ihres Einsatzes flüsterte«, erklärte das schwarze Mährenmädchen. »Sie sagte zu dem Troll ›Ich glaube, du hast richtig gehandelt‹. Da wußte er, daß es nur ein Traum war und daß selbst jene, die gekommen waren, um ihn zu peinigen, das gar nicht wirklich wollten. So nahm er ihn nicht länger ernst und litt kaum darunter. Die Traumarbeit einer ganzen Nacht war ruiniert!« Da brach das Mährenmädchen fast zusammen, es konnte nicht mehr weiterreden.

»Deine Zeugin«, sagte Ivy hämisch.

Was sollte Dolph mit dieser Zeugin tun? Die Tatsachen waren nicht zu bezweifeln; Grazi hatte wirklich getan, was ihr vorgeworfen wurde. »Keine Fragen«, sagte er.

»Die Anklage hat keine weiteren Zeugen«, verkündete Ivy.

Die Tatsachen waren eindeutig genug. Dolph begriff, daß seine einzige Chance darin lag, ihre Deutung zu beeinflussen. Gewiß würden die Geschworenen Grazis Motiv anerkennen, wenn es erst einmal dargestellt worden war. Und er wußte auch genau die richtige Person, die dies verdeutlichen konnte. »Mela Meerfrau.«

Mela trat vor. Sie hatte sich hierfür Beine zugelegt, die wirklich wunderschön waren.

»Mela, bist du mit der Angeklagten bekannt?«

»Ja, ich habe sie ganz gut kennengelernt, als sie in meinem Hort war.«

»Was ist sie deiner Meinung nach für eine Person?«

»Nun, natürlich ist sie nicht lebendig, sie besteht nur aus Knochen. Deshalb weiß ich nicht, ob es gerecht wäre, sie danach zu beurteilen ...«

»Versuch es einfach«, sagte Dolph in dem kurzangebundenen Tonfall, der am besten anzukommen schien. Er verstand zwar nicht viel von Prozessen, aber dumm war er auch nicht.

»Ich würde sagen, daß sie eine wirklich nette Person ist. Sie sorgt sich um die Leute und versucht immer zu tun, was recht ist. Ihr Freund Mark ist übrigens auch so. Der ...«

»Du sagst, daß sie sich um die Leute sorgt«, unterbrach er sie, denn er wußte, daß er es sich nicht leisten konnte, seine Pluspunkte zu gefährden, indem er sie vom Thema abschweifen ließ. »Aber sie ist doch nicht lebendig, nicht wirklich menschlich. Wie kann sie da etwas für ein Menschenkind empfinden?«

»Sie empfindet Mitgefühl für jeden, der Mitgefühl braucht«, erwiderte Mela schlicht. »Ich kenne einige lebende Leute, die das nicht tun.« Finster musterte sie Draco Drache. »Grazi ist jedenfalls eine unlebendige Person, die Mitgefühl hat.«

Er sah, wie Vida Vila im Geschworenenstand auf diese Bemerkung reagierte. Jetzt war es unwahrscheinlich geworden, daß sie noch gegen Grazi stimmen würde. Auch Gunter Ganter bekundete seine Zustimmung durch Nikken. Kinder waren ihm sehr wichtig, weil sein Volk mehr davon brauchte.

»Wenn sie also jemanden bestrafen sollte, der gerade ein Kind vor Schaden bewahrt hatte, würdest du dann sagen, daß das gerechtfertigt ...«

»Einspruch!« rief Ivy. »Das ist eine Beeinflussung der Zeugin!«

»Stattgegeben«, verkündete der Richter.

Doch Dolph hatte seine Position klargemacht. Schon nickten auch andere Geschworene anerkennend. Es war kein Zweifel gewesen, daß Grazi den Alptraum für Tristan Troll zerstört hatte. Sie hatte es getan, weil sie Mitgefühl für die Leute hegte. Warum sollte sie dafür verurteilt werden?

»Mela, wenn *du* in einem Alptraum mitspielen müßtest, beispielsweise in einem, wie Grazi ...«

»Einspruch!« rief Ivy. »Irrelevant und irreführend!«

»Einspruch stattgegeben!«

Nun gut, einen Versuch war es immerhin wert gewesen. »Keine weiteren Fragen«, sagte er.

Ivy hatte auch keine Fragen. Mela würde Grazi nur besser aussehen lassen.

Als nächstes rief er Tristan Troll auf. Durch das Publikum ging ein Raunen. Das war ein gewagter Zug! Aber Dolph wußte, daß er etwas wagen mußte, wenn er für Grazi auch nur eine faire Chance herausschinden wollte.

»Tristan, warum hast du das kleine Mädchen laufen lassen?« fragte er. »Bitte erzähle das dem Gericht in deinen eigenen Worten, und zwar so ausführlich, wie du es für nötig hältst.« Er wußte, daß das eine rührende Geschichte abgeben würde.

»Einspruch!« rief Ivy. »Das gehört nicht zur Sache! Wir brauchen nicht zu wissen, warum er es getan hat; es genügt, daß es so war – und wir müssen uns damit beschäftigen, was die Angeklagte daraufhin tat.« Natürlich wollte sie nicht, daß diese anrührende Geschichte erzählt wurde.

»Dies ist immerhin die Tat gewesen, die alles ins Rollen

brachte«, wandte Dolph ein. »Wir müssen uns darüber Klarheit verschaffen, denn schließlich war es der Alptraum, durch den Grazi in Schwierigkeiten geraten ist. Wie sollen wir sie beurteilen, wenn wir nicht einmal genau wissen, was sie zu ihrer Tat bewogen hat?«

Immer mehr Köpfe in der Jury nickten; langsam begann er sie für seine Sache zu gewinnen! Er war überrascht von seiner eigenen Logik; möglicherweise besaß er einen schärferen Verstand, als er vermutet hatte.

»Abgelehnt«, sagte der Richter. Einen Augenblick war Dolph enttäuscht, weil er glaubte, verloren zu haben; doch dann begriff er, daß der Einspruch abgelehnt worden war und nicht sein Einwand dagegen.

»Ich habe die Menschen immer für bloße Tiere gehalten«, begann der Troll. »Nichts als Fleisch, das nur gefangen und aufgefressen werden will. Aber als das kleine Mädchen dann mit mir sprach und mir erzählte, wie schlimm sich ihre Familie fühlen würde, wenn sie sie verlieren sollte, da dachte ich an meine eigene kleine Jungtrollin, die ich mir immer gewünscht, aber nie bekommen habe, und ich erinnerte mich daran, wie einsam ich ohne sie war, und das wollte ich keinem anderen Wesen antun, nicht einmal Menschen. Deshalb ließ ich sie laufen. Ich weiß, daß es töricht war, weil niemals Trolle Menschen schonen, ebensowenig wie die Menschen die Trolle schonen, aber so war das eben.«

Dolph hielt es für genug. Jeder der Geschworenen, der selbst ein Kind hatte, würde es verstanden haben. »Dein Zeuge.«

»Aber du hast doch gewußt, daß du etwas Unrechtes tatest, nicht wahr?« fragte Ivy den Troll. »Und daß du also auch eine Bestrafung verdient hattest?«

»Einspruch!« rief Dolph.

»Ziehe die Frage zurück«, sagte Ivy feixend. Doch der Schaden war schon angerichtet. »Keine weiteren Fragen.«

Schließlich rief Dolph das kleine Mädchen als Zeugin auf. Sie kam in den Stand und sah schier unglaublich klein und süß aus.

»Verstehst du, was die Trolle mit dir vorhatten, bevor Tristan dich laufenließ?« fragte er.

Das kleine Mädchen brach in Tränen aus. Gunter Ganter sah wütend aus und Vida Vila wäre fast aus dem Geschworenenstand gesprungen. Beide ertrugen sie es nicht, wenn Kinder gequält wurden.

»Deine Zeugin«, sagte Dolph.

»Keine Fragen«, erwiderte Ivy hastig. Sie sah nicht besonders glücklich aus.

Nun mußten Anklage und Verteidigung ihre Abschlußplädoyers vorbringen, bevor die Geschworenen ihr Urteil fällten. Das war der springende Punkt. Dolphs Hände waren feucht vor Schweiß. Er hatte keinerlei Vorstellungen, was er sagen sollte.

Glücklicherweise mußte Ivy als erste sprechen. »Diese ganze Geschichte mit den netten Skeletten oder reumütigen Trollen oder süßen kleinen Mädchen ist völlig unbedeutend«, fing sie an. »Skelette sollen furchterregend sein, Trolle müssen bösartig sein, und kleine Mädchen sind nicht unbedingt süß.« Sie wirbelte zu Dolph herum. »Bist du anderer Meinung?«

Der völlig überraschte Dolph konnte nur schlucken. Ivy war sich selbst das beste Beispiel!

»Ihr, die Geschworenen, dürft nur eins berücksichtigen«, fuhr sie heftig fort. »Hat die Angeklagte getan, was von ihr erwartet wurde? Ihr wißt, daß dem nicht so war. Deshalb ist sie schuldig. Mehr gibt es dazu nicht zu sagen.«

Aua! Mit einem einzigen bösartigen Zungenschlag hatte sie Dolphs sämtliche Zeugen eingeschüchtert, was sollte er dagegen sagen? Grazi hatte den Traum ja *wirklich* entschärft, und das war alles, was für die Bewohner des Traumreichs zählte.

Doch da fiel ihm ein, daß er unmöglich gewinnen könnte, wenn er sich die Definition des Kürbisses aneignete! Als er auf Fragen, die er nicht mochte, eine Tür nach der anderen geöffnet hatte, war er auch nicht ans Ziel gelangt; vielmehr war er aus dieser Falle erst dadurch entkommen, daß er die ganze Sache abgelehnt hatte.

Er mußte jedes Mitglied der Jury erreichen, mußte dafür sorgen, daß jeder auf seine Art abstimmte. Mußte ein wirklich effizientes Schlußplädoyer vorbringen, das sie alle anrühren würde.

»Nun, äh, ja«, fing er an, »ihr wißt alle, daß es nicht recht ist, eine Person nur dafür zu bestrafen, daß sie etwas Nettes, etwas Anständiges getan hat. Das Ziel der Herstellung eines schlimmen Alptraumes heiligt nicht die Mittel des ...« Verwirrt geriet er ins Stocken. Was hatte er eigentlich sagen wollen? Unter diesem Druck bekam er die Sache einfach nicht richtig hin. Zwecke und Mittel – doch es war entschwunden. »Mehr habe ich nicht zu sagen.« Niedergeschlagen kehrte er an seinen Tisch zurück.

Ivy warf ihm einen Blick zu. »Bruder, die Sache hast du ordentlich versiebt«, sagte sie höhnisch.

Die Geschworenen berieten sich. Dolph sah Grazi in die Augenhöhlen. »Ich habe es versucht«, sagte er und war schon wieder fast den Tränen nahe. »Ich habe es wirklich versucht.«

»Ich weiß, daß du das getan hast, Dolph«, erwiderte sie. »Es ist nicht deine Schuld, daß niemand im Traumreich einen Prozeß gewinnen kann.«

Die Geschworenen setzten sich wieder gerade hin. »Habt ihr eine Entscheidung gefällt?« fragte der Richter.

»Das haben wir, Euer Ehren«, sagte Draco.

»Wie lautet eure Entscheidung?«

»Schuldig.«

Bisher war Dolph nur niedergeschlagen gewesen, doch nun, da es geschehen war, reagierte er mit Empörung. »Aber das ist nicht gerecht!« rief er.

Ivy wandte sich ihm zu. An dem bösen Zug, der um ihre Mundwinkel spielte, erkannte er, daß sie gleich etwas sehr Unmädchenhaftes sagen würde.

Und dann befand er sich ohne jede Vorwarnung plötzlich in einem Hof. Grazi stand mit verbundenen Augen an einer Ziegelmauer, die von kleinen Löchern übersät war.

»Fertig!«

Dolph blickte zu der Stimme hinüber. Ein Trupp aus zehn zentaurischen Bogenschützen, die gerade ihre Bögen hoben und wie ein einziges Wesen die Pfeile einlegten. Der Zentaurenkommandant stand an der Seite, wo er sowohl das Erschießungskommando als auch das Ziel – Grazi – überblicken konnte.

»Anlegen!«

Zehn Bögen wurden ausgerichtet und zehn Sehnen gespannt, als sich zehn schreckliche Pfeile auf die verurteilte Kreatur richteten.

»Wartet!« rief Dolph und rannte hinaus, stellte sich zwischen Grazi und dem Erschießungskommando auf.

»Das ist aber äußerst irregulär«, sagte der Zentaurenkommandant mit gerunzelter Stirn.

»Aber ihr könnt sie doch nicht einfach hinrichten, nur weil sie einen einzigen schlimmen Alptraum versiebt hat!« protestierte Dolph.

»Und ob wir das können, es sei denn, sie widerruft und legt einen Eid ab, es nie wieder zu tun und als Wiedergutmachung in zukünftigen Träumen doppelt so bösartig zu sein.«

»Das kann ich nicht!« rief Grazi entsetzt.

»Das kann sie nicht!« wiederholte Dolph.

»Das dachte ich mir. Sie bereut nicht. Und jetzt geh beiseite, sonst wirst du noch ihr Schicksal teilen«, befahl der Zentaurenkommandant barsch.

»Sie hat es getan, weil der Traum unrecht war!« rief Dolph. »Sie ist eine nette Person, und sie war einfach unfähig, an einer ungerechten Bestrafung teilzunehmen. Wie könnt ihr, die Zentauren, die doch für ihre Gerechtigkeit berühmt sind, so etwas tun? Wie könnt ihr eine Person hinrichten, von der ihr wißt, daß sie im Recht ist?«

»Wir machen nicht die Gesetze, wir führen sie nur aus«, erwiderte der Kommandant. »Zum letzten Mal, geh beiseite, denn wir werden jetzt feuern.«

Dolph ging schrittweise zurück, bis er Grazi berührte. Er drehte sich um und legte die Arme um sie. »Ich habe sie verteidigt, also teile ich auch ihr Schicksal mit ihr!« sagte er.

»Ich glaube an das gleiche wie sie: Dieser Traum war ungerecht!«

»Wie du willst«, meinte der Zentaur. Er wandte sich wieder seinem Hinrichtungskommando zu, das während des Gesprächs bewegungslos dagestanden hatte.

»Es tut mir leid, Grazi«, sagte Dolph, und die Tränen liefen ihm die Wangen herunter. »Ich habe es versucht, aber ich war einfach nicht gut genug!«

»Doch du warst gut genug«, sagte sie. »Wir wissen, daß wir im Recht sind, auch wenn die anderen das nicht akzeptieren. Wenigstens hast du es versucht, und ich danke dir für ...«

»FEUER!«

Zehn Pfeile schossen auf sie. Sie schlugen alle im selben Augenblick ein. Licht explodierte.

Sie standen vor dem Nachthengst, in einem winzigen Raum. »Seid ihr zufrieden?« fragte der Hengst.

Dolph war völlig benommen und konnte nicht antworten. Er schien immer noch am Leben zu sein. Auch Grazi wirkte intakt, ihre Augenbinde war verschwunden.

»Das sind wir«, antwortete ein Stimmenchor.

Dolph sah genauer hin. Eine der Wände hatte sich plötzlich aufgelöst, und dahinter lag der Geschworenenstand mit seinen zwölf Mitgliedern.

Der Hengst wandte sich an das Skelett. »Du bist für schuldig befunden worden, zu gutmütig für die Arbeit der Herstellung schlimmer Alpträume zu sein. Die Prüfung hat gezeigt, daß dies ein konstanter Charakterzug bei dir ist. Folglich wird dir in Zukunft diese Art von Beschäftigung untersagt; ab nun wirst du ausschließlich in angenehmen Träumen arbeiten. Du erhältst hiermit die Genehmigung, dich in Xanth aufzuhalten, bis ein belebtes Skelett in einem angenehmen Traum verlangt wird. Ziehe hin, eingedenk unserer Hochachtung. Du bist tatsächlich eine gute Person.«

Grazi hatte es fast die Sprache verschlagen. »Aber der Prozeß ...«

»Diente zur Feststellung, wie es tatsächlich um deinen Glauben bestellt ist. Du hättest den Traum ja auch aus Faulheit, aus Achtlosigkeit oder aus Verwirrung sabotieren können. Das war für uns sehr wichtig, für den Fall, daß du weiterhin im Kürbis beschäftigt werden würdest. Wärst du außerhalb des Traumreichs geblieben, wäre nichts von alledem erforderlich geworden.«

»Aber die Hinrichtung ...«

»Wir mußten feststellen, ob deine Einstellung deiner inneren Überzeugung entsprach oder ob es nur eine Pose war, um Sympathie zu gewinnen. Als du sie sogar am Schluß noch beibehieltest, wußten wir, daß du wirklich an die Güte glaubst.«

»Aber Dolph ...«, fing sie wieder an.

»Ach ja, Prinz Dolph.« Der Pferdeblick richtete sich auf Dolph. »Du hast sie so gut verteidigt, wie du konntest, und angesichts deines Alters und deiner Unerfahrenheit war das Ergebnis durchaus lobenswert. Du bist dir selbst treu geblieben, sogar noch am Schluß, als du dein Leben in die Waagschale geworfen hast. Du wirst eines Tages einen ausgezeichneten König von Xanth abgeben. Bis dahin wird man dich im Kürbis mit dem dir gebührenden Respekt behandeln. Immer, wenn du in ihn eintrittst, wird der erste Traumbewohner, der dich wahrnimmt, dir jedwede Hilfe anbieten.«

Da lösten sich auch die anderen Wände auf, und der ganze Gerichtssaal erschien. Das Publikum brach in Applaus aus, in den erst die Geschworenen und dann die Zeugen einstimmten, schließlich auch das Zentaurenkommando und sogar Ivy, die plötzlich überhaupt nicht mehr bösartig aussah. Sie hatte ihr Bestes getan, um ihn zu provozieren, damit er etwas sagte, was er nicht wirklich glaubte, und sie schien nicht unglücklich zu sein, daß sie gescheitert war. Indem er diesen Fall ehrenhaft verloren hatte, hatte er ihn tatsächlich gewonnen.

Benommen wollte Dolph etwas erwidern. Doch als er den Mund öffnete, löste sich plötzlich die gesamte Szene auf, und er fand sich auf dem Sandstrand an der Küste

Xanths wieder. Neben ihm stand Grazi, ihm gegenüber Mark und Nada und das neue Mädchen, Electra.

Er wußte nun, daß er Grazi gerettet und den Weg zum Himmelstaler gefunden hatte, daß aber noch gewaltige Probleme auf ihn warteten.

18

WAHL

Am nächsten Tag fertigten sie aus Schlingpflanzen und Treibholz einen riesigen Korb an. Dann verwandelte Dolph sich in einen Rokh und trug ihn, nachdem die anderen alle eingestiegen waren, bis zu dem – für einen Rokh – nahen Schloß Roogna. Dort wurde er natürlich bereits erwartet, weil man den Teppich im Auge behalten hatte, und als er niederging, standen König Dor, Königin Irene und Ivy draußen und winkten.

Er vollzog eine gelungene Landung und nahm wieder Jungengestalt an.

Dann setzte ein glückliches Durcheinander ein, als jeder jeden kennenlernte, von dem er zuvor nur gehört oder den er bisher nur im Teppich gesehen hatte.

Mark, Grazi, Nada und Electra bekamen im Schloß ihre eigenen Zimmer zugewiesen. Für Dolph war es ein seltsames Gefühl, wieder in seinem eigenen weichen Bett im eigenen Zimmer zu schlafen, mit Handy, seinem Bettungeheuer, als einzigem Begleiter. Er vermißte Marks Knochenheim und die Nähe der anderen. Und so konnte er nicht einschlafen.

Schließlich hörte er ein leises Klopfen an der Tür.

»Ja?« rief er in der Hoffnung, daß es vielleicht Mark sein könnte.

Doch es war Ivy.

»Dolph, ich wollte dir was erzählen«, sagte sie. »Gestern hatte ich den seltsamsten Traum, den du dir nur denken kannst. Und dabei geschah es nicht einmal nachts! Es ging um eine ganz große, sehr merkwürdige Gerichtsverhandlung, und ...«

»Ich weiß. Ich war dabei.«

»Na ja, meine Aufgabe bestand darin, zu ... Ich meine, es mag ja fürchterlich bösartig klingen, aber ich mußte irgendwie beweisen, daß deine Skelettfreundin, Grazi Ossian, eigentlich ...«

»Ich verstehe.«

»Ich dachte wirklich, daß du die Sache ziemlich gut gemacht hast, aber im Traum konnte ich das nicht so sagen. Denn ich mußte ...«

»Ich weiß.«

»Ich meine, sie ist *wirklich* eine sehr nette Person, und was ihr wegen dieses Traums widerfahren ist, war auch wirklich schlimm. Aber jetzt ...«

»Danke.« Die Sache war ihm regelrecht peinlich.

»Aber das ist es eigentlich nicht, weshalb ich gekommen bin«, sagte sie.

Natürlich war es das nicht. Dazu war sie zu heimtükkisch. Dolph wartete ab.

»Ich weiß, daß du da dieses Problem hast mit ... mit Nada Naga und Electra. Du kannst sie nicht beide heiraten. Ich sehe auch ein, wie schwierig das ist, weil Nada doch so viel älter ist als du.«

»Sie ist so alt wie du«, stimmte Dolph zu. War sie vielleicht gekommen, um sein Verhältnis zu Nada hämisch zu kommentieren?

»Aber natürlich braucht ihr Volk unsere Hilfe gegen die Kobolde, und sie ist eine Prinzessin, deshalb hat sie sich verlobt. Und du hast eine Abmachung getroffen, deshalb hast du dich verliebt. Aber so, wie es dann geworden ist …«

»Ja.« Nun kam es. Er sah schon förmlich, wie sie darauf hinarbeitete. Kein Zweifel – er saß mal wieder in der Patsche.

»Na ja, und da habe ich mir gedacht, wenn du eine Möglichkeit hättest, aus der Sache herauszukommen …«

»Ein Prinz bricht sein Wort nicht!« fauchte Dolph.

»Aber wenn sie dich gar nicht heiraten müßte, um diese Verbindung herzustellen und Hilfe zu bekommen, dann …«

»Das muß sie aber. Das wissen wir beide.«

»Ich glaube, es gibt noch einen anderen Ausweg, Dolph.«

Jetzt würde sie ihm irgend etwas um die Ohren hauen, was noch viel schlimmer war. So war sie immer. Er wollte es nur hinter sich bringen. »Und zwar welchen?«

»Wenn es zu einer anderen Verbindung käme, damit die Naga die notwendige Hilfe bekämen, brauchte sie dich nicht zu heiraten. Dann würde die Abmachung nicht gebrochen, weil es gar keine Rolle mehr spielte. Vor allen Dingen dann, wenn wir den Naga früher helfen würden, als es mit dir der Fall gewesen wäre.«

»Das ließe sich nur mit einer anderen Heirat bewältigen«, warf er ein. »Und da sie ihre einzige Königstochter ist und ich der einzige …«

»Ich könnte ihren Bruder heiraten«, sagte Ivy.

»… Sohn«, fuhr er fort, »gibt es gar keinen anderen Weg, als …« Er zuckte zusammen. »Wie bitte?«

»Prinz Naldo Naga«, erwiderte sie. »Er wollte ja eigentlich mich heiraten, aber dann hat der Drache statt dessen dich gebracht, und so mußte sie einspringen. Damit begann doch der ganze Ärger. Wahrscheinlich hat dieser bösartige Magier Murphy damit zu tun gehabt. Sie wollte dich ja nicht hinters Licht führen, Dolph, genausowenig wie Grazi dir im Kürbis Schwierigkeiten bereiten wollte. Es ist einfach nur so passiert, und da mußte sie eben das Beste daraus machen. Sie ist wirklich ein sehr nettes Mädchen, mußt du wissen.«

»Das weiß ich. Aber …«

»Wenn ich also Prinz Naldo heiraten würde, wäre die Verbindung immer noch gültig, und deine Verlobung mit Nada ließe sich in beiderseitigem Einverständnis auflösen. In seiner menschlichen Gestalt ist er ein sehr stattlicher Mann, es wäre also nicht so schlimm, und …«

Dolph sah ein, daß es stimmte. So würde er auf ehrenhafte Weise die Verlobung mit Nada lösen können. Und dennoch war er erstaunt. »Aber warum würdest du …«

»Das habe ich dir doch schon gesagt – weil es eine gute Lösung wäre. Niemand verliert dabei, niemand gerät in Verlegenheit. Und du säßest dann auch nicht mehr in der Patsche.«

»Aber liebst du Naldo denn?«

»Natürlich nicht! Ich kenne ihn ja gar nicht! Aber das spielt doch keine Rolle. Ich bin sicher, daß das mit der Zeit schon kommen würde. Solche arrangierten Ehen bringen oft gute Sachen hervor. Unsere Großeltern …«

»Ich erinnere mich. Aber ich meine, warum solltest du so etwas tun, wenn du es doch gar nicht mußt? Es ist doch schließlich mein Problem und nicht deins, und …«

»Weil ich dich gern habe, du Idiot!« empörte sie sich. Und dann, nach einer peinlichen Pause: »Oh! Das wollte ich eigentlich nicht sagen.«

Dolph spürte, wie eine heiße Welle seinen Körper durchflutete. »Dann kannst du es ja zurücknehmen.« Aber plötzlich erinnerte er sich an die vielen Dinge, die Ivy im Laufe der Jahre für ihn getan hatte: etwa als sie ihm gezeigt hatte, wie er an die Kekse, die hoch oben im Regal aufbewahrt wurden, herankommen konnte, indem er sich in eine Raupe verwandelte und hinaufkletterte; wie sie ihm Geheimnisse anvertraut hatte, ohne seine eigenen herauszuposaunen. Auf hundert verschiedene kleine Weisen hatte sie ihm gezeigt, wie gern sie ihn hatte. Wenn er doch nur genauer hingesehen hätte! Im Laufe ihrer hitzigen und häufigen Streitgespräche hatte er solche Dinge schon völlig vergessen, doch nun erkannte er, daß Liebe sich nicht allein auf Erwachsene oder auf Wesen unterschiedlicher Herkunft beschränkte; es gab sie auch in der Familie.

Sie seufzte, und er bemerkte überrascht, daß ihr die Tränen über die Wangen liefen. »Nein, das kann ich nicht. Weil es nämlich stimmt. Du magst zwar ein ungezogenes Balg sein, und wir streiten uns auch die ganze Zeit, weil das zwischen Geschwistern so zu sein hat, aber du bist schließlich mein Bruder, und ich liebe dich, auch wenn es sich nicht gehört, das richtig zu zeigen. Ich würde für dich sterben, Dolph, wenn ich müßte, und eine Ehe ist nicht halb so schlimm. Also brauchen wir jetzt keine riesige, sentimentale Sache daraus zu machen. Du hast ein Problem, das ich lösen kann. Ich kann dir helfen und …«

»Und ich liebe dich auch«, sagte er. »Ich schätze, ich konnte dem bloß nicht ins Auge sehen, deshalb habe ich so getan, als würde ich dich hassen. Aber als ich dich in diesem Traum applaudieren sah, ganz am Schluß, da hatte ich das Gefühl …«

»Das war auch der einzige Teil, der wirklich war, ganz im Ernst«, erwiderte sie. »Ich habe es verabscheut, so bösartig zu dir sein zu müssen, als es doch so darauf ankam, aber der Nachthengst hat gesagt …«

»Ich weiß. Und ich versuchte zu glauben, daß alle vierzehnjährigen Mädchen schrecklich sind, und als sich dann herausstellte, daß Nada …«

»Ihr Alter spielt doch wirklich keine Rolle. Ich mag sie; sie ist eine echte Prinzessin. So kann ich euch beiden einen Gefallen tun …«

»Ich weiß nicht. Laß mich darüber nachdenken, Ivy.«

»Aber was gibt es darüber nachzudenken? Ich habe dir doch gesagt, daß ich es tun werde.«

»Umarm mich einfach«, sagte er, unfähig, seine Tränen länger zurückzuhalten.

»Oh.« Sie umarmte ihn, und er umarmte sie, und sie weinten beide, was natürlich ziemlich töricht war, denn schließlich waren sie ja gar nicht unglücklich.

Am Morgen traf er sich mit seinen Eltern, König Dor und Königin Irene. »Wie du weißt, haben wir deine Abenteuer mitverfolgt«, sagte Dor. »Es ist uns auch aufgefallen, welches Problem du mit Prinzessin Nada und dem Mädchen aus der Vergangenheit, Electra, hast. Wir haben Verständnis dafür, daß du weder deine Vereinbarung mit Nada brechen noch zulassen willst, daß Electra zugrunde geht, selbst wenn sie nicht dazu gebraucht würde, den Himmelstaler anzufertigen, den du suchst. Das ist ein ehrenwertes Dilemma.«

»Ja«, stimmte Dolph zu.

»Kein Zweifel, es sind beides nette Mädchen«, meinte Irene. »Wir wünschen beiden nicht, daß ihnen Schmerzen zugefügt werden. Aber du bist noch sehr jung, und selbst wenn du erwachsen bist, kannst du nicht beide heiraten. Daher ist es erforderlich, mindestens eine der beiden Verlobungen aufzulösen.«

»Na ja ...«, fing Dolph an.

»Nun trifft es sich aber, daß wir glauben, dieses Problem entschärfen zu können«, fuhr Dor fort. »So, wie wir das sehen, ist Electra die bessere Partie für dich, denn der Altersunterschied zwischen euch ist nicht so groß; und außerdem liebt sie dich und ist menschlich, vom Geschäftlichen einmal ganz abgesehen. Wir wissen zwar, daß diese Liebe das Ergebnis die Magie ist, aber eine solche Liebe ist ebenso gültig wie jede andere. Es stimmt außerdem, daß sie sterben muß, wenn du sie nicht heiratest, und dieser Zauber sitzt so tief, daß wir ihn nicht aufheben können. Die Verlobung erhält am Leben, aber würde sie aufgelöst, so würde sie sehr schnell dahinsiechen. Das wollen wir natürlich nicht.«

»Das stimmt«, stimmte Dolph zu. »Aber ...«

»Deshalb glauben wir, daß es das beste wäre, die Verlobung mit Nada Naga aufzulösen«, erklärte Irene. »Sie ist älter als du, sie liebt dich nicht und ist nur teilweise menschlich; es wäre eine rein politische Verbindung. Wir brauchen nur eine Möglichkeit zu finden, sie zu lösen, ohne daß die Beteiligten verletzt werden oder irgendwelche politischen Konflikte daraus entstehen.«

»Ich bin mir nicht sicher ...«, fing Dolph an.

»Deshalb haben wir beschlossen, dem Volk der Naga auch so zu helfen«, fuhr Dor fort. »Wir werden dafür sorgen, daß sie magische Waffen aus dem Arsenal des Schlosses erhalten, um die Kobolde abzuwehren. Und sollte das nicht genügen, wird deine Mutter sich dorthin begeben und einige Pflanzen wachsen lassen, die dann schon die entsprechende Wirkung zeitigen werden. All das werden wir tun, ohne dafür eine Heirat zu fordern. Die Heirat ist schließlich nur ein Mittel zum Zweck. Der Zweck ist die Verbindung zwischen unseren Völkern, und diesem Zweck werden wir entsprechen. All das wird schon lange, bevor du volljährig geworden bist, erledigt sein, daher ...«

»Nein«, sagte Dolph.

Überrascht sahen die beiden ihn an. »Genügt dir das nicht?« fragte Irene. »In diesem Fall mußt du nur sagen, was du meinst ...«

»Nein, ich will die Verlobung nicht lösen. Ich will Nada heiraten.«

»Aber Dolph«, warf Dor in vernünftigem Ton ein, »wenn du die Verbindung mit Electra löst ...«

»Ich weiß. Deshalb sollte ich die wohl besser auch aufrechthalten.«

»Aber du kannst doch nicht beide heiraten!« rief Irene.

»Warum nicht?«

Dor und Irene tauschten elterliche Blicke aus. »Sohn, wir haben versucht dir zu erklären ...«, fing Dor an.

»Ja, das habt ihr«, entgegnete Dolph. »Ihr habt mir erklärt, wie ihr mein Leben für mich organisieren wollt, so wie ihr es immer schon getan habt, aber ihr habt mir nicht zugehört. Ivy möchte mir auch helfen; sie sagt, daß sie den Prinzen Naldo heiraten wird.«

Beide Eltern erschraken. Das war offensichtlich das erste Mal, daß sie davon hörten. »Ich glaube wirklich nicht ...«, fing Irene an.

»Im Kürbis mußte ich im Laufe der Gerichtsverhandlung lernen, wie ich meine eigene Schlacht oder die Schlacht einer anderen Person schlagen könnte«, erklärte Dolph.

»Dazu mußte ich meinen eigenen Willen kennenlernen und die Lehre vom Zweck und den Mitteln begreifen. Was ihr vorschlagt, das sind Mittel, die dem Zweck dienen sollen, meine Verlobung mit Nada Naga aufzulösen. Aber das taugt nichts, weil ich sie nämlich nicht auflösen will. Ich will meine eigene Entscheidung treffen, und die soll auf dem beruhen, was ich wirklich will. Wenn ich erst einmal König geworden bin, muß ich das auch tun, und dann muß ich auch für meine Fehler geradestehen.«

»Was willst du denn wirklich?« fragte Dor und nickte, wenngleich Irene immer noch grimmig dreinschaute.

»Ich will Nada heiraten. Das ist eine gute Partie für mich, sie ist eine Prinzessin, und ich liebe sie. Deshalb danke ich euch und auch meiner Schwester für eure Bemühungen, aber das wird nicht nötig sein. Ich bleibe bei Nada.«

»Aber sie ist fünf Jahre älter als du!« rief Dor.

»Genau wie meine Schwester«, pflichtete Dolph ihm bei. »Was spielt das schon für eine Rolle? Ich habe letzte Nacht erfahren, daß an diesem Alter eigentlich nichts verkehrt ist. Was zählt, ist die Beziehung. Sie ist wirklich eine nette Person, und ich liebe sie, und ich weiß, daß sie eine gute Frau abgeben wird. Ich werde ihrem Volk gern dabei helfen, die Kobolde zu bekämpfen, aber auch ohne das möchte ich sie heiraten.«

»Dolph, du bist doch noch ein Kind!« protestierte Irene. »Du weißt doch nicht einmal, was Liebe ist!«

»Ja, ich bin noch ein Kind«, stimmte er zu. »Ich habe keine Ahnung, wie man den Storch ruft, aber was Liebe ist, das weiß ich.«

Beide schüttelten sie den Kopf, ganz nach Art der Erwachsenen. »Du glaubst nur, daß du es weißt«, antwortete Dor. »Ich begreife ja, daß deine Gefühle dir jetzt sehr wichtig sein mögen, aber ...«

»Laßt mich die Rosenprüfung machen«, sagte Dolph.

Sie waren wie vor den Kopf gestoßen. »O mein Kind, mein kleines Kind!« hauchte Irene. »Was sagst du da nur?«

»Die Rosen«, sagte Dor, ebenso aufgewühlt. »Die sind doch nicht für dich bestimmt!«

»Ich denke schon«, widersprach Dolph. »Denn sie werden euch zum Zuhören zwingen. Gebt mir die Rosenprüfung, noch heute. Wenn die Rosen mich nicht bestätigen, dann dürft ihr meine Verlobung mit Nada lösen.«

Die Eltern wechselten wieder einen bedeutungsschwangeren Blick. »So soll es sein«, willigte Dor schließlich ein.

Die Rosen wuchsen in einem besonderen Hof. Es waren fünf Sträucher, und jeder davon trug Rosen in einer anderen Farbe: weiß, gelb, rot und schwarz. Jede stand für eine andere Art von Gefühl: Gleichgültigkeit, Freundschaft, Romanze, Liebe und Tod. Sie waren verzaubert, so daß man nur eine Rose in der passenden Farbe pflücken konnte; alle anderen stachen einen mit ihren heftigen Dornen in die Hand.

Um den äußeren Rand des Hofs standen Stühle. Die Rosen wuchsen in einem Kreis, und in dem Kreis befand sich eine fünfeckige Fliese, die gerade groß genug für eine Person war, um sich darauf zu stellen, ohne von den Dornen oder den Sträuchern zerkratzt zu werden. Man konnte nicht einfach zu Fuß zu dieser Stelle durchgehen, statt dessen mußte man über eine Strickleiter von einem Balkon aus darauf hinabsteigen. Nur selten wurden die Rosen tatsächlich dazu verwendet, Gefühle zu überprüfen. Normalerweise zog man es vor, sie aus sicherer Entfernung zu bewundern. Der einzige, der sich ihnen unbeschadet nähern konnte, war der Gärtner, der sie leidenschaftlich liebte. Ihr Duft durchzog das ganze Schloß.

Dor und Irene saßen an einem Ende des Hofs. Ivy befand sich in ihrer Nähe, ebenso Dolph, Nada und Electra. Mark und Grazi schlossen den Kreis. Alle blickten feierlich drein.

»Prinz Dolph hat um die Rosenprüfung gebeten«, verkündete Dor. »Er wird Rosen für Electra und für Nada pflücken, und dann werden sie das gleiche für ihn tun. Die Verlobung, bei der auf beiden Seiten keine rote Rose vorhanden ist, wird auf ehrenvolle Weise aufgelöst, und es werden angemessene Vereinbarungen getroffen, die es erlauben, alle damit zusammenhängenden Verpflichtungen zu erfüllen.« Er blickte sich um, offensichtlich war er nicht besonders zuversichtlich, während Irene den Mund zusammenkniff. »Electra?«

Electra stand lächelnd auf. Sie schritt zu der Leiter unter dem Balkon und kletterte geschmeidig hinauf. Sie sah nicht älter aus als Dolph und verhielt sich auch nicht anders, obwohl sie bereits elf war. Sie war ein hübsches, süßes Mädchen, und ihre beiden braunen Zöpfe sprangen auf und ab.

Sie erreichte den Balkon, dann stieg sie auf die Strickleiter und kletterte zu der Fliese hinunter. Schließlich blieb sie abwartend zwischen den Rosensträuchern stehen. Die Rosen wogten sanft und streichelten sie, ohne sie jedoch zu zerkratzen. Sie orientierte sich nach ihr, denn das war Teil ihrer Magie.

Nun trat Dolph heran. Einmal ging er im Kreis um die Sträucher. Dann griff er nach einem und pflückte eine gelbe Rose der Freundschaft. Er hielt sie empor, zeigte sie allen. Nun hielt er sie neben sein Gesicht und sah dabei Electra an. Ihr Lächeln veränderte sich nicht. Sie hatte gewußt, daß er sie nicht liebte. Das war eine Situation, die sie zu ändern hoffte, bis sie beide alt genug waren, um heiraten zu können.

»Ich liebe dich nicht«, sagte Dolph zu ihr. »Aber das ist nicht deine Schuld. Ich habe dich erst gestern kennengelernt und kenne dich kaum, aber ich bin sicher, daß du es wert bist, geheiratet zu werden. Wenn ich dich nicht heirate, wirst du sterben, und ich brauche dich, um den Himmelstaler anzufertigen, mit dem ich den Guten Magier finden und meine Queste vollenden kann, deshalb werde ich dich heiraten. Es dauert noch sieben Jahre, bis ich alt genug bin, um heiraten zu dürfen, und in dieser Zeit müßte ich dich eigentlich sehr gut kennenlernen. Mach dir also keine Sorgen, weil ich dich jetzt noch nicht liebe; es gibt noch jede Menge Zeit, in der sich das ändern kann, und selbst wenn das nicht geschehen sollte, werde ich tun, was ich muß, um dich zu retten, genau wie ich es für Grazi getan habe. Bis dahin können wir Freunde sein.« Und die Rose in seiner Hand nahm einen Hauch von Rosa an.

Er warf sie ihr zu. Sie fing sie auf und hielt sie fest. »Ich weiß«, sagte sie. »Du bist ein Prinz. Ohne Murphys Fluch hätte die Prinzessin im Sarg gelegen, und du wärst nicht vorher verlobt worden. Du bist sehr gütig, dieses Durcheinander so großzügig zu bewältigen.«

»Ich glaube kaum, daß die Prinzessin sich sonderlich für einen neunjährigen Jungen interessiert hätte«, bemerkte Dolph mit reumütigem Lächeln.

»Sie hätte einfach noch ein paar Jahre länger geschlafen, bis du ein Mann geworden wärst, und dann wäre sie die Antwort auf deine wildesten und kühnsten Träume gewesen. Sie war vollkommen.«

Da fiel Dolph etwas ein. »Du hast uns von Millie der Magd erzählt! Weißt du eigentlich, daß sie auch hier ist? Achthundert Jahre lang war sie ein Gespenst, dann hat sie sich erholt und den Zombiemeister geheiratet.«

»Der Zombiemeister ist auch hier?« fragte Electra erstaunt.

»Natürlich sind sie inzwischen älter geworden und haben erwachsene Kinder, aber du könntest sie mal besuchen.«

»Das muß ich unbedingt tun!« rief sie und klatschte mädchenhaft in die Hände, wobei sie ihre Zöpfe wirbeln ließ. Sie war bemerkenswert anziehend, wenn sie so etwas tat. »Ich hatte gehofft, daß Millie dem Fluch entkommen sei, aber er muß sie doch erwischt und getötet haben. Doch jetzt ruht er nicht mehr auf ihr, und sie kann glücklich sein. Oh, ich bin ja so froh!« Dann wurde sie wieder nachdenklich. »Aber ich wünschte, ich wüßte, was mit den anderen geschehen ist, mit Tapis und mit der Prinzessin, nachdem ich ihre Hoffnungen zunichte gemacht habe.«

»Ich habe sie auf dem Webteppich beobachtet«, rief Ivy. »Nachdem Schloß Roogna fertiggestellt war, kam König Roogna und sprach mit ihnen, und sie sind mit ihm gegangen. Die Zauberin hat das Schloß eingerichtet. Und die Prinzessin – na ja, nach einer Weile hat sie den König geheiratet.«

»Aber sie gehörte doch der Erblinie an, die er selbst ablöste«, warf Electra ein. »Sie mochten den König Roogna nicht sonderlich.«

»Ich schätze, das hat sich wohl geändert, denn der König mochte sie, und er brauchte eine Frau, die sich auf königliches Benehmen verstand«, erläuterte Ivy. »Als ich sie das letzte Mal im Teppich eingestellt habe, sahen sie recht fröhlich aus. Wenn du willst, kannst du ja mal kommen und mit mir zusammen zusehen.«

»Oh, gern!« rief Electra. »Ich denke, dann ist die Zauberin wohl doch noch dort gelandet, wo sie am meisten gebraucht wurde, und die Prinzessin wollte sich auch mit einem König zufriedengeben, wenn sie schon keinen Prinzen abbekam. Vielleicht hat Murphys Fluch ihnen also doch nicht so viel geschadet, wie ich dachte. Ich bin ja so froh! Da fällt mir ein riesiger Stein vom Herzen.« Und sie klatschte wieder in die Hände und vollführte einen kleinen Hüpfer mit ihren Beinen, den Dolph auch bemerkte. Wenn sie erst einmal erwachsen war, würde sie sehr schöne Beine haben.

Dann nahm Electra den Stiel der Rose zwischen die Zähne und kletterte die Strickleiter hinauf zum Balkon. Schon bald war sie wieder da und gesellte sich zu Ivy; es war offensichtlich, daß die beiden gut miteinander auskommen würden. Electra würde sicherlich eine sehr angenehme Gefährtin im Schloß abgeben, denn sie besaß viele der Züge, von denen Dolph einst geglaubt hatte, daß Nada sie hätte. Und außerdem würde sie natürlich den Himmelstaler herstellen, damit er endlich seine Queste beenden und den Guten Magier wiederfinden könnte. Er bedauerte es nicht, mit ihr verlobt zu sein.

Doch nun wurde es ernst. »Prinzessin Nada«, sagte Dor feierlich.

Nada stand auf, schritt zu der Leiter und kletterte ebenso leichtfüßig wie Electra hinauf zum Balkon, obwohl sie ihre reife Damengestalt benutzte. Oben angekommen, schwang sie sich auf die Strickleiter, die unter ihrem Gewicht hin und her baumelte, und ihr Rock blähte sich. Sie brauchte nicht erst zu warten, bis sie größer geworden und schöne Beine bekommen hatte, die besaß sie bereits. Im Laufe seiner Queste war er zu einem echten Kenner in Sachen Beine geworden.

Sie landete auf der Fliese, und die Rosensträucher berührten sie, stimmten sich auf sie ein. Im nächsten Augenblick hatten sie sich wieder beruhigt und waren bereit.

Wieder trat Dolph vor. Wieder umkreiste er die Sträucher, dann blieb er bei dem roten stehen. Er berührte einen Stiel, worauf die Dornen von diesem herabfielen, wie es schon bei der gelben Rose geschehen war. Er wählte ein prächtiges rotes Exemplar und hielt es ganz hoch, damit alle sehen konnten, wie hell die Rose leuchtete und daß seine Hand unversehrt geblieben war.

Ein leises Quieken, wie von nur unvollkommen verhohlenem Entsetzen. Das war Irene, die geglaubt hatte, daß er keine Rose dieser Farbe würde pflücken können. Sie hatte ihn für zu jung gehalten. Auch Dor war überrascht, aber die anderen nicht. Die Jungen hatten es besser gewußt als die Alten, und die Skelette hatten es besser verstanden als viele Menschen. Die Liebe kannte eben keine Altersschranken.

»Ich liebe dich, Nada«, sagte Dolph. »Du bist eine Prinzessin und eine prächtige Person, und du bist schön, und ich will dich heiraten. Wir haben gemeinsam gute und schlechte Zeiten durchgemacht, und ich dachte, du wärst ein Kind wie ich. Dich als Erwachsene zu sehen, ist zwar ein seltsames Gefühl, aber es spielt keine Rolle. Ich habe dich als Gefährtin kennengelernt, und ich mochte dich vom ersten Augenblick an. Aber ich weiß, daß dies eine politische Verbindung ist, eine Verlobung, die du dir nicht wirklich ausgesucht hast. Aber es ist nicht länger erforderlich, daß du dieses Opfer erbringst. Mein Volk wird deinem Volk auch so helfen, und meine Schwester wird statt dessen deinen Bruder heiraten, wenn du willst. Du bist also frei, ohne deinem Volk schaden zu müssen.«

Er hielt inne und wappnete sich für die Schlußworte.

»Ich liebe dich, Nada. Aber ich weiß auch, daß du mich nicht liebst. Ich möchte nicht, daß du leidest. Ich würde dich nicht dazu zwingen, jemanden zu heiraten, den du nicht liebst, oder sieben Jahre lange zu warten, bis du deine Erfüllung findest. Ich habe dir versprochen, unsere Verlobung nicht zu lösen, und das werde ich auch nicht tun, aber du darfst es tun, wenn du es wünschst. Mehr als alles andere will ich nämlich, daß du glücklich bist.«

So: Er hatte es so gesagt, wie er es in der Nacht geprobt hatte, und er war nicht ins Stocken geraten. Aber wenn seine Stimme auch fest geklungen hatte, seine Augen vermochten das Spiel nicht mitzuspielen. Nada wurde immer unschärfer, und er wußte, daß ihm die Tränen die Wangen herunterströmten. Bei der Gerichtsverhandlung hatte er sein Schlußplädoyer versiebt, aber diese Rede war ihm noch sehr viel schwerer gefallen.

Dann antwortete Nada, und ihre Stimme zitterte, und er begriff, daß sie auch weinte. »Du hast mir ein sehr großzügiges Angebot gemacht, Dolph, und ich wußte, daß du es tun würdest, weil ich dich inzwischen gut kennengelernt habe. Als ich dir meine Täuschung offenbart habe, und als ich dich bat, unsere Verlobung nicht zu lösen, da hat dich das sehr verletzt, aber du bist treu geblieben, du hast sie nicht gelöst. Und ich kann sie jetzt auch nicht lösen. Ich sehe, was für ein wunderbarer Mensch du bist, und ich weiß, daß du noch besser werden wirst, wenn du erst einmal reif geworden bist. Und es entspricht mir nicht, dich abzulehnen, auch wenn du mir diese Freiheit gegeben hast. Du bist ein Prinz und eine prachtvolle Person, und auch ich habe dich von Anfang an gemocht, und ich weiß, daß du mich liebst und daß du den allerbesten Ehemann abgeben wirst, wenn du erst einmal alt genug bist, und ich werde auf dich warten, wenn du es dir nicht anders überlegen solltest. Wenn die Zeit gekommen ist, werde ich vielleicht dazu in der Lage sein, deine großmütige Liebe mit meiner eigenen zu erwidern.«

Dolph blickte sie durch den Tränenschleier an. *Sie hatte es nicht getan!* Sie hatte nicht den leichten Ausweg gewählt.

Sie ließ die Verlobung stehen. »Ach Nada«, flüsterte er, und die Rose, die er in den Händen hielt, begann so stark zu leuchten, daß es den Anschein hatte, als würde sie brennen. Dann warf er sie ihr zu, und sie fing sie auf und hielt sie fest.

Dann kletterte sie die Leiter hinauf und verließ die Bodenfliese. Dolph fand ein Taschentuch und wischte sich damit über das Gesicht. Er hatte geglaubt, daß sich das Dilemma der Doppelverlobung an diesem Punkt lösen würde, daß er nun trauern würde, während seine Eltern sich freuten. Er hatte nur beweisen wollen, daß seine Liebe echt war, bevor andere sie verdammten. Doch bei der Entscheidung im Prozeß hatte er auch hier das gegenteilige Ergebnis erzielt, und Nada würde ihn doch noch heiraten. Anstelle von Leid hatte er sich nun Freude eingehandelt – und anstelle einer Lösung hatte er jetzt immer noch das Problem, zwei Mädchen heiraten zu sollen.

»Dolph«, sagte Dor.

Ach ja – nun kam der andere Teil der Rosenprüfung. Ganz benommen schritt Dolph zur Leiter, kletterte zum Balkon hinauf und dann wieder die Strickleiter hinunter zur Fliese. Die Sträucher berührten ihn, als sein Blick wieder klarer wurde. Die Rosen waren sehr präzise; sie ließen sich nicht von jemandem trügen, der zwar liebte, aber einen anderen als eben die Person, die auf der fünfeckigen Fliese stand.

Electra trat heran. Ohne zu zögern begab sie sich zum roten Strauch, pflückte eine rote Rose und warf sie ihm zu. Dann kehrte sie wortlos an ihren Platz zurück. Sie hatte ihre Gefühle unter Beweis gestellt und damit ihre Verlobung bestätigt. Sie war genau die Art von Mädchen, die richtig für ihn war; tatsächlich hatte der Zauber des Himmelstalers sie dorthin gebracht, wo sie am meisten benötigt wurde, sowohl als Person wie auch als Talent. Bis auf Murphys Fluch, dessen langer Arm sogar so weit in die Zukunft hineinreichte, um diese durcheinanderzubringen. Könnte das vielleicht auch ein Grund dafür sein, daß Dolph anstelle von Ivy gekommen war, um die Antwort der Naga zu erfüllen? Dolph wußte, daß es für Ivy sehr viel leichter gewesen wäre, Naldo zu heiraten, und für ihn die Prinzessin oder Electra. Dann wäre alles wunderbar geregelt gewesen. Statt dessen aber war er Nada begegnet und hatte sich in sie verliebt, und wenn er darin auch das Wirken eines Fluchs gegen Electra erkennen konnte, liebte er Nada dennoch weiterhin. Er mußte fast lächeln: Wenn all das das Ergebnis eines achthundert Jahre alten Fluchs sein sollte, was mußte das doch für ein gewaltiger Fluch gewesen sein! Was immer hatte schiefgehen können, war auch schiefgegangen – und er wollte es gar nicht anders haben.

Aber was war mit dem Guten Magier Humfrey? Er hatte die Nachricht zurückgelassen, die Dolph auf seine lange Queste geschickt hatte. Bestimmt hatte Humfrey doch von den Komplikationen unterwegs gewußt! Warum hatte er es dann getan? Wo war der Gute Magier jetzt? Dolphs Queste hatte in Wirklichkeit überhaupt nichts erreicht, sie hatte nur eine fürchterlich schwierige Situation heraufbeschworen. Oder hatte Murphys Fluch sogar die Wahrnehmung des Guten Magiers durcheinandergebracht? Nein, das schien unwahrscheinlich; wahrscheinlich hatte Dolph alles selbst durcheinandergebracht, und zwar mit seinen vielen Mißverständnissen und damit, daß er an den falschen Orten gesucht und sich von Mela Meerfrau hatte gefangennehmen lassen. Daraus hatte sich der Rest dann ergeben.

Nun kam Nada heran. Langsam schritt sie um die Sträucher. Am gelben Strauch blieb sie stehen, griff aber nicht danach. Statt dessen begab sie sich zum roten.

»Versuch es bloß nicht mit dem«, sagte Dolph, plötzlich beunruhigt. »Ich verstehe dich, genau wie Electra mich versteht.«

»Ich muß es tun, Dolph«, erwiderte sie.

Sie streckte die Hand nach einem Stiel aus – und zog sie laut schreiend wieder zurück. Leuchtend rotes Blut strömte aus einer gräßlichen Schnittwunde. Die magischen Dornen hatten zugeschlagen.

Nada starrte die Hand an, das Blut, sah den Beweis dafür, daß sie Dolph nicht liebte.

Ihre Miene verdüsterte sich. Dann trat sie zum schwarzen Strauch, der die Rosen des Todes trug und griff danach.

Dolph sprang mit einem Satz durch die Sträucher und packte Nada, riß sie von dem schwarzen Strauch fort. Ein Stück von den Sträuchern entfernt stürzten die beiden zu Boden.

»Du hättest mich nicht daran hindern sollen!« rief sie. »Diese Rose hätte ich nehmen können!«

»Ich weiß, daß du es hättest tun können!« sagte Dolph. »Du wolltest für mich sterben! Damit ich frei werde! *Aber ich will nicht befreit werden!* Versprich mir, daß du das nie wieder tun willst.«

»Ich weiß«, erwiderte sie und gab ihm einen Kuß. »Ich verspreche es. Ich denke, daß ich eines Tages in der Lage sein werde, die rote Rose zu nehmen.«

Dann hatten die anderen sie schon umringt, und Mark half Dolph beim Aufstehen, Grazi bemühte sich um Nada.

»Er hat nicht einen einzigen Kratzer abbekommen!« rief Irene. »Wie ist das ...?«

»Unser Sohn hat sich einmal mehr bewiesen«, sagte Dor. »Die Rosen verstehen echte Überzeugung.«

»Aber er ist doch erst neun Jahre alt!«

»Alt genug«, erwiderte Dor. »Das sind sie alle.«

»Aber er kann doch nicht beide heiraten!«

»Das wird sich in sieben Jahren noch zeigen«, meinte Dor.

Dolph wandte sich, Nada im Arm, zur Seite und winkte Electra hierher. Als sie zu ihm kam, legte er auch um sie den Arm. Sieben Jahre erschienen ihm wie eine sehr lange Zeit. In Xanth mit seiner ganzen Magie konnte alles mögliche geschehen, und meistens tat es das auch.

ENDE

Band 20 120

Piers Anthony

Helden-Maus

Deutsche Erstveröffentlichung

Esk ist der Sohn eines Ogers und einer Nymphe, und das hat ihm schon immer Probleme bereitet. Denn er weiß nie so recht, ob er die Welt nun umarmen oder mit Fäusten darauf losgehen soll. Und so versucht er, den Schwierigkeiten lieber aus dem Weg zu gehen. Doch was als eine Pilgerfahrt zum guten Magier Humfrey beginnt, wird zu einem Abenteuer wider Willen, als Esk in ein Tal gelangt, das von einer Horde gieriger Dämonen überrannt zu werden droht. Und so sammelt er zusammen mit der Wühlmaus Volney eine Schar von Mitstreitern um sich, wie sie selbst das magische Xanth noch nie gesehen hat.

BASTEI LÜBBE

Sie erhalten diesen Band im Buchhandel, bei Ihrem Zeitschriftenhändler sowie im Bahnhofsbuchhandel.

Band 20 106

Piers Anthony

Turm-Fräulein

Deutsche Erstveröffentlichung

Grundy Golem ist ein Wicht, und niemand hat Respekt vor ihm – nicht einmal er selbst. Was bleibt ihm übrig, als sich mit einer Heldentat Ansehen zu verschaffen. Also macht er sich auf die Suche nach Stanley Dampfer, dem seit Ewigkeiten verschollenen Drachen der kleinen Ivy. Nach einer Reise voller Abenteuer gelangt er zum Elfenbein-Turm, und eine außergewöhnliche Romanze beginnt: Grundy befreit Rapunzel, die Gefangene der Meer-Hexe, und verliebt sich in sie. Doch die böse Hexe sinnt auf Rache, und auch Stanley Dampfer hat Grundy noch nicht gefunden.

BASTEI LÜBBE

Sie erhalten diesen Band im Buchhandel, bei Ihrem Zeitschriftenhändler sowie im Bahnhofsbuchhandel.

Band 24 119
Piers Anthony
Sing ein Lied für Satan
Deutsche Erstveröffentlichung

Orb, die junge Sängerin, hat endlich den Mann ihrer Träume gefunden: den jungen, attraktiven Natasha. Beinahe vergißt sie den Fluch, der auf ihrem Leben lastet. Eines Tages, so heißt es, wird sie Satan heiraten. Viel zu spät erkennt Orb, daß sie dem Teufel und seinen Gehilfen längst in die Falle gegangen ist. Doch sie verfügt über die ungewöhnlichste Waffe der Welt: ein Lied, das die Erde zum Beben bringt und das Chaos entfesselt . . .
SING EIN LIED FÜR SATAN – der letzte große Roman aus der Reihe ›Inkarnationen der Unsterblichkeit‹, vom Autor der berühmten Xanth-Serie.

BASTEI LÜBBE

Sie erhalten diesen Band im Buchhandel, bei Ihrem Zeitschriftenhändler sowie im Bahnhofsbuchhandel.

Band 24 114

Piers Anthony

Das Schwert in meiner Hand

Deutsche Erstveröffentlichung

Jedermann hält Mayn für einen Zirkusartisten. In Wahrheit aber ist er ein verstoßener Prinz und ein Krieger, der wie ein Berserker zu kämpfen versteht. Aus Liebe schwört er der geheimnisvollen Sängerin Orb, ihr bei der Suche nach Llano, dem wunderbarsten Lied der Welt, zu helfen.
Doch als das Reich seines Vaters in Gefahr gerät, ruft der König den ungeliebten Sohn zurück und läßt ihn gefangennehmen. Myn versucht zu fliehen. Das Schicksal aber weist ihm einen anderen Weg. Will er seine Geliebte nicht verlieren und das Reich nicht den Feinden ausliefern, muß Myn das Rote Schwert ergreifen und in die Schlacht führen – als Inkarnation des Krieges . . .

BASTEI LÜBBE

Sie erhalten diesen Band im Buchhandel, bei Ihrem Zeitschriftenhändler sowie im Bahnhofsbuchhandel.

SCIENCE
FICTION

Band 24 084

Piers Anthony

Zeit der Kämpfer

Die Titanen-Trilogie in einem Band

Nach dem Zusammenbruch unserer technischen Zivilisation bildet sich auf der Erde eine neue Stammeskultur. Konflikte werden in strengen Ritualen zwischen den Kriegern der Stämme ausgetragen. So hofft man, die großen Kriege der schrecklichen Vergangenheit für immer zu verhindern.

Piers Anthony legt mit der berühmten Titanen-Trilogie eine Zukunftsvision vor, in der die Menschheit einen neuen Anfang macht.

BASTEI
LÜBBE

Sie erhalten diesen Band im Buchhandel, bei Ihrem Zeitschriftenhändler sowie im Bahnhofsbuchhandel.